K. J. Parker

# DIE FARBEN DES STAHLS

# 1

## Stadt der Schwerter

Ins Deutsche übertragen von
Andreas Decker



Knaur

Die englische Originalausgabe erschien 1998 unter dem
Titel »The Fencer Trilogy, Part 1: Colors in the Steel«
bei Little, Brown/Orbit, London



Vollständige Taschenbuchausgabe

Redaktion: Gerd Rottecker/Melissa Andersson
Umschlagkonzept: Melissa Andersson
Umschlaggestaltung: ZERO Werbeagentur, München
Umschlagillustration: Mick Van Houten, »Colors in the Steel«
Satz: Ventura Publisher im Verlag
Druck und Bindung: Nørhaven A/S
Printed in Denmark
ISBN 3-426-70239-8

2 4 5 3 1

# 1

Es war nur ein ganz gewöhnlicher Streit über eine Frachtsendung, eine Meinungsverschiedenheit über die Interpretation eines unklar formulierten Vertrags; geringfügige Diskrepanzen bezüglich verschiedener Frachtrechnungen, die zufällig in ein für seine Schwammigkeit berüchtigtes Gebiet der Handelsstatuten fielen. Richtig gehandhabt, hätte man zu einer außergerichtlichen Einigung kommen können, ohne daß jemand als Verlierer dagestanden hätte. Nicht die Art von Angelegenheit, für die man ohne Not gestorben wäre, wenn man es hätte verhindern können.

Alles erhob sich, als der Richter, ein kleiner Mann, der in seiner schwarzen und goldenen Amtsrobe eindrucksvoll und leicht lächerlich zugleich aussah, den geräumigen Gerichtssaal abschritt. Er blieb ein paarmal stehen und fuhr mit der Spitze seines schwarzen Schuhs über den Boden, um sich zu vergewissern, daß die Oberfläche eben war und keine Hindernisse aufwies, und Loredan bemerkte beruhigt, daß er richtige Fechter-Halbschuhe trug und nicht etwa die modischen zugespitzten Stiefel, die von den Beamten und Schreibern so geschätzt wurden. Nicht alle Richter der Kammer für maritimen Handel waren Ex-Fechter – es gab einfach nicht genug von ihnen –, und Loredan hatte sich bei einem Laienrichter noch niemals wohl gefühlt. Es fiel schwer, einem Mann zu vertrauen, dessen Erfahrungen mit dem Gesetz am Rand des Gerichtsparketts endeten.

Teofano, der ältliche, kurzsichtige Gerichtsdiener, der schon hier gearbeitet hatte, lange bevor auch nur einer der derzeitigen Advokaten zur Welt gekommen war, erklärte die Verhandlung für eröffnet und las die Namen der Parteien vor. Der Richter nickte den Beteiligten zu, die Beteiligten erwiderten das Nicken, und alles nahm Platz. Von den Zuschauerbänken ertönten die üblichen Geräusche, als alle es sich bequem machten – das Herumgerutsche der Gesäße auf den Steinsitzen, das Rascheln von Stroh, als Flaschen geöffnet und Häppchen so bereitgelegt wurden, daß man nach ihnen greifen konnte, ohne den Blick auch nur für den Bruchteil einer Sekunde von den Vorgängen nehmen zu müssen. Der Richter überflog die vor ihm liegenden Dokumente und fragte, wer die Gebrüder Mocenigo vertrat.

Loredan schaute auf. Auf der gegenüberliegenden Seite des Gerichtssaals erhob sich ein hochgewachsener blonder Jüngling, der instinktiv den Kopf einzog, das Vermächtnis eines Lebens in niedrigen Räumen. Er gab seinen Namen als Teofil Hedin zu Protokoll, verkündete seine Qualifikation und verneigte sich. Auf den Zuschauerbänken ertönte ein einschätzendes Raunen, und unter jenen, die dem Wetten nicht abgeneigt waren, wechselte Geld den Besitzer.

»Also gut«, sagte der Richter. »Wer vertritt die Beklagten« – er zögerte und warf einen Blick auf die Dokumente – »die Familie Dromosil?«

Wie gewöhnlich verspürte Loredan einen Stich in der Magengegend, als er sich erhob; es war weniger Furcht als vielmehr ein Fall von akutem Unbehagen und dem überwältigenden Wunsch, woanders zu sein. »Ich, mein Lord«, sagte er etwas zu leise. Er hob die Stimme ein wenig, als er seine Angaben zur Person machte: Bardas Loredan, bei Gericht zugelassener Fechter, Ausbildung in der Schule für Bogner und Pfeilschnitzer, seit zehn Jahren im Beruf. Der Richter befahl ihm, lauter zu sprechen. Loredan wiederholte alles noch einmal und bemerkte nebenbei, daß seine Stimme etwas heiser klang. Er wußte, daß dafür das letzte Stadium einer harmlosen Erkältung verantwortlich war, aber die Zuschauer zogen ihre eigenen Schlüsse, und das leise Klimpern von Münzen auf Stein ertönte.

Der Richter las nun die beeideten Aussagen vor. Das war der Teil des Verfahrens, den Loredan ganz besonders verabscheute;

es diente keinem erkennbaren Zweck und machte ihn immer nervös und unruhig. Der andere Mann – *wie war noch gleich sein Name, ach ja, Hedin* – stand in aller Seelenruhe da, die Hände hinter dem Rücken verschränkt, und vermittelte allen Anwesenden den Eindruck, daß er dem Richter tatsächlich zuhörte. Einige Männer, insbesondere die alten Hasen, hatten sich kleine Rituale erarbeitet, um diese Zeit zu überbrücken: ein Gebet von genau der richtigen Länge, Listen, die sie in Gedanken durchgehen konnten, sogar Lieder oder Kinderreime. Loredan stand wie gewöhnlich linkisch da, scharrte mit den Füßen und wartete darauf, daß die leiernde Stimme verstummte.

Was schließlich auch geschah; das Stichwort für Loredans Hände, mit dem Schwitzen anzufangen. Neben ihm fummelte Athli an den Knoten und Schnallen herum. *Wenn sie die Asche für meine Hände vergessen hat, drehe ich ihr diesmal den Hals um*, gelobte sich Loredan.

Ohne den Blick zu heben, erkundigte sich der Richter, ob nicht doch noch im letzten Augenblick die Möglichkeit eines Kompromisses bestand, unterstellte im gleichen Atemzug, daß dem nicht so war – was zutraf –, und gab den Advokaten ein Zeichen. Loredan holte tief Luft und wandte sich seiner Kanzlistin zu.

»Der Guelan«, murmelte er.

Athli runzelte die Stirn. »Bist du sicher?«

»Natürlich bin ich sicher. Du hast ihn doch mitgebracht, oder?«

Athli hielt es nicht für nötig, darauf zu antworten; was auch immer ihre Fehler waren, wenn es um die Ausrüstung ging, war sie verläßlich. Außerdem wußte er, daß, egal für welche Waffe er sich auch entschieden hätte – etwa den Boscemar oder den Spe Bref –, sie in exakt dem Tonfall, der es bis jetzt noch immer geschafft hatte, ihn in die Luft gehen zu lassen, gesagt hätte: *Bist du sicher?* Sie griff in die Ausrüstungstasche und holte das Futteral aus weichem, grauem Samt hervor, das am oberen Ende mit einer blauen Schnur zugebunden war. Er nahm es ihr ab und löste den Knoten. Sollte er nicht lieber den Boscemar nehmen? Nein. Er hatte es sich zur Regel gemacht, eine einmal getroffene Entscheidung niemals zu ändern.

Der Guelan. Er ließ den Stoff hinuntergleiten – es wäre ihm nicht im Traum eingefallen, das je einer Menschenseele zu erzählen, aber es erinnerte ihn stets an ein Brautkleid, das die Braut zu Boden gleiten ließ – und legte die Hand um den einfachen Griff. Er tastete nach den leichten Vertiefungen, die den Platz für Daumen und kleinen Finger markierten. Von seinen drei Degen war dieser der längste und leichteste, ganz zu schweigen davon, daß er weit über hundert Jahre alt und damit auch der teuerste war. Einst war ein Rebenmuster in die Klinge eingraviert gewesen, aber man mußte sie im richtigen Winkel ans Licht halten, um es heute noch erkennen zu können. Die Waffe hatte ihn durch siebenunddreißig Prozesse gebracht, neun davon vor dem Obersten Gerichtshof und einen vor dem Lordkanzler selbst. Fünf Kerben verschandelten die Schneide – es hatte noch andere gegeben, aber die waren klein genug gewesen, um sie mit einem Schleifstein beseitigen zu können –, und die Klinge wies eine Handspanne vor der Spitze eine leichte Krümmung auf, wofür einer der vorherigen Besitzer verantwortlich war. Die Schneide des Boscemar war schärfer, und der Spe Bref war angeblich besser ausbalanciert, aber bei einem Prozeß kam es in der Hauptsache auf Vertrauen an. Nach einem Jahrhundert der harten Arbeit vor diesen Gerichten sollte der Degen mittlerweile wissen, was zu tun war. *Gut, daß das wenigstens einer von uns tut.*

Der Gerichtsdiener gab den Befehl, die Kampffläche zu räumen. Athli gab ihm den Dolch, und er schob ihn in die Scheide hinter seinem Rücken und schwor sich dabei, sie morgen als erstes mit einer neuen Feder zu versehen.

Der Richter hob die Hand, kostete die Dramatik des Augenblicks aus und rief die Advokaten zur Richterbank. Als Loredan seinen Platz unter der erhöhten Plattform einnahm, berührte sein Bein das Knie seines Gegners. Er zuckte innerlich zusammen. Es würde wirklich außerordentlich bedauerlich sein, bei einem Frachtprozeß von der Hand eines großen blonden Bastards zu sterben. Also ein Grund mehr, das zu vermeiden.

Als der andere Mann dem Richter seine Waffe zur Inspektion hinaufreichte, kam Loredan nicht umhin zu bemerken, wie die vergoldete Einlegearbeit direkt oberhalb des Griffs im Licht aufblitzte. Ein Tarmont, höchstens ein Jahr alt. Die auf Hochglanz polierte Klinge wies kaum eine Schleifsteinspur auf; sie war höchstens vier oder fünf Mal geschärft worden. Seltsamerweise munterte ihn dieser Anblick wieder etwas auf. Ein teurer Degen, von einem der fünf besten noch lebenden Meister geschmiedet, aber neu und so gut wie unbenutzt. Er vermittelte den Eindruck von Selbstüberschätzung, die Neigung, von der Annahme auszugehen, daß sich die Dinge so entwickeln, wie es sein sollte. Die zehn Jahre in diesem Beruf hatten Loredan gelehrt, daß derartige Annahmen einen Mann töten konnten, wenn man sie auf die richtige Weise ausnutzte.

Nachdem er seine Waffe überreicht und sie nach einem flüchtigen Blick, den er leicht beleidigend fand, zurückbekommen hatte, senkte er ruckartig den Kopf – seine Art, sich zu verbeugen – und begab sich an seinen Platz in der Mitte des Gerichtssaals. Die Steinfliesen unter seinen Füßen fühlten sich sicher an; sie wiesen gerade die richtige Menge Sägemehl und Sand für die bestmögliche Haftung auf. Er trug sein ältestes Paar Schuhe, die sich schon vor langer Zeit an jede Kontur seiner Füße angepaßt hatten; die relativ neuen Sohlen waren mit einer Feile etwas angerauht worden. Athli nahm ihm den Umhang von den Schultern, und die Kühle ließ ihn leicht zittern. Eine Beinahe-Begegnung mit dem Tod hatte ihn schon vor langer Zeit gelehrt, nur mit einem Leinenhemd und einem bequemen Paar Kniebundhosen zu fechten; das Hemd fiel locker über Schultern und Arme und verfügte über enganliegende Manschetten, während die Hosen ohne irgendwelche Schnallen auskamen, an denen man im falschen Augenblick hängenbleiben konnte. Er hatte schon Männer eine Degenlänge vor seinem Gesicht sterben gesehen, weil sie wegen der Herbstkühle ein schweres Wollhemd getragen hatten. Zehn Jahre in diesem Handwerk, und man hatte gelernt, daß *alles* wichtig war.

Als der Befehl ertönte, war er bereit, und das war auch gut so. Der andere Mann war schnell und offensichtlich sehr stark; der Trick bestand darin, in der ersten halben Minute am Leben zu bleiben und die kommenden drei zu überstehen. Der erste Stoß erfolgte sehr hoch, womit er eigentlich nicht gerechnet hatte. Er war gezwungen, hoch zu parieren, und das Gewicht, das hinter dem gegnerischen Hieb lag, war beinahe zu groß, um ihn allein mit der Kraft seines Arms und seines Handgelenks abzuwehren. Irgendwie gelang es ihm dennoch, aber er war gezwungen, einen Schritt zurück und zwei nach rechts zu machen, wodurch er die Brust entblößte; keine Chance für einen Gegenstoß. Der nächste Angriff kam wie erwartet tief, war dafür aber keineswegs weniger schwer zu handhaben. Zwei schnelle Schritte nach rechts brachten ihn aus dem Weg, aber seine Deckung war noch immer viel zu weit oben, und ein Hieb auf sein ungeschütztes rechtes Knie hätte den Prozeß entschieden.

Glücklicherweise versuchte der Gegner einen weiteren hohen Stoß. Zwei zusätzliche Schritte zurück verschafften Loredan den Platz, um mit der Vorhand zu parieren und mit seinem hinter der Klinge liegenden Körpergewicht den Degen des anderen weit nach rechts zu schlagen. Er ließ das Handgelenk für einen schnellen Stich abkippen – eigentlich war es schon mehr ein kräftiger Stoß aus der Drehung, der direkt auf den Magen zielte. Der Gegner trat zurück, jedoch nicht schnell genug; die Degenspitze drang vielleicht einen Zentimeter tief ein, bevor Loredan sie zurückriß, eine Verletzung an der rechten Schulter riskierte und sich für einen Ausfall nach unten fallen ließ. Sein Knie und die linke Hand trafen gleichzeitig auf dem

Boden auf, und er verspürte einen leichten Schmerz, als seine Bänder protestierten. Der Gegner parierte wild, konnte den Ausfall aber nicht richtig abwehren, so daß sich die ersten zwanzig Zentimeter der Klinge in seine rechte Hüfte bohrten. Bis jetzt gute Arbeit, aber vermutlich nicht gut genug. Noch nicht.

Loredan, der immer noch auf dem Boden kniete, stieß sich kräftig mit der linken Hand und dem Bein ab, um wieder auf die Füße zu kommen, aber sein linkes Knie schien nicht zu funktionieren – ein Krampf, ausgerechnet jetzt! Aber der Gegner war viel zu sehr mit dem Anblick seines eigenen Blutes beschäftigt, um Loredans Schwierigkeiten zu bemerken. Irgendwie gelang es Loredan, sich auf seinem rechten Bein aufzurichten und die dürftige Imitation einer Fechtstellung einzunehmen. Kein guter Zeitpunkt für den Versuch, die Füße zu bewegen; er würde mit Sicherheit stürzen. Alles hing nun von dem anderen Advokaten ab, wie gut der mit seiner Verletzung zurechtkam. Loredan wartete auf den Zug seines Gegners und verfluchte alle Frachtstreitigkeiten, alle auf Vertragsrecht basierenden Klagen und alle großen blonden Fechter, die zehn Jahre jünger als er waren. Eine Menge Flüche für einen Augenblick, der nicht einmal einen Herzschlag lang dauerte, aber seine große Erfahrung half ihm dabei.

Gnädigerweise schien sein Gegner den Mut verloren zu haben. Statt einen Ausfall zu machen, schwankte er zurück und führte auf Ellbogenhöhe einen seitlichen Schlag. Loredan hielt das für eine genauso effektive Selbstmordmethode wie den Sprung von einem hohen Turm. Er lenkte den Schlag sauber zur Seite und beugte sich in den unwillkürlich darauf folgenden Vorwärtsschritt hinein. Er fühlte, wie die Klinge auf Knochen traf, sah sie sich durchbiegen …

… und zerbrechen, so sauber wie der Stiel eines Weinglases, etwa fünfundzwanzig Zentimeter hinter der Spitze. Mit der Kraft seines Handgelenks verwandelte er den Stoß angewidert in einen kurzen Hieb, der die Kehle des Gegners so sauber zerschnitt wie ein Stück Pergament. Ein Klappern ertönte, als der extravagante, unglückbringende Tarmont zu Boden fiel, gefolgt von einem leisen Pfeifen, als der andere Mann durch eine Kehle einatmen wollte, die nicht mehr da war. Und dann war da natürlich noch das viele Blut, und das übliche dumpfe Geräusch, als er auf dem Boden aufschlug.

*Zur Hölle mit allen Frachtprozessen.*

Der Richter ließ seinen kleinen Hammer niedersausen und verkündete überflüssigerweise das Urteil zugunsten des Beklagten. Von den Zuschauern kam Applaus, etwas gedämpft, da es ein sehr kurzer Kampf ohne nennenswerte Fechtkunst gewesen war, gefolgt vom Scharren der Füße, der Wiederaufnahme unterbrochener Unterhaltungen, Gelächter und einem Niesen. Der Kanzlist des Gegners sammelte seine Papiere zusammen und steckte sie sich unter den Arm. Er hatte es nicht eilig, zu seinen Klienten im hinteren Teil der Galerie zu kommen. Athli hatte den Tarmont aufgehoben, der nach altem Brauch nun Loredan gehörte; die Waffe war zehnmal mehr wert als sein Honorar, trotzdem würde er sich dafür keinen neuen Guelan kaufen können, selbst wenn er einen fand. Ein unbefriedigender Tag, wenn man davon absah, daß er noch am Leben war.

»Was war mit dir los?« fragte Athli. »Einen Augenblick lang glaubte ich, es wäre um dich geschehen.«

»Ein Krampf«, erwiderte Loredan. »Sieh dir das an«, murmelte er und starrte den zerbrochenen Degen in seiner Hand an. »Sieht so aus, als hätte ich gerade ein außerordentlich teures Schnitzmesser bekommen.«

»Ich habe dir gesagt, daß das Ding seine besten Tage längst hinter sich hat«, sagte Athli. »Hättest du es verkauft, wie ich es dir vorgeschlagen habe …«

Sie hielt ihm das Samtfutteral hin, und er ließ das Griffstück hineinfallen. Sie verknotete die Schnur und verstaute alles in der Ausrüstungstasche. »Was macht das Knie?«

»Ist besser, aber ich werde es eine Woche oder länger nicht belasten können. Wann steht der nächste Fall an?«

»In vier Wochen«, sagte Athli. »Es ist nichts Großartiges, nur eine Scheidung. Ich sage ihnen aber trotzdem Bescheid, nur für den Fall, daß sie jemand anderen nehmen wollen.«

Loredan nickte. Da eine Scheidung der Kirchengerichtsbarkeit unterstand, mußte der Kampf nicht bis zum Tode gehen, obwohl ein Todesfall natürlich keine Auswirkung auf das Urteil hatte, falls es dennoch dazu kam. Trotzdem war es nur fair, den Klienten zu warnen, falls man verletzt war, und ganz besonders in einem Fall, bei dem es um eine beträchtliche Summe ging.

»Ich könnte ihn bestimmt kürzen«, meinte Loredan nachdenklich. Er war sich bewußt, daß er hinkte, und die Entfernung zur Tür des Gerichtssaals erschien ihm länger als gewöhnlich. »Bei einigen Kammern sind kurze Klingen gerade in Mode.«

»Aber nicht *so* kurze«, sagte Athli. »Laß ihn zu einem zweiten Dolch umschleifen. Du könntest einen Ersatz durchaus brauchen.«

»Das wäre ein Sakrileg.« Ein paar Saalordner schafften den Toten fort; man hatte einen Sack über ihn geworfen, damit sein Anblick nicht die Öffentlichkeit verstörte. »Übrigens, seit wann übernehme ich Scheidungsfälle?«

»Seit du Probleme mit deinem Knie bekommen hast.« Athli schaute zu ihm auf und runzelte leicht die Stirn. »Nichts für ungut, aber hast du mal darüber nachgedacht, wann du dich zur Ruhe setzen willst?«

»Sobald ich es mir leisten kann«, erwiderte Loredan und hatte plötzlich einen bitteren Geschmack im Mund. »Oder wenn sie mich zum Richter machen.«

»Ich wußte, daß du das sagen würdest.«

Nach der zweiten Flasche kam das Zittern, so pünktlich wie die Postkutsche, gerade als er dabei war, die dritte zu öffnen. Wortlos reichte er sie seiner Kanzlistin.

»Du solltest es etwas langsamer angehen lassen«, bemerkte sie und füllte seinen Becher.

Stirnrunzelnd betrachtete Loredan sein verzerrtes Spiegelbild auf der polierten Wandung des Bechers. »Tradition«, erwiderte er, »ist ein Zeichen von Respekt.« Ihm fiel etwas ein. »Haben wir seinem Kanzlisten einen ausgegeben?« Athli nickte.

In der Wirtsstube befanden sich etliche Zuschauer aus dem Gerichtsssaal, und einige stießen einander an und zeigten in seine Richtung. Loredan konnte das nicht besonders leiden, andererseits bestand immer die Möglichkeit, direkt nach einer Verhandlung in einem Wirtshaus neue Arbeit zu finden. Auf diese Weise war er an die Gebrüder Khevren geraten, und an das Kartell der Zimthändler. Mehrere der führenden Familien entsandten ihre Männer zu allen Verhandlungen, um nach guten Advokaten Ausschau zu halten. Für gewöhnlich waren das kluge junge Burschen, die genug Talent zum Überleben hatten, dabei aber jung genug waren, um billig zu sein. Potentiellen Klienten waren die Veteranen natürlich bekannt, aber es bestand immer das Risiko, sich durch überhöhte Preise selbst aus dem Markt zu drängen; ging man mit dem Honorar runter, hätte man genausogut zugeben können, daß man seine besten Zeiten hinter sich hatte. Das gleiche galt für Scheidungsfälle; für einen Veteranen mit zehn Jahren Berufserfahrung kam das dem Eingeständnis von Altersschwäche oder dem Verlust des Mutes gleich. Oder beidem. *Es wäre anders*, dachte Loredan, *würde ich im Alter besser werden. Aber das werde ich nicht.*

»Nun«, sagte Athli, »du hast den leichten Teil erledigt. Jetzt muß ich die Dromosils dazu bringen, auch zu bezahlen.«

Loredan grunzte. »Sag ihnen, wir verklagen sie.« Athli kicherte. Außenstände wie zum Beispiel Advokatenhonorare stellten Privatangelegenheiten dar, die die streitenden Parteien ohne Rechtsbeistand untereinander auskämpfen mußten. In der Praxis hatten Advokaten, denen der Ruf vorauseilte, ihre Honorare einzuklagen, Probleme, an neue Aufträge zu kommen.

»Du schaffst das schon«, setzte er hinzu. »Kein schlechter Tag für dich, wenn du das Geld für den Degen mitrechnest.«

Athli zuckte mit den Schultern. Ihre zehn Prozent würden ein hübsches Sümmchen darstellen, aber sie würde niemals zugeben, daß sie sich freute. »Und jeder Pfennig ist hart verdient«, sagte sie. »Trink aus. In einer Stunde treffen wir die Leute vom Holzkohle-Kartell.«

Loredan stöhnte. »Muß ich da hin? Kannst du nicht einfach sagen, ich müßte mich noch erholen oder was in der Art?«

»Das würde sich toll machen. Ich habe Blut geschwitzt, um sie davon zu überzeugen, daß du kein sabberndes altes Wrack bist, das Hilfe braucht, um zum Abort zu kommen. Und laß um Himmels willen das Hinken sein. Du siehst ohnehin wie hundertsechs aus.«

Loredan füllte trotzig seinen Becher nach. »Wo soll ich bloß einen neuen Guelan herbekommen?« fragte er düster. »Von allen blöden Dingen muß ausgerechnet das passieren.«

Athli blickte ihn stirnrunzelnd an. »Als nächstes wirst du noch abergläubisch«, sagte sie. »Was für einen Mann in deinem Beruf ein gefährliches Hobby ist.«

Loredan knurrte. »Vernünftige Werkzeuge für eine vernünftige Arbeit«, erwiderte er. »Das hat nichts mit Aberglaube zu tun. Und ich finde, es ist an der Zeit, Werkzeug und Ausrüstung aus den Bruttoeinnahmen zu bezahlen. Andere Kanzlisten tun das nämlich«, fügte er schnell hinzu, bevor Athli etwas erwidern konnte. »Sie akzeptieren, daß das essentielle Geschäftsausgaben sind.«

»Kommt überhaupt nicht in Frage.«

»Athli, mein Leben ...« Er verstummte, sich schmerzhaft bewußt, daß er die Regeln gebrochen hatte. Zwischen Advokat und Kanzlist wurde niemals darüber gesprochen, daß der Fechter sterben könnte. Loredan ließ sich voller Scham etwas zusammensacken. »Wann, hast du gesagt, treffen wir dieses Holzkohle-Kartell?«

Athli betrachtete ihn. In letzter Zeit tat sie das oft. Eine weitere eherne Regel besagte, daß sich Kanzlisten nicht um Advokaten sorgten. Sie holten für sie Aufträge herein, die besten, die sie kriegen konnten. Die Tatsache, daß zu hochklassige Aufträge einen Mann schneller töten konnten als ein Blitzschlag, wurde ebenfalls niemals thematisiert. »Schon gut«, sagte sie. »Ich sage, du mußtest auf eine Siegesfeier.«

»Mit den Dromosilbrüdern? Also bitte!« Er trank aus und drehte den Becher um. »Ich sollte dich lieber begleiten«, sagte er seufzend. »Ich kann mich nicht darauf verlassen, daß du allein mit so schwierigen Klienten zurechtkommst. Und anschließend«, fügte er grimmig hinzu, »ziehen wir los und betrinken uns. Einverstanden?«

»Nach einer Stunde mit dem Holzkohle-Kartell?« erwiderte Athli ernst. »Einverstanden.«

»Dieses Prinzip«, sagte der Patriarch ernst, »dem wir natürlich keinen Namen verleihen, stellt die Macht zur Verfügung, die diese Dinge überhaupt erst ermöglicht. Vergeßt niemals, wie begrenzt das Prinzip ist, oder wie wenig es in Wahrheit ausrichten kann.«

Er verstummte und ließ den Blick über die vollbesetzten Bänke schweifen. Fünfhundert eifrige, junge Studenten, von denen jeder zweifellos in der Kindheit den Schwur geleistet hatte, Magier zu werden. Alexius war von Natur aus ein zynischer Mann, und der Aufstieg zu seiner jetzigen Stellung hatte ihn seinen letzten Idealismus gekostet, aber sogar er mußte zugeben, daß er zumindest *eine* ernste, wenn nicht sogar heilige Verantwortung hatte: Er mußte jedes Jahr aufs neue den Novizen so schnell wie möglich begreiflich machen, daß man sie *nicht* zu Zauberern ausbilden würde.

»Hauptsächlich kann das Prinzip als Schild eingesetzt werden«, fuhr er fort. »In geringerem Ausmaß auch als Schwert. Das ist alles: Verteidigung und Angriff. Es kann weder die

Kranken heilen noch die Toten zum Leben erwecken, man kann damit nicht Blei in Gold verwandeln, keinen Mann unsichtbar oder ihn für Frauen attraktiv machen. Es kann nichts erschaffen oder etwas bereits Bestehendes verändern. Es kann Flüche abwehren, man kann mit ihm Flüche aussprechen, und selbst diese Dinge sind größtenteils zufällige Nebeneffekte des eigentlichen Zwecks, für den das Prinzip existiert. Die Macht ist ein Nebenprodukt, so wie Leder, Knochenmehl und Leim Nebenprodukte der Schweinezucht sind.«

Wie beabsichtigt, verursachte der unschöne Vergleich bei seinem hochmütigen jungen Publikum leichten Ekel. Das war nicht die Ansprache, die sie von dem Patriarchen erwartet hatten. Sie waren gekommen, um in ein großartiges Geheimnis eingeweiht zu werden, das beste und profitabelste Gildengeheimnis von allen. Mit etwas Glück würden morgen um die gleiche Zeit mindestens zwanzig eifrige junge Gesichter weniger zu ihm aufblicken, wenn die jüngeren Söhne, die ihre älteren Brüder in Frösche verwandeln wollten, und die Kaufmannssöhne, die geschickt worden waren, damit sie günstige Winde und dienstbare Geister für den Handelsverkehr herbeizaubern lernten, ihre Taschen packten und wieder nach Hause gingen. Wenn er es richtig anstellte, würde er vor Ende des Schuljahres die Hälfte dieser jungen Narren los sein.

»Morgen erkläre ich euch die vier großen Postulate, auf die sich das Prinzip gründet«, sagte er. »Sobald ihr sie verstanden habt – *falls* ihr sie versteht, wofür es keine Garantie gibt –, könnt ihr entscheiden, welchen der sechs Aspekte des Prinzips ihr studieren wollt, und wir werden euch dann den entsprechenden Klassen und Tutoren zuteilen. Darf ich diejenigen von euch, die ihre Gebühren noch bezahlen müssen, außerdem daran erinnern, daß ihr keiner Klasse zugeteilt werden könnt, solange nicht alle ausstehenden Gelder eingegangen sind. Ihr seid entlassen.«

Soviel zur Ausbildung der Jugend. Als er wieder in seiner

Unterkunft war – einer rechteckigen steinernen Zelle mit einem Bett aus harten Holzbohlen, einer schweren Bücherkiste aus Eichenholz und dem erstaunlichsten Deckenmosaik der ganzen Stadt –, legte er die Amtsrobe und die lächerlichen Purpurstiefel ab, setzte sich auf die Bettkante und kämpfte geduldig mit Feuerstein und Zunder, bis seine Lampe zögerlich ihr Licht verbreitete.

Direkt unter seiner Zelle setzen sie sich gerade im Refektorium zur Abendmahlzeit nieder. Bald schon würde der Hausdiener an seine Tür klopfen und die Erlaubnis erbitten, den Knoten zu lösen, der den großen Leuchter über der Hohen Tafel verankerte, damit man ihn herabsenken und mit den Abendkerzen bestücken konnte. Der Patriarch ärgerte sich jedesmal über diese Störung, obwohl sie ein Teil des täglichen Rituals war. Der Lärm der Abendmahlzeit störte ihn beim Lesen, und es verging kaum ein Tag, an dem er sich im Halbdunkel seiner Zelle nicht den Zeh an einem verdammten Vorsprung stieß.

Er hatte auf einem fensterlosen Raum bestanden; das von den unzähligen vergoldeten Steinchen des legendären Mosaiks reflektierte Lampenlicht reichte zum Lesen, vorausgesetzt, man beugte sich nahe genug an die Flamme und hielt die Seite nur wenige Zentimeter von der Nase entfernt. Alexius wußte, daß er außerordentlich anfällig für Ablenkungen war. Hätte er ein Fenster gehabt, hätte er hinausgesehen, statt sein Buch zu lesen. Und was Wandbehänge oder Fresken betraf, so hätte er sie studiert, statt sich auf die schwerfällige Argumentation der Väter zu konzentrieren. Und wäre er zu den Mahlzeiten ins Refektorium gegangen, statt sich mit einem Stück hartem Brot, einem Krug Wasser und einem Apfel zufriedenzugeben, hätte er an diesem Tag oder am nächsten Morgen nichts mehr getan.

Konsequenterweise hielt man ihn für einen großen Asketen und ehrte ihn dementsprechend. Er war vermutlich der am meisten respektierte Patriarch, den die Stadt seit hundert Jahren hatte – was wirklich ein Witz war. Nicht schlecht für einen

Mann, der beim Lesen die Lippen bewegen mußte und keinerlei Anstrengungen unternahm, diese Tatsache zu verheimlichen. Und er brauchte doppelt so lange wie seine Kollegen, um jede in der Orthodoxie auftretende neue Entwicklung oder Hypothese zu meistern, aber immerhin gelang es ihm zumindest. Faulere, begabtere Männer, die sich nicht die Mühe machten, den betreffenden Text selbst zu lesen, sondern sich statt dessen auf die Zusammenfassung einer anderen Person verließen, machten Fehler und konnten durch ein mühsam gelerntes Zitat verwirrt werden.

Einige von ihnen mochten ihn sogar. Das war ihm völlig unbegreiflich.

Bei der Lektüre, die er sich für diesen Abend vorgenommen hatte, handelte es sich um einen neuen Diskurs über die Natur des Glaubens, eine kurze Monographie, die der Archimandrit der Stadtakademie anscheinend in einer ruhigen Minute mal eben so verfaßt hatte – ein Mann, der mehr intuitives Verständnis für das Prinzip im Zehennagel hatte als der Patriarch in seinem ganzen Körper, der aber den größten Teil seiner wachen Stunden sowie einen beträchtlichen Teil des Familieneinkommens dem Pferderennen widmete. Er stellte in seiner Monographie die Behauptung auf, der Glaube fungiere als Fokus für das Prinzip, und zwar auf die gleiche Weise, wie ein Prisma aus Kristall oder Glas das Sonnenlicht bündeln kann. Das Prinzip, behauptete er, sei so universell wie das Licht und ebenso breit gestreut. Erst durch ein geneigtes Bewußtsein gefiltert, konnte es stark genug werden, um eine unterirdische Dunkelheit zu erhellen oder ein Loch zu brennen.

Der Patriarch runzelte unwillig die Stirn. Das drückte knapp und präzise genau das aus, was ihm schon immer im Kopf herumgegangen war, ohne daß er seine diffusen Gedanken in Worte hätte kleiden können. Offensichtlich verfügte der Junge über ein außerordentliches Talent, und das war nur das erste Kapitel des Textes, der Teil, der für gewöhnlich dafür reserviert war, die offensichtlichen Prämissen einer jeden Beweisführung darzulegen. Die verblüffende neue Hypothese, die man Alexius ans Herz gelegt hatte, befand sich in den achtundsiebzig folgenden Kapiteln. Es würde eine lange Nacht werden.

Gerade kündigten sich die ersten Kopfschmerzen an, als an der Tür das Klopfen ertönte, auf das er bereits seit einer halben Stunde wartete. Er grunzte, und ein Lichtkeil fiel durch den Türspalt.

»Entschuldigt bitte die Störung, Vater.«

Er grunzte erneut und bemühte sich, nicht von dem Buch aufzusehen. Aus irgendeinem unerfindlichen Grund war heute abend nicht der Hausdiener gekommen; die Stimme war ihm unbekannt, aber sie war jung und weiblich, vermutlich eine der Töchter des Hausdieners, und falls es ihm überhaupt gelingen sollte, diese verfluchte Hypothese mit seinem langsam arbeitenden Verstand zu …

»Entschuldigt bitte die Störung«, wiederholte die Stimme. »Aber wenn Ihr ein paar Minuten für mich erübrigen könntet …«

Verflucht. Es war eine *Studentin.* »Ich lese«, knurrte er und hielt die Seite noch näher an die Nase. »Verschwinde.«

»Es wird nicht lange dauern. Ich verspreche es. Bitte.«

Alexius seufzte. »Als man Patriarch Nicephorus V. bei der Lektüre der heiligen Schrift *Alle Dinge Sollen Zu Ende Gehen* unterbrach«, verkündete er ernst, »sprach er einen solchen Fluch aus, daß der arme Narr, der ihn gestört hatte, auf der Stelle vom Blitz getroffen wurde. Nur mit größten Anstrengungen konnte man das Opfer später als Nicephorus' eigene Tochter identifizieren, die ihren Vater warnen wollte, daß das Haus brannte. Ich schlage vor, du kommst morgen nach der Vorlesung zu mir.«

Es war gut, Ablenkungen zu vermeiden, aber falls sich das als unmöglich erwies, kostete es viel weniger Zeit, sie ihren Lauf nehmen zu lassen. Er hob einen Binsenhalm vom Boden auf und legte ihn in das Buch, um die Stelle zu markieren, dann schaute er auf.

Vielleicht würde es ja doch keine so unerfreuliche Ablenkung werden. Sie war hochgewachsen und knochig, mit einem schmalen Gesicht und hellblauen Augen; fünfzehn, vielleicht auch sechzehn Jahre alt, trug sie ihren Körper wie den Mantel ihrer älteren Schwester, in den sie erst noch hineinwachsen mußte. Es waren immer die Dürren, die man in einem Handwerk unterbrachte. In diesem Alter war er genauso schmächtig gewesen. Er wurde etwas nachsichtiger.

»Dann beeil dich«, sagte er. »Was kann ich für dich tun?«

Das Mädchen kniete nieder; es war keine Gehorsamsgeste, sondern lediglich die instinktive Handlung einer Person, die aus einem Haushalt kam, in dem es keine Stühle gab. »Ich möchte einen Fluch erbitten.«

Alexius schloß die Augen. Dieses Jahr fing es früh an. Er wollte sie mit einer rüden Bemerkung rausschmeißen, tat es aber aus irgendeinem unerfindlichen Grund dann doch nicht. Die Kleine hatte etwas flehentlich – wie sollte man es nennen? – *Geschäftsmäßiges* an sich, das ihn beinahe dazu veranlaßt hätte, ihr den Wunsch zu erfüllen.

»Wozu?«

Das schien in ihren Augen eine dumme Frage zu sein. »Um jemanden mit einem Fluch zu belegen«, sagte sie. »Bitte, könnt Ihr mir die richtigen Worte beibringen?«

Ich könnte es ihr erklären, dachte Alexius. Ich könnte mit den vier Postulaten beginnen, mich bis zur theoretischen Basis des Prinzips durcharbeiten, kurz die Rolle des Glaubens zusammenfassen – den man mit einem Glas vergleichen könnte, mit dem man Sonnenstrahlen bündelt … –, den wechselseitigen Effekt von Aktion und Reaktion sowie die Sinnlosigkeit des unbegründeten Gebrauchs der Macht erklären, damit sie ganz genau begreift, wie idiotisch ihr Wunsch ist. Oder ich könnte einfach nein sagen.

»Das kommt darauf an, wen du verfluchen willst und warum«, erwiderte er statt dessen. »Denn wenn ein Fluch etwas bewirken soll, dann muß er eine solide Grundlage in dem haben, was das Opfer getan hat. Das alte Sprichwort *Niemand kann einen Unschuldigen verfluchen* ist zwar nicht unbedingt wortwörtlich zu nehmen, aber es ist viel Wahres daran ...«

»Oh, er ist nicht unschuldig«, unterbrach das Mädchen ihn zuversichtlich. »Er hat meinen Onkel getötet.«

Alexius nickte. »Das ist ein guter Anfang«, sagte er. »Zumindest haben wir schon mal eine Tat, auf der ein Fluch basieren kann. Noch besser wäre es, man hätte ihn ungerechtfertigterweise getötet, aber selbst ein Mann, der im Recht war, kann mit einem Fluch belegt werden, solange die Handlung selbst gewalttätig war oder Schaden angerichtet hat. Darum auch meine Vorbehalte wegen der Maxime des Sprichworts, das ich eben zur Sprache brachte.«

Das Mädchen dachte kurz nach. »Es war legal«, sagte sie. »Aber nicht gerechtfertigt. Wie kann man den Tod eines Menschen rechtfertigen? Das ist ganz einfach unmöglich!«

Der Patriarch entschied, diesen Gedanken nicht weiterzuverfolgen. »Wenn du sagst, es sei legal gewesen ...«

»Mein Onkel ist Advokat. Das heißt, er war es.« Das Mädchen lächelte. »Kein besonders guter. *Er* hat in seinem ganzen Leben keinen getötet. Nur Testaments- und Scheidungsverfahren, wißt Ihr?«

Alexius unterdrückte ein Lächeln, als er an die berühmte Statue denken mußte, die in der Vorstadt gestanden hatte, in der er zur Welt gekommen war ...

GEWIDMET DEM ANDENKEN
AN NICETAS DEN BOXER,
VON DEM MAN WAHRLICH SAGEN KANN,
DASS ER KEINEM MENSCHEN EIN LEID ZUFÜGTE.

»Vielleicht hat er den falschen Beruf ausgeübt«, sagte er. »Es war doch bestimmt ein anderer Advokat, der ...«

»Sein Name ist Bardas Loredan«, sagte das Mädchen prompt. »Ich glaube, er ist ziemlich berühmt. Könnt Ihr mir jetzt bitte die nötigen Worte sagen?«

Alexius seufzte. »So einfach ist das nicht«, erwiderte er. »Zuerst einmal gibt es keine besonderen Worte; tatsächlich kann man jemanden mühelos mit einem Fluch belegen, ohne auch nur einen Ton dabei zu sagen. Was man allerdings wirklich dafür braucht, ist ein Bild ...«

»Das habe ich«, sagte das Mädchen und griff in den Ärmel.

»Vor dem inneren Auge«, fuhr Alexius fort. »Ein starkes geistiges Bild der Tat, die einen zu dem Fluch veranlaßt.« Er knirschte mit den Zähnen; auf lange Sicht gesehen, war es besser, alles jetzt zu erklären, es würde Zeit sparen. »Es funktioniert folgendermaßen: Eine Tat, die sich als Auslöser qualifiziert – etwas Gewalttätiges oder Verletzendes –, ruft in den Mächten, die wir als Prinzip bezeichnen, eine Störung hervor.« Er war sich bewußt, daß diese Erklärung nicht einmal annähernd zutraf, aber das durfte ihn jetzt nicht stören. Das Mädchen schien zu verstehen. »Du kannst es mit einem Stein vergleichen, den du ins Wasser wirfst. Für den Bruchteil einer Sekunde wird das Wasser verdrängt, und dort, wo eben noch die Flüssigkeit war, entsteht eine Art Lücke. Das Wasser strömt zu diesem Punkt zurück, aber die entstandenen Kreise breiten sich weiter aus. Wir können dann Folgendes tun, zumindest manchmal: wir bemächtigen uns dieser Lücke und setzen etwas von uns Erschaffenes in sie hinein. Das bezeichnen wir als Fluch.«

»Ich glaube, ich verstehe«, sagte das Mädchen. »Und was geschieht mit dem Wasser? Ich meine, das Wasser, das eigentlich in die Lücke zurückströmen sollte?«

Alexius lächelte beeindruckt. »Das ist eine gute Frage«, sagte er. »Indem wir dort störend eingreifen, wo es bereits einen störenden Einfluß gab, sorgen wir dafür, daß die Dinge noch schlimmer werden – nein, das ist keine gute Erklärung. Wir verstärken die Störung, und es kommt unweigerlich zu einer Reaktion. Wichtig dabei ist, daß die Reaktion meist viel intensiver ist als der Fluch selbst.«

»Es trifft den, der den Fluch verhängt, härter als das Opfer?«

Alexius nickte dankbar. »Du hast es verstanden. Das ist der Grund, warum man zuerst lernen muß, Flüche abzuwehren, bevor man lernt, jemanden mit einem Fluch zu belegen. Sonst schafft man es womöglich, daß sich der Feind das Bein bricht – und endet selbst mit einem gebrochenen Genick.«

Das Mädchen zuckte mit den Schultern. »Das kümmert mich nicht«, sagte sie. »Könntet Ihr mich anleiten?«

Alexius trommelte mit den Fingern auf seinem Knie herum. Es gab eines, das Adepten des Prinzips garantiert *nicht* taten. Sie verdingten sich nicht als metaphysische Attentäter und belegten völlig Fremde mit einem Fluch. Von den gesellschaftlichen Implikationen einmal ganz abgesehen, war es schließlich auch *gefährlich*. Die Reaktion auf einen Fluch war schon schlimm genug, wenn es sich um das eigene geistige Auge handelte. Sie abzuwehren, solange man sich im Kopf einer anderen Person befand, war so gut wie unmöglich, falls man nicht sehr genau wußte, was man zu tun hatte. Und der Patriarch wäre der erste gewesen, der zugegeben hätte, daß er genau das nicht wußte.

»Nein«, sagte er. »Das kommt überhaupt nicht in Frage. Ich könnte lediglich den Versuch unternehmen, den Fluch an deiner Stelle auszusprechen, aber ...«

»Würdet Ihr das tun?«

Die sorgfältig formulierte Erklärung, die er sich in Gedanken zurechtgelegt hatte, verblaßte. »Es ist sehr schwierig«, sagte er. »Und es würde vermutlich nicht funktionieren. Weißt du, ich müßte versuchen, in deinen Geist hineinzusehen.«

»Könnt Ihr das tun?«

Der Patriarch zupfte an seinem Bart. Er hätte einfach behaupten können, es sei unmöglich, denn das war es tatsächlich – oder es wäre zumindest einfach gewesen, den Beweis anzutreten, daß es unmöglich war. In drei Wochen würde er genau dies im Vorlesungssaal tun. Eine Sache, die man lernen mußte – das sogenannte vierte Postulat –, besagte, nur weil ein Vorhaben unmöglich war, bedeutete dies nicht zwangsläufig, daß man es nicht schaffte, wenn man es wirklich versuchte. Aber um es zu versuchen, mußte man es wollen.

»In gewisser Weise.«

»Wie funktioniert das?«

Alexius grinste matt. »Ich bin mir nicht sicher, daß es das tut«, erwiderte er. »Manchmal erhält man ein Ergebnis, aber es ist nicht dasselbe wie etwas, das funktioniert. Eine Uhr funktioniert, wenn man sie aufzieht. Aber manchmal zeigt eine Uhr, die abgelaufen ist, die genaue Zeit an.«

Das Mädchen sah ihn an. »Was ist eine Uhr?«

Alexius machte eine vage Geste. »Wenn du möchtest, versuche ich es«, sagte er. »Aber ich kann nichts versprechen.«

»Vielen Dank.«

»Keine Ursache. Also, ich muß versuchen, genau zu visualisieren, was geschehen ist – ich muß diesen Stein sehen, wie er die Wasseroberfläche trifft. Nicht irgendeinen Stein; genau den richtigen und keinen anderen. Verstehst du?«

»Ich glaube schon.« Das Mädchen stützte das Kinn auf die Fäuste, runzelte die Stirn. »Ich soll erzählen, was genau passiert ist.«

Der Patriarch schüttelte den Kopf. »Nein«, sagte er. »Ich will, daß du mir erzählst, an was du dich erinnerst. Da besteht ein Unterschied. Wenn du an den Vorfall denkst oder dich etwas daran erinnert, steigt da in deinem Bewußtsein nicht sofort ein Bild auf?«

»Ja. Es ist wie ein Augenblick, der erstarrt ist.«

»Sehr gut.« Alexius holte tief Luft. »Sag mir, was du siehst.«

Das Mädchen schaute ihn an. »Mein Onkel wollte ihn treffen – es war eher eine Art Hieb als ein Stoß. Er wehrte den Degen meines Onkels ab und durchbohrte ihn, und in diesem Augenblick zerbrach sein Degen. Ich kann das abgebrochene Stück in Onkels Brust sehen. Es sieht so seltsam aus, ein großes Stück Metall, das aus einem Menschen herausragt. Es erinnert mich irgendwie an ein Nadelkissen, oder an ein Messer, das in der Butter steckt.«

Alexius nickte. »Und was ist mit seinem Gesichtsausdruck? Dem deines Onkel, meine ich. Kannst du ihn sehen?«

»O ja.« Das Mädchen senkte den Blick auf ihre gefalteten Hände. »Er war ärgerlich.«

»Ärgerlich?« wiederholte Alexius.

»Das ist richtig. Als würde man etwas Ungeschicktes tun, eine Tasse fallen lassen oder mit dem Ärmel an einem Nagel hängenbleiben und ihn sich aufreißen. Er war ärgerlich, weil er beim Fechten falsch reagiert hatte. Er war sehr stolz auf seine Fechtkunst.«

»Verstehe«, sagte Alexius. Dann fügte er überflüssigerweise hinzu: »Du mußt ihn sehr gemocht haben.«

Das Mädchen nickte. »Er war acht Jahre älter als ich. Man sagt, dreiundzwanzig wäre ein gutes Alter für einen schlechten Fechter.«

*Soso*, dachte der Patriarch. *Dreiundzwanzig. In den westlichen Vorstädten heiraten Onkel oft ihre Nichten. Das ist hilfreich, es gibt nichts Besseres als die Liebe, um ein flüchtiges Bild zu bewahren.* Er schloß die Augen.

»Werdet Ihr es jetzt tun?«

»Ja. Stör mich nicht.«

»Aber ich habe Euch doch noch gar nicht gesagt, was der Fluch bewirken soll.«

Alexius stöhnte verzweifelt auf. Es reichte nicht, daß er stellvertretend für eine andere Person einen Fluch verhängen sollte, es mußte auch noch ein ganz bestimmter Fluch sein. Das hier entwickelte sich immer mehr zu einer schwierigen Aufgabe.

»Und?«

»Ich sehe ihn«, sagte das Mädchen. »Er ist im Gericht, und ich stehe ihm gegenüber. Wir haben beide einen Degen in der Hand, und er führt einen Stoß. Und dann ...«

Alexius wedelte alarmiert mit beiden Armen. »Halt«, sagte er, »oder du wirst es selbst erledigen, und dann wird die Reaktion das Dach auf uns beide herabstürzen lassen. Vertrau mir; ich glaube, ich weiß, was du willst.«

Er schloß erneut die Augen, und als wäre er auf die Innenseiten seiner Lider gemalt, war da der Gerichtssaal mit seinem hohen Kuppeldach, den Steinbänken, die den sandigen Boden umgaben, mit der Richterplattform und den Marmorständen, in denen die Advokaten auf ihren Befehl warteten. Er konnte Loredans Rücken sehen und über seine Schulter hinweg das Mädchen; sie war nun älter, erwachsener, auf eine Art und Weise außergewöhnlich schön, die ihm Unbehagen einflößte. Er konnte das rote und blaue Licht sehen, das durch das große Fenster fiel und auf der Klinge ihres Degens funkelte, einem langen, schmalen Stück geraden Stahls, das durch die Perspektive zu einer Verlängerung ihrer Hand verkürzt wurde, zu einem einzelnen zeigenden Finger. Er sah, wie Loredan sich vorwärtsbewegte, mit anmutigen, sparsamen Bewegungen – *und das Mädchen reagiert, pariert oben aus der Rückhand. Jetzt beugt sie sich nach vorn, bewegt dabei kaum den Arm, abgesehen von einem Drehen des Handgelenks, das die Klinge wieder gerade ausrichtet. Loredans Schulter senkt sich bei dem Versuch, mit dem Degen den Weg zu versperren, aber er hat zu spät reagiert, die Sünde eines zu selbstsicheren Mannes. Da Loredan ihm den Rücken zuwendet, kann Alexius den Treffer nicht sehen; der Fechter taumelt zurück, kippt vornüber und fällt, ist tot, bevor sein Kopf lautstark auf die Steine prallt. Das Mädchen rührt sich nicht, die Klinge ist jetzt genau auf Alexius gerichtet. Ihm wird bewußt, daß er kein einziges Mal das Gesicht des Mannes gesehen oder das Mädchen nach ihrem Namen gefragt hat ...*

Man stelle sich die Fliege vor, die einem um den Kopf herumsummt, oder die Motte, die nachts aufgeregt im Arbeitszimmer umherflattert, während man sich über die Lampe beugt. Man greift zu, die große Faust läßt das Insekt winzig erscheinen, wenn sich die Finger darum schließen, um es zu zermalmen. Entweder es kann rechtzeitig ausweichen oder nicht. Gelingt es ihm, wird das Insekt von dem Tumult, den die riesige vorbeigreifende Hand in der Luft auslöst, beiseite geschleudert, und es taumelt einen Augenblick lang hilflos umher. Alexius konnte die riesige Hand, die von hinten auf ihn niederfuhr, zwar nicht sehen, aber er fühlte sie; er konnte die Luft fühlen, die verdrängt wurde und ihn herumwirbelte wie eine große Welle auf dem Meer. Er konnte nicht das Geringste tun. Die Hand würde ihn sich schnappen oder auch nicht.

Sie schnappte ihn nicht, aber der Luftzug warf ihn um; es war wie eine Tür, die ihn mitten ins Gesicht traf. Er wollte einen Laut von sich geben, aber in seinen Lungen war keine Luft mehr. Er öffnete den Mund und fiel vom Bett.

»Seid Ihr in Ordnung?«

»Nein«, erwiderte Alexius. »Hilf mir auf.«

Das Mädchen nahm seinen Ärmel; sie war sehr stark. »Was ist geschehen? Hat es funktioniert?«

»Ich habe nicht die geringste Ahnung«, grollte der Patriarch und rieb sich den Hinterkopf wesentlich energischer, als für die kleine Beule nötig gewesen wäre. »Vor meinem geistigen Auge, das heißt, vor unserem geistigen Auge, habe ich ihn getötet. Vielmehr du hast ihn getötet. Ob das nun tatsächlich …«

Das Mädchen ließ ihn abrupt los. »Aber das ist falsch«, sagte sie. »Das sollte der Fluch nicht tun.«

Alexius sah sie finster an; die ganze Angelegenheit hatte das Stadium der Belästigung längst hinter sich gelassen und nahm nun lächerliche Züge an. »Was denn sonst?« fragte er. »Du willst doch Rache, oder?«

»Ich habe Euch doch gesagt, daß ich nichts vom Töten halte«, erwiderte sie kalt und wütend zugleich. »Was nützt es schon, wenn er tot ist? Hättet Ihr mich doch nur erklären lassen ...«

Alexius ließ den Kopf auf sein hartes Kissen fallen. »Was wolltest du denn dann, wenn er nicht sterben sollte ...?« fragte er müde. »Sei nicht ungerecht. Ihr beide, vor den Schranken des Gerichts ...«

»Ich wollte ihm die Hand abschlagen«, sagte sie in einem Tonfall, als wäre es das Natürlichste auf der Welt. »Ich wollte ihm die Hand abschlagen und dann gehen, ihn vor all den anderen stehenlassen.« Sie wandte sich ab; das Haar fiel ihr ins Gesicht. »Der Tod ist keine Strafe für ihn, das ist ein Teil seiner Arbeit. Ich wollte ihm *weh tun.*«

»Dein Pech«, fauchte Alexius. »Du wirst dich eben damit zufriedengeben müssen. Vorausgesetzt natürlich, daß es funktioniert. Wie ich dir sagte, es besteht eine gute Chance, daß es nicht klappt.«

Das Mädchen stand auf. »Das glaube ich nicht«, sagte sie und ging in Richtung Tür.

*Warum sind junge Leute einfach unfähig, sich zu bedanken?* fragte sich Alexius. Sie war im Begriff, in dem gleichen scharfen Lichtkeil zu verschwinden, in dem sie eingetreten war, als es ihm wieder einfiel.

»Wie ist dein Name?« rief er.

»Iseutz«, klang ihre Stimme durch die Dunkelheit. »Iseutz Hedin.«

»Ich sehe dich im Unterricht«, rief er, als die Tür ins Schloß fiel. Ihm war klar, daß er das nicht würde. Eine weniger, damit blieben noch vierhundertneunundneunzig übrig.

Als der Hausdiener kam, um den Leuchter zu senken, warf Alexius ein Buch nach ihm.

# 2

Der traditionell beste Weg, sich der Insel zu nähern, auf der sich Perimadeia, die älteste und schönste aller Städte, erhebt, ist von See her. Zuerst ist da nur der Leuchtturm an der Kimm zu sehen. Dann schieben sich die Türme der Phylax und die Spitzen des Phrontisterion wie grüne Kornähren über den Horizont. Kurz darauf steigt der Berg selbst aus dem Wasser, und dem Besucher bietet sich der erste flüchtige Blick auf die Dreifache Stadt. Der Gipfel des Berges ist ein überirdisches Aufblitzen weißen Marmors und vergoldeter Dächer, und unwissende Neuankömmlinge, die noch immer an Götter glauben, verfallen sofort der Annahme, daß sie hier leben. Erzählt man ihnen dann, daß die Oberstadt die Residenz der kaiserlichen Familie darstellt, fällt es ihnen nicht schwer, in Gedanken einen Zusammenhang zwischen Herrschern und Göttern herzustellen, eine ganz natürliche Reaktion, die Generationen von perimadeianischen Diplomaten überaus gründlich ausgenutzt haben. Da niemals jemand die Oberstadt betritt oder verläßt, kann man den Glauben der barbarischen Besucher nicht widerlegen. Nicht, daß der perimadeianische Staat es je mit besonderem Nachdruck versucht hätte.

Unter der weißen und goldenen Krone liegt die zweite Stadt, die Mittelstadt, ein atemberaubendes Durcheinander aus Palästen, Tempeln, Banken, Markthallen sowie öffentlichen Gebäuden aller Art, zwischen denen sich die Residenzen der Reichen und Mächtigen befinden und die oftmals kaum von ihnen zu unterscheiden sind. Alle einflußreichen Perimadeianer wollen, daß ihre Häuser wie prächtige und ehrfurchtgebietende Amtsstuben aussehen, und so mancher verwirrte Abgesandte oder Kaufmann ist eine Stunde in den Arkaden und Korridoren eines Gebäudes der Mittelstadt umhergeirrt, bevor ihm klar wurde, daß er sich im Haus eines Bürgers befand.

Die Unterstadt ist nur zu sehen, wenn sich das Schiff in Landnähe befindet, da sie größtenteils von den gewaltigen Seemauern verdeckt wird, unbezwingbaren Wächtern, die die Stadt seit sieben Jahrhunderten beschützen. Aus der Nähe sieht der größte und geschäftigste Stadtteil aus wie jede Stadt, nur größer und dichter gedrängt; es ist, als hätten die großen Herrscher der Vergangenheit die bei ihren Eroberungszügen gestürmten Städte genommen, sie allem Wertvollen beraubt und die leeren Gebäude dann am Fuß des Berges achtlos weggeworfen und aufgehäuft.

Nähert man sich der Stadt aus Richtung des Flusses, der sich direkt vor ihr in zwei Arme teilt – und in dessen Gabelung sich die Insel erhebt –, ist der Anblick weniger dramatisch. Sobald der Reisende die schmalen Pässe der umliegenden Berge passiert hat, kommt die Insel sofort in Sicht, und die Mauern auf der Landseite verbergen die Unterstadt nicht auf die gleiche dramatische Weise wie die Seebefestigungen. Vom Fluß aus gesehen, erscheint Perimadeia als eine sehr große, in drei Ebenen aufgeteilte Stadt, die auf zwei Seiten vom Fluß und auf der dritten Seite vom Meer umgeben wird; uneinnehmbar, arrogant und unermeßlich reich, aber nicht notwendigerweise das Heim der Götter. Götter würden zwar Dienstbotenquartiere haben, aber die wären sauberer und nicht ganz so dunkel und beengt.

Ein weiterer Vorteil der Anreise auf dem Seeweg besteht darin, daß der Wind den Geruch erst bemerkbar werden läßt, wenn das Schiff bereits in der Goldenen Mondsichel angelegt hat. Reisende, die vom Fluß kommen, werden früher mit dem Geruch konfrontiert; es ist ausgleichende Gerechtigkeit, daß sie Zeit haben, sich an ihn zu gewöhnen, bevor sie das Brückentor erreichen, wohingegen die Seereisenden einen regelrechten Schock erleben, wenn sie ihr Schiff verlassen.

Nur einer von hundert Perimadeianern ist sich des Geruchs

überhaupt bewußt; tatsächlich bemerken ihn die hier geborenen und aufgewachsenen Bürger nicht einmal und beschweren sich auf Reisen über die dünne, normale Luft, die andernorts herrscht. Der Geruch läßt sich keinem vorherrschenden Duft zuordnen, sondern ist eine dichte und komplexe Mischung aus dem Qualm von Feuern und dem Gestank von Gerbereien, Eisenhütten, Schnapsbrennereien, Glasfabriken, Bäckereien, Garküchen, Parfümerien, Ziegeleien, Hochöfen, Werkstätten, Fisch, Viehdung, menschlichen Ausdünstungen und verrottendem Seetang; er ist einzigartig und an keinem anderen Ort der Welt zu finden.

Temrais Karawane war von Westen aus der Steppe gekommen, also betrat sie die Stadt über die Brücke der Viehhändler und durch das Schwarze Tor. Hinter dem Tor verbreitert sich der Weg zur Hauptdurchgangsstraße des Viertels der Tischler und Maschinenbauer, und das erste, dessen Temrai in der Stadt der Schwerter ansichtig wurde, war die berühmte Knochenmühle, die sich links neben dem Tor erhebt.

Für einen jungen Mann aus der Steppe war das ein außerordentlicher Anblick. Temrai hatte noch nie zuvor so viele Knochen auf einem Haufen gesehen; es waren sogar mehr als auf der Ebene von Skovund, wo vor drei Generationen die große Schlacht zwischen den östlichen und den westlichen Clans stattgefunden hatte. Zwei Männer standen oben auf dem Trichter und schaufelten die Knochen aus einer Bretterkiste hinein. Die meisten stammten von Ochsen, Pferden und Ziegen, aber dazwischen fanden sich auch gelegentlich menschliche Schienbeine, Arme, Rippen und Schädel. Das krachende Geräusch, mit dem der vom Fluß angetriebene Mühlstein sie erfaßte, erinnerte an Reiter, die in einem Wald über trockene Äste ritten, nur war es viel lauter.

»Wofür ist das gut?« fragte Temrai die Männer mit den Schaufeln.

Sie konnten ihn nicht hören; oder falls doch, konnten sie

seinen Akzent nicht verstehen. Aber ein Mann, der neben der Mühle Kupferwaren verkaufte, zupfte an Temrais Ärmel und erklärte es ihm. Knochenmehl wurde von Bauern und Marktgärtnern hoch geschätzt. Es ließ die Dinge wachsen.

»Aha«, sagte Temrai. »Ich verstehe. Vielen Dank.«

»Du bist ein Nomade aus den Steppen, oder?«

Temrai nickte. Er konnte den Händler ausgezeichnet verstehen, allerdings fand er die Singsang-Stimme des Mannes ziemlich irritierend. Man hatte ihm vor seinem Aufbruch gesagt, daß die Städter eher sangen als sprachen; bis zu diesem Augenblick hatte er sich das nicht vorstellen können.

»In diesem Fall wirst du einen echten perimadeianischen Kupferkessel kaufen wollen. Und zufällig ...«

Temrai erklärte, er habe kein Geld – was ihm der Händler glücklicherweise glaubte –, und ergriff die Flucht. Er lenkte sein Pferd den Berg hinauf, auf dem der Beschreibung nach das Stadtarsenal zu finden sein sollte. Unterwegs passierte er zahllose noch beeindruckendere und faszinierendere Stände und Werkstätten. Ein Mann trieb mit Hilfe eines gebogenen Baumschößlings eine rotierende Spindel an, in die ein Stuhlbein eingespannt war, das er nun mit einem Meißel formte, während es sich drehte; ein Armbrustmacher meißelte aus einem Eisenstück einen Federriegel; zwei Männer bedienten den größten Bogenbohrer, den Temrai je gesehen hatte, und bohrten ein Loch durch ein gußeisernes Rad. Temrai staunte über das, was er sah, und zwar so sehr, daß es mehrmals fast zu einer Katastrophe gekommen wäre, weil er nicht auf den Weg achtete und beinahe Stände voller Waren umgeritten hätte. *Es ist unglaublich*, dachte er, *daß all diese wunderbaren Dingc von Menschenhänden erschaffen worden sind.* Offensichtlich war doch mehr am Menschsein, als er bisher geglaubt hatte.

Und das war die Stadt, in der er ein gutes Auskommen als Metallarbeiter haben würde. Irgendwie erschien ihm das nicht richtig; wie konnte es angesichts dieses erstaunlichen Wissens und all dieser unglaublichen Maschinen und Geräte nur möglich sein, daß er etwas wußte, was den Menschen hier unbekannt war?

Wäre es allein seine Entscheidung gewesen, hätte er es nicht gewagt. Aber natürlich war es das nicht, also band er sein Pferd vor den imposanten Bronzetoren des Arsenals an, fand die wesentlich weniger beeindruckende Seitentür und trat ein.

Im Gegensatz zu vielen anderen Angehörigen seiner Rasse hatte sich Temrai schon im Innern von Gebäuden aufgehalten. Er wußte, wie es war, innerhalb von vier Wänden und unter einem Dach zu sein, und auch wenn er es nicht sonderlich mochte, störte es ihn andererseits nicht allzusehr. Doch das hier war etwas ganz anderes. Es war dunkel, wie im Zelt seines Vaters, und das bißchen Licht bestand aus einem roten Flackern. Dieses Flackern und die drückende Hitze kamen von den riesigen Schmelzöfen, aus denen nackte schwitzende Männer Ströme weißglühenden Eisens in lange Reihen identischer Gußformen abließen, die sich um das Fundament des Ofens drängten wie Ferkel um die Muttersau.

Der Lärm war noch schlimmer. Zu Hause gab es nichts, das Temrai mehr erfreute als der Klang des Schmiedehammers, aber das hier konnten nur die Hämmer der Donnergeister sein. Als sich seine Augen besser an das Licht gewöhnt hatten, konnte er die Quelle des Lärms ausmachen: eine Batterie gigantischer mechanischer Hämmer, riesige, mit Eisen oder Kupfer beschlagene Holzpfähle, die von dicken Balken angehoben wurden, bis ein Mechanismus sie umstieß und herabfallen ließ. Hinter den Maschinenhämmern erhob sich ein weiteres riesiges Rad, das dem der Knochenmühle ähnelte, jedoch noch größer war. Es war erstaunlich, diese Männer ließen den Fluß ihre Arbeit erledigen. Temrai fand diesen Gedanken beunruhigend; es war, als würde man die Götter versklaven. Nur daß es allen Berichten zufolge in der Stadt keine Götter gab. Nach längerem Nachdenken kam Temrai zu dem Schluß, daß sie bei all diesen Maschinen vielleicht auch keine brauchten.

»Du da.«

Er drehte sich herum. Vor ihm stand ein kleiner fetter Mann, dem an beiden Seiten seines glänzenden Kahlkopfes zwei weiße Haarbüschel wuchsen. Temrai lächelte.

»Du da«, wiederholte der Kahlkopf. »Was willst du hier?«

Wie die anderen Männer war auch er bis auf einen kleinen Kilt aus schmutzigem weißem Stoff nackt. *Das ist verständlich*, dachte Temrai, *wenn man den ganzen Tag in dieser Hitze schuften muß*. Doch bei den vielen Funken, die aus den Schmelzöfen flogen, hätte er lieber sein Hemd anbehalten und geschwitzt. Und dies hier war der Ort, an dem er Arbeit finden wollte. Er verspürte den starken Drang, einfach wegzulaufen, beherrschte sich aber.

»Bitte«, sagte er. »Ich suche Arbeit.«

Der Mann sah ihn an, als hätte er gerade um ein Stück Mond zwischen zwei Brothälften gebeten. »Arbeit«, wiederholte er.

»Ja, bitte«, erwiderte Temrai. »Ich komme aus der Steppe. Ich bin Klingenschmied.«

Der Glatzkopf hob beide Augenbrauen und nickte. »Tatsächlich?« sagte oder vielmehr sang er. Selbst wenn Temrai den Rest seines Lebens hier verbringen müßte – was die Götter verhüten mochten! –, an diese seltsame Sprechweise würde er sich niemals gewöhnen. Es kostete ihn seine ganze Selbstbeherrschung, nicht zu kichern.

»Ja«, erwiderte er, unsicher, was er sonst antworten sollte. »Und ich habe Lötmetall mitgebracht. Möchtet Ihr es sehen?«

Der Mann nickte, woraufhin Temrai in die Tasche griff und fünf Stangen von dem dünnen Silberdraht hervorholte, den diese erstaunlichen Leute hier angeblich so heiß begehrten. Der Mann nahm sie so ehrfürchtig entgegen, als hätte man ihm gerade die Seele seiner Großmutter überreicht.

»Du weißt damit umzugehen?« fragte er.

Temrai nickte. »Auch mit gewöhnlicher Lötbronze und Lötblei«, sagte er. »Und ich kann Draht und Blech herstellen und sie für den Kern zusammenschweißen und die harten Schneiden schmieden.«

»Ein echter junger Meister«, erwiderte der Mann. »Du siehst nicht alt genug aus, um deinen Lehrvertrag erfüllt zu haben.«

»Bitte?«

Der Mann schüttelte den Kopf. »Lehrverträge«, sagte er. »Als wärst du noch ein Lehrbursche. Vergiß, was ich gesagt habe. Komm her.«

Der Teil des Raumes, in den ihn der Mann führte, war glücklicherweise ganz in der Nähe eines der großen Fenster, und zum ersten Mal, seit er durch die Eingangstür geschritten war, hatte Temrai das Gefühl, daß er wirklich etwas sehen konnte. Da gab es Ambosse, die ordentlich auf Ulmenklötzen standen; Gestelle mit Hämmern, Flachzangen und Kneifzangen, Setzhämmern, Rundhämmern und Flachhämmern; unter all den seltsamen und wunderbaren Dingen, die den Rest des Raumes in Beschlag nahmen, waren sie von beruhigender Vertrautheit. Dort stand auch ein hübscher kleiner Ziegelherd mit einem Blasebalg aus Ziegenhaut, in dem eine Klinge in dumpfem Rot glühte; daneben waren Zinkstangen und Stangen aus Lötblei und ein irdener Topf mit Flußmittel. Als Temrai das sah, begriff er, was von ihm verlangt wurde, und auf der Stelle kehrte sein Selbstbewußtsein zurück.

In allen Teilen der Welt werden Blankwaffen wie Schwerter und Degen auf ähnliche Weise hergestellt: ein Kern aus weichem Eisen, um den man Hunderte von Schichten Eisendraht oder Eisenband wickelt. Dann wird das Ganze erhitzt und zu einem einzigen Stück Metall gehämmert. Die getrennt hergestellten Schneiden, für die man alte Nägel oder Hufeisen schmilzt, werden mit dem Hammer bearbeitet, abgekühlt, wieder mit dem Hammer bearbeitet und dann in einem Ofen voller

Holzkohle, getrocknetem Blut und gemahlenem Leder gehärtet, um das Eisen in Stahl zu verwandeln. Mit dieser Methode kann man eine Klinge mit einer echten Schneide versehen, die Rüstungen und Helme durchschneidet, aber nicht so spröde ist, daß ein kräftiger Schlag sie zerschmettert, als wäre sie ein Becher, den man auf den harten Boden wirft. Unter der Voraussetzung, daß der Schmied die Grundzüge seines Handwerks versteht und genügend Zeit und Geduld hat, ist die Herstellung der Einzelteile nicht besonders schwierig; der Trick besteht darin, mit Hilfe von Lötmetall und Flußmittel die Schneide mit dem Kern zu verbinden.

Temrai wählte eine Zange, zog die rotglühende Klinge aus dem Feuer und musterte sie. Die Schneide war mit Draht am Kern befestigt, entlang der Naht klebten kleine Brocken aus glühendem Flußmittel. Er sah sich um, entdeckte den Eimer mit Wasser und stieß die Klinge hinein.

»Tut mir leid«, erklärte er. »Das ist die falsche Methode.«

Der Kahlkopf runzelte die Stirn, aber Temrai störte sich nicht daran. Als die Klinge abgekühlt war, durchtrennte er den brüchigen Draht mit einer Kneifzange und schlug mit Hilfe eines kleinen Hammers die Schneide vom Kern. Aus dem Beutel holte er ein Gefäß mit seinem eigenen Flußmittel – ein ausgehöhltes Stierhorn, das mit einem staubfeinen weißen Pulver gefüllt war, bei dem es sich um den wichtigsten Bestandteil des größten Wunders seines Volkes handelte.

Er schüttete eine Prise Pulver auf einen flachen Stein, schob es zu einem kleinen Häufchen zusammen und spuckte ein paarmal darauf, dann rührte er mit der Spitze seines kleines Fingers in der Mixtur herum, bis er eine cremige Paste hatte. Er beschmierte den Kern und die Schneide an den Stellen, wo sie sich miteinander verbinden sollten, wobei er darauf achtete, die Masse nicht zu dick aufzutragen; vorher hatte er das alte, eingebrannte Flußmittel mit einem kleinen Messer abgekratzt. Der Kahlköpfige reichte ihm Draht, und er band die Klinge fest zusammen, wobei er sich vergewisserte, daß Kern und Schneide noch genau aufeinanderpaßten. Dann stieß er sie wieder in den kleinen Ofen und bediente enthusiastisch den Blasebalg, bis er die Hitze auf seinen Beinen spürte.

»Wir müssen es heiß machen«, erklärte er, »sonst schmilzt das Silber nicht.«

Der Unterschied – und das war tatsächlich der ganze Unterschied – bestand darin, daß man hier aus Kupfer und Zink hergestellten Rohzink oder – noch schlimmer – weiches Lötmetall aus Blei und Zinn verwendete. In der Steppe wußte man es besser. Drei Teile Kupfer, ein Teil Zink und sechs Teile Silber ergaben ein Lötmetall, das bei wesentlich geringerer Hitze wie Wasser floß und Stahl auf eine Weise mit Eisen verband, wie es Rohzink oder Blei niemals vermochten.

Als die Klinge hellrot glühte, nahm Temrai eine Stange Lötmetall aus der Tasche, rollte sie in dem Rest des Flußmittels hin und her und spuckte darauf, um Glück zu haben. Dann holte er die Klinge aus dem Feuer und strich mit der Stange die Verbindungsnaht entlang. Sobald die Stange die Klinge berührte, schmolz das Lötmetall, verschwand in dem dünnen Spalt und hinterließ lediglich einen weißen Strich unter einer grauen Kruste. Als er mit beiden Seiten fertig war, stieß er die Klinge wieder ins Feuer, murmelte das Gebet an den Gott der Schwertschmiede – nicht, weil er erwartete, daß der Gott ihn an diesem fernen Ort erhörte, sondern weil das genau die richtige Zeitspanne war, um das Lötmetall tief in der Verbindungsnaht zu kochen –, zog die Klinge heraus und sah sich suchend nach dem Topf mit dem Öl um. Es gab keinen.

»Nein«, sagte der Kahlköpfige, als er gefragt wurde. »Da steht Wasser. Wozu willst du Öl haben?«

»Öl«, wiederholte Temrai. »Wenn Ihr welches habt. Oder Schweinefett oder Butter, wenn nicht.«

Der Mann zuckte mit den Schultern und ging weg, um Augenblicke später mit einem großen Topf ranziger Butter zurückzukommen. »Wir benutzen es natürlich, um den Stahl zu härten«, sagte er. »Aber fürs Abkühlen ist das Wasser da.«

»Nein«, erwiderte Temrai so höflich, wie er konnte. »Öl ist am besten, aber Butter tut's auch. Sonst kühlt die Klinge zu schnell ab, und die Verbindung ist schwach.«

Zischend glitt die Klinge in die Butter, von der eine stinkende Rauchwolke aufstieg. Temrai ließ sie drei Beschwörungen des Feuergeistes lang dort stecken, dann zog er sie heraus und schob sie in den Wassereimer.

»Fertig«, sagte er.

»Das war's?«

»Ja.«

»Oh.« Der Kahlköpfige zuckte mit den Schultern. »Ich habe immer geglaubt, es wäre mehr damit verbunden. Magie und so'n Zeug.«

Temrai schüttelte den Kopf. »Keine Magie«, erwiderte er. »Silber. Und Flußmittel. Und Öl oder Schweinefett ist besser als Butter, falls Ihr welches besorgen könnt.«

Er legte die Klinge auf den Amboß, betete, daß er es richtig gemacht hatte und daß, wenn er die Kruste abschlug, eine schöne, gerade, goldene Linie ohne Löcher oder Taschen zum Vorschein kam. Er war nicht enttäuscht; es war gute Arbeit. Er kniff die Drahtenden ab, nahm eine kleine Feile von der Wand und schliff die wenigen Erhebungen der Gußnaht ab, die sich stolz aus der Klinge emporreckten. Jetzt mußte die Klinge nur noch vorsichtig erhitzt werden, bis sie die Farbe dunklen Strohs annahm, und dann in Wasser abgekühlt – weder Öl noch Schweinefett oder Butter, hatte der Mann gesagt; wie kam es, daß sie diese Dinge nicht wußten? – und poliert werden, dann schliff man noch die Schneiden; eine einfache Arbeit, die jeder machen konnte, lästige Arbeit, die der Meister beruhigt dem Lehrburschen überlassen konnte. Es war seltsam, daß hier in der Stadt der Schwerter, wo alles mit Schwertern entschieden wurde und gute Klingen über alles geschätzt wurden, die richtige

Herstellung unbekannt war. Doch in der Steppe, wo sie die Fertigkeit und das Wissen hatten, waren Schwerter kaum mehr als ein nachträglicher Einfall, nur wenig geschätzt von einem Volk von Bogenschützen. Kam man nahe genug an den Feind heran, um das Schwert zu benutzen, war es ziemlich wahrscheinlich, daß jemand einen ernsthaften Fehler begangen hatte.

Der Mann betrachtete die Klinge, rieb sich das Kinn. Er inspizierte beide Seiten, fuhr ein paarmal mit der Fingerspitze die Naht entlang, dann riß er plötzlich den Arm hoch und ließ die Klinge mit aller Kraft auf den Amboß niedersausen. Ein schreckliches Krachen ertönte, das Schwert hieb eine Kerbe von der Stärke einer Bogensehne in das Metall des Ambosses, prallte ab, entglitt der Hand des Mannes und landete klirrend auf dem Boden.

»Du bist eingestellt«, sagte der Mann. »Fünf Goldviertel im Monat. Sei morgen eine Stunde nach Sonnenaufgang hier.« Er rieb sich die rechte Handfläche mit dem Daumen der linken. »Ich besorge Öl«, fügte er hinzu. »Geht es mit Olivenöl?«

Temrai zuckte mit den Schultern. »Das weiß ich nicht«, sagte er. »Da, wo ich herkomme, verwenden wir gereinigtes Fett. Ich schätze, mit Eurem wird es auch funktionieren.«

Fünf Silberpfennige verhalfen ihm in einer Schenke in der Nähe zu einer Zimmerecke. Die dürre alte Frau, die den Laden führte, hatte etwas über Ausländer in ihrem hübschen, sauberen Haus gemurmelt – nur daß es nicht sauber war; in einer Ecke liebten sich ein Mann und eine Frau geräuschvoll, und in der benachbarten Bettstatt lag ein alter Mann anscheinend im Sterben, was aber außer Temrai niemand zu bemerken schien – und sich viel Mühe gegeben, daß er auch ja begriff, daß Tiere nicht im Haus geduldet wurden und die Mahlzeiten extra kosteten. Nach der zur Hälfte gegessenen Pampe auf den diversen Tellern zu urteilen, die überall im Gemeinschaftsraum herumstanden, hielt Temrai es ohnehin für angebracht, sich selbst um sein Essen zu kümmern. Was die Tiere anging, so verkaufte er sein Pferd am Abend und erzielte zwei Goldviertel. Zu Hause konnte man für zwei der Goldviertel des Kaisers eine ganze Herde kaufen, die außerdem noch an jeden gewünschten Ort geliefert wurde.

*Hier wären wir also*, dachte er, als er es sich auf dem Stroh bequem machte und den Umhang zu einem Kopfkissen zusammenfaltete. Bis jetzt hatte er zu seiner großen Überraschung alles richtig gemacht. Er würde das in Erfahrung bringen, was sein Vater wissen mußte; wo die Mauern schwach waren und wie die Wachposten organisiert waren, wie viele Menschen hier lebten und wer die Torschlüssel hütete; wie viele Pfeil- und Speerspitzen das Arsenal an einem Tag herstellen konnte; zu welcher Tageszeit der Wasserstand an der Flußmündung niedrig war und ob die Verteidiger die Brücken schnell genug zerstören konnten, um zu verhindern, daß ein Trupp Angreifer die Kontrolle über sie erlangte.

Wenn er seine Arbeit gut machte, würde er es seinem Vater vielleicht ermöglichen, seinen Schwur zu erfüllen und seinen Frieden zu finden, wenn seine Zeit gekommen war, in den Himmel zu reiten, und das würde eine gute Tat sein. Trotzdem stellte sich ihm die Frage, was genau sein Vater eigentlich mit diesem Ort anstellen wollte. Ihn bis auf die Grundmauern niederzubrennen würde eine Verschwendung sein und den Göttern nicht gefallen. Man könnte ihn ausplündern – aber alle Wagen seines Clans würden die Reichtümer dieser Stadt nicht aufnehmen können, außerdem gab es nichts, was man tatsächlich hätte brauchen können. Und die Stadtbewohner zu vertreiben und selbst hier zu leben war nun wirklich undenkbar. Es mußte einen anderen Grund geben, warum sein Vater soviel Blut seiner Bogenschützen vergießen wollte, um dieses seltsame Ziel zu erreichen, aber er kam einfach nicht darauf, was es sein konnte.

*Was auch der Grund dafür ist*, dachte er, als er einschlief, *daß ich noch immer nicht soweit bin, Häuptling meines Clans zu werden. Also ist das völlig in Ordnung.*

Im letzten Augenblick trat Loredan in den Ausfall des Gegners, drehte sich seitwärts und streckte seinen rechten Arm so weit aus, wie er nur konnte. Die Klinge des anderen schnitt zwei Zentimeter oberhalb seiner Brustwarzen eine glühende Linie in seine Brust; sein Degen drang sauber in das Auge des Gegners und tötete ihn, noch bevor er das selbstzufriedene Grinsen aus dem Gesicht nehmen konnte. Mit dem üblichen dumpfen Geräusch stürzte die Leiche zu Boden; ein Urteil zugunsten des Klägers.

Der Gerichtsdiener winkte gelangweilt nach dem Gerichtsarzt, aber Loredan schüttelte den Kopf; im Gegensatz zur allgemeinen Annahme töteten die offiziellen Ärzte nicht so viele Menschen wie die Anwälte, obwohl sie sich Mühe gaben. Noch schmerzte die Wunde nicht, obwohl das Blut nun schneller floß. Vorsichtig zupfte Loredan den durchtränkten Stoff seines Hemdes von dem Schnitt. Er zitterte.

»Komm schon«, sagte Athli neben ihm. »Das muß gesäubert werden. Weißt du, ich glaubte wirklich, das wäre es gewesen.«

»Ich auch«, erwiderte Loredan leise. »Ich *hasse* Scheidungsfälle.«

»Du hättest aufgeben sollen«, sagte Athli und führte ihn am Arm. Er hielt noch immer den Degen in der Hand, und es war nicht einfach, sich einen Weg durch die Zuschauermenge zu bahnen, ohne unabsichtlich ein Knie aufzuschlitzen.

»Er hatte dich vom ersten Augenblick an geschlagen.«

Loredan schüttelte den Kopf. »Aufgeben ist was für Verlierer.«

»Aber das ist doch der Sinn des Ganzen. Bei einem Scheidungsfall *darfst* du verlieren, das ist doch der Witz dabei. Dein Leben auf Reflexe zu setzen und mit dem tausendsten Bruchteil eines Zentimeters zu gewinnen – nun, unter diesen Voraussetzungen ist das einfach nur *dämlich.*«

»Vielen herzlichen Dank.« Draußen angekommen, gab Loredan Athli die Waffe, die sie abwischte und verstaute. Er fühlte sich schwach, und ihm war übel, als wäre er derjenige, der getötet worden war, nur daß es keiner bemerkt hatte. »Was zu trinken?«

»Bloß nicht. Nach Hause.«

Loredan entschied sich, nicht zu protestieren. »Zu dir oder zu mir?«

»Ich wußte, daß du das eines Tages sagen würdest. Ich glaube, zu dir ist es nicht so weit.«

Stimmte ja, Athli war noch nie bei Loredan gewesen, schließlich hatte es dafür nie einen Grund gegeben. Sie wußte ungefähr, wo er wohnte, hatte aus der Adresse geschlossen, daß er in einer der »Inseln« wohnte, den großen, schnell und schlecht hochgezogenen Wohnblöcken, die vor etwa hundert Jahren nach dem großen Brand im Zirkus-Bezirk gebaut worden waren. Einige von ihnen waren besser als andere; einige hatten fließendes Wasser im Hof, ein Hypokaustum, um im Winter die Wohnungen zu beheizen, Wände, die nicht aus Gewohnheit aufrecht stehenblieben, sondern weil sie ordentlich konstruiert waren.

Der Block, in dem Loredan wohnte, gehörte nicht dazu.

»Siebte Etage«, sagte Loredan und lehnte sich gegen den Türrahmen, um zu Atem zu kommen.

»Natürlich«, erwiderte Athli mit zusammengebissenen Zähnen. Sein Arm drückte schmerzhaft auf ihre Schulter, und er trat ihr ständig auf die Füße.

Das Treppenhaus war dunkel – in einigen »Inseln« brannte ständig Licht auf der Treppe, in dieser hier nicht –, und die Stufen waren schmal und schlüpfrig. Es war ein langer Aufstieg.

»Schlüssel?«

»Gibt es nicht«, erwiderte er. »Tritt gegen die Tür, sie klemmt.«

Loredans Wohnung erwies sich als kalt, spärlich möbliert und makellos sauber. Es gab ein Bett und einen Tisch, einen kunstvoll hergestellten Stuhl mit Drachenschädeln als Armlehnen, einen einstmals wertvollen, fadenscheinigen Wandteppich an der einen Wand; einen Becher, einen Zinnteller, einen Löffel, eine große Kiste mit einem schweren Vorhängeschloß, eine Kleiderpresse, einen Hackklotz, auf dem ein Messer lag, dessen Klinge durch häufiges sorgfältiges Schärfen papierdünn geschliffen war; ein zweites Paar Schuhe und einen Lederhut, der an einem in die Wand geschlagenen Nagel hing; eine Lampe, einen Krug mit dem Emblem eines Weinladens; eine zusätzliche Wolldecke.

»Also gut«, sagte Athli. »Und wofür gibst du dein Geld aus?«

Loredan stöhnte und ließ sich aufs Bett sinken. »In dem Krug müßte noch Wein sein«, sagte er. »Und in der Presse Verbände.«

Athli sah zu, wie er die Wunde auswusch, sie mit Wein aus dem Krug abtupfte und mit einer Geschicklichkeit verband, die offensichtlich von langer Übung herrührte. »Wie wäre es mit etwas zu essen?« fragte sie.

Loredan deutete mit dem Kopf auf den Hackklotz. »Offensichtlich nicht«, sagte er. »Ich gehe später zur Bäckerei runter. Danke für die Hilfe.«

Athli zuckte mit den Schultern und sagte nichts. Ihre Kanzleirobe war blutverschmiert. Loredan schien zu erwarten, daß sie ging. »Kann ich dir was holen?« fragte sie steif. Loredan schüttelte den Kopf.

»Wann ist der nächste dran?« fragte er.

»In drei Wochen.«

»Das Holzkohle-Kartell?«

Athli nickte. »Ich fürchte, ja.«

»Egal. Weißt du schon, wen sie haben?«

»Ich habe noch nichts Definitives gehört«, log Athli.

»Dann sag, was du weißt.«

Sie schnitt eine Grimasse. »Alvise«, sagte sie. »Vielleicht. Wie schon gesagt, es steht noch nicht fest.«

»Alvise. Ich verstehe.« Loredan seufzte; er sah sehr müde aus. »Sieht so aus, als hätten unsere Jungs die gegnerische Partei ernsthaft beleidigt, wenn die bereit ist, so viel Geld auszugeben.«

*Was für eine lausige Grabinschrift*, dachte Athli. Laut sagte sie: »Vermutlich ist das nur ein Gerücht, damit unsere Klienten die Sache außergerichtlich klären. Er würde die anderen das Doppelte des Streitwertes kosten.«

Loredan zuckte mit den Schultern, es schmerzte. »Vermutlich ist es eine Sache des Prinzips. Na ja, wir werden sehen.«

Athli öffnete die Tür. »Wenn du willst, kann ich später noch mal vorbeischauen, sehen, ob alles in Ordnung ist.«

»Ich komme schon zurecht. Nochmals danke.«

Athli fühlte, wie das Blut durch ihre Robe sickerte und kalt und klebrig wie Schweiß ihre Haut benetzte. »Also bis dann«, sagte sie und zog die Tür hinter sich zu.

Loredan lauschte ihren Schritten auf der Treppe, dann rollte er sich mühsam auf den Rücken und starrte den langen Riß in der Decke an. In drei Wochen, wenn dieser üble Schnitt gerade anfangen würde, richtig zu verheilen – falls er Glück hatte und sich nichts entzündete –, würde er vor Gericht gegen Ziani Alvise antreten müssen, den Ersten Advokaten und Kaiserlichen Champion. Es gab bessere Fechter als ihn, vier, vielleicht auch fünf, doch Bardas Loredan war keiner von ihnen. *Seltsam*, dachte er erstaunt, *mit welcher Gelassenheit ich die Vorankündigung meines Todes akzeptiert habe. Ein Nicken, eine Grimasse, als wollte ich sagen: »Nun, das wär's also gewesen«, zwei Zeilen auf einem einfachen Grabstein:*

BARDAS LOREDAN

Er gab sein Leben für das Holzkohle-Kartell

Wie Loredan nur zu gut wußte, gab es keine Götter, und falls doch, lebten sie in weiter Ferne in weniger erleuchteten Ländern, außerhalb der Hörweite. Trotzdem betete er. *Wenn ich das lebend überstehe, höre ich endlich auf, setze mich zur Ruhe oder mache eine Schule auf.* Falls es die Götter tatsächlich gab, wußte er genau, daß sie ihm nicht glauben würden, weil sie das alles schon einmal gehört hatten. Und hier war er nun, seit zehn Jahren Advokat, ein in seiner Jugend vielversprechender Mann, der es aber nicht geschafft hatte, daraus etwas zu machen, der schlicht und einfach versagt hatte.

Vielleicht würde sich das Holzkohle-Kartell ja doch einigen. Männer wie Avise kämpften nur in einem von zehn Fällen, für die man sie verpflichtet hatte, weil keine Partei gern vor Gericht ging, wenn viel Geld auf dem Spiel stand und sie von vornherein wußte, daß sie verlieren würde. Aber das Holzkohle-Kartell gehörte nicht zu der Sorte von Klienten, die sich einigten; er hatte sie kennengelernt und auf Anhieb durchschaut. Es war die Sorte von Männern, die sich durch ihre sture, blindwütige Gier in den schlimmsten Schlamassel verstricken und dann mit Erstaunen und Wut reagieren, wenn die unausweichliche Katastrophe eintritt. Er konnte sich schon genau vorstellen, wie sie mit um die Knöchel wogenden Gewändern aus dem Gericht eilen, sich dabei bitter über die Inkompetenz ihres verstorbenen Advokaten und die Ungerechtigkeit des Rechtssystems beklagen und einen heiligen Schwur ablegen würden, daß sie sich eher bei lebendigem Leibe die Haut abziehen lassen würden, als für einen derart schlecht gehandhabten Fall auch nur einen Pfennig Anwaltskosten zu bezahlen.

*Ich könnte von dem Fall zurücktreten*, dachte er. *Die Möglichkeit besteht immer. Es wäre nur vernünftig. Zwar wäre ich dann in diesem Beruf erledigt, aber was soll's? Ich wäre immer noch am Leben. Ich könnte etwas anderes tun.*

Er grinste und drehte sich auf die Seite. Natürlich würde er niemals von einem Fall zurücktreten, nur weil er Angst hatte oder weil er wußte, daß er sterben würde. Das war etwas, das einfach nicht passierte; falls doch, würde das ganze System zusammenbrechen, und was hätte das für Auswirkungen? Schließlich war es die Stabilität seiner Handelsgesetze, die Perimadeia zur größten Handelsstadt der Welt gemacht hatte. Davon abgesehen wurde niemand Advokat, um ewig zu leben.

Das letzte, was er wollte, war, ewig zu leben; diese Entscheidung hatte er schon vor vielen Jahren getroffen. Jetzt – zwölf Jahre später – war er an diesem Punkt angelangt, und wenn er auch nicht viel erreicht hatte, so hatte er doch genug getan. Traditionellerweise wird der Sarg eines Fechters von zwölf Kollegen in den Roben ihrer Schule und mit leeren Degenscheiden an den Gürteln getragen, während auf dem Sargdeckel der zweitbeste Degen des Verstorbenen – die beste Klinge fällt natürlich an den Sieger – sowie eine weiße Rose liegt, die die Gerechtigkeit symbolisiert. In der Praxis sah das natürlich ganz anders aus; der Sarg ruhte auf den Schultern von sechs Männern, die schlau genug gewesen waren, den Beruf früh genug aufzugeben und nun als Sargträger arbeiteten, der Degen wurde von dem Bestattungsunternehmer gemietet, und irgendwie schien es immer zu regnen. Als er noch jünger gewesen war, hatte er vor vielen schlammigen Gräbern gestanden. Heutzutage machte er sich nicht mal mehr die Mühe hinzugehen.

*Soviel Glück kann auch nur ich haben, daß mein Guelan gerade dann zerbricht, wenn ich ihn am dringendsten brauche.*

Ihm kam ein Gedanke, und er beugte sich stöhnend vornüber und tastete unter dem Bett herum, bis seine Finger auf ein in kratzige Wolle gewickeltes Bündel stießen. Er zog es vor. Spinnweben hüllten es ein, es war grau vor Staub, aber der Knoten öffnete sich mühelos und enthüllte eine abgenutzte schwarze Scheide, aus der ein einfacher brauner Stahlgriff herausragte. *Das ist wirklich seltsam*, dachte er, *ich habe bestimmt seit zehn Jahren nicht mehr daran gedacht. Aber warum nicht? Schließlich kann es nicht schaden.*

Vor zwölf Jahren hatte ein junger Mann, der nach drei Jahren Krieg in der Fremde bereits alt gewesen war, sich in der Fechtschule am Beschützertor eingeschrieben, das Schulgeld mit Münzen aus einem fetten Geldbeutel bezahlt und eine billige, einfache Waffe mitgebracht, auf deren Parierstange nicht einmal der Name ihres Schmiedes eingraviert war. Nachdem er den Kurs beendet hatte, waren noch genügend Münzen im Beutel gewesen, um einen echten Guelan zu erwerben. Die billige, einfache Waffe war als zweitbeste, drittbeste und schließlich als Waffe für Notfälle zur Seite gelegt worden, um dann unter einem Bett in der siebten Etage von Insel Neunundvierzig zu enden. Genaugenommen handelte es sich nicht um einen Advokatendegen; es war ein Militärsäbel aus dem Arsenal, den man gestutzt hatte, um das Gewicht zu reduzieren, und der mit einem einfachen gedrechselten Griff versehen worden war. Er hatte eine Menge Männer getötet, bevor er an Gewicht verloren hatte, aber seitdem war er für die Arbeit in der Fechtschule und zu Übungszwecken benutzt worden und hatte nie wieder das Leben eines Mannes beschützen müssen. Er war anderthalb Viertel wert, falls überhaupt. Loredan hatte ihn nie besonders gemocht. Die Waffe schuldete ihm nichts. Sie würde reichen.

Er schloß die Augen und schlief ein. Seine Träume waren nicht angenehm.

Temrai blickte in den Becher und sah, daß er noch immer beinahe bis zur Hälfte mit dem Zeug gefüllt war. Er wünschte, es wäre anders. Er war versucht, es wegzuschütten, wenn keiner hinsah, aber seine neuen Freunde hatten es ihm spendiert, und ein Geschenk wegzukippen wäre sowohl eine Beleidigung als auch Verschwendung. Trotzdem schmeckte es furchtbar und bereitete ihm Übelkeit.

»Und stimmt es«, fragte einer von ihnen, »daß sie dich, wenn du alt bist, in die Steppe bringen und dich dort zum Sterben zurücklassen? Ich habe nämlich irgendwo gehört, daß ...«

Sie waren früher am Abend vor seiner Bank stehengeblieben: vier breitschultrige Männer mittleren Alters, die an den Schmelzöfen arbeiteten, fröhlich, laut und gesellig. Als Temrai sie näher kommen gesehen hatte, war ihm etwas unbehaglich zumute gewesen. Es wäre nur natürlich gewesen, wenn sie sich an einem Ausländer - noch dazu einem Nomaden - gestört hätten, der einfach ins Arsenal spaziert war und eine Arbeit übernommen hatte, die normalerweise einem von ihnen zugestanden hätte. Ihm war zu Ohren gekommen, daß viele der handwerklich geschickteren Arbeiter im Arsenal einer Art geheimem Clan angehörten, der für Handwerksmeister reserviert war; vielleicht gehörten diese Männer ja dazu und waren gekommen, ihn zu verjagen. Mit einer gewissen Erleichterung hatte er jedoch schnell begriffen, daß sie ihn bloß auf einen Becher einladen wollten.

»Nein«, erwiderte er und schüttelte den Kopf. Aus irgendeinem Grund wurde ihm dabei schwindelig. »Das stimmt überhaupt nicht. Wir respektieren die Alten, die so weise sind und so vieles wissen. Sie treffen alle unsere Entscheidungen und sagen uns, wie die Dinge erledigt werden. Mein Vater ...«

Er beherrschte sich gerade noch rechtzeitig und überspielte den Fehler, indem er so tat, als hätte er sich verschluckt. Die Männer fanden das sehr unterhaltsam und klopften ihm mit ihren riesigen Händen auf den Rücken. Es war seltsam, er wurde den Eindruck nicht los, daß sie alle in einen heimlichen Scherz eingeweiht waren, so, als hätte man jemandem eine Ratte an den Pferdeschwanz gebunden, ohne daß es der Betreffende wußte.

Außerdem war ihm aufgefallen, daß er die Worte etwas undeutlich aussprach, wie ein Mann mit einem schlimm schmerzenden Zahn, dessen Kiefer sich entzündet hatte. Das und der Schwindel wollten ihn zu seinem Schlafplatz gehen lassen. Ihm war schon der Gedanke gekommen, daß möglicherweise das Getränk daran schuld war, aber das konnte er nicht glauben, denn die Männer hatten viel mehr davon getrunken als er, und falls sie sie sich verändert hatten, waren sie höchstens noch lebhafter als sonst, falls das überhaupt möglich war.

»Trink aus«, sagte einer von ihnen, ein Mann namens Milas. »Gibt es bei euch denn keinen Wein?«

Temrai erwiderte, daß in seinem Land Milch getrunken wurde. Die Männer nickten verständnisvoll, und ihre Augen blitzten. »Wein ist besser als Milch«, sagte ein anderer. Divren. »Ist gut für dich. Ist süß, macht dich stark.«

Milas kippte den Krug, und Temrais Becher war wieder gefüllt. Er trank einen großen Schluck, um es hinter sich zu bringen. Das waren wirklich ausgesprochen nette, gastfreundliche Leute, aber das Zeug war widerlich.

»Stimmt«, sagte Milas und nickte ernst. »Davon kriegst du Haare auf der Brust.«

»Hier gibt es so viele Dinge, die anders sind«, fuhr Temrai fort. »So wie das Kaufen und Verkaufen zum Beispiel. Hier wird alles gekauft und verkauft – Essen, Kleidung, Wohnungen. Also gibt es viele Leute, die nur Hemden nähen, und andere wiederum tun nichts anderes, als von den einen Essen zu kaufen, um es dann an andere zu verkaufen.« Er machte eine weit ausholende Geste, die alles rundherum einschloß. »Und es gibt Leute, die ihren Lebensunterhalt damit verdienen, daß ihnen ein Haus gehört, in dem andere Leute wohnen. Das ist seltsam. Oder nehmt euch, ich meine uns; zu Hause ist das alles ganz anders. Zu Hause gehen die Schmiede ihrem Handwerk nur einen von zehn Tagen nach, und den Rest der Zeit treiben sie ihr Vieh oder reparieren ihre Wagen und gerben Häute oder was auch immer, genau wie alle anderen auch. Selbst mein – selbst die großen Lords reiten hinaus zu den Herden, wenn sie sich nicht gerade um die Geschicke des Clans kümmern müssen. Also kaufen und verkaufen wir nur selten etwas. Es ist seltsam«, fuhr Temrai fort, »denn unsere Art scheint gut zu funktionieren, eure aber auch. Sie sind beide gut, nur eben anders.«

»Weise Worte«, sagte Skudas, der dritte Mann. »Im Wein liegt die Weisheit, sagt man das nicht? Trink noch einen Becher.«

»Danke«, sagte Temrai und hielt den Becher hin. Es schmeckte besser, je mehr man davon trank. »Ihr habt hier Leute, deren einzige Arbeit im Kampf besteht, und wenn sie nicht kämpfen, dann üben sie sich im Kampf. Mein Volk kämpft nur dann, wenn es muß, aber den Rest der Zeit kämpfen wir überhaupt nicht. Nein, das stimmt so nicht. Tatsächlich kämpfen wir ziemlich oft, Clan gegen Clan und Stamm gegen Stamm. Aber es ist immer nach einem Tag vorbei, während ihr jahrelang den gleichen Krieg ausfechtet. Was soll das? Man kämpft doch bloß, um herauszufinden, wer der stärkere ist, nicht wer die geschicktesten Lords hat, die den Krieg selbst dann verlängern, wenn der Feind viel mehr Männer hat. Für mich ergibt das keinen Sinn.«

Zulas, der vierte Mann, bestellte einen neuen Krug. Dann sagte er: »Also gefällt es dir hier nicht?«

»Das habe ich nicht gesagt«, erwiderte Temrai und schüttelte energisch den Kopf. »Das habe ich überhaupt nicht gesagt. Ich finde es hier einfach großartig, all diese unglaublichen Dinge, die ihr euer eigen nennt, und wie ihr alle so nah beieinander lebt und dabei nur selten die Beherrschung verliert. Müßten meine Leute wie Pferde in einem Pferch leben, würden sie sich innerhalb eines Tages an die Gurgel gehen. Aber es fällt schwer, Fehden und Streit zu haben, wenn man alles zusammen macht, eine Karawane über den Fluß bringt oder die Pferde zusammentreibt, um sie zu brechen.« Er hielt inne, um einen Schluck Wein zu trinken, dann fuhr er fort. »Ich glaube, der Clan ist einer Familie viel ähnlicher als eure Stadt. Hier ist jeder sein eigener Herr, und ihr lebt in euren eigenen Häusern und schließt nachts die Tür, und viele von euch kennen nicht mal die Leute, die keine halbe Stunde von ihnen entfernt leben. Das ist seltsam.«

Seltsam war auch die Art und Weise, wie sich der Raum drehte. Temrai hatte sich bis jetzt nur einziges Mal so gefühlt; damals hatten sie das Feuer für den Tanz für die Götter geschürt und die alten Frauen hatten Kräuter und heilige Blätter verbrannt. Damals war es völlig in Ordnung gewesen, sich schwindelig und seltsam zu fühlen, weil die Götter herabgestiegen und sich zu den Tänzern gesellt hatten, und die Gegenwart der Götter hat eine seltsame Wirkung auf Sterbliche. War es möglich, daß heute abend Götter in der Schenke anwesend waren?

»Und noch etwas«, sagte er.

Er sprach noch eine ganze Weile, aber jetzt konnte er nicht mehr so richtig verstehen, was er da eigentlich sagte. Es war, als würde er versuchen, die Unterhaltung im Nachbarzelt mitzubekommen. Er konnte eine Stimme hören, aber die Worte waren alle verdreht und abgeschliffen, wie bei einer Münze, die man aus dem Fluß gefischt hatte. Außerdem fühlte er sich nicht so gut.

Als nächstes wurde ihm bewußt, wie ihn der Wirt am Arm rüttelte und mit müder, übellauniger Stimme auf ihn einredete. Temrai versuchte das mit den Göttern zu erklären, was den Wirt anscheinend ärgerte, denn gleich darauf fand er sich draußen auf der Straße wieder; er lag in einer Pfütze, die nicht aus Wasser zu bestehen schien, und ihm war schrecklich übel. Er sah sich nach Zulas und Milas und den anderen um, aber sie waren fort. Er hatte schreckliche Angst, daß er sie mit seinem seltsamen Benehmen beleidigt hatte; schließlich war er ein Ausländer und obendrein auch noch ein Nomade. Es war sehr nett von ihnen gewesen, ihm den ganzen Wein zu kaufen. Er nahm sich fest vor, sich am nächsten Tag bei ihnen zu bedanken und zu entschuldigen.

Schließlich kam ein Soldat mit einer Laterne vorbei und versetzte ihm Fußtritte, bis er sich aufrappelte. Danach wanderte er eine Zeitlang umher und versuchte, seine Unterkunft zu finden, bis er es schließlich aufgab und sich unter einen Wagen legte. Sein letzter Gedanke vorm Einschlafen war, daß die Stadt wirklich ein sehr seltsamer Ort war. Aber einige Menschen hier waren sehr nett und hatten ein gutes Herz, der gute alte Zulas und Minas, oder Skudas und Divren. Er nahm sich fest vor, daran zu denken, seinen Vater zu bitten, ihre Leben zu verschonen, wenn die Stadt erst einmal eingenommen worden war.

Zwölf Jahre zuvor kamen Reiter durch das Morgendämmerungstor geritten. Sie sahen abgerissen und müde aus; ihre Kleidung war ausgebessert und fadenscheinig, ihre Kettenhemden wurden hauptsächlich von Draht zusammengehalten. Manche wirkten so schrecklich wie die Menschenfresser in den Kindergeschichten. Krumme, verdrehte Glieder kündeten von schlecht gerichteten Brüchen, wucherndes weißes Narbengewebe von Wunden, die nicht richtig verbunden worden waren oder sich entzündet hatten. Sowohl die Männer wie auch ihre Pferde waren auf fast schon komische Weise dürr, ihre Hände und Füße schienen nicht mehr zum Rest des Körpers zu passen.

Sie waren natürlich Helden, auch wenn niemand kam, um sie zu begrüßen und ein paar Leute sie mit Dingen bewarfen, weil sie verloren hatten. Sie waren alles, was von dem Heer übriggeblieben war.

Solange sich alle erinnern konnten, war Maxens Mistgabel die einzige Verteidigung der Stadt gegen die ständige vage Bedrohung gewesen, die von den nomadisierenden Clans der westlichen Steppen ausging. Weil die Männer ihre Arbeit so gut erledigten, betrachteten die Bürger sie als selbstverständlich, erwiesen ihnen Ehre und Respekt und zahlten fünfundzwanzig Viertel im Monat; darum kamen sie auch nicht auf den Gedanken, sich die Frage zu stellen, wie man von tausend Mann schwerer Kavallerie erwarten konnte, daß sie die Clans mit ihrer buchstäblich grenzenlosen Anzahl von Reitern in Schach hielten. Schließlich funktionierte es ja, und sie schafften es, und wann immer ein Bürger mitten in der Nacht aus einem Alptraum voller kreischender Wilder und herabregnender Pfeilwolken aufschreckte, dachte er an General Maxen, den Lordgraf des Äußeren, drehte sich um und schlief weiter.

Aber Maxen, der achtunddreißig seiner sechzig Jahre auf dem Schlachtfeld im Kampf gegen die Clans verbracht hatte, tat plötzlich das Unvorstellbare und starb – an Wundbrand. Auslöser war ein Sturz vom Pferd während einer routinemäßigen Strafexpedition. Sobald sich die Nachricht von seinem Tod unter den Clans verbreitete, kam es zu der unausweichlichen Explosion. Für die Nomaden war Maxen ganz einfach die schrecklichste Sache auf der ganzen Welt gewesen, eine dämonische Macht, die mitten in der Nacht von flackernden Fackeln und aufblitzenden Säbeln umgeben über einen hereinbrach, jedes Mitglied der Karawane tötete und in einem Spalt in der Erde verschwand, sich in der Leere und Weite der Steppe unsichtbar machte. Maxens Tod war wie der Tod der Furcht selbst; als sein Stellvertreter Alsen am Krähenfluß auf die vereinigten Clans stieß, warfen die sich der Mistgabel entgegen, als ginge es darum, bei einer Übung Strohpuppen niederzureiten. Alsen befand sich seit fünfundzwanzig Jahren in der Steppe, seit er sich dem Regiment als einfacher Soldat angeschlossen hatte; er war ein brillanter Soldat, einer von der Sorte, deren Feldzüge man unter anderen Umständen an Militärakademien studiert hätte. Er sah sich einem im Verhältnis fünfundzwanzig zu eins übermächtigen Gegner gegenüber und brachte ihm derart verheerende Verluste bei, daß ein Angriff auf die Stadt auf Jahre hinaus unmöglich gemacht wurde. Aber er fiel, und achthundertachtzig seiner Männer starben an seiner Seite. Der traurige Rest seiner Armee eilte zurück nach Perimadeia. Das Kommando führte Alsens Neffe, ein dreiundzwanzigjähriger junger Bursche, der bloß sieben Jahre in der Steppe gewesen war; ein Mann namens Bardas Loredan.

# 3

»Zu sagen, daß das Prinzip einen in die Lage versetzt, die Zukunft vorherzusagen«, sagte der Patriarch gedankenverloren, »kommt der Behauptung gleich, die Hauptaufgabe des Meeres bestünde darin, Treibholz anzuspülen. Die Festellung, daß jemand, der das Prinzip aufmerksam studiert, gewisse Annahmen über die Auswirkungen des Prinzips auf die materielle Welt machen kann, wäre – obwohl auch das im Grunde genommen nicht der Wahrheit entspricht – da schon zutreffender. Alles Weitere als das wäre irreführend.«

Das Mädchen, an deren Namen er sich nicht mehr erinnern konnte, besuchte die Klasse nicht mehr. Sie hatte bekommen, was sie gewollt hatte – oder zumindest etwas, das dem nahekam –, und war gegangen. Alexius hatte das unbehagliche Gefühl, in der Situation der Schankwirtstochter zu sein, die mit einem gutaussehenden Fremden eine angenehme Nacht verbracht hatte und nun von der Morgenübelkeit heimgesucht wurde. Die Auswirkungen des Fluches machten ihm schwer zu schaffen; er mußte das Mädchen wiedersehen, falls er jemals hoffen wollte, die Dinge wieder ins Lot zu bringen.

»Stellt euch eine Straße vor«, fuhr er fort, während die Studenten die Köpfe über die Schreibtafeln beugten und seine Weisheiten eifrig in Wachs ritzten. »Ein Mann reitet in einer Region, in der es von Räubern nur so wimmeln soll, durch ein Tal mit steilen Hügeln. Von seinem Standort aus kann er nicht sehen, daß sie hinter der nächsten Biegung auf ihn warten, aber er hat den Verdacht, daß das der Fall sein könnte. Ein Beobachter, der hoch oben auf einem Hügel sitzt, kann den Mann und die Räuber sehen. Das hat nichts mit Magie zu tun, sondern lediglich mit dem hohen Aussichtspunkt. Man kann also den Hinterhalt nicht sehen, wenn man auf der Straße reitet; nur der unbeteiligte Beobachter, der die Angelegenheiten der anderen beobachtet, kann die drohende Gefahr wahrnehmen.«

Es war ein völlig fehlerhafter Vergleich, aber für die Anfänger würde es reichen. Später, wenn sie es besser wußten, würden sie das Vergnügen haben, sich über seine offensichtlichen Fehler hämisch auszulassen, was ihrem Selbstbewußtsein guttun würde.

»Oder denkt an einen Becher mit Wasser, der auf einem Tisch steht«, fuhr Alexius fort. »Der Becher kann sich nicht aus eigenem Antrieb bewegen oder das Wasser verschütten, aber sollte es zufällig ein Erdbeben geben oder auch nur ein schwerer Wagenzug unten auf der Straße vorbeifahren, wird der Becher scheinbar aus eigenem Antrieb erzittern. Der Mann, der die ersten Anzeichen des Erdbebens entdeckt, bevor es für das ungeübte Auge sichtbar wird, oder der die Wagen in die Straße einbiegen sieht, weiß, daß sich der Becher gleich bewegen wird. Er kann es voraussagen; er kann eingreifen, indem er den Becher in die Hand nimmt und damit verhindert, daß er vom Tisch fällt und zerbricht. Ist der Mann skrupellos, kann er behaupten, daß er den Becher mit seiner gewaltigen Macht dazu veranlassen kann, zu erzittern und das Wasser zu verschütten, und es dann so aussehen lassen, als würde er seine Prahlerei in die Tat umsetzen.«

Brachte er sie da nicht erst auf Ideen? Nein, zumindest keine, die nicht schon eine Stunde nach ihrer Geburt dagewesen wären. Alexius verabscheute Wahrsager noch mehr als diejenigen, die vorgaben, die Kranken zu heilen oder für Geld Flüche aussprachen. Es war eine traurige Tatsache, daß solche Prophezeiungen die Tendenz hatten, sich als wahr zu erweisen, in der Hauptsache natürlich deshalb, weil der Kunde damit rechnete und sich dementsprechend verhielt.

»Wir, die wir das Prinzip studieren«, fuhr er fort, »können stehenbleiben und die lauernden Räuber oder die näher kommenden Wagen sehen. Manchmal versetzen uns unsere Beobachtungen in die Lage einzugreifen; in diesem Fall setzen wir uns den Gefahren aus, vor denen wir die anderen warnen wollen. Wir klettern in den Paß hinunter, um den Reisenden zu warnen, oder wir eilen in der Hoffnung, jemanden retten zu können, zum Schauplatz des Erdbebens. Zu behaupten, wir könnten die Begegnung mit den Banditen verhindern oder den Becher zum Verschütten des Wassers bringen, ohne ihn zu berühren, ist jedoch nicht nur unehrlich, sondern birgt schreckliche Gefahren. Die Banditen werden den Reisenden in Ruhe lassen und uns angreifen. Wir werden das Wasser anstelle der Person verschütten, die wir warnen wollten. Es gibt Leute, die die Meinung vertreten, daß wir verabscheuungswürdig handeln, wenn wir eine Katastrophe kommen sehen und nichts tun. Betrachtet es eher so: Es ist besser, wenn den Räubern nur ein Opfer in die Hände fällt statt deren zwei. Damit endet diese Lektion; bis morgen habt ihr die ersten zwanzig Kapitel von Mycondas' *Syllogismus* gelesen und könnt Fragen beantworten.«

Er verstummte und hörte auf zu existieren, zumindest soweit es die Studenten betraf. Er wußte genau, daß einige von ihnen ihm ganz einfach nicht glauben würden. Sie würden statt dessen annehmen, daß er und die anderen Meister versuchten, die besten Tricks für sich zu behalten. Sollten sie doch; noch wußten sie zu wenig, um anderen als sich selbst schaden zu können.

Als die letzten von ihnen hinausgetrottet waren, wobei sie sich angeregt über alles mögliche unterhielten, nur nicht über das, was man ihnen gerade vermittelt hatte, ließ Alexius seine Gedanken wieder zu der Frage nach dem Mädchen und dem Fluch abschweifen, die ihn noch immer schmerzte wie ein Sandkorn unter einem Augenlid. Wo war sie? Vielleicht kannte sie ja einer der anderen Studenten, andererseits war sie nur kurze Zeit dagewesen, also war es eher unwahrscheinlich, daß sie sich einem von ihnen anvertraut hatte. Darüber hinaus waren alle im Vergleich hoffnungslos jung und unreif. Wer würde einem Kind schon Geheimnisse anvertrauen? Hätte sie ihnen von dem Fluch erzählt, hätte es zweifellos ein paar Narren gegeben, die sich ihrerseits an so etwas versucht hätten. Mit Glück wäre ihnen nichts Schlimmeres passiert, als daß der Trick nicht geklappt hätte.

Der Patriarch von Perimadeia, wie er einer Studentin nachjagte, die am zweiten Tag den Kurs verlassen hatte; einem Mädchen, die einen beträchtlichen Teil ihres ersten Abends in der Zelle des Patriarchen verbracht hatte. Er konnte sich vorstellen, was seine jüngeren Kollegen daraus machen würden, wenn sie die Gelegenheit dazu erhielten. Doch sie würden sie nicht erhalten. Er würde einen anderen Weg finden müssen, um sich von diesem Gebrechen zu heilen.

Plötzlich bemerkte er, daß sich jemand bemühte, ihn einzuholen. Ohne sich umzudrehen, verlangsamte er sein Tempo.

»Faszinierend.« Er erkannte die Stimme. Gannadius, der Archimandrit der Stadtakademie. Aber nun war es zu spät, die Schritte wieder zu beschleunigen. »Jedes Jahr fünfhundert neue Gesichter, doch nach einer oder zwei Wochen sehen sie genauso aus wie ihre Vorgänger und hören sich auch so an. Ich frage mich, ob *wir* ihnen das antun oder ob alle jungen Leute grundsätzlich austauschbar sind?«

»Ich vermute, beides trifft zu«, erwiderte Alexius. »Welche individuellen Merkmale sie bei ihrem Eintreffen hier auch haben mögen, sie werden bald von der Notwendigkeit abgeschliffen, sich nicht von den anderen zu unterscheiden, was Aussehen, Geschmack und Meinungen angeht. Das Beste, was man über die Jugend sagen kann, ist, daß wir alle irgendwann aus ihr herauswachsen.«

Nachdem der übliche Austausch von sinnigen Bemerkungen somit stattgefunden hatte, hoffte Alexius, daß sich sein Kollege nun verziehen würde. Aber das Glück hatte er heute nicht. Gannadius wollte etwas sagen. Man konnte nur darüber spekulieren, wann er sich endlich dazu bequemen würde.

»Der Gedanke, daß ich einst so jung war, quält mich.« Gannadius seufzte. »Ich nehme an, daß ich das war, obwohl ich mich beim besten Willen nicht mehr daran erinnern kann. Soweit es mich betrifft, habe ich immer dasselbe Alter gehabt. Doch meine Freunde um mich herum sind alt geworden.«

*Wie das bloß kommt?* fragte sich Alexius im stillen. »Ich habe mal gelesen«, erwiderte er, »daß es für jeden Mann ein ganz bestimmtes Alter gibt, das zu ihm paßt; sobald er es erreicht, bleibt er dort stehen, während sein Körper weiter verfällt.«

»In meinem Fall dürfte das dreiundvierzig sein.«

Alexius konnte nicht anders, er war interessiert. »Tatsächlich? Warum dreiundvierzig?«

»In diesem Alter las ich das erste Mal die *Analekten*«, sagte Gannadius. »Und Ihr?«

»Ich glaube nicht, daß ich es schon erreicht habe«, gestand Alexius. »Ich kann mich dunkel daran erinnern, daß ich drei war und mich fragte, was es bedeutet, drei zu sein. Und ich war sehr lange Zeit siebzehn, aber das bin ich nicht mehr. Ich glaube, ich habe aufgehört, siebzehn zu sein, als ich erkannte, daß ich mich nicht mehr vor meinen unmittelbaren Vorgesetzten fürchtete.«

»Und wann war das?«

»Als ich Patriarch wurde«, erwiderte Alexius. »Jetzt fürchte ich mich vor meinen unmittelbaren Untergebenen, aber das ist wirklich nicht dasselbe.«

Gannadius nickte weise. »Um das Thema zu wechseln«, sagte er, »geht es Euch gut?«

Alexius blieb stehen und rieb sich das Kinn, um seine Überraschung zu verbergen. »Ist das so offensichtlich?«

»Mein lieber Freund, Ihr seid dahergegangen wie ein Mann, dessen Fuß in einer Falle steckt. Wäre es impertinent von mir anzunehmen, daß Ihr sozusagen auf eine im Gestrüpp des Prinzips verborgene Harke getreten seid und deshalb einen harten Schlag auf die Nase versetzt bekommen habt?«

Alexius lächelte. »Nein«, erwiderte er. »Ich wußte ganz genau, worauf ich mich einlasse. Ich sprach einen Fluch aus, und ich fürchte, er nahm es mir übel.«

»Oh. Jemand, den wir kennen?«

Alexius zögerte. Gannadius verhielt sich öfters ungeschickt, er war häufig langweilig und ein Wichtigtuer, aber soweit Alexius wußte, verfolgte er keine finsteren verdeckten Motive oder ungestümen Ambitionen, und seine Schriften enthüllten einen überraschend wachen, pragmatischen Verstand. Und Alexius brauchte Hilfe, wenn er diese verflixten Qualen jemals loswerden wollte.

»Ein Fechter«, sagte er. »Er heißt Bardas Loredan. Mit dem ich, wie ich hinzufügen sollte, keinerlei persönlichen Streit habe. Der Fluch geschah auf Veranlassung einer anderen Person, was vermutlich der Grund ist, warum es mich so schlimm erwischt hat.«

Gannadius biß sich auf die Unterlippe und unterdrückte ein Grinsen. »In diesem Fall muß ich Euch zur Qualität Eurer Arbeit beglückwünschen. Ich darf nicht vergessen, Euch jederzeit mit äußerster Höflichkeit zu begegnen.«

Alexius runzelte die Stirn. »Wieso?«

»Ah, Ihr wißt es tatsächlich nicht, was? Zufällig habe ich eine kleine Summe in ein Kartell investiert, das Holzkohle produziert und verkauft. Sie haben einen Disput mit einem rivalisierenden Unternehmen, und die Sache geht bald vor Gericht. Unsere Gegner haben einen gewissen Bardas Loredan als Vertreter angeheuert.«

»Ich verstehe. Und weiter?«

»Wir haben Ziani Alvise als Advokat verpflichtet«, erwiderte Gannadius. »Ihr habt doch bestimmt schon von ihm gehört, oder?«

Alexius runzelte die Stirn. »Ich glaube schon. Ich verfolge die Prozesse nicht, aber bei dem Namen klingelt es. Ist er gut?«

»Das könnte man sagen. Wie ich von den Wettbegeisterten gehört habe, bietet man Loredan für hundertzwanzig zu eins an und findet niemanden, der auf ihn setzt.«

»Ich verstehe.« Alexius nickte langsam. »In diesem Fall rate ich Euch dringend, Euer letztes Viertel auf Loredan zu setzen. Und wenn Ihr schon mal dabei seid, könntet Ihr für mich fünfzig Viertel auf ihn setzen.«

Gannadius machte ein verblüfftes Gesicht. »Mein lieber Freund«, sagte er, »Bescheidenheit ist eine bewundernswerte Eigenschaft, aber findet Ihr nicht, daß Ihr übertreibt? Ich würde sagen, daß allein schon der Kampf an sich ein deutlicher Hinweis darauf ist, daß Euer Fluch sehr gut funktioniert.«

»Ihr versteht nicht. Mein Fluch besteht darin, daß er von der Hand einer anderen Person stirbt. Einer ganz bestimmten Person. Nicht Ziani Alvise.«

»Ach so.« Gannadius wurde nachdenklich. »Das ist aber wirklich ärgerlich, da ich bereits eine ordentliche Summe auf Alvise gesetzt habe. Doch ich schätze, ich kann noch ein paar Viertel für den anderen auftreiben. Vielen Dank, es ist durchaus möglich, daß Ihr einen armen Mann vor dem völligen Bankrott bewahrt habt. Als Gegenleistung …«

Alexius registrierte das Angebot mit einem leichten Nicken. »Ich muß gestehen, ich könnte Hilfe brauchen. Dieser Fluch erweist sich als verflixt anhänglich. Ich glaube, ich habe da bessere Arbeit geleistet als gedacht.«

»Beim Verfluchen ist es wie beim Kochen mit Knoblauch, man sollte lieber der Versuchung widerstehen, noch eine Prise mehr fürs Glück hinzuzufügen. Kommt Ihr zur Akademie, oder soll ich euch heute abend besuchen?«

Alexius dachte nach. Er kam zu dem Ergebnis, daß es besser war, wenn die ganze Angelegenheit nicht unter der Nase seiner Mitbrüder vonstatten ging. »Nach dem Abendessen«, sagte er. »In der Akademie. Eure Leute müßten dann bei der Abendversammlung sein.«

»Und ich mit ihnen«, machte Gannadius ihn aufmerksam. »Doch eine persönliche Bitte des Patriarchen …«

»Mir wäre lieber, Ihr würdet sagen, daß es um eine dringende Ordensangelegenheit geht«, meinte Alexius. »Was ja nicht so weit von der Wahrheit entfernt ist. Ich habe schon immer Schwierigkeiten gehabt, mich auf eine Sache zu konzentrieren. Langsam wächst mir die Schreibarbeit über den Kopf, von meiner Lektüre ganz zu schweigen.«

»Dann heute abend, nach dem Essen. Wenn Ihr die Seitenpforte benutzt, werde ich es so einrichten, daß ich Euch die Tür persönlich öffne.«

»Danke.«

Gannadius ging, die Sohlen seiner modischen Schuhe hallten laut auf den Fliesen. Ein seltsamer Mann, fand Alexius. Er war seit sieben Jahren der Archimandrit der Stadtakademie, eine ungewöhnlich lange Zeit für ein Amt, das im allgemeinen als lästige, aber notwendige Formalität auf dem komplizierten Weg zum Stuhl des Patriarchen angesehen wurde; doch die ganze Zeit hatte er keinerlei Neigung erkennen lassen, eine Beförderung zu akzeptieren, oder gar dafür intrigiert. Vor drei Jahren hätte er Patriarch von Canea werden können, er hätte nur darum bitten müssen; statt dessen hatte er zugelassen, daß sein eigener Erzdiakon, den er ganz besonders verabscheut hatte, wie eine Invasionsarmee auf den freien Posten zugestürmt war und ihn mit einem Frontalangriff an sich gerissen hatte. Dabei war er allem äußeren Anschein nach geradezu das Urbild eines Karrieremenschen – der jüngste Sohn einer mächtigen Stadtfamilie, der beträchtliche Güter und Unternehmensanteile besaß, die er von der Familie seiner Mutter geerbt hatte; er wurde emsig von den kleinen käferähnlichen Männern umschwärmt, die ihr Leben unter den flachen Steinen der Bezirkspolitik verbrachten. Alexius schüttelte den Kopf. Vielleicht hatten ihm die kalten Winde Caneas nicht zugesagt. Vielleicht war er im Grunde seines Herzens auch nur ein ehrlicher Mann. Seltsamerweise war Alexius geneigt, letzteres anzunehmen.

Der Patriarch stahl sich hinaus, während unter seiner Zelle das Abendessen noch immer lautstark im Gange war, und suchte sich vorsichtig seinen Weg durch die Straßen der Mittelstadt zur Nordtreppe. Das Tor war bereits für die Nacht geschlossen, aber die Pförtner kannten ihn gut; da man die Bewohner der Oberstadt niemals zu Gesicht bekam, kam der Patriarch dem am nächsten, was der Stadt als für alle sichtbare, bürgerliche Galionsfigur dienen konnte. Für einen Mann, der sich alle Mühe gab, die Mittelstadt inkognito zu durchqueren, war das ein ernsthaftes Hindernis; trotzdem gelang es Alexius am Ende, die Stadtakademie zu erreichen, ohne erkannt oder ausgeraubt zu werden, und er klopfte mit dem Knauf seines Stockdegens an die Seitenpforte.

»Ah, da seid Ihr ja«, sagte Gannadius durch die verschließbare Klappe in der Tür. »Ich habe mich schon gefragt, ob Ihr überhaupt noch kommt.«

Die Unterkunft des Archimandriten war etwa fünfmal so groß wie Alexius' Zelle. An den Wänden hingen wertvolle Wandteppiche, es gab fünf außerordentlich kostbare, vergoldete Stühle, ein auf einem niedrigen Podest stehendes und mit Vorhängen abgeteiltes Bett, mehrere ziemlich schöne Truhen und Kisten aus Walnußholz, einen hohen Schreibtisch mit Einlegearbeiten aus Perlmutt, die Jagdszenen zeigten, eine Fußbank aus blankpoliertem Fischbein und ein bemerkenswertes versilbertes Weinservice. Alles war ziemlich neu und roch nach Kampfer und Bienenwachs.

»Ihr mißbilligt es«, sagte Gannadius gleichmütig.

Alexius schüttelte den Kopf. »Überhaupt nicht«, erwiderte er. »Ihr lebt in dem Stil, der einem großen weltlichen Lord zukommt, der Ihr natürlich auch seid. Mich persönlich würden solche Dinge viel zu sehr ablenken, aber nur ein Wilder mißbilligt die Schönheit an sich. Und ich bin sicher, Ihr wißt das alles weit mehr zu schätzen als all die Trockenfrucht-Händler und Anchovis-Barone, die ihre Häuser mit solchen Dingen vollstellen müssen, nur um sich selbst zu beweisen, daß sie jetzt Männer von Rang sind.«

»Ihr mißbilligt es trotzdem. Ich persönlich würde dieses ganze Durcheinander sofort für das Mosaik an Eurer Decke eintauschen. Aber ich bezweifle, daß es zum Verkauf steht.«

Alexius lächelte. »Es könnte durchaus sein, daß Ihr eines Tages darunter schlafen werdet«, sagte er. »Oder behauptet Ihr noch immer, in dieser Richtung keine Ambitionen zu haben?«

Gannadius zuckte mit den Schultern. »Es ist eher die Frage, ob ich für diese Aufgabe geeignet bin«, erwiderte er. »Und es ist eine Tatsache, daß ich es nicht bin. Zumindest jetzt noch nicht.«

»Das ist eine sehr ehrliche Antwort auf eine eher abfällige Bemerkung. Natürlich will ich nicht behaupten, daß ich Euch auch nur einen Augenblick lang glaube.«

»Nur weil eine Bemerkung ehrlich ist, bedeutet das nicht notwendigerweise, daß sie auch aufrichtig ist«, erwiderte Gannadius mit einem Grinsen. »Wollen wir jetzt mit dem Fechten aufhören und uns ums Geschäft kümmern?«

»Das wäre das beste«, sagte Alexius, und er berichtete Gannadius genau, was passiert war, ohne etwas auszulassen. Als er zum Schluß gekommen war, blieb der Archimandrit eine Zeitlang ruhig auf seinem ziemlich prächtigen Stuhl sitzen und rieb sich mit dem Zeigefinger der linken Hand den Nasenrücken.

»Ich glaube, ich begreife, was geschehen ist«, sagte er. »Auf jeden Fall war der Fluch, den Ihr verhängt habt, nicht der richtige.«

»Es war nicht der Fluch, den das Mädchen wollte. Da es aber ihr Fluch war und ich nur das Instrument, mit dem sie ihn verhängte, könnte es von Bedeutung sein, daß ich es falsch gemacht habe. Das Resultat dürfte eine Störung im Prinzip sein.«

»Allerdings.« Gannadius nickte. »Im Grunde habt Ihr eine Lücke in der Natur genommen und sie mit etwas gefüllt, das dort nicht hineinpaßt. Jetzt müßt Ihr Euch mit den Auswirkungen der Störung auseinandersetzen.«

Alexius nickte langsam. »Ich stimme Euch zu, das ergibt einen Sinn. Ich bin mir nur nicht darüber im klaren, wie ich es ausbügeln soll.«

»Oh, das ist einfach«, unterbrach ihn sein Kollege. »Ihr müßt zu dem entscheidenden Augenblick zurückkehren und alles richtigstellen. Wenn Ihr den falschen Fluch aufhebt und ihn durch den richtigen ersetzt …«

Alexius hob die Hand. »Das habe ich natürlich versucht«, sagte er. »Das Problem liegt aber darin, daß ich es nicht kann. Schließlich ist es nicht mein Fluch, also kann ich ihn auch nicht aufheben. Ich kann lediglich einen Schild um den verflixten Mann legen, um zu verhindern, daß der Fluch sich erfüllt, und selbst das erweist sich als schwierig, denn er war am nächsten Tag jedesmal wieder verschwunden. Die Vorstellung, für den Rest meines Lebens jeden Tag einen neuen Schild um den Kerl zu legen, läßt mich nicht gerade in Jubel ausbrechen.«

»Es ist ein schwieriges Problem«, sagte Gannadius. »Ich kann Euch nur vorschlagen, daß wir es zusammen versuchen. Und bevor Ihr etwas sagt, ich stimme Euch durchaus zu, daß es keinen Beweis dafür gibt, daß unsere gemeinsamen Bemühungen erfolgreicher sein werden als Eure alleinigen Versuche. Auf jeden Fall brauchen wir natürlich das Mädchen.«

Alexius seufzte. »Ich bin geneigt, Euch in diesem Punkt zuzustimmen. Doch wenn Ihr mir helfen wollt, dann wird sich der Versuch wohl lohnen – vorausgesetzt, Ihr seid bereit, das Risiko auf Euch zu nehmen. Ich kann Euch den Zustand beim besten Willen nicht empfehlen, der Euch vermutlich befallen wird, sollten wir scheitern.«

Gannadius zuckte mit den Schultern. »Kein Erfolg ohne

Risiko! Ihr vergeßt, daß ich Euch meinen Preis noch nicht genannt habe.«

»Vermutlich den ständigen Blick auf mein Mosaik«, erwiderte Alexius. »Ich bin mir nicht sicher, daß ich das versprechen kann, außerdem seid Ihr etwa im gleichen Alter wie ich. Es gibt nicht die geringste Garantie, daß Ihr lange genug lebt, um Euren Lohn zu erhalten.« Er lächelte. »Ich nehme nicht an, daß Ihr plant, die nötigen Schritte einzuleiten, um ihn vorher zu bekommen.«

Gannadius sah ernsthaft beleidigt aus. »Nein«, sagte er. »Hätte ich Patriarch werden wollen, wäre ich es mit Sicherheit mittlerweile; oder ich würde auf Canea sitzen und husten und mir die Nase schneuzen. Mein Preis ist viel esoterischer. Ich möchte, daß Ihr mir den siebten Aspekt des Prinzips verratet.«

Alexius war schockiert. Das Wissen um den siebten Aspekt war ein Geheimnis, das nur der Patriarch von Perimadeia, der Primas der Heiligen Piraten und der Abt der Akademie des Silbernen Speeres kannten; im Grunde definierte es erst die wirklich hohen Ämter des Ordens. Darüber hinaus war es das einzige Geheimnis, das immer gehütet worden war, ganz egal, wie schwierig die Umstände oder wie nachlässig der Amtsinhaber gewesen war. »Warum?« fragte er leise.

Gannadius runzelte die Stirn. »Weil ich es wissen will«, erwiderte er. »Ist das so erstaunlich? Ob Ihr es nun glaubt oder nicht, ich trat dem Orden bei, um das Prinzip zu begreifen, oder zumindest das wenige, das man davon begreifen kann. Logischerweise muß ich alle sieben Aspekte kennen, bevor ich überhaupt mit meinen Studien beginnen kann.«

»Ich schätze, ich glaube Euch sogar«, sagte Alexius. »Das macht Eure Forderung nicht weniger beleidigend.«

»Ich habe meinen Preis genannt. Ich muß sicher nicht betonen, daß das Geheimnis bei mir sicher ist. Schließlich stiehlt kein Mann einen Goldschatz, um ihn dann mit vollen Händen aus dem Fenster zu werfen.«

Alexius dachte kurz nach. »Ich kann nur folgendes sagen.

Wenn alles seinen natürlichen Lauf nimmt – und es wird nicht mehr lange dauern, der arme Mann ist über achtzig –, werdet Ihr der Nachfolger von Teofrasto, dem Primas. Dann werdet Ihr zumindest autorisiert sein, dieses Wissen zu erlangen, und in der Praxis wird es auf das gleiche hinauslaufen.«

»Muß ich das? Ich hege nicht den geringsten Wunsch, diesen angenehmen Ort zu verlassen und in Zukunft mitten im Meer auf einem felsigen Eiland zu leben, und meine ganze Gesellschaft besteht aus Dieben und Mördern.«

»Das ist ein Amt, für das Männer getötet und gestohlen haben«, erwiderte Alexius leicht verblüfft. »Ich hatte geglaubt, Ihr würdet Euch darüber freuen.«

»Bestimmt nicht. Sicher, sie haben dort eine gute Bibliothek, aber nichts, was mit dem vergleichbar wäre, was mir hier in der Stadt zur Verfügung steht. Und sobald ich den siebten Aspekt kenne, wird es ohnehin nicht mehr viel geben, das Bücher mich lehren können. Oh, also gut. Ihr habt mein Wort, wenn Euch das reicht.«

Alexius gestattete sich den Luxus eines trockenen Lächelns. »Ich schätze, das wird mich lehren, jungen Damen einen Gefallen zu tun«, sagte er. »Zahlung natürlich hinterher, und nur, wenn es funktioniert hat.«

»Selbstverständlich. Sollen wir anfangen?«

Perimadeia, die Dreifache Stadt, Braut der See und Geliebte der zivilisierten Welt, war im Niedergang begriffen. Sicher, sie war auch zuvor schon krank gewesen, aber noch nie so schlimm wie diesmal. Vor nicht einmal fünfundsiebzig Jahren hatte sich ihr Reich von Zimisca in der Steppe bis nach Tendria erstreckt, dessen Zwillingsgipfel die Passage ins Mittlere Meer umklammerten. Jetzt war der Ort, an dem sich einst Zimisca erhoben hatte, nur noch an ein paar Gesteinstrümmern und dem ungleichmäßigen Wachstum des hohen Straußengrases zu erkennen, während die beiden großen Burgen von Tendria von rivalisierenden Kriegsherren eingenommen worden waren, von denen sich jeder zum Wahren Kaiser ernannt hatte und über ein paar felsige Inseln und eine aufgeblähte Flotte von Piratenschiffen herrschte. Canea, die letzte Inselbesitzung des Kaiserreichs, war praktisch ein autonomer Staat, und die Schiffe, die den nominellen jährlichen Tribut brachten, erbeuteten auf ihren Kaperfahrten in den einstmals sakrosankten kaiserlichen Gewässern das Hundertfache von perimadeianischen Kaufleuten. Ihrer ganzen Pracht zum Trotz besaß die Braut der See nur das, worauf sie stand, und das Reich des Kaisers wurde vom Meer und den Flußarmen begrenzt, die gegen die Land- und Seewälle schwappten.

Nicht, daß jemand einen Gedanken daran verschwendet hätte. Jeder Bürger wußte, daß die Mauern absolut unbezwingbar waren. Fünfhundert Mann konnten die Stadt gegen alle Nationen der Welt halten, wie es Kaiser Teogeno vor zweieinhalb Jahrhunderten getan hatte. So war es schon immer gewesen. Macht und Einfluß Perimadeias wechselten wie die Gezeiten; in dem einen Jahrhundert erstreckten sich die Grenzen des Reiches bis ans Ende der bekannten Welt, das nächste sah die Stadt in ihren Mauern eingesperrt wie einen Vogel im Käfig, während drei Generationen später wieder perimadeianische Gouverneure über die Inseln und die großen Städte des Festlands herrschten. Das einzige, was in Perimadeia wirklich zählte, war der Handel, und die Stadt war nie geschäftiger, bevölkerter oder wohlhabender gewesen. Das schien das Muster zu sein, und es steckte auch eine gewisse Logik dahinter. Eroberungen und Garnisonen kosteten Geld und Männer. Ohne ein Reich, das es zu beschützen galt, gab es keine Kriegssteuern, die man bezahlen mußte, und auch keine Einberufungen, die die Geschäfte störten. So wie es keinerlei Aussicht auf Beute oder Abenteuer gab, die die Männer – die einen gewaltigen Strom an Gütern jeglicher Qualität und Art produzierten – von den Glasereien, Gießereien, Töpfereien, Gerbereien, Schiffswerften, Mühlen, Ziegelbrennereien, Ateliers und Werkstätten fortlocken konnten. Die Stadt prahlte seit tausend Jahren damit, daß einer von drei auf der Welt hergestellten Artikeln im Lärm und der schlechten Luft der Unterstadt gefertigt wurde. Und zum erstenmal war es durchaus möglich, daß das stimmte.

Da die Perimadeianer keine Götter hatten, die ihre Wertmaßstäbe auf etwas anderes lenkten und ihre Aufmerksamkeit beanspruchten, verstanden und schätzten sie materielle Objekte wie keine andere Nation. Die Bürger der Dreifachen Stadt sahen ihr Leben als zeitlich begrenzte, aber verlockende Gelegenheit, aus der kurzen Spanne zwischen Geburt und Tod soviel wie nur möglich zu machen. Und wenn sie von Zeit zu Zeit die Notwendigkeit sahen, Land zu besitzen und Festungen zu bauen, so wie es reiche Kaufleute schon immer taten, dann lag das vermutlich daran, daß es nur sehr wenig gab, wofür sie ihr Geld ausgeben konnten, da sie alles, was sich ein Mann wirklich wünschen konnte, bereits besaßen.

Immer natürlich unter der Voraussetzung, daß die Mauern standen, aber davon konnte man beruhigt ausgehen. Was die Piraten anging, nun, sie waren ein Ärgernis, aber mehr auch nicht. Und die einzige Folge war, daß die Perimadeianer zu Hause blieben und den Kunden das Risiko überließen, zu ihnen zu kommen, statt ihre Waren auf ihren eigenen Schiffen zu den Kunden zu bringen. Früher oder später würde ein ausländischer Fürst es satt haben, bei seinen merkantilen Interessen gutes Geld zu verlieren, und den Abschaum vom Meer fegen. Es bestand nicht die geringste Notwendigkeit für die Stadt, auch nur einen Goldviertel oder ein Leben für etwas zu verschwenden, das ein anderer nur allzugern für sie erledigen würde. Das gleiche würde unzweifelhaft auch für die Feinde auf der Landseite zutreffen, falls es einem von ihnen gelingen sollte, nahe genug zu kommen, um gegen die entmutigende Barriere der Landmauern anzutreten. Es würde reichen, ein paar große Galeeren zu den Inseln und Küstenstädten auszusenden, und auf dem Meer würden sich Schiffe voller Soldaten drängen, die herbeieilten, um die wahre Quelle des allgemeinen Wohlstands zu beschützen. Man sprach sogar davon, die Flotte einzumotten und die Reste der Stadtwache aufzulösen; warum Geld für etwas verschwenden, das man niemals brauchen würde, nicht einmal im schlimmsten vorstellbaren Notfall?

Aus diesem Grund gab es auch keine hysterische Panik oder Unruhen auf den Straßen, als in der Stadt die Nachricht bekannt wurde, daß das Anaxtal, jene weite, fruchtbare Region, die zwischen der Stadt und der Steppe lag und zwei Drittel von Perimadeias Lebensmitteln hervorbrachte, von einer Allianz der Clans des Weißen Bären und des Feuerdrachen unter der Führung eines Häuptlings überrannt worden war, dessen unaussprechlicher Name so ähnlich wie Sasurai klang. Und? fragten die Bürger; ihre Preise sind sowieso zu hoch geworden. Und wenn die in der Stadt lebenden Nomaden Lynchmobs und Pechfässer erwartet hatten, hatten sie ihre kosmopolitischen Gastgeber, die über solchen Dingen standen und immer gestanden hatten, auf traurige Weise falsch eingeschätzt. Zum Beispiel wurde der junge Temrai am Tag nach dem Eintreffen der Nachricht mit dem gleichen freundlichen Nicken an seinem Arbeitsplatz begrüßt wie zuvor, und das Thema wurde nie erwähnt. Ob das auch der Fall gewesen wäre, wenn seine Kollegen gewußt hätten, daß er Sasurais Sohn war, läßt sich natürlich unmöglich sagen.

Alexius, der Patriarch, und Gannadius, der Archimandrit, standen im Gericht und sahen zu, wie ein Mann und ein Mädchen ihre Fechtstellungen einnahmen.

Sie hatten einen Tag und zwei Nächte gebraucht, um dorthin zu gelangen, und sie waren erschöpft. Ironischerweise war es ihre Erschöpfung, die es endlich möglich gemacht hatte, denn beide Männer lagen in tiefem Schlaf versunken in ihren Stühlen in der Unterkunft des Archimandriten, und das Gericht war nichts weiter als der Hintergrund ihres gemeinsamen Traums.

*»Könnt Ihr mich hören?« flüsterte Alexius.*

»Ja, aber sie *können es anscheinend nicht«, erwiderte Gannadius. »Ich bin ein paar Minuten vor Euch eingetroffen und habe ein paar einleitende Experimente gemacht. Soweit ich feststellen kann, sind wir nicht in Wirklichkeit hier.«*

Alexius erschauderte. »Gut. Ich hasse die Vorstellung, nur im Hemd vor der ganzen Stadt zu stehen.«

»Es hat den Anschein, als wäre das Haus wirklich voll«, sagte Gannadius und ließ den Blick über die dichtgedrängten Bänke schweifen. »Ich wünschte, es gäbe die Möglichkeit, feststellen zu können, wie weit wir uns in der Zukunft befinden.«

»Das Mädchen ist älter als bei unserer letzten Begegnung«, sagte Alexius. »Unglücklicherweise können wir aufgrund unserer ziemlich begrenzten Erfahrung mit Frauen wohl kaum vernünftig einschätzen, wieviel älter. Sie hat sich definitiv zum Vorteil verändert, aber das ist auch schon alles, was ich dazu sagen kann.«

»Was geschieht jetzt?«

Bevor Alexius antworten konnte, gab der Richter das Zeichen, in den Gerichtssaal kehrte sofort Stille ein, und die beiden Advokaten begannen mit ihrer Vorstellung. Wieder kehrte Loredan dem Patriarchen den Rücken zu; diesmal bemerkte Alexius aber, daß er einen kaputten Degen in der Hand hielt. Er machte seinen Kollegen darauf aufmerksam, der daraufhin nickte.

»Das ist sicherlich von Bedeutung«, sagte Gannadius. »Ich wünschte nur, ich wüßte, was *es bedeutet.«*

*»Paßt auf. Es geschieht in den ersten Minuten des Kampfes.«*

Aber das tat es diesmal nicht. Obwohl Loredan von Anfang an in der Defensive war, kämpfte er mit der verzweifelten Energie eines Mannes, der genau einschätzen konnte, in welchen Schwierigkeiten er steckte. Ausfällen und Hieben, die seinen Tod hätten bedeuten müssen, begegnete er irgendwie im letztem Augenblick, und obwohl seine Gegenangriffe auf eine Verteidigung stießen, die so unüberwindlich wie die Land- und Seemauern war, verschafften sie ihm die nötige Zeit und den Raum, den er brauchte, um sich weiterhin verteidigen zu können. Alles in allem war es von beiden Seiten eine atemberaubende Zurschaustellung von Virtuosität, die es beinahe wert war, achtundvierzig Stunden darauf zu warten.

»Das alles läuft ganz falsch«, murmelte Alexius. »Wenn ich daran denke, daß ich nun schon seit Wochen die Auswirkungen eines derart hochkarätigen Schlamassels zu spüren bekomme, kriege ich eine Gänsehaut.«

»Geschieht Euch recht«, antwortete Gannadius, die Augen auf den Kampf gerichtet. Er war so etwas wie ein Kenner der Kunst des Rechtsstreits, und das hier war ganz ohne Zweifel ein Sammlerstück.

Das Mädchen machte einen Ausfall nach links, und Loredan wich zur Seite, aber der Ausfall war eine Finte gewesen, und die Klinge raste in gerader Linie auf seine Kehle zu. Ein letzter, verzweifelter Reflex ließ ihn zum Schutz die Hand hochreißen. Er wehrte den Stich ab, aber die Klinge des Mädchens traf ihn mitten in die Handfläche. Von seinem Standort aus konnte Alexius drei Zentimeter Stahl aus Loredans Handrücken herausragen sehen.

Das ist seine Chance, *sagte er sich, und als Loredan einen Ausfall auf den ungeschützten Körper des Mädchens zu machte, stellte sich Alexius zwischen die beiden.*

Er spürte nichts, als Loredans Degen ihn durchbohrte – wie sollte er auch, wo er doch nicht körperlich anwesend war –, aber als er an sich herabblickte und sah, wie die Klinge in seiner Brust verschwand, erkannte er sofort, daß er den schlimmsten Fehler seines Lebens begangen hatte. Einen Augenblick später trat das Mädchen um ihn herum und streckte Loredan nieder; er stürzte vornüber zu Boden und ließ seine Waffe im Körper des Patriarchen stecken. Alexius fragte sich gerade, wie das möglich war, da Loredan doch einen abgebrochenen Degen ohne Spitze benutzt hatte, als er auch schon erwachte.

Schmerzen in seiner Brust und seinem Arm hatten ihn geweckt; keine Frage, ein Herzanfall. Gannadius war noch immer in tiefem Schlaf versunken, und Alexius konnte sich nicht rühren und auch nicht sprechen, um ihn zu wecken. Es bestand tatsächlich die Möglichkeit, daß er jetzt sterben würde. Mehr als alles andere fand er diese Vorstellung absolut unfair.

Gannadius hob den Kopf. »Alles in Ordnung«, sagte er. »Keine Sorge. Ihr werdet es überleben.«

Der Schmerz verschwand.

»Bleibt still sitzen«, fuhr Gannadius fort. »Und beruhigt Euch. Versucht, normal zu atmen.« Er stand steif auf und goß starken dunklen Wein in einen Becher. »Das wird helfen. Kommt schon, trinkt. Würdet Ihr wirklich sterben, wärt Ihr schon längst tot.«

Alexius zog eine Grimasse, als der Wein ein Feuer in seinen Innereien anzuzünden schien. »Was ist passiert?« fragte er. »War das ein Herzinfarkt, oder wurde ich durchbohrt?«

»Beides. Ich fürchte, es war mein Fehler. Gebt mir den Becher, ich schenke nach.«

»*Euer* Fehler?«

Gannadius nickte. »Ich mußte etwas tun, um ihn daran zu hindern, das Mädchen zu töten. Und mir fiel bloß ein, Euch ihm in den Weg zu stoßen. Es ist nur gut, daß Ihr nicht wirklich anwesend wart, oder es hätte sehr gefährlich werden können.«

»Von allen ...« Alexius lehnte den Becher mit einer kraftlosen Handbewegung ab. »Ihr begreift doch, was Ihr da getan habt«, sagte er. »Jetzt lastet mein eigener Fluch auf mir. Und das Mädchen hat ihn trotzdem getötet, also war alles umsonst.«

Gannadius schüttelte den Kopf. »Denkt nach«, sagte er streng. »Dieser Fluch hat doch bereits schon vorher auf Euch gelastet; er hat Euch in den letzten Wochen sehr zu schaffen gemacht. Ich habe die Situation sozusagen nur einer Lösung nähergebracht. Nein, ohne mein Eingreifen wäre alles noch viel schlimmer gewesen. Loredan hätte das Mädchen getötet, und wo stünden wir dann?«

»Ihr seid nicht derjenige, den man durchbohrt hat«, erklärte ihm Alexius. »Bestenfalls sind wir wieder genau da, wo wir angefangen haben.«

»O nein«, widersprach Gannadius, »nicht im mindesten. Zum einen haben wir außerordentlich wertvolle praktische Forschungen auf einem Gebiet des Prinzips betrieben, über das bisher beklagenswert wenig bekannt war. Ich werde eine Abhandlung darüber schreiben.«

Der Patriarch schloß die Augen und holte tief Luft. »Davon mal abgesehen.«

»Und ich bin davon überzeugt, daß wir wertvolle Fortschritte gemacht haben. Statt nur den vagen Verdacht zu haben, daß Ihr unter einer Gegenreaktion leidet, von der aber unbekannt ist, welche Form sie angenommen hat, wissen wir nun genau, womit Ihr zu rechnen habt. Außerdem haben wir rechtzeitig die potentiell verheerenden Konsequenzen dieser zweiten Intervention verhindern können, was ebenfalls keine geringe Leistung ist. Dazu kommt noch die Tatsache, daß die Reaktion in keiner Weise auf mich abgefärbt hat, und ich glaube, wir können uns zu einer geglückten Arbeit gratulieren.« Gannadius lächelte. »Und nun schlage ich vor, daß Ihr versucht, eine Weile zu schlafen. Ich werde für Euch ein Gästezimmer vorbereiten lassen. Herzbeschwerden sind nichts, was man auf die leichte Schulter nehmen sollte.«

Alexius stöhnte. »Was mich wirklich deprimiert, ist die Tatsache, daß Ihr und ich die auf dieser Welt führenden Vertreter dieser besonderen Fertigkeit sind. Wenn das das Beste ist, was wir zustande bringen, sollten wir vielleicht die Finger davon lassen. Um Himmels willen – wir sollten eigentlich in der Lage sein, mit derartigen Dingen unseren Lebensunterhalt zu verdienen.«

Gannadius sah ihn lange Zeit an. »Unseren Lebensunterhalt?« sagte er dann. »Vielleicht solltet Ihr das lieber anders formulieren.«

Die diversen unabhängigen Fechtschulen waren alle in einem langen, schmalen, eingeschossigen Gebäude zwischen dem alten Zirkus und den Regenwassertanks untergebracht. Drinnen tummelte sich die übliche Menge modischer junger Männer und Frauen in teuren, unpraktischen Fechtanzügen, die sich auf ihre Degenkästen stützten und der Handvoll professioneller Kämpfer zusahen, die ihre Übungen absolvierten. Diener eilten mit Strohzielen und Eimern voller nassem Ton hin und her; Fechtmeister brüllten, die unvermeidlichen Händler wanderten am Rand der Menge mit ihren Tabletts voller Wein und Würstchen umher, und zwischen den Säulen der hinteren Kolonnade gingen Degenhändler leise ihren Geschäften nach.

Der Fechtmeister, der im Schatten einer Säule stand, war aufgewühlt.

»Es stimmt, es hat schon weibliche Advokaten gegeben. Einige von ihnen sind sogar fast fünfundzwanzig geworden. Aber das lag hauptsächlich daran, daß keiner sie beschäftigen wollte, also bekamen sie so gut wie keine Aufträge. Du willst dieses Handwerk nicht ergreifen. Geh.«

Das Mädchen sagte kein Wort. Sie streckte einfach nur die Hand aus, in der eine lederne Geldbörse lag. Der Fechtmeister kam nicht umhin zu bemerken, wie prall gefüllt sie war.

»Wir sind auch nicht für Schülerinnen ausgerüstet«, sagte er. »Wir würden getrennte Umkleideräume brauchen, und dazu fehlt uns einfach der nötige Platz. Ganz zu schweigen von den Anstandsdamen«, fügte er plötzlich hinzu, als ihm die nötige Inspiration gekommen war. »Und bevor du sagst, daß du keine Anstandsdamen brauchst, versuch das mal dem Amt für Öffentliche Moral begreiflich zu machen. Das ist genau die Art von Sache, die dafür sorgen könnte, daß man mir den Laden dichtmacht, und zwar einfach so. Und was ist mit der Kleidung?« Er fragte sich, warum keines seiner Worte auch nur den geringsten Effekt zu haben schien. »Man könnte nicht von dir erwarten, daß du in Hosen kämpfst, und es gibt keine akzeptierte Kleiderordnung für Frauen vor Gericht. Du würdest dich der Lächerlichkeit preisgeben.«

Die junge Frau sagte nichts. Die Geldbörse lag auf ihrer Handfläche. Den Fechtmeister überkam eine Art neugierige Frustration; warum drang er nicht zu diesem sturen Mädchen durch? Im Laufe der Jahre hatte er buchstäblich Hunderten Jugendlicher ausgeredet, ein Handwerk zu ergreifen, in dem sie nicht die geringste Überlebenschance besaßen. Er war ein gewissenhafter Mann, außerdem mußte er an seine Fechtmeisterlizenz denken. Er konnte sich lebhaft vorstellen, wie er verzweifelten Eltern und einem steingesichtigen Beamten des Amtes für Öffentliche Sicherheit zu erklären versuchte, warum er einem dürren Mädchen erlaubt hatte, bei ihm anzufangen und sich in ihrem ersten Kampf töten zu lassen. Es war eine fette Geldbörse, aber nicht fett genug, um ihn für den möglichen Verlust eines Geschäfts zu entschädigen, das er neun harte Jahre gehegt und gepflegt hatte.

»Bitte«, sagte er. »Wenn du schon keinerlei Vernunftgründen zugänglich bist, dann geh wenigstens und mach einem meiner Konkurrenten das Leben schwer. Ich kann dir eine Liste mit Namen geben.«

»Ihr seid der Beste«, sagte das Mädchen. »Ich will hier lernen.«

Hinter ihnen hallte die lange Übungshalle vom Klirren der Klingen und dem Gebrüll gereizter Lehrer wider. Der Boden erzitterte, als dreißig Füße gleichzeitig hart aufgesetzt wurden im ersten, zweiten und dritten Schritt der Orthodoxen Parade, der Riposte, der Fléche, des defensiven Vorwärtssprungs, der Südlichen Parade, der Fechterdrehung, der *Mandritta*. Jeder Tag brachte viele neue strahlende, eifrige, idiotische junge Gesichter sowie verzweifelte Väter, deren einzige Söhne von zu Hause und damit dem Familiengeschäft fortgelaufen waren, um dem wilden Traum vom Anwaltsberuf zu folgen. Jede Woche mußte man Beerdigungen beiwohnen, mußten neue Namen in die Rolle der ehemaligen Schüler eingetragen werden, die ihr Leben für das Handwerk gegeben hatten. Auf die eine oder andere Weise sah der Fechtmeister eine schrecklich große Anzahl junger Leute mit einem Todeswunsch, aber noch nie war jemand so hartnäckig gewesen. Am meisten machte ihm vermutlich ihr Auftreten zu schaffen – daß sie nicht bettelte oder ihn zu überreden versuchte. Es war, als würde sie ein unveräußerliches Recht einfordern, das er ihr mit windigen Ausreden vorzuenthalten versuchte. Eigentlich geschah es ihr recht, wenn er sie aufnahm.

»Also gut«, meinte er. »Folgender Handel. Du sagst mir, warum es dir so ungeheuer wichtig ist, Advokatin zu werden, und dann lasse ich mich vielleicht umstimmen.«

Schweigen. Zum ersten Mal spürte der Fechtmeister einen leisen Hauch des Zögerns, ein möglicherweise fragwürdiges Motiv, etwas, auf das er eine vernünftige Ablehnung gründen konnte. Er entschied, sich den Vorteil zunutze zu machen.

»Es ist nämlich so«, sagte er, »es gibt nur einen einzigen stichhaltigen Grund, um diesen Beruf zu ergreifen. Alles andere disqualifiziert dich auf der Stelle. Und ich habe den Eindruck, das ist nicht der Grund, der dich antreibt.«

Sie schwieg, aber ihre Wangen färbten sich rot. Der Fechtmeister war Profi genug, um eine Schwachstelle in ihrer Verteidigung zu spüren, bei der sich Druck auszahlen würde. Er ging in die Offensive.

»Der einzige Grund, um gegen Bezahlung mit Leuten zu kämpfen«, sagte er, »ist Geld. Nicht Gerechtigkeitsliebe oder Ehre oder Abenteuerlust oder Tapferkeit oder das Verlangen, der Beste zu sein. Ganz gewiß nicht die Lust am Töten, bestimmt nicht, denn insgeheim will man nur eine Möglichkeit finden, vor seiner Zeit zu sterben, ohne daß es der eigene Fehler ist. Es muß das Geld sein, nichts anderes. Und wenn du mir jetzt damit kommst, daß das schon in Ordnung ist, daß du nach Abschluß des Kurses gar nicht praktizieren willst und nur wegen der Ausbildung hier bist, dann schlage ich vor, daß du meine Schule verläßt, bevor ich dich auf die Straße setzen lasse. Von allen schmutzigen, widerwärtigen Worten, die ich kenne, ist *Amateur* das schlimmste. Und genau das bist du, nicht wahr?«

Er war auf der Siegerstraße, denn als sie antwortete, klang ihre Stimme unsicher und besorgt. »Woher wollt Ihr das wissen?« fragte sie mürrisch.

»Weil«, erwiderte er, »du hier auftauchst und die vollen Kosten im voraus bezahlen willst. Du gibst nicht einmal vor, handeln zu wollen oder in Raten zu zahlen, oder bittest mich, zu warten, bis du verdienst. Das tun nämlich die Profis. Offensichtlich bist du kein Profi.«

Sieg. Ihre Finger schlossen sich um die Geldbörse, die Hand sank herab. »Zum Teufel mit Euch«, sagte sie. »Dann muß ich eben woanders hingehen.«

»Viel Glück«, erwiderte der Fechtmeister, erleichtert, daß der Kampf vorüber war. Doch trotz seines Sieges verspürte er brennende Neugier. Schließlich hatte sie seine Frage nicht beantwortet. Er stellte sie erneut.

»Das geht Euch nichts an.«

»Wenn du es mir verrätst, könnte ich dir vielleicht die richtige Richtung weisen.«

Das Mädchen zuckte mit den Schultern; die Sache war nicht länger von Bedeutung. Die bloße Geste schien seinen Sieg zu schmälern. »Rache«, sagte sie. »Das ist alles.«

»Das hätte ich mir denken können«, erwiderte der Fechtmeister. »Das einzige, was ich fast so sehr wie Amateure verabscheue, ist ein Melodram.«

Das Mädchen warf ihm einen finsteren Blick zu. »Mein Onkel wurde von einem Advokaten namens Bardas Loredan getötet.

Die einzige Weise, auf die ich ihn legal bestrafen kann, ist, wenn ich selbst Advokatin werde. Also werde ich das tun.«

Der Fechtmeister konnte nicht verhindern, daß sein Interesse geweckt wurde. »Wieso ist es so wichtig, daß es auf legale Weise geschieht?« wollte er wissen. »Wenn das für dich so schrecklich bedeutsam ist, warum heuerst du nicht einfach ein paar kluge Burschen an, die ihm in irgendeiner Gasse die Kehle durchschneiden? Ich könnte dir da bestimmt ein paar Empfehlungen geben; nicht wenige unserer Ex-Schüler spezialisieren sich nach ein paar Jahren im Geschäft auf diesen Teil des Berufs.«

Das Mädchen schüttelte den Kopf. »Das wäre Mord«, sagte sie. »Ich halte nichts von Mord, das ist falsch. Das hier muß auf die richtige Weise erledigt werden.«

Dem Fechtmeister kamen mehrere Erwiderungen in den Sinn, aber er sprach keine davon aus. »Na gut«, sagte er. »Brich einen Rechtsstreit mit einem seiner üblichen Klienten vom Zaun und heuere einen besseren Fechter an. Er wird getötet, und es wäre völlig legal.«

»Das wäre immer noch Mord«, antwortete das Mädchen. »Es ist ja schließlich nicht so, daß Loredan etwas Falsches getan hätte. Er hat nur seine Arbeit gemacht, also hat er kein Verbrechen verübt, das ihn außerhalb des Gesetzes stellen würde. Aber er hat meinen Onkel getötet, und darum muß er bestraft werden.«

Bevor der Fechtmeister noch etwas sagen konnte, hatte sie sich umgedreht und war aus seiner Schule und seinem Leben verschwunden. Der größte Teil von ihm war einfach nur froh, sie los zu sein; aber da gab es einen kleinen, gefährlichen Teil, der es bedauerte, ein so ungewöhnliches Studienobjekt zu verlieren. Der Fechtmeister hatte alle möglichen seltsamen Leute kennengelernt – traurige, kranke, verrückte und einfach nur dumme –, aber noch nie jemanden wie sie. Und vielleicht war das auch gut so, wie er sich ins Gedächtnis rief. Ärger auf zwei Beinen ging man immer besser aus dem Weg.

# 4

Was glotzt du so?« wollte der Maschinenbauer wissen. Temrai trat einen Schritt zurück. »Es tut mir leid«, sagte er. »Ich habe mir das nur angesehen.«

Der Maschinenbauer runzelte die Stirn und spuckte ins Sägemehl. »Hast du nichts zu tun?«

»Ich bin mit allem fertig. Ich warte auf den nächsten Stapel Rohlinge. Also dachte ich mir, ich sehe mich mal um.«

Der Maschinenbauer murmelte etwas Unverständliches und machte mit dem weiter, was auch immer er da tat. Er arbeitete am Stützbalken eines kleinen Tribocks, einer Steinschleuder, die zentnerschwere Steine abschoß. Mit einem Meißel und einem Holzhammer schnitt er Schwalbenschwänze in einen dicken, dreieinhalb Meter langen Balken, den er und ein anderer Mann zuvor mit einer gut drei Meter langen Säge aus einem massiven Block abgelagerter Esche herausgeschnitten hatten.

»Ist das ein Balken für die Aufhängung?« fragte Temrai. Der Maschinenbauer sah überrascht auf.

»Der linke«, erwiderte er. »Der rechte ist schon fertig. Wie kommt es, daß du soviel über Wurfmaschinen weißt?«

»Ich interessiere mich dafür«, sagte Temrai. »Ich habe zugesehen.«

Der Maschinenbauer, ein etwa fünfundsechzigjähriger Mann mit zotteligem weißem Haar und Armen wie ein Bär, nickte. »Ich kenne dich«, sagte er. »Du bist der Nomade.« Sein Mund verzog sich kurz zu einem Grinsen. »Jede Wette, daß du in deiner Steppe so was noch nie gesehen hast.«

»O nein«, sagte Temrai. »Ich finde diese ganzen Belagerungsmaschinen faszinierend.«

Diesmal lachte der Mann laut. »An diesen Dingern ist nicht viel dran«, sagte er. »Der Tribock ist eine ziemlich einfache

Konstruktion; du packst ein verflucht schweres Gewicht an das eine Ende und eine Schlinge für den Stein an das andere, und das Ganze dreht sich um einen Bolzen, der von zwei Balken gehalten wird. Du ziehst das Gewicht mit einer am anderen Ende befindlichen Winde in die Höhe, lädst deinen Stein und läßt los. Das Gewicht rast nach unten, und der Stein wird rausgeschleudert. Eine Kleinigkeit. Eigentlich nichts, verglichen mit einigen anderen Wurfmaschinen, die wir hier herstellen.«

»Oh«, meinte Temrai. »Ich habe sie immer für ganz toll gehalten.«

Der Maschinenbauer zuckte mit den Schultern. »Sie funktionieren ja auch. Wir haben Tribocke, die vier Zentner schwere Steine hundertfünfzig Meter weit schleudern. Das hier ist bloß ein Baby, hat die gleiche Reichweite, kann aber nur ein Viertel der Ladung aufnehmen.«

Temrai nickte anerkennend, und der Maschinenbauer war insgeheim erfreut, Enthusiasmus in den Augen des Nomaden funkeln zu sehen. Alle wahren Maschinenbauer sind Enthusiasten; sie schätzen Bewunderung und Respekt genausosehr wie Maler und Bildhauer; außerdem wissen sie, daß sie sie weitaus eher verdienen. Eine Skulptur muß nur so oder so aussehen. Eine Maschine muß *funktionieren.*

»Woher weißt du, wie groß du sie machen mußt?« fragte Temrai.

Der Mann lachte wieder; es klang nicht geringschätzig. »Das, mein Sohn, ist eine verdammt gute Frage. Einiges davon kannst du durch Berechnungen herausfinden, das nennen wir Formeln. Der Rest ist Ausprobieren. Du baust eine Wurfmaschine und siehst, ob sie funktioniert; tut sie das nicht, baust du sie erneut, nur auf eine etwas andere Weise, und das machst du immer wieder, bist du eine hast, die richtig funktioniert. Das ist dann das, was wir einen Prototyp nennen.«

Temrai nickte.

»Ein Beispiel«, sagte der Mann und markierte vorsichtig das

Rechteck, das er mit Hammer und Meißel herausschneiden wollte. »Da kommt der Artilleriesekretär zu mir und sagt, er will zehn leichte Tribocke, um den Bereich des Seewalls entlang der Kette zu decken, wo sie gerade die fünf neuen Bollwerke gebaut haben. Er sagt mir also, was diese Schleudern können sollen, und ich setze mich hin und denke nach. Nun haben wir mal eine Schleuder mit einem zehn Meter langen Schleuderarm gebaut, deren Gegengewicht hundert Zentner schwer war, und sie konnte einen halben Zentner ein paar hundert Meter weit schleudern. Das ist nicht viel für einen Tribock, das ist eher ein Kinderspielzeug, aber ich habe einen Ansatzpunkt. Ich denke mir also, wenn ich mit einem zehn Meter langen Schleuderarm und hundert Zentnern Gegengewicht fünfzig Pfund etwa zweihundert Meter weit schleudern kann, dann könnte ich es mit einem zwölf Meter langen Arm und einhundertfünfzig Zentnern vielleicht schaffen, hundert Pfund dreihundertfünfzig Meter weit zu schleudern. Dann denke ich aber, Moment mal, ein fünfzehn Meter langer Schleuderarm und zweihundertfünfzig Zentner werfen dreihundert Pfund zweihundertfünfundsiebzig Meter, weil ich mal so einen Tribock gebaut habe. Also versuche ich es mit hundert Zentnern an einem zwölf Meter langen Schleuderarm, und wenn der durchbricht, weiß ich, daß zwölf Meter zuviel sind für das Gewicht, also versuche ich es beim nächstenmal mit zehn Meter achtzig. Aber ich habe den Arm nun verkürzt, also muß ich das Gewicht auf der anderen Seite erhöhen; also nehmen wir hundertsiebzig. Wenn es jetzt bricht, muß ich den Arm stärker machen, und das wirft alle anderen Maße über den Haufen.« Er holte tief Luft. »Maschinenbauen ist keine schnelle Arbeit.«

»Das klingt ja wirklich kompliziert«, sagte Temrai. Er klang so niedergeschlagen, daß der Maschinenbauer ihn anlächelte.

»Es *ist* kompliziert, Dinge zu bauen, die funktionieren«, sagte er dann. »Jeder Idiot kann Dinge bauen, die nicht funktionieren. Versteh das nicht falsch, mein Sohn, aber das macht ihr

Ausländer. Ihr seht eine Maschine und denkt, das ist eine gute Idee, wir bauen uns so eine. Aber ihr denkt nie über ihre Maße oder das Material nach, und dann funktioniert es nicht, und ihr sagt ›weg damit‹ oder ›die Götter sind wütend‹, und ihr gebt auf. Siehst du, das ist der Unterschied«, fügte er hinzu und tippte sich an die Stirn. »Das hier oben.«

»Verstehe«, antwortete Temrai. »Das macht euch auch alle so weise.« Er betrachtete die diversen fertigen und halbfertigen Teile der Belagerungsmaschine, die an die Wand gelehnt standen oder auf besonders konstruierten Einspannvorrichtungen ruhten, und seine Lippen bewegten sich, als würde er sie lautlos zählen. »Und ich nehme mal an, es sind nicht nur der Schleuderarm und das Gewicht«, fuhr er fort. »Bestimmt ist auch die richtige Größe des Gestells wichtig.«

»Langsam begreifst du. Wir können noch einen Maschinenbauer aus dir machen.« Der Mann tätschelte das vor ihm befindliche Holz, das mit breiten Eisenklammern an einem gewaltigen Bock befestigt war. »Ich habe nachgedacht und bin zu dem Ergebnis gekommen, daß wenn ich das Gestell drei Meter sechzig mal zwei Meter vierzig mal drei Meter sechzig mache, ich nicht weit danebenliegen kann; ist ja nicht so, als würde ich einen Achtzehn-Meter-Arm mit Spielraum für dreihundertfünfzig Zentner anbringen wollen. Du mußt wissen, je größer das Gewicht, desto mehr Spielraum brauchst du, und um so länger müssen die Balken der Aufhängung sein. Aber je spitzer du den Winkel machst, desto wahrscheinlicher ist es, daß sie unter der Belastung brechen, also verstärkst du sie, und dann kommt irgendein Arsch von der Artillerie und befiehlt dir, die Maschine zwanzig Zentner leichter zu machen, oder sie ist für den Turm zu schwer, auf dem sie sie aufstellen wollen.« Der Mann rollte dramatisch mit den Augen. »Kapierst du, was ich meine?«

»Ich glaube schon. Was baust du außer Steinschleudern noch?«

»Alles, was du dir vorstellen kannst«, erwiderte der Maschinenbauer stolz. »Dieses Jahr habe ich bis jetzt Katapulte, Onager, Skorpione und Mangona hergestellt, eben solche Sachen. Es ist eine angenehme Abwechslung, mal eine einfache Steinschleuder zu bauen, das kann ich dir sagen.«

Als Temrai wieder an seiner Werkbank saß und sorgfältig gehärtete Schneiden mit weichen Stahlkernen verdrahtete, mußte er unwillkürlich an seinen Onkel Tesarai denken, dem es vor vielen Jahren einmal gelungen war, einen perimadeianischen Artilleristen gefangenzunehmen; in dem Versuch, ihm das Geheimnis der Konstruktion von Kriegsmaschinen zu entreißen, hatte er ihn mit großem Einfallsreichtum und Ausdauer gefoltert. Doch je eindringlicher Tesarai es versucht hatte, desto weniger hatte er erreicht, bis der Gefangene schließlich mitsamt seinen Geheimnissen gestorben war und die Nomaden mit einer gehörigen Portion verständnislosen Respekts zurückgelassen hatte. Tesarai hatte sogleich verkündet, es sei einfach unmöglich, die Stadt jemals zu erobern, da ihre Bewohner bereit waren, eher die häßlichsten Todesarten zu ertragen, als sie zu verraten. Woraufhin Temrai, der damals zwölf und damit gerade alt genug gewesen war, um bei den Beratungen dabeizusein, zögernd den Einwand vorgebracht hatte, daß sie es womöglich auf die falsche Art angegangen waren. Der Versuch, diesen Leuten Informationen zu entreißen, war offensichtlich fruchtlos; wäre es nicht vielleicht eine gute Idee, sie einfach höflich zu fragen? Aus Angst, direkt ins Bett geschickt zu werden, hatte er schnell hinzugefügt, daß diese Leute, die vor Stolz auf ihre Stadt beinahe platzten und es deshalb vorzogen, lieber zu sterben, als sie im Stich zu lassen, einem interessierten Zuhörer möglicherweise alles erzählen würden, was er wissen wollte, solange er die Fragen auf eine Weise stellte, die den Perimadeianern Gelegenheit gab, vor den dummen Wilden zu prahlen.

Und jetzt, fünf Jahre später, war er hier, und es war alles noch viel einfacher, als er gedacht hatte. Er kannte die Maße und Konstruktionsdetails des Belagerungsturms, der Sturmleiter, des Skorpions, des Rammbocks und des Tribocks. Er hatte die Kunst, Laufgräben anzulegen und Mauern zu unterminieren ganz einfach dadurch gelernt, daß er sich in eine Bibliothek begeben und ein Buch gelesen hatte. Ein Angehöriger der Wache, den er in einer Schenke kennengelernt hatte, hatte ihm sogar die Mauern und Wachtürme gezeigt und zusammen mit ihm dagesessen und getrunken, während er sich die Schichtdauer der Wachen einprägte und die Anzahl der im Dienst befindlichen Männer zählte. Seine Arbeit im Arsenal hatte zur Folge, daß er mehr über die Vorräte der Stadt und die Produktionskapazität von Pfeilspitzen wußte als die Wachkommandanten. Es gab sogar ein Buch, das ihm der Bibliothekar zu finden versprochen hatte, das zehn einfache Methoden beschrieb, die Verteidigung einer Stadt zu durchbrechen und sie zu stürmen; vor zwanzig Jahren war es Pflichtlektüre an der Militärakademie gewesen und mittlerweile in Vergessenheit geraten. Wie alles an der Stadt war es gleichzeitig wunderbar, beunruhigend und zutiefst traurig.

Er knüpfte den letzten Draht und schob die Konstruktion ins Feuer, um sie fürs Härten zu erhitzen. Er würde gute Arbeit leisten, keine Frage; unter diesen Umständen war das mindeste, was er tun konnte, dafür zu sorgen, daß sie ein paar vernünftige Klingen hatten, um sich zu verteidigen, wenn der Augenblick gekommen war.

In der großen Menge, die ihren Kupferviertel gezahlt und sich angestellt hatte, um den Alvise-Loredan-Fall zu sehen, befanden sich auch ein hochgewachsener, dünner junger Mann und eine gleichgroße, durchaus wohlgerundete junge Frau. Sie trugen identische Umhänge altmodischen Zuschnitts in einer alles andere als modischen Farbe …

»Wie hätte ich das wissen sollen? Das letzte Mal war ich vor fünf Jahren hier.«

»Und dir kam nicht in den Sinn, daß sich die Mode verändert haben könnte?«

»Ehrlich gesagt, nein.«

»Männer!«

... und wenn sie flüsterten, brachte ihr Akzent, der zugegebenermaßen eher drollig als barbarisch war, die hinter ihnen in der Schlange befindlichen Leute dazu, sich anzustoßen und zuzublinzeln. »Insulaner«, murmelten sie einander zu und vergewisserten sich auffällig, daß ihre Geldbeutel noch da waren.

»Ich weiß nicht, ob ich das sehen will«, sagte die junge Frau, als der Kartenkontrolleur ihr den kleinen Knochenzähler abnahm, den man ihr vor der Tür gegeben hatte. »Was ist so spaßig daran, zuzusehen, wie sich zwei erwachsene Männer gegenseitig töten?«

Ihr Zwillingsbruder schüttelte den Kopf. »Das wird vermutlich nicht passieren«, sagte er. »Zum einen wäre das außerordentlich schwierig. Es ist viel wahrscheinlicher, daß der eine den anderen tötet, und das war's dann.«

»Sei nicht so beschränkt«, erwiderte seine Schwester. »Du weißt genau, was ich meine. Und ich finde es barbarisch.«

Ihr Bruder zuckte mit den Schultern. »Ich verteidige es nicht, aber es ist etwas, das du sehen solltest, wenn du diese *Pazze* jemals verstehen willst.«

»Pst! Sie können dich hören.«

»Ja, aber sie wissen nicht, was *Pazze* bedeutet. Sieh mal, wenn du in den Laden einsteigen und hier Geschäfte machen willst, mußt du kapieren, wie ihr Rechtssystem funktioniert. Das das beste auf der ganzen Welt ist, wenn dich jemand fragt, kapiert?«

Die junge Frau nickte. »Ja«, sagte sie. »Aber ich verstehe noch immer nicht ...«

»Sei still. Da ist der Richter. Steh auf, wenn ich aufstehe.«

»Barbarisch.«

Drei Tage in der Dreifachen Stadt hatten eine breite Bresche in die romantischen Vorstellungen geschlagen, die in ihrem

Kopf herumgespukt hatten, als die weiße Krone Perimadeias am Horizont aufgetaucht war. Der Geruch störte sie noch immer, und sie fühlte sich auf den Straßen ganz und gar nicht wohl. Es war einer dieser verrückten Widersprüche, aus denen der ganze Ort zu bestehen schien. Jeder neue Marktstand schien noch schönere Kleider und Stoffe als der vorherige anzubieten; Farben und Gewebe, von denen man auf der Insel nicht mal träumen konnte, aber trug man sie auf der Straße, waren sie innerhalb von Minuten ruiniert. Die Gebäude – selbst die in der Unterstadt – waren so groß und majestätisch wie der Besitz des Fürsten zu Hause, aber auf den Straßen versank man im Schlamm; hier drängten sich Karren und Wagen, die Passanten mit dreckigem Wasser bespritzten und sie selbst dann zu überfahren versuchten, wenn sie auf der anderen Seite des Rinnsteins blieben. Jeder, den sie auf der Straße erblickte, sah wohlhabend und gut gekleidet aus, aber ihr entging nicht, daß ihr Bruder seinen Degen ständig offen am Gürtel trug und Hauseingänge und dunkle Gassen mied. Sie kam zu dem Schluß, daß es ein interessanter Ort für einen Besuch war, aber sie hätte hier nicht leben wollen.

»Da sind die Advokaten«, zischte ihr Bruder und stieß sie mit dem Finger an.

Das war noch so eine Sache; zu Hause galt es als unhöflich, auf jemanden zu zeigen, aber hier tat es jeder. Sie hatte die ersten anderthalb Tage mit vor Verlegenheit gerötetem Gesicht verbracht.

»Das ist der Vertreter der Kläger, und das der der Beklagten«, fuhr ihr Bruder fort. »Ich glaube, der Berühmte ist der Kläger.«

»Ich werde nicht hinsehen. Du mußt mir sagen, wenn es vorbei ist.«

»Wie du willst.« Er lehnte sich zurück und versuchte, eine bequeme Position auf der Steinbank zu finden; dann blickte er sich um, ob er ein bekanntes Gesicht entdecken konnte.

Es war nicht seine Idee gewesen, Vetriz mit auf die Reise zu nehmen; jetzt, wo sie hier war und sich nicht als allzu große Belastung erwies, hatte er seine Meinung geändert. Sicher, es machte die Abende ziemlich langweilig, aber obwohl er für Vetriz bezahlen mußte, sparte er viel Geld, also war das schon in Ordnung. Außerdem war es unbestreitbar, daß sie gut fürs Geschäft war. Daheim brachte einem ein hübsches Gesicht nicht das mindeste ein, aber obwohl die Perimadeianer für ihre Durchtriebenheit berühmt-berüchtigt waren, konnte man sie mit einem Lächeln und einem Blick auf einen Frauenknöchel genauso leicht einwickeln wie hungrige Tauben im Winter mit einer Handvoll Getreide. Keine Taktik, die er zu Hause überhaupt in Betracht ziehen würde; dort gab es sogar ein Wort für Männer, die Fremden, die ihre Schwestern beäugten, nicht auf der Stelle die Kehle durchschnitten, und es war nicht besonders nett. Hier war das natürlich anders und eigentlich ziemlich harmlos, vorausgesetzt, Vetriz gewöhnte sich nicht daran …

Bei diesem Tempo würde er in Rekordzeit hier fertig sein. Vier Fünftel von dem Wein und dem Öl waren bereits verkauft, und zwar für gutes Geld. Der Flachs, das Holz und die Gewürze hatten fast die Hälfte mehr als erwartet eingebracht, was seinen peinlichen Fehler mit den zweitausend Öllampen in Form von Stachelschweinen mehr als wettmachte; eigentlich konnte er sie genausogut im Hafen versenken und so mehr Platz für die Rückfracht schaffen. Was den Einkauf anging, hatte er fast alles zusammen, was er brauchte, und die Preise waren nicht allzusehr gestiegen. Er mußte nur noch Vorhängeschlösser und Türriegel besorgen; sein Pech, die Reise ausgerechnet zu einem Zeitpunkt zu unternehmen, an dem an beiden Artikeln unerklärlicherweise gerade ein Mangel bestand …

»Was passiert?«

»Hm? Oh. Tut mir leid, ich war meilenweit weg. Den Teil nennt man Plädoyer, da stellt man …«

»Pst!«

Er zuckte zusammen, drehte sich um und entschuldigte sich.

»Dabei gehen sie die Fakten des Falles durch«, fuhr er leise flüsternd fort.

»Warum?«

»Was?«

»Warum sich die Mühe machen? Ich meine, wenn alles dadurch entschieden wird, wer als erster den Schädel des anderen einschlägt, was nutzt es dann, die Fakten durchzugehen?«

Venart zuckte mit den Schultern. »Das weiß ich nicht, es ist nicht mein Rechtssystem. Sieh mal, ich bitte dich nicht, es gutzuheißen, du sollst bloß wissen, wie es funktioniert. Wenn du im Geschäft arbeiten willst, mußt du wenigstens die Grundlagen der Handelsprozeßordnung kennen.«

Vetriz schniefte. »Na gut«, sagte sie. »*Ich* finde es jedenfalls dämlich.«

»*Pst*!«

Schließlich endeten die Plädoyers, und Vetriz, die vermutlich eingeschlafen wäre, wenn die Steinsitze nicht ganz so unbequem gewesen wären, gähnte und schaute mit zusammengekniffenen Augen zu den beiden Männern in weißen Hemden hinunter, die in der Mitte des Gerichtssaals zögernd umeinander herumtänzelten. Angeblich war der große Blonde der Favorit, also entschied sie sich, daß sie den anderen gewinnen sehen wollte.

Für einen Insulaner wäre er etwas klein gewesen, entschied sie; hier war er Durchschnitt. Soweit sie aus dieser Entfernung erkennen konnte, war er älter als der andere Mann, kleiner und schmaler, aber sie verstand noch immer nicht, warum jeder glaubte, daß er verlieren würde. Soweit sie es beurteilen konnte, verhielt es sich genau andersherum. Nicht, daß sie sich mit den technischen Einzelheiten auskannte. Trotzdem, wenn überhaupt, hätte sie auf den kleineren Mann gesetzt. Sie dachte darüber nach und kam schließlich zu dem Schluß, daß es daran liegen mußte, daß der andere draufgängerisch und arrogant wirkte, was bedeutete, daß er eher unvorsichtig sein würde.

*Ich hoffe, der kleinere Mann gewinnt*, dachte sie. *Einfach nur so.*

Dann wurde es ziemlich gewalttätig; sie hörten mit dem Herumtänzeln auf und drangen aufeinander ein, und in der Aufregung vergaß Vetriz für eine Weile, wie dumm das doch alles war, und beugte sich vor. Sie wollte ihren Kämpfer wie beim Pferderennen anfeuern, aber alle anderen saßen stocksteif und still da. Ein seltsamer Haufen; worin lag das Vergnügen, zu einem Schauspiel zu gehen, wenn man nicht laut sein durfte?

»Es wird schnell vorbei sein«, flüsterte Venart mit der ruhigen Selbstsicherheit eines alten Hasen. Er hatte genau drei dieser Veranstaltungen besucht, das wußte sie, aber so war Venart nun einmal. »Er wird müde, sieh nur.«

Vetriz blickte genauer hin und fragte sich, ob sie denselben Kampf verfolgten. Nicht, daß sie etwas davon verstand oder auch nur verstehen wollte, aber ihrer Meinung nach war das, was ihr Bruder für Erschöpfung hielt, ein kluger Schachzug des kleineren Mannes; er zog sich in die Mitte des Saals zurück, damit der andere Narr die ganze Lauferei hatte. Hier siegte Erfahrung über Arroganz. Der große Mann fing auch an, Hiebe auszuteilen, statt zuzustechen, was sie für Verzweiflung hielt. Ja, es würde vermutlich wirklich nicht mehr lange dauern.

Der große Mann führte einen fürchterlichen Hieb gegen den Kopf seines Gegners, den dieser geschickt parierte. Vetriz gefiel das sehr. In einer lächerlichen Situation versuchte er sich vernünftig zu verhalten. Würde es dem anderen Idioten nicht recht geschehen, wenn sein Degen beim nächsten melodramatischen Hieb einfach zerbrechen würde?

Loredan ging langsam, aber sicher die Luft aus; er wußte, daß es nur noch eine Frage der Zeit war. Er spürte, daß Alvise den Kampf im Kopf bereits gewonnen hatte; der Champion hatte das Interesse an der Angelegenheit bereits verloren, und er machte sich nicht mehr die Mühe zu fechten, sondern verließ sich auf seine Schnelligkeit, Reichweite und Kraft, benutzte statt der Spitze die Schneide. Damit ging er kein großes Risiko ein; er wußte genausogut wie Loredan, daß sein Gegner zu müde war, um noch einen überzeugenden Gegenangriff zu starten. In dem Augenblick, in dem sich Loredan in die Mitte des Saals hatte drängen lassen, war es vorbei gewesen.

Ihm wurde bewußt, daß er die Hiebe nicht einmal mehr kommen sah; statt sie vorauszuahnen und daraus abzuleiten, aus welcher Richtung sie kommen würden, parierte er nur noch instinktiv, was nach so vielen Jahren zu sehr zu einem Reflex geworden war, um ihn völlig im Stich zu lassen, nun aber einen Kampf verlängerte, der nur ein Ende haben konnte. Früher oder später würde Alvise ihn mit einer Finte täuschen, und das war's dann.

Alvise täuschte links oben an und zwang Loredan zu einer Abwehr aus der Rückhand, die vom falschen Standbein ausging. Als er die Position einnahm, wußte er, daß er sich getäuscht hatte: der wahre Hieb würde auf sein Knie zielen, und ihm blieb keine Zeit zur Reaktion. *Verdammt,* dachte er ganz ruhig und sah Alvises Hieb zu, als würde er oben auf der Zuschauergalerie sitzen und nicht hier unten stehen. Ein verzweifelter Reflex ließ ihn herumschnellen, seine linke Schulter bewegte sich nach vorn, während er sein rechtes Bein zurückzog. Die Klinge verfehlte ihn um Haaresbreite, und zehn Jahre Berufserfahrung verrieten ihm, daß Alvise nicht in der richtigen Position stand und verwundbar war. Ihm blieb nicht die Zeit, genau zu sehen, wo er hinschlug; er hieb in die Richtung, in der sich seiner Meinung nach Alvises Hals befinden mußte, und hoffte, daß er damit nicht einen noch größeren Fehler beging.

Er traf etwas.

*Zuerst mußt du dich aus der Gefahrenzone bringen – Beinarbeit, Körperbewegungen, auf Distanz zum Gegner gehen, den*

*Degen zurück in die Grundstellung. Dann hast du Zeit nachzusehen, ob der andere Mann noch immer den Kopf auf den Schultern trägt.*

Das tat er, aber aus seiner Wange quoll Blut, und er wich zurück, um den Abstand zu vergrößern. Loredan machte einen Ausfall, nur um Alvise noch ein Stück weiter zurückzudrängen. Alvise wehrte den Stoß ab, aber er tat es unbeholfen. *Der Schmerz gefällt ihm nicht,* erkannte Loredan. *Wer hätte das gedacht.* Er machte erneut einen Ausfall, diesmal weniger halbherzig. Die Parade fiel etwas gekonnter aus, aber noch immer rein defensiv. Alvise befand sich nun in der Mitte des Saals.

Und plötzlich sah Loredan eine Chance. Er machte einen dritten Ausfall und gab sich absichtlich links eine Blöße, indem er die linke Schulter zu weit nach vorn beugte. Er duckte sich bei der Vorwärtsbewegung, so daß Alvise von oben parieren mußte, und als die Klinge herannahte, zog Loredan blitzschnell das Standbein nach und drehte den Körper nach rechts, ließ seinen Degen unter den Alvises schnellen und hoffte, daß sein Manöver ausreichte, aus dem Weg zu kommen. Etwas berührte seine Flanke; er ignorierte die Berührung und führte einen kurzen Hieb.

Und erkannte, daß er hereingelegt worden war.

Alvise hatte die Drehbewegung mitgemacht, und seine Klinge raste nach unten, und zwischen ihr und Loredans Schädel befand sich nichts außer der theoretischen Möglichkeit, den Klingenkorb dazwischen zu bekommen. Was aber sinnlos war, da der nächste Schlag …

Niemals erfolgte.

Ein Krachen ertönte, nicht mal sehr laut, und die ersten fünfundvierzig Zentimeter von Alvises Degen flogen an Loredans Wange vorbei. Als Alvise die Bewegung zu Ende ausführte – vermutlich war ihm nicht einmal richtig bewußt, daß sein Degen zerbrochen war –, drehte Loredan das Handgelenk und führte einen kurzen, kraftlosen Stich gegen das gegnerische Gesicht. Eine ziemlich nutzlose und blöde Aktion, vorausgesetzt, Alvise hätte einen Degen gehabt, mit dem er sie hätte parieren können. Da er ihn aber nicht hatte, traf ihn Loredans Klingenspitze ins Auge und tötete ihn auf der Stelle.

»Weißt du«, sagte Athli und goß Wein aus dem Krug, »einen Augenblick lang glaubte ich wirklich, es wäre dir ernst damit.«

»Es ist mein Ernst«, erwiderte Loredan. »Ich höre auf. Schluß mit dem Fechten.« Das waren seine ersten Worte im Gerichtssaal gewesen, als ihm richtig bewußt geworden war, daß er den Kampf gegen den Favoriten überlebt hatte. Was für ein Zufall, daß Alvises Degen zerbrochen war ... Er bewegte leicht die Hand mit dem Stück Wolle, das er sich auf die Seite drückte. Dank einer Mischung aus Brandy und ein paar Spinnweben von den Deckenbalken der Schenke hatte die Blutung schon seit längerem aufgehört, aber aus irgendeinem Grund wollte er die Wunde nicht loslassen, als hätte er das Gefühl, sie müßte eigentlich viel schlimmer sein. »Zu alt und zu wenig Talent. Ich glaube, es wird höchste Zeit, daß ich was anderes mache.«

Athli sah ihn über den Rand ihres Kruges an. »Zum Beispiel?«

»Ich weiß nicht.« Vorsichtig schnippte Loredan eine kleine Fliege aus seinem Wein. »Eine Schule zu eröffnen wäre wohl das Offensichtliche.«

»Das könntest du allerdings«, sagte Athli. »Es besteht natürlich ein Unterschied darin, die Fechtbewegungen zu kennen und dazu fähig zu sein, sie anderen beizubringen.«

»Nun, entweder das oder Kanzlist werden. Was glaubst du, wäre ich ein guter Kanzlist?«

Athli schüttelte den Kopf. »Das wäre nichts für dich«, sagte sie. »Erstens würdest du alle Klienten beleidigen. Außerdem ist dir nicht klar, wieviel Arbeit damit verbunden ist. Nimm mich, zum Beispiel. Ich war eine Stunde vor Sonnenaufgang auf den Beinen, habe vor dem Frühstück zwölf Briefe diktiert und bin dann zu mehreren Besprechungen gegangen, bevor es Zeit war, dich abzuholen. Und heute nachmittag muß ich noch mehr Briefe schreiben, ein paar Konten führen, Plädoyers verfassen …«

»Schon gut, du hast mich überzeugt. Das ganze Lesen und Schreiben würde mich in den Wahnsinn treiben, ganz zu schweigen von dem frühen Aufstehen. Ich wäre doch niemals weg von dem …«

Er verstummte, sichtlich verlegen. Athlis Neugier war geweckt.

»Red schon weiter«, sagte sie. »Wenn du hättest früh aufstehen wollen, hättest du niemals den Bauernhof verlassen. Habe ich recht?«

Loredan verzog das Gesicht und nickte. »Ja«, sagte er. »Ein schreckliches Leben, bin froh, daß ich es hinter mir habe. Also …«

»Sieh mal einer an«, schnurrte Athli amüsiert. »Du bist also ein Bauernbursche. Ehrlich, das hätte ich nie gedacht. Ich hätte glatt gewettet, daß du in deinem ganzen Leben noch niemals außerhalb der Stadtmauern warst.«

Loredans Gesicht blieb völlig ausdruckslos. »Ein-, zweimal«, sagte er. »Mein Vater hatte ein kleines Gut in der Mesoge. Er war natürlich nur der Pächter. Könnten wir bitte das Thema wechseln?«

Athli zuckte etwas eingeschnappt mit den Schultern. »Wenn du unbedingt willst. Ich fand es bloß interessant, das ist alles.«

Loredan füllte seinen Becher nach und leerte ihn. »Wie dem auch sei«, sagte er, »das reicht. Wenn du also der Meinung bist, ich könnte als Kanzlist nichts verdienen, dann werde ich wohl als Fechtlehrer arbeiten müssen.« Er seufzte. »Es wäre schön gewesen, ein oder zwei Ausweichmöglichkeiten zu haben, die nichts mit diesem widerwärtigen Handwerk zu tun haben«, sagte er. »Das Problem ist bloß, daß ich nichts anderes kann.«

Athli hörte nicht zu, denn sie war viel zu sehr damit beschäftigt, die Unterhaltung an dem Tisch hinter ihnen zu belauschen. Loredan runzelte die Stirn, dann lauschte er auch.

»Mach das doch nicht so auffällig«, zischte Athli. »Das ist ja peinlich.«

»Das mußt ausgerechnet du sagen. Worüber reden sie denn, daß du so gefesselt bist?«

»Über dich. Die kommen gerade aus dem Gericht.«

»Ah.«

»Ausländer.«

»Das erklärt es.«

Loredan reckte den Hals, um mehr erkennen zu können. Er sah einen langen, dünnen Mann mit schmalem Gesicht und hohen Wangenknochen und eine junge Frau, die mit ziemlicher Sicherheit seine Zwillingsschwester war. Obwohl ihre Gesichtszüge den seinen glichen, sah sie viel besser aus.

»Sei nicht albern«, sagte der Mann. »Wäre sein Degen nicht zerbrochen, hätte er deinen Mann wie einen Hasen filetiert. Einen solchen Zufall habe ich in meinem ganzen Leben noch nicht gesehen.«

»Venart ...«

»Ganz zu schweigen von diesem Fehlurteil«, fuhr der Mann fort. »Er war in jeder Hinsicht völlig unterlegen. Sein Gegner spielte nur mit ihm, er hätte das viel früher beenden können, nach seinem Gutdünken. Geschieht ihm recht, da er mit dem alten Sack Mitleid hatte.«

»Venart ...«

»Erstaunlich, daß er in seinem Alter immer noch kämpft. Verflucht, ich hätte das mit einer auf den Rücken gefesselten Hand besser hingekriegt ...«

»Venart, er sitzt hinter dir.«

Der Mann erstarrte, als würde er plötzlich eine Degenspitze an seinem Hals spüren. Loredan bemerkte, daß die Frau zu ihm herüberblickte. Er wandte sich ab.

»Scheiße, Vetriz, warum zum Teufel hast du mir denn nicht gesagt …«

»Das habe ich doch versucht, du Blödmann. Du solltest dich lieber schnell entschuldigen.«

»Er kann mich nicht gehört haben.«

»Natürlich hat er dich gehört. Du hast doch geblökt wie ein Esel.«

»Ich blöke nicht …«

»Gut, wenn du es nicht tust, dann werde ich das wohl erledigen müssen.«

»Vetriz, um Himmels willen, was hast du denn jetzt schon wieder …«

Die junge Frau stand auf und kam an Loredans Tisch. Athli verbarg das Gesicht in den Händen und versuchte verzweifelt, nicht zu kichern, während Loredan plötzlich seine Stiefelspitzen außerordentlich faszinierend fand.

»Entschuldigung.«

Loredan schaute auf. »Ja?«

Die junge Frau lächelte strahlend, und Loredan, der die Sache bis jetzt in gewisser Weise amüsant gefunden hatte, verspürte einen Anflug von Gereiztheit, wie immer, wenn er mit bewußt eingesetztem Charme konfrontiert wurde. »Ich möchte mich für meinen Bruder entschuldigen«, sagte sie. »Ihr müßt wissen, wir sind nicht von hier, und …«

»Vergeßt es«, sagte Loredan. »Außerdem hatte er durchaus recht.« Er drehte sich bewußt langsam um und goß Wein nach, aber der leere Krug machte den Effekt der übertriebenen Geste zunichte. Die junge Frau schien es nicht zu bemerken. *Ausländer*, dachte er und warf Athli einen flehenden Blick zu, den sie einfach ignorierte.

»Ihm war nicht bewußt, daß er so taktlos war«, fuhr die junge Frau fort. »Ehrlich, manchmal schäme ich mich für ihn. Er tut immer solche Dinge.«

Loredan schenkte ihr ein unfreundliches Lächeln. Ihr Akzent

fing an, ihm auf die Nerven zu gehen. »Es spielt keine Rolle, wirklich nicht.«

»Er wird Euch einen Wein ausgeben, das ist das mindeste, was er tun kann.« Sie winkte ihrem Bruder zu, der sich alle Mühe gab, sich hinter seinem leeren Ziderkrug zu verstecken. »Venart«, rief sie, »kauf diesen Leuten was zu trinken.«

Venart stand langsam auf und schwor sich in Gedanken, daß es das letzte Mal gewesen war, daß er seine Schwester irgendwohin mitgenommen hatte. Zu Hause wäre ihr nicht mal im Traum eingefallen, sich so zu benehmen; je früher sie wieder auf der Insel waren, desto besser. Er schlurfte los, bestellte einen großen Krug Wein und gesellte sich zögernd zu seiner Schwester.

»Das ist sehr nett von Euch«, sagte Athli. »Setzt Euch doch bitte zu uns.«

Loredan schaute sie böse an und wollte ihr unter dem Tisch einen Tritt versetzen, aber sie zog die Beine weg. »Ja, bitte setzt Euch«, sagte er lächelnd in dem unfreundlichsten Tonfall, den er zustande brachte. »Mein Name ist Loredan, und das ist meine Kanzlistin Athli.«

Die junge Frau sah überrascht aus. »Eure Kanzlistin?« wiederholte sie.

»Das ist richtig. Ich bin Advokat, und sie führt meine Kanzlei.« Er erkannte, daß sie Athli für seine Frau gehalten hatte. Er wünschte sich, die beiden würden verschwinden.

»Ich verstehe. Mein Name ist Vetriz, und mein Bruder heißt Venart. Wir kommen von der Insel.« Sie setzte sich ihm gegenüber hin.

»Geschäftlich hier?«

Vetriz nickte. »Venart bringt mir das Handwerk bei«, sagte sie. »Es ist meine erste Reise. Unser Vater hat uns das Schiff und den Warenbestand zu gleichen Teilen hinterlassen, und ich sagte, es sei Zeit, daß ich anfange, richtig mitzuarbeiten.«

»Tatsächlich.« Loredan gab sich alle Mühe, gelangweilt zu

klingen. Es gelang ihm gut. »Ich schätze, Ihr habt Euch die Sehenswürdigkeiten angesehen?«

»O ja«, erwiderte Vetriz fröhlich. »Darum waren wir heute auch bei Gericht. Venart sagte, ich könnte unmöglich Perimadeia besuchen und das Gericht auslassen.«

»Ich hoffe, das Schauspiel hat Euch gefallen«, sagte Loredan grimmig. Die Fähigkeit der jungen Frau, Andeutungen zu überhören, war ganz offensichtlich überragend ausgeprägt, denn sie nickte enthusiastisch.

»Sehr sogar. Es war *aufregend.* Übrigens haben wir uns eben genau darüber unterhalten. Venart glaubt, er weiß alles, und ich habe ihm gesagt, daß ich von Anfang an wußte, daß Ihr gewinnt.«

»Ihr habt Euch geirrt«, sagte Loredan. »Es war ein Zufall, genau wie Euer Bruder gesagt hat.«

»Tatsächlich?« Vetriz sah überrascht aus. »Ihr seid doch sicher nur bescheiden.«

»Ich habe allen Grund, bescheiden zu sein.«

Vetriz dachte kurz nach, dann lachte sie. »Ihr überrascht mich«, sagte sie. »Ich fand, Ihr habt es sehr einfach aussehen lassen, aber ich schätze, das ist es nicht.« Sie zögerte kurz. »Dann war es also reiner Zufall, daß der Degen Eures Gegners zerbrach?«

Loredan bemerkte Athlis Blick; ihr war das Kichern vergangen. Er entschied, sie noch ein bißchen leiden zu lassen, indem er die Unterhaltung fortsetzte.

»Reiner Zufall«, sagte er. »Obwohl es bei den Degen, die wir vor Gericht benutzen, gelegentlich schon mal vorkommt. Die Klingen sind viel dünner als bei gewöhnlichen Blankwaffen – es tut mir leid, das ist alles sehr technisch, aber es hat damit zu tun, wie man den Kern abkühlt und mit den Schneiden verbindet. Wenn der Kern zu heiß gemacht wird, kann es zu brüchigen Stellen kommen. Trifft man sie, zerbricht die Klinge – einfach so.«

»Ich verstehe«, erwiderte Vetriz. »Mir kam diese Frage nur deshalb in den Sinn, weil ich eine Sekunde, bevor sie zerbrach, das wirklich seltsame Gefühl hatte, daß genau so etwas geschehen wird. Merkwürdig, findet Ihr nicht?«

Loredan schüttelte den Kopf. »Wie bereits gesagt, geschieht das gelegentlich. Man muß lernen, darauf gefaßt zu sein. Genau wie auf den Tod«, fügte er melodramatisch hinzu. Athli warf ihm einen Blick zu, der besagte, er solle es nicht übertreiben, aber er ignorierte sie.

Vetriz' Augen wurden ganz groß. »Gehen denn alle diese Duelle bis zum Tod?«

»Nur Testamente und Scheidungen nicht. Genaugenommen fallen sie unter eine andere Gerichtsbarkeit, auch wenn sie in der Praxis vor dem gleichen Richter verhandelt werden. Das datiert auf die Zeit zurück, als die Priester ihre eigene Gerichtsbarkeit hatten und Testaments- und Familienstreitigkeiten dort vorgetragen wurden.«

»Ich glaubte immer, ihr Städter hättet keine Götter«, warf Vetriz ein.

»Haben wir auch nicht. Hatten wir aber.«

»Ich verstehe. Seid ihr sie einfach losgeworden, oder haben die Leute einfach aufgehört, an sie zu glauben?«

Loredan zuckte mit den Schultern. »Ich glaube, etwas von beidem«, sagte er. »Die Religion verlor langsam an Popularität, was den Kaisern erlaubte, kirchliche Besitztümer zu beschlagnahmen, wenn sie Geld brauchten. Und soweit ich weiß, auch dann, wenn sie keines brauchen. Wie dem auch sei, sobald sie ihr ganzes Gold und Silber und die Ländereien verloren hatten, machte das Priesterhandwerk nicht mehr viel Sinn, also kam alles einfach zum Stillstand.«

Venart, der die ganze Zeit über still und ruhig dagesessen hatte, suchte nach einer Möglichkeit, die Qual zu beenden. »Entschuldigung«, sagte er, »aber wurdet Ihr während des Kampfes nicht verletzt?«

Loredan nickte. »Ist nicht schlimm. Wie Ihr schon gesagt habt, ich hatte viel Glück.«

»Solltet Ihr die Wunde nicht versorgen lassen?« fragte Venart ernst.

Loredan bemerkte, daß der Schnitt wieder blutete. Er sah scharf auf, dann nickte er. »Da könntet Ihr recht haben. Wenn Ihr uns entschuldigt …«

Vetriz sah enttäuscht aus. »Nun denn«, sagte sie, »es war schön, Euch kennenzulernen. Wenn ich wieder zu Hause bin, werde ich jedem erzählen, daß wir ein Glas mit einem perimadeianischen Gerichtsfechter getrunken haben.«

Loredan zuckte unwillkürlich zusammen, schaffte es aber, trotzdem weiterzulächeln. »Tut das. Ich wünsche Euch eine sichere Heimreise.«

Als Loredan und Athli weg waren, holte Venart tief Luft.

Vetriz kam ihm zuvor. »Es war dein Fehler«, sagte sie. »Ich wollte dich warnen, aber du hast ja nicht zugehört.«

»Ich hätte wissen müssen, daß es mein Fehler ist«, seufzte ihr Bruder. »Laß uns zur Herberge zurückkehren, bevor du noch mehr Unheil anrichten kannst. Und wehe, du …«

»Es ist seltsam«, unterbrach Vetriz ihn. »Ich wußte, daß er gewinnt, ehrlich. Sobald wir uns mit ihm unterhielten, war er ein ganz normaler Mann.« Sie schwieg einen Augenblick. »Laß uns jetzt zum Kupfermarkt gehen. Wir haben doch angeblich heute noch soviel zu tun.«

Alexius sah von seinem Buch auf. »Und?« fragte er.

»Er hat gewonnen.«

Der Patriarch nickte kurz, schloß das Buch und legte es auf das Lesepult.

»Es war seltsam«, fuhr Gannadius fort und setzte sich auf den einzigen, schmucklosen Stuhl der Zelle. »Am Ende war es pures Glück. Alvise hatte ihn völlig in der Hand, und dann zerbrach sein Degen, einfach so.«

»Wir haben eine gute Verteidigung aufgebaut«, erwiderte der Patriarch. »Ich hoffe nur, wir haben es nicht zu offensichtlich gemacht.«

Gannadius schüttelte den Kopf. »Genau darum geht es«, sagte er. »Ich glaube nicht, daß wir das waren. Oder zumindest nicht wir allein.« Er strich sich den kurzen Bart. »Ich könnte schwören, daß da noch eine andere Signatur war ...«

»Oh, jetzt hört aber auf«, unterbrach ihn Alexius. »Ihr wißt, wie ich darüber denke.«

Sein Kollege runzelte die Stirn. »Das ist Ansichtssache«, gestand er ihm zu. »Ich für meinen Teil bin absolut davon überzeugt, daß ich außer unseren Verteidigungszaubern noch die einer anderen Person entdecken konnte. Und bevor Ihr mich über grundlosen Mystizismus und die Doktrin der Ökonomie der Wirkung belehrt, ich gründe das allein auf meine Beobachtungen. Ich glaube, unsere Verteidigungszauber konzentrierten sich ausschließlich auf ihn; sie versetzten ihn in die Lage, herumzuhüpfen und gute Schläge mit schlechten abzuwehren. Daß Alvises Degen zerbrach, kam aus einer ganz anderen Richtung.«

Alexius nickte. »Natürlich. Es betraf Alvise, anscheinend auf ziemlich drastische Weise.« Er dachte kurz nach. »Vielleicht wurde Alvise ja von einer anderen Person mit einem Fluch belegt?«

»Das ist möglich. Aber vielleicht ist *Fluch* ein zu harter Ausdruck dafür. Ich hatte das Gefühl, daß es sich nur um eine kleine Berührung handelte, nicht weil sie von geringer Macht war, sondern weil sie eher auf triviale Weise erfolgte. Ein sanfter Schubs anstelle eines harten Schlages, wenn Ihr mir folgen könnt.«

Alexius lehnte sich mit dem Rücken gegen die Wand und starrte das Mosaik an der Decke an. Ohne sich dessen bewußt zu werden, fing er an, die Sterne zu zählen. »Das wäre ein äußerst ungewöhnliches Phänomen«, sagte er. »Wenn diese

Macht so groß war, wie Ihr sagt, dann muß die Reaktion darauf schrecklich gewesen sein. Wer würde das riskieren, nur um eines sanften Schubses willen? Würde ich mich auf eine hochkarätige Reaktion einlassen, würde ich doch wohl wie ein Schmiedehammer auf das Opfer einschlagen wollen.«

»Der Gedanke kam mir auch. Aber was ist, wenn es ein Naturtalent ist?«

Alexius kniff die Augen zusammen. »Eine unbewußte Reaktion«, sagte er nachdenklich. »Soviel ich weiß, kommt so etwas durchaus vor, obwohl das Phänomen gnädigerweise sehr selten ist. Vielleicht meine Ex-Studentin.«

Gannadius schüttelte den Kopf. »Das hättet Ihr sicher bemerkt. Eine derartige Macht hättet Ihr niemals übersehen.«

»Sie könnte sehr tief verwurzelt sein«, meinte Alexius und rieb sich das Schienbein, um das Prickeln zu verscheuchen. Das Bett in seiner Zelle war schon unbequem genug, wenn es den ihm zugedachten Zweck erfüllte. Es als Sitzgelegenheit zu benutzen war schiere Dummheit. »Ihr habt recht, ich hätte es wahrscheinlich bemerkt. Davon abgesehen, würde sie wirklich über eigene Machtmittel verfügen, hätte sie mich aufgehalten, bevor ich den Fluch falsch ausgesprochen habe. Und ich hätte kleine verräterische Spuren ihres Grolls gefunden. Ich glaube, wir können sie ausschließen. Aber die Vermutung, daß heute ein Naturtalent bei Gericht anwesend war, hat Hand und Fuß. Ich kann mir vorstellen, wie sich jemand aus der Menge auf die Seite des Verlierers schlug, sich bildlich vorstellte, wie der Degen zerbricht und der Verlierer gerettet wird; es wäre auf rein instinktiver Ebene geschehen ...«

»Stimmt.« Gannadius stand auf, ging ein paar Schritte im Kreis herum und setzte sich wieder. »Aber macht das dann die Angelegenheit nicht noch komplizierter? Wenn wir uns erneut in Eure Visualisierung begeben müssen, wer kann schon sagen, was wir dann dort finden werden?«

Alexius legte sich auf das Bett und schloß die Augen,

versuchte, seine Gedanken zu klären. *Vor allem mußt du die Dinge im richtigen Verhältnis sehen.* »Die Konsequenzen«, sagte er. »Laßt sie uns durchdenken, bevor wir unser Gespür für die Verhältnismäßigkeit verlieren. Das Schlimmste, was passieren kann …«

»Ist, daß der Fluch direkt auf Euch zurückfällt«, unterbrach Gannadius ihn mürrisch, »was für Euch und dadurch auch für Eure Kollegen schlimme Konsequenzen haben wird. Der Patriarch von Perimadeia, von einem seiner eigenen Flüche getötet …«

»Woher sollten sie das wissen?« hielt Alexius ihm entgegen.

»Mein lieber Freund, völlig gesunde, wohlgenährte Männer krümmen sich nicht einfach grundlos zusammen und sterben.« Er seufzte. »Aber das bringt uns alles nicht weiter.«

Alexius stand vom Bett auf. »Ich glaube, es ist an der Zeit, völlig ehrlich mit Euch zu sein. Gannadius, ich verstehe es nicht.«

»Alexius, Ihr seid der Patriarch des …«

»Ja, das bin ich. Per definitionem weiß ich mehr über die Funktionsweise des Prinzips als jeder andere Mensch. Und ich begreife nicht, wie das verfluchte Ding *funktioniert.* Und Ihr auch nicht«, fügte er hinzu, bevor Gannadius etwas erwidern konnte. »Unser beider Wissen besagt, daß es funktioniert. Wir haben unser Leben lang die in einem Zeitraum von Hunderten von Jahren entstandenen Arbeiten Tausender Philosophen und Scholare dafür studieren müssen, aber wir wissen, *daß* es funktioniert. Und das ist es auch schon, das ist das ganze Ausmaß unseres Wissens. Die Kontrolle ist eine ganz andere Sache.«

»Ja, aber …«

»Und jetzt scheint es Beweise zu geben, daß es in der Stadt ein Naturtalent gibt, das das Prinzip kontrollieren kann. Vermutlich rein instinktiv und vermutlich ohne zu wissen, was es da tut. Außerdem, nur um die Sache noch ein bißchen interessanter zu machen, rast ein von mir geschaffener Fluch unkontrolliert durch die Stadt und ist anscheinend fest entschlossen, sich an *mich* zu hängen.« Er biß sich fest auf die Fingerknöchel. »Wenn wir doch nur unsere Studien auf die Mathematik und die ethischen Spekulationen beschränkt hätten, wie man es übrigens von uns erwartet …«

»Ja, aber das haben wir nicht. Das heißt, Ihr habt es nicht.«

»Ihr habt mit Begeisterung mitgemacht.«

»Schon gut.« Gannadius rieb sich das Gesicht. »Auch das bringt uns nicht weiter. Wenn wir dieses Problem nicht in den Griff bekommen – kennen wir jemanden, der es kann?«

Alexius seufzte. »Wie Ihr eben so richtig festgestellt habt, bin ich der Patriarch von Perimadeia. Und Ihr seid der Archimandrit der Stadtakademie. Irgend jemanden um Hilfe bitten zu können ist ein Luxus, den wir aufgegeben haben, als wir unsere Beförderung akzeptierten.«

»Das Naturtalent«, sagte Gannadius plötzlich. »Vielleicht könnte der Bursche die Dinge wieder ins rechte Lot rücken.«

»Aber vermutlich weiß er noch nicht einmal, was er da tut. Und selbst wenn wir ihn davon überzeugen können, daß er über die Macht verfügt, besteht kein Grund für die Hoffnung, daß er es auf Verlangen tun kann.«

»Aber anscheinend haben wir keine andere Wahl.«

»Auch wieder wahr.« Alexius ließ die Schultern hängen. »Aber wie finden wir Euer Naturtalent? Wir können schlecht die Stadt durchstreifen, bis wir auf ein Wunder stoßen.«

Gannadius dachte lange nach. »Ich sehe keine *andere* Möglichkeit«, sagte er dann.

»Aber dazu würden wir Jahre brauchen. Und ich habe keine …«

»Ich weiß«, sagte Gannadius. »Und da ist noch etwas. Ihr geht davon aus, daß es sich bei dem Naturtalent um einen Bürger handelt, aber was ist, wenn das nicht der Fall ist? Was ist, wenn es ein Ausländer ist, der aus geschäftlichen Gründen hier war und morgen wieder abreist? Vielleicht ist er ja sogar schon wieder abgereist.«

»Es gibt keinen Grund zu dieser Annahme.«

»Ach nein? Überlegt doch mal: Wenn er ein Bürger ist, jemand, der ständig hier lebt, warum sind wir dann nicht schon früher auf seine Spuren gestoßen? Es ist sehr unwahrscheinlich, daß es sich hier um die erste Manifestation seiner Macht handelt.«

»Es könnte aber sein.«

»Ja, aber es ist unwahrscheinlich. Eine Macht, die so stark ist, daß sie einen kaum bewußten Wunsch in die Tat umsetzen kann …«

»Das war doch nur eine Theorie.«

»Und meine Beobachtung. Vergeßt nicht, ich war da, im Gericht.«

»Das stimmt«, stöhnte Alexius. »Also gut; was schlagt Ihr vor?«

Gannadius zuckte mit den Schultern. »Mit fällt nichts ein, außer die Straßen abzusuchen. Und es gibt natürlich nicht die geringste Garantie …«

»Eine Falle«, sagte Alexius plötzlich. »Nein, keine richtige Falle. Etwas, das ihn aller Wahrscheinlichkeit nach dazu provoziert, seine Macht zu benutzen, oder die Macht zum Leben erweckt, ohne daß es ihm bewußt wird. Sie an die Öffentlichkeit bringt.«

»Großartige Idee. Wie wollt Ihr es angehen?«

Alexius schniefte, dann putzte er sich die Nase. »Ich weiß es nicht«, gestand er. »Ich weiß es wirklich nicht.«

# 5

Entschuldigung.«

Loredan blickte sich um, dann sah er nach unten. Ein kleines Mädchen, ziemlich schmutzig, zog an seinem Hosenbein. Er seufzte und suchte in seiner Gürteltasche nach einer Münze.

»Entschuldigung, bist du Bardas Loredan?« fragte das Kind.

*Du brauchst dich nicht zu entschuldigen, Kind, es ist nicht dein Fehler.* »Das stimmt«, sagte er. »Woher weißt du, wer ich bin?«

»Du bist ein Advokat, nicht wahr?« Das Kind sagte das lange Wort wie ein Huhn, das ein hexagonales Ei legt: langsam, vorsichtig und mit einem triumphierenden Schwung am Ende. »Du bist der beste auf der Welt, sagt mein Vater.«

»Ich war es«, erwiderte Loredan mit einem Stirnrunzeln. »Was macht dein Vater? Ist er auch Advokat?«

Das Mädchen schüttelte den Kopf. »Er baut Fässer«, sagte sie. »Aber er sieht gern bei Gericht zu. Manchmal nimmt er mich mit, damit ich auch das Gericht sehen kann.«

»Tut er das? Wie ... Das ist nett.«

Das Mädchen nickte. »Er hat mich gestern mitgenommen, als du den Mann getötet hast.« Die Kleine strahlte. »Ich sehe gern beim Gericht zu, weil mein Vater mir immer eine Brezel kauft, wenn ich zusehe.«

»Du magst also Brezeln?«

»O ja.«

Er fischte eine Kupfermünze aus der Tasche. »Warum gehst du dann nicht und kaufst dir eine Brezel?«

Das Mädchen schüttelte energisch den Kopf. »Mein Vater sagt, ich soll von fremden Männern keine Brezeln annehmen.«

Loredan seufzte. »Da hat dein Vater recht«, sagte er. »Aber

das gilt ganz bestimmt nicht, wenn du das Geld bekommst und dir die Brezel selbst kaufst. Also mach schon.«

Das Mädchen dachte einen Moment nach. »Ich könnte zum Laden meines Vaters gehen und ihn fragen, ob das in Ordnung geht. Wie wäre das?«

»Ich sag' dir was«, schlug Loredan vor. »Du gehst und sprichst mit deinem Vater und zeigst ihm das Geld. Wie wäre das?«

Das Mädchen zögerte, dann nickte sie. »Also gut.«

Sobald die Kleine außer Sicht war, eilte Loredan über die Straße und betrat das erstbeste große Gebäude, bei dem es sich zufällig um das Stadtarsenal handelte. Mit etwas Glück würde ihm keiner hierher folgen.

Er war zehn Jahre lang nicht mehr im Arsenal gewesen. Er zuckte innerlich zusammen – was für ein Tag. Zuerst die nötigen Behördengänge, um eine eigene Schule eröffnen zu können, wobei ihm einige bekannte Fechter im Ruhestand begegnet waren, genau wie er alles ehemalige Soldaten, denen er bisher immer erfolgreich aus dem Weg gegangen war. Dann der Besuch bei einem Schildermaler, für ein Aushängeschild. Obwohl er auf die traditionelle Kampfszene verzichten wollte, hatte ihn das Schild fünf Goldviertel zurückgeworfen, von den Gebühren ganz zu schweigen. Zudem mußte er noch warten, daß es trocknete. Und jetzt war er im Arsenal. Es schien sich seit seinem letzten Besuch nicht sehr verändert zu haben, als er seinen Onkel begleitet hatte, um zwanzig Fässer Pfeile abzuholen, die oft versprochen und niemals geliefert worden waren; sie hatten sie schließlich persönlich abholen müssen. Es war noch immer ein heißer, dunkler, lauter Ort; schweißüberströmte Rücken glänzten im Licht der Schmelzöfen, Funken stoben unerwartet auf und zischten auf nackter Haut, aufeinandergestapelte Eisenbarren wurden hierhin und dorthin geschoben und zwangen ihn mehrfach, eilig zur Seite zu springen. Hinzu kamen die unververständlichen Rufe von Männern hoch oben auf Gerüsten, das Klirren fallen gelassener Werkzeuge, das dumpfe Pochen mechanischer Hämmer, das durch den Boden drang. Kochender Leim, brennendes Fett, Qualm, Sägespäne und der unverwechselbare Geruch frisch geschnittenen Metalls, das Kreischen schlecht geölter Bohrer und Drehbänke, der Rhythmus von Pedalen und das Scheuern hart angetriebener Schleifsteine, das Zischen des Abkühlens. In einer anderen Stimmung hätte er es als einen aufregenden Ort empfunden …

»He, Ihr da.«

»Ich?« Er blickte sich um, konnte aber nicht erkennen, wo die Stimme herkam.

»Ja, Ihr. Was wollt Ihr?«

Loredan grinste verlegen. »Es tut mir leid«, sagte er, »ich habe mich umgesehen. Ich wollte nicht …«

»Dann schert Euch raus und seht Euch anderswo um. Das hier ist kein Park.«

Er konnte noch immer nicht sehen, wer da sprach; nicht, daß er die Unterhaltung unbedingt fortführen wollte. »Tut mir leid«, sagte er und ging in Richtung Tür, nur um den Weg von einer Karre Holzkohle versperrt zu finden. Er ging um sie herum und stand plötzlich vor einem kleinen schmächtigen jungen Mann, der einen rotglühenden Eisenbarren mit einer Zange etwa zwanzig Zentimeter vor sein Gesicht hielt.

»Äh«, sagte er. »Entschuldigung.«

Der junge Mann hielt das Eisen schnell ein Stück beiseite. »Mein Fehler«, sagte er mit vertrautem Akzent. »Ich habe Euch nicht gesehen mit der Karre im Weg.«

Ein Nomade aus der Steppe, genau das, was ihm noch gefehlt hatte. Er hatte schon *sehr* lange keinen Nomaden mehr gesehen. Und war auch nicht besonders scharf darauf gewesen, jemals wieder einen zu sehen. Die glühende Klinge, die nur wenige Zentimeter vor seiner Nase herumtanzte, machte die Sache auch nicht besser. Er lächelte angestrengt, zwängte sich an dem Mann vorbei und blieb nicht stehen, bis er wieder an der frischen Luft war.

Er spazierte noch eine Weile ziellos umher und kam schließlich zum Stadttor; wenn er schon den Tag damit verbrachte, die Nase in seine Vergangenheit zu stecken, konnte er es auch richtig machen. Er stieg auf die Mauer und stand lange dort, dachte über viele Dinge nach, die alle nicht mehr zu reparieren waren. Dann suchte er eine Schenke auf.

*Seltsamer Kerl*, dachte Temrai. Natürlich gab es von seiner Sorte in der Stadt eine ganze Menge, auf jeden Fall mehr als zu Hause. Vermutlich hatten sie hier bessere Überlebenschancen. Zu Hause gab es für die Seltsamen, Wertlosen und Versager keine Verwendung, und ihre Lebensspanne war meistens nicht sehr groß.

Er stand neben dem Schmiedeofen und beobachtete, wie sich die Farben in der bereits zuvor einmal erhitzten Stahlklinge veränderten, als die Wärme in sie eindrang: Grau verfärbte sich zu Gelb, Gelb zu einem matten Rot, dann zu Purpur und schließlich zu Blau, der richtigen Farbe für das zweite Abkühlen. Nachdem er die Temperatur des Solbades überprüft hatte – es mußte lauwarm sein; war es zu kalt, würde der Stahl zerbrechen –, zog er die Klinge aus der Hitze und stieß sie ins Wasser. Eine Qualmwolke stieg aus dem Solbad auf, das Zischen erreichte seinen Höhepunkt und erstarb; es klang wie Quieken eines ertrinkenden Welpen. Es war schon seltsam, wie eine glühende Flamme und lauwarmes Wasser ein weiches, formbares Stück Stahl in eine harte Schneide verwandeln konnten. Nicht zum ersten Mal fragte er sich, warum das eigentlich so war.

Zu Hause kannte man die Antwort schon seit langer Zeit. Stahl ist wie ein menschliches Herz, sagte man. Um einen Mann hart genug zu machen, daß er zu etwas nütze ist, muß man ihm mit den Flammen der Wut einheizen und ihn sofort danach im Bad der Furcht und des Bewußtseins seiner eigenen Schwäche abkühlen, denn Metall kühlt in Salzwasser ab, und der Mensch in Tränen. Doch das ist nur die erste Phase, sie macht einen

Mann hart, aber zugleich auch zerbrechlich, und so wäre er als Werkzeug oder als Waffe nicht zu gebrauchen. Jetzt muß er erneut in dem langsamen, tiefgreifenden Feuer bedächtigen Hasses erhitzt und ein zweites Mal in Salzwasser abgekühlt werden; erst dieser zweite Prozeß macht ihn wirklich nützlich, versetzt ihn in die Lage, Wunden zu verursachen, und macht es unwahrscheinlich, daß er zerbricht. Nur Männer mit der richtigen Härte sind den Göttern des Clans von Nutzen.

Nach der Arbeit kehrte Temrai den Fußboden, ölte seine Werkzeuge und legte sie ordentlich zur Seite. Dann ging er zurück zur Herberge. Es war der kühle Teil des Abends, die kurze Atempause zwischen der sengenden Hitze der Sonne und der gespeicherten Hitze der Nacht, die aus den Steinen ausströmte wie Wärme aus einem Feuerziegel.

Im Schatten des Eingangs zur Herberge stand ein Mann in einem langen Ledermantel.

»Jurrai«, sagte Temrai leise. »Ist er ...?«

Der Mann nickte. »Friedlich«, erwiderte er. Es war seltsam, wieder die Muttersprache zu hören. Temrai verspürte Verlangen, Bedauern und einen leichten Widerwillen, alles zugleich. »Vor ein paar Wochen. Es war das Fieber.« Dem Mann fiel ein, daß er etwas vergessen hatte. »Es tut mir leid«, sagte er. »Er war ein großer Häuptling.«

Temrai zuckte mit den Schultern; er wußte, daß das Lob nicht zutraf. Kein großer Häuptling; vielleicht ein guter, das schon, so wie er ein annehmbarer Vater und ein ausreichender Lehrer gewesen war. Er war nicht die Sorte von Mann gewesen, den sich die Götter zunutze machen konnten; zu spät ins Feuer gestoßen, zu stark erhitzt worden, aller Voraussicht nach hätte er sich als zu zerbrechlich erwiesen. Sein Sohn hingegen war ein ganz anderer Fall.

»Ich schätze, ich sollte besser nach Hause kommen«, sagte Temrai. »Wo hast du sie zurückgelassen?«

»An der Korculfurt«, erwiderte Jurrai. »In diesem Jahr war

das Hochwasser besonders heftig man wird sie wohl noch eine ganze Woche lang nicht überqueren können. Wenn wir uns beeilen, können wir sie dort noch erwischen.«

»Und wenn nicht, werden sie nicht schwer zu finden sein«, erwiderte Temrai gedankenverloren. Er wurde das Gefühl nicht los, daß er hier noch Dinge zu Ende zu bringen hatte, aber dem war nicht so. Er hatte alles in Erfahrung gebracht, was er in Erfahrung hatte bringen wollen, eigentlich sogar noch mehr. Und er hatte hart gearbeitet, seinen Lohn verdient und etwas Gutes getan, solange er in der Stadt zu Gast gewesen war. Ein Mann sollte immer versuchen, dort, wo er gerade war, gute Taten zu vollbringen, jeden Ort besser zu hinterlassen als bei seiner Ankunft.

»Sie werden vermutlich warten«, sagte Jurrai. »Es gibt dort genug Holz, und du hast gesagt, du würdest viel davon brauchen …«

»Das ist wahr.« Temrai runzelte die Stirn. »Ich sollte wohl besser packen. Hast du ein Pferd für mich mitgebracht? Ich habe meines verkauft.«

»Ich habe zwei für jeden von uns«, antwortete Jurrai. »Wir wollen schließlich schnell vorankommen.«

»Gut. Ich beeile mich.«

Temrai ließ Jurrai stehen und betrat die Herberge. Seltsam, sie fühlte sich wie sein Zuhause an, dieser riesige Steinwagen ohne Räder, der sich niemals von der Stelle rührte, wo man Geld allein schon für das Privileg bezahlen mußte, sich dort aufhalten zu dürfen. Er konnte das Abendbrot im Ofen riechen, die Frauen deckten die Tische. Eine Gruppe Männer, seine Kollegen, die zu Freunden geworden waren, sahen von ihrem Würfelspiel auf und nickten ihm zu. Unter diesen Umständen hoffte er, sie nie wiederzusehen.

Die Herbergswirtin rührte in einem großen Suppentopf, probierte gelegentlich mit ihrem langen Holzlöffel und fügte mit etwas lächerlich wirkender Präzision eine Prise von diesen oder jenen Kräutern hinzu. Sie lächelte, als sie ihn sah, und versprach, daß es nicht mehr lange dauern würde.

»Ich bleibe nicht«, sagte er. »Ich würde gern die Rechnung bezahlen.«

»Du ziehst aus?« Sie schien enttäuscht zu sein. »Oh. Hier ist doch alles in Ordnung, oder?«

»Mein Vater ist gestorben.«

»Das tut mir leid. War er denn krank?«

Temrai nickte. »Ich sollte so schnell wie möglich aufbrechen.«

Die Wirtin legte den Holzlöffel zur Seite. »Ich schätze, deine Mutter wird sich freuen, dich zu sehen.«

»Sie ist gestorben«, sagte Temrai. »Als ich noch klein war.«

»Das ist traurig. Dann wirst du also das Familienoberhaupt werden?«

»Das stimmt.«

»Eine große Familie?«

»Ziemlich groß. Es tut mir leid, aber ich muß wirklich los. Wieviel schulde ich dir?«

Die Frau schüttelte den Kopf. »Das ist schon in Ordnung«, sagte sie. »Die Miete war erst vor zwei Tagen fällig, das geht aufs Haus. Soll ich dir etwas für die Reise einpacken?«

Temrai lehnte höflich ab, aber sie bestand darauf, und nur um endlich gehen zu können, akzeptierte er schließlich einen halben Laib Brot, eine Wurst und zwei Äpfel. »Es war nett, dich hierzuhaben«, sagte sie und gab ihm einen mit einem sauberen Stück Sackleinen bedeckten Korb. »Schau auf jeden Fall rein, wenn du wieder mal in der Stadt bist.«

»Vielleicht komme ich schon bald zurück«, sagte Temrai. »Ich freue mich darauf. Ich wünsche dir eine sichere Reise.«

»Die werde ich haben. Danke für alles.«

»Keine Ursache.«

Temrai suchte seine wenigen Habseligkeiten zusammen, wobei er sich wie ein Mörder vorkam, und schaffte es, die Herberge zu verlassen, ohne noch mit jemand anderem sprechen zu müssen. *Bitte*, betete er im stillen, *sei unter den ersten, die die Stadt verlassen, wenn im Osten die ersten Staubwolken zu sehen sind und alle in Panik geraten. Ich will dir nichts antun, wirklich nicht. Es ist nur, daß …*

»Fertig?« fragte Jurrai und übergab ihm die Zügel eines großen Pferdes, das einen ordentlichen Eindruck machte.

»Fertig.«

»Übrigens, hast du erreicht, weswegen du gekommen bist?«

»Ja.«

Jurrai kicherte. »Das ist gut«, sagte er. »Wenn du das hier das nächste Mal siehst, wird alles anders sein.«

Temrai biß die Zähne zusammen. »Hoffen wir's.«

Sie saßen auf und ritten langsam durch die Straßen, da sie auf dem Kopfsteinpflaster mit seinen tiefen Schlaglöchern um die Beine der Tiere fürchteten. In der Stadt waren Männer auf Pferden ein seltener Anblick, und die abendlichen Spaziergänger hatten es nicht eilig, ihnen aus dem Weg zu gehen. Temrai kam sich albern und auffällig vor, wie er so wie ein an einer Prozession teilnehmender Adliger über seinen Mitbürgern – seinen *ehemaligen* Mitbürgern – thronte, während sein großer, feuerspuckender Steppenhengst hinter dem kleinen fetten, kahlköpfigen Bäcker und seiner rundlichen Frau herstolzierte und ungeduldig den Kopf schüttelte. Sie hätten vermutlich die ganze Nacht gebraucht, um das Tor zu erreichen, aber der Bäcker und seine Frau blieben stehen, um Pfannkuchen zu kaufen, und ließen sie passieren.

Sie waren schon in Sichtweite des Tores, als ein Mann aus einer Schenke kam, nicht auf den Weg achtete und direkt vor Temrais Pferd lief. Temrai riß die Zügel hart nach rechts und zurück, um den Hengst um ihn herumzulenken; er konnte den blöden Betrunkenen vor einer ernsten Verletzung schützen, aber die Spitze seines Stiefels, die mit Eisen verstärkt war – eine notwendige Schutzmaßnahme für Arbeiter, die an einem Ort schufteten, an dem alle möglichen schweren Dinge nur darauf warteten, herunterzufallen und ungeschützte Zehen zu zerquetschen –, donnerte gegen dessen Schläfe und warf ihn zu Boden. Temrai schrie alarmiert auf, warf Jurrai die Zügel zu und glitt vom Pferd.

»Ist mit Euch alles in Ordnung?«

Der Mann rieb sich den Kopf. »Das ist nicht Euer Verdienst«, brummte er. »Warum seht Ihr nicht hin, wo Ihr hergeht?«

Seine Stimme klang undeutlich, die Worte in ein paar Bechern zuviel ertränkt. Genau der Zustand, der in dieser Stadt zu den meisten Kämpfen führte. Darum entschuldigte Temrai sich und half dem Mann auf die Füße, wischte den Straßendreck von seinem Umhang und hob das flache Bündel auf, das der Mann in der Hand gehalten hatte. Unglücklicherweise war das Pferd darauf getreten.

»Verfluchter Narr«, brüllte der Mann. »Seht, was Ihr mit meinem Schild gemacht habt! Seht es Euch an!«

Das aus dem Schenkeneingang strömende Licht enthüllte ein schneidiges neues Portrait, das überaus eindrucksvoll wirkte – wenn man von dem hufeisengroßen Loch absah, das sich dort befand, wo das Gesicht des Mannes hätte sein sollen. Temrai entging nicht, daß die Hand des Mannes an seinen Gürtel glitt, wo sonst der Degen hing. Glücklicherweise war er nicht da.

»Das ist furchtbar«, murmelte Temrai. »Es tut mir so leid. Bitte, Ihr müßt mich den Schaden bezahlen lassen.«

»Und ob Ihr dafür bezahlen werdet«, knurrte der Mann zurück. »Ganz zu schweigen von dem Einkommensverlust, den Schmerzen und dem sorglosen Umgang mit einem Pferd auf einer öffentlichen Straße.«

Das war Temrais Meinung nach nun doch etwas übertrieben von einem Betrunkenen, der versucht hatte, unter seinem Pferd durchzugehen, doch die Bedeutung des Schildes, die juristische Terminologie und der instinktive Griff zum Gürtel waren ihm nicht entgangen. Betrunken oder nüchtern, im Recht oder nicht, er verspürte keine große Lust, mit dem Messer gegen einen professionellen Advokaten antreten zu müssen. »Natürlich«, sagte er hastig. »Wieviel?«

Der Betrunkene sah ihn merkwürdig an, sein benebeltes Hirn gab sich alle Mühe, dem Drängen einer halb vergessenen Erinnerung nachzugeben.

»Du«, sagte er. »Du bist doch der Nomadenjunge aus dem Arsenal.«

»Das stimmt«, erwiderte Temrai, und dann erinnerte auch er sich. »Ich habe Euch dort heute nachmittag gesehen. Ihr seid rein- und wieder rausgegangen.«

Der Mann nickte, und Temrai erkannte mit Erleichterung, daß der gefährliche Augenblick vorüber war. Ein Betrunkener war durchaus dazu fähig, in einem Ausbruch unkontrollierter Wut auf einen Fremden einzustechen, der ihn geärgert hatte, aber nicht auf einen Bekannten. Das Gesicht des Mannes entspannte sich zu einer Art Grinsen.

»Du hast mein Schild ruiniert«, sagte er. »Habe den ganzen Tag gebraucht, um das verdammte Ding zu bekommen. Wenn du wüßtest, wie langweilig es ist, sich malen zu lassen …«

»Das kann ich mir vorstellen.«

Der Mann zuckte mit den Schultern. »Egal. Hör mal, ich sag' dir was. Ich vergesse das mit dem Schild und dem Rest, und du tust mir einen Gefallen. Einverstanden?«

Temrai zögerte. Er konnte keine Versprechungen machen, jetzt, wo er die Stadt verließ, andererseits würde eine Weigerung den Betrunkenen zweifellos wütend machen und ihn in einen schlimmeren Schlamassel bringen als zuvor. »Äh«, sagte er.

»Du bist doch Schwertschmied, richtig?«

»Ja.«

»Dacht' ich mir's doch.« Der Mann nickte langsam. »Ein Schwertschmied aus der Steppe. Du weißt, wie man Schneiden mit dem Kern verbindet, so daß sie nicht zerbrechen.«

»Ja«, sagte Temrai. »Woher …«

»Freund«, sagte der Betrunkene ernst, »du könntest glatt mein

Lebensretter sein. Weißt du, ich bin Advokat. Bei Gericht zugelassener Fechter. War ich jedenfalls, bis heute, ich hör damit auf, werde Fechtlehrer. Gutes Leben, das mit dem Ausbilden, mal davon abgesehen, daß man morgens so früh aufstehen muß. Aber egal, ich brauche trotzdem einen guten Degen, der mir nicht mitten im Kampf zerbricht. In letzter Zeit sind mir gute Degen kaputtgegangen«, fügte er bitter hinzu, »und ich mußte mit ansehen, wie einem anderen das gleiche passierte, genau vor meiner Nase, nicht weiter weg, als du jetzt bist.« Es stimmte, daß er nahe bei ihm stand; selbst mit seiner geringen Erfahrung konnte Temrai zwei der billigeren Weinsorten in seinem Atem identifizieren. »Und dann dachte ich mir, diese Kerle da draußen in der Steppe, die wissen, wie man Klingen schmiedet, die nicht zerbrechen, zumindest wußten sie das vor einem Dutzend Jahren. Und das sollst du für mich tun, und wir vergessen das mit dem kaputten Schild. Einverstanden?«

Temrais Gesicht war völlig ausdruckslos, genau wie seine Stimme, als er erwiderte: »Einverstanden.« Der Betrunkene schien es nicht zu bemerken.

»Feine Sache«, sagte der Betrunkene mit einem Lächeln und schlug Temrai kräftig auf den Rücken. »Ich heiße Loredan, Bardas Loredan. Du kannst mich bei den Fechtschulen finden. Wenn du jemals fechten lernen willst, mache ich dir einen Sonderpreis.«

»Vielen Dank«, sagte Temrai leise. »Es wäre mir ein Vergnügen, mit Euch die Klinge zu kreuzen.«

Der Betrunkene war nun gut gelaunt; er hielt Temrai den Steigbügel, als dieser aufsaß, und winkte ihm fröhlich nach, bevor er das ruinierte Schild in den Rinnstein warf, sich ein paarmal um die eigene Achse drehte, als wüßte er nicht genau, wo er hingehen sollte, und schließlich zurück in die Schenke stolperte. Temrai ritt schweigend weiter, bis sie auf der Brücke waren.

»Was war das denn?« fragte Jurrai.

»Dieser Mann wollte, daß ich ihm einen Degen schmiede«, sagte Temrai.

Jurrai zuckte mit den Schultern. »Was für ein Idiot.«

Temrai wandte den Kopf. Im sich auf dem Wasser widerspiegelnden Fackelschein sah Jurrai, daß seinem Gefährten Tränen die Wangen hinunterströmten. »Jurrai, weißt du, wer das war?«

»Ein Betrunkener. O ja, ein Advokat, was auch immer das ist. Ich hatte den Eindruck, daß er so eine Art Mietkämpfer war.«

»Das ist er jetzt. Denk nach, Jurrai, ein Mann, der über das Löten mit Silber Bescheid weiß, der sagt, er hätte vor zwölf Jahren davon erfahren. Denk nach, Jurrai.«

Kurzes Nachdenken, dann fluchte Jurrai leise. »*Maxni Kirla*«, murmelte er. »Maxens Reiter. Glaubst du, das war einer von ihnen?«

»Zwölf Jahre, Jurrai. Jemand, der von der Benutzung von Lötsilber in der Steppe erfahren hat. Und er war kein Kaufmann.«

»Ihr Götter! Du hättest ihn auf der Stelle töten sollen.«

Temrai schüttelte den Kopf. »Der läuft uns nicht weg. Tatsächlich hat er mir sogar einen Gefallen getan. Uns allen. Weißt du, ich war so lange an diesem Ort, daß ich es beinah vergessen hätte.«

»Maxen vergessen? Die Männer vergessen, die deine Mutter und deine Schwestern getötet haben, die unsere Wagen in Brand steckten, obwohl die Frauen und Kinder noch drinnen waren? Temrai …«

Temrai schüttelte den Kopf. Mit einer schnellen, anmutigen Bewegung wand er sich zur Hälfte aus seiner Jacke und zog sich das Hemd von der Schulter, um den Rand einer leuchtenden weißen Narbe zu enthüllen. »Im Arsenal hat jeder wegen der Hitze das Hemd ausgezogen. Ich nicht. Das hier hat niemand gesehen.« Er zog Hemd und Jacke wieder zurecht und knöpfte den Kragen zu. »Nein, ich glaube nicht, daß ich Maxen vergessen habe oder wie es in dem Wagen war, als sie die Plane festzurrten und sie in Brand steckten.« Er drehte sich im Sattel um und sah zu den Lichtern zurück, die zu beiden Seiten des Tores brannten. »Ich werde dieses Tor von außen verriegeln, Jurrai. Und dann werde ich die ganze Stadt anzünden und zuhören, wie sie niederbrennt.« Er zuckte mit den Schultern. »Das ist das mindeste, was ich tun kann«, fügte er traurig hinzu. »Eine Schande, aber so ist das nun mal. Jemand muß es tun, und nach allem Abwägen finde ich es am besten, wenn ich es bin. Ich *mag* die Stadt, Jurrai; in ihr leben Menschen, die meine Freunde sind. Aber sie müssen alle gehen, auf die eine oder andere Weise.« Er warf noch einen langen Blick zurück, dann trieb er das Pferd mit den Fersen an. »Und je früher dies geschieht, desto besser.«

Jurrai nickte. »Dein Vater wäre so stolz gewesen …«

»Das wäre er wohl«, unterbrach ihn Temrai. »In seiner Jugend war er blutrünstig, als er Häuptling wurde, war er schwach, und den Rest seines Lebens war er von Haß und Enttäuschung vergiftet. *Er* hätte Perimadeia niemals niederbrennen können. Aber ich werde es tun.«

Sein Gefährte sah ihn ruhig an. »Glaubst du wirklich?«

»O ja.« Temrai lächelte. »Du mußt nämlich wissen, ich weiß, *wie*.«

# 6

Durchstreift die Straßen der Stadt, hatte Gannadius gesagt. Geht jede große Straße und jeden Platz entlang, bis Ihr den Ruck an den Zügeln spürt, der bedeutet, daß Ihr das Naturtalent gefunden habt. Das ist die einzige Möglichkeit.

*Das stimmt vermutlich*, murmelte Alexius unhörbar, während er mit dem linken Stiefel in der Hand auf den Stufen eines Brunnens saß, *aber mir tun die Füße weh. Und was man sagen wird, wenn man je herausfinden sollte, daß ich die letzten drei Tage damit verbracht habe, durch die Straßen zu laufen …*

War es möglich, daß er die ganze Sache völlig verzerrt sah? Sicher, er litt noch immer unter den plötzlichen Anfällen – unerträgliche Kopfschmerzen, schweißtreibendes Fieber, scharfe Schmerzen in der Brust und den Beinen, Erbrechen und Durchfall –, aber sie waren nicht mehr so stark und kamen immer seltener, und er konnte endlich wieder schlafen, jetzt, wo die Träume verblaßten. Dreifach verstärkte Abwehrzauber und Schutzfelder halfen vermutlich, obwohl die Anstrengung, sie aufrechtzuerhalten, bestimmt schlimmere Auswirkungen für ihn hatte als die Anfälle selbst. Es war durchaus möglich, daß der Fluch langsam verfiel, wobei Loredans wundersames Überleben beim Kampf gegen Alvise und die Tatsache, daß er anscheinend das Handwerk an den Nagel gehängt hatte, zweifellos hilfreich gewesen waren. Während der Fechter weniger anfällig für den Fluch wurde, verlor dieser beständig an Kraft, da er nichts mehr hatte, an dem er erstarken konnte. Tatsächlich spielte Alexius mit der Idee, ihn ganz aufzulösen; er war ziemlich davon überzeugt, daß das machbar war, obwohl er es natürlich noch nie zuvor versucht hatte.

*Nein*, dachte er und zog sich den Stiefel langsam über den von der Hitze angeschwollenen Fuß, *das ist nicht der richtige*

*Weg.* Die einzige Hoffnung bestand darin, dieses verfluchte Naturtalent zu finden, und das erwies sich als noch schwieriger, als er sowieso erwartet hatte. Vielleicht hatte das Talent ja die Stadt verlassen, was Gannadius fest glaubte. Alexius hoffte inständig, daß dem nicht so war; den Rest seines Lebens diese Dinge ertragen zu müssen, war kein besonders angenehmer Gedanke.

*Wäre es nicht schön, wenn ich wirklich zaubern könnte?* fragte er sich. *Wenn ich einen Beförderungszauber hätte, der mich herumträgt. Zum Teufel mit dieser Lauferei. Oder noch besser, wenn ich diesen Unruhestifter von meiner gemütlichen Zelle aus erspähen und einen Blitz auf ihn niedergehen lassen könnte. Andererseits, wenn ich zaubern könnte, wäre das alles überflüssig; ich würde diesen Fluch einfach in der Luft zerreißen, und alle wären glücklich. Ausgenommen dieses widerliche Mädchen, das mich überhaupt erst in diese Situation gebracht hat. Aber ihre Zufriedenheit ist mir mittlerweile ziemlich egal. Ich hätte auf das hören sollen, was mir meine Mutter über den Umgang mit fremden Frauen gesagt hat.*

Alexius stand auf und ging weiter. Er passierte gerade einen Schlosserladen, als er das Ziehen verspürte. Es entsprach in keiner Weise seinen Erwartungen, aber es war unmißverständlich; ein Druck in seinem Verstand, wie die Atmosphäre in der Luft, wenn ein Gewitter schon lange überfällig ist, nur daß der Druck unglaublich konzentriert war. Seine Schläfen begann zu schmerzen.

Er blieb sofort stehen, davon überzeugt, daß sich derjenige, der das Gefühl verursachte, im Ladeninneren befand. Ein Blick durch die Tür zeigte den Schlosser, einen älteren Mann, von dem Alexius einmal ein Vorhängeschloß gekauft hatte, und einen Mann und eine Frau, bei denen es sich offensichtlich um Ausländer handelte. Interessant, also schien sich Gannadius' Theorie tatsächlich als wahr zu erweisen.

Der Mann war groß und dünn, mit hohen Wangenknochen

und einem freundlichen Gesicht. Die Frau, offensichtlich seine Zwillingsschwester – ihm fiel ein, vor langer Zeit einmal etwas über Zwillinge und Naturtalente gelesen zu haben, eine verlockende Theorie über zwei Bewußtseine mit einem inhärenten, spontanen Einfühlungsvermögen, das irgendwie das Prinzip anlockte, so wie Kupfer den Blitz anzog –, wies eine überragende Ähnlichkeit auf, war jedoch gleichzeitig wunderschön, wo ihr Bruder bestenfalls merkwürdig aussah. Als Alexius sie ansah, pulsierte es in seinen Schläfen schmerzhaft.

Es wäre hilfreich gewesen, mit dem Moment gerechnet und sich vorher überlegt zu haben, was er sagen sollte. Es bestand jedoch durchaus die Möglichkeit, daß der Schlosser ihn erkannte und auf eine Weise begrüßte, die den Ausländern vor Augen führen würde, daß sie es hier mit einer örtlichen Berühmtheit zu tun hatten. Er trat ein.

Der Schlosser und der Ausländer waren in komplizierte Verhandlungen verstrickt, und eine Unterbrechung war für den Schlosser offensichtlich von taktischem Vorteil, denn er hörte sofort auf und begrüßte seinen ehrenwerten Besucher mit viel Aufhebens und fragte Alexius, ob das Vorhängeschloß, das dieser bei ihm erworben hatte, zufriedenstellend gewesen sei. Der Slogan *Persönlicher Lieferant des Patriarchen von Perimadeia* schien in der Luft zu hängen wie frühmorgendlicher Seenebel.

Die Ausländer wechselten einen Blick. Es funktionierte.

»Ich möchte Euch nicht unterbrechen«, sagte Alexius. »Ich habe es nicht besonders eilig.«

Nach kurzem Zögern nahmen der Schlosser und der Mann ihr Duell wieder auf, bei dem es um einen Sonderpreis für vier Dutzend Vorhängeschlösser mit den dazugehörigen Schlüsseln zu gehen schien. Alexius grübelte gerade darüber nach, wie er mit der Frau eine Unterhaltung anfangen sollte, als er herausfand, daß das gar nicht nötig war.

»Entschuldigt«, sagte sie, »aber ich habe soviel über Euch und das, was Ihr tut, gehört. Stimmt es, daß Ihr die Magie beherrscht?«

Es wäre besser gewesen, wenn sein Schädel nicht so sehr geschmerzt hätte, aber es gelang ihm, das Unbehagen zu verdrängen. Er lächelte.

»Eigentlich nicht«, sagte er. »Es stimmt, daß die philosophischen und wissenschaftlichen Forschungen, denen wir uns widmen, uns einige ziemlich schwer verständliche Einsichten in die Prinzipien der Natur gewährt haben, die, allgemein gesprochen, dem Laien nicht zugänglich sind. Daraus ergibt sich – was rein zufällig und im Gegensatz zu dem geschah, was wir eigentlich damit erreichen wollten –, daß wir gewisse, nun, nennen wir sie *Effekte*, zustande bringen können, die Laien mit Magie verwechseln. Aber wir können weder Blei in Gold verwandeln noch Männer in Frösche, und wir können auch nicht durch die Luft fliegen und Blitze schleudern.«

Sie brauchte eine Weile, um das alles zu verdauen, dann sah sie etwas enttäuscht aus. »Oh«, sagte sie. »Ich wollte immer schon mal einen richtigen Magier kennenlernen. Oh, es tut mir leid. Das klang schrecklich unhöflich.«

Das war Alexius' Stichwort, onkelhaft zu lächeln. »Überhaupt nicht«, sagte er. »Ich wollte auch immer schon mal einen kennenlernen. Aber ich werde höchstens ein Naturtalent kennenlernen, was dem, was wir für einen echten Magier halten, am nächsten kommt.«

»Und was ist das?«

Alexius beobachtete die Diskussion zwischen ihrem Bruder und dem Schlosser aus den Augenwinkeln; wenn überhaupt, wurde sie nur noch hitziger. Sein Kopf drohte zu zerplatzen …

*Sie tut das. Sie will mit mir sprechen, ohne unterbrochen zu werden, darum macht sie die Verhandlungen kompliziert. Wie …?*

»Ich wünschte, ich wüßte es. Ihr müßt wissen, Naturtalente sind sehr selten, und die Chance, tatsächlich einmal einem zu begegnen, ist sehr klein, zumindest hier in der Stadt. Wir scheinen hier keine hervorzubringen.«

»Ich verstehe. Und wo kommen sie dann her?«

Alexius wölbte eine Augenbraue. »Interessanterweise stammt eine überraschende Anzahl der dokumentierten Fälle von der Insel«, improvisierte er. »Stimmt meine Annahme, daß Ihr ...«

Das Mädchen strahlte. »Es stimmt, da kommen wir her. Oh, ich schätze, bei unserer Kleidung und unserem Akzent ist das offensichtlich. Aber merkwürdigerweise habe ich noch nie gehört, daß unser Volk zaubern kann.«

»Schon wieder dieses Wort«, sagte Alexius. »Tatsächlich könntet Ihr fünfzig Jahre in der gleichen Stadt wie ein Naturtalent leben und nicht einmal den geringsten Verdacht hegen. Ein Naturtalent kann allenfalls Dinge geschehen lassen, ganz gewöhnliche, alltägliche Dinge, nichts, das jemandem auffallen würde; eine Schindel, die vom Dach rutscht, zwei Männer, die wegen dem Milchpreis in Streit geraten. Aber es würde sie verursachen. Möglicherweise ohne es zu wissen.« Unwillkürlich massierte er sich die Schläfen.

»Man stelle sich das mal vor«, sagte das Mädchen. »Also könnte ich so ein Talent sein und es nicht einmal wissen?«

Der Schmerz war nicht länger lästig, er war schlichtweg unerträglich, und Alexius mußte sich anstrengen, ihn nicht zu zeigen. Trotzdem konnte er das Gefühl nicht unterdrücken, daß das alles viel zu einfach war.

»Es ist vorstellbar«, sagte er. »Natürlich außerordentlich unwahrscheinlich, weil es so wenige ...«

»Von denen Ihr wißt«, unterbrach ihn das Mädchen. »Was ich sagen will, wenn sie nur so gewöhnliche Dinge tun und keine Stürme losschicken oder Leute in Frösche verwandeln, woher wollt Ihr es dann wissen? Oder könnte jemand wie Ihr so eine Person erkennen, wenn Ihr ihr begegnet?«

*Vielleicht ist der Schmerz ja eine Art Ablenkungstaktik,*

dachte Alexius, *damit ich beschäftigt bin und nicht erkenne, daß ich an der Nase herumgeführt werde.* Aber warum sollte sie so etwas tun?

»Da mir noch kein Talent begegnet ist, würde ich es nicht wissen. Genau das ist das Problem, versteht Ihr, dieses Phänomen ist so selten, daß so gut wie nichts darüber bekannt ist. Soweit es mich betrifft«, fügte er hinzu und war sich voll darüber im klaren, daß er möglicherweise geradewegs in einen schrecklichen Hinterhalt hineinmarschierte, aber er wollte die Sache hinter sich bringen, damit er gehen konnte und die Kopfschmerzen aufhörten. »Soweit es mich betrifft, könnte jeder sechste Inselbewohner oder jeder zwölfte oder von mir aus auch alle bis zu einem gewissen Grad über diese Fähigkeit verfügen. Es ist möglich, aber natürlich hat das noch niemand untersucht. Es wäre eine interessante Studie«, sagte er dann mit so viel Überzeugung, wie er vermochte.

»Wirklich?« Das Mädchen sah erfreut aus. »Wie wäre es denn, wenn Ihr ... Nein, vergeßt das. Ich bin sicher, Ihr seid sehr beschäftigt.«

Als Alexius darauf zur Antwort gab, daß es ihn und seinen Kollegen freuen würde, wenn sie und ihr Bruder sich freiwillig für eine solche Studie zur Verfügung stellen würden, konnte er beinahe spüren, wie sich der Angelhaken in seine Lippe bohrte. Aber jetzt war es natürlich zu spät, und diese verdammten Kopfschmerzen ...

»Vorausgesetzt, Euer Bruder hat Zeit ...«

»Oh, wir haben heute nachmittag nichts vor.« Sie stieß ihren Bruder in die Rippen. »Venart, wir haben heute nachmittag doch nichts vor, oder?«

»Was? Oh, nein. Das heißt, wollten wir nicht einen Bummel durch die Mittelstadt machen? Ich dachte, du wolltest die Akademie sehen und ...«

»In diesem Fall erlaubt mir, Euer Führer zu sein«, sagte Alexius und konnte beinahe die Fäden fühlen, die ihn wie eine

Marionette in die gewünschte Richtung lenkten. »Es gibt da eine Menge interessanter Dinge, die der Allgemeinheit nicht zugänglich sind ....«

»Wie schön!« Die Augen der jungen Frau leuchteten, und der Schmerz in seinem Kopf ... »Komm, Venart, machen wir das! Das ist bestimmt ein großer Spaß.«

Kurz darauf eskortierte Alexius seine beiden neuen Gefährten durch das Tor der Mittelstadt. Jeder Schritt war wie die Bewegung mit einem gebrochenen Knochen. Es gab aber einen kleinen Trost; bald würde auch Gannadius unter schlimmen Kopfschmerzen leiden. Und im großen und ganzen fand Alexius, daß es ihm recht geschehen würde.

Nach einem Tag im Sattel war Temrai steif und wund, allerdings konnte er das unmöglich zugeben. Schließlich war er der Anführer eines Reitervolkes.

»Wir machen Rast«, verkündete er, als er die Schmerzen in seinem verlängerten Rückgrat nicht mehr ertragen konnte. »Hier gibt es Wasser, und wir können unter den Bäumen kampieren.«

Jurrai zuckte mit den Schultern. »Wir haben noch eine Stunde Tageslicht«, erwiderte er. »Wir könnten es bis Okba schaffen, wenn wir uns etwas beeilen.«

»Wir bleiben hier.«

»Na gut.« Jurrai zügelte sein Pferd, ließ sich von dessen Rücken herunterrutschen und landete mühelos auf den Füßen. *Das konnte ich auch mal*, dachte Temrai ehrfürchtig. *Noch vor wenigen Monaten konnte ich das.* Nun wartete er, bis ihm der Kamerad den Rücken zukehrte, bevor er umständlich mit dem linken Fuß zuerst abstieg.

*Interessant*, dachte er; *ich kenne Jurrai von Kindheit an, und er war der erste Reiter meines Vaters. Bei den Göttern, wie habe ich damals zu ihm aufgesehen, und jetzt ist er hier und tut, was ich ihm sage.*

Es war Zeit für ein Experiment.

»Jurrai«, sagte Temrai so beiläufig, wie er konnte. »Bitte lauf und füll meine Wasserflasche nach, ja?« Er hielt ihm die Flasche hin und rechnete jeden Augenblick mit einer Kopfnuß. Statt dessen nahm Jurrai sie wortlos entgegen und rannte – ja, nach einem harten Tagesritt *rannte* er – zum Fluß. *Erstaunlich*, dachte Temrai, *ich kann ihn herumkommandieren, fast so, als wäre ich Vater …*

Nun, nur weil ich es kann, heißt das noch lange nicht, daß ich es auch tun muß. »Schon gut«, rief er, als Jurrai anfing, Holz fürs Lagerfeuer zu sammeln. »Ich mache das. Kümmere du dich um die Pferde.«

Ein Grinsen lag auf Jurrais Gesicht, als er den Pferden die Vorderbeine zusammenband und sie vom Zaumzeug befreite. *Natürlich, nach all diesen Jahren kennt er mich fast so gut wie ich mich selbst*, dachte Temrai. *Er weiß nur nicht, was während meines Aufenthalts in der Stadt passiert ist. Nicht, daß es da viel zu wissen gibt.*

Als das Feuer brannte – wenigstens konnte er noch immer ein Feuer anzünden, den Göttern sei Dank – und sie die niedrige Barriere aus trockenem Dornengestrüpp errichtet hatten, auf die kein Reisender in der Steppe verzichten würde, wenn er außerhalb des Wagenzugs übernachtete, meinte Temrai: »Du solltest mir erzählen, was daheim geschehen ist.«

»Eigentlich nicht viel«, antwortete Jurrai und erstattete Bericht über die vielen Kleinigkeiten und Kleinlichkeiten des Clanlebens, über Hochzeiten, Geburten und Todesfälle, Ehebrüche, Duelle, die Ergebnisse von Pferderennen und Bogenschützenwettbewerben und dergleichen mehr. Schließlich sagte er: »Und was ist mit dir? Ich habe den Eindruck, du hast alles herausgefunden, was du wolltest?«

Temrai nickte. »Wenn ich sage, es wird leicht, werden es die Götter hören, und dann wird es das nicht«, sagte er. »Sagen wir, ich habe eine ziemlich genaue Vorstellung davon, was getan werden muß.«

»Und die Stadt?« fragte Jurrai und mied seinen Blick. »Was ist damit? Wie ist sie wirklich?«

Temrai schüttelte den Kopf. »Jurrai, du würdest nicht glauben, wie sie wirklich ist. Sie ist ...« Er zögerte. »Sie ist anders.«

»Einfach nur anders?«

»Von Grund auf anders.« Temrai machte eine verzweifelte Geste. »Hauptsächlich sind es Kleinigkeiten, mal von den wirklich großen Unterschieden abgesehen.«

»Lord Temrai«, unterbrach Jurrai ihn mit leiser und leicht sarkastischer Stimme. »Ich kann nur schwer glauben, daß drei Monate Aufenthalt beim Feind dich völlig vergessen lassen haben, wie ein vernünftiger Bericht auszusehen hat.«

Temrai blickte auf, zuerst ärgerlich, dann voller Scham über seine Wut. Die Stimme war die seines Vaters gewesen, der leise, sardonische Tonfall, der tiefer als eine Haselnußrute schneiden konnte. Er nickte abrupt.

»Du hast recht«, sagte er. »Also gut. Das wird eine gute Übung für zu Hause sein.« Er schwieg und sammelte einen Moment lang seine Gedanken. »Die Mauern der Stadt der Schwerter, die auf die Flußgabelung hinaussehen, weisen eine Höhe von ungefähr dreizehn Metern auf, ihre Dicke beträgt am Fundament gut fünfeinhalb Meter und oben knapp fünf, so daß zwei Wagen auf dem Wehrgang aneinander vorbeikommen. Alle hundertvierzig Meter steht ein Wachturm, jeder Turm überragt die Brustwehr um weitere sieben Meter und bietet einem Dutzend Bogenschützen, einer Wurfmaschine und einer vollen Bedienungsmannschaft Schutz. In jedem Turm liegt ein Vorrat von eintausendfünfhundert Pfeilen und fünfzig Geschossen für die Wurfmaschine; er bewacht den Aufgang, der den Wehrgang mit dem Boden verbindet.

Die vier Tore auf der Landseite werden jeweils zu beiden Seiten von Bastionen flankiert, die zweihundert Bogenschützen und fünf Wurfmaschinen aufnehmen können; außerdem noch eine von der schwereren Sorte, die für den Einsatz gegen Belagerungstürme und Rammböcke bestimmt sind. Die Brükken, die die Flüsse überspannen, enden in Zugbrücken, und das Wasser ist ungefähr sechs Meter tief; allerdings ist der Grund ziemlich fest. Mauern und Türme sind in gutem Zustand, die Mechanik der Zugbrücken wird ständig gewartet und ist ausreichend geschützt, und die Wurfmaschinen werden häufig überprüft und von den ständig anwesenden Mannschaften für Zielübungen benutzt ...«

Jurrai nickte. »Sprich weiter.«

»Befindet sich eine Invasionsstreitmacht erst einmal innerhalb der Mauern, wird ihr ein geordneter Vorstoß dadurch erschwert, daß die Unterstadt verbissen verteidigt werden wird. Die Straßen sind schmal genug, um mühelos gesperrt werden zu können, und das Arrangement der Seitenstraßen und Gassen könnte leicht dabei helfen, die Angreifer ohne große Vorwarnung an den Flanken zu umgehen und sie einzukreisen. Die Unterstadt in Brand zu stecken würde vermutlich bedeuten, daß die Angreifer in der Falle sitzen und nicht mehr entkommen können.

Die Verteidigungsstellungen sind so konzipiert, daß sie von einer relativ kleinen Zahl von Männern gehalten werden können; jede Zahl, die deutlich über dem Optimum läge, würde sich vermutlich eher als Hindernis statt als Hilfe erweisen. Ich schätze, das Optimum liegt bei etwa fünftausend Bogenschützen und dreitausend Fußsoldaten, was in etwa der Anzahl der ständig bereitstehenden, ausgebildeten Soldaten entspricht. Diese Armee kann innerhalb von zwanzig Minuten nach Ertönen des Alarms mobilisiert und in Position gebracht werden. Es gibt eine Reserve von zehntausend fähigen Männern mit entsprechender Ausrüstung und Ausbildung. Was die vielen Materiallager angeht, konnte ich keine genauen Informationen finden, vermutlich weil es sie nicht gibt. Sie legen seit vielen

Jahren solche Lager an, vermutlich sind sie bis zum Rand gefüllt, und ihre Zahl ist unendlich, ganz zu schweigen von der täglichen Produktionskapazität des Stadtarsenals.«

»Schön und gut«, grunzte Jurrai. »Aber werden sie kämpfen?«

Temrai nickte. »O ja«, sagte er. »Keine Frage. Es sind keine besonders kriegerischen Menschen, aber ihre Geschichte ist voller Belagerungen und versuchter Angriffe von Land und von See. Ihnen wird von Kindheit an beigebracht, mit einem Angriff zu rechnen – der letzte fand vor dreißig Jahren statt, als eine Koalition der westlichen Städte eine Armada von beträchtlicher Größe aufstellte, die von den Wurfmaschinen mit langer Reichweite, die auf der Seeseite aufgestellt sind, vernichtet wurde, bevor die Schiffe überhaupt auf Bogenschußweite heran waren. Sie behaupten, an einem Tag über zweihundert Schiffe versenkt zu haben, und wenn man die Wurfmaschinen sieht, mag man diese Behauptung durchaus glauben.«

»Also, einmal angenommen, man hat es geschafft, die Unterstadt zu erobern. Was dann?«

Temrai nickte. »Der Wall, der die Unterstadt von der Mittelstadt trennt, ist nicht so hoch oder so breit wie die Landmauer, aber das Gefälle des Geländes, auf dem er sich erhebt, und die dicht beieinanderstehenden Gebäude an seinem Fuß machen die Sache nicht leichter. Auch auf diesem Wall gibt es Wachtürme, und zwar alle neunzig Meter; sie sind nur mit einer symbolischen Garnison besetzt, aber voll ausgerüstet mit Pfeilen und anderen Dingen. Die Hauptkornspeicher sind alle in der Mittelstadt, genau wie die wichtigsten Zisternen, aus denen die Unterstadt ihr Wasser bezieht. In einem Notfall wäre genug Platz, daß sich die ganze Bevölkerung in die Mittelstadt zurückziehen könnte, sollte eine Evakuierung unumgänglich werden. Pläne für einen solchen Fall gibt es schon seit vielen Jahren, und sie sind den Bürgern wohlbekannt, auch wenn es schon lange keine entsprechenden Übungen mehr gegeben hat. Über die Oberstadt habe ich keine Informationen, da nur ein paar hochrangige Beamte sie betreten dürfen; Gerüchten zufolge gibt es dort oben große Regenwassertanks und weitere Getreidespeicher, außerdem eine Garnison Elitetruppen, die persönliche Leibgarde des Kaisers.«

»Ich verstehe«, sagte Jurrai und stocherte mit einem langen Stock im Feuer herum. »Und du glaubst, eine Möglichkeit gefunden zu haben, diese Schatztruhe aufzubrechen?«

»Ich nicht«, erwiderte Temrai mit einem Grinsen. »Sie haben es vor Jahren selbst getan. Dann haben sie vergessen, daß sie es getan haben.« Er seufzte und lehnte sich an seinen Sattel. »So sind die Perimadeianer – schlauer, als gut für sie ist.«

»Und? Weihst du mich in das Geheimnis ein, oder muß ich bis zur Ratssitzung warten?«

»Du wirst sogar noch länger warten müssen«, erwiderte Temrai und gähnte. »Du wirst es früh genug erfahren, glaub mir. Tatsächlich ist es sogar ziemlich simpel.«

Jurrai grunzte und brach ein Stück Brot ab. »Ich verstehe nicht, wie sie allein von dem Zeug leben können. Es quillt bloß im Magen auf, und kurz darauf hat man schon wieder Hunger.«

»Man gewöhnt sich dran«, sagte Temrai schläfrig. »Nur die Reichen können sich mehr als ein- oder zweimal im Monat Fleisch leisten, und selbst dann ist es so sehr gesalzen und gewürzt, daß es nicht mehr schmeckt. Für zwei Kupferstücke kannst du soviel Käse haben, wie du essen kannst, aber er schmeckt nach nichts. Oh, und sie essen Fisch.«

»Davon habe ich auch gehört.« Jurrai runzelte die Stirn. »Ich habe mal Fisch probiert. Das werde ich so schnell nicht vergessen. Den können sie gern behalten.«

»Ihrer kommt aus dem Meer«, murmelte Temrai mit geschlossenen Augen. »Der ist hauptsächlich getrocknet und gesalzen, oder sie räuchern ihn. Man gewöhnt sich dran. Er ist billig.«

»Und was gibt's zu trinken? Wein und Zider?«

»Damit muß man vorsichtig umgehen. Das ist übles Zeug.«

»Und die Frauen?«

Temrai schnarchte.

»Laßt euch mal ansehen«, sagte Bardas Loredan und verbarg seine wahren Gefühle.

Es war kein ermutigender Anblick. Ein hoch aufgeschossener Junge, etwa achtzehn Jahre alt, mit ein paar Bartstoppeln auf dem, was von seinem Kinn da war; ein Junge, der ihm ähnelte, ohne Bart; ein ungeheuer mürrischer, etwa sechzehnjähriger Junge, der offensichtlich neue Sachen trug, die eine halbe Nummer zu klein waren; ein kleiner, drahtiger Bursche mit einem Babygesicht, der das Klassenziel möglicherweise geschafft hätte, wäre er nur fünfzehn Zentimeter größer und vierzig Pfund schwerer gewesen; ein Mädchen, das ihn anstarrte; ein beleibter junger Mann aus guter Familie, der mit vierundzwanzig zu alt und offensichtlich nicht besonders interessiert war. *Na großartig.*

Er holte tief Luft. »Dann wollen wir mal anfangen«, sagte er. »Eure Namen.«

Tatsächlich kannte er die meisten Namen bereits. Der große Junge mit den neuen Sachen hieß Ducas Valier; man brauchte auf einem der Märkte von Lussa bloß eine Handvoll Steinchen in die Menge werfen, um mit Sicherheit mindestens drei Valiers zu treffen, von denen einer Ducas hieß. Der Junge mit dem Bart war Menas Crestom – ein Stadtname, aus dem Töpferbezirk, jüngster Sohn einer in zweiter Generation zu Geld gekommenen Familie, die eine erschreckend irregeleitete Vorstellung davon hatte, wie man einem Kind einen guten Start ins Leben ermöglicht. Sein Schatten war von vergleichbarer Herkunft; in den Schmelzhütten gab es ebenso viele Corrers wie Eisenpfützen auf dem Boden, und ein Viertel der Jungen seines Alters hießen Folas, nach Folas Manhurin, einem Boxchampion, der vor einem Vierteljahrhundert fünf Jahre hintereinander ungeschlagen den Titel getragen hatte. Der drahtige Junge hieß Stas Teudel, ein Name, der in den östlichen Vorstädten einen guten Klang hatte, und der reiche Bursche war unweigerlich ein Teo-sonstwas, obwohl Loredan diese Variante – Teoblept Iuven – noch nicht kannte. Er zuckte innerlich zusammen, als er den Familiennamen des Jungen hörte. Vor einem Jahrhundert hatten die Iuvens fünfzig der besten Handelsschiffe der Bucht besessen; heute wohnten sie noch immer in einem der angesehensten Häuser der Mittelstadt, aber ihre Schneider bestanden auf einer Anzahlung, bevor sie die Schere an das Tuch ansetzten. Das Mädchen war ein Niemand, ihr Name ging in das eine Ohr rein und aus dem anderen wieder raus. Mit etwas Glück würde sie auf »Du da!« und ein Nicken in ihre Richtung reagieren.

»Als nächstes das Geld!«

Der junge Herr Iuven bot ein goldenes Fünferstück und entschuldigte sich selbstgefällig, daß er es nicht kleiner hatte. Loredan verzieh ihm und schrieb ihm das Wechselgeld auf dem Konto gut.

»Gut«, sagte er schließlich. »Jetzt können wir zum Geschäftlichen kommen. Wer hat eine eigene Waffe?«

Unglücklicherweise alle bis auf das Mädchen; es war eine Sammlung Eisen, wie man sie außerhalb eines Schrottplatzes nicht zu finden erwartet hätte. Der Bauernjunge hielt sich an einem zweihundert Jahre alten Breitschwert fest, das zu der Zeit, in der Männer mit sechzig Pfund Stahlschuppen und gehärtetem Leder auf dem Leib in die Schlacht getorkelt waren, toll gewesen war. Ein Sammler hätte ihm dafür vermutlich trotz der fehlenden Spitze gutes Geld gezahlt. Die drei Stadtjungen zeigten stolz das Neueste an modischem, billigem und funkelndem Tand – der junge Herr Teudel sah zu Tode beleidigt aus, als Loredan ihm seinen Stolz abnahm und die Klinge scheinbar mühelos über dem Knie verbog. Der Adelssproß hatte einen echten Fascanum; Loredan befahl ihm sofort, das gute Stück wegzulegen und die nächsten sechs Monate nicht anzusehen, da er sich an eine Durststrecke erinnerte, in der er vom Erlös einer solchen Klinge fast acht Monate gelebt hatte. Er konnte sich nur zu gut den Ausdruck auf Papis Gesicht vorstellen, wenn das Familienerbstück nach dem ersten Tag Parierübungen fünf Kerben auf jeder Seite aufweisen würde.

»Glücklicherweise habe ich vorsichtshalber ein paar Übungsdegen mitgebracht, die ich an euch verteilen werde, wenn ihr soweit seid. Jetzt nehmen wir erst einmal die hölzernen Florette, mit denen man durchaus und eigentlich mühelos jemandem ein Auge ausstechen kann, wenn man nicht aufpaßt«, fügte er streng hinzu. Er teilte die Florette aus, achtzig Zentimeter lange Pfeilschäfte mit einem einfachen Holzgriff, die statt der Spitze einen großen Knopf trugen, nur für den Fall, daß jemand zufällig seinen Übungspartner traf. Glücklicherweise hatte er eine Kiste von diesen Dingern billig erwerben können; mit absoluter Sicherheit würde es einer von diesen Idioten schaffen, sein Florett im Lauf des Tages zu zerbrechen. An kalten Morgen konnte er noch immer die Kopfnuß spüren, die er von Meister Gramin dafür einst erhalten hatte.

Es wurde ein langer Tag, aber als er zu Ende war, hatte Loredan seinen alles andere als vielversprechenden Schülern die Grundlagen der Deckung, des Schritts vorwärts und rückwärts, der geduckten Bewegung entlang einer geraden Linie und der aufrechten Kreisbewegung der Alten Fechtschule beigebracht, bis sie trotz ihrer angeborenen Unfähigkeit und ihrer jeweiligen Defizite zumindest eine vage Ähnlichkeit mit Fechtern aufwiesen. Er wußte nur zu gut, daß die besseren Schulen die Alte Fechtkunst nicht vor dem Ende der ersten Woche angingen, und selbst dann neigten die meisten Schüler dazu, sich wie alte Frauen zu bewegen.

Als er sich in der nächstbesten, seinem Geldbeutel entsprechenden Schenke auf einen Sitz sinken ließ – die neue Regel lautete *keine Wirtshäuser*, aber diese eine Ausnahme würde niemandem weh tun –, wanderten seine Gedanken zurück zum vergangenen Nachmittag. Von seinen sechs Schülern taten die beiden großen hageren Jungs mehr oder weniger das, was ihnen befohlen wurde; sie schienen wirklich wild darauf zu sein, etwas zu lernen. Er kannte diesen Typ, in den vergangenen zehn Jahren hatte er genug von ihnen getötet. Der Bauer war nicht so unbeholfen oder dumm, wie er aussah, und mit seiner unbestreitbaren Kraft würde er einen guten Bihänder-Kämpfer abgeben, aber Loredan war sich ziemlich sicher, daß er nach einer oder zwei Wochen aussteigen würde. Der drahtige Junge aus der Vorstadt hatte sich als hoffnungsloser Fall entpuppt; er machte zwar alles eifrig mit, zeigte aber nicht die geringste Spur von eigenständigem Denken. Ihm jemals die Erlaubnis zu geben, in Perimadeia Recht zu praktizieren, wäre kaltblütiger Mord. Der junge Herr Iuven hatte sich als widerwärtig kompetent erwiesen, sobald er sich dazu herabgelassen hatte, seinem Lehrer die nötige Aufmerksamkeit zu schenken, aber Loredan wußte bereits, daß er es niemals bis zum Fechter bringen würde; man konnte es Feigheit nennen oder auch genug Verstand, einem Kampf aus dem Weg zu gehen. Was ihn zu dem Mädchen brachte.

Beinahe jeder der abscheulichen romantischen Gerichtsromane, die in solch verschwenderischer Zahl von Lohnpoeten und talentlosen Amateuren verfaßt wurden, hatte die wunderschöne Schwertmaid zur Heldin, schlank wie eine Weidengerte, aber schnell und tödlich, dazu fähig, den mächtigen Advokaten zu durchbohren oder sich einen blutigen Pfad durch die jeweiligen Barbaren-, Piraten- oder Banditenhorden zu bahnen. Vor langer Zeit hatte sich Loredan noch die Mühe gemacht, Bekannten genau zu erklären, aus welchen Gründen diese romantische Vorstellung jeder Grundlage entbehrte – weil nämlich ohne das nötige Gewicht und ein entsprechend kräftiges Handgelenk, um die gegnerische Klinge abzuwehren, alle Geschwindigkeit und

Geschmeidigkeit der Welt einen nicht vor einem frühen Tod retten würden. Er hatte ihnen erzählt, wie schnell Arme und Knie ermüdeten, wie der mit aller Kraft geführte Hieb eines fünfundneunzig Kilogramm schweren Mannes das süße Ding von den Füßen fegen würde, selbst wenn ihre Parade dem Lehrbuch entsprach, daß, kurz gesagt, der Gerichtssaal nicht der geeignete Ort für eine Frau war, oder für ein anständiges menschliches Wesen, was das anging. Er glaubte noch immer daran. Doch das Mädchen hatte Talent.

Natürlich war sie keine Weidengerte. Sie hatte kein Gramm zuviel, und sie war stark und sicher auf den Beinen. Vor allem aber war sie entschlossen. Es war nicht der jungenhafte Eifer der großen, dünnen Burschen; hier ging es nicht darum, sich einen Kindheitswunsch zu erfüllen, nicht um *Spaß*. Es war fast so, als wäre dies etwas, das sie erfolgreich abschließen mußte, ob es ihr gefiel oder nicht, als hinge ihr Leben davon ab.

Loredan schüttelte den Kopf und trank einen großen Schluck Zider. Das ungute Gefühl, das sie ihm vermittelte, war mehr als sein Widerwille gegen Fechterinnen. Es war … etwas Persönliches.

Er gähnte, sich plötzlich bewußt, wie müde er war. Morgen würde er diesen lästigen Kindern den richtigen Griff, weitere grundsätzliche Beinarbeit und die Grundelemente der Verteidigung beibringen müssen. Vorausgesetzt natürlich, seine Stimme ließ ihn nicht im Stich, er wurde nicht aus Versehen durchbohrt und verlor auch nicht die Geduld und brachte einen von ihnen um. Mit etwas Glück würde er diesen Haufen ausbilden, alle loswerden und mit den nächsten wieder von vorn anfangen.

*Diesmal bin ich wirklich auf die Füße gefallen.*

Nun, zumindest versuchte keiner, ihn umzubringen.

Er hätte gern noch einen zweiten Krug Zider getrunken. Statt dessen stand er auf, sammelte seine Sachen ein und ging nach Hause.

»Jetzt schließt die Augen, und dann möchte ich, daß Ihr mir sagt, was Ihr seht«, befahl Alexius.

Die Zwillinge schlossen gehorsam die Augen. Venart verzog dabei das Gesicht zu jener peinlich berührten, aber entschlossenen Grimasse, die jeder Mann zur Schau stellt, der den Eindruck hat, daß man einen Narren aus ihm macht, er sich aber nicht traut, sich zu weigern und damit den anderen tödlich zu beleidigen. Vetriz zeigte einen verzückten Ausdruck reiner Freude, wie es sich für ein nettes Mädchen gehörte, das ein wunderbares Abenteuer erlebte. Alexius warf seinem Kollegen einen Blick zu; Gannadius war ganz blaß vor Schmerzen und wirkte zu Tode erschrocken. Der Patriarch schenkte ihm ein dünnes Lächeln. Er wußte genau, wie Gannadius sich fühlte.

»Ist da etwas?« fragte er.

Venart gab ein unartikuliertes Geräusch von sich; offensichtlich hatte er keine Ahnung, was man von ihm erwartete, wollte sich aber trotzdem keine Blöße geben. Die junge Frau schüttelte stumm den Kopf.

»Sehr gut.« Das war natürlich nur Mummenschanz gewesen, um zu kontrollieren, ob sie ihnen etwas vorspielten. Zufrieden holte Alexius tief Luft, versuchte vergeblich, die Stahlklammern zu lösen, die ihm langsam das Gehirn aus den Ohren quetschten, und …

*Der Gerichtssaal. Diesmal waren die Zuschauerbänke aus einem unerfindlichen Grund menschenleer, kein Richter, kein Gerichtsdiener, keine Zuschauer. Da waren nur der Mann namens Loredan, der Alexius den Rücken zukehrte – seine Füße berührten sich fast, den rechten Arm gerade in Schulterhöhe ausgestreckt, hielt er den Degen in der Grundstellung der Alten Fechtschule – und das Mädchen, für das er vor scheinbar so langer Zeit den Fluch ausgesprochen hatte …*

»Hallo«, sagte Vetriz. Sie war plötzlich auf dem kleinen Stück Parkett materialisiert, das die beiden bewegungslosen Fechter voneinander trennte. Sie ging um sie herum, bewunderte sie, als wären es zwei Statuen auf einem öffentlichen Platz.

»Ich erkenne ihn«, sagte sie schließlich. »Das ist doch der Advokat, den wir neulich gesehen haben. Ist die andere auch Advokatin? Ich wußte gar nicht, daß auch Frauen diesen Beruf ausüben.«

Alexius nickte. Von Gannadius fehlte jede Spur, aber wenigstens waren hier die Kopfschmerzen weg. »Ich sehe Euren Bruder nicht.«

Vetriz blickte sich um. »Dann hat er es wohl nicht hierher geschafft. Was ist mit Eurem Assistenten?«

Oh, wie schade, daß er nicht hier ist, um das zu hören! Ich würde es ihn nie vergessen lassen. *»Der anscheinend auch nicht«, antwortete Alexius und bemühte sich, sein Unbehagen zu verbergen. »Wißt Ihr, das ist sehr interessant. Könnt Ihr mir sagen, wie Ihr an diesen Ort gelangt seid?«*

Vetriz zuckte mit den Schultern. »Ich habe nicht die geringste Ahnung. So wie ich nicht weiß, wie ich meine Arme und Beine bewege. Sie tun es einfach.« Sie schaute sich erneut um. »Sind wir wirklich *hier, oder ist das bloß ein Traum?«*

»Ich weiß es nicht«, gestand Alexius. »Für gewöhnlich ist es nicht so, das ist das Seltsamste daran. Für gewöhnlich – ich sage für gewöhnlich, das klingt so, als würde ich so etwas jeden Tag machen, doch dem ist natürlich nicht so – kommt man kurz vor einer entscheidenden Handlung dazu, die sich entweder in der Vergangenheit abgespielt hat oder in der Zukunft stattfinden wird. Soweit ich es beurteilen kann, ist das hier keines von beiden. Das könnte tatsächlich nur ein Traum sein. Oder, falls Ihr tatsächlich ein Naturtalent seid, bewerkstelligt Ihr diese Dinge auf eine völlig andere Weise.«

Loredan atmete, genau wie das Mädchen. Aber ihre Arme zitterten nicht, und niemand, ganz egal wieviel tausend Stunden lang er oder sie das Manöver geübt hatten, schaffte es, reglos dazustehen und seinen Degenarm für länger als eine Minute so ausgestreckt zu halten …

Das war es! Genau das taten sie, sie kämpften nicht, sondern übten … Und das hier war gar nicht das Gericht, das hier war die große Übungsarena im Schulgebäude, die absichtlich dem Gerichtssaal nachgebildet war, damit die Schüler ihre Abschlußprüfung in einer möglichst realistischen Umgebung ablegen konnten.

Die Degenspitze des Mädchens zitterte, nur einen winzigen Millimeter.

Ganz außergewöhnlich, *dachte Alexius,* Vetriz hat das Bild aus meinen Gedanken genommen und es aus eigenem Antrieb in die Vergangenheit geführt – oder doch in die Zukunft? Keine Ahnung. Ich habe nicht die geringste Vorstellung, wie sie das gemacht hat.

Das Mädchen stieß ein leises Grunzen aus, das Alexius als einen Schmerzenslaut erkannte. Ihre Degenspitze wackelte erneut. Es handelte sich natürlich um die wesentlichste und härteste aller Fechtübungen, das Halten einer Position für eine bestimmte Zeit. Soviel er wußte, lehrte es einen alle möglichen nützlichen Fertigkeiten und stählte die Muskeln. Er wußte nur zu gut, daß er so etwas nicht länger als wenige Sekunden durchgehalten hätte, allein schon der Gedanke ließ ihn innerlich zusammenzucken.

Ein stärkeres, unkontrollierteres Wackeln diesmal, und dann sprang Loredan auf sie zu und bewegte sich dabei schneller, als Alexius ihm mit den Augen folgen konnte. Sie parierte mit beinahe gleicher Geschwindigkeit, und ihr Schlagabtausch währte zwei oder drei Hiebe, bis Loredan ihr den Degen mit einer kurzen, scheinbar mühelosen Bewegung des Handgelenks aus den Fingern schlug. Danach krümmte er sich zusammen, hielt sich den Unterarm und fluchte leise.

Das Mädchen schien wütend auf sich selbst zu sein und sagte nichts.

»Wenn dich das tröstet«, keuchte Loredan, »das war wirklich beeindruckend. Du hast es tatsächlich kapiert.«

»Ich habe versagt«, knurrte das Mädchen. »Ich habe mich von Euch besiegen lassen.«

Loredan warf ihr einen merkwürdigen Blick zu. »Sei gerecht. Schließlich soll ich hier der Lehrer sein.«

»Gut zu sein reicht nicht«, sagte sie. »Man kann sehr gut sein und trotzdem sterben, wenn der andere besser ist.« Ihre Stimme hatte einen Unterton, der Alexius gar nicht gefiel – und Loredan auch nicht, seinem Gesichtsausdruck nach zu urteilen.

»Weißt du, ich bin wirklich froh, mich zur Ruhe gesetzt zu haben. Wenn ich eines niemals ausstehen konnte, dann sind das Perfektionisten.«

Das Mädchen blickte ihn bloß wütend an. Die ist wirklich eine Bedrohung. Welcher Teufel hat mich bloß geritten, mich jemals mit so einer einzulassen?

»Das macht wirklich unglaublichen Spaß«, meldete sich Vetriz zu Wort, »aber sollten wir nicht irgend etwas tun?«

Alexius sah aufgeschreckt auf. »Was?«

Vetriz runzelte die Stirn. »Als Ihr mir das alles erklärt habt, habt Ihr nicht gesagt, daß Ihr Euch Leuten auf diese Weise aufdrängt …«

Alexius wollte etwas sagen, tat es aber nicht. Schließlich traf es die Bemerkung »daß Ihr Euch Leuten auf diese Weise aufdrängt« sehr gut.

» … um etwas zu bewirken? Ihr wißt schon, um einzugreifen. Unrecht ungeschehen zu machen, die Dinge zurechtzurücken. Oder habe ich das falsch verstanden?«

»Nun, für gewöhnlich …« Irgendwie konnte Alexius nicht die richtigen Worte finden. »Wißt Ihr, darum sind wir nicht hier. Das ist nur ein Experiment, vergeßt das nicht.«

»Ach so, stimmt ja. Ich dachte bloß, da ich diesen Mann fechten sah und er offensichtlich Ärger mit diesem unverschämten Geschöpf hat …«

Wieder überkam Alexius ein seltsames Gefühl, als würde man ihn anheben und im Gänsemarsch über die Felder eines Schachbretts führen. »Einzugreifen nur um des Eingreifens willen wäre schrecklich gefährlich«, sagte er todernst. »Ganz davon abgesehen, daß es auch falsch wäre. Wir haben nicht die geringste Kenntnis von der Situation, die dem hier zugrunde liegt.«

Lügner, *dachte er im stillen.* Und das hier gerät definitiv außer Kontrolle. Anscheinend hat sich dieses schreckliche Mädchen in seiner Fechtschule eingeschrieben, um sich von ihm beibringen zu lassen, wie sie ihn umbringen kann. Wenn sich das alles als mein Fehler herausstellen sollte …

»Ich verstehe«, sagte Vetriz. »Und wie geht es weiter?«

»Ich schätze, wir sollten zurückkehren«, sagte Alexius langsam.

»Gut.«

Und er schlug die Augen auf und starrte Gannadius an, dem das Entsetzen auf eine Weise im Gesicht geschrieben stand, daß es schon beinahe komisch wirkte. Er widmete seinem Kollegen ein Stirnrunzeln, damit sich dieser zusammenriß, und sah dann Vetriz an.

Sie hielt die Augen noch immer geschlossen.

»Entschuldigung«, sagte Venart schüchtern, »aber wie lange sollen wir das noch machen?«

*Sie hat die Augen noch immer geschlossen.* Wenn sie dort geblieben war, nach seinem Weggang etwas getan hatte … Im Namen der Hölle, was ging hier bloß vor?

»Puh«, rief Vetriz aus, öffnete die Augen und lächelte. »Das war *erstaunlich.*« Sie strahlte Alexius mit geröteten Wangen an. »Ihr seid so *schlau*«, fügte sie hinzu. »Ich wußte, daß Ihr doch zaubern könnt.«

Alexius' Kopf schmerzte noch stärker als zuvor.

# 7

Die Vorposten mußten sie entdeckt haben, bevor sie den Drescein-Paß betreten hatten, da am anderen Ende eine richtige Eskorte wartete.

»Du solltest dir genau überlegen, was du tust«, flüsterte Jurrai, als sie wieder ins Sonnenlicht kamen. »Es ist das erste Mal, daß sie dich als ihren Häuptling sehen, vergiß das nicht. Der erste Eindruck zählt.«

»Schon gut«, erwiderte Temrai leise. »Ich weiß, was ich zu tun habe.«

Trotzdem konnte er das Gefühl nicht unterdrücken, daß das alles ziemlich albern war; schließlich waren die fünf Reiter, die ihn dort vorn erwarteten, alles Männer, die er schon sein Leben lang kannte. Da war Basbai, der die Adlerstandarte hielt und geradezu verzweifelt ernst aussah; Temrai konnte sich noch genau daran erinnern, wie Basbai Mar ihn mit einem Knüppel durch das Lager gejagt hatte, als er und Basbais jüngste Tochter zögernd eine kleine Forschungsexpedition in die Geheimnisse der Pubertät gestartet hatten. Oder Ceuscai – der große, prächtige Ceuscai, fünf Jahre älter als er und sein Verteidiger auf dem brutalen Schlachtfeld des Spielplatzes; es war noch gar nicht so lange her, daß er den Mut gefunden hatte, Ceuscai überhaupt als Gleichgestellten anzusprechen. Und Onkel An – Anakai Mar, der seit zweiundfünfzig Jahren der Hohepriester des Clans war und angeblich einmal im Jahr mit den Göttern eine Partie Schach spielte.

Er stieß dem Pferd die Füße in die Flanken und ließ Jurrai hinter sich. Dieser Anlaß verlangte nach einem kleinen Auftritt, etwas, an das er sich ohnehin gewöhnen mußte.

Wenige Meter vor den fünf Männern riß er das Pferd im Galopp herum und ritt die Reihe ab. Als er Basbai passierte, streckte er die Hand aus, entriß ihm die Standarte und hielt sie hoch in die Luft. Die hundert Reiter hinter dem Empfangskomitee brachen in Jubel aus – was durchaus gerechtfertigt war, da es ein ordentliches Reiterkunststück gewesen war. Er riß das Pferd auf der Hinterhand herum, reckte die Standarte noch einmal in die Luft, warf sie Basbai im Vorbeireiten wieder zu, riß das Pferd erneut herum und brachte es vor Onkel An zum Stehen, der ihm verstohlen zublinzelte.

»Sei gegrüßt. Temrai Tai-me-Mar«, grollte Onkel An in dem Tonfall, der für offizielle Anlässe reserviert war. »Möge unser Vater Temrai ewig leben.« Dann fügte er mit normaler Stimme leise hinzu: »Temrai, du hast zugenommen. Wenigstens haben sie dir was Ordentliches zu essen gegeben.«

»Bring mich nicht zum Lachen, Onkel An, oder ich falle vom Pferd.« Temrai hob die rechte Hand zum Gruß und hielt sie so, während die fünf bedeutenden Männer des Clans von den Pferden stiegen und vor ihm auf dem harten Boden niederknieten.

*Sie tun das, weil es ihnen ernst damit ist*, erkannte Temrai, und einen Augenblick lang war ihm unbehaglich zumute. Aber wirklich nur einen Augenblick. Denn es bedeutete, daß sie ihm helfen wollten, es richtig zu machen. Also holte er tief Luft und hoffte, daß seine Stimme nicht zitterte.

»Ich bin Temrai ker-Sasurai Tai-me-Mar«, hörte er sich sagen. »Erhebt euch, meine Kinder.«

*Bei den Göttern, welch ein Auftritt!* Er versuchte sich daran zu erinnern, wie sein Vater für gewöhnlich solche Dinge tat, aber das war keine große Hilfe. Schließlich war sein Vater der Häuptling, und man neigte zu der Annahme, daß der Häuptling wußte, was er tat …

Dann kam ihm zu Bewußtsein, daß sein Vater tot war. Und daß er jetzt der Häuptling war. Und – was das Schlimmste war – daß sein Vater tot war, er aber nicht mal weinen oder auf ihn verweisen konnte, nicht mal in Gegenwart seiner Familie, da der Häuptling natürlich ewig lebt …

*Ich will nach Hause*, dachte er.

*Ich bin zu Hause.*

Die anhaltende Popularität, die die Patriarchen von Perimadeia bei ihren Mitbürgern genossen, war ein Aspekt ihres hohen Amtes, den sie, je nachdem wie lange sie sich darüber nachzusinnen gestatteten, verblüffend, liebenswert oder ärgerlich fanden. Da der Patriarch nichts weiter als das Oberhaupt eines Ordens von Philosophen und Wissenschaftlern war, die eine abstruse Disziplin erforschten, die für den Laien nicht den geringsten praktischen Wert hatte, gab es eigentlich keinen Grund für die ihm entgegengebrachte Liebe und Bewunderung. Die Tatsache, daß seine Mitbürger ihn liebten und bewunderten, egal, was er tat oder auch nicht, war sicherlich liebenswert. Die Tatsache, daß seiner Popularität das allgemeine Mißverständnis zugrunde lag, er sei eine Art offizieller Magier, dessen Aufgabe darin bestand, zugunsten der Stadt die Mächte der Finsternis zu bekämpfen, Horden bösartiger Dämonen, Seuchen und gewaltige Stürme abzuwehren, die dem profitablen Seehandel schaden könnten, war unweigerlich ärgerlich. Nachdem der jeweilige Patriarch diese drei Stadien durchlaufen hatte, neigte er dazu, diese Dinge abzuhaken und nie mehr daran zu denken.

Doch als sich die Nachricht von Patriarch Alexius' ernsthafter Erkrankung verbreitete, kam es zu mehreren spontanen Demonstrationen öffentlichen Wohlwollens, zweifellos von besorgten Bürgern, die ihn auf den Beinen, gesund und im Kampf gegen Dämonen wissen wollten, bevor etwas Schreckliches passierte. Jeden Morgen tauchten vor den Türen seiner Unterkunft Blumen, Obst und eine große Auswahl von Glücksamuletten auf, wohlmeinende ältere Damen gaben bei den Pförtnern literweise warme, nahrhafte Brühe ab, und die wichtigen Würdenträger des Ordens, die nichts Besseres zu tun hatten, verbrachten Stunden damit, Delegationen fröhlicher, lauter Kinder zu empfangen, die Girlanden aus aromatischen Kräutern trugen, die sie mit ihren unschuldigen, unbeholfenen Händen selbst geflochten hatten. Diese unerwünschte Solidarität war so lästig, daß man Alexius, sobald es ihm wieder gut genug ging, daß er aufstehen konnte, auf einen Balkon jagte und in der Hoffnung, daß die wohlgemeinten Belästigungen der letzten Monate nun endlich aufhörten, einer jubelnden Menge präsentierte.

»Ich finde das rührend«, bemerkte Gannadius, als Alexius – den Arm von einer halben Stunde ununterbrochenen Winkens völlig verkrampft – zurück zu seinem Bett schlurfte. »All diese Leute, die Ihr nie persönlich kennengelernt habt, die bei jedem Wetter vor der Tür stehen, das Haus mit Blumen überschütten …«

»Wenn mir jemand erklären könnte, wie eine Wagenladung duftenden Gestrüpps eine Herzkrankheit kurieren soll, könnte ich diese Sache veröffentlichen und ein Vermögen machen«, knurrte Alexius und verkroch sich auf der Suche nach einem Rest von Wärme wieder unter seinen Decken. »Ich würde lieber von allen gehaßt werden und etwas Schlaf bekommen.«

»Nun, das geht nicht«, erwiderte Gannadius. »Ihr habt Euren Mitbürgern gegenüber eine Pflicht zu erfüllen. Sie brauchen etwas, das sie lieben können. Die Regierung können sie nicht lieben, denn niemand liebt die Regierung. Also haben sie statt dessen Euch gewählt. Ihr könntet wenigstens den Anstand haben, es mit einem Lächeln hinzunehmen.«

Alexius knurrte in sein Kissen. »Wißt Ihr, was sie sagen?« erwiderte er. »Sie sagen, ich wäre in einen magischen Kampf mit bösartigen unterweltlichen Kreaturen verstrickt gewesen, die unsere Feinde heraufbeschworen hätten, und obwohl ich schlußendlich triumphiert habe, hat mich die Schlacht zu einem sabbernden Wrack gemacht. Die ganze Mühe, die ich darauf verwendet habe zu erklären, daß wir keine Magier sind …«

Gannadius lächelte freundlich. »Was sie natürlich nur noch mehr davon überzeugt, daß Ihr einer seid«, sagte er. »Würdet Ihr aber in einer langen blauen, mit mystischen Zeichen bedeckten Robe herumstolzieren, würden sie Euch als verrückten Scharlatan betrachten und mit Eiern bewerfen.« Er erhob sich. »Ihr solltet Euch lieber ausruhen. Diese ganze Aufregung macht Euch noch unausstehlicher als sonst.«

»Ich weiß«, sagte Alexius. »Ich glaube, das ist vor allem die Frustration darüber, hier eingesperrt zu sein, wo es doch so viel zu erledigen gibt.«

Gannadius runzelte die Stirn. »Da ist nichts Wichtiges«, sagte er nachdrücklich. »Eure klugen Sekretäre kümmern sich um die alltäglichen Dinge, und zwar wesentlich besser, als Ihr es getan habt, möchte ich hinzufügen. Und da ich in meiner Lektüre der neuesten Entwicklungen in der Theorie soweit auf dem laufenden bin, daß ich sie Euch so erklären könnte, daß es ein Kleinkind versteht, bin auch ich fast auf dem aktuellen Stand. Was die andere Angelegenheit betrifft …« Er schaute Alexius in die Augen. »Anscheinend hat sie sich von selbst erledigt, jetzt, wo die beiden wieder dort sind, wo sie herkamen. Ich finde, wir sollten dankbar sein, daß wir sie los sind, und vergessen, daß es jemals geschehen ist.«

Alexius nickte langsam. Zwar würde er die verheerende Reaktion, die er eine halbe Stunde nach der Verabschiedung der beiden Besucher von der Insel erlitten hatte, niemals vergessen können, aber die zwei Monate, die er auf dem Rücken liegend mit der Betrachtung des doch eher überschätzten Deckenmosaiks verbracht hatte, hatten ihm geholfen, die ganze Episode aus dem richtigen Blickwinkel zu sehen. Aus der Rückschau war ziemlich klar, was geschehen war: Seine eigenen dummen Versuche, jemanden aus der Ferne mit einem Fluch zu belegen, waren mit der Anwesenheit eines Naturtalentes in der Stadt kollidiert, einer jungen Frau, die über eine außergewöhnliche Macht innerhalb des Prinzips verfügte, ohne die geringste

Ahnung zu haben, was sie da tat. Daraus ergab sich, daß sie auch nicht im geringsten dazu in der Lage war, die Auswirkungen ihrer Einmischung zu kontrollieren. Ein unglücklicher Zufall. Sobald die junge Frau weg gewesen war, hatten die Reaktionen aufgehört – was auch gut war, weil er sonst mittlerweile zweifellos tot gewesen wäre –, und man konnte davon ausgehen, daß sich alles irgendwie von selbst geregelt hatte, da es keine weiteren Reaktionen mehr gab. Soweit Gannadius' diskrete Erkundigungen enthüllt hatten, führte Loredan ein tadelloses und erfolgreiches Leben als Fechtlehrer, das geheimnisvolle Mädchen schien von der Bildfläche verschwunden zu sein, und zumindest bis jetzt war es zu keinerlei Seuchen oder unerklärlichen Erdbeben gekommen. Also war alles in Ordnung.

Was es natürlich nicht war; so eindringlich er sich auch einredete, daß alles vorbei war, er konnte das schreckliche Gefühl nicht verdrängen, mühelos von jemandem manipuliert worden zu sein, der jeden Aspekt des Prinzips mit der gleichen Geschicklichkeit und dem gleichen Selbstvertrauen handhabte wie Bardas Loredan seinen Lieblingsdegen. Und das war nicht die junge Frau gewesen, davon war er fest überzeugt, und es konnte auch nicht ihr ziemlich gewöhnlicher Bruder gewesen sein oder sonst jemand, der in der Stadt lebte, was das anging – also wer war es? Und was noch viel beunruhigender war, warum hatte er es getan?

»Ich gehe dann mal«, sagte Gannadius. »Wir sehen uns – oh, da kommt Delmatius mit der Post. Für die Boshaften gibt es wohl keine Ruhe.«

Alexius unterdrückte ein Aufstöhnen, als der aufdringlichste und geschäftigste seiner jungen Sekretäre den Raum betrat. Gannadius ergriff klugerweise die Flucht.

»Heute gibt es nicht viel, das Eure Aufmerksamkeit erfordert«, zwitscherte der junge Mann und lud ein dickes Bündel Pergamente auf Alexius' Schoß ab. »Enzykliken für die Archimandriten über die neuen doktrinären Protokolle …«

»Was für neue doktrinäre Protokolle? Und seit wann haben wir Doktrinen? Wir sind Wissenschaftler und keine Priester …«

Delmatius schenkte ihm einen geduldigen Blick und brachte zum Ausdruck, daß man Alexius mit Freude ertrug. »Das habe ich alles vergangene Woche erklärt«, sagte er. »Das Generalkonklave klärte die Debatte über die Synthese-Diathese, indem sie einfach die Zahl der elementaren Prinzipien von sieben auf sechs reduzierte. Es ist alles ziemlich …«

»Wunderbar«, knurrte Alexius. »Es ist vollkommen in Ordnung, die Naturgesetze zu verändern, solange es nur durch eine demokratische Abstimmung geschieht. Ich glaube, es ist höchste Zeit für mich, aus diesem Bett rauszukommen, um diesem ganzen Unsinn ein Ende zu bereiten.«

»Denkt nicht mal im Traum dran«, erwiderte Delmatius mit ungezügelter Fröhlichkeit. »Wenn Ihr auch nur einen Schritt macht, werden Euch die Ärzte bei lebendigem Leibe die Haut abziehen. Wie dem auch sei, das sind die Protokolle«, fuhr er fort, legte einen dicken Packen Papiere zur Seite und wedelte mit einem anderen unter seiner Nase herum. »Das hier sind bloß Dekretale und Eure private Korrespondenz.«

Während Alexius die Briefe siegelte und sich tunlichst bemühte, mit der Kerze nicht sein Bett anzuzünden, versorgte ihn Delmatius mit den neuesten Neuigkeiten.

»Man sagt, die Clans führten wieder etwas im Schilde«, zwitscherte er. »Wenn Ihr mich fragt, ist es höchste Zeit, etwas gegen sie zu unternehmen.«

Alexius, der sich gerade heißes Wachs auf den Handrücken geträufelt hatte, schaute auf. »Tatsächlich? Was denn?«

»Sendet eine Armee aus«, meinte Delmatius. »Räuchert sie ein für allemal aus. Ich meine, es macht doch keinen Sinn, Horden von Wilden direkt vor der Haustür zu haben.«

Alexius konnte sich noch gut daran erinnern, wie Delmatius vor sechs Jahren zusammen mit hundert anderen Flüchtlingen den unerfreulichen Stadtstaat von Blemmya mit einem Boot hatte verlassen müssen. Man hatte sie hinausgeworfen, weil sie zu große Nasen und die falsche Haarfarbe gehabt hatten. Bis zum heutigen Tag konnte er sich zwischen der Brücke der Fuhrmänner und der Stadtakademie verlaufen. Es konnte einen doch nur fröhlich stimmen, daß er sich in nur sechs Jahren von der häßlichen Portion menschlicher Intoleranz, der er ausgesetzt gewesen war, so völlig erholt hatte, daß er von ganzem Herzen die blindwütige Verfolgung anderer empfahl. »Ich wußte gar nicht, daß wir noch eine Armee haben«, erwiderte Alexius sanft. »Ich bin mir sicher, das wäre mir aufgefallen.«

»Man könnte Truppen ausheben«, erklärte Delmatius. »Und dann ist da noch die Stadtwache. Das sind mehr als genug Leute, um einer Horde Wilder eine ordentliche Lektion zu erteilen. Anscheinend spielen sie flußaufwärts eine Art Spiel. Sie werfen Baumstämme in den Fluß, ist das zu glauben?« Er grinste. »Ich meine, was wollen die Wilden mit einem Fluß voller Baumstämme anfangen?«

Loredan, dem man in etwa die gleiche Frage gestellt hatte, enthielt sich jeder Antwort. Er reparierte gerade mit Segelmacherzwirn und Leim einen Übungsdegen, was ihm als Entschuldigung diente, sie nicht gehört zu haben.

»Anscheinend will man ein Expeditionsheer aussenden«, fuhr Athli fort, »unter der Führung von … oh, wie heißt er noch? Es liegt mir auf der Zunge.«

»Tu mir den Gefallen und drück hier mal mit dem Finger drauf – nein, nicht da, hier, so ist's richtig –, während ich noch etwas Leim draufgebe. Paß auf, das ist klebrig.«

»Maxen, das war's. General Maxen. Die Leute sagen, sein Name sei in der Steppe eine Legende.«

Loredan runzelte die Stirn und tauchte den Pinsel in dem Leimtopf. »Er ist tot«, sagte er dann. »Und das schon seit zwölf Jahren.«

»Ach ja?« Athli zuckte mit den Schultern. »Und wer hat dann das Kommando über die Armee?«

»Niemand.« Der Leim war zu dünn. Loredan schnalzte mit der Zunge, streute noch ein paar Kügelchen hinein und rührte um. »Und es gibt auch keine Armee, es sei denn, du meinst die Mauerdekorationen, die man Stadtwache nennt. Wir haben seit zwölf Jahren keine Armee mehr. Und wenn du mich fragst, ist das auch gut so. Wir sollten uns glücklich schätzen, daß wir keine brauchen, und es dabei belassen.«

»Kann ich meinen Finger endlich wegnehmen?«

»Gedulde dich noch eine Sekunde, bis ich diesen Leim heiß gemacht habe. Was haben die Clans deinen verläßlichen Quellen zufolge denn eigentlich vor?«

»Woher soll ich das wissen? Jemand hat etwas von großen Mengen Holz erzählt, die in unsere Richtung den Fluß hinabgetrieben werden, aber ich war immer der Meinung, die Clans würden so was nicht tun. Ich meine Boote bauen und segeln und dergleichen.«

»Tun sie auch nicht. Oder haben es zumindest in der Vergangenheit nicht getan«, gestand er ihr zu. »Vielleicht haben sie sich ja verändert. Bei der Geschwindigkeit, mit der wir hier in der Stadt Holz verbrauchen, könnte es ja sein, daß sie es hier verkaufen wollen. Da würden sich ihre Mühen bezahlt machen.«

»Das wird es vermutlich sein. Aber ich habe gehört, wie jemand gesagt hat, sie hätten uns den Krieg erklärt. Anscheinend ist der alte Häuptling gestorben, und sein Sohn ist ein wahrer Heißsporn.«

»Ach, das ist doch vermutlich nur Prahlerei«, sagte Loredan, den Blick fest auf die Verbindungsnaht gerichtet, die er leimte. »Wenn ein neuer Häuptling die Macht übernimmt, ist es Tradition, viel Lärm zu machen und mit den Bogenkästen zu rasseln.«

Athli nieste. Daran waren die Leimdämpfe schuld. »Du scheinst ja eine Menge über die Clans zu wissen«, sagte sie dann. »Wie kommt das?«

»Das habe ich alles gehört. Geschichten von Soldaten, solche Sachen. In finsteren Schenken trifft man eine Menge Soldaten. Du kannst den Finger wegnehmen, danke. Reich mir den Zwirn.«

Nach einer kurzen Pause sagte Athli: »Das ist aber eine beunruhigende Vorstellung. Was ist, wenn sie es sich in den Kopf setzen, uns anzugreifen? Wenn wir keine Armee haben ...«

Loredan verzog das Gesicht. »Hätten wir eine Armee, gäbe es jemanden, den sie bekämpfen könnten. Und das ist die einzige Möglichkeit, wie wir eine Niederlage davontragen könnten. In einer wilden Schlacht sind sie ein schwieriger Gegner. Zumindest habe ich das gehört«, fügte er dann hinzu. »So wie die Lage jetzt ist, könnten sie höchstens herkommen, sich ans andere Flußufer setzen und zusehen, wie die Kornschiffe in den Hafen einlaufen. Vielleicht sind dir ja schon mal die großen Steindinger aufgefallen, die heißen Mauern, und ...«

»Schon gut, kein Grund, deswegen frech zu werden. Ich finde immer noch – na ja, wir sind alle in dem Glauben groß geworden, die Mauern seien garantiert uneinnehmbar, aber ich weiß nichts über Belagerungen und dergleichen. Woher wissen wir also, ob sie tatsächlich uneinnehmbar sind?«

»Nun, da wäre erstens die Tatsache, daß die Stadt bisher noch nie einem Angriff von der Landseite zum Opfer gefallen ist.« Er wickelte den Zwirn geduldig in breiten Bahnen um den Schaft. »Und das heißt nicht, daß es keiner versucht hätte. Wenn du hier eindringen willst, brauchst du dafür die richtige Ausrüstung. Wurfmaschinen, Rammböcke, Brücken, Belagerungstürme. Das liegt weit außerhalb der Möglichkeiten der Clans. Nein, die würden nur auf eine Weise reinkommen, und zwar wenn ihnen jemand das Tor öffnet, und irgendwie kann ich mir das nicht vorstellen.«

»Dann ist ja alles in Ordnung.« Athli stand auf und wischte sich die Hände an dem Lappen ab, der über der Lehne von Loredans Stuhl hing. »Ich schätze, es war nur ein Gerücht. Sonst hätte der Kaiser schon längst etwas deswegen unternommen.«

»Natürlich. Dafür ist er ja da.« Loredan knüpfte einen sauberen Knoten und biß den Zwirn ab. »Wenn du dich mit dem Gedanken an fremde Invasoren in den Schlaf sorgen willst, solltest du lieber wegen der Inseln in Panik geraten.«

»Aber ich habe immer geglaubt, das wären unsere Verbündeten«, entgegnete Athli.

»Das sind sie auch, bis zu einem gewissen Punkt. Sie machen viele Geschäfte mit uns, aber das heißt nicht, daß sie sich nicht gern um die Bezahlung drücken würden. Was aber viel wichtiger ist, sie verfügen als einzige über eine Flotte, die annähernd stark genug wäre. Es wäre aber ziemlich mühsam, an den Wurfmaschinen und der Sperrkette an der Hafeneinfahrt vorbeizukommen. Ich kann mir beim besten Willen niemanden vorstellen, der dumm genug wäre, die Stadt anzugreifen. Es gibt genügend Ziele, die man leichter plündern könnte. Gut, das hier ist fertig. Erst das zweite, das ich bis jetzt flicken mußte. Nicht schlecht, wenn du mich fragst.«

Er entzündete eine Kerze und blies die Lampe aus. Zu dieser späten Stunde hielt sich niemand mehr im Schulgebäude auf; glücklicherweise hatte er die Direktoren dazu überreden können, ihm einen Schlüssel für die Seitenpforte zu überlassen. »Laß uns was essen gehen«, sagte er. »Das war wieder mal ein Tag …«

Der Schlüssel steckte schon im Schloß, als jemand Loredans Namen rief. Er drehte sich um und erkannte überrascht Dingsda, das seltsame Mädchen aus seiner Klasse. »Hallo«, sagte er. »Was tust du denn um diese Zeit noch hier?«

»Ihr habt mir gesagt, ich müßte das Halten mit ausgestrecktem Arm üben«, erwiderte sie in einem Tonfall, als wäre sie beleidigt, daß er überhaupt fragen mußte. Sie sah müde aus; auf ihrer Stirn glänzte der Schweiß, ihre Haare waren verklebt.

»Falls Ihr die Zeit für mich erübrigen könnt, möchte ich, daß Ihr mir dabei zuseht. Geht das?«

Loredan runzelte die Stirn. »Ich schätze schon«, sagte er unschlüssig.

Sie sah zuerst ihn und dann Athli an. »Falls es extra kostet, bin ich gern bereit ...«

»Einzelstunden kosten die Standardgebühr plus ein Viertel pro Stunde mehr«, sagte Athli fest. »Ich setze es auf deine Rechnung.«

Sie kümmerte sich jetzt um die Buchhaltung. Am Abend jenes Tages, an dem Loredan seine ersten Unterrichtsstunden abgehalten hatte und einmal *nicht* betrunken nach Hause gekommen war, hatte Athli schon auf ihn gewartet. Sie hatte ihn mühelos dazu überredet, sie in seiner neuen Fechtschule zu beschäftigen. Es war ihm gar nicht bewußt gewesen – zu seiner Schande, wie er sich eingestanden hatte –, daß er ihr einziger Klient gewesen war und sein Abschied vom Advokatendasein sie arbeitslos gemacht hatte. Also hatte ein Anflug von schlechtem Gewissen ihn dazu gebracht, sie einzustellen. Und die traurige Gewißheit, daß sie die Dinge besser organisieren konnte als er. Von dem lästigen Papierkram mal ganz abgesehen.

Jetzt warf ihm Athli einen Blick zu, der bedeutete: *Paß auf, die hat ein Auge auf dich geworfen.* Loredan interpretierte ihn korrekt und schüttelte kaum merklich den Kopf.

Zumindest glaubte er das nicht. Aber sie war zweifellos *seltsam.* Es lag nicht daran, daß sie keine Persönlichkeit hatte, ganz im Gegenteil. Aber es war eine Wand darum errichtet, die an den bemalten Seidenschirm erinnerte, der den Kaiser bei einer Audienz verbergen sollte, damit seine Person nicht von den Blicken der gewöhnlichen Untertanen besudelt wurde. Oder so ähnlich. Es gab nicht den geringsten Zweifel, sie war seltsam. »Willst du bleiben?« fragte er Athli ungewohnt nervös. Sie schüttelte den Kopf.

»Ich geh nach Hause. *Mir* zahlt keiner die Zeit und ein Viertel.«

Er ließ sie hinaus und verriegelte die Tür. »Gut«, sagte er. »Da wir das Gebäude für uns haben, können wir genausogut in die Schaukampfhalle gehen. Da können wir Licht machen.« Er gestikulierte in Richtung des großen Torbogens, der sich ihnen genau gegenüber befand. »Hol eine Fackel, und wir entzünden die Wandleuchter.«

Er konnte nicht den Finger darauf legen, aber er verspürte ein Unbehagen, als sie die große, leere Arena betraten. Sie war als Kopie des Gerichtssaals gebaut worden; dahinter steckte die Absicht, die Schüler an das Gefühl des großen Ereignisses zu gewöhnen, an die Zuschauerbänke und die besondere Akustik, die außerordentlich beunruhigend sein konnte, wenn man sie das erstemal erlebte. Letzteres hatten sie zwar nicht richtig hinbekommen – es gab keinen anderen Ort, an dem der Lärm zweier Degen, die aufeinanderprallten, so laut und brüchig klang –, aber es reichte, daß Loredan sich unbehaglich fühlte.

»Wir machen es richtig hell«, rief er und registrierte erfreut, daß seine Stimme in der leeren Dunkelheit laut und selbstsicher klang. »Schließlich müssen wir für das Wachs nicht bezahlen.«

Seine Schülerin schwieg, und er kam sich ziemlich dämlich vor, so draufloszuplaudern, als handelte es sich hier um ein gesellschaftliches Ereignis. *Warum habe ich mich bloß darauf eingelassen?* fragte er sich. *Vielleicht hat Athli recht, und ich wurde hergelockt, um meine Ehre zu kompromittieren.* Er dachte an das Gesicht des Mädchens. Es war ihm nie in den Sinn gekommen, sich zu fragen, ob sie hübsch war. Objektiv gesehen war sie es wohl; sie hatte ebenmäßige Züge, aber … Nein, er konnte nichts dergleichen erkennen.

»Na gut«, sagte er und schob die letzte Kerze zurück in ihren Halter. »Dann wollen wir mal. Nimm den Degen in der roten Tasche. Sei aber vorsichtig. Das ist mein Spe Bref.«

Sie nickte und öffnete den Knoten. *Sie kaut an den Nägeln. Das ist mir nie aufgefallen.* In ihrer Hand sah der Degen seltsam fremd aus, als stünde seine Loyalität in Frage. Sie ließ die Tasche fallen und hielt den Degen mit ausgestrecktem Arm in die Höhe, nahm mit Füßen und Schultern die richtige Position ein und drückte das Kreuz durch.

»Das ist fast richtig«, sagte Loredan und bemühte sich, aufmunternd zu klingen. »Die linke Schulter etwas weiter zurück, den rechten Fuß in einer Linie mit dem Degen. So ist es besser, du hast es. Jetzt so bleiben.«

Er begann lautlos zu zählen, während er die zweite Tasche öffnete. Aus irgendeinem Grund waren seine Finger unbeholfen, er riß sich den Nagel an der harten Schnur ein. »Du machst es dir selbst schwer«, sagte er, holte den zurechtgestutzten Kavalleriesäbel heraus und legte die Finger um den Griff. »*Du* hältst den Griff, statt *ihn* in deinem Griff ruhen zu lassen. Hier, sieh zu.« Er stellte sich ihr genau gegenüber auf, hob langsam den rechten Arm und den Säbel, bis die beiden Klingen eine Linie bildeten. »Siehst du? Ich lasse meine Fingerspitzen und den Daumen die ganze Arbeit tun. Allein darum geht es bei dieser Übung. Ein weicher Griff ist viel sicherer, als zuzupacken, bis sich die Knöchel weiß verfärben; so kannst du dich viel freier bewegen. Ja, so ist es viel besser. Mach weiter, du machst das gut.«

Sie schien ihm nicht zuzuhören, das heißt, sie scherte sich nicht im mindesten um seine Ermunterungen und Erklärungen. Da war wieder das Gefühl, das er schon zuvor gehabt hatte, daß sie nicht lernen *wollte*, sondern lernen *mußte*, als wäre dies eine widerwärtige, aber dennoch unvermeidliche Aufgabe. *Na ja, hier gibt es eben alle möglichen Typen. Und ihre Motivation geht mich glücklicherweise nichts an.*

»Jetzt ruh dich aus«, sagte er nach einer vollen Minute. Sie sah ihn stirnrunzelnd an, als wollte sie ihm widersprechen, dann senkte sie die Klinge. »Wir machen es gleich noch einmal und versuchen es zwei Minuten lang, aber diesmal fang mit dem Griff an, den ich dir gezeigt habe. In Ordnung?«

Sie nickte. Die leichte Bewegung ihres Kopfes war eine sehr präzise, effiziente Kommunikation, dazu gedacht, den Kontakt zwischen ihnen auf ein Minimum zu beschränken. Es war wie das gegenseitige Zunicken zu Beginn eines Fechtkampfes, nachdem der Richter das Zeichen gegeben hatte; die Art und Weise, auf die zwei Feinde kommunizieren, die sich nichts mehr zu sagen haben außer *Dann wollen wir mal versuchen, uns gegenseitig zu töten*. Diese Erkenntnis versetzte Loredan einen kleinen Schock.

»Dann los.« Sie hoben im selben Augenblick die Arme, und Loredan blickte über einen stählernen Damm genau in ihre Augen. Es war ein unangenehmer Moment, als stünde er wieder vor Gericht, nur war es hier noch schlimmer. Wenn er vor Gericht einem anderen Mann in die Augen geblickt hatte, war da stets dieses kurze Aufflackern von Furcht gewesen, und natürlich hatte es der andere Mann auch bei ihm sehen können. Es war der letzte Austausch gemeinsamer Menschlichkeit, das allerletzte, das sie am Ende teilten. In den Augen des Mädchens lag keine Angst, da war nur eine ziemlich unerfreuliche Leere.

*Nie wieder*, versprach er sich. *Und zum Teufel mit dem Geld.*

Er zählte. Eine Minute fünfundvierzig, eine Minute fünfzig, und sie hatte nicht ein einziges Mal gewackelt. Für jemanden, die sich bei den Übungen im Unterricht ständig ungeschickt angestellt hatte, war es eine beeindruckende Vorstellung. Irgendwie beunruhigte ihn das – vielleicht hatte sie sich absichtlich ungeschickt angestellt, um diese Stunde durchzusetzen, obwohl er keine Ahnung hatte, warum sie so etwas tun sollte. Aber das Gefühl, manipuliert zu werden, war unverkennbar; dazu gesellte sich der unheimliche Eindruck, daß sie beobachtet wurden. *Komm schon, Bardas, als nächstes siehst du rosa Frösche. Bring es hinter dich und geh nach Hause.*

Eine Minute achtundfünfzig – die Degenspitze des Mädchens wackelte, nur ein winziges Stück, und sie stieß ein leises Grunzen aus, das Loredan als Schmerzenslaut erkannte. Er konnte es ihr nachfühlen; seine Schulter und der Bizeps waren schrecklich verkrampft, doch er hatte die nötige Erfahrung, um weitermachen zu können. Ihre Klinge wackelte erneut, dann noch einmal; diesmal war es ein deutlich sichtbares, unkontrolliertes Wackeln. *Das reicht*, entschied Loredan. Aber dann gab er einem plötzlichen Impuls nach. *Probieren wir doch mal den nächsten Schritt, Wiedererlangung der Ausgangsstellung nach einer Parade. Das hat sie sich verdient.* Er überprüfte schnell seine Linie und machte einen Ausfall. Sie begriff und parierte, und sie fochten zwei oder drei Schlagabtausche lang – *sie ist eine natürliche Begabung, ich bin eifersüchtig, keine Frage* –, bis er ihr mit einer kurzen, harten Bewegung des Handgelenks, die seine Muskeln bis zum Ellbogen erschütterte, den Degen aus der Hand schlug. Der Schmerz ließ ihn nach Luft schnappen; er krümmte sich zusammen, hielt sich den Unterarm und fluchte leise.

Seine Schülerin sah aus, als wäre sie fürchterlich wütend auf sich, und sagte nichts.

»Wenn dich das tröstet«, keuchte Loredan, »das war wirklich beeindruckend. Du hast es tatsächlich kapiert.« Er massierte den Muskel auf der Oberseite seines Unterarms und bedauerte den Drang, anzugeben, der ihm eine Verletzung eingebracht hatte und ihn sich vor einer Schülerin hatte blamieren lassen. Aber das schien sie nicht zu kümmern.

»Ich habe versagt«, knurrte sie. »Ich habe mich von Euch besiegen lassen.«

Aus irgendeinem Grund störte diese Bemerkung Loredan. »Sei gerecht«, sagte er und versuchte jovial zu klingen. »Schließlich soll ich hier der Lehrer sein.«

»Gut zu sein reicht nicht«, erwiderte sie. Loredan hatte jetzt den deutlichen Eindruck, daß sie eigentlich gar nicht mit ihm sprach. »Man kann sehr gut sein und trotzdem sterben, wenn der andere Mann besser ist.«

Loredan zuckte mit den Schultern. »Weißt du, ich bin wirklich froh, mich zur Ruhe gesetzt zu haben. Wenn ich eines niemals ausstehen konnte, dann sind das Perfektionisten.«

Das Mädchen sah ihn verächtlich an, die Arme vor der Brust verschränkt; ihre Finger umklammerten die Schultern. Loredan sah so etwas bei einer Frau nicht zum ersten Mal und hatte eine vage Vorstellung, was es bedeutete. Er wußte nicht, was hier eigentlich vor sich ging, und er hoffte eigentlich, daß er es nicht würde herausfinden müssen; trotzdem hatte er das Gefühl, er sollte etwas sagen.

»Es tut mir leid, wenn ich zu persönlich werden sollte«, sagte er, »aber warum bedeutet dir das so viel? Du machst wirklich gute Fortschritte.«

Sie drehte den Kopf kaum merklich zur Seite, so als wollte sie seinen Worten entgehen. »Ich will gut sein.«

»Nun, das bist du. Du hast eine natürliche Begabung für das Fechten, und das haben nicht viele.« Ihm kam ein Gedanke. »Liegt das vielleicht in der Familie?«

»Mein Onkel war Fechter.« Sie sah ihn jetzt direkt an, wie zuvor, nur daß sie jetzt keine zwei Meter Stahl voneinander trennten. »Vielleicht habt Ihr ja von ihm gehört. Teofil Hedin.«

Loredan runzelte die Stirn. Der Name kam ihm bekannt vor, aber das war auch schon alles. »Was Namen angeht, bin ich ein hoffnungsloser Fall«, erwiderte er. »Ich vergesse niemals ein Gesicht, aber Namen gehen in das eine Ohr rein und aus dem anderen wieder raus.« Er grinste säuerlich. »Außerdem begegnet man in diesem Geschäft den meisten Leuten nur einmal, also spielt es auch keine große Rolle.«

»Das verstehe ich.« Sie hob die Waffe auf und hielt sie an der Klinge, direkt unterhalb des Griffs. »Können wir es noch einmal versuchen?«

*O nein, muß das wirklich sein?* »Ja, warum nicht«, sagte er so fröhlich, wie er konnte. »Diesmal werde ich aber nicht mitmachen. Es kostet mich Geld, wenn ich mir das Handgelenk verstauche.«

Sie nickte, nahm den Griff, streckte den Arm aus und senkte die Klinge, bis die Spitze den Boden berührte. »Diesmal möchte ich es vier Minuten lang probieren.«

Loredan zuckte mit den Schultern. »Wenn du willst. Also los.«

Sie hob den Degen; seine Spitze lag in einer direkten Linie mit seiner Halsgrube, die perfekte Stellung der Alten Fechtschule. Er wandte sich ab, zählte lautlos und verstaute seine Waffe. Als er wieder hinsah, hatte sie sich nicht bewegt. Wirklich beeindruckend, selbst wenn sie eine Verrückte war.

»Wenn du allein übst, fang mit einer Minute an und steigere dich dann«, sagte er. »Versuch es nicht sofort mit drei oder vier Minuten. Das ist besser für dich, und du hast auch mehr davon.«

Sie ließ ihn oder vielmehr den Quadratzentimeter seiner Kehle, der als Ziel diente, keinen Augenblick lang aus den Augen. Es war, als hätte sie ihr Leben lang nichts anderes getan, und ihm kam ein unangenehmer Gedanke. Wenn sie sich jetzt bewegte – ein leichtes Beugen des rechten Knies, eine leichte Verlagerung des Gewichts –, könnte sie ihn durchbohren, bevor er auch nur die geringste Chance zur Abwehr hatte. Er fühlte, wie die Innenseiten seiner Hände schweißfeucht wurden, und verspürte den Drang, ein paar Schritte zurückzuweichen. Aber das wäre …

»Drei Minuten.«

Und dann spürte er es erneut, jenes beklemmende Gefühl, beobachtet zu werden wie ein Kunstwerk oder ein wissenschaftliches Experiment. Gleich würde etwas geschehen, davon war er überzeugt. Aber seine Schülerin stand so still wie eine Statue, als hätte ein Gott sie in dem Augenblick eingefroren, in dem sie sich für den Ausfall bereitmachte. Der Drang, aus dem Weg zu gehen, wurde fast übermächtig. *Instinkt*, sagte sich Loredan. *Nach zehn Jahren in diesem Geschäft ist es völlig natürlich, daß ich nervös werde, wenn eine Waffe auf mich zeigt.* Es fing an, ihm mehr auszumachen, als es sollte; abgesehen von den verschwitzten Händen bemerkte er, daß sich verheerende Kopfschmerzen ankündigten. Drei Minuten fünfundzwanzig, und noch immer wackelte die Klinge nicht.

*Das zeigt bloß, welch ein verdammt guter Lehrer ich bin.*

Drei Minuten fünfundfünfzig, und seine Augen fingen an, ihm Streiche zu spielen. Er wußte, daß das Mädchen nicht gewackelt hatte, aber es war, als könnte er zugleich Gegenwart und Zukunft sehen; die Spitze hing bewegungslos in der Luft und raste gleichzeitig in einer perfekten Linie auf ihn zu. *Wenn sie einen Ausfall macht,* dachte er aufgewühlt, *bin ich selbst schuld.*

Drei Minuten neunundfünfzig …

Hinter ihm räusperte sich jemand. Loredan drehte sich ruckartig um, genau im gleichen Augenblick, in dem das Mädchen das rechte Knie krümmte und die Degenspitze senkte. Im Torbogen stand jemand und sah ihnen zu.

»Meister Loredan?« Verflucht, es war Lethas Modin, einer der Schulvorsteher, und er sah nicht glücklich aus. »Ich habe Licht gesehen.«

Loredan ließ die Schultern hängen. »Ich habe dieser Schülerin gerade eine Extrastunde gegeben«, sagte er und bemühte sich, sachlich zu klingen. »Eine wirklich vielversprechende Schülerin. Meister Modin, das hier ist …«

*Verdammt. Ich kann mich nicht an ihren Namen erinnern. Was Namen angeht, bin ich ein hoffnungsloser Fall.*

Das Mädchen murmelte ihren Namen. Meister Modin schien nicht besonders interessiert zu sein. »Ich wünschte, Ihr würdet mich wissen lassen, wenn Ihr die Räumlichkeiten außerhalb der üblichen Schulzeiten benutzt«, sagte er gereizt. »Um ehrlich zu sein, das kostet zusätzliche Gebühren: Kerzen, Bodenmiete und so weiter. Ich werde es diesmal übersehen, aber falls Ihr vorhabt, das auf regulärer Basis zu tun …«

Loredan runzelte die Stirn. Seine Kopfschmerzen waren inzwischen schier unerträglich, und das letzte, was er wollte, war still dazustehen und sich vor einer Schülerin von einem der Schulvorsteher herunterputzen zu lassen. Was zum Teufel hatte der alte Narr zu dieser Nachtzeit überhaupt hier zu suchen? Hatten diese Leute kein Zuhause? »Vielen Dank, Meister Modin. Ich werde mir das merken und es Euch in Zukunft wissen lassen. Und wenn Ihr meine Kanzlistin wissen lassen würdet, wieviel ich Euch für die Kerzen schulde …«

Modin winkte mürrisch ab. »Werdet Ihr noch lange dasein?« fragte er. »Um noch einmal ehrlich zu sein, es sollte stets ein Schulvorsteher anwesend sein, wenn die Örtlichkeiten benutzt werden, wegen möglicher Unfälle. Die Formalitäten, Ihr wißt schon.« Er sah das Mädchen an, als hätte er etwas Seltsames gesehen, könnte aber nicht sagen, was es war. »Erst kürzlich gab es einen Zwischenfall. Wir sind schließlich den Behörden direkt verantwortlich, falls auf dem Gelände … äh … Blut vergossen wird.«

Aus irgendeinem Grund bekam Loredan eine Gänsehaut. »Ich bitte um Entschuldigung, Meister«, erwiderte er steif. »Und wir sind fertig für heute, vielen Dank. Es tut mir leid, wenn ich für Unannehmlichkeiten gesorgt habe.«

Modin gab ein leises Schnauben von sich, das Mißbilligung verkündete. »Schon gut, Meister Loredan. Junge Dame«, fügte er hinzu und nickte dem Mädchen eher zögernd zu. »Gute Nacht.«

Als Loredan die Seitentür des Schulgebäudes hinter sich abschloß, fühlte er sich besser. Sein Kopf dröhnte noch immer wie ein Hammerwerk, aber es war nicht mehr so schlimm wie zuvor. *Und was sollte das jetzt? Na ja, wenigstens können wir Athlis Theorie vergessen.* Er zog den Schlüssel aus dem Schloß, schob ihn in die Tasche und schulterte die Ausrüstung. Es war eine kalte Nacht; er konnte Regen riechen.

*Dem Himmel sei Dank für kleine Aufmerksamkeiten.*

Das Tal war voller Lärm und Bewegung. Auf der Bergseite, oberhalb des Streifens, den sie bereits abgeholzt und in ein Stoppelfeld aus Baumstümpfen und abgeschlagenen Ästen verwandelt hatten, hallte der Wald von Hunderten von Axthieben und den Warnrufen der Holzfäller wider. Unten, an den Floßstegen, wurden Baumstämme ins Wasser gerollt und zu Flößen zusammengeschoben, während die Flößer fluchend von Stamm zu Stamm sprangen und sie miteinander vertäuten. *Wir lernen, indem wir es einfach tun*, dachte Temrai mit einer Mischung aus Erstaunen und Panik. *Inzwischen haben wir auch Sägen hergestellt und können Sägegruben graben. Es wäre ein interessanter Versuch gewesen, vom Wasser angetriebene Sägen zu bauen wie die, die ich in der Stadt gesehen habe, aber ich glaube, dazu fehlt uns die Zeit. Davon abgesehen kann man auch alles übertreiben.*

Die größten Sorgen bereitete ihm das ständige Herumraten. In der ersten Woche, die sein Clan – er konnte es immer noch nicht so richtig glauben, daß er nun der rechtmäßige Anführer seines Volkes und sein Wort Gesetz war – und er an diesem Ort verbracht hatten, hatten sie nichts anderes getan, als Bäume zu zählen, Markierungen in die Rinde derjenigen zu schneiden, die hoch und gerade genug gewachsen waren, um sich zum Fällen zu eignen, und zu schätzen, wie viele gute Bretter und Balken jeder Baum ergeben würde. Danach schätzten sie dann, wie viele Bretter und Balken nötig waren, um eine ungeklärte Zahl von Belagerungsmaschinen zu bauen. Am Ende der Woche hatte er aufgegeben und ihnen befohlen, alles zu fällen, was halbwegs brauchbar aussah. Es würde entweder viel zuviel oder viel zuwenig sein.

Dann gab es da noch das Problem, den Clan eine noch nie dagewesene Zeitspanne an einem ungeeigneten Ort verweilen zu lassen. Sie hatten die Herden bereits flußaufwärts zu frischen Weidegründen treiben und zu viele dringend benötigte Männer als Begleitung abstellen müssen. Das hatte wiederum zur Folge, daß noch mehr Männer zum Transport der Vorräte und zur Jagd am anderen Ende des Waldes – weit weg vom Lärm und der Unruhe – abkommandiert werden mußten. Rechnete man noch die Gruppen dazu, die er zur Beschaffung von Eisenerz und Kalk losgeschickt hatte, die Abteilungen, die Holzkohle herstellten, das Kontingent, das die Frauen bewachte, die Schilfgras sammelten, das zur Herstellung der ziemlich gewaltigen Seilmengen diente, schienen sie es trotz allem zu schaffen – irgendwie waren immer genügend Leute übrig, die die Arbeit erledigten. Langsam begriff er, daß es ein *großer* Clan war. Es gab mehr von ihnen, als er geglaubt hatte.

Jurrai trat heran; er hatte den Stapellauf des letzten Floßes beaufsichtigt und war schlammverschmiert. Temrai deutete auf die abertausend sich bewegenden Punkte, die fleißig in der verwüsteten und unwirklich aussehenden Landschaft arbeiteten. »Wir müssen verrückt sein, es überhaupt zu versuchen«, sagte er. »Die Städter haben Hunderte von Jahren gebraucht, um ihren Wissensstand zu erlangen …«

Jurrai zuckte mit den Schultern. »Nett von ihnen, den langweiligen Teil für uns zu erledigen«, sagte er. »Und auf lange Sicht gesehen, geschieht es ihnen recht.« Er blickte sich ebenfalls einen Moment lang um; vielleicht gefiel ihm nicht besonders, was er da sah. »Allein die Götter wissen, was das aus uns machen wird«, sagte er leise. »Es gibt bereits einiges Murren deswegen. Die Leute sagen, es sei nicht richtig.«

»Das kann ich mir vorstellen«, knurrte Temrai. »Und was ist es diesmal? Beleidigen wir die Flußgötter oder die Waldgötter, oder sind es die Feuergötter …«

»Alle«, erwiderte Jurrai fröhlich. »Aber jetzt sagt man, wenn die Städter das Böse darstellen und deshalb vernichtet werden müssen, warum verausgaben wir uns dann in dem Versuch, genau wie sie zu sein?«

»Ah.« Temrai lächelte. Es war ein trauriges Lächeln. »Die Antwort darauf weiß ich nicht. Ist Imitation nicht die ehrlichste

Form der Schmeichelei? Sie haben versucht, uns auszurotten, und wir lernen von ihrem Beispiel.« Er rieb sich das Gesicht. »Ich bin selbst nicht gerade glücklich darüber. Aber es geht nicht anders. Wir haben uns bei den Beratungen doch alle darauf geeinigt, oder nicht? Und jeder, der der Meinung ist, man könnte die Mauern von Perimadeia mit einem Kavallerieangriff durchbrechen, kann mir gern ausführlich erklären, wie das gehen soll. Das würde ich gern hören.« Er gähnte und stand auf.

Am späten Nachmittag – er hatte gerade die Floßbauer davon überzeugt, daß die Seile ausfaserten, wenn sie sie zu fest zurrten – fiel ihm am anderen Flußufer etwas ins Auge. Es war eine Gruppe von Reitern, die sich vor dem Horizont abzeichneten und alles beobachteten. Einen Augenblick lang war er wieder sieben Jahre alt und voller Angst, er wollte durch das Lager laufen und alle warnen. *Rennt um euer Leben! Es ist die Kavallerie!* Aber dann zählte er sie nur gedankenverloren und rief seine Cousins Mesbai und Pepotai herbei, die in der Nähe standen.

»Holt euch so schnell ihr könnt zwanzig Mann und umrundet diese Anhöhe dort.« Er zeigte auf die Reiter. »Tut nichts, begebt euch bloß auf ihre andere Seite und sorgt dafür, daß sie euch nicht bemerken, bevor ihr in Position seid. Dann reitet auf den Hügelkamm und laßt euch sehen. Wenn sie fortreiten, verfolgt sie, aber nehmt keinen Kontakt auf. Verstanden?«

Pepotai, ein kleiner, stämmiger Junge mit einem langen, dünnen Bart, nickte. »Wir können sie herschaffen, wenn du willst«, sagte er. »Oder sie auch vertreiben.«

»Nein.« Temrai schüttelte nachdrücklich den Kopf. »Das will ich nicht. Soweit sie wissen, lieben wir sie von ganzem Herzen, und es würde uns nicht im Traum einfallen, ihnen etwas anzutun. So wollen wir es auch im Moment belassen. Für die anderen Sachen ist später noch genug Zeit.«

Als sie fort waren, gestattete er sich noch einen Blick über den Fluß. Zehn Reiter aus der Stadt, die man ausgesandt hatte, um ihn im Auge zu behalten, und die herauszubekommen versuchten, was er zwischen all den Baumstümpfen vorhatte. Wäre Maxen noch am Leben gewesen, hätte es die respektvolle Beobachtung aus der Ferne nicht gegeben. Sie hätten sie erst dann bemerkt, wenn die schwere Kavallerie von allen Seiten herangeprescht wäre, das Lager überflutet und alles niedergebrannt und erschlagen und erschossen hätte, bevor auch nur ein Mann Gelegenheit hatte, an einen Bogen oder zu einem Pferd zu gelangen. *Ich muß noch etwas tun*, entschied er, *ich muß an allen Zugangswegen Posten aufstellen und entlang der Ufer auch. Maxen hätte mittlerweile schon den Fluß gestaut und alle umgebracht* … Ein unangenehmer Gedanke. Ein paar dort postierte Bewaffnete, nur für den Fall, daß sie etwas versuchten? Oder wäre das kontraproduktiv und würde nur ihr Mißtrauen wecken, wenn sie neben friedlich arbeitenden Holzfällern Männer mit Waffen sahen?

*O ihr Götter, ich werde froh sein, wenn das alles vorbei ist und wir wieder das tun können, was seit jeher unsere Bestimmung war.* Er wandte der aufdringlichen Gegenwart der Stadt den Rücken zu und ging.

# 8

Der Mann klopfte, zog den großen Leuchter in die Höhe und ging wieder. Alexius gähnte verschlafen und setzte sich auf. Konnte es denn schon so spät sein? Offenbar ja. Er entzündete eine Kerze, fand in dem Buch die Stelle wieder, die er zuletzt gelesen hatte, und versuchte sich zu konzentrieren. Aber nach einiger Zeit verschwammen die Buchstaben vor seinen Augen. Kurz darauf schlief er wieder …

*… und stand auf der Stadtmauer, oder genauer, oben auf der Plattform von einem der Türme, die das Tor der Viehhändler bewachten. Er blickte in Richtung Steppe. In der Ferne streiften die Wolken den Horizont; ein scharfer Wind blies sie hinauf aufs Meer, wie ein junger Hirtenhund seine Herde zusammentrieb, nur daß es sich hier um Staubwolken handelte.*

Aus irgendeinem Grund standen der Advokat Bardas Loredan, Vetriz und ihr Bruder sowie ein Fremder neben ihm; nach dem schrecklichen Geschmack zu urteilen, den seine Kleidung verriet, handelte es sich um einen weiteren Mann von der Insel, trotzdem sah er auch wie ein Städter aus. Sie starrten die Staubwolken an, als wären sie Zuschauer bei einem Pferderennen oder einem Rechtsstreit. Nach einer Weile stieß Vetriz ihren Bruder in die Rippen.

»Zwei Goldviertel auf diesen Haufen da«, sagte sie.

Ihr Bruder verzog das Gesicht. »Keine Chance.«

»Zehn zu eins.«

Er schüttelte den Kopf. »Ich laß mich nicht auf Blödenwetten ein.«

Alexius entging nicht, daß die Staubwolken sich nun seltsamerweise aus dem Meer erhoben …

»Gannadius? Seid Ihr das?«

»In Eurem Traum, ja, ich weiß! Ich wäre ja in einem eigenen

Traum gekommen, aber ich muß heute abend wach bleiben. Ihr wißt doch, offizieller Empfang des Archimandriten von Turm. Ich verspreche, so unauffällig wie möglich zu sein.«

... und es waren auch gar keine Staubwolken, sondern Segel, Tausende von grau-schwarzen Segeln, die von dem scharfen Wind gebläht wurden, der Alexius nun direkt ins Gesicht wehte, und Vetriz sagte: »Drei Goldfünfer, fünfundzwanzig zu eins«, und sie fand noch immer niemanden, der die Wette annahm.

»Das ist überaus bizarr.« Bardas Loredan sprach zu ihm, obwohl er auf das Meer hinausblickte. »Ich kenne Euch natürlich, vom Sehen. Ich schätze, es geht so gut wie jedem Bürger so. Aber warum träume *ich* von Euch? Vermutlich symbolisiert Ihr die Magie oder so etwas in der Art.«

»Bei allem Respekt«, erwiderte Alexius, »ich bin hier derjenige, der von Euch träumt. Und es ist keine Magie, sondern Philosophie.«

Loredan zuckte mit den Schultern. »Es tut mir leid, aber das alles geht über meinen Horizont. Gorgas ist der Mystiker der Familie – das bist du doch, oder nicht?«

Der Mann, der Alexius unbekannt war, starrte stur geradeaus und nickte. »Und zu Eurer Information, das ist mein Traum, und ihr seid bloß ...«

Vetriz erwachte plötzlich.

Licht sickerte durch die Fensterläden, und sein goldener Schein ließ die Linien und Vertiefungen in dem Gesicht neben ihr deutlicher hervortreten. Mit geschlossenen Augen und dem Stirnrunzeln, zu dem Leute im Tiefschlaf neigen, sah er älter aus – irgendwie bösartig. Vetriz gähnte und wischte sich die Haare aus den Augen.

»Gorgas«, sagte sie.

»Laß mich in Ruhe.«

»Gorgas. Zeit zum Aufstehen.«

Er grunzte.

Vetriz glitt aus dem Bett und öffnete die Läden. Das Meer unterhalb des Fensters war dunkelblau, mit einem Schimmer Rot und Gold, wo die Wolken das Wasser berührten. Von ihrem Fenster konnte Vetriz direkt auf die drei Schiffe hinunterblicken, die ihrem Bruder und ihr gehörten; sie waren ein Stück von den anderen Schiffen entfernt in Haya Morone, dem besten Ankerplatz der Insel, festgemacht. Sie schlüpfte in ihren Morgenmantel, verknotete den Gürtel und fuhr sich mit einem Kamm durchs Haar.

»Gorgas«, sagte sie, »du mußt jetzt wirklich aufstehen. Venarts Schiff ist im Hafen. Er wird jede Minute hier sein.«

Der große, stämmige Mann im Bett öffnete ein Auge. »Du blöde Kuh, warum hast du das nicht gleich gesagt?« fauchte er, schwang die Beine aus dem Bett und tastete nach seiner Kleidung. »Habe ich dir nicht gesagt ....«

»Beeil dich.« Vetriz wandte sich von ihm ab und fragte sich, was zum Teufel sie am Abend zuvor in ihm gesehen hatte. Schließlich gehörte das nicht gerade zu den Dingen, die sie sonst tat. »Und es gibt keinen Grund, unhöflich zu sein. Er muß sowieso erst durch den Zoll und sich ums Entladen kümmern. Du brauchst nicht in Panik zu verfallen.«

Gorgas Loredan sagte nichts; er war damit beschäftigt, die Stiefel über seine außerordentlich großen Füße zu ziehen. Vetriz wollte ihn nicht ansehen. Der Weinkrug der letzten Nacht stand auf der Fensterbank. Sie schüttelte ihn, aber er war leer.

Ihr Kopf schmerzte. Geschah ihr recht, wenn sie sich wie eine Schlampe benahm.

Nicht, daß sie befürchtete, Venart würde bei seiner Rückkehr tatsächlich gewalttätig werden, falls er früher als erwartet eintraf. In dem unwahrscheinlichen Fall, daß die Tür aufflog und er dort mit gezogenem Degen und finsterem Gesicht stand, würde sie bloß kichern müssen oder sagen: »Ven, was willst du mit diesem Ding da anfangen?« Und er würde schrecklich verlegen werden und knurrend zurückweichen wie ein Hund vor einem Ameisennest. Und selbst wenn er hereinkäme und Gorgas Loredan vor ihren Augen umbrächte, würde das nicht gerade ihr Leben ruinieren. Was sie jedoch nicht ertragen konnte, war die Aussicht, daß Ven die nächsten sechs Monate mit gequältem Gesichtsausdruck die Luft zwischen den Zähnen einsog und ununterbrochen nörgelte, ihr Vorwürfe machte und darauf bestand, sie mitzunehmen oder in der Obhut ihrer von den Göttern verfluchten Tante zu lassen.

»Bist du endlich angezogen?« fragte sie. »Ich dachte immer, Frauen wären morgens die Langsamen.«

»Schon gut, ich bin ja gleich weg«, erwiderte die Stimme hinter ihr. »Gibt es hier eine Seitentür?«

»Ich zeige sie dir«, sagte Vetriz. »Komm.«

Dabei hatte gestern abend alles wie vom Schicksal bestimmt ausgesehen. Bei dem Bankett, bei dem sie damit geprahlt hatte, daß sie den Patriarchen der Stadt kennengelernt – ein seltsamer Mann, aber wirklich nett – und ein richtiges Duell vor Gericht gesehen hatte … Plötzlich hatte ihre Nachbarin sie angestoßen und zur Spitze des Männertisches hinüber gezeigt und gesagt: »Schau jetzt nicht hin, aber siehst du den großen, kräftigen Kerl da am Ende? Sein Bruder ist Fechter in Perimadeia.« Und dann hatte sie den Namen gesagt, und es war derselbe Name wie von dem Mann, dem sie zugesehen hatte und der ihr in dem seltsamen Traum begegnet war, den sie im Palast des Patriarchen gehabt hatte … Und der Wein war drei- oder viermal zu oft herumgereicht worden, und ihr ursprünglicher Begleiter hatte es nicht erwarten können, sie loszuwerden und mit der Schlampe aus Morozin loszuziehen, und dann …

Nun ja. *Dann* war es eigentlich nicht schlecht gewesen, aber jetzt wollte sie es abgehakt und hinter sich wissen. Sie schloß hinter Kapitän Gorgas Loredan die Tür – wobei sie um ein Haar den Saum seines Umhangs einklemmt hätte, was einer ansonsten ziemlich unerfreulichen Episode zumindest ein versöhnliches komödiantisches Element hinzugefügt hätte – und überquerte den Hof, um ein Bad zu nehmen.

Es war fast Mittag, als Venart nach Hause kam. Er sah müde und ziemlich verstimmt aus.

»Ich weiß, daß wir von Piraten abstammen«, murmelte er, als er die Stiefel abstreifte, »und ich halte viel davon, alte Traditionen zu bewahren. Ich finde aber, daß die Zollbehörde mich nicht aus einem Gefühl kultureller Identität heraus ausrauben sollte. Ist was zu essen da?«

»Natürlich«, erwiderte Vetriz. »Was, glaubst du, habe ich während deiner Abwesenheit getan? Wilde Orgien gefeiert?«

»Hättest du vielleicht besser«, sagte er und massierte sich die Füße. »Lieber alles für Ausschweifungen und dekadente Frivolitäten verschleudern, als zusehen zu müssen, wie es im Rachen der Haie da unten verschwindet.«

»Reichen Brot, Käse und ein Apfel? Oder bestehst du auf einer heißen Suppe?«

»Alles, nur keinen Fisch«, sagte Venart aus tiefstem Herzen. »Wenn in den nächsten sechs Wochen Fisch ins Haus kommt, gehe ich auf der Stelle. In Psattyra gibt es nichts, ich wiederhole, *nichts* zu essen außer verfluchtem rohem Fisch, es sei denn, du zählst das rohe gelbe Pilzzeugs mit, was ich aber nicht tue.«

»Du armes Lämmchen«, sagte Vetriz gedankenverloren. »Leg dich doch eine Stunde hin, während ich dir was mache.«

Die Kopfschmerzen verflüchtigten sich schnell, nicht zuletzt durch die Hilfe der in Rosenwasser aufgebrühten Weidenrinde und einer Orange, und das Bad hatte Kapitän Loredans Fingerabdrücke mehr oder weniger von ihrer Person entfernt. Trotzdem fühlte sie sich müde und antriebslos – zuwenig Schlaf, aber daran war sie selbst schuld. Kein Wunder, daß sie Alpträume hatte; schließlich hatte sie Fleisch, Zider und starken Wein miteinander vermischt.

Aber genau genommen war es kein Alptraum gewesen. Dabei hätte sie irgendwie einen richtigen Alptraum vorgezogen.

Bardas Loredan erwachte in Schweiß gebadet. Er sah das durch die Läden hereindringende Licht und stieg fluchend hastig in die Kleider. Ihm drohte der Schädel zu platzen; *verdammter billiger, minderwertiger, beschissener Rotwein.* Wenn er sich wirklich beeilte, kam er nur eine Viertelstunde zu spät zum Unterricht. Zur Hölle mit dem seltsamen, verrückten und verkorksten Mädchen. Es war nur ihre Schuld, daß er etwas zu trinken gebraucht hatte.

Er kam tatsächlich nur zehn Minuten zu spät, eigentlich eine stolze Leistung, die ihm Glückwünsche und die Bewunderung seiner Klasse hätte einbringen müssen statt frostiger Blicke.

»Schon gut, beruhigt euch, es tut mir leid, daß ich zu spät komme. Also, Positionen einnehmen, so nicht, junger Herr Iuven, es sei denn, du willst deinen Gegner damit verblüffen, daß du umfällst. Der vordere Fuß in einer Linie mit der Klinge, kommt schon, das haben wir schon hundertmal gemacht …«

*Warum sollte ich nach all diesen Jahren von ihm träumen? Und von der jungen Frau und ihrem Bruder aus der Schenke? Und dann noch vom Patriarchen? Das war definitiv das letzte Mal, daß ich versuche zu sparen, wenn ich mich ernsthaft betrinken will.*

Seine Schülerin, die mürrische, unangenehme Nervensäge, die an allem schuld war, focht heute großartig. Ihre Bewegungen nahmen langsam jene tödliche und anmutige Sicherheit an, die die besten Advokaten auszeichnete, etwas, das er in anderen, aber nie in sich selbst gesehen hatte. Er hatte dergleichen im Grunde genommen stets mit einem perversen Vergnügen am Akt des Töten assoziiert, und er konnte damit eigentlich nur wenig anfangen, aber es war ein gutes Zeichen für die Zukunft des Mädchens in diesem Handwerk. Er für seinen Teil hatte immer genauso gefochten, wie er war; ein äußerst geschickter und intelligenter Feigling, der genau wußte, daß die einzige Möglichkeit, am Leben zu bleiben, darin bestand, jemand anderen umzubringen.

»Hallo.« Athli tauchte hinter ihm auf, während er dabei zusah, wie die Klasse Halbkreise übte. »Wie war denn dein Stelldichein gestern abend? Habt ihr euch heute morgen immer noch respektiert?«

»Komm mir bitte nicht kokett, Athli, ich habe Kopfschmerzen. Und zu deiner Information, du könntest nicht weiter danebenliegen. Ich weiß nicht, was die verdammte Frau eigentlich will, aber ich freue mich sagen zu können, daß *ich* es *nicht* bin.«

»Bist du dir da sicher?«

»Völlig. Soweit es sie betrifft, bin ich nur jemand, der ihr beibringt, Leute aufzuschlitzen. Sieh sie dir mal an. Ich sage das nur sehr ungern, aber sie wird mal gut werden.«

»Oh, deine neue Lieblingsschülerin?«

»Ach, zieh ab und mach irgend etwas Sinnvolles ... Da kommt mir ein Gedanke«, fügte er hinzu. »Geh und lächle Vorsteher Modin verführerisch an. Er liebt mich nicht mehr, und ich kann Ärger mit Leuten wie ihm nicht gebrauchen. Anscheinend habe ich das Vertrauen der Schulleitung mißbraucht, indem ich nach Schulschluß ohne Genehmigung Unterricht erteilt habe.«

Athli nickte. »Gut. Ich erzähle ihm die Geschichte mit der sterbenden Großmutter und biete ihm Geld an.«

»Solange du es nicht *wirklich* bezahlst.«

Athli grinste. »Vertrau mir. Ich bin im Rechtswesen.«

Sie kehrte gerade grinsend nach erfolgreich erfüllter Mission zurück, als jemand sie von hinten ansprach. Sie drehte sich um und konnte nur mit Mühe einen überraschten Aufschrei unterdrücken. Sie wollte sagen »Solltet Ihr nicht im Bett liegen?«, aber natürlich tat sie das nicht. Statt dessen sagte sie: »Patriarch, was kann ich für Euch tun?«

»Entschuldigt, daß ich Euch belästige«, sagte der Patriarch, »aber seid Ihr nicht Meister Loredans Kanzlistin? Der Mann an der Tür hat auf Euch gezeigt.«

»Das ist richtig.« *Also stimmen die Gerüchte*, sagte sie sich; *er muß krank gewesen sein, denn er sieht schrecklich aus, der arme Mann.* »Möchtet Ihr zu ihm? Er unterrichtet gerade seine Klasse, aber ich bin sicher, es ist überhaupt kein Problem, ihn ...«

Der Patriarch lächelte. Er hatte ein nettes Lächeln. Sie war überrascht. Bei Zeremonien oder öffentlichen Auftritten wirkte er immer so würdevoll und erhaben.

»So eilig ist es nun auch wieder nicht«, sagte er. »Ist es in Ordnung, wenn ich bis zur Mittagspause warte?«

»Wenn es Euch wirklich nichts ausmacht ...« Athli war nervös. Plötzlich hatte sie die Verantwortung, einen gebrechlichen Würdenträger für die nächste Stunde zu unterhalten und für seine Bequemlichkeit zu sorgen. Würde sie hier stehenbleiben und mit ihm plaudern müssen, oder würde er lieber in einer ruhigen Ecke sitzen und lesen? Immer unter der Voraussetzung natürlich, sie würde für ihn einen Stuhl finden – und er würde sich überhaupt setzen wollen. *Verflucht*, dachte Athli. *Meine Mutter hat mich nicht zur Diplomatin erzogen.*

»Nein, nicht im mindesten.« Der Patriarch bat sie mit einer Geste vorauszugehen. *Wenn er mir die Tür aufhält, sterbe ich auf der Stelle.* »Ich hoffe, ich falle Euch nicht zur Last. Ich weiß so gut wie nichts über die Abläufe an diesem Ort.«

Nachdem sie ihm alles angeboten hatte, was ihr nur eingefallen war, hatte er schließlich einen Sitzplatz neben einer Säule akzeptiert, von dem aus er den Unterricht beobachten konnte. »Und wenn ich Euch um ein Glas Wasser bitten dürfte«, fügte er hinzu, »das wäre sehr nett. Ich fürchte, ich bin heute morgen mit ziemlich unangenehmen Kopfschmerzen aufgewacht.«

*Bei allen Göttern, wo soll ich denn hier bloß einen Becher finden?* »Kein Problem«, sagte sie mit fester Stimme. »Dauert nur einen kleinen Augenblick; und Ihr seid sicher, daß Ihr sonst alles habt?«

»Vielen Dank, alles in bester Ordnung«, antwortete Alexius. »Ihr seid wirklich sehr zuvorkommend.«

Sobald er die Kanzlistin losgeworden war – *ein süßes Mädchen, neigt jedoch dazu, zuviel Aufhebens zu machen, vielleicht hat sie ja auch Angst, ich könnte sie in einen Frosch verwandeln* –, sackte Alexius auf seinem Stuhl zusammen und rang nach Luft. Selbst wenn man mal die Kopfschmerzen beiseite ließ, fühlte er sich schrecklich, und er wußte, er hätte nicht kommen sollen, aber nach dem Traum der letzten Nacht ging es einfach nicht anders.

*Loredans Bruder.* Er verspürte eine irrationale Aufwallung von Unmut gegenüber Gannadius, obwohl er genau wußte, daß sein Kollege eine Besprechung hatte, die er nicht so einfach beenden konnte. Aber Alexius wollte unbedingt wissen, wie Gannadius den Traum interpretierte und ob er dieselben Dinge gesehen hatte. Aber das konnte man jetzt nicht ändern. Es war viel wichtiger, mit Loredan zu sprechen, etwas, das er schon vor langer Zeit hätte tun sollen, nur daß er sich nicht dazu hatte überwinden können, dem Fechter ins Gesicht zu sagen, was er getan hatte. Aber jetzt blieb ihm keine andere Wahl mehr. Der Himmel allein wußte, was er sagen würde.

Er öffnete die Augen und sah auf Loredans Rücken, der die Gruppe energisch aussehender junger Leute verdeckte, die auf seine scharfen Befehle hin im Halbkreis herumhüpften. Er war gerade zu dem Schluß gekommen, genug gesehen zu haben, als sich der Halbkreis drehte und er die Gesichter der Schüler sehen konnte …

*Hölle und Teufel! Sie!*

Alexius schaffte es mit Mühe, ruhig zu bleiben und normal weiterzuatmen, obwohl der Schmerz in seiner Brust und in seinem Arm so stark wurde, daß er am liebsten laut aufgeschrien hätte. Das Mädchen, das die Ursache für die ganzen Schwierigkeiten war, war eine von Loredans Schülerinnen.

Das Mädchen, das Loredan verstümmeln wollte, das mit ihm

in der von der Inselbewohnerin übermittelten Vision Fechtübungen absolviert hatte.

Das Mädchen, das in genau diesem Augenblick eine Klinge auf Loredans Hals richtete.

Nun, natürlich, sie lernte fechten. Sie mußte es lernen, wenn sie es irgendwie hinkriegen wollte, einen erfahrenen und hochtalentierten Fechtmeister zu verstümmeln. Die Logik, die dahintersteckte, ließ ihn von Kopf bis Fuß erschauern.

Das war die Entscheidung; er mußte Loredan alles sagen, ihn vor der Gefahr warnen. Sobald er das getan hatte, war es vielleicht mit Gannadius' Hilfe möglich, den Fluch aufzuheben und diesen schrecklichen Schlamassel ein für allemal aus der Welt zu schaffen. *Hätte ich doch bloß den Verstand und den Mut gehabt, das sofort zu tun, statt loszurennen, um nach Naturtalenten zu suchen* … Es war besser, diesen Gedanken nicht zu denken. Und jetzt dieses schreckliche Rätsel mit Gorgas, dem Intellektuellen, der sich wie ein Mann von der Insel kleidete und zusammen mit den beiden anderen Inselbürgern in seinem Traum aufgetaucht war. Falls es ihm jemals gelingen sollte, das alles zu überstehen, würde es eine wunderbare Fallstudie abgeben, etwas, das man in den Grundkurs aufnehmen konnte als furchtbare Warnung vor den Gefahren des Mißbrauchs des Prinzips.

»Bitte schön.« Das war wieder die lästige Kanzlistin, die ihm einen übertrieben verzierten Silberpokal vor die Nase hielt. »Es tut mir leid, daß es so lange gedauert hat.«

Er lächelte, nahm den Pokal – *du lieber Himmel, es ist so eine Art Fechttrophäe* – und trank einen großen Schluck. »Darf ich fragen, wer die junge Dame dort ist?«

»Oh, das ist …« Athli erstarrte. Es lag ihr auf der Zunge, aber sosehr sie sich auch bemühte, der Name des schrecklichen Mädchens wollte ihr einfach nicht einfallen. »Das ist unsere Meisterschülerin«, fuhr sie fort. »Bardas … Meister Loredan hält große Stücke auf sie. Ein echtes Naturtalent.«

»Ich verstehe«, erwiderte Alexius und bemühte sich, keine Reaktion auf ihre ungeschickte Wortwahl zu zeigen. »Und sie ist ein reguläres Mitglied der Klasse?«

»Aber natürlich«, erwiderte Athli und nickte energisch. »Wir hoffen, daß sie mal unser Aushängeschild wird.«

Das laute Klirren aufeinanderprallenden Stahls ließ sie beide aufsehen. Loredan lehrte die rückwärtige Riposte der Alten Fechtschule. Um sie zu demonstrieren, hatte er die Schülerin einen Ausfall machen lassen, und während er die Klinge abwehrte, machte er einen anmutigen, nach rechts versetzten Schritt rückwärts und startete aus der gleichen Bewegung heraus einen Gegenangriff. Aber es hatte nicht richtig funktioniert; ihr Stoß hätte um ein Haar seine Verteidigung durchbrochen. Er war aus dem Gleichgewicht und hielt sich ihre Klinge nur mit Kraft vom Leib.

»Tut mir leid«, sagte er. »Mein Fehler. Wir sollten es wiederholen.«

Die Schülerin zog ihren Degen zurück. Loredan nahm wieder seine Position ein. Alexius konnte fühlen, wie sich seine Fingernägel in seine Handfläche bohrten.

»Jetzt«, sagte Loredan. Diesmal fing er die Klinge perfekt ab, drehte sich, machte seine seitliche Bewegung und brachte die Spitze seines Degens präzise unter dem Kinn des Mädchens in die Höhe, und das alles im Bruchteil einer Sekunde. Es war wunderschön anzusehen. Er senkte die Waffe wieder und wandte sich seinen Schülern zu, um es zu erklären.

Das Mädchen machte erneut einen Ausfall.

Loredan reagierte unglaublich schnell. Es war kaum etwas zu sehen – ein kurzes Aufblitzen, ein Klirren und dann ein Scheppern, als die Waffe des Mädchens auf den Steinfliesen landete. Die Spitze von Loredans Klinge – es war der Spe Bref, und Athli wußte, wie scharf er war – berührte die zarte, nachgiebige Haut direkt unterhalb des Kinns der Schülerin, mit gerade genügend Druck, um zu stechen, ohne daß Blut floß. Er warf ihr einen langen, verblüfften Blick die Klinge entlang zu, zog sie mit einer kurzen, genau bemessenen Bewegung zurück und wandte sich wieder den übrigen Schülern zu.

»Wie ich gerade schon sagte, ist es von entscheidender Bedeutung, während des ganzen Manövers Handgelenk und Ellbogen gerade zu halten ...«

Das Mädchen war so weiß wie die Wand und zitterte am ganzen Körper, beide Hände um den Hals gelegt. Der Rest der Klasse starrte beide fasziniert und entsetzt zugleich an und wagte kaum zu atmen. Athli, die aufgeschrien hätte, wäre genug Zeit gewesen, hatte ihre Tasche fallen gelassen. Was Alexius anging, so wurde ihm erst mehrere Sekunden nach Ende des Vorfalls bewußt, wie schlimm die Schmerzen in Brust und Arm geworden waren. Er versuchte aufzustehen, aber das erwies sich als unmöglich. Panik stieg in ihm auf, doch dann fühlte er, wie der Schmerz schnell abflaute. Dafür tat sein Kopf um so mehr weh, als sollte ein Ausgleich geschaffen werden.

Ähnlich, wenn auch noch langsamer, verflog die allgemeine Spannung, als sich der Verstand eines jeden Anwesenden der Aufgabe zuwandte, das eben Gesehene zu verarbeiten, es glaubwürdiger zu machen, damit es der Erinnerung anvertraut werden konnte. Selbst Alexius fragte sich einen Augenblick lang, ob er sich das alles eingebildet hatte, ob er nicht nur das gesehen hatte, was seine melodramatische Vorstellungskraft insgeheim zu sehen erwartet oder gehofft hatte, statt das, was sich tatsächlich zugetragen hatte.

Am Mittag machten Loredan und seine Schüler wie gewöhnlich Pause. Das Mädchen ging schnell zu den Trinkbrunnen; der Rest der Schüler steckte sofort flüsternd die Köpfe zusammen. Loredan, der schrecklich erschöpft aussah, setzte sich auf eine Ausrüstungskiste und starrte zu Boden, während er sich mit den Fingerspitzen die Stirn massierte.

»Bardas«, begann Athli.

»Sag nicht, ich hätte mir das nur eingebildet«, unterbrach er sie aufgebracht, ohne aufzusehen. »Sie hat versucht, mich zu töten. Ich verstehe es bloß nicht. Warum sollte …?«

»Bardas«, wiederholte Athli. »Der Patriarch ist gekommen, um dich zu sehen.«

Loredan blickte stirnrunzelnd auf. »Sei nicht albern, Athli«, sagte er. »Warum in aller Welt sollte mich der Patriarch sehen wollen?«

»Komm rüber und frag ihn selbst.«

Bevor Loredan sich weiter streiten konnte, entdeckte er den Mann, der im Schatten des Säulengangs auf einem Stuhl saß. »Das ist er?« fragte er. »Dieser Tag hat's aber in sich.«

Athli nickte. »Soll ich dem Mädchen sagen, sie soll verschwinden? Ich mache ihre Rechnung fertig und …«

Sie brach ab, als Loredan breit zu grinsen begann. »Du willst mich also mit einer Rechnung vor einer verrückten Meuchelmörderin beschützen, was? Wage es nicht. Schon bald wird diese seltsame Göre eine erstklassige Werbung für diese Schule sein. Nur ein kompletter Idiot würde sie jetzt rausschmeißen.«

»Aber sie hat versucht …«

»Erfolglos. Wollen wir jetzt herausfinden, was der Zauberer von uns will?«

Er kniete neben dem Stuhl des Patriarchen nieder, während Athli nach kurzem Zögern verschwand. Loredan wollte gerade mit dem üblichen Welchem-Anlaß-verdanke-ich-die-Ehre-Gerede anfangen, als Alexius sich vorbeugte und ihm ins Ohr flüsterte.

»Entschuldigt, aber habt Ihr Kopfschmerzen?«

Loredan sah verblüfft aus. »Warum, sieht man das? Tatsächlich haben sie inzwischen nachgelassen. Vorhin hat es sich angefühlt, als würden Straßenarbeiter hinter meinen Augen Steine klopfen.«

Alexius holte tief Luft. »Darf ich Euch außerdem fragen, ob Ihr einen Bruder namens Gorgas habt?«

Diesmal zuckte Loredan zurück wie ein Mann, der gerade auf

eine Schlange getreten war. »Das habe ich, in der Tat«, erwiderte er. »Zumindest hatte ich das. Soweit ich weiß, könnte er mittlerweile tot sein. Oder soweit es mich interessiert, was das angeht.« Er verlagerte das Gewicht, da sein Bein einzuschlafen drohte. »Könnt Ihr im Gegenzug etwas für mich tun?«

»Wenn es möglich ist.«

»Also gut. Könnt Ihr mir soviel wie möglich über den Traum verraten, den Ihr letzte Nacht hattet? Ich habe ein seltsames Gefühl deswegen.«

»Das werde ich in der Tat«, antwortete Alexius. »Aber um zum Schluß zu kommen, würdet Ihr einen alten Mann töten, der kaum laufen kann, dem aber alles schrecklich leid tut und der sich nach besten Kräften bemüht, den von ihm angerichteten Schlamassel aus der Welt zu schaffen?«

»Ich glaube kaum. Warum fragt Ihr?«

Alexius erklärte es ihm. Als er zum Ende gekommen war, nickte Loredan, der die ganze Zeit über die Stirn gerunzelt hatte, als würde er versuchen, einer Unterhaltung in einer fremden Sprache zu folgen, welcher er kaum mächtig war, und sagte: »Ich verstehe.«

»Ich fand, ich sollte es Euch besser sagen«, begann Alexius erneut. »Ich hätte das natürlich schon vor langer Zeit tun sollen, aber …«

Loredan zuckte mit den Schultern. »Nun, Ihr habt es mir jetzt gesagt.« Er rieb sich das Kinn. »Es tut mir leid, aber ich bin hier auf völlig fremdem Terrain. Ich hatte nie viel mit Magie und dergleichen zu tun.«

Dieses eine Mal versuchte Alexius nicht zu erklären, daß es eigentlich keine Magie war. »Es schien – nun, damals erschien es ziemlich harmlos«, fuhr er fort. Er wußte, daß er die Dinge mit jedem Wort nur noch schlimmer machte, aber er konnte einfach nicht aufhören. Das wirklich Ärgerliche an der ganzen Angelegenheit war, daß er den Eindruck hatte, Loredan würde nichts davon glauben. Im nächsten Augenblick bestätigte Loredan mit aller gebotenen Freundlichkeit diesen Eindruck.

»Es tut mir leid, wenn ich respektlos oder unhöflich klinge«, sagte er schüchtern. »Es ist nur, ich war immer der Ansicht, daß es in der wahren Welt schon genug Ärger gibt, auch ohne daß man sich noch eine Menge unheimliches, übernatürliches Zeug einfallen lassen muß. Und soweit es mich betrifft, gibt es nichts, weswegen Ihr Euch entschuldigen müßtet.« Er lächelte. »Es tut mir leid, wenn ich Euch beleidigt haben sollte. Wenn meine Nachbarn mich so mit dem Patriarchen reden hören würden, würden sie mich wegen Blasphemie in ein Teerfaß tauchen. Aber ich danke Euch, daß Ihr mir von *ihr* erzählt habt. Ich wußte, daß es da ein ernsthaftes Problem gibt, aber ich wäre nie darauf gekommen, daß es eine persönliche Sache sein könnte. Es ist seltsam«, fuhr er nach einer kurzen Pause fort, »aber in den ganzen Jahren, die ich im Geschäft war, ist mir so etwas noch nie begegnet; ich meine, die Familien der Advokaten kennen den Einsatz alle ganz genau. Es gibt keine Blutfehden oder ähnlichen Unsinn. Sonst würde das ganze System nicht funktionieren.« Er seufzte. »Das ist typisch für mich. Die einzige Schülerin, die keine völlige Katastrophe ist, und sie lernt das Handwerk nur, weil sie *mich* töten will. Nun, sie verschwendet ihr Geld, weil ich in den Ruhestand gegangen bin. Wenn sie mich töten will, dann muß es ein altmodischer Mord sein, und Ihr sagt, daß Eurer Meinung nach ihre Prinzipien das nicht zulassen.«

Alexius nickte. »Das hat sie gesagt. Aber wenn sie versucht, Euch jetzt zu töten …«

Loredan zuckte mit den Schultern. »Ich glaube eigentlich nicht, daß das geplant war, da hat nur eine Schülerin die Beherrschung verloren. Das kommt vor. Erst vergangene Woche ist ein Schüler ausgerastet und hat sich umbringen lassen. Es ist verdammt lästig, wenn so etwas passiert, es bringt die Fechtschulen etwa einen Monat lang in schreckliche Schwierigkeiten, bis sich alle wieder beruhigt haben. Ich werde meine Kanzlistin eine Verzichtserklärung für die Schüler aufsetzen lassen, die sie vor Kursbeginn unterschreiben müssen, nur als Vorsichtsmaßnahme.« Er stand auf. »Wie dem auch sei, vielen Dank, daß Ihr mir das alles erzählt habt, und wie ich schon sagte, vergebt mir, sollte ich Euch beleidigt haben. Es hat nichts mit Euch persönlich zu tun, ich bewundere aufrichtig, was Ihr da macht. Ich glaube bloß nicht daran.«

»Ich ...« Alexius verstummte und nickte. »Bitte sorgt Euch deshalb nicht. Ich glaube daran, und ich bin noch immer außerordentlich besorgt, aber ich werde Euch bestimmt keine Predigt halten oder den Versuch unternehmen, Euch zum wahren Glauben zu bekehren.« Er lächelte und zuckte mit den Schultern. »Mir kommt gerade der Gedanke, daß der Fluch eigentlich vollständig beseitigt sein muß, falls Ihr Euch tatsächlich zur Ruhe gesetzt habt, da das Duell, das ich gesehen habe, niemals stattfinden kann. Also muß sich die Sache von selbst erledigt haben. Irgendwie. Auf jeden Fall ohne meine Beteiligung. Was wollt Ihr mit ihr machen, wenn ich fragen darf?«

»Hm.« Loredan rieb sich die Nase. »Das ist eine schwierige Frage. Das naheliegendste wäre natürlich, sie unverzüglich rauszuschmeißen, aber ich weiß nicht, ob ich das tun kann. Schließlich hat sie für ihren Unterricht bezahlt.« Ein Grinsen huschte über sein Gesicht. »Wenn ich ihr jetzt befehle, die Sachen zu packen, wäre das ein Vertragsbruch, für den sie mich vor Gericht bringen könnte. In diesem Fall müßte ich mich selbst verteidigen – wie würde das aussehen, wenn *ich* mir einen Anwalt nehmen würde –, und dann hätte sie die Gelegenheit, mich im Gerichtssaal zu töten. Im Moment könnte ich sie natürlich noch besiegen, selbst wenn man mir eine Hand auf den Rücken binden würde, aber bei der Schnelligkeit, mit der sie Fortschritte macht, wäre sie innerhalb eines Jahres eine echte Bedrohung, wenn sie einer anderen Schule beitreten würde.«

Er holte tief Luft und seufzte. »Was aber viel wichtiger ist, ohne ersichtlichen Grund Schüler an die Luft zu setzen ist nicht unbedingt die beste Methode, in diesem Geschäft einen guten Ruf zu erringen, und ich bestreite damit meinen Lebensunterhalt. Es wäre besser, ich würde das verdammte Mädchen aus Versehen töten. Nicht, daß ich das tun würde«, fügte er hinzu, als er sah, wie der Patriarch die Augen aufriß. »Ich mag Anwalt sein, aber so schlimm bin ich nun auch wieder nicht. Nein, ich glaube, das sicherste dürfte es sein, sie ihre Ausbildung beenden zu lassen und sie dabei genau im Auge zu behalten. In der Armee hatten wir ein Sprichwort: der Feind, den du sieht, ist das kleinste deiner Probleme.«

»Nun.« Alexius stützte sich auf die Armlehnen des Stuhls. Loredan half ihm auf und reichte ihm seinen Stock. »Ihr kennt Euch in Eurem Geschäft aus, und ich sollte es Euch überlassen. Meine Versuche, mich in Eure Angelegenheiten einzumischen, haben bis jetzt niemandem irgend etwas Gutes gebracht. Ich sollte wohl einfach nach Hause gehen und ein Buch lesen.« Er lächelte. »Fragt Ihr Euch manchmal, was in aller Welt Euch dazu gebracht hat, gerade diese Karriere einzuschlagen? Ich zumindest tue es.«

»Ich auch, ständig«, erwiderte Loredan. »Nun ja, manchmal. Andererseits, was hätte ich sonst mit meinem Leben anfangen sollen? Ich hatte eigentlich nicht groß die Wahl.«

Alexius überlegte kurz, ob er ihm die Hand reichen oder ihm wie bei einem zwanglosen Segen auf die Schulter klopfen sollte, ließ aber beides sein. »Eine letzte Sache«, sagte er. »Euer Bruder – lebt er auf der Insel?«

»Das glaube ich kaum. Es ist lange her, daß ich etwas mit ihm zu tun hatte.«

»Ist er … Hat er etwas mit meinem Handwerk zu tun?«

»Das weiß ich nicht. Um ehrlich zu sein, wir verstehen uns nicht, haben es nie getan. Er hat unser Elternhaus kurz vor mir verlassen, und ich glaube nicht, daß ihm irgend jemand eine

Träne nachgeweint hat.« Loredan grinste kalt. »Mein Bruder ist nicht gerade ein besonders netter Mensch.«

»Ah.«

»Darum glaube ich nicht, daß ich Euch behilflich sein kann. Tut mir leid. Und ich sollte jetzt besser zu meinen Schülern zurück, bevor sie anfangen, über Rückzahlungen zu reden. Ich habe mich nämlich heute morgen schon verspätet ...«

Alexius änderte seine Meinung und streckte die Hand aus. »Bardas Loredan, ich danke Euch. Was es auch wert sein mag, es tut mir wirklich sehr leid.«

Loredan lachte und nahm die Hand. »Hört zu«, sagte er. »Ich habe schon Leuten verziehen, die mich umbringen wollten, bevor ich angefangen habe, mich zu rasieren. Es ist schön, es mal bei jemandem zu tun, der noch am Leben ist.«

»Also«, sagte Temrai, holte tief Luft und zwang sich zu einem Lächeln. »Ich glaube, wir machen es auf diese Weise.«

Sich der Blicke mehrerer tausend Menschen unbehaglich bewußt, griff er nach einem Zweig und fing an, eine Zeichnung in den lehmigen Boden zu ritzen.

»Zuerst bauen wir den Rahmen, das heißt, wir nehmen vier große Holzbalken und fügen sie zu einem Rechteck zusammen. Das hier« – er zeichnete die Umrisse sorgfältig in den Lehm – »sind die Seiten, und diese Teile hier verbinden die Seiten miteinander. Dann haben wir die Träger, über denen ein Querbalken liegt; o ja, und hier sind zwei Stützen, die verhindern, daß das Ganze von dem dagegen krachenden Wurfarm zerschlagen wird.« Er schwieg einen Augenblick lang und versuchte, es sich vor seinem inneren Auge vorzustellen. »Und hier hinten ist natürlich der Wurfarm. Habe ich etwas vergessen? Eigentlich nicht. Natürlich gibt es da noch die Winde und den Abzug, aber die sind aus Metall, also lassen wir das jetzt mal. Also gut, stellt euch mal alle um mich herum, und ich erkläre euch, wie es funktioniert.«

Beinahe zögernd bildeten die Mitglieder des Clans einen Kreis um die primitive Zeichnung eines Katapultes von mittlerem Gewicht. Temrai hatte das als Vorbild genommen, woran er jeden Tag auf dem Weg zur Arbeit vorbeigekommen war: *Katapult, feststehend, mittleres Gewicht, Klasse vier*, um es ganz korrekt zu bezeichnen. In der Stadt, wo weitaus kompliziertere Wurfmaschinen an der Tagesordnung waren, hatte es auf elegante Weise einfach ausgesehen. Hier, am Flußufer, neben einem Berg aus frisch gesägtem Holz, war alles ganz anders. Sein Volk, der Clan, die Männer und Frauen, mit denen er aufgewachsen war, starrten ihn an, als hätte er vorgeschlagen, eine Brücke zum Mond zu bauen.

»Es basiert auf der Idee, daß ein Seil – Pferdehaar soll das beste Material sein, aber wir werden zu Anfang ganz gewöhnliches Seil benutzen und sehen, ob es auch damit geht – wie eine Feder wirkt, wenn man es verdreht …«

»Temrai, was ist eine Feder?«

*Oh, ihr Götter, das kann gar nicht klappen.* »Eine Feder ist … ihr wißt doch, wie der Schlag am Webstuhl funktioniert? Oder wenn ihr einen jungen Baum zurückbiegt und ihn loslaßt? Oder ein Bogen? Das ist eine Feder. Etwas, das sich durchbiegt und wieder in die ursprüngliche Form zurückschnellt.« Er verstummte. »Versteht ihr, was ich meine, oder soll ich noch mal von vorn anfangen?«

»Nein, das ist schon klar«, erwiderte jemand. »Sprich bitte weiter.«

»Also gut. Glaubt mir einfach, wenn ihr eine große Menge Seil verdreht und einen Balken so in der Mitte dazwischensteckt und das alles auf diese Weise nach unten zieht« – er gab sich alle Mühe, es mit den Händen zu zeigen – »und dann loslaßt, schießt der Balken nach vorn, und wenn ihr einen Stein auf das Ende der Balkens legt …«

»Fällt der nicht runter?«

»Nicht, wenn man das Ende des Balkens aushöhlt. So wie

einen Löffel.« Ihm kam eine Eingebung. »Genau, stellen wir es uns auf diese Weise vor. Ihr wißt schon, wenn ihr einen Löffel nehmt und ihn in den Yoghurt oder was weiß ich was steckt und ihn dann schnippen laßt, und der Yoghurt fliegt durch die Gegend? Das haben wir doch alle als Kinder gemacht, oder. Es ist genau das gleiche Prinzip, nur daß das Schnippen von dem Seil verursacht wird.«

Eisiges Schweigen. *Sie müssen glauben, ich hätte den Verstand verloren*, dachte Temrai. Er fühlte sich elend. *Sie glauben, ich habe sie die ganzen Bäume fällen und die Flöße bauen lassen, damit wir unter den Stadtmauern sitzen und die Wälle mit Yoghurt bewerfen können.*

»Glaubt mir, es funktioniert«, sagte er mit aller Autorität, die er aufbringen konnte. »Seht ihr den Felsen da drüben? Ein solches Katapult kann einen Stein dieser Größe mühelos bis zu … diesem Baum da schleudern, vielleicht sogar noch weiter. Ich habe es mit eigenen Augen gesehen.«

Niemand sprach; vielleicht war das auch besser so, denn hätten sie gesprochen, hätten sie vermutlich in dem Tonfall, der ausschließlich für den Umgang mit Schwachsinnigen reserviert war, »wenn du meinst, Lord Temrai«, gesagt. *Es gibt nur eine Möglichkeit, sie zu überzeugen*, dachte er plötzlich. *Ich muß das verdammte Ding bauen und es ihnen zeigen.*

»Gut«, sagte er. »Jetzt, wo ihr alle das grundsätzliche Prinzip verstanden habt, wollen wir uns an die Arbeit machen. Wir fangen mit den Seitenteilen an. Ich will zwei Balken aus Kernholz, drei Meter mal neunzig Zentimeter mal dreißig Zentimeter. Ihr da, an die Sägen und Breitbeile.«

Die Gruppe, auf die er zeigte, sprang auf und trottete mit der Miene von Männern, die ausgeschickt wurden, um Mondlicht in einem Krug zu fangen, zu dem Holzstapel. Er wandte sich wieder der Zeichnung zu.

»Ihr da, ich will, daß ihr diese Streben da zurechthobelt. Ebenfalls Kernholz, ein Meter achtzig mal dreißig mal dreißig.

Ich will, daß an den Enden Zapfen rausgeschnitten werden; ich erkläre euch später, was ein Zapfen ist«, fügte er schnell hinzu, bevor jemand fragen konnte. »Nachdem der Balken fertig ist. Und den könnt ihr da machen. Das wird etwas heikel, aber wir fangen mit einem Balken von zwei Meter fünfundzwanzig mal dreißig Zentimeter mal fünfzehn Zentimeter an. Laßt das Splintholz dran, denn er soll etwas nachgiebig sein. Über die senkrechten Stützen muß ich noch nachdenken, weil sie eine seltsame Form haben müssen.«

*Im Augenblick ist das alles nur ein großes Spiel,* beruhigte er sich. *Alle machen mit und haben ihren Spaß. Mit etwas Glück habe ich ein fertiges und funktionierendes Katapult, bevor das nachläßt, und sobald sie sehen, wie es tatsächlich den Stein schleudert, müßte alles in Ordnung sein.*

Ich hoffe es zumindest, denn sonst stecke ich in echten Schwierigkeiten.

*Diese Seile werden reißen, ich weiß es genau.* Aber sie taten es nicht, genausowenig wie die Sperrstange oder die Spannvorrichtung oder eines der anderen Teile brach, über denen Temrai zweifelnd den Kopf geschüttelt hatte, als er sie zum Abkühlen ins Wasser getaucht hatte. Schließlich gab die Spannmannschaft den Versuch auf, der Winde ein weiteres Klicken zu entlocken; die Spannhebel wurden herausgezogen, und jemand sicherte den Wurfarm.

Es war soweit. Jetzt mußte man nur noch einen Stein in die Aushöhlung des Löffels plazieren und das Katapult auslösen.

Temrai stand auf. Er war erschöpft und völlig verdreckt; Blut tropfte aus mehreren kleinen Schnitten und von den aufgeschürften Fingerknöcheln. Mehr als alles andere auf der Welt wollte er den Befehl geben, die Leine zu lösen.

*Es kann nicht beim ersten Mal funktionieren. Nichts funktioniert beim ersten Mal. Bei den Göttern, wir können unser ganzes Glück nicht so früh aufbrauchen, wir benötigen es später noch. Was ist, wenn der Wurfarm bricht oder die Stützen zu schwach sind und das ganze Ding in tausend Stücke zerfällt? Ich sollte alle ein Stück zurücktreten lassen, damit niemand von fliegenden Splittern verletzt werden kann.*

Wenn ich das hier tue, wird es niemals wieder so sein wie zuvor. »Also gut«, rief er. »Los.«

Der Mann, der für das Ziehen der Abschußleine zuständig war – einer aus Kossanais Mannschaft, ein Nomade, der sich als fähiger Maschinenbauer entpuppt hatte –, riß heftig an der Leine und löste den sorgfältig geformten Haken, der das Windenseil mit dem Wurfarm verband. Der gewaltige Holzlöffel schoß nach vorn und klatschte gegen das am oberen Querbalken befestigte Filzpolster; es klang, als würde eine riesige Mutter ihr ebenso riesiges Kind züchtigen. Das Katapult hüpfte zwanzig Zentimeter in die Luft und landete wie eine Katze auf dem Boden. Und der Stein flog.

Temrai sah zu, wie er in den Himmel stieg, langsamer wurde, stehenblieb und nach unten stürzte, wobei er beim Abwärtsflug noch an Geschwindigkeit zulegte. Der Stein landete nicht da, wo Temrai erwartet hatte, er flog gute neun Meter weiter, und als er landete, konnten alle den Aufprall spüren. Er stürzte auf einen kleinen Felsvorsprung, verursachte ein krachendes Geräusch, das von den Hügeln widerhallte, prallte zurück und landete mit lautem Platschen und von einer dramatischen Fontäne begleitet im Fluß.

Totenstille. Einen Augenblick später schwärmten Kossanais Leute um das Katapult herum, inspizierten dies und das und versicherten sich gegenseitig in freudigem Unglauben, daß dieser Balken nicht zerbrochen und jener Bolzen sich nicht verformt hatte, daß es funktioniert hatte, daß das verfluchte Ding tatsächlich funktioniert hatte!

Sie waren die einzigen, die sich bewegten oder sprachen; der Rest der Versammlung starrte schweigend in die Ferne und berechnete im Kopf das Gewicht des Steins und die Entfernung, die er zurückgelegt hatte, stellte sich die Gewalt des Aufpralls vor und was er anrichten könnte. Temrai konnte hören, was sie dachten: *Mit diesem Gerät sollte man vorsichtig sein, damit kann man jemanden verletzen.*

*Nun, ja. Genau darum ging es doch. Oder hattet ihr das nicht begriffen?*

Mühsam riß sich Temrai aus der allgemeinen Betäubung los und ging zum Katapult. Der Clan beobachtete jeden seiner Schritte; es war, als sei dieses Hinübergehen zum Katapult ein politischer Akt, das Verkünden einer neuen und ziemlich schrecklichen Politik. Auf einmal wollte er am liebsten sagen, daß es ihm leid tat, und sie dafür anschreien, daß sie wie betäubt dastanden, er wollte ihnen befehlen, das Katapult so schnell wie möglich wieder zu demontieren, aber er hätte sich auf jeden gestürzt, der es auch nur schief angesehen hätte. Er wußte nicht, was er denken sollte. Vor allem hatte er Angst.

*Wovor, Temrai? Du kannst Perimadeia schlecht plündern, indem du es mit Blumen bewirfst. Willst du Perimadeia wirklich plündern? Alle diese Menschen töten?*

Wir tun so etwas nicht. Das tun nur sie.

Was haben sie dir je angetan?

Er blickte sich langsam um, bis er Kossanai entdeckt hatte, der mit einem Holzhammer einen Keil zurechtklopfte. »Irgendwelche Beschädigungen?«

»Nein«, erwiderte der ältere Mann. »Von ein paar Verbindungsstreben und Nieten abgesehen, die sich etwas bewegt haben, ist es völlig in Ordnung. Wir haben es geschafft, Temrai. Ist das nicht toll?«

Temrai lächelte, streckte den Arm aus und tätschelte den Wurfarm, als wäre es sein Lieblingspferd. »Gut«, sagte er. »Jetzt müssen wir nur noch dreihundert weitere von diesen Schönheiten bauen.« Er hob die Stimme, damit alle ihn hören konnten. »Kommt schon, steht nicht da rum und liegt euch in den Armen, wir haben zu tun.«

# 9

Eines frühen Morgens führte ein Mann eine Schar schwer mit Trockenfeigen beladener Esel über die Brücke der Viehhändler in die Stadt hinein. Er war müde und gereizt, da er bei einer Abkürzung durch einen Sumpf – um einer Zollbrücke zu entgehen – einen Schuh verloren hatte. Seine Füße schmerzten, die Abkürzung hatte die Reise verlängert, statt sie zu verkürzen, und er hatte zwar die Zollbrücke glücklich umgangen, aber dafür hatte er die Nacht in einer schmutzigen und unverschämt teuren Herberge verbringen müssen und aus diesem Grund doppelt soviel ausgegeben, wie er gespart hatte. Mehr als alles andere in der Welt wollte er jetzt einen ordentlichen Schluck zu trinken und ein schönes heißes Bad.

Nach dem Bad fühlte er sich schon sehr viel besser, doch jetzt störten noch der struppige Bart und die verfilzten Haare. Bevor er zum Markt ging, um seine Esel einzusammeln und seinen Stand aufzubauen, besuchte er einen kleinen Barbierladen, in dem gerade ein Platz frei war, als er daran vorbeiging. Er warf sich auf den Stuhl, stellte die Füße auf die Fußbank und bat den Barbier, sich alle Mühe zu geben.

Nach dem warmen Bad und dem dabei getrunkenen Wein fühlte er sich milde gestimmt und im Einklang mit seiner Umwelt, und zufälligerweise gehörte er zu der Sorte von Mann, die, wenn sie sich wohl fühlen, ins Plaudern geraten. Das war ein weiterer Grund für die Rasur und den Haarschnitt, denn wie allseits bekannt ist, sind Barbiere beim heiligen Kodex ihres uralten und verehrungswürdigen Handwerks zum Zuhören verpflichtet.

Er fing an mit den Worten »Schöner Tag heute« und machte mit einem ausführlichen Bericht über seine Reise weiter, mit besonderer Erwähnung der räuberischen Natur von Sümpfen und der böswilligen Kosten von Zollbrücken und Herbergen, schweifte längere Zeit zu seiner Lebensgeschichte und Geschäftsphilosophie ab, sprach vier Minuten lang fast ohne Luft zu holen über den Neffen seiner Frau – den er auf ihr Geheiß als Helfer hatte einstellen müssen und der vollkommen unfähig war – und bedauerte gerade die Bürger der Stadt wegen ihrer Probleme mit den Nomaden, als der Barbier ihn unterbrach.

»Probleme?« fragte der Barbier. »Was für Probleme?«

Der Feigenhändler wölbte die Brauen. »Ihr wißt schon, was sie da flußaufwärts treiben. Die ganzen Dinger, die sie bauen.«

»Was für Dinger?«

»Wollt Ihr damit sagen, Ihr habt noch nichts davon gehört?« Ohne zu zögern machte sich der Feigenhändler an eine farbige Beschreibung der Dinge, die er im Vorbeigehen vom anderen Flußufer aus gesehen hatte; gewaltige Holzstapel, ein von Flößen fast blockierter Fluß, gewaltige Sägegruben, alle möglichen Arten seltsam aussehender Holzkonstruktionen, um die Männer herumliefen und sich gegenseitig Anweisungen zuriefen. Dann fügte er noch hinzu, daß es sich dabei ausschließlich um Katapulte gehandelt hatte.

»Was für Katapulte?«

Na, die Katapulte eben, die die Nomaden an dieser Furt machten. Mit »machen« hatte er sagen wollen, daß sie sie bauten, zusammensetzten, testeten – sie schleuderten große Felsen durch die Gegend wie ein Haufen Kinder Schneebälle – und dann wieder in ihre Einzelteile zerlegten, die sie auf Wagen verluden. Der Barbier mußte doch von den Katapulten gehört haben?

Der Barbier fragte den Mann, ob er sicher sei. Der Feigenhändler erwiderte, natürlich sei er sicher, schließlich habe er es mit eigenen Augen gesehen. Der Barbier bat ihn, es ihm noch einmal zu erzählen. Der Feigenhändler erzählte ihm die Geschichte noch einmal.

»Oh, Scheiße«, sagte der Barbier und rannte mit dem Rasiermesser in der Hand los und ließ den Feigenhändler mit halbem Bart und einem Handtuch um den Hals in seinem Stuhl zurück.

Der Grund, warum sich der Barbier die Geschichte so zu Herzen nahm, lag darin, daß er als junger Mann – bevor er alt genug gewesen war, um es besser zu wissen – als einer von Maxens Kavalleristen achtzehn Monate in der Steppe verbracht hatte, bevor er einem Nomadenpfeil im Weg gestanden hatte und für tot gehalten und zurückgelassen worden war. Er hatte zwei Jahre gebraucht, um wieder nach Hause zu kommen, und selbst nach all diesen Jahren schlief er nur selten, ohne davon zu träumen.

Als er auf den Markt stürmte, mit dem Rasiermesser herumfuchtelte und brüllte: »Die Wilden kommen, die Wilden kommen!« zogen die Bürger den naheliegendsten Schluß, schlugen ihn bewußtlos und warfen ihn in einen Kohlenschuppen, wo er seinen Rausch ausschlafen konnte; eine mitfühlende Seele hatte sogar die Geistesgegenwart, ihn von seinem Geldbeutel zu befreien, nur für den Fall, daß er sich an den scharfen Kanten seiner Münzen schnitt, wenn er sich in seiner trunkenen Raserei herumwälzte. Erst zwei oder drei Stunden später konnte der Barbier flüchten, als der Besitzer des Kohlenschuppens kam, um Kohle zu holen, und diesmal begab er sich – etwas beherrschter – zum nächsten Posten der Wache.

Glücklicherweise kannte ihn der diensthabende Sergeant und war bereit, ihm zuzuhören. Auf diese Weise erreichte Perimadeia die Nachricht von Temrais Vorbereitungen, vierzehn Wochen nachdem er die Stadt verlassen und sein Lebenswerk in Angriff genommen hatte.

Wie die meisten Angehörigen der Wache war der Sergeant nur ein Teilzeitverpflichteter, an einem von zehn Tagen Soldat und den Rest der Zeit Schankwirt. Als er Meldung gemacht hatte – eine langwierige Angelegenheit; er mußte den Bericht einer scheinbar endlosen Reihe von Offizieren vortragen, die danach alle darauf bestanden, sich genau das gleiche noch einmal von dem armen, zu Tode erschrockenen Barbier bestätigen zu lassen –, war seine Schicht schon lange vorüber, und es war höchste Zeit, in die Schenke zurückzukehren, wo seine Frau und die Tochter mit dem abendlichen Andrang beschäftigt sein würden. Er machte nur noch einen kurzen Abstecher in die Wachstube, um seine Ausrüstung loszuwerden, eilte nach Hause, band sich schnell die Schürze um und fing an, Krüge mit Zider zu füllen.

Nachdem der Andrang etwas nachgelassen und er Gelegenheit gehabt hatte, ein bißchen zu verschnaufen und selbst ein paar hart verdiente Becher zu trinken, verlor er keine Zeit, diese außerordentlich interessante Neuigkeit, die ihm glücklicherweise zu Ohren gekommen war, unters Volk zu bringen. Diesmal hörten die Leute zu, da die Nachricht von einem respektierten Mitglied der Gemeinschaft kam statt von einem betrunkenen Barbier. Und nachdem sie zugehört hatten, gerieten sie in Panik.

Es scheint ein perverses Naturgesetz zu sein, daß sich ein Gerücht um so schneller in der Bevölkerung verbreitet, je größer die Stadt ist. Die Kunden des Sergeanten, die nach Hause liefen, um sich zu vergewissern, daß ihre Häuser noch standen und nicht gerade von fellbekleideten Barbaren geplündert wurden, riefen die Neuigkeit jedem Bekannten zu, der ihnen unterwegs begegnete. Da es sich um die Zeit des Tages handelte, zu der die Bürger für gewöhnlich mit ihren Frauen und Familien in ihrem ureigenen Viertel einen Verdauungsspaziergang unternahmen, dauerte es nicht lange, bis die Straßen und Höfe voller Menschen waren, die hektisch in alle Richtungen stürmten und jedem, der es vielleicht noch nicht mitbekommen hatte, die Neuigkeit zuriefen. In der Zwischenzeit hatten sich die ursprünglichen Überbringer der Nachricht davon überzeugt, daß ihre Häuser noch nicht niedergebrannt und ihre Besitztümer und geliebten Menschen noch mehr oder weniger unversehrt waren, und sie strömten stadteinwärts, um ein Regierungsgebäude zu finden, vor dem sie sich versammeln und verlangen konnten, daß sofort etwas unternommen wurde.

In kürzester Zeit waren die Straßen zu einem aufregenden Ort geworden. Es bildete sich eine Menschenmenge, Leute liefen herum und rempelten einander an, das Gerücht mutierte und beschwor angebliche Gruppen von Wilden herauf, die vor den Toren standen beziehungsweise sich innerhalb der Mauern befanden beziehungsweise durch die Hauptabwasserrohre gekommen waren und mit Feuer und Schwert das Gerberviertel dem Erdboden gleichmachten. Wie immer kam es zu einer regelrechten Epidemie von Raufereien, jemand schaffte es, das Viertel der Teppichknüpfer anzuzünden, und ein paar vernünftigere Opportunisten ergriffen die Gelegenheit, im allgemeinen Chaos ohne Geld einzukaufen.

Der Präfekt der Stadt sandte die Wache aus, um die Ordnung wiederherzustellen, aber da die Tagschicht beendet war, waren alle Wächter nach Hause gegangen, und die Nachtschicht versuchte entweder, durch die überfüllten Straßen zu kommen oder zusammen mit Freunden und Nachbarn an dem Spaß teilzuhaben. Der Präfekt benachrichtigte also den Lordkanzler, damit dieser die reguläre Armee mobilisierte. Der Lordkanzler erinnerte den Präfekten daran, daß es abgesehen von den Vollzeitsoldaten des Präfekten keine reguläre Armee gab. Nach kurzem Nachdenken begaben sich der Präfekt, der Lordkanzler und ihre Generalstäbe unauffällig zu ihrem Privattor in die Mittelstadt und machten es hinter sich fest zu.

Am nächsten Morgen bot die Stadt einen traurigen Anblick, und den Bürgern, die während der Festivitäten auf der Strecke geblieben waren und die Nacht dort verbracht hatten, wo sie zusammengesackt waren, konnte man es nicht übelnehmen, daß sie glaubten, die Stadt sei in der Zwischenzeit tatsächlich vom Feind geplündert worden. Das Feuer im Viertel der Teppichknüpfer hatte sich ausgebreitet und vier benachbarten Bezirken ziemlich zugesetzt, bevor es den Fluß erreicht hatte und mangels weiterer Nahrung erloschen war. Eine bemerkenswerte Zahl von Geschäften und Ständen war von den fröhlichen Opportunistenbanden besucht worden; Schenken und Weinhandlungen hatte es am schlimmsten getroffen. Überall lagen stöhnende Männer herum, hinzu kamen noch einige, die weder stöhnten noch sich bewegten. Als die Stadtwache es endlich geschafft hatte, eine Abteilung zusammenzubekommen, und den Mut gefunden hatte, ihre Posten zu verlassen, gab es von ein paar schlafenden Betrunkenen abgesehen niemanden mehr zu verhaften, also schickten sie ihren Vorgesetzten in der Mittelstadt eine Nachricht, um sie wissen zu lassen, daß sie sich wieder gefahrlos sehen lassen konnten, und fingen an, den Schlamassel aufzuräumen.

Zu den wenigen Bürgern, die die ganze Nacht zu Hause geblieben waren und nicht bemerkt hatten, daß etwas Ungewöhnliches passiert war, gehörte auch Bardas Loredan. Seine Schüler hatten am Vortag die letzte Gildenprüfung ablegen müssen, und alle hatten bestanden. Das kleine Wunder hatte nach einer bescheidenen Feier verlangt, die mittags begonnen hatte und erst zu Ende gegangen war, als Loredan, der letzte Überlebende des Gelages, etwa zu der Zeit in einer Schenke aufgewacht und nach Hause getaumelt war, in der der Barbier aus dem Kohlenlager geflohen war. Er wurde zum erstenmal mit dem nächtlichen Volksfest konfrontiert, als er mühsam zum Bäcker an der Ecke torkelte, nur um herausfinden zu müssen, daß es den nicht länger gab.

Er stand einen Augenblick lang da und rieb sich die Augen, dann kam ein Mann vorbei, den er vom Sehen kannte, und Loredan packte ihn schnell am Arm.

»Der Bäckerladen«, murmelte er. »Was ist damit passiert?«

Der Bericht, den er erhielt, war die fünfte oder sechste Variante der Originalgeschichte; demzufolge hatte ein Verrückter das Gerücht in die Welt gesetzt, die Wilden stünden vor den Toren, und alle hatten für kurze Zeit den Verstand verloren. Das hätte einem Mann mit einem Kater eigentlich reichen müssen, aber sobald Loredan klargeworden war, daß es sich bei den erwähnten Wilden um das Steppenvolk handelte, entschied er sich, der Sache auf den Grund zu gehen. Das erwies sich als ziemlich schwierig, und er hatte sich schon fünf deutlich voneinander abweichende Versionen angehört, als er um eine Ecke bog und sich einer aus vier Mann bestehenden Abteilung der Stadtwache in voller Rüstung und mit halbgespannten Bögen gegenübersah.

»Bardas Loredan?«

»Ja, das bin ich«, bestätigte Loredan verblüfft. »Was …?«

»Wir haben nach Euch gesucht«, sagte der Korporal grimmig. »Ihr müßt uns begleiten.«

»Aber ich habe nichts – ich war zu Hause und habe geschlafen.« Er trat einen Schritt zurück. »Hört zu, was soll das?«

»Befehle«, sagte der Korporal. »Kommt schon, etwas flotter.«

Obwohl Loredan den Eindruck hatte, daß an diesem Morgen Lebhaftigkeit jenseits seiner stark eingeschränkten Möglichkeiten lag, gehorchte er, und kurz darauf fand er sich vor dem Eingang zur Unterkunft des Patriarchen wieder. Er wollte gerade protestieren, als sich die Tür öffnete und ein prächtig gekleideter Offizier in vergoldeter Rüstung herauskam und ihm brüsk befahl, ihm zu folgen. Mehrere Treppenaufgänge und anderthalb Kilometer Korridor später mußte er vor einer schmalen Tür in einem Kreuzgang stehenbleiben, der einen wirklich ansprechenden Garten mit einem Springbrunnen in der Mitte umgab. Der Offizier klopfte an die Tür und stieß Loredan in den Raum.

Drinnen war es angenehm kühl und dunkel. Er war noch nie zuvor in dem Gebäude gewesen, aber aus dem, was er den Erzählungen anderer entnommen hatte, vermutete er, daß es sich um eines der Ordenshäuser handelte. Sobald sich seine Augen an das Dämmerlicht gewöhnt hatten, sah er, daß etwa fünfzehn Personen anwesend waren, von denen einige auf den

Steinbänken saßen, die den kreisrunden Raum umgaben, während andere in der Mitte standen und leise debattierten. Er erkannte den Präfekten, einen kleinen, älteren Mann mit krausem weißem Haar, sowie ein paar Offiziere aus dem Stab des Lordkanzlers; hinten auf der gegenüberliegenden Seite saß Patriarch Alexius auf einem weißen Marmorthron und sprach mit einem langen, dünnen Mann, der zu seiner Rechten saß. Alexius schaute auf, entdeckte ihn und winkte ihn heran. Bevor er jedoch der Bitte Folge leisten konnte, fing ihn ein noch prächtiger gekleideter Offizier ab und führte ihn zum Präfekten.

»Seid Ihr Loredan?« wollte der Präfekt wissen.

Loredan nickte.

»Dem Himmel sei Dank«, erwiderte der Präfekt. »Ich komme sofort zur Sache. Die Gerüchte über einen Angriff aus der Steppe entsprechen der Wahrheit.«

»Aha«, sagte Loredan.

»Darüber hinaus«, fuhr der Präfekt fort und runzelte leicht die Stirn, als wollte er andeuten, daß Loredan die erforderlichen Spezifikationen irgendwie nicht erfüllt hatte, »haben sie anscheinend irgendwo schwere Ausrüstung herbekommen. Belagerungsmaschinen, Katapulte, wir wissen nicht genau, was sie haben oder wer sie damit ausgerüstet hat. Worauf es ankommt: Wir nehmen diese Bedrohung sehr ernst, und wir haben uns entschieden, als erste zuzuschlagen.«

»Entschuldigung«, unterbrach Loredan ihn. »Wer genau ist *wir?*«

Der Präfekt stockte, als hätte man ihm gerade eine Frage gestellt, auf die er keine Antwort wußte. »Die Zivilbehörden«, erwiderte er. »Ich, der Lordkanzler, die verschiedenen Amtsleiter und natürlich der Patriarch.« Er runzelte die Stirn, dann fuhr er fort. »Wie Euch genau bekannt sein dürfte, haben wir allerdings das Problem, daß uns im Augenblick keine schwere Kavallerie zur Verfügung steht, um den Schlag auszuführen. Nun wart Ihr der letzte Mann, der die schwere Kavallerie befehligt hat, also schien es nur logisch, Euch von Anfang an zu involvieren. Ich habe Euch bereits einem Stab zugeteilt, und …«

»Entschuldigt …«

»Ihr könnt in einem der Räume arbeiten, die wir hier in Beschlag genommen haben, bis man Euch ein ständiges Büro zuteilt. Meine Leute werden den Großteil der eigentlichen Rekrutierung übernehmen, aber Ihr werdet einen gewissen Einfluß auf das Auswahlverfahren haben, und wir werden dafür Sorge tragen, daß Ihr auf jeden Fall umfassend in die Ausbildung und die Materialbeschaffung einbezogen werdet, auch wenn die Kontrolle des Beschaffungsbudgets natürlich bei den rechtmäßigen zivilen …«

Loredan hob die Hand. »Nicht so schnell«, sagte er. »Bitte. Ihr meint allen Ernstes, ich würde an Eurem Unternehmen teilnehmen?«

»Seid nicht albern, Mann. Ihr seid Offizier der perimadeianischen Armee. Es ist Eure Pflicht …«

Bei dem Zustand, in dem sich Loredan befand, war es ein Fehler, den Kopf zu schütteln. »Nein. Tut mir leid, auf keinen Fall. Ihr könnt mich nicht dazu zwingen. Ich bin ausgeschieden, habt Ihr das vergessen?«

Der Präfekt sah aus, als würde er gleich explodieren. »Oberst Loredan«, sagte er, und seine Worte hätten mächtig soldatisch und autoritär geklungen, wäre seine Stimme nicht ganz so schrill gewesen, »Ihr scheint nicht zu verstehen. Ich befehle Euch …«

»Fahrt zur Hölle«, fauchte Loredan. Der Präfekt wich unwillkürlich einen Schritt zurück und trat dem hinter ihm Stehenden auf die Zehen. »Und nennt mich nicht Oberst. Ich gehe nach Hause, bevor ich meine Selbstbeherrschung verliere.«

»Ihr werdet mir zuhören«, quiekte der Präfekt. Männer drehten sich um und starrten zu ihnen herüber. Loredan schritt auf die Tür zu, aber einer der schneidigen Offiziere stand genau im

Weg. Loredan entschied, wirklich nicht in der Verfassung für einen Faustkampf zu sein, und gab nach.

»Hört zu, Ihr wollt mich nicht haben. Es ist zwölf Jahre her, und seht mich an, ich bin am Ende. Ihr müßt doch Hunderte von Männern haben, die …«

Noch während er dies sagte, wechselte er mit dem Schneidigen einen Blick, und ihm dämmerte die Wahrheit. *Es gibt sie nicht; nur diese Pfauen hier und die Teilzeitverpflichteten. Oh, verflucht noch mal …*

»Wartet mal«, sagte er. »Was ist mit der Kaiserlichen Wache? Und da wir gerade dabei sind, was ist mit dem Kaiser? Sollte er nicht etwas unternehmen …?«

Um ihn herum wurde es plötzlich ganz still, als hätte er etwas unglaublich Dummes gesagt. *Sie geben sich alle Mühe, nicht zu lachen. Was habe ich gesagt?*

»Oberst Loredan«, sagte der Präfekt mit einem Seufzer. »Es gibt keinen Kaiser. Wußtet Ihr das nicht?«

Als die Kundschafter auftauchten, überwachte Temrai gerade die Verladung der ersten Tribockteile. Die Steinschleudern hatten sich als leichter zu konstruieren erwiesen als die Katapulte, aber ihre Größe und ihr Gewicht verursachten ganz neue Probleme, und Temrai war zu müde und ausgelaugt, um unverzüglich Lösungen aus dem Hut zu zaubern.

»Was ist denn jetzt schon wieder?« fragte er, als hinter ihm ein Mann erschien, gerade als er zum erstenmal in vierundzwanzig Stunden etwas essen wollte. »Hör zu, wenn es etwas ist, das du genausogut selbst entscheiden kannst, dann …«

»Eine Botschaft von den Spähern.« Er kannte den Mann. Es war Hedasai, und ihm kam es in den Sinn, daß er nicht hätte hier sein dürfen.

»Und?«

Hedasai zögerte kurz, bevor er antwortete. »Wir finden, du solltest es dir selbst ansehen. Es könnte Ärger bedeuten.«

Temrai sah zu ihm hoch, ein Stück nun in Vergessenheit geratene gesalzene Ente in den Fingern. »Was für Ärger? Weitere Beobachter von flußabwärts?«

»Wir glauben, es ist mehr als das. Es sieht so aus, als könnte es eine Armee sein.«

»Verflucht.« Das kam zum denkbar ungünstigsten Zeitpunkt. Ein wilder Kampf gegen schwere Kavallerie vor dem Baulager an der Furt, wo zweihundert zerlegte Katapulte und fünfzig Steinschleudern lagerten – als hätte er nicht so schon genug Sorgen. Er wollte nicht kämpfen. Außerdem hatte er keine Ahnung, wie man eine Schlacht plante.

Andererseits hatte er auch nicht gewußt, wie man Katapulte baute.

Nun war eben der Zeitpunkt gekommen, eine Falle aufzustellen, die hoffentlich funktionierte, wenn er das Erreichte verteidigen wollte. Eine Falle für die Kavallerie aus der Stadt. Der Gedanke ließ ihn schaudern. Aber er hatte keine andere Wahl.

Als die Reserve des Feindes plötzlich aus dem Nichts erschien, sich auf den hinteren Teil der Kolonne stürzte, sie halb im Wasser und halb am Ufer des Flusses festnagelte und die ganze Truppe in haltlose Verwirrung stürzte, verspürte Loredan nur ein vages Gefühl der Erleichterung. Das Schlimmste war passiert, es war unwahrscheinlich, daß noch weitere unerfreuliche Überraschungen auf sie warteten. Nun konnte er es nur noch auskämpfen, und dann würde für heute alles vorbei sein. Selbst als die Männer hinter ihm tot von ihren Pferden ins Wasser stürzten, wußte er, daß er nicht sterben würde; nicht hier und nicht auf diese Weise. Diese Ruhe war seltsam, dieses Gefühl, bei allem nur ein Beobachter zu sein. Vielleicht lag es daran, daß er so etwas erwartet hatte, seit sie die Stadt verlassen hatten. Nun geschahen die Dinge genauso, wie er es sich gedacht hatte. Es fing an, auf gewisse Art Sinn zu machen. Wie der Alte immer gesagt hatte: der Feind, den du siehst, ist das kleinste deiner Probleme.

Sein größtes und fast unlösbares Problem, nämlich seine fünf sogenannten Mit-Befehlshaber, hatte man für ihn gelöst. Zwei von ihnen waren bereits tot. Was die restlichen drei anging, nun, falls sie noch am Leben waren, konnten sie nicht mehr viel Schaden anrichten. Er zog hart am linken Zügel, hob den Säbel und wählte einen der Feinde aus, um an ihm seine Wut abzureagieren.

Es war natürlich alles sein Fehler gewesen. Hätte er sich nicht in der Hoffnung, von jemand anderem abgelöst zu werden, so lautstark und penetrant darüber beschwert, daß man ihm den Befehl über dieses lächerliche Unternehmen aufgezwungen hatte, hätte man ihm am Tag vor dem Aufbruch der Strafexpedition nicht fünf Schwachköpfe untergeschoben, von denen jeder der Überzeugung gewesen war, er sei der tonangebende Befehlshaber und die anderen fünf nur Dekoration.

Um Himmels willen, *sechs* Generäle. Der reinste Irrsinn, egal, unter welchen Umständen. Sechs Generäle, die fünftausend nicht ausgebildete Freiwillige befehligten; das bedeutete, daß sie niemals eine Chance gehabt hatten.

Der Nomade galoppierte mit angelegtem Speer direkt auf ihn zu. Loredan sah ihn herankommen, riß sein Pferd im letzten Augenblick herum und ließ den Gegner an sich vorbeirasen. Dabei durchtrennte er mit einem kurzen Hieb die Wirbelsäule des Mannes oberhalb der Schultern. Etwas traf ihn eine Handbreit oberhalb des linken Knies; es fühlte sich wie ein Schwert oder eine Axt an, doch der Schlag verpuffte wirkungslos an der schweren Rüstung und der darunterliegenden Polsterung. *Verdammter Amateur, schlage niemals zu, es sei denn, du erreichst etwas mit dem Schlag. Du solltest sie töten oder in Ruhe lassen.* Loredan wußte bereits, wo sich der andere Mann befinden würde, noch bevor er sich ganz herumgedreht hatte. Der feindliche Reiter war fast schon an ihm vorbei, aber er war noch nicht so weit weg, daß er vor einem Stich unter die Achselhöhle sicher war, wo eine Lücke in der Lederrüstung ein hübsches Ziel bot, in das eine Klinge eindringen und das Herz erreichen konnte. Die eigene Vorwärtsbewegung des Toten zog ihn von der Klinge; Loredan sah nur lange genug zu, um ihn nach vorn sacken zu sehen, dann trieb er sein Pferd an und ritt auf eine Lücke im Handgemenge zu. Er erreichte nichts, indem er hier Leute tötete, und er brauchte Zeit zum Nachdenken.

Die vielen Leute, die ihm im Weg standen, versperrten ihm die Aussicht, aber es schien ziemlich sicher zu sein, daß sie hinten und vorn eingeschlossen waren, mit dem tiefen Wasser des Flusses auf beiden Seiten. Das bedeutete, daß es keine andere Möglichkeit gab, als sich entweder vorn oder hinten einen Weg zu erzwingen. Man konnte davon ausgehen, daß sich die Hauptstreitmacht des Feindes hinter ihnen befand, da das seine logische Rückzugslinie war. In diesem Fall mußte er zur Spitze und versuchen, einen Durchbruch durchs Lager der Nomaden zu schaffen, vielleicht konnte man sie mit dem Versuch, sich zwischen das Lager und den Hügelkamm zu setzen, sogar aus dem Gleichgewicht bringen. Wenn es ihm nur gelang, die Dinge in Bewegung zu halten, bestand sogar die Chance, sich von den hinter ihnen befindlichen Gegnern abzusetzen, es bis zu der feindlichen Abteilung zu schaffen, die die Flanken aus dem Hinterhalt angegriffen hatte, sie in Panik zu versetzen, das zu retten, was von seinen Leuten flußaufwärts übriggeblieben war, und dieses Desaster mit einem Anschein von Ordnung hinter sich zu lassen.

Aber der Reihe nach. Er riß das Pferd herum und erzwang sich einen Weg durch die Masse ängstlicher Männer, die das Zentrum seines Zuges bildeten. Es wäre ziemlich schwierig gewesen, eine nutzlosere Ansammlung menschlicher Wesen zu finden, aber immerhin schlossen sich ihm genug von ihnen an, um ihm wenigstens etwas Stoßkraft zu verleihen, gerade genug, um die Richtung des am östlichen Ufer der Furt tobenden

Handgemenges umzukehren. Glücklicherweise ließ der Feind in seinen Anstrengungen nach; anscheinend glaubte er, genug getan zu haben und daß es ohnehin nur noch darum ging, die Arbeit zu beenden. Loredan erstach sieben Männer und hieb vier weitere in Stücke, bis er es endlich zur anderen Seite geschafft hatte; sein rechter Arm schmerzte so stark, daß er kaum atmen konnte, und nach einem Schlag auf die Helmseite, den er nicht hatte kommen sehen, hatte er das Gefühl, sein Schädel würde gleich platzen.

Der Keil aus Soldaten hinter ihm schlug eine Bresche in die feindlichen Linien – die weniger eine Formation als vielmehr eine Horde bildeten, deren Mitglieder von ihrer eigenen Anzahl dicht zusammengedrängt wurden und die offensichtlich die Lust zu kämpfen verloren hatten, da sie sich in Gedanken bereits als Sieger sahen. Und wenn man gewonnen hatte, warum dann noch das Risiko eingehen, getötet zu werden? Wieder das Denken von Amateuren. Endlich veranlaßte etwas, das eine gewisse Ähnlichkeit mit Überlebensinstinkt hatte, seinen Zug dazu, durch die Lücke zu drängen. Der Feind ließ sie ziehen, viel zu sehr mit seiner eigenen plötzlichen und unerwarteten Panik beschäftigt, um weitere Angriffe einzuleiten. Er wollte nur noch in Ruhe gelassen werden, und Loredan hatte nicht das mindeste dagegen einzuwenden. Als er über die Schulter einen Blick zurück auf den abgerissenen Strom von Reitern warf, der sich von dem Gemetzel an der Furt absetzte, war er angenehm überrascht, daß es ihm gelungen war, fast vier Fünftel seiner Männer dort rauszubekommen. Der Rest war so gut wie tot, zum Teufel mit ihnen.

*Ich bin noch immer im Geschäft*, gratulierte er sich. *Na also.*

Seine Annahme erwies sich als richtig. Das letzte, was der Feind von ihm erwartete, war ein Angriff, und als er zwischen dem Gipfel des Hügelkamms und dem südlichsten der beiden kleinen Wäldchen hangaufwärts ritt, war der Weg in den Rücken der fröhlichen Schlächter, die das umzingelten, was von seiner Flanke übriggeblieben war, frei. Sobald sie erkannten, was geschah, zogen sie sich ohne auch nur den Anschein von Gegenwehr zurück und eilten flußaufwärts, um ihn von der oberen Furt abzuschneiden, die sie für sein Ziel hielten. Eine vernünftige Annahme, trotzdem amateurhaftes Denken. Was er in diesem Augenblick am dringendsten brauchte, waren Zeit, Ellbogenfreiheit, Frieden und Ruhe; das würden sie ihm lassen, und das müßte reichen, um ihrer aller Leben zu retten. Sobald er davon überzeugt war, so viel von seiner Flanke gesammelt zu haben, wie es ihm möglich war, signalisierte er einen Rechtsschwenk und führte die Kolonne nach Osten.

# 10

Nachdem Temrai begriffen hatte, daß er noch lebte, schlug er die Augen auf und fing an zu schreien. Etwa eine Minute später befreite man ihn von seinem toten Pferd und zog ihn aus dem Wasser. Ihm wurde bewußt, daß er zitterte – wie ein Mann, der einen Anfall erlitt –, aber er konnte nichts daran ändern.

»Was ist passiert?« keuchte er. »Ich habe geglaubt, wir hätten gewonnen?«

»Das haben wir auch«, erwiderte der Mann, der seinen rechten Arm hielt, sein Onkel Anakai. »Sie fliehen. Alles in Ordnung mit dir?«

Temrai nickte. »Was ist passiert?« wiederholte er seine Frage. »Alles lief genauso wie geplant, und im nächsten Augenblick sind sie über uns hergefallen.« Er erschauerte, als er sich an das plötzliche Entsetzen erinnerte, das ihn gelähmt hatte, als der andere Mann – derjenige, der alles begonnen hatte –, die solide Mauer aus Temrais Leibwächtern durchbrach und direkt auf ihn zukam. Dabei war sein Gesicht völlig unbewegt, fast schon heiter gewesen, so daß Temrai ihn einen Augenblick lang für den Tod selbst gehalten hatte.

Er erinnerte sich, daß keine Zeit gewesen war – der Mann war vor ihm gewesen, und sein Schwertarm hatte den Stoß bereits vollendet, noch bevor sich Temrai überhaupt hatte entscheiden können, wie er reagieren sollte, aber zugleich war es auch ganz langsam passiert, so daß er Zeit gehabt hatte, über alles mögliche nachzudenken, bevor die Säbelspitze des Gegners auf der anderen Seite des Pferdehalses zum Vorschein gekommen war und sie beide ins Wasser befördert hatte. Er erinnerte sich an das außergewöhnliche Gefühl der Ruhe und der Resignation, das danach über ihn gekommen war – *oje, das war es also* –, während er darauf gewartet hatte, auf den steinigen Grund der Furt zu stürzen und die Hufe des anstürmenden Feindes in seinem Gesicht und auf seiner Brust zu spüren. Und hier war er nun, offensichtlich am Leben und ohne Schmerzen; er hatte nichts gebrochen, und es gab kein Blut, von dem er definitiv sagen konnte, das es seines war.

»Wo ist Jurrai?« fragte er und kannte die Antwort bereits.

»Hat es nicht geschafft«, erwiderte Anakai. »Der Mann, der dich erwischte, hat auch ihn erwischt. Ich glaube, er wollte dich retten …«

*Nette Idee, aber ich war dabei, schon vergessen?* dachte Temrai. *Er hat einfach nicht gewußt, was ihn da überrannt hat, genausowenig wie ich. Also ist Jurrai tot.*

Er war nicht der einzige. Wenig später wußte Temrai, daß die Perimadeianer neunhundert Mann verloren hatten. Hinzu kamen die dreihundertfünfzig Gefangenen, von denen die Hälfte mehr oder weniger schwer verwundet waren. Der Clan hingegen hatte einhundertsieben Tote und etwa siebzig Verwundete zu beklagen, davon zwanzig schwer. Es war ein in jeder Hinsicht glorreicher Sieg. Zum ersten Mal, solange man sich erinnern konnte, war der Clan gegen die gefürchteten Reiter aus der Stadt angetreten und hatte sie vertrieben. Männer und Frauen, die von ihren Müttern mit der Erwähnung Maxens und seiner Reiter zum Gehorsam gezwungen worden waren, hatten diese Schreckgespenster aufgehalten und umzingelt, in einem Kessel gefangen und beinahe schon auf die Schlachtbank geführt. Die Tatsache, daß sie es irgendwie geschafft hatten zu entkommen, bevor man ihnen die Kehlen durchschneiden konnte, war in diesem Zusammenhang weniger wichtig. Davon einmal abgesehen – je mehr Überlebende nach Hause gelangten, um die Geschichte zu verbreiten, desto größer würden die Panik und die Verwirrung ihrer Feinde sein. Ein Massaker hätte nur ihre Entschlossenheit verstärkt und den Rest der Aufgabe viel schwieriger gemacht. Und was Temrai anging, nun, sie hatten ja immer schon gewußt, daß er das Zeug dazu hatte, nicht wahr?

Gut zu wissen, daß sie die ganze Zeit recht gehabt hatten, aber es war keine Überraschung. Und so begruben sie ihre Toten und machten da weiter, wo sie aufgehört hatten.

Loredan war es egal. Eigentlich war er über die Ruhe und den Frieden sogar froh. Er reckte sich, die Hände hinter dem Kopf, die Beine ausgestreckt, die Füße überkreuzt. Die Steinbank war kalt, aber es war auszuhalten. *Ich könnte mich daran gewöhnen,* sagte er sich.

Hätte er das Gefühl gehabt, daß es ungerecht war, daß er es nicht verdiente, hier zu sein, wäre es eine andere Sache gewesen. Wie hatte es der Präfekt noch einmal genannt? *Sträfliche Fahrlässigkeit, Pflichtversäumnis, grobe Fehleinschätzung.* Dagegen konnte er nichts vorbringen, wirklich nicht. Mehr als eintausend Mann waren tot oder in der Hand des Feindes, weil er zu sehr mit Schmollen beschäftigt gewesen war, um zu bemerken, daß sie in eine Falle rannten. Sträfliche Fahrlässigkeit war eine zu milde Bezeichnung; es hätte nicht offensichtlicher sein könne, hätten sie das Wort FALLE mit zweieinhalb Meter großen Buchstaben in den Stein gemeißelt. *Wäre Maxen noch am Leben, hätte er mir für das, was ich getan habe, die Beine ausreißen lassen.*

Ja, aber Maxen war tot. Und darum war alles so gekommen.

Der Präfekt hatte befohlen, ihn unter Arrest zu stellen, bis die Untersuchungskommission zusammentreten würde. Loredan hoffte, daß das nicht zu bald geschehen würde. Ein paar Wochen hier in ruhiger Dunkelheit würden ihm richtig guttun und ihn die Schrecken vergessen lassen, bevor er vor das Volk treten und alles erklären mußte. Im Augenblick war ein Steinbett in einer Zelle unter dem Ratsgemach dem Angebrülltwerden im Ordenshaus auf jeden Fall vorzuziehen; er konnte sich problemlos die Panik drinnen und die Hysterie draußen vorstellen, den Mob, der nach jemandes Kopf verlangte, den Aufruhr unten an den Docks, wo Leute um Plätze auf auslaufenden

Schiffen kämpften, alles wunderbare Ausreden für eine weitere Nacht der Plünderungen, in der so ganz nebenbei auch noch die Türen unbeliebter Nachbarn eingetreten wurden.

Was danach geschehen würde, so konnte er einfach nicht die nötige Energie aufbringen, um sich darum zu sorgen. Vielleicht würde man ihn töten, hier in dieser Zelle oder in einer abgelegenen Wachstube auf der Mauer. Diese Art von Tod konnte er akzeptieren, irgendwie war das nicht halb so deprimierend wie damals die Vorstellung, im Gerichtssaal zu sterben, als er vor der Aufgabe gestanden hatte, für den Ruhm des Holzkohle-Kartells mit Alvise zu kämpfen. Das hätte nur wenig Sinn gemacht, sein letzter, sterbender Gedanke wäre gewesen: *Bei den Göttern, wie dumm.* Nun, genau betrachtet war diese Sache durchaus gerecht. Er schuldete den Menschen der Steppe einen Tod. So hatte er vier Fünftel der Armee nach Hause gebracht und konnte seine Schuld an den Feind immer noch bezahlen.

Jemand ging draußen im Korridor vorbei, schwere Stiefel, das Klirren von Eisen, vermutlich Schlüssel. Gab es hier unten noch andere Gefangene, oder war er der einzige? Andere Staatsfeinde, aus den Augen, aus dem Sinn? Er fragte sich, was sie getan hatten. Man mußte schon ein überdurchschnittlicher Schurke sein, um in einer dieser Zellen zu landen; in dieser Stadt reichten einfache Piraterie, Vergewaltigung oder Mord nicht aus, um freies Logis und Verpflegung zu bekommen.

*Man muß sich nur mal vorstellen, daß es keinen Kaiser gibt*, dachte er und konnte es noch immer nicht so richtig glauben. Der Präfekt war sehr sachlich gewesen, was diese Angelegenheit betroffen hatte; als hätte er über die Zahnfee oder die Kopfschmerzelfen gesprochen, Dinge, an die man nicht mehr glaubte, wenn man sieben wurde, weil man aus diesem Glauben herauswuchs. Laut dem Präfekten hatte es zu Loredans Lebzeiten niemals einen Kaiser gegeben – *aber haben wir als Kinder nicht immer Blumen für die Girlanden zu seinem Geburtstag gesammelt? Was haben sie mit diesen Hunderten von Girlanden gemacht, die jedes Jahr mit solch zeremoniellem Pomp am Tor zur Oberstadt abgegeben worden waren?* Irgendwie verursachte ihm der Gedanke tiefes Unbehagen, daß diese ganze Liebe wie im Sand versickerndes Wasser verschwendet gewesen war.

Als Callelogus IV. ohne Erben gestorben war und sich drei entfernte Cousins um die Nachfolge hätten streiten müssen – ausländische Prinzen, die die Sprache nicht kannten und deren Tischmanieren schon ausgereicht hätten, um sie in der Stadt völlig inakzeptabel zu machen –, war dem damaligen Präfekten und seinen Handlangern der Gedanke gekommen, daß wenn man dem Volk den Tod seines Kaisers verschwieg, es niemand erfahren würde, und was sie nicht wußten, konnte ihnen nicht schaden. Seit damals war die Oberstadt abgesehen von ein paar Hausmeistern und einer Handvoll Beamter, die dort ihre Amtsstuben hatten, menschenleer. Callelogus war sechsundneunzig Jahre alt geworden, und bei seinem Tod war das Diadem an einen erfundenen Neffen weitergereicht worden, den Sohn einer fiktiven Schwester, die angeblich mit dem unbekannten Prinzen eines weit entfernten Landes vor so langer Zeit verheiratet worden war, daß man von niemandem erwarten konnte, sich noch daran zu erinnern. In der Zwischenzeit blieb die Regierung der Stadt in den Händen der Männer, deren Handwerk es war, Städte zu regieren, und zwar leise und ohne großes Aufsehen. Staatssekretäre und Beamte, Männer aus der Mittelstadt, die wußten, wie man Straßen instand halten und Handelsabkommen abschließen mußte. Je länger Loredan darüber nachdachte, desto mehr bevorzugte er diese Art der Regierung. Schließlich hatten sie gute Arbeit geleistet.

Bis jetzt zumindest.

*Bei den Göttern*, dachte Loredan, *was ist, wenn die Stadt fällt?* Das war undenkbar; noch stand die Mauer, und die konnte keiner überwinden. Aber er hatte im Lager der Nomaden Katapulte und Tribocke, Belagerungsschilde, bewegliche Schutzdächer für Rammböcke und Teile von Belagerungstürmen gesehen, und er konnte den Gedanken nicht abschütteln, daß sie es hier mit einem Willen und einer Entschlossenheit zu tun hatten, die sich von dem Ruf der Stadt, uneinnehmbar zu sein, nicht abschrecken lassen würden. Wie sonst hätte es heimatlosen Wilden, die in Zelten hausten, gelingen können, solche Dinge zu bauen? Der Gedanke beunruhigte Loredan weitaus mehr als die Aussicht, selbst zu sterben.

Trotzdem, zog man alles in Betracht, würde es gerecht sein. Hier ging es nicht um Recht oder Unrecht; selbst wenn man von der Annahme ausging, daß solche Dinge tatsächlich existierten, hatten sie nichts mit den Lebenszyklen von Städten und Nationen zu tun. Der Umgang der Stadt mit den Nomadenvölkern war nicht verwerflicher als die Beziehung des Löwen zum Hirschen, aber das funktionierte beidseitig. Wenn nun die Clans an der Reihe waren, zum Löwen zu werden, dann sollte es eben so sein. Dagegen konnte man nichts machen. Man konnte nur so vernünftig sein, abzureisen und einen anderen Ort zum Leben zu finden.

Wieder ertönten draußen Schritte; diesmal machten sie vor seiner Tür halt. Eine schmale Klinge aus Licht durchschnitt die Finsternis, wurde zur Flut. Zwei Silhouetten standen in der Tür.

»Ruft, wenn Ihr fertig seid, Vater«, sagte eine Stimme, die Loredan als die des Wärters erkannte. »Ich warte hier draußen.«

Die Tür schloß sich, aber das Licht blieb; der gelbe, warme Schein ging von einer Lampe aus. Sie verwandelte die zweite Silhouette in Patriarch Alexius. Überrascht schwang Loredan die Beine von der Bank und stand auf.

»Setzt Euch«, sagte er.

»Danke, gern«, erwiderte Alexius. Im melodramatischen Licht der Öllampe sah er wie eine Leiche aus, und er brauchte eine Weile, die kleine Zelle zu durchschreiten. »So ist es besser. Laßt mich nur zu Atem kommen, ja? Die Treppen«, fügte er hinzu.

Loredan setzte sich auf den Boden, lehnte sich mit dem Rücken an die Wand und wartete darauf, daß der Patriarch etwas sagte. Er wollte nicht unhöflich sein, aber er war nicht in der richtigen Stimmung für eine Plauderstunde.

»Ihr werdet sehr bald hier raus sein«, sagte Alexius eine Minute später. »Wir hatten gerade eine ziemlich unerfreuliche Besprechung, eine Menge dummer Leute, die dumme Dinge von sich gaben; im Kern ging es darum, daß ich zum Volk sprechen und ihm befehlen werde, sich zu beruhigen und nach Hause zu gehen, außerdem lassen sie Euch frei. Ihr werdet Gelegenheit haben, vor der nächsten Besprechung zu baden und Euch zu rasieren.«

Loredan klappte der Unterkiefer herunter. »Nächste Besprechung?« wiederholte er. »Was, Ihr meint, ich bin noch immer ...?«

Alexius nickte. »Ich habe mir schon gedacht, daß Ihr darüber nicht allzu sehr erfreut sein dürftet. Ihr müßt wissen, es ist alles eine Sache der Zweckdienlichkeit. Wir brauchen Sündenböcke für die Niederlage, aber wir brauchen auch einen Helden, dem das Volk vertrauen kann.« Er seufzte, die Spuren der Erschöpfung waren in seinem Gesicht so deutlich zu sehen wie das Portrait auf einer frisch geprägten Münze. »Das werdet Ihr sein«, fuhr er fort. »Ich werde meinen Mitbürgern mitteilen, daß die fünf für die Katastrophe verantwortlichen Generäle in der Schlacht gefallen sind, Bardas Loredan hingegen hat den Tag gerettet, vier Fünftel der Armee dem Rachen des Todes entrissen und eine demütigende Niederlage in einen moralischen Sieg verwandelt ...«

»Oh, bitte, hört auf!«

»Seid nicht so undankbar«, erwiderte Alexius. »Außerdem ist es fast die Wahrheit. Und wenn Ihr so entschlossen seid, ein Märtyrer zu werden, werdet Ihr dazu noch ausreichend Gelegenheit bekommen. Ihr kennt den witzigen Teil noch nicht.«

»Erzählt ihn mir«, sagte Loredan.

Alexius versteifte sich, als ein Krampf kam und verschwand.

»So stellt sich unser erlauchter Präfekt einen Kompromiß vor«, sagte er. »Zu einem nicht weiter spezifizierten späteren Zeitpunkt werdet Ihr Euch vor Gericht zu verantworten haben.« Er verstummte kurz. »Bis dahin seid Ihr der Stellvertretende Lordkanzler, der die Verantwortung für die Verteidigung der Stadtmauer und der Unterstadt hat. Sprecht es nicht aus«, fügte er schnell hinzu. »Ich glaube, jeder ist dieser Meinung. Es ist nur folgerichtig, wer braucht schon einen Kaiser, wenn wir auch so Idioten sein können?«

»Ich glaube, das ist der größte Schwachsinn, den ich in meinem ganzen Leben gehört habe«, sagte Loredan mit geschlossenen Augen. »Und wenn ich mich weigere?«

Alexius schüttelte den Kopf. »Ich glaube nicht, daß das gestattet ist. Anders gesagt, wenn *Ihr* es nicht tut, wird keiner es tun.« Er schwieg. »Meine Idee hat ihnen leider nicht gefallen. Eine Schande. Es war eine gute Idee.«

»Tatsächlich? Was war es denn?«

»Ich wollte Euch zum Oberbefehlshaber machen«, antwortete Alexius. »Ich verstehe zwar nichts von Taktik und Schlachten, aber ich erkenne einen natürlichen Anführer, wenn ich ihn sehe.«

Loredan ging mit keinem Wort darauf ein. »Wann komme ich also hier raus?« fragte er. »Nicht, daß ich es eilig hätte.«

»Sobald man verkündet hat, daß Ihr ein Held seid. Bis dahin seid Ihr hier besser aufgehoben. Am Tor zur Unterstadt hat sich ein Mob aus mehreren tausend Menschen versammelt, der Euren Kopf auf einer Pike verlangt. Wenn sie durchkommen und hier einbrechen ...«

»Ich verstehe.« Loredan nickte. »War das auch Eure Idee?«

Alexius schüttelte den Kopf. »Das war einer dieser spitzgesichtigen Kerle aus dem Versorgungsamt«, erwiderte er. »Das sind alles Idioten, aber einige von ihnen sind überraschend berechnend.« Er lehnte sich zurück und legte den Kopf gegen die Wand. »Wenn ich darf, würde ich gern hierbleiben, bis ich meine Ansprache halten muß. Es ist hier erfreulich friedlich. Seid Ihr auf dem neuesten Stand der Geschehnisse?«

»Eigentlich nicht. Wie ist denn die Situation draußen?«

»Ruhig«, sagte Alexius. »Es hat flußaufwärts keine weiteren Aktivitäten gegeben. Soweit wir wissen, bauen sie ihre Kriegsmaschinen weiter und transportieren sie dann mit den Flößen flußabwärts. Allerdings haben sie eine Kavallerie-Eskorte – nicht mehr als drei- oder viertausend Mann – in das Lager geschickt, zu dem sie alles bringen.«

»Damit sind sie keine acht Kilometer mehr von der Stadt entfernt«, sagte Loredan nachdenklich. »Bei den Göttern, ich wünschte, wir hätten auf diese dämliche Strafexpedition verzichtet. Jetzt ist der richtige Zeitpunkt für Störangriffe, und natürlich werden wir sie aus Angst vor einer weiteren Abreibung nicht machen.« Er schaute auf. »Ich schätze, der Lordkanzler ist für sämtliche Außenoperationen zuständig?« Alexius nickte. »Was ist mit dem Rest der Truppe? Mit viertausend Mann könnten wir diese Belagerungsmaschinen ohne allzu große Probleme an ihrem Sammelpunkt zerstören …«

»Er wird nichts davon hören wollen«, erwiderte Alexius. »Und er hat da nicht ganz unrecht. Würden wir eine weitere Niederlage erleiden, vor allem in dieser Nähe zur Heimat, wäre die Stadt unregierbar. Ihr könnt Euch nicht vorstellen, wie es draußen aussieht.«

»Also bleiben wir auf unserem Hintern sitzen und warten auf die Belagerung. Was ist mit den Vorräten? Es wird nicht lange dauern, bis die Neuigkeiten das Meer überquert haben, und dann wird der Hafen voller Leute sein, die kommen, um uns ihr Getreide zu Phantasiepreisen zu verkaufen.«

»Ob Phantasiepreise oder nicht, wir haben den Präfekten autorisiert, alles zu kaufen, was er in die Hände bekommt. Nicht, daß Nahrungsmittel oder Ausrüstungsgegenstände zum Problem werden könnten; die Nomaden können nichts gegen den Schiffsverkehr unternehmen, also gibt es keinen Grund, warum wir nicht die üblichen Geschäfte abwickeln sollten. Aber es wird die Leute beruhigen, wenn wir Vorräte anlegen; vielleicht hören sie dann auf, die Bäckereien zu plündern.«

Loredan schüttelte den Kopf. »Es macht ihnen Spaß, die Bäckereien zu plündern«, sagte er. »Sie werden erst hinterher anfangen sich zu beschweren, wenn sie nicht mehr wie üblich einkaufen können, weil die Geschäfte niedergebrannt wurden.« Er lächelte. »Es sind Zeiten wie diese, die das Beste im Menschen hervorbringen. Was ist mit der Rekrutierung? Hat man schon etwas organisiert?«

»Eigentlich nicht«, sagte der Patriarch. »Im Augenblick wollen sich Tausende alter Männer und junger Burschen als Freiwillige melden, während die meisten der Männer, die dafür wirklich in Frage kämen, eifrig damit beschäftigt sind, die Stadt in Schutt und Asche zu legen und die Wache zu verprügeln. Und natürlich will jeder wissen, warum der Patriarch nicht seine magischen Kräfte einsetzt, um die Gefahr abzuwenden. Diese Frage werde ich wohl oft hören, wenn ich meine Rede halte.«

Loredan grinste. »Na ja, was nutzen einem auch all die Zauberer, wenn sie nicht mal ein paar Feuerbälle abschießen oder den Feind in Frösche verwandeln können? Da stellt sich einem doch automatisch die Frage, auf welcher Seite sie eigentlich stehen.«

»Ich glaube, der Präfekt und der Lordkanzler werden mich das auch bald fragen«, sagte Alexius düster. »Sogar ich selbst habe schon angefangen, mich das zu fragen, man möge es mir verzeihen. Dank meiner neuesten Forschungen weiß ich jetzt viel mehr über Flüche und wie sie funktionieren. Dabei fällt mir ein, hätten wir diese junge Frau von der Insel hier – die, die wir für ein Naturtalent halten …«

Loredan hob abwehrend die Hände. »Sagt es nicht«, meinte er. »Nicht, wenn Ihr wollt, daß ich diese nette und sichere Zelle noch einmal verlasse.«

»Ich war der Ansicht, daß Ihr nicht daran glaubt.«

»Das tue ich auch nicht«, erwiderte Loredan. »Aber es ist ein Unterschied, ob man einen gesunden Agnostizismus vertritt oder um Schwierigkeiten bettelt. Und damit meine ich nicht die Stadt, sondern Euch persönlich. Ihr seht aus, als wäret Ihr vor einer Woche gestorben und man hätte Euch einem Einbalsamiererlehrling zum Üben überlassen.«

Alexius lachte, und zwar anerkennender, als es die Bemerkung verdient hätte. »Das ist das Netteste, was man mir seit langer Zeit gesagt hat«, erwiderte er. »Ich muß gestehen, ich habe mich schon besser gefühlt. Aber das ist schon in Ordnung, weil es eine ganz normale Krankheit ist und nicht länger die verfluchten Nebenwirkungen unseres ... nennen wir es unseren kleinen Abstecher ins Ungewisse. Normale Krankheiten bereiten mir keine großen Sorgen.«

Loredan nickte. »Der Feind, den ich sehe, ist das kleinste meiner Probleme. Das war das Lieblingssprichwort meines alten Kommandanten, möge seine bösartige Seele in Frieden ruhen. Das ist wie der Witz über die beiden Männer auf dem Schlachtfeld; der eine wird von einem Pfeil getroffen und stürzt stöhnend zu Boden. Der andere wirft einen Blick auf die Befiederung des Pfeils und sagt: ›Keine Sorge, Kamerad, das war einer von unseren.‹ Wie sagt man heutzutage dazu? Freundlicher Beschuß?«

Alexius nickte. »Genau so fühle ich mich mehr oder weniger. Physische Krankheiten sind zwar nicht gerade spaßig, aber wenigstens hat man nicht das Gefühl, daß sie es auf einen persönlich abgesehen haben, so wie das bei der anderen Sache der Fall war.« Er seufzte. »Ich schätze, Ihr könntet sagen, es war eine selbst zugefügte Verletzung, und ich sollte aufhören, mir Dinge einzubilden.«

»Nein«, antwortete Loredan. »Denn wir werden zusammenarbeiten, und noch verfüge ich über ein Minimum an Takt.« Er rieb sich nachdenklich das Kinn. »Tatsächlich habe ich über die Angelegenheit nachgedacht, damals, als Ihr mich darüber informiert habt. Ich glaube noch immer nicht an dieses alles umfassende Naturprinzip, von dem Ihr und Euresgleichen sprecht. Das heißt, ich halte seine Existenz zumindest für nicht völlig undenkbar, es erscheint bloß so wenig faßbar, um von irgendwelcher Bedeutung zu sein ...«

»Das ist es für gewöhnlich auch«, unterbrach Alexius ihn und lächelte traurig. »Meistens zumindest. Diese ganze Geschichte mit Flüchen und Segnungen ist bloß ein unbedeutendes, irrelevantes Nebenprodukt, so wie Galläpfel an Eichen.«

Loredan nickte. »Ich muß mich da auf Euer Wort verlassen. Woran ich übrigens ebenfalls nicht glaube, ist der Zufall. Nicht in diesem Ausmaß. Ich bin daher bereit zuzugestehen, daß da *irgend etwas* vor sich gegangen ist; ich glaube nur nicht, daß einer von uns im mindesten wußte, was es war.«

Alexius lächelte. »Was das angeht, mein skeptischer Freund, bin ich völlig Eurer Meinung.«

Athli ließ sich im Schatten einer Markise müde auf eine Steinbank sinken und schaute sich um. Sie fragte sich, warum sie eigentlich im Viertel der Schreiber spazierengegangen war. Vielleicht lag es an dem Tag. Er war nicht gut gewesen. Sie hatte Loredan einen Besuch abstatten wollen, war aber nur bis zu einem Sekretär vorgedrungen, der sich nach längerem Hin und Her dazu hatte überreden lassen, einen Brief an den Oberst weiterzuleiten. Athli wußte nicht, was sie machen sollte, was ihr so noch nie passiert war. Als Loredan noch vor Gericht gekämpft hatte, hatte sie stets einen Plan gehabt, wie es im Falle seiner Niederlage weitergehen sollte. Jetzt hatte sie eine Fechtschule am Hals, die sie allein nicht weiterführen konnte, eine Gruppe von Schülern, die ihr Geld zurückverlangten, und damit keinen Verdienst in Aussicht.

»Hallo«, sagte plötzlich eine Stimme; sie kam von einer Silhouette, die sich schwarz vor der Sonne abhob. »Entschuldigt, aber seid Ihr nicht Meister Loredans Kanzlistin?«

Die Stimme war weiblich, ausländisch und recht angenehm; Athli kniff die Augen zusammen und blinzelte ein paarmal. »Ich kenne Euch doch«, antwortete sie. »Ihr seid das Naturta ...« Sie bremste sich gerade noch rechtzeitig und verschluckte den Rest des Wortes. »Ihr seid die Schwester des Händlers von der Insel. Wir haben uns in der Schenke kennengelernt, an dem Tag, als Loredan gegen Alvise gekämpft hat. Vetriz?«

»Richtig.« Vetriz nickte und nahm neben ihr Platz. »Das ist aber toll, daß Ihr Euch daran noch erinnern könnt.«

»Eine Voraussetzung für den Beruf einer Kanzlistin«, erwiderte Athli. Das war natürlich leicht übertrieben. Normalerweise hätte sie die verfluchte Frau längst vergessen gehabt, aber Loredans Schilderung seiner seltsamen Unterhaltung mit Patriarch Alexius kurz vor der Strafexpedition hatte ihre Erinnerung deutlich aufgefrischt. Jetzt verspürte sie eine seltsame Mischung aus instinktivem Abscheu und unstillbarer Neugier. Im Gegensatz zu Bardas hegte sie nicht den geringsten Zweifel an der Existenz und der Macht von Magie, und sollte diese Frau nicht angeblich die mächtigste Hexe der ganzen Welt sein? Oder so was Ähnliches?

»Ich wollte hier ein Tintenfaß kaufen«, sagte Vetriz mit einem Hauch Überraschung in der Stimme. »Aber die Auswahl ist so groß, daß ich nicht weiß, wo ich anfangen soll. Zu Hause gibt es einfache Tintenfässer und verzierte Tintenfässer, und das ist es dann auch schon.«

Athli lächelte höflich. »Solange Ihr daran denkt, niemals den verlangten Preis zu zahlen, könnt Ihr nichts falsch machen«, sagte sie, und dann fiel ihr wieder ein, daß die Frau die Schwester eines Kaufmanns war, möglicherweise selbst eine erfahrene Händlerin, die in puncto Handelsstrategien wohl kaum auf die Ratschläge der Kanzlistin eines Fechters angewiesen war. »Wie lange wollt Ihr bleiben?«

»Das weiß ich noch nicht«, sagte Vetriz. »Wir hatten eine Ladung Trockenfrüchte an Bord, und die Preise sind außergewöhnlich, was natürlich an der Invasion liegt. Hätten wir das gewußt, wären wir mit zwei Schiffen gekommen. Wie dem auch sei, wir haben die Früchte jedenfalls im Handumdrehen verkauft, und mein Bruder macht die Runde, um auszuwählen, was wir mitnehmen wollen. Wir haben den ganzen gestrigen und den größten Teil des heutigen Tages damit verbracht, uns Tauwerk anzusehen ...«

»Tauwerk?«

Vetriz nickte. »Seile. Und es kommt der Augenblick, in dem ein Lagerhaus voller Taurollen ganz genauso aussieht wie die anderen zuvor, und Ven war der Ansicht, es sei beim Aushandeln des besten Preises nicht besonders hilfreich, wenn ich gelangweilt rumstehe, daher sollte ich in der Herberge auf ihn warten. Also kam ich her, um ein Tintenfaß zu kaufen.«

»Ich verstehe«, sagte Athli. »Nun, ich will Euch nicht aufhalten.« *Sie mag ja die mächtigste Hexe der bekannten Welt sein, aber langsam geht sie mir auf die Nerven.* »An dem Stand da am Brunnen gibt es eher billige, da hinten an dem mit der purpurrot und weiß gestreiften Markise bieten sie hübsche aus geschnitztem Elfenbein an.«

Vetriz wandte sich ihr zu und lächelte. »Ihr kennt Euch offensichtlich damit aus – nun, bei Eurem Handwerk wundert mich das nicht. Wäre es schrecklich aufdringlich von mir, Euch zu bitten, mich zu beraten? Ich weiß nämlich sonst nicht, ob ich ein Schnäppchen mache oder mir irgendwelches minderwertige Zeug andrehen lasse.«

Wäre sich Athli nicht auf geradezu schmerzhafte Weise bewußt gewesen, daß sie absolut nichts zu tun hatte, hätte sie sich entschuldigt und wäre gegangen. Tatsächlich hätte sie die leichten Kopfschmerzen geltend machen können, die sie verspürte. Statt dessen murmelte sie, es sei ihr eine Freude, und führte Vetriz zu dem billigen Stand. Sobald sie einmal mit der Beratung angefangen hatte, bemerkte sie, daß sie sich langsam vom Reiz des Unternehmens mitreißen ließ. Auf die Frage, wieviel Geld ihr zur Verfügung stand, hatte Vetriz eine Summe genannt, die Athli sofort veranlaßte, die Suche zum Stand mit der purpurrot-weißen Markise zu verlagern, und das stille Vergnügen, mit anderer Leute Geld einzukaufen, ließ sie bald ihre unbestimmte Abneigung gegenüber der jungen Frau vergessen. Tatsächlich hörte Vetriz so aufmerksam zu und schien so ernsthaft an den wertvollen Informationen interessiert zu sein, daß Athli nach und nach ihre Meinung korrigierte. Diese Kehrtwendung beschleunigte sich noch beträchtlich, als Vetriz nach dem Erwerb eines schrecklich kostbaren, goldenen und mit Perlen verzierten Tintenfäßchens, dessen Preis fast schon als obszön zu bezeichnen war, darauf bestand, Athli ein kleines Geschenk für ihre Bemühungen zu machen. Für Vetriz war ein kleines Geschenk ein Taschenmesser aus gehämmertem Stahl und Walroßzahn, dessen Gegenwert eine Familie einen Monat lang ernährt hätte.

»Danke«, sagte Athli. »Es ist sehr schön.«

»Gern geschehen«, erwiderte Vetriz, und sie schien ehrlich erfreut zu sein, daß ihrer neuen Freundin das Geschenk gefiel. »Ach, gibt es hier nicht unglaublich viele schöne Dinge? Wir sollten Venart holen, dann könntest du ihn beraten, was er kaufen soll. Zu Hause kann man für solche Waren seinen eigenen Preis festlegen; ich bin davon überzeugt, sie würden einen viel besseren Gewinn abwerfen als modrige alte Seile.«

»Nun ja …«, sagte Athli und stellte sich eine neue Karriere als Hilfseinkäuferin für Schreibwaren vor. »Aber ich weiß doch gar nicht, was sich auf der Insel überhaupt verkaufen läßt.« Sie massierte sich die Schläfen mit den Fingerspitzen; die Kopfschmerzen fingen an, lästig zu werden. »Ich finde, so etwas sollte man besser Leuten überlassen, die wissen, was sie tun«, sagte sie. Erst als sie die Worte ausgesprochen hatte, wurde ihr bewußt, daß sie möglicherweise beleidigend waren.

Vetriz schüttelte den Kopf. »Wenn ich das Geschäft lernen

soll, muß ich üben«, sagte sie. »Mir gehört von allem die Hälfte, und Ven handelt bloß in meinem Namen. Ich weiß, daß ich niemals mit Mehlsäcken und Ölfässern klarkommen werde, aber es gibt keinen Grund, warum ich mich nicht auf Luxusartikel spezialisieren sollte. Ich habe es bloß nie in Betracht gezogen, weil ich nichts über die hiesigen Märkte weiß.« Sie blieb stehen, sah Athli an und strahlte. »Weißt du, ich glaube, es war Schicksal, daß wir uns über den Weg gelaufen sind. Was meinst du? Du berätst mich, ich kaufe ein, und wir dritteln den Gewinn.«

»Ich weiß nicht recht«, sagte Athli. Das Hämmern in ihrem Kopf machte es zusehends schwieriger, sich zu konzentrieren. Außerdem wurde sie das seltsame Gefühl nicht los, gedrängt zu werden; es war, als würde sie auf einem Strom flußabwärts treiben, obwohl sie doch flußaufwärts wollte. Andererseits hörte es sich nach einem durchaus gewinnträchtigen Unternehmen an. »Na schön, wenn es dir wirklich ernst damit ist. Aber mußt du dir nicht erst Geld von deinem Bruder besorgen?«

»Äh, ehrlich gesagt, nein«, erwiderte Vetriz mit gesenkter Stimme und grinste leicht durchtrieben. »Erzähl es um Himmels willen nicht Venart, aber ich habe eigenes Geld mitgenommen, nur für den Fall, daß sich mir eine lohnende Investition bietet. Ich habe schon länger darüber nachgedacht. Ich habe vor, Ven in dem Glauben zu lassen, daß alles, was ich kaufe, für meinen persönlichen Bedarf bestimmt ist. Wenn ich damit Verlust mache, muß er es nicht erfahren. Und gelingt es mir, einen Gewinn zu machen, kommt das Geld wieder rein – natürlich abzüglich deines Anteils –, und ich kann bei unserem nächsten Besuch noch mehr einkaufen – was schon recht bald sein dürfte, wenn ich mir die Preise hier ansehe. Komm, machen wir einen Handschlag wie richtige Geschäftspartner und schließen den Handel ab.«

»Also gut«, sagte Athli. Doch als sie sich die Hände schüttelten, konnte sie sich der Frage nicht erwehren, was sie da eigentlich zu tun glaubte. *Was hat diese seltsame Faszination zu bedeuten, die Loredan und ich anscheinend auf diese Leute ausüben? Ich habe diese Frau nur einmal zuvor gesehen, und jetzt hat sie mich zur Geschäftspartnerin gemacht. Ganz abgesehen davon, daß sie Loredan von seinem Fluch befreit hat. Sagte er nicht auch was von Kopfschmerzen? Ich könnte mich bestimmt daran erinnern, würde mir der Kopf nicht so weh tun.*

# 11

Loredan erhielt Athlis Brief, als man ihn aus der Zelle zu seiner ersten Ratssitzung als Stellvertretender Lordkanzler führte. Er las ihn, fühlte sich irgendwie schuldig, faltete ihn wieder zusammen und schob ihn sich unter den Gürtel.

Diesmal war das Ordenshaus bis zum Bersten gefüllt, und es waren so gut wie keine bekannten Gesichter darunter. Er hoffte, daß das ein gutes Zeichen war; selbst wenn sich die ihm Unbekannten als Passanten herausstellen sollten, die man auf den Straßen für diesen Anlaß eingefangen hatte, konnten sie für das Komitee der Nationalen Sicherheit nur eine Bereicherung darstellen.

Zu seiner außerordentlichen Verlegenheit führte man ihn direkt die Stufen zu den Sitzen hinauf, die Rücken- und Armlehnen hatten. Hier saßen die Männer von hohem Rang; auf jedem Sitz war das Amt seines sonstigen Benutzers in den Stein eingraviert worden – Patriarch, Oberster Schulleiter, Archimandrit der Stadt, Archimandrit von Elissa und so weiter. Es gab einen leeren Sitz mit der Aufschrift »Erzdiakon des Stifts«, auf dem er allem Anschein nach Platz nehmen sollte. Er setzte sich, fragte sich beiläufig, wer der Erzdiakon des Stifts wohl war und was er tat, und wartete darauf, daß jemand das Wort ergriff.

Der Präfekt der Stadt erhob sich, blickte in die Runde und nickte den beiden Sergeanten zu, die die Türen des Saals schlossen und den Riegel vorlegten. »Ich glaube, wir sind vollzählig«, sagte er. »Ich freue mich, allen mitteilen zu können, daß Oberst Loredan sich bereit erklärt hat, das Amt des Stellvertretenden Lordkanzlers anzunehmen, und so können wir sofort zum Hauptpunkt der Tagesordnung kommen: Welche Schritte sollen wir ergreifen, um die Sicherheit der Stadt zu gewährleisten?« Er wandte sich Loredan zu und nickte. »Oberst, Ihr habt das Wort.«

Loredan wartete einen Augenblick – nur für den Fall, daß der Präfekt einen anderen Oberst gemeint hatte – und stand dann auf. Er hatte weiche Knie, bis ihm klar wurde, daß ihm, wenn er sich für gewöhnlich an einem solch belebten Ort befunden hatte, ein Mann mit einem Degen gegenübergestanden hatte, der ihn umbringen wollte. Hier konnte ihm schlimmstenfalls passieren, daß ihn die Versammlung mit Äpfeln bewarf. Seine Nervosität verschwand schlagartig.

»Meine Herren«, begann er. *Bei den Göttern, was soll ich nur sagen?* »Ich schätze, ich sollte Euch zunächst einmal für das Vertrauen danken, das Ihr in mich setzt; ich bin mir nicht so sicher, ob ich Euch da zustimme, aber lassen wir das. Soweit ich es verstanden habe, bittet Ihr mich aufgrund meiner Erfahrungen mit den Clans darum, Vorschläge zu machen, wie man die Verteidigung der Stadt verbessern könnte. Nun, was dieses Thema angeht, habe ich ganz genaue Vorstellungen, falls Ihr die zu hören wünscht.«

Er legte eine kleine Pause ein, holte tief Luft und fuhr fort. »Jeder Bürger dieser Stadt wächst in dem Glauben auf, daß wir uns im Schutz unserer Mauern und des Hafens keine Sorgen zu machen brauchen, was mögliche Angriffe aus dem Landesinneren angeht. Die Menschen aus der Steppe mögen uns nicht besonders, vielleicht sogar aus gutem Grund, aber sie sind bloß eine Horde Barbaren, die nicht einmal im Traum hoffen können, jemals eine Bresche in die Mauer zu schlagen oder sie zu erklimmen. Und eine Belagerung würde nicht funktionieren, da unsere Vorräte sowieso übers Meer hierherkommen. Die Clans haben von Seefahrt nicht die geringste Ahnung, also brauchen wir es bloß auszusitzen und darauf zu warten, daß sie wieder abziehen.«

Er ließ die Blicke durch den Raum schweifen und nickte. »Dieser Gedanke ist nicht unbedingt falsch«, fuhr er fort. »Darum haben wir auch nie eine große Armee aufgestellt, zumindest nicht mehr seit dem Zeitpunkt, da wir die Idee aufgegeben haben, zwischen hier und dem Salimb-Gebirge ein Landreich zu errichten. Und dann war da Maxen; zu Lebzeiten versetzte er die Clans in permanenten Schrecken, und sie wagten es nicht, sich der Stadt auf mehr als einhundert Kilometer zu nähern, aus Angst, in Stücke gehauen zu werden. Wenn ich mich recht erinnere, waren wir damals deswegen ganz schön selbstgefällig. Nun, hinterher ist man immer schlauer, aber wäre Maxen nicht gewesen, hätten wir nun diesen Ärger nicht. Es hat den Anschein, als hätten wir einen jungen Hitzkopf von einem Clanhäuptling, der dafür sorgen will, daß so etwas wie Maxen nie wieder geschehen kann, indem er uns vom Antlitz der Erde fegt. Das wäre eigentlich kein Problem, aber anscheinend hat er Bürger dieser Stadt auf seiner Seite, die seinem Volk beibringen, wie man Wurfmaschinen und schweres Belagerungsgerät konstruiert. Und das ist besorgniserregend.«

Keiner rührte sich oder flüsterte mit seinem Nachbarn, sie schauten nicht mal aus dem Fenster. Loredan war überrascht und beeindruckt; vielleicht würden sie diese Angelegenheit ja doch noch ernst nehmen.

»Nun, ich bin zwar kein Geschichtsgelehrter, aber mir fällt keine Gelegenheit ein, bei der unsere prächtigen Mauern einer richtig ausgerüsteten Angriffsstreitmacht hätten standhalten müssen. Vielleicht sind sie uneinnehmbar, vielleicht auch nicht. Wir wissen es nicht. Und darum schlage ich vor, daß wir von der Annahme ausgehen, daß sie es nicht sind und daß wir versuchen, uns in die Köpfe unserer Feinde hineinzuversetzen. Wie würden wir die Mauern von Perimadeia angreifen? Hat jemand einen Vorschlag?«

Er verschränkte die Arme und wartete. Ein langes Schweigen trat ein, während seine Zuhörer herauszufinden versuchten, ob es sich um eine rhetorische Frage gehandelt hatte. Dann stand fast ganz hinten ein kleiner, bärtiger Mann mit breiten Schultern auf. Das Gesicht kam Loredan irgendwie bekannt vor; es handelte sich wohl um einen Maschinenbauer.

»Die Antwort darauf ist ziemlich simpel«, sagte der Mann. »Es gibt drei Möglichkeiten. Erstens: die Mauern niederzureißen. Zweitens: über sie hinüberzuklettern. Drittens: sich unter ihnen durchzugraben. Es ist simpel, aber nicht einfach, wenn Ihr versteht, was ich damit sagen will.«

Loredan nickte. »Also gut, gehen wir es der Reihe nach durch. Sie niederzureißen, ich schätze, Ihr denkt da an Belagerungsmaschinen wie Steinschleudern, stimmt's?«

Der Maschinenbauer nickte. »Und Rammböcke. Aber um Rammböcke einsetzen zu können, müssen sie über den Fluß, was wiederum bedeutet, daß sie entweder einen Damm bauen oder die Rammböcke auf Pontons herüberbringen müssen. Beide Methoden sind nicht leicht zu bewerkstelligen, aber machbar.«

»Das ist richtig«, sagte Loredan. »Und Ihr seid ...?«

»Leucas Garantzes, der Stellvertretende Städtische Maschinenbauer«, erwiderte der bärtige Mann. »Verantwortlich für die Erhaltung der Mauern, Wachtürme und der fest verankerten Wurfmaschinen auf der Landseite.«

»Ich freue mich, Euch kennenzulernen«, sagte Loredan. »Bitte kümmert Euch doch um folgendes: Ich habe keine Ahnung, wie effektiv geschleuderte Steine gegen schweres Mauerwerk sind, darum will ich ein paar Fakten und Zahlen – Reichweiten, Kapazitäten, Schußgeschwindigkeit und so weiter. Wir wissen zwar nicht genau, was sie haben, aber wir können von der Annahme ausgehen, daß sie über Kopien unserer Maschinen verfügen. Sobald wir wissen, wozu sie in der Lage sind, wissen wir, was wir dagegen unternehmen müssen. Stimmt Ihr mir da zu?«

Garantzes nickte. »Ich werde sehen, was ich tun kann«, sagte er und setzte sich.

Loredan holte tief Luft. »Allmählich kommen wir voran. Ist

jemand hier, der mich mit einer maßstabgerechten Karte der Verteidigungsanlagen versorgen kann?«

Eine Zeitlang rührte sich nichts, dann stand ein ziemlich weit vorn sitzender junger Mann auf. »Ich glaube, ich kann damit dienen.«

»Und Ihr seid?«

»Timoleon Molin«, antwortete der junge Mann. »Vermessungsamt. Eigentlich bin ich für die Abwasserkanäle und Hochwassernotfallpläne zuständig, aber wir haben viele genaue Karten im Amt, die ausreichen müßten.«

»Das ist gut«, sagte Loredan, und Molin setzte sich offensichtlich erleichtert wieder hin. »Ist jemand vom Arsenal da?«

Der Mann, der sich erhob, war klein, kahlköpfig und hielt sich nicht sehr gerade. »Teodrica Tiron. Ich baue Katapulte.«

»Genau der Richtige«, sagte Loredan erfreut. »Ich möchte, daß Ihr Euch mit Timoleon und Garantzes zusammensetzt und mir einen Plan der Mauer zeichnet, der die Wirkungsbereiche aller stationären Wurfmaschinen aufzeigt sowie jeden toten Winkel, den wir mit zusätzlicher Artillerie abdecken könnten. Sollten sich ihre Belagerungsmaschinen tatsächlich als Bedrohung erweisen, dürfte unsere beste Chance darin liegen, sie zu vernichten, bevor sie sich richtig aufgestellt haben.« Er wandte sich nach links. »Präfekt, da wir schon mal beim Thema sind, ich würde gern mit allen Artillerie-Hauptleuten sprechen, um herauszufinden, was sie im Augenblick zu leisten imstande sind, und ein paar intensive Übungen anzuberaumen. Ich will, daß wir unsere Ziele treffen, sonst werden wir nur unsere Zeit verschwenden.« Er hielt inne, um zu Atem zu kommen und das Besprochene in Gedanken noch einmal durchzugehen. »Nun, falls Euch nichts mehr einfällt, was ich vielleicht übersehen habe, haben wir ihre erste Option abgedeckt. Wenden wir uns der zweiten zu, dem Überwinden der Mauer.«

Während er fortfuhr, fühlte er deutlich, wie sich die Stimmung des Rates veränderte; aus Neugier wurde eine Art verblüfftes Akzeptieren der vielen Arbeit, die man ihnen so von oben herab befahl. *Warum nehmen sie alles so auf, als wären es Worte der Weisheit von einem großen General?* fragte er sich. *Merken sie denn nicht, daß ich das alles aus dem Stegreif mache? Oder ist es ihnen wirklich nicht von selbst in den Sinn gekommen, sich um diese Dinge zu kümmern? Warum ist das alles plötzlich meine Angelegenheit, verdammt noch mal?*

»Dann weiter zur Lebensmittelverteilung«, hörte er sich sagen. »Ich weiß, daß wir einiges gelagert haben, und die Präfektur stockt die Vorräte noch auf, indem sie im großen Stil auf dem öffentlichen Markt einkauft, also kümmert man sich darum, aber ich glaube, es wäre hilfreich, wenn wir wüßten, wie viele Menschen wir genau zu ernähren haben und …«

*Hör dir doch mal zu, ja? Seit wann bist du der geborene Anführer? In Wahrheit weißt du rein gar nichts über die Getreidevorräte. Weshalb es vermutlich klug sein dürfte, etwas darüber in Erfahrung zu bringen.*

Und was ist mit der ganzen Politik? Warum debattiert hier denn keiner?

Die Lage muß wirklich ernst sein.

Plötzlich wurde ihm bewußt, daß er nichts mehr zu sagen hatte. Er fühlte sich unbehaglich, er wußte nicht, wie man eine Rede beendete und wieder Platz nahm – *natürlich nicht, ihr Götter, ich bin Fechter* –, und so wandte er sich dem Präfekten zu.

»Ich glaube, ich habe alles gesagt, und möchte nun Euch das Wort übergeben, Präfekt.«

Der Präfekt schaute auf. »Ich danke Euch, Oberst Loredan«, sagte er. »Nun, wie es aussieht, haben wir alle eine Menge zu tun, darum schlage ich vor, daß wir uns bis morgen um diese Zeit vertagen. Meine Herren.« Er nickte kurz, und alle standen auf und fingen sofort an, sich angeregt miteinander zu unterhalten. Loredan blieb, wo er war, in der Hoffnung, in Ruhe gelassen zu werden, während er versuchte, alldem einen Sinn abzugewinnen.

»Meinen Glückwunsch, Oberst.« Das war der verdammte Narr von Präfekt, der ihn finster anschaute. »Ihr habt es fertiggebracht, Euch zum wichtigsten Mann der ganzen Stadt zu machen.« Er legte um des Effekts willen eine Pause ein. »Nach mir, natürlich. Ich hoffe, Ihr vergeßt das nicht.«

*Oho, Drohungen. Jetzt weiß ich, wo ich stehe.* »Präfekt, wenn Ihr diese Aufgabe jemand anderem übergeben wollt, bitte, herzlich gern«, sagte er müde. »Ich versuche noch immer herauszufinden, wo das alles auf einmal hergekommen ist.«

Der Präfekt hob die Brauen. »Ich schätze, von Eurer Zeit in General Maxens Stab. Wo Ihr vermutlich gelernt habt, Euren gesunden Menschenverstand zu gebrauchen, wenn es um Fragen der Organisation geht.«

»Ah.« Loredan konnte ein Grinsen nicht unterdrücken. »Das haben wir also getan. Komisch, ich erinnere mich bloß an unbequeme Nachtlager und Kämpfe. Aber ich glaube, Ihr habt recht; es ist gesunder Menschenverstand. Hat man mir deswegen das hier aufgehalst?«

Der Präfekt setzte sich neben ihn und beugte sich dicht zu ihm herüber. »Zum Teil«, sagte er. »In der Hauptsache ist es Politik. Ich glaube, ich habe mich des oberflächlichen Denkens schuldig gemacht; ich bin davon ausgegangen, daß Ihr es begriffen habt. Es ist ganz einfach. Ihr wart Soldat, und jetzt seid Ihr ein Niemand. Falls man jemanden mit solch außergewöhnlichen Befugnissen ausstatten muß, um die Verteidigung der Stadt zu koordinieren, dann ist eine politische Null, wie Ihr es seid, offensichtlich die beste Wahl.« Er lächelte unangenehm. »Ihr habt keine Chance, Euch mit dieser oder jener Fraktion zu verbünden und Euch zum Militärdiktator zu machen. Wißt Ihr, wir dürfen eine solche Möglichkeit nicht außer acht lassen. Außerdem«, fügte er jovial hinzu, »scheint Ihr ja ganz kompetent zu sein. Wie ich schon sagte, es geht hauptsächlich um gesunden Menschenverstand.«

Der Präfekt schlenderte davon, um mit jemand anderem zu sprechen, ohne zu ahnen, welche Last an schweren Flüchen er plötzlich angehäuft hatte. Loredan verbannte ihn aus seinen Gedanken und hatte sich gerade entschlossen, sich in die Stadt hinauszuschleichen und vielleicht eine Stunde nach Hause zu gehen, als er bemerkte, daß Alexius ihn heranwinkte. Mit einem leisen Seufzer durchquerte er den Raum.

»Der Präfekt hat mir gerade erklärt, warum ich diesen Posten erhalten habe«, sagte er. »Anscheinend bin ich völlig entbehrlich. Mit Männern wie ihm an der Spitze wundert es mich eigentlich, daß wir nicht versucht haben, die Angelegenheit diplomatisch zu regeln. Er würde einen wunderbaren Botschafter abgeben.«

»Ich finde es immer wieder erstaunlich, wie clever die Narren in dieser Stadt doch sind«, erwiderte Alexius. »Ich habe nun schon seit fünfzehn Jahren immer mal wieder mit Bolerun zu tun gehabt. Er hat sein ganzes Leben damit verbracht, sich zu einem Mann zu entwickeln, der sich auf die denkbar öffentlichste Weise als völliger Versager darstellt.«

Loredan sah überrascht aus. »Bolerun?«

»Meinas Bolerun. Der Präfekt.«

»Oh.« Loredan zuckte mit den Schultern. »Seht Ihr? Ich weiß nicht mal, wie diese Leute heißen. Mir ist nicht mal bekannt, ob er das Amt des Präfekten schon seit Jahren bekleidet oder erst seit letztem Monat. Und ich glaube, daß es den meisten Bürgern nicht anders geht.«

Alexius unterdrückte ein Gähnen. »Falls Euch das ein Trost ist«, erwiderte er, »morgen bei Sonnenuntergang wird jeder Bürger wissen, wer Ihr seid.«

»Nein«, sagte Loredan kalt. »Das ist es nicht.«

Leicht benommen fand Venart den Weg zurück zur Herberge und bestellte einen kleinen Krug Zider.

Er hatte erkennen müssen, daß an Tauwerk mehr war, als der erste Blick vermuten ließ. Tatsächlich hatte sich Tauwerk als Gegenstand solch vielschichtiger Komplexität erwiesen, daß hundert Gelehrte, die ihr Leben seinem Studium gewidmet hätten, niemals mehr als auch nur einen Zipfel des großen Geheimnisses, das es darstellte, gelüftet hätten. Zumindest, was perimadeianische Seile anbelangte; zu Hause gab es dicke, mittlere oder dünne, haarige oder glatte, billige und schlechte oder teure und gute Seile. Zwei Tage in den Seilereien der Stadt hatten ihm jedoch die Augen geöffnet und zu dem Resultat geführt, daß er nun weniger als zuvor wußte, ihm aber zumindest das Ausmaß seiner Ignoranz klar war.

Darüber hinaus hatte er natürlich keine einzige Rolle Seil eingekauft. Er versprach sich, morgen als erstes Tauwerk zu kaufen, egal was, solange es nur billig war. Schließlich wollte er nichts Näheres darüber wissen, genausowenig die Leute, denen er es verkaufen wollte.

Aber da war noch etwas anderes, was ihn außerordentlich wütend machte. Und zwar seine Schwester. *Sie sollte auf direktem Weg herkommen, und das war vor vier Stunden. Entweder ist sie mittlerweile tot oder am Einkaufen.* Er leerte den Krug und wollte gerade noch einen bestellen, als er im Nebenraum eine laute vertraute Stimme hörte. Er sprang auf, stolperte über einen schlafenden Hund, fluchte und ging durch die Tür.

Da saß seine Schwester, und in ihrer Begleitung befand sich eine hübsche junge Frau, die ihm irgendwie bekannt vorkam. Erleichterung, gute Manieren in Gegenwart einer Fremden und der kleine Krug guten Ziders ließen seinen brüderlichen Zorn schwinden; er winkte und gesellte sich zu ihnen.

»Hallo, Ven«, sagte Vetriz. »Entschuldige, ich habe völlig die Zeit vergessen. Ich war einkaufen.«

»Das habe ich mir gedacht«, sagte Venart gleichgültig. »Äh ...«

»Das ist Athli«, fuhr sie fort. Die hübsche junge Frau lächelte höflich. »Du weißt schon, wir haben sie in der Schenke kennengelernt, damals, als wir die Gerichtsverhandlung besuchten.«

*Richtig. Die Kanzlistin des Fechters.* »Hallo«, sagte Venart. »Schön, Euch wiederzusehen.« *Sie ist sogar sehr hübsch*, gestand sich Venart ein, während Vetriz erzählte, wie sich die beiden auf dem Schreibwarenmarkt über den Weg gelaufen waren, Athli so freundlich gewesen war, ihr bei den Einkäufen zu helfen und sie sie darum zum Essen eingeladen hatte. Venart stimmte ihr zu, dies sei das mindeste, was sie tun konnten, und machte einen lahmen Witz darüber, daß es außerdem galt, den Ruf der Insel in Sachen Gastfreundschaft zu verteidigen.

Das Essen kam, und es war gut. Das Gespräch drehte sich um die aktuellen Ereignisse, die Clans, Politik, Loredans neue Arbeit und die Handelsreise der Geschwister.

»Da wir gerade vom Handwerk sprechen«, sagte Venart, »du kennst dich nicht zufällig mit Tauwerk aus?«

Athli blickte ihn an und kicherte. »Doch, tue ich. Wir hatten einen Stammklienten im Tauwerkgeschäft. Was willst du wissen?«

Vetriz' Aufmerksamkeit war während des Gesprächs über Politik etwas eingeschlafen; sobald die beiden über Seile sprachen, ließ sie die Gedanken wandern. Nur kurz darauf fing sie mit ihrem vollen Magen an zu dösen ...

*... und plötzlich befand sie sich an einem anderen Ort. Das war ziemlich beunruhigend, bis ihr Unterbewußtsein registrierte, daß es sich um einen Traum handelte. Verwirrend war nur, daß sie noch immer an dem Tisch im Speiseraum der Herberge saß, und da waren Ven und ihre neue Freundin Athli, die noch immer angeregt über Seile und die Kunst ihrer Herstellung plauderten. Aber an dem Tisch saßen auch noch andere Leute, und sie erkannte sie sofort. Der große, besorgt aussehende Mann*

*war Bardas Loredan; nun, bedauerlicherweise kannte sie nicht nur ihn, sondern auch seinen Bruder Gorgas. Jetzt, wo sie beide zusammen sah, war die Familienähnlichkeit offensichtlich; zuvor war ihr das an Gorgas gar nicht aufgefallen, aber sie hatten die gleiche Nase und die gleichen wachen, aufmerksamen Augen. An ihnen war nichts Romantisches oder besonders Attraktives. Sie blickten hart, aber nicht kalt, wiesen ein ziemlich dunkles Braun auf – Athli hatte grüne Augen, manche Mädchen hatten das Glück eben gepachtet –, und keiner der Brüder schien so oft zu blinzeln, wie es normal war. Und noch etwas war seltsam: Gorgas hatte ihr erzählt, daß er und sein jüngerer Bruder nicht miteinander sprachen, aber hier plauderten sie zwanglos miteinander, genau so, wie man sich das bei zwei Brüdern vorstellte. Schade, daß sie ihre Worte nicht verstehen konnte. Worüber sie sich auch unterhielten, es war bestimmt interessanter als das Thema Tauwerk.*

Zu Gorgas' Linken saß eine Frau, genau zwischen ihm und Ven. Auch sie war eine Loredan, die gleiche Nase und unverkennbar die gleichen Augen. Sie war älter als die beiden, aber zu jung, um ihre Mutter zu sein, also schloß Vetriz, daß es sich entweder um eine ältere Schwester oder eine junge Tante handelte. Vermutlich eine Schwester, bei der Ähnlichkeit. Sie schwieg, und als Vetriz sie ansprechen wollte, war sie plötzlich nicht länger da. Statt dessen saß da ein junger Mann, der ihr völlig unbekannt war. Er war kaum älter als achtzehn, kleiner und schmaler als die anderen, und seine noch nicht besonders ausgeprägten Gesichtszüge ließen ihn noch jünger aussehen. Aus irgendeinem unerfindlichen Grund wußte Vetriz, daß er ein Nomade war, und sie kam zu dem Schluß, daß er in dem Traum war, weil sie von den Clans gesprochen hatten und sie nach dem schweren Essen eingeschlafen war.

Sie musterte ihn interessiert, da sie noch nie zuvor einem echten Barbaren begegnet war. Er sah nicht gerade beeindruckend aus und erst recht nicht sehr barbarisch; sein Haar war etwas fettig, aber ordentlich gekämmt, und er trug ein eher schlichtes Hemd mit langen Ärmeln, das sich bei näherer Betrachtung als aus fein gegerbtem Hirschleder geschneidert entpuppte. Sie konnte nicht erkennen, was er an den Beinen trug, da der Tisch im Weg stand. Auf jeden Fall schienen seine Manieren durchaus akzeptabel zu sein; er saß ruhig da, hatte nicht mal die Ellbogen auf den Tisch gestützt und schien der großen Tauwerkdebatte mit höflichem Interesse zu folgen.

Da sie mit niemandem sprechen konnte, entschied sie sich, eine Unterhaltung mit dem jungen Barbaren zu beginnen. Sie lächelte und fing seinen Blick ein. Er erwiderte das Lächeln.

»Sag nicht, du interessierst dich auch brennend für Seile«, hörte sie sich sagen.

»Das meiste geht über meinen Horizont«, gab er zu. »Aber es lohnt sich immer, Leuten zuzuhören, die sich über etwas unterhalten, von dem sie etwas verstehen. So kann man Dinge erfahren, und Wissen ist niemals überflüssig.«

Vetriz grinste. »Du klingst wie mein Bruder. Das ist eine seiner Lieblingsbemerkungen. Vermutlich träume ich deshalb auch gerade, daß du sie sagst.«

»Da könntest du recht haben«, erwiderte der Barbar. »Zufällig muß ich gerade viel über Tauwerk in Erfahrung bringen. Du mußt wissen, daß wir gerade viele Belagerungsmaschinen bauen, Katapulte und so weiter, und die Seile versehen den Wurfarm mit der nötigen Kraft und schleudern ihn nach vorn. Keiner von uns hat auch nur die geringste Ahnung, welche Sorte von Seil man dafür am besten verwendet. Ich glaube, wir sollten etwas Robustes und Federndes nehmen.«

Vetriz nickte. »Da könnte ich dir behilflich sein, denn kurz bevor ich das Interesse an ihrer Unterhaltung verloren habe, erklärte die junge Frau da meinem Bruder, daß Pferdehaar am elastischsten ist – kannst du damit was anfangen?«

»Sogar eine Menge.«

»Oh, gut, ich nämlich nicht. Aber egal, Pferdehaar ist genau richtig, und wenn du das nicht kriegen kannst, ist reiner Flachs fast genausogut, während du Segelmacherzwirn wie die Pest meiden solltest.«

»Aha.« Der Barbar runzelte leicht die Stirn. »Das ist merkwürdig, weil ein Mann, mit dem ich im Arsenal gesprochen habe, mir sagte, er würde Segelmacherzwirn nehmen. Für mich hatte das keine tiefere Bedeutung, denn ich würde Segelmacherzwirn nicht mal dann erkennen, wenn du daraus eine Schlinge machen und mich daran aufhängen würdest.«

Vetriz kicherte. »Wie kommst du denn auf so was?« sagte sie. »Aber legen wir das Thema Tauwerk doch mal beiseite, ja? Ich möchte dir eine Frage stellen, wenn du nichts dagegen hast.«

Der Barbar zuckte mit den Schultern. »Sicher.«

»Also gut. Ich bin neugierig; was gefällt dir an der Stadt eigentlich nicht? Ich meine, du mußt sie schon sehr hassen, wenn du dir soviel Mühe machst, sie zu zerstören. Oder ist dein Volk halt so, ist das so eine Art fundamentaler Bestandteil eurer kulturellen Identität?«

»Eigentlich nicht«, erwiderte der Barbar. »Manchmal kämpfen wir auch gegeneinander, aber im großen und ganzen sind wir ziemlich friedlich. Wir sind jedenfalls keine Plünderer und Räuber wie deine Vorfahren; das ganze Gold und Silber und die Möbel wären doch nur nutzloses Gewicht, das wir mit uns herumschleppen müßten. Nein, die Sache mit der Stadt ist etwas Persönliches. Es ist etwas, das getan werden muß, das ist alles.«

»Wirklich?« Vetriz runzelte die Stirn. »Und warum ist das so?«

Der Barbar verzog das Gesicht. »Darüber möchte ich eigentlich nicht sprechen«, erwiderte er. »Wenn du es wirklich wissen willst, warum fragst du dann nicht die beiden da?«

Und bevor Vetriz fragen konnte, welche beiden er meinte, war er verschwunden, und Venart bohrte den Zeigefinger in ihre Schulter – das hatte er schon getan, als sie noch Kinder gewesen waren, und schon damals hatte sie es gehaßt – und befahl ihr aufzuwachen, weil es spät war.

»Ich will nicht aufwachen«, murmelte sie schläfrig und bemerkte, daß die Gebrüder Loredan weg waren.

Venart seufzte. »Wie ich schon sagte«, meinte er zu der grinsenden Athli, »du mußt meine Schwester entschuldigen. Ich kann sie einfach nirgendwo mit hinnehmen.«

Temrai, der vor dem Feuer gedöst hatte, wachte plötzlich auf. »Pferdehaar«, sagte er.

Onkel Anakai blickte ihn über den Rand seines Bechers hinweg an. »Was hast du gesagt?«

»Für die Katapulte«, erklärte Temrai. Er schüttelte den Kopf; ihm war schwindelig. Er hatte wohl zu viel getrunken. »Ich glaube, es ist mir gerade wieder eingefallen. Egal, das sollten wir jedenfalls benutzen.«

Anakai zuckte mit den Schultern. »Du bist der Häuptling«, erwiderte er. »Davon haben wir wenigstens genug, auch wenn es bestimmt einiges an Überredungskunst kosten wird, bevor sie dich mit einer Schere an ihre Vollblüter lassen.« Er rieb sich das Kinn. »Wir sollten gestutzte Schwänze und Mähnen zur Mode erklären. Sie machen alles, solange es nur eine Mode ist.«

»Gute Idee«, sagte Temrai. Er war sich dunkel bewußt, daß er geträumt hatte, aber er konnte sich nach dem Aufwachen niemals länger als den Bruchteil einer Sekunde an seine Träume erinnern. »Wir kümmern uns morgen früh als erstes darum.« Er gähnte. »Ich glaube, ich sollte zu Bett gehen. Anscheinend bin ich mit Kopfschmerzen aufgewacht.«

Onkel Anakai lächelte. »Dann schlaf dich aus«, sagte er. »Du hast dir eine ordentliche Nachtruhe verdient.«

# 12

Das ist ärgerlich«, sagte Vetriz. »Und das, nachdem du soviel Zeit und Energie darauf verwandt hast, das Thema zu erforschen. Hättest du einfach das erstbeste gekauft, hättest du jetzt fast so etwas wie das Weltmonopol auf den Seilhandel und könntest deinen eigenen Preis festsetzen.«

Venart warf ihr einen finsteren Blick zu, als sie zu kichern begann. In der ganzen Stadt gab es kein Tauwerk mehr zu kaufen. Die Verwaltung hatte alles für den Krieg requiriert. Und er stand mit leeren Händen da. »Ich freue mich, daß du das so witzig findest. Ich hoffe, du lachst auch dann noch, wenn wir mit leerem Frachtraum nach Hause segeln.«

Vetriz zuckte mit den Schultern. »Und was willst du tun?«

»Ich gehe jetzt los und statte diesem Loredan einen Besuch ab, das werde ich tun.«

»Loredan?« Vetriz schaute ihren Bruder scharf an. »Warum?«

»Er ist der einzige in der Regierung, den wir kennen. Denk doch mal nach, ja? Sie kaufen in der ganzen Stadt das Tauwerk auf, aber vieles davon ist für Katapulte nicht zu verwenden, also werden sie das, was sie nicht gebrauchen können, auf dem offenen Markt verkaufen. Es sei denn« – er grinste selbstzufrieden – »jemand macht ihnen zuerst ein Angebot. Billige Regierungsüberschußware, beste Qualität, ein Besitzer. Das Geheimnis des internationalen Handels besteht darin, die Möglichkeiten zu erkennen, die in jeder Katastrophe lauern. Bis später, lauf nicht wieder weg.«

Als er es Vetriz erklärt hatte, schien es ein schlüssiges Argument zu sein. Als er das Rathaus erreichte, war es noch immer ein gutes Argument. Nachdem er eine Stunde vor dem Büro eines Beamten gewartet hatte, nur um eine Marke zu erhalten, die ihm den Zugang zu einem anderen Beamten am anderen Ende des Gebäudes erlaubte, war es nichts weiter als eine hirnverbrannte Idee. Zu diesem Schluß war er gerade gekommen, als er in jemanden hineinlief, den er zu kennen glaubte.

»Entschuldigung«, sagte der Mann. »Ich habe nicht auf den Weg geachtet.«

»Ihr seid Bardas Loredan«, erwiderte Venart. »Ich wollte gerade zu Euch.«

»Nun, da bin ich«, sagte Loredan. »Ich glaube, ich kenne Euch von irgendwoher, aber ich weiß nicht genau, wo ...«

»Wir haben uns in einer Schenke kennengelernt«, sagte Venart. »Ich war mit meiner Schwester zusammen. Ihr hattet gerade das Verfahren gegen Alvise gewonnen.«

Loredan lächelte. »Ja, genau, ich erinnere mich. Was kann ich für Euch tun?«

Plötzlich geriet Venarts ungestümer Geschäftsdrang ins Schwanken. Was er da vorschlagen wollte, war möglicherweise illegal; auf jeden Fall zeugte es von schlechtem Benehmen und wenig Moral. Ganz zu schweigen davon, daß es auch schrecklich kurzsichtig war: hier hatte er einen Kontakt zur höchsten Ebene der Stadtregierung, und er riskierte es, ihn zu vergraulen – wegen der vagen Chance, ein paar schnelle Viertel mit einer Ladung Tauwerk zu verdienen. Aber nun war es zu spät. Er holte tief Luft und begann mit seinem Vorschlag, wobei er sich alle Mühe gab, oft genug Sätze wie *Wenn das Eurer Meinung nach in Ordnung geht* oder *Solange daran nichts auszusetzen ist* einfließen zu lassen. Schließlich kam er zum Schluß, verlagerte nervös das Gewicht auf ein Bein und wartete darauf, daß Loredan die Wache rief.

»Nun«, sagte Loredan nach kurzem Nachdenken, »das würde mir aus einer peinlichen Verlegenheit heraushelfen. Die Idioten in der Quartiermeisterei sollten nur ein Bestandsverzeichnis erstellen und nicht das Zeug karrenweise heranschaffen. Jetzt müssen wir entweder alles, was wir nicht gebrauchen können, zurückgeben, was nicht einfach wäre, da sich keiner die Mühe gemacht hat, die Fässer mit den Namen des Besitzers zu markieren, oder die Schuldscheine auszahlen, wenn die Seilmacher sie zur Bezahlung vorlegen. In jedem Fall ist es ärgerlich, darum wäre es eine recht gute Idee, das Zeug zu verkaufen.« Er verstummte. »Wolltet Ihr alles oder nur einen Teil? Um ehrlich zu sein, würde ich eher zustimmen, wenn ich all das, was ich nicht gebrauchen kann, auf einen Schlag loswürde.«

Venart leckte sich die Lippen, die plötzlich ganz trocken waren. »Ich wäre schon daran interessiert, alles zu kaufen«, sagte er und ignorierte das wilde Protestgeheul, das irgendwo im Hintergrund seines Bewußtseins ertönte. Das konnte ihn ruinieren, ihn aber auch sehr reich machen.

»Großartig«, sagte Loredan. »Dann kommt mit, damit wir alles in Ruhe besprechen können.«

Vom Kamm der Anhöhe oberhalb des neuen Lagers konnte Temrai die Stadt sehen. Auf eine merkwürdige Weise war es wie eine Heimkehr.

Sie war schon ein beeindruckender Anblick, die Stadt in ihrer ganzen malerischen Pracht. Selbstzufrieden wie ein Hausbesitzer hockte sie hinter ihren garantiert sicheren Mauern. Das Meer und der als Burggraben dienende Fluß hielten sämtliche aufrührerischen Elemente auf respektvolle Distanz.

Er beschloß, sich an dieses Bild zu erinnern, falls später einmal jemand wissen wollte, wie die Stadt ausgesehen hatte, bevor Temrai sie niedergerissen hatte.

Temrai. Temrai der was? Temrai der Große, Temrai der Prächtige, Temrai der Zerstörer? Temrai I. oder einfach nur Temrai hätte ihm eigentlich schon gereicht. Aber einfache Temrais zerstören nicht die größte Stadt der Welt.

Vorausgesetzt, es erwies sich als machbar. Dafür gab es keine Garantie. Der Gedanke des Scheiterns hatte beinahe etwas

Beruhigendes, denn wenn er versagte, würde er nicht Temrai der Schlächter sein müssen.

Er drehte sich um. Auf der Flußseite des Lagers stand etwas, auf das er wirklich stolz sein konnte: eine Reihe von Tribocken, an denen noch immer der Teer schimmerte, der die Feuchtigkeit abhalten würde. Sie standen da wie eine Herde Vollblutpferde in einem Pferch, die darauf warteten, eingeritten zu werden. Die Wurfarme ragten steil in die Luft, und die Schlingen, die die Geschosse hielten, hingen von ihnen herab wie gesenkte Banner vor der Reiterattacke. Jeder von ihnen konnte zweieinhalb Zentner fast zweihundertdreißig Meter weit schleudern. Der Rest des Belagerungsgeräts, die Dinge, die der Feind noch nicht sehen sollte, wurde gerade flußabwärts transportiert. Bald würden sie genug Pfeile, Bögen, Rüstungen, Pferde, Proviant, Hemden, Stiefel, Gürtel, Helme und Schwerter haben, genug von jedem verdammten Gegenstand, den man für einen Krieg brauchte.

*Es könnte schlimmer sein*, dachte er nüchtern. *Ich könnte noch immer in der Stadt leben, wenn sie angegriffen wird.*

»Und was soll das sein?« fragte Loredan.

Der Maschinenbauer warf ihm einen verletzten Blick zu. »Das ist der Kran für die Winde der Zugbrücke«, sagte er. »Er ist in perfektem Zustand. Ich selbst habe ihn erst kürzlich überprüft.«

»Ich verstehe«, erwiderte Loredan und trat leicht dagegen. Das Holzgestell erbebte, und ein Stück Holz fiel herunter. »Bring das in Ordnung«, sagte er müde. »Diesmal aber richtig. Und erkläre mir nicht, warum das schwierig werden könnte; das will ich gar nicht wissen.«

Von seinem Standpunkt aus – oben auf der Plattform des westlichen Torhauses – konnte er etwa acht Kilometer flußaufwärts einen Lichtblitz sehen; vermutlich eine Speerspitze oder ein Helm, der zufällig in diesem Augenblick die Sonne reflektierte. Loredans Mundwinkel zuckten, und er lüftete einen imaginären Hut zum höflichen Gruß.

Abgesehen von Kleinigkeiten waren sie so bereit, wie sie nur sein konnten. Gerade bauten die Maurer die Gerüste der neuen Bastionen ab, die man in diesem Teil des Flußbetts im harten Fels verankert hatte. Es waren moderne, stolze Konstruktionen, die sogar zu funktionieren schienen; zumindest waren sie noch nicht eingestürzt. Zwei Wurfmaschinen auf jeder Seite der sauberen neuen Steinkeile konnten ein viel breiteres Schußfeld abdecken, zwei berüchtigte tote Winkel ausmerzen und die Sicherheitszone um beinahe fünfzig Meter vergrößern. Das bedeutete, daß sich alles in einem Umkreis von dreihundert Metern in Reichweite der Katapulte befand. Schon im Wettkampf konnten nur wenige Bogenschützen weiter als zweihundertdreißig Meter schießen, geschweige denn mitten im Schlachtgetümmel, wenn um sie herum zentnerschwere Felsbrocken vom Himmel regneten.

Er gestattete sich einen Augenblick, das neue Mauerwerk zu bewundern, nicht im mindesten verwittert, alle Kanten noch messerscharf, der Mörtel zwischen den Ziegeln dunkel, wo er noch nicht ganz getrocknet war. Seine Bastionen waren die ersten großen Anbauten an der Mauer seit – hundert Jahren? Hundertfünfzig?

Hinter ihm ertönten Schritte. Er wußte sofort, wer da kam.

»Wir sind fast fertig«, sagte Garantzes, noch ganz außer Atem vom Treppensteigen. *Zuviel Zider und zuviel Zeit am Zeichenbrett,* dachte Loredan selbstgefällig. Er selbst hatte zwei Stufen auf einmal genommen und war dabei nicht mal ins Schwitzen geraten.

»Gut«, sagte er. »Und keinen Augenblick zu früh.« Er wies auf den Horizont, wo ein Licht flackerte. »Wie lange dauert es, bis die neuen Wurfmaschinen an Ort und Stelle sind?«

Garantzes zuckte mit den Schultern. »Spätestens übermorgen. Sie sind alle zusammengebaut und einsatzbereit – wir stellen im Arsenal zwei Stück pro Tag fertig; das größte Problem ist mittlerweile, ein Stück Mauer zu finden, auf dem wir sie aufstellen können. Das andere Problem ist, daß wir nur zwei Kräne haben, die groß genug sind, um sie hinaufzuheben.« Er grinste verlegen. »Das haben wir in der ganzen Aufregung völlig vergessen. Wir bauen gerade zwei weitere Kräne, die müßten eigentlich morgen fertig sein.«

Loredan nickte. »Übermorgen ist in Ordnung. Das gilt auch für die Zäune.«

Die Zäune waren seine Idee gewesen, das heißt, er hatte vor vielen Jahren darüber in einem Buch gelesen. Dem Buch zufolge hatten die auf der Insel lebenden Piraten vor einhundertfünfzig Jahren bei einer Seeschlacht die perimadeianische Marine am Entern ihrer Schiffe gehindert, indem sie Balken am Rumpf befestigt hatten, die dann mit schweren Ketten verbunden worden waren – wie das Geländer eines Anlegesteges. Daraus resultierte, daß die Enterleitern der Marinesoldaten statt auf der Schiffsreling auf den Ketten zu liegen kamen und jeder Enterversuch scheiterte. Loredan war davon überzeugt gewesen, daß man die Mauer mit der gleichen Methode gegen Sturmleitern schützen konnte. Jetzt zog sich eine Reihe zwei Meter langer Pfosten an der für Sturmleitern anfälligen Zone entlang. Während der nächsten Tage würde man sie mit einer Eisenkette versehen, und die Arbeiter des Bauamtes debattierten untereinander heftig, wer das zweifelhafte Privileg erhalten sollte, sich wie ein Affe an den Pfosten entlangzuhangeln und kopfüber über dem Fluß zu hängen, um die Kette anzubringen.

»Wir tun unser Bestes«, sagte Garantzes.

Loredan lächelte. »Großartig. Ich glaube, wir sind tatsächlich bereit. Jetzt brauchen wir nur noch einen Feind.« Er sah wieder in die Richtung, in der das Licht aufgeblitzt war. »Und ich glaube, ich weiß, wo wir den herbekommen.«

Nachdem der Maschinenbauer gegangen war, schritt Loredan

alle Seiten der Plattform ab und versuchte ein weiteres Mal, die Stadt mit den Augen des Feindes zu sehen. Das war eine Übung, der er sich seit Beginn dieser ganzen verfluchten Geschichte jeden Tag unterzogen hatte. Sie hatte einiges gebracht, trotzdem wurde er das Gefühl nicht los, etwas übersehen zu haben. Soweit er es beurteilen konnte, gab es keine Schwachstelle; er hatte bloß die existierenden Stärken weiter ausgebaut. Und doch mußte es etwas geben, das er übersehen hatte, sein Gegner aber nicht, denn warum sollte er sonst mit solch einem enormen Selbstvertrauen auf ihn zukommen? Tief in seinem Inneren *wollte* er, daß der Angriff begann, um den Feind endlich im Auge zu haben, aber bis es soweit war, würde er weiter grübeln und suchen, bis er den einen übersehenen Faktor entdecken würde, der ihn fluchen und ihn *Natürlich! Wie konnte ich nur so dumm sein!* rufen lassen würde. Er hätte das lieber gesagt, bevor der Feind im Schatten der Mauer auftauchte …

Aber er konnte keinerlei Schwachstelle entdecken. Von hier oben, dem höchsten Punkt der Verteidigungsanlagen, sah er nur den Schwung der Landmauern, die die beiden Schenkel eines V bildeten, dessen Spitze von dem Torhaus mitsamt seinem Turm gebildet wurde, auf dem er sich befand. Genau gegenüber war die Stelle, an der der Fluß sich gabelte, um die Insel zu umfließen, auf der sich die Stadt erhob. Direkt unter Loredan befand sich die Brücke der Viehhändler – eine Zugbrücke –, die ungefähr neunzig Meter von der Gabelung entfernt den östlichen Flußarm an seiner schmalsten und tiefsten Stelle überspannte. Der am gegenüberliegenden Ufer beginnende Dammweg endete genau dort, wo die vierzehn Meter lange Zugbrücke begann, die unmittelbar zum Torhaus führte; lange bevor der Feind in Position gegangen war, würde dieser Dammweg nur noch ein Gewirr aus zerschmetterten Planken sein. Der große Tribock, an dem Loredan lehnte, zielte genau darauf, und er galt allgemein als die genaueste Wurfmaschine auf der Mauer. Angesichts von Torhaus und Turm und der hier vorherrschenden Wassertiefe konnte er diese Stelle von seiner imaginären Liste neuralgischer Punkte streichen.

Beide Flußarme wurden nach der Gabelung allmählich wieder breiter; maß der Fluß direkt an der Gabelung neunzig Meter, waren es an den Scheitelpunkten der beiden Bastionen einhundertdreißig und dort, wo beide Flußarme sich ins Meer ergossen, mehr als einhundertachtzig Meter. Die Bastionen waren so plaziert, daß ihr dreihundert Meter umfassendes Schußfeld den Teil des Geländes abdeckte, wo der Fluß weniger als einhundertfünfzig Meter maß, und Loredan wollte vor dem Angriff so viele Katapulte und Steinschleudern wie nur möglich auf den Wehrgängen der Bastionen aufbauen. Dank seiner großen Erfindung – ein Geheimnis, das er weder dem Rat noch den meisten Maschinenbauern verraten hatte – hatte er das Gefühl, nach beiden Seiten hin die Kontrolle über einen dreihundert Meter durchmessenden Halbkreis zu haben, und das waren die einzig logischen Ausgangspunkte für einen Angriff. Was den Rest der Mauer anging, so hatte er alle einhundertvierzig Meter einen Turm, von denen jeder bald über zwei Katapulte und einen Tribock verfügen würde, inklusive einer Garnison von fünfzig Mann plus Bedienungsmannschaft. Unterhalb der Türme gab es alle fünfundzwanzig Meter kleinere Wurfmaschinen auf verstellbaren Lafetten, die sie in die Lage versetzten, einen Stein zwischen fünfzig und zweihundert Meter weit zu schleudern. Loredan konnte an der ganzen Mauer keine Schwachstelle entdecken; entweder war der Fluß zu breit, oder er konnte fünfzig Meter des unmittelbar vor der Stadt befindlichen Geländes mit einem Trommelfeuer belegen.

*Ein Zehnjähriger könnte diesen Abwehrkampf leiten, und Frauen und Kinder könnten diese Mauern eine Ewigkeit lang halten, vorausgesetzt, sie wären genug, um die Winden zu bedienen. Dieser Verteidigungsgürtel ist so eng, daß da nicht mal Qualm durchkommt.*

Was vermutlich der Grund ist, warum ich so besorgt bin; es gibt augenscheinlich nichts, worüber man sich Sorgen machen müßte. Etwas Offensichtliches wäre das geringste meiner Probleme.

Gut. Sehr gut.

Nur – warum greift uns dieser Bastard dann an?

Ironischerweise trat genau zu dem Zeitpunkt, an dem Loredan seine Inspektion abhielt, ein Mann vor die Wächter von Temrais Lager, der die letzte Bestätigung überbrachte, die Temrai brauchte; nicht, daß er besorgt gewesen wäre, aber es war schön, absolut sicher zu sein.

Der Mann versicherte ihm, daß es da sein würde. Pünktlich. Wie gewünscht. Genau so, wie sie es an jenem Tag besprochen hatten, an dem sie sich in der Stadt kennengelernt hatten.

Temrai erwiderte wahrheitsgemäß, sie hätten es keine Minute lang bezweifelt. Er könne den Rest jetzt den Nomaden überlassen.

Der Mann schien nicht so recht überzeugt, doch Temrai machte sich nicht die Mühe, es ihm zu erklären. Obwohl das ganze Unternehmen von ihnen abhing, waren ihm diese Leute nicht sonderlich sympathisch. Aber er vertraute ihnen. Man konnte die Götter anzweifeln, man konnte die Liebe einer Frau, einer Mutter und einer Tochter oder die Loyalität von Freunden anzweifeln, aber dem Profit konnte man immer vertrauen. Ein Hebel, der in dieser unveränderlichen Wahrheit ruhte, sollte die Welt bewegen.

»Gebt es zu«, sagte Gannadius. Seine Stimme war bei dem in der Schenke herrschenden Lärm kaum verständlich. »Ihr werdet langsam kindisch. Das ist die Art von Streich, die ich von einem Studenten im zweiten Jahr erwarten würde, aber nicht vom Patriarchen des Ordens.«

*Der Patriarch des Ordens, der ernsthaft krank und schreck-*

*lich überarbeitet ist*, hätte er hinzufügen können, ließ es aber sein. Überflüssig, das auszusprechen, was sie beide wußten.

»Genau das ist der Grund«, erwiderte Alexius und bezog sich auf den unausgesprochenen Teil der Rüge. »Ich habe eine Veränderung gebraucht – das *ist* eine Veränderung.« Er grinste unter der breiten Krempe seines Hutes hervor. »Ich vergnüge mich. Es ist eine Ablenkung.«

»Habt Ihr nicht immer behauptet, daß Ihr Euch viel zu leicht ablenken laßt?« fragte Gannadius und trank einen Schluck von dem ungenießbaren Wein. »Warum also dieser ganze Aufwand?«

Alexius zuckte mit den Schultern. »Habt Nachsicht mit mir«, bat er. »Ich war schon zwanzig Jahre lang nicht mehr an einem solchen Ort. Außerdem kann ich so mit eigenen Augen die Stimmung in der Stadt ergründen.«

Gannadius wollte diesen offensichtlichen Unfug nicht auch noch mit einer Erwiderung aufwerten. »Wenn Euch jemand erkennt ...«

»Werden sie mit dem Finger auf mich zeigen und sagen: ›Da in der Ecke ist ein Herumtreiber, der genau wie der Patriarch aussieht.‹ Und ihre Freunde werden sagen: ›Mach dich nicht lächerlich, der Patriarch hat keine so spitzen Ohren.‹ Die Leute sehen nur das, mit dem sie klarkommen.« Er trank den Becher leer und stellte ihn ab. »Noch einen, und das wär's dann. Ich fürchte, die Tage, an denen ich fünf davon trinken und noch immer die zweiunddreißig Haupthypothesen rezitieren konnte, sind lange vorbei.«

»Bleibt sitzen.« Gannadius seufzte und stand auf. »Wenn jemand mit Euch reden will, tut so, als wärt Ihr ein Aussätziger.«

*Vielleicht hat Gannadius ja recht*, dachte Alexius; *vielleicht rührt dieses infantile Verhalten ja von zuviel Streß und Verantwortung her. Daß der Patriarch plötzlich dem Drang nachgibt, sich mit abgetragenen Sachen zu verkleiden, und in der Unterstadt einen trinken geht, ist mehr oder weniger unvorstellbar.*

*Ich sollte in meiner Zelle liegen, Extrapolationen reiner Theorie anstellen und dieses verfluchte Mosaik anstarren. Aber hier kann ich meinen Kopf viel besser auslüften.*

Und der bedurfte dringend der Klärung. Der Wein oder der Lärm ließen seine Schläfen dröhnen, aber seit man ihm einen Sitz im Sicherheitsrat aufgedrängt hatte und er seine Tage damit verbringen mußte, den Präfekten und den Stellvertretenden Lordkanzler davon abzuhalten, sich gegenseitig an die Kehle zu gehen, hatte er sich an Kopfschmerzen gewöhnt. Halt, das bedurfte der Korrektur: Er mußte den Präfekten beschäftigt halten, während der Stellvertretende Lordkanzler seine Arbeit machte. Alexius wußte genau, daß dies das Beste war, was er für die Stadt tun konnte, und er arbeitete fleißiger daran als jemals zuvor in seinem Leben an einer Sache. Er dankte den Göttern, daß er Gannadius hatte, der für ihn in der Zwischenzeit den Orden leitete. Oder vielmehr dankte er dem Eigennutz. Jetzt, wo Gannadius offiziell zum Vizepatriarchen ernannt worden war, war seine Nachfolge gesichert. Irgendwie bezweifelte er jedoch, daß sich Gannadius viel daraus machte. Es war seltsam, aber er war ehrlich davon überzeugt, daß Gannadius, dessen Gesellschaft er vor gar nicht so langer Zeit gemieden hatte, dem am nächsten kam, was er seit seiner Ernennung zum Patriarchen als Freund bezeichnen würde.

Ah ja, und noch etwas. Bardas Loredan, der Mann, den er mit einem Fluch belegt hatte, war ebenfalls ein Freund, jemand, mit dem er offen reden konnte, dem er seine Ängste und seinen Ärger mitteilen konnte. Es war schon erstaunlich, daß er jetzt, fast am Ende seines Lebens, plötzlich und ziemlich unerwartet die Freundschaft entdeckte. Es war fast so, als könnte man in einem Alter, in dem alle anderen erblinden, das erste Mal sehen.

»Hier – ich hoffe, Ihr erstickt daran«, murmelte Gannadius, stellte den Becher hart ab und schob sich unbeholfen wieder auf die Bank. »Ich möchte Euch außerdem darauf hinweisen, daß Ihr billigen Wein auch in der Akademie in rauhen Mengen hättet trinken können – kostenlos.«

»Ja, und was hätte daran Spaß gemacht?« hielt Alexius leise dagegen. »Außerdem sind wir wie bereits gesagt aus geschäftlichen Gründen hier. Betrachtet die offenkundige Atmosphäre der Normalität, die fehlende Panik. Die Moral in der Stadt ist offensichtlich noch immer erfreulich hoch.«

Gannadius schnaubte. »Die Narren haben noch nicht begriffen, in was für einem Schlamassel wir stecken. Oder sie haben ihn vergessen oder nehmen an, daß er vorbei ist. Es ist noch gar nicht so lange her, daß in den Straßen Aufruhr herrschte.« Gannadius trank einen Schluck Wein und verzog das Gesicht. »Ihr könnt meinen auch haben. Mir tut der Kopf auch so schon genug weh, ohne das hier austrinken zu müssen.«

Alexius blickte ihn an. »Euch auch?«

»Warum? Habt Ihr ...?«

»Seit wir hereingekommen sind. Ich habe es dem rauhen Ambiente zugeschrieben, aber wenn auch Ihr unter Kopfschmerzen leidet ...?«

»Unsere Freunde von der Insel? Oh, bitte, nicht schon wieder. Haben wir nicht auch so schon genug Ärger?«

»Anscheinend nicht.«

Gannadius sah sich verstohlen um. »Ich sehe sie nicht. Es muß der Wein sein. Kopfschmerzen können auch natürliche Ursachen haben«, fügte er hinzu.

Er sah, wie sich Alexius entspannte. »Ihr habt sicher recht. Zuviel schlechter Wein und eine zu lebhafte Phantasie. Vielleicht sollten wir nach Hause gehen.«

Sie standen unauffällig auf; in ihrem Bemühen, sich bis zur Unkenntlichkeit zu verkleiden, hatten sie sich in die Sorte von Gästen verwandelt, die in dieser Art von Etablissement nicht willkommen waren. Auf die Straße gesetzt zu werden war kaum die beste Methode, nicht aufzufallen.

Vermutlich wäre alles gutgegangen, wäre Alexius nicht über

eine kleine Ledertasche gestolpert, die jemand zwischen zwei Tischen liegengelassen hatte, und daraufhin mit einem Gast zusammengestoßen, der einen Krug heißen Zider trug. Als der Inhalt des Kruges sich über sein Bein ergoß, schrie der Mann schmerzerfüllt auf und wirbelte herum.

»Du blöder Idiot«, fauchte er. »Schau, was du angerichtet hast.«

Alexius stammelte leise eine Entschuldigung, aber niemand hörte es. Der Mann packte ihn mit einer großen Hand am Kragen. »Dir ist klar, daß diese Hose ruiniert ist«, sagte er. »Jemand wird dafür bezahlen.«

»Natürlich«, sagte Gannadius in seinem versöhnlichsten, in Hunderten von Fakultätskonferenzen erprobten Tonfall. Unglücklicherweise hatte er vergessen, daß dieser Tonfall nicht so recht mit seiner Verkleidung in Einklang zu bringen war. Dem Gast konnte dieser Widerspruch kaum entgehen, und Gannadius verschlimmerte die Situation noch weiter, indem er nach der Geldbörse in seinem Ärmel tastete. Bevor seine Hand auch nur halbwegs in ihrer Nähe war, hatte der Gast sie ergriffen und schmerzhaft umgedreht.

»Wer zum Teufel bist du denn?« wollte er wissen. Köpfe wandten sich in ihre Richtung.

»Spielt das eine Rolle?«

Alexius wollte wissen, wer das gesagt hatte, und blickte sich um. Direkt hinter dem Gast ragte eine stämmige Gestalt auf – groß, kräftig und kahlköpfig, mit einem fremden, aber vertrauten Akzent. Irgendwie sogar sehr vertraut.

»Der Herr sagte, er wird bezahlen«, fuhr der Fremde fort. »Also benimm dich.«

Der Gast ließ Gannadius los und hielt sich die Schläfe, als würde sie schmerzen. »Schon gut«, sagte er, »das geht keinen was an. Solange ich mein Geld kriege …«

Gannadius drückte dem Mann eine Summe in die Hand, die ausgereicht hätte, ihn von Kopf bis Fuß in Hermelin zu kleiden, nahm Alexius am Ellbogen und drängte ihn in die kühle Nachtluft hinaus. »Verdammt, Alexius, ich wußte, daß uns dieser Unsinn Schereien einbringt. Es fehlte nicht viel, und man hätte uns erkannt …«

»Das hat man«, erwiderte Alexius müde. »Oh, keine Sorge, wir werden morgen schon nicht das Gespött der ganzen Stadt sein, wenn es das ist, was Ihr meint. Aber man hat uns erkannt, da könnt Ihr sicher sein.« Er bemerkte, daß er in einer Pfütze stand, die ganz bestimmt nicht aus Wasser bestand, und trat beiseite. »Kommt schon, laßt uns nach Hause gehen, bevor wir etwas noch Dümmeres anstellen.«

Er ging los, und seine Schritte waren schneller und energischer, als Gannadius für möglich gehalten hätte, so als wäre er zu sehr in Gedanken versunken, um sich an seine Hinfälligkeit zu erinnern. Gannadius eilte ihm nach.

»Das ist ja schön und gut, einfach zu behaupten, man hätte uns erkannt«, fauchte er, »aber Ihr könnt es dabei nicht bewenden lassen. Wer zum Teufel hat uns denn erkannt?«

»Unser Retter«, erwiderte Alexius über die Schulter. »Der große, kahlköpfige Mann.« Er seufzte. »Und ich habe tatsächlich geglaubt, die Dinge würden sich klären. Dabei haben wir kaum den Anfang gesehen.«

»Alexius, wenn Ihr anfangt, jetzt zum Orakel zu werden, werde ich Euch als hoffnungslosen Fall aufgeben. Bitte erklärt es mir.«

Der Patriarch lächelte freudlos. »Gannadius, Ihr überrascht mich, ich habe Euch immer für einen aufmerksamen Beobachter gehalten. Ich war davon überzeugt, Ihr hättet ihn erkannt.«

»Wen erkannt? Den Kahlkopf? Habt Ihr nicht gerade gesagt, er hätte *uns* erkannt?«

»Das hat er.« Alexius blieb kurz stehen, um zu Atem zu kommen. »Er hat uns erkannt, und ich habe ihn erkannt. Und da ich nur bis zu einem gewissen Grad an Zufälle glaube, kann ich nur zu dem Schluß kommen, daß er irgendwie dafür gesorgt hat, daß wir an diesem Ort waren.« Er schüttelte traurig den Kopf. »Ich schätze, das erklärt mein plötzliches Verlangen, nach zwanzig Jahren eine Schenke zu besuchen. Ich frage mich, wie er das angestellt hat.«

»Alexius …«

»Er war in dem Traum, den wir alle geteilt haben. Erinnert Ihr Euch wirklich nicht mehr?« Alexius atmete tief ein und stieß die Luft langsam durch die Nase wieder aus. »Das war Gorgas Loredan.«

# 13

Eines Morgens breitete sich das feindliche Lager vor der Stadtmauer aus; es war in der Nacht wie ein Pilz aus dem Boden geschossen, oder wie ein unheilvoller Knoten unter der Haut, den man zuvor nicht bemerkt hatte. Später kam der Sicherheitsrat zu dem Schluß, daß die Nomaden ihre Flöße heimlich bis zu dem Paß hatten treiben lassen, an dem der Fluß aus den niedrigen Hügeln hervortrat, etwa anderthalb Kilometer vor der Gabelung. Dann hatten sie im Schutz der Nacht den letzten Kilometer überwunden, ihre Ausrüstung an Land gebracht und ihr Lager keine fünfhundert Meter von der Brücke der Viehhändler entfernt aufgeschlagen; das alles in völliger Stille und ohne jeden Lichtschimmer. Übung machte eben wohl doch den Meister, und für Nomaden mußte das Abbrechen und Aufstellen eines Lagers zur zweiten Natur geworden sein. Dennoch war es eine beeindruckende Leistung.

Das hieß es zumindest im nachhinein. Als das erste Licht eines grauen und ziemlich kühlen Tages auf die unzähligen, geisterhaften, grauen und braunen Umrisse fiel, die scheinbar aus den sanft ansteigenden Böschungen des linken Flußufers wuchsen, war die Reaktion der Stadt etwas weniger analytisch.

Diesmal gab es jedoch keinen Aufruhr und auch keine Zusammenrottungen von Bürgern, nicht mal den erwarteten kopflosen Ansturm auf den Hafen, gegen den Loredan sorgfältige Vorkehrungen getroffen hatte. Das war auch gut so, denn nicht mal seine Pläne hatten die Möglichkeit in Betracht gezogen, daß der Feind eines Morgens einfach da sein würde. Statt dessen war die Stadt fast beunruhigend ruhig; überall standen Gruppen von Menschen herum, als würden sie auf etwas warten, ohne jedoch eine genau Vorstellung zu haben, worauf.

Als Loredan auf den Turm des Torhauses stieg, mußte er sich kurz an einen Tribock lehnen, weil er so außer Atem war. »Also gut«, keuchte er. »Was ist los?«

Dann sah er, daß fast der gesamte Rat hier versammelt war. Der Präfekt, der Lordkanzler, diverse Amtsträger, die in seinem Kopf auseinanderzusortieren er sich nie die Mühe gemacht hatte, sogar Alexius und der Leiter der Fechtschulen waren anwesend. *Es ist doch immer dasselbe*, dachte er im stillen. *Der General erfährt alles als letzter.*

Sie machten ihm an der Brustwehr Platz, und er blickte hinaus. Zuerst hielt er die grauen Umrisse für tiefhängende Nebelschwaden, wie sie manchmal vom Fluß aufstiegen, doch dafür war es die falsche Jahreszeit, und außerdem hatte er schon früher Clan-Zelte gesehen.

»Sieh an, sieh an«, sagte er sehr leise. »Ich frage mich, wie die dahin gekommen sind.«

Der Hauptmann des Torhauses berichtete ihm leise, was sich zugetragen hatte, und Loredan nickte. »Das ist möglich«, erwiderte er. »Ein ordentliches Stück Arbeit, wenn sie es in der Nacht gemacht haben. Ich bin beeindruckt.«

»Wir alle sind der Meinung, daß es nur so möglich war«, murmelte der Hauptmann. »Die Implikationen ...«

Loredan nickte. »Stimmt. Übrigens, warum flüstern wir eigentlich?«

Tatsächlich schien das eine vernünftige Verhaltensmaßregel zu sein. Macht keinen Lärm, man könnte sie aufwecken. »In der Stadt heißt es, sie können es nur mit Hilfe von Magie geschafft haben, unerkannt bis hier zu kommen«, sagte der Präfekt mit einem Stirnrunzeln, das dem Patriarchen galt. »Wir unterdrücken solche Parolen natürlich; sie haben schreckliche Auswirkungen auf die Moral.« Er verstummte und ließ den Blick über das beeindruckende Bild vor den Toren der Stadt schweifen. Seinem Gesichtsausdruck nach zu urteilen, hielt er die Theorie mit der Magie für gar nicht so abwegig. »Ich werde eine

Erklärung verlangen, wie das geschehen konnte«, fügte er hinzu. Loredan ignorierte ihn.

»Ist jemand auf die Idee gekommen, sie zu fragen, was sie wollen?« fragte er.

»Ich dachte, das sei offensichtlich«, sagte der Lordkanzler. »Ich glaube kaum, daß sie gekommen sind, um um Teppiche zu feilschen.«

»Es ist einen Versuch wert«, erwiderte Loredan ruhig. »Zumindest könnten wir uns ihren erstaunlichen jungen Anführer ansehen. Er interessiert mich.« Er verstummte und rieb sich das Kinn. »Apropos, hat eigentlich schon jemand einen von ihnen zu Gesicht bekommen? Ich glaube, die liegen noch alle im Bett.« Er blickte sich um. »Wo ist Garantzes? Ist er hier?«

Der Maschienenbauer trat vor. *Verflucht, wie kann er zu dieser gottlosen Stunde nur so militärisch und adrett aussehen?*

»Garantzes«, fuhr Loredan fort, »was meint Ihr, wie weit sind diese Zelte entfernt?«

Der Maschinenbauer runzelte die Stirn. »Fünfhundertfünfzig Meter«, antwortete er. »Vielleicht etwas weniger. Auf jeden Fall außer Reichweite, wenn Ihr das meint.«

»Stimmt.« Loredan nickte. »Schade. Wir könnten ihnen trotzdem einen Morgengruß schicken, wenn wir schon mal hier sind.« Er winkte den Hauptmann des Torhauses heran. »Spannt den neuen Tribock, ja? Und schickt jemanden nach einem fünfundzwanzig Pfund schweren Stein und einem dieser großen Weidenkörbe.«

Loredan war bei seinen Übungen nie auf die Idee gekommen, eine Steinschleuder ein zu leichtes Geschoß über das Doppelte ihrer normalen Reichweite schleudern zu lassen. Glücklicherweise bot das Lager ein großes Ziel. Der Stein schoß aus der Lederschlinge, ließ den Korb hinter sich und erreichte eine fast unmögliche Höhe, bevor er in die Tiefe raste und am westlichen Rand des Nomadenlagers krachend in einen leeren Wagen einschlug.

Der Effekt war durchaus zufriedenstellend. Das Getöse ließ Männer aus den in der Nähe befindlichen Zelten stürmen; es war schade, daß sie zu weit weg waren, um ihre Gesichter sehen zu können, aber die Art und Weise, wie sie einen Augenblick lang dastanden, bevor sie in alle Richtungen auseinanderspritzten, war aussagekräftig genug. Sie waren fest davon überzeugt gewesen, außer Reichweite zu sein, und hier war der Beweis, daß dem nicht so war. Es dauerte einige Zeit, bis ihnen klar wurde, daß es sich um einen ziemlich kleinen Stein gehandelt hatte, dem keine weiteren gefolgt waren, woraufhin sie wieder etwas näher herangingen. *Mit etwas Glück wecken sie jetzt ihren Häuptling,* dachte Loredan. *Vielleicht finden wir sogar heraus, welches sein Zelt ist. Ich sehe nicht ein, warum er gemütlich schlafen sollte, wenn ich es auch nicht darf.*

»Temrai«, keuchte eine Stimme in seinem Traum. »Sie schießen auf uns.«

Er wachte auf, hob den Kopf, öffnete die Augen. Es war gar kein Traum; ein ihm unbekannter Junge stand im Zelteingang. »Was soll das heißen, sie schießen?« fragte er benommen. »Und wer zum Teufel hat mich einschlafen lassen? Ich habe so viel zu tun …«

»Sie werfen Felsen ins Lager«, unterbrach ihn der Junge aufgeregt. »Von dem großen Turm über der Zugbrücke. Ich habe es mit eigenen Augen gesehen.«

Temrai war eine Sekunde später aus seinem Sessel. »Das ist unmöglich«, sagte er. »Wir sind ein ganzes Stück außer Reichweite. Sie können unmöglich so mächtige Wurfmaschinen haben.«

Der Junge ging voraus. Das Lager glich einem Ameisennest, das von einem Schwall kochenden Wassers getroffen worden war. Die umherrennenden Leute blieben wie angewurzelt stehen, als sie Temrai herankommen sahen, und verfielen in ein unheilvolles Schweigen. *Bei den Göttern, sie geben mir die*

*Schuld*, dachte er und beschleunigte seinen Schritt. *Aber es ist trotzdem unmöglich. Nichts kann einen zwei Zentner schweren Felsbrocken fast sechshundert Meter weit schießen; es ist unmöglich, eine Steinschleuder mit einem Arm zu konstruieren, der stark genug ist, das Gegengewicht zu halten, ganz zu schweigen von der verheerenden Belastung des Rahmens. Das Ding müßte so groß wie ein Berg sein.*

»Da«, sagte der Junge aufgeregt und deutete nach vorn. »Da!« Temrai runzelte ärgerlich die Stirn, dann sah er, worauf der Junge so aufgeregt zeigte. Es war ein Wagen, und er bot einen nicht gerade erbaulichen Anblick. Die Seite war eingedrückt, eine Achse gebrochen, und dem einen Hinterrad fehlten ein paar Speichen.

»Und?« fragte Temrai.

»Da!« wiederholte der Junge. Temrai sah genauer hin und entdeckte einen kleinen Stein, der halb im Boden vergraben war. Einen Augenblick lang fragte er sich, ob da wohl ein Zusammenhang bestand. Dann begriff er, was passiert war.

»Ist das alles?« sagte er erleichtert.

Alle starrten ihn an.

»Nun, seht ihn euch doch bloß an. Verglichen mit dem Geschoß eines richtigen Tribocks ist das bloß ein Kieselstein. Bitte denkt nach, ja? Es dauert zwanzig Minuten, so eine Schleuder schußbereit zu machen, und mit Steinen dieser Größe können sie nur darauf hoffen, uns nacheinander zu erschießen. Sie wären alle alte Männer, bevor sie uns einen bedeutsamen Schaden zugefügt hätten.«

Sie starrten ihn noch immer an. Keiner sprach es aus – *Ja, aber mal angenommen, ich bin der nächste, der von einem Stein getroffen wird* –, aber das brauchten sie auch nicht. Temrai ging zu dem Stein hinüber, hob ihn auf und ließ ihn wieder fallen. Es beschäftigte ihn noch immer, was er da eben gesagt hatte: *bedeutsamen Schaden* – ein militärischer Ausdruck, der besagte, daß es nur Tausende statt Hunderttausende von Toten gab.

Es war gar nicht so lange her, daß eine alte Frau, die bei einer Flußdurchquerung vom Wasser mitgerissen worden war, als nationale Katastrophe gegolten hatte.

»Also gut«, sagte er, »wir tun folgendes.«

Der zweite Schuß des Krieges segelte über die Stadtmauer, verfehlte die Brustwehr nur um Zentimeter, fiel hinunter in die Gosse und bohrte sich bis zur Befiederung in Pferdescheiße. Es war der Pfeil vom Bogen eines schnell reitenden Bogenschützen, der direkt unterhalb der auf der Mauer montierten Wurfmaschinen im Zickzack über den Dammweg bis zur Zugbrücke ritt. Er schoß in vollem Galopp, riß das Pferd herum und ritt zurück. Niemand schoß auf ihn, löste ein Katapult aus oder rief ihm gar eine Beleidigung nach; den Türmen der Stadt schien sein mutiger Streich so gleichgültig zu sein wie den Bäumen des Waldes die Kletterei eines Eichhörnchens.

»Und was sollte das?« fragte jemand in die Stille.

»Tollkühnheit«, erwiderte ein anderer, zog den Pfeil mit spitzen Fingern aus der Pferdescheiße, hielt ihn eine Armlänge von sich entfernt und gab ihn einem Schreiber aus dem Stadtarchiv. »Geh und bring das in ein Museum«, sagte er angeekelt. »Der könnte eines Tages viel wert sein, wenn du die Pferdescheiße abwäschst.«

Loredan nickte. »Die erste Runde geht an uns«, sagte er. »Wir gewinnen den ersten Austausch melodramatischer und sinnloser Gesten. Jetzt, wo wir ihre Aufmerksamkeit haben, sollten wir sehen, ob sie mit uns sprechen wollen.«

Während sich der Sicherheitsrat darüber stritt, wer bei der Abordnung dabeisein sollte, kamen auf der Ebene die Dinge in Bewegung. Flußaufwärts kam eine Reihe großer Flöße in Sicht, die versuchten, so nahe wie möglich am Lager an Land zu gehen. Die Flöße waren mit Holzstapeln beladen; man mußte kein Maschinenbauer sein, um die Teile von Belagerungsgerät zu erkennen.

Einem Beobachter auf der Mauer fiel das auf, und man gab die Nachricht nach unten an Loredan weiter, der die debattierenden Diplomaten stehenließ und die Stufen zum nächsten Turm emporhastete.

»Richtig«, sagte er. »Dagegen können wir etwas unternehmen. Gebt dem Hafen Bescheid, daß sie drei leichte Kutter für den sofortigen Einsatz bereitmachen. Wir können die Flöße an Ort und Stelle vernichten.«

Er hatte noch nicht zu Ende gesprochen, als jemand an seinem Ärmel zupfte und hinüber zeigte. Eines der Flöße war ans rechte Ufer gerudert worden, ein kleines Stück oberhalb des Dammwegs. Die Flößer luden das eine Ende einer dicken, schweren Kette ab. Andere Männer machten sich daran, eine gewaltige Eiche durchzusägen, die am Ufer wuchs. *Verflucht*, dachte Loredan, *sie sind mir schon wieder voraus. Sie werden den Fluß mit der Kette blockieren, damit wir nicht an die Flöße herankönnen.* »Sagt ihnen, sie sollen das mit den Kuttern vergessen«, rief er die Treppe hinunter. »Diese Burschen sind klüger, als ich dachte.«

Die Abordnung überquerte die Zugbrücke. Der Hauptmann der Wache ritt mit der weißen Flagge vorneweg; ihm folgten zehn Ratsmitglieder, die von dreißig Kavalleristen eskortiert wurden.

»Ich hoffe, sie wissen, was eine weiße Flagge bedeutet«, murmelte der Lordkanzler nervös. »Wir wissen, was es bedeutet, aber was ist mit ihnen?«

»Ich weiß es nicht, in Ordnung?« murmelte der Präfekt zurück. »Ihr solltet lieber Loredan fragen, er ist derjenige, der diese Leute kennt.«

Loredan tat so, als hätte er das nicht gehört. Sollten sie sich ruhig Sorgen machen, vielleicht ermunterte es sie dazu, den Mund zu halten, während er die Verhandlungen führte. Nicht, daß er große Hoffnungen hatte, was die Erfolgsaussichten anging. Es war wenig wahrscheinlich, daß diese große und prächtig ausgerüstete Armee den ganzen Weg angerückt war und diese ganzen Mühen auf sich genommen hatte, nur um um bessere Preise für importierte Waren zu feilschen. Soweit es ihn betraf, konnte man nur eine Sache erreichen, aber sie stellte möglicherweise den Schlüssel zur Verteidigung der Stadt dar. Er wollte den anderen Mann sehen.

Denn der Feind, den du sieht, ist das geringste deiner Probleme.

Die Abordnung verursachte Aufregung im Lager, wo der Clan nach dem Schock von Loredans Schuß gerade wieder zur Ruhe gekommen war. Ein Junge rannte Hals über Kopf in die Landezone, wo Temrai mit den Männern, die er zu Hauptleuten gemacht hatte, das Entladen besprach.

»Reiter«, rief der Junge. »Vierzig Mann, sie kommen hierher.«

Onkel Anakai brach das Schweigen. »Entweder haben sie zu viele Männer, oder sie wollen reden«, sagte er. »Tragen sie eine weiße Flagge?«

Der Junge sah unsicher aus. »Das weiß ich nicht«, erwiderte er. »Sie haben eine Standarte, aber die Farbe habe ich mir nicht gemerkt.«

»Eine weiße Flagge bedeutet, sie wollen reden«, erklärte Temrai. »Das ist ein primitiver perimadeianischer Glaube – ein altes Hemd, das man an einen Stock bindet, macht einen pfeilsicher. Ich würde das eines Tages mal gern ausprobieren.«

Onkel Anakai grinste. »Willst du mit ihnen sprechen? Scheint mir sinnlos zu sein.«

Temrai, der auf den Knien gehockt und mit einem Stock etwas in den Boden gezeichnet hatte, stand auf und wischte sich die Hände an der Hose sauber. »Ganz im Gegenteil, Onkel An«, sagte er. »Das ist ein Glückstreffer, den ich nicht erwartet hatte. Das bietet uns die Chance, unsere Gegner persönlich kennenzulernen.«

Einer der Maschinenbauer runzelte die Stirn. »Du meinst, das da sind ihre Anführer? Warum bringen wir sie nicht einfach um? Vernichten ihren ganzen Kommandostab, bevor die Schlacht beginnt?«

Temrai schüttelte den Kopf. »Und stehen dann wieder da, wo wir vorher waren – kämpfen gegen Generäle, über die wir nichts wissen. Nein, wir gehen hin und unterhalten uns mit ihnen, gewinnen einen Eindruck davon, wie ihr Verstand arbeitet. Jeder benimmt sich. Sperrt die Ohren auf und haltet den Mund.«

Die beiden Gruppen trafen sich direkt vor dem Lager. Temrai, der sich nicht übertreffen lassen wollte, brachte fünfzehn Ratgeber, fünfzig Reiter und drei weiße Flaggen mit, die man schnell aus Bettlaken hergestellt hatte. Im letzten Augenblick stieß er seinen Cousin Kasadai in die Rippen und flüsterte: »Du bist ich, verstanden?«

»Was?«

»Du sollst so tun, als wärst du ich. Sie sollen nicht erfahren, wer ich bin. In Ordnung?«

Kasadai zuckte mit den Schultern. »Du bist der Clanhäuptling. Was soll ich sagen, wenn sie mich was fragen?«

»Was du willst. Danke, Kas.« Temrai ließ sich zurückfallen und zog sich die Mütze aus Otterfell tiefer ins Gesicht, während Kasadai an die Spitze der Gruppe ritt.

Als die beiden Abordnungen einander fast erreicht hatten, ritt Loredan nach vorn, ließ die Zügel fallen und verschränkte die Arme über der Brust. »Also gut«, rief er laut. »Wer von euch Affen hat hier das Sagen?«

Nach kurzem Zögern ritt Kasadai nach vorn. Er räusperte sich. »Ich bin Temrai Tai-me-Mar«, sagte er mit Nachdruck, »der Sohn von Sasurai. Was willst du?«

Loredan schenkte ihm ein verächtliches Grinsen. »Nein, bist du nicht«, sagte er. »Du bist zu alt. Der neue Anführer ist eine junge Rotznase, das weiß jeder. Das mußt du sein, der mit der toten Ratte auf dem Kopf. Komm her, damit wir uns unterhalten können, ohne schreien zu müssen.«

Nach einem viel zu langen Augenblick peinlicher Stille ritt Temrai nach vorn. »Ich bin Temrai. Wer bist du?«

Loredan blickte ihn mit zusammengekniffenen Augen an. »Dich kenne ich doch von irgendwoher. Bei Namen ist es hoffnungslos, aber ich vergesse nie ein Gesicht. Ja, richtig, du bist doch der Tölpel aus dem Arsenal, der mein Schild kaputtgemacht hat.«

Temrai nickte kaum merklich, seine Augen waren so kalt wie Stahl im Winter. »Das stimmt. Ich erinnere mich auch an dich. Ich freue mich, daß meine Feinde einen Säufer zu ihrem General gemacht haben.«

Loredan grinste breit. »Der war gut. Den muß ich mir merken. Genug geplaudert. Unter zwei Bedingungen erlauben wir euch den Rückzeug. Erstens, ihr verbrennt diese Apparate da, bevor ihr aufbrecht. Zweitens, du bezahlst mir, was du mir für das Schild schuldest. Einverstanden?«

Er versuchte Augenkontakt zu halten, den anderen Mann niederzustarren, aber das erwies sich als schwer. In diesem Augenblick hätte er es vorgezogen, wenn Temrai ihn entlang einer Klinge angesehen hätte, selbst wenn er dabei unbewaffnet gewesen wäre. Er hätte gewußt, woran er war. Aber die Augen des Jungen waren beunruhigend reglos; sie bewegten sich genausowenig wie die Degenspitze dieses verrückten Mädchens damals in jener Nacht in der Schule.

»Ich vergesse auch kein Gesicht«, sagte Temrai schließlich. »Da du mir unhöflicherweise deinen Namen nicht verrätst, werde ich mir nur dein Gesicht merken müssen. Ich hoffe, wir begegnen uns wieder.«

Loredan gähnte. »Ich fürchte, ich werde das als Nein auffassen müssen«, erwiderte er. »Schade. Du hast nicht die geringste Chance, und schrecklich viele deiner Leute werden sterben. Nicht, daß mich das stören würde, aber einige meiner Männer werden bestimmt auch verletzt werden, und das hätte ich gern vermieden. Na ja, die Verantwortung dafür trägst du.«

»Akzeptiert«, sagte Temrai.

»Nur eins noch, da du nun schon mal hier bist und du vermutlich fliehen wirst, bevor wir dich gefangennehmen können, und wir uns vermutlich nie wiedersehen. Nur so aus Interesse, warum tust du das?«

Temrai starrte ihn lange an, bevor er antwortete. »Es ist etwas Persönliches«, sagte er dann.

»Etwas Persönliches? Das ist alles? Du führst deinen Clan in den sicheren Tod, weil du dich aus irgendeinem Grund über uns geärgert hast?«

Temrai nickte. »Das trifft es ganz gut«, sagte er. »Ich bin dir sogar dankbar, daß du mich daran erinnerst. Ich hatte angefangen, mir die gleiche Frage zu stellen; jetzt kann ich mich auf einmal wieder an die Antwort erinnern.«

Loredan zog sein Pferd herum. »Wenn du meinst. Mir ist das egal. Du schuldest mir noch immer die Bezahlung für mein Schild.«

»Du wirst kriegen, was dir zusteht«, erwiderte Temrai. »Dafür werde ich persönlich sorgen.«

Man mußte dem Präfekten zugestehen, daß er mit seinen Vorwürfen wartete, bis sie außer Hörweite von Temrais Abordnung waren.

»Was zum Teufel sollte das denn bedeuten?« zischte er außer sich vor Wut. »Wenn das Eure Vorstellung von Diplomatie war, dann ...«

»Es war der erste Zug«, erwiderte Loredan milde gestimmt. »Eine aggressive Eröffnung, wie die Angriffsstellung der Alten Fechtschule. Ich habe herausgefunden, was ich wissen wollte.«

»Da bin ich ja beruhigt«, sagte der Präfekt. »Vielleicht habt Ihr ja die Güte, diese unbezahlbaren Erkenntnisse mit uns zu teilen. Denn ich habe nicht den verdammten Hauch einer Ahnung, was wir eben erreicht haben. Und was sollte dieser ganze Unsinn darüber, daß er Euch ein Schild schuldet?«

Loredan lächelte matt. »Das entspricht alles der Wahrheit«,

sagte er mit einem Seufzen. »Und das sind fünf Viertel, die ich so schnell nicht wiedersehen werde. Ihr wollt wissen, was ich erfahren habe? Also gut. Erstens: es gibt keinen Verräter, der dem Feind die Geheimnisse des Arsenals verkauft hat; vor etwa sechs Monaten arbeitete der Junge als Schwertschmied im Arsenal. Jetzt kennen wir den Grund dafür. Ich schätze, wir wissen auch, wer ihm alles beigebracht hat.«

Der Präfekt wollte etwas sagen, ließ es aber sein. Loredan nickte.

»Zweitens handelt es sich hier um einen klugen Burschen. Er ist auch erwachsener geworden; nun, ich schätze, das ist für einen Jungen unvermeidlich, wenn man der Anführer eines Clans wird. Jeder, der dazu fähig ist, die genauen Baupläne all unserer Belagerungsmaschinen dem Gedächtnis anzuvertrauen und dann einen Nomadenstamm, der noch nie zuvor etwas Derartiges getan hat, dazu bringt, eine solche Menge Belagerungsgerät herzustellen, ist offensichtlich jemand, den man nicht auf die leichte Schulter nehmen sollte. Allein das ist schon Rechtfertigung genug für diesen kleinen Ausflug.«

Der Präfekt biß sich auf die Unterlippe und nickte. »Dem stimme ich zu.«

»Gut. Drittens. Hier ist eine kleine Lektion in Geschichte für Euch. Vor zwölf Jahren hat Maxen den Wagenzug des Häuptlings angegriffen – damals war Sasurai, der Vater des Jungen, ihr Häuptling –, und wir löschten den größten Teil der königlichen Familie aus. Um ehrlich zu sein, waren wir der Meinung, alle erwischt zu haben, sämtliche Verwandten auf einen Streich. Das war alles Teil von Maxens Destabilisierungspolitik: lasse keinen offensichtlichen Thronerben am Leben, dann kommt es zu einem Bürgerkrieg, wenn der Alte stirbt. Offensichtlich haben wir nicht alle erwischt, denn der Junge nannte sich Temrai, Sohn des Sasurai. Und als ich nach seinen Gründen fragte, sagte er, es sei etwas Persönliches.« Loredan saugte nachdenklich an seiner Unterlippe. »Da hat er keinen Unsinn erzählt. Wenn er Sasurais Sohn ist, haben wir seine ganze Familie getötet. Daraus ergibt sich die Tatsache, daß er keine Wahl hat. Er muß das tun, was er da tut, und der Clan weiß das. Was wiederum bedeutet, daß sie nicht anfangen werden sich zu langweilen und abziehen, wenn sie die Stadt nicht im ersten Sturm erobern.« Er schüttelte den Kopf. »Ich hatte mir schon gedacht, daß die ganze Sache etwas mit Maxens Krieg zu tun hat. Mir war bis jetzt nur nicht klar, daß es so ernst ist.«

»Noch etwas?« fragte der Präfekt.

»Noch ein paar Kleinigkeiten. Unser Junge läßt sich nicht beeindrucken, und er verliert nicht die Beherrschung. Das ist gut zu wissen. Soweit ich das beurteilen kann, hat er alles voll unter Kontrolle; da waren viele Würdenträger des Clans, aber außer Temrai hat keiner ein Wort von sich gegeben. Das läßt darauf schließen, daß sie seine Befehle befolgen.«

Sobald sie wieder in der Stadt waren, rief Loredan Garantzes zu sich und befahl ihm, den Dammweg gegenüber der Zugbrücke zu zerstören. Kurz darauf nahmen vier Tribocke auf der östlichen Bastion ihre Arbeit auf, und der Dammweg verwandelte sich in einen Wirrwarr aus zerstörten Holzplanken. Es war eine beeindruckende Zurschaustellung von Artilleriekunst, und Loredan hoffte, daß Temrai zugesehen hatte. Andererseits fand er es etwas deprimierend, daß ausgerechnet seine direkten Befehle für die ersten Schäden an den Anlagen der Stadt verantwortlich waren. Er hoffte, daß das kein Vorzeichen dessen war, was die Zukunft bringen würde.

Gannadius saß in seinem Büro am Schreibtisch und studierte Pergamente. Die Belagerung dauerte nun genau drei Tage, und bis jetzt war nichts geschehen. Auf beiden Seiten der Mauer war die Luft vom Geräusch der Hämmer, Sägen und Winden erfüllt, auf beiden Seiten zogen Männer Holzstämme über den Boden, brüllten Befehle und standen in Gruppen herum, während andere versuchten, das letzte unvorhergesehene Desaster aus der Welt zu schaffen. Aber die Distanz zwischen der Mauer und dem Lager war noch immer die gleiche, und abgesehen von den üblichen streunenden Hunden und auf Futtersuche befindlichen Vögeln hatte niemand versucht, sie zu überbrücken. Er hatte Alexius seit jenem ersten Morgen nicht mehr zu Gesicht bekommen; der Sicherheitsrat tagte mehr oder weniger pausenlos, obwohl sich Gannadius fragte, was sie da eigentlich berieten. Manchmal hatte er den Verdacht, daß sie ein paar Würfeltische und eine dieser wasserbetriebenen Orgeln organisiert hatten, genau das Richtige, wenn man eine zünftige Feier abhalten wollte.

Aus unerfindlichen Gründen kehrten seine Gedanken immer wieder zu ihrem schiefgegangenen Schenkenbummel und dem Mann zurück, der angeblich Gorgas Loredan gewesen sein sollte. Damals hatte er es der ziemlich spektakulären Menge schlechten Weins zugeschrieben, die der Patriarch konsumiert hatte; selbst wenn es sich bei dem Mann um den Bruder des Stellvertretenden Lordkanzlers handelte, war die Vorstellung, daß er sie irgendwie in die Schenke gelockt hatte, nur um einen Blick auf sie werfen zu können, Gannadius als viel zu weit hergeholt erschienen, um ernsthaft in Betracht gezogen zu werden. Warum sich die Mühe machen? Und trotzdem war der Patriarch anscheinend davon überzeugt gewesen, daß Gorgas Loredans Anwesenheit irgendwie ein ganz besonders schlechtes Omen darstellte, für sie beide und möglicherweise für die ganze Stadt.

*Und jetzt mache auch ich mir Sorgen. Ich frage mich, ob da wirklich was dran ist.*

Um auf andere Gedanken zu kommen, stand er auf und machte Feuer im Kamin. Dann konzentrierte er sich wieder auf die Pergamente. Er nahm ein Blatt zur Hand, aber er las nicht. Bald wurden ihm die Lider schwer, und er ließ sie zufallen …

*… und fand sich vor einem anderen Feuer wieder, das sehr heiß und fast schon schmerzhaft hell brannte; er stand mehrere*

*Meter davon entfernt, trotzdem ließ die Hitze seine Haut kribbeln. Es war, als befände man sich im Inneren eines Schmelzofens, nur daß es sich nicht so verhielt. Tatsächlich war es das Gebäude, das in Flammen stand.*

Er sah genauer hin und erkannte, daß es sich um das Arsenal handelte. Es schien bis auf die Grundmauern niederzubrennen, und davor stand ein über einen Amboß gebeugter Mann, der die Flammen benutzte, um zu arbeiten. In der einen Hand hielt er einen kleinen Hammer, in der anderen eine Zange mit einem Stück rotglühenden Eisens. Es war …

»Gorgas Loredan?«

Der Kahlkopf sah ihn an und nickte freundlich. »Hallo«, sagte er. »Schon seltsam, Euch hier zu sehen. Würde es Euch etwas ausmachen, Euch hier kurz nützlich zu machen?«

»Natürlich nicht«, sagte Gannadius. »Was soll ich tun?«

»Den Blasebalg bedienen, während ich das Flußmittel für das Lötmetall mische«, antwortete Gorgas. »Das geht ganz fix. Aber wenn es abkühlt, kriege ich das Lötmetall nicht flüssig.«

»Was muß ich tun?«

»Einfach nur diese Hebel bedienen, rauf und runter – ja, genau so ist es richtig. Immer schön regelmäßig, dann geht alles in Ordnung.«

Gannadius bediente die Hebel. »Übrigens, wie kommt es, daß ich alle diese technischen Begriffe kenne? Ich verstehe nichts von Metallbearbeitung.«

»Wissen ist niemals verschwendet«, erwiderte Gorgas, der ihm gerade den Rücken zuwandte. Er streute etwas weißes Puder auf eine Schieferplatte, spuckte darauf und mischte mit einem Stöckchen daraus das Flußmittel. »Das ist kostbar«, sagte er. »Damit muß ich sorgsam umgehen. Für das Lötsilber kann ich nichts anderes nehmen.«

Gannadius nickte und wischte sich mit dem Ärmel den Schweiß von der Stirn. »Ich war immer der Ansicht, wir wüßten nicht, wie man das Silberzeug benutzt.«

»Das ist richtig«, erwiderte Gorgas. »Aber die Nomaden wissen es. Wunderbares Zeug. So, das müßte reichen. Es muß die richtige Dichte haben, sonst funktioniert es nicht. Pumpt weiter, während ich die Arbeit mache.«

Gannadius nickte und bearbeitete den Blasebalg. »Mein Freund Alexius verdächtigt Euch, der Anlaß für all das hier zu sein«, meinte er, während er weiterpumpte. »Ich sehe das nicht so. Wie ist Eure Meinung dazu?«

»Ich glaube, Alexius könnte da nicht unrecht haben«, erwiderte Gorgas. »Aber wäre es nicht einfacher, meinen Bruder zu fragen, statt herumzurätseln und deswegen nicht mehr schlafen zu können?«

»Das ist wahr«, sagte Gannadius. »Natürlich könntet Ihr es mir auch einfach verraten.«

Gorgas lächelte. »Ich würde ja gern behilflich sein«, sagte er, »aber ich bin nur ein Traum, eine Art unverdaute Blähung Eures Unterbewußtseins. Wenn Ihr die Antwort nicht kennt, wie sollte ich sie dann wissen?«

»Ah, aber das seid Ihr nicht, denn wäre das der Fall, woher wüßte ich dann über das Lötsilber und das Flußmittel Bescheid, oder darüber, das Eisen in genau dem richtigen kirschroten Farbton zu halten, damit das Lötmetall seine Arbeit tun kann? Das entstammt nicht meiner Erinnerung; also tut Ihr es auch nicht. Ihr könntet meine Frage also beantworten.«

Gorgas nickte. »Gutes Argument. Offensichtlich habt Ihr etwas gelernt, seit Ihr mit unserem verehrten Patriarchen herumhängt. Entweder das« – Gorgas hob den Kopf und grinste, und die Flammen tauchten ihn in ein rotes Licht – »oder ich lenke Eure Handlungen, wie Alexius behauptet. Na los, wenn Ihr schon so klug seid, sagt mir, was davon zutrifft.«

»Warum steht die Stadt in Flammen?« fragte Gannadius.

»Keine Ahnung.« Gorgas beugte sich über das rotglühende Eisen und berührte die Verbindungsstelle behutsam mit der

Stange Lötmetall. »Da müßt Ihr schon meine Schwester fragen. Sie ist die Kluge in unserer Familie.«

»Ich wußte gar nicht, daß Ihr eine Schwester habt«, sagte Gannadius – und erwachte mit dem Ruck, als der Papierstapel von seinem Schoß rutschte. Jemand klopfte an die Tür. Er grunzte, hob die durcheinandergeratenen Blätter auf und sagte: »Herein.«

Ein junges Mädchen schob den Kopf durch den Türspalt; sie war ihm unbekannt. »Da sind Leute, die Euch sehen wollen. Sie behaupten, Freunde von Euch zu sein. Ausländer«, fügte sie bedeutungsvoll hinzu.

»Hm? Aha. Schick sie rauf, ja? Haben diese Ausländer auch Namen, oder kannst du sie nicht aussprechen, weil sie zu ausländisch für dich sind?«

»Ach, ich habe sie nicht gefragt«, erwiderte das Mädchen und verschwand.

Gannadius rieb sich den Schlaf aus den Augen und fragte sich, warum das Mädchen das Wort *Ausländer* so betont hatte. Er kam zu dem Schluß, daß es sich bei den Besuchern entweder um Abgesandte des Clans handelte, denen er den Schlüssel zur Stadt zu übergeben hatte, oder um schrecklich mächtige Zauberer, die gekommen waren, um ihm dabei zu helfen, einen wirklich verheerenden Zauber zu schmieden, mit dem man die Nomaden von der Erde fegen konnte; möglicherweise traf ja auch beides zu. Er bereute die zweite Hypothese im gleichen Augenblick, in dem die Tür sich wieder öffnete und Vetriz und Venart auf der Schwelle erschienen.

Venart räusperte sich. »Ich möchte nur vorausschicken, daß das allein ihre Idee war«, verkündete er.

Seine Schwester warf ihm einen verächtlichen Blick zu und hockte sich auf die Kante des Schreibtischs. Venart blieb, wo er war, in der Nähe der Tür.

»Bitte kommt herein«, sagte Gannadius. »Möchtet Ihr etwas zu trinken? Bitte, bedient Euch doch selbst.«

»Danke.« Die junge Frau lehnte sich über den Schreibtisch, ergriff den Weinkrug und einen Becher und goß etwas ein. »Mmh, köstlich. Was ist das?«

Gannadius lächelte. »Eine Spezialität des Hauses«, sagte er. »Ein süßer Wein aus dem Süden, mit Honig und Zimt. Aber der hier ist kalt, er sollte warm sein. Ich werde neuen bringen lassen.«

»Danke«, sagte Vetriz und ignorierte den flehenden Blick ihres Bruders. »Es tut mir leid, daß wir so reinplatzen, ich sehe ja, daß Ihr beschäftigt seid. Aber wir wollten zu Hauptmann Loredan, und ...«

»Oberst Loredan«, murmelte ihr Bruder.

»Oberst Loredan, und keiner weiß, wo er ist. Ven ist zu seiner Amtsstube gegangen, aber da war er nicht, und die Beamten waren überhaupt nicht hilfsbereit, und Athli, das ist seine Kanzlistin – sie macht mit uns Geschäfte –, erwähnte, daß sich der Oberst sehr gut mit Patriarch Alexius versteht, also wollten wir ihn fragen, ob er weiß, wo der Oberst ist, und als wir im Palast nachfragten ...«

»Präfektur.«

»...meinte man, Ihr wüßtet, wo er ist, da Ihr für ihn eingesprungen seid, solange er mit der Invasion beschäftigt ist. Ist das übrigens nicht schrecklich?«

»Schockierend«, erwiderte Gannadius mit einem Lächeln.

»Nicht wahr? Aber wie dem auch sei, wenn es nicht zu viel Mühe macht, könntet Ihr dem Patriarchen eine Nachricht zukommen lassen, daß er dem Oberst ausrichten möchte, daß wir wieder in der Stadt sind. Wir sind heute morgen eingetroffen, und ob er fünf Minuten für uns erübrigen könnte ...«

»Vetriz«, stöhnte Venart. »Halt die Klappe.«

»Halt selbst die Klappe. Meint Ihr, Ihr schafft das? Wir wären Euch wirklich dankbar.«

Es klopfte an der Tür; es war wieder das junge Mädchen.

Gannadius bat um einen großen Krug warmen gewürzten Weins und drei saubere Becher. Das Mädchen nickte, warf den beiden Inselbewohnern einen langen Blick zu und ging.

Interessehalber führte Gannadius die Fingerspitzen an die Stirn. Keine Kopfschmerzen. Er dachte einen Augenblick lang nach und traf eine Entscheidung.

»Ich wüßte nicht, warum das nicht gehen sollte«, sagte er. »Venart – das ist doch Euer Name, nicht wahr? –, bitte setzt Euch doch. Ich glaube, der Wein wird Euch schmecken. Ja, ich müßte eine Nachricht an Oberst Loredan übermitteln können. Es wird vermutlich einen oder zwei Tage dauern. Bei den Entwicklungen der letzten Zeit ...«

»Oh, das macht nichts«, erwiderte Vetriz. »Wir müssen mindestens eine Woche bleiben, um den Rest des Tauwerks zu laden. Ven hat der Regierung alles überschüssige Tauwerk abgekauft, ein gutes Geschäft für uns. Darum wollen auch mit dem Oberst sprechen. Bei unserem letzten Besuch erwähnte er, sie hätten nicht genug Zitronenbaumholz für die Bogenherstellung, und zu Hause haben wir einen ziemlich großen Posten erwerben können – eigentlich ist es eine stornierte Bestellung, aber bitte erzählt es dem Oberst nicht.«

»Natürlich.« Gannadius nickte verschwörerisch. »Und ich bin sicher, er wird hocherfreut sein. Wenn Ihr es eilig habt, könntet Ihr auch zur Quartiermeisterei gehen.«

Vetriz lächelte. »Oh, das ist uns bekannt. Aber wenn man einen Kontakt zur Spitze der Organisation hat, schadet es nichts, die Angelegenheit persönlich zu erledigen. Predigst du mir das nicht immer wieder, Ven?«

Venart, der auf dem Rand eines harten Stuhls mit gerader Rückenlehne hockte, nickte düster und schwieg. Zumindest dieses eine Mal war er völlig damit zufrieden, das Gespräch seiner Schwester zu überlassen.

»Im Gegenzug könntet Ihr mir vielleicht einen Gefallen tun«, sagte Gannadius.

Vetriz strahlte. »Aber natürlich. Sollen wir Euch etwas besorgen?«

Gannadius schüttelte den Kopf. »Es hat eher etwas mit den Umständen unserer letzten Begegnung zu tun«, erwiderte er. »Ich muß gestehen, daß Alexius und ich nicht so ganz ehrlich mit Euch waren.«

»Was, Ihr meint … Das ist faszinierend! Ihr sprecht doch von Magie, oder? Ach, ich vergaß, ich darf es ja nicht so nennen.«

Es klopfte wieder an der Tür; das Mädchen brachte den Wein. »Danke, wir bedienen uns selbst«, sagte Gannadius entschlossen. Das Mädchen ging; ihre Enttäuschung stand ihr im Gesicht geschrieben.

»Wollt Ihr wirklich nichts trinken, Venart?« fragte Gannadius.

»Nein, danke«, sagte Venart. »Ich kriege von gewürztem Wein immer Kopfschmerzen.«

Gannadius füllte zwei Becher und gab einen davon Vetriz. »Ich will ohne Umschweife zur Sache kommen«, sagte er. »Als Alexius und ich bei unserer ersten Begegnung dieses Experiment durchführten, hat Alexius es als Fehlschlag bezeichnet. Das war nicht die ganze Wahrheit. Da war …« Er zögerte und starrte in seinen Becher. »Etwas«, fuhr er fort. »Etwas, was keinem von uns je zuvor begegnet war, was vermutlich auch der Grund für unser Schweigen war. Es war wohl mehr Verlegenheit als alles andere; schließlich müßten wir diese Materie beherrschen. Und vielleicht glaubten wir auch beide, wir hätten es uns nur eingebildet«, fügte er mit unbewegter Miene hinzu. »Bei näherer Betrachtung bin ich mir jedoch sicher, daß da etwas war, und Euer Einverständnis vorausgesetzt, würde ich es gern erneut versuchen.« Er hörte auf, nervös mit dem Becher herumzuspielen, und stellte ihn ab, bevor er womöglich noch den Inhalt verschüttete. »Ich muß dazu sagen, daß ich nicht glaube, daß Alexius einverstanden wäre, aber um ehrlich zu sein … wir haben nun diese Notfallsituation, und ich bin der

Überzeugung, daß jede Möglichkeit, die irgendwie helfen könnte, ausprobiert werden sollte, und wenn es nichts bringt, ist das auch in Ordnung.«

Vetriz' Augen wurden groß und rund und leuchtend. »O ja«, sagte sie, »machen wir das. Ven, du machst deswegen doch kein Theater, oder? Denn wenn wir da wirklich etwas tun können, dann schulden wir es ihnen meiner Meinung nach, wo sie bei allem so hilfreich waren.«

»Nur zu«, sagte Venart resignierend. »Ich nehme an, Ihr meint meine Schwester«, wandte er sich dann an Gannadius. »Ich glaube mich erinnern zu können, daß ich damals einschlief.«

Gannadius rieb sich das Kinn. »Es hatte seinerzeit den Anschein, daß es Eure Schwester war, die einen, äh, Einfluß auf die Dinge hatte. Aber das muß nichts zu bedeuten haben. Seht Ihr, ich bin davon überzeugt, daß wer von Euch es auch ist, Ihr Euch Eures Einflusses nicht bewußt seid. Auf dieser Basis könntet das genausogut auch Ihr sein.«

Venart zuckte mit den Schultern. »Ich bin damit einverstanden, wenn Ihr glaubt, es wäre hilfreich.«

»Großartig.« Gannadius trank einen Schluck Wein. Noch immer keine Kopfschmerzen. »Vielleicht würde es helfen, wenn ich kurz erkläre, wie das Prinzip in dieser Hinsicht funktioniert – oder wie wir zumindest glauben, daß es funktioniert. Wie ich eben bereits erwähnt habe, ist das auch für uns ein völlig neues Gebiet.«

Er fing mit seiner Erklärung an, und obwohl er sich alle Mühe gab, sie einfach und lebendig zu halten, gestaltete sich sein Monolog unweigerlich ziemlich abstrus und voller langer, wenig gebräuchlicher Worte; der Raum war schön warm, und der Wein schwer und süß, und bevor er sich dessen bewußt wurde, war er …

*… auf einer von Loredans neuen Bastionen, anscheinend im heftigsten Schlachtgetümmel; überall um ihn herum rannten mit Seilen und Hebeln und neuen Pfeilen beladene Männer*

*hierhin und dorthin; sie stiegen über die Leichen der Gefallenen und andere Männer hinweg, die nicht tot waren, sondern stöhnten und weinten, und die Toten waren sowohl Städter wie Nomaden. Hin und wieder konnte er spüren, wie der Wehrgang unter seinen Füßen erzitterte; vermutlich prallten schwere Steine gegen die Stadtmauer. Zu seiner Linken erhob sich eine riesige Wurfmaschine, ein Tribock, um den sich einige Männer eifrig bemühten; sie kletterten an seiner Seite hoch oder hockten auf der Kreuzstange, während andere ihnen Werkzeug und Taurollen nach oben reichten.*

Pfeile steckten im Holz, deren Schäfte in Richtung Steppe zeigten, und gelegentlich flogen andere Pfeile über die Mauer, die klirrend gegen Stein prallten oder in die unter ihnen liegenden Straßen weiterflogen. Auf der Mauer standen Bogenschützen hoch aufgerichtet da, um ihre langen Bögen zu spannen; sie schienen keine Angst vor den heranrasenden Geschossen zu haben, aber Gannadius sah einen Mann zu Boden stürzen, dem ein Pfeil aus dem Ohr ragte.

Ein weiterer Pfeil flog dicht an ihm vorbei, während er vergeblich versuchte, Vetriz, Venart oder ein anderes bekanntes Gesicht zu entdecken. Es war eine erschreckende Erfahrung, aber es war so schnell und so lautlos geschehen, daß er es zuerst für einen Windstoß oder ein Insekt gehalten hatte.

Verflucht, *dachte er.* Und was mache ich jetzt? Ich muß mir etwas einfallen lassen.

*Er blickte sich um, aber bei all den umherhastenden Männern war es schwer, etwas zu sehen. Vermutlich war er in einem entscheidenden Augenblick dazugestoßen; so schien es zu funktionieren – man fand sich an einem Wendepunkt wieder, in dem Augenblick, in dem man die Hand ausstrecken und zupacken und so den Verlauf der Geschehnisse verändern konnte. Er wünschte, er verstünde etwas von militärischen Dingen, Taktik und dergleichen. Für ihn sah das alles nur wie ein verwirrtes Durcheinander aus; falls etwas Entscheidendes passierte, hatte er nicht die geringste Vorstellung, wie es aussehen mußte. Das war nicht hilfreich; soweit es ihn betraf, konnte er das Geschehen glatt übersehen oder es aus reiner Unwissenheit in die falsche Richtung lenken. Nur einmal angenommen, dies war der Augenblick, in dem sich das Schlachtenglück definitiv zugunsten der Stadt wandte, und er würde das ändern, nur weil er nicht wußte, was er da überhaupt tat?*

Jemand kam die Treppe heraufgestürmt. Es war Bardas Loredan. Sein Haar war blutverschmiert, in der Hand hielt er einen Bogen. Instinktiv trat Gannadius zurück, um ihn vorbeizulassen, obwohl Loredan logischerweise ungehindert durch ihn hindurch hätte gehen müssen.

»Die Kette«, keuchte er. »Wer von euch Idioten hat vergessen, die Kette zu spannen? Bei den Göttern, wir müssen es jetzt mitten in diesem Getümmel tun. Du und du, macht euch bereit, auf den Balken zu klettern und die Seile hochzuziehen. Ich kümmere mich um das hier. Wir müssen sie nur auf die Haken bekommen, und zwar schnell.«

Die Männer, zu denen er gesprochen hatte, wichen mit entsetzten Blicken zurück und sagten kein Wort. Loredan ergriff einen beim Arm, aber der riß sich los.

»Jemand muß es tun«, rief er. »Sie werden jeden Augenblick die Sturmleitern hier haben.«

Ein Pfeil schoß an Gannadius vorbei, traf Loredans Kettenhemd direkt oberhalb der Hüfte und prallte ab. Die beiden Männer drehten sich um und flohen. Irgendwie konnte Gannadius es nicht über sich bringen, sie dafür zu verdammen.

Oh, ihr Götter, er wird es selbst versuchen. *Gannadius konzentrierte sich und fragte sich, auf welche Weise er den Verlauf der Geschehnisse verändern sollte.* Ja, aber mal angenommen, Loredan hat Erfolg, und genau das rettet die Stadt? Wenn ich ihn aufhalte, werden wir alle getötet. Oh, warum weiß ich nicht, was ich tun soll?

*Loredan war auf dem Wehrgang, schwang ein Bein über die*

*Zinnen und blickte auf der Suche nach einem Balken nach unten. Gannadius stockte der Atem.* Unternimm was! *befahl er sich …*

»Hallo?« Es war die junge Frau von der Insel, Vetriz, und sie rüttelte ihn sanft an der Schulter. »Ihr seid eingeschlafen.«

»Was?« Gannadius schlug die Augen auf. »Um Himmels willen, tatsächlich. Es tut mir so leid. Was sagte ich gerade?«

Er vollendete seine Erklärung, und dann gaben sich alle große Mühe einzuschlafen und konnten es nicht. Als es anfing, peinlich zu werden, bedankte sich Gannadius überschwenglich bei seinen Gästen, versprach noch einmal, ihre Nachricht weiterzuleiten, und komplimentierte sie hinaus. Dann setzte er sich auf die Bettkante, leerte systematisch den Krug – der Wein war mittlerweile eiskalt – und legte sich auf den Rücken. Ihm war übel.

Er war erschöpft. Er hatte nicht mal den geringsten Anflug von Kopfschmerzen.

Und er war äußerst besorgt.

# 14

Am nächsten Morgen gab Temrai den Befehl, die Maultiere anzuschirren und die erste Batterie Tribocke vorzufahren. Eine halbe Stunde, nachdem sie die Dreihundert-Meter-Zone betreten hatten, waren die fünf Wurfmaschinen Feuerholz, und der Boden war mit zerschmetterten Balken, Steinen, toten Maultieren und toten Männern buchstäblich übersät. Sie hatten darauf mit genau einem Schuß reagiert, der im Fluß gelandet war. Mit bleichem Gesicht und sehr bemüht, seine Leute nicht sehen zu lassen, daß er am ganzen Leib zitterte, befahl Temrai die nächsten beiden Batterien gleichzeitig nach vorn. Der Angriff hatte begonnen.

Sieben Wurfmaschinen überstanden die nächste Salve von der östlichen Bastion, und Steinschleudern brauchen ihre Zeit, bis sie gespannt und geladen sind. Etwa zwanzig Minuten zwischen den einzelnen Schüssen, genügend Zeit, wenn sie sich beeilten. Er schickte zehn weitere Wurfmaschinen nach vorn, und auf der Mauer hatten sie nichts, mit dem sie darauf schießen konnten. Die nächste Salve der Stadt zerschmetterte zwei weitere Wurfmaschinen, aber diesmal hielten Temrais Bedienungsmannschaften fünfzehn Tribocke bereit, mit denen sie das Feuer erwidern konnten. Er rief ihnen zu, sich Zeit zu lassen und sich an die Zielübungen zu erinnern. Sie winkten ihm zu – *stör uns nicht, wir haben zu tun.* Die erste Schleuder wurde ausgelöst, und ihr Stein traf die Mauer irgendwo in Nähe des Fundaments. Großer Jubel erscholl, aber Temrai brüllte nach Ruhe. Die Richtschützen regulierten die Wurfbahn, indem sie die Winde eine genau berechnete Anzahl von Drehungen enger zurrten. Eine weitere Steinschleuder wurde ausgelöst, und ihr Geschoß segelte mit einem Abstand von etwa ein Meter achtzig über die Mauerkrone hinweg. Die anderen Richtschützen gaben ihren

Winden etwas mehr Spielraum. Die dritte Wurfmaschine schoß, und diesmal hatte der Clan wirklich einen Grund zum Jubeln.

»Nah dran«, rief Temrai, »aber das reicht noch nicht. Haltet das Ziel, und früher oder später erwischen wir diese Wurfmaschinen.«

Es gelang ihnen, eine zu treffen, bevor die nächste Salve einen weiteren von Temrais Tribocken zerstörte und eine komplette Mannschaft unter einem Stein begrub. Es war wirklich kein schöner Anblick; wunderbarerweise lebte einer der Männer noch, und er schrie laut um Hilfe. Temrai schickte eine Gruppe los; schließlich gelang es ihnen, den Stein wegzurollen, aber da war der Mann schon tot. In der Zwischenzeit nahm das Artillerieduell seinen Fortgang, und jeder Stein, der auf der Bastion ein Katapult verfehlte, traf etwas anderes, während die Fehlschüsse von der Bastion lediglich Löcher in den Boden stanzten.

*So wird das weitergehen*, sagte sich Temrai, *und wir werden es stundenlang machen müssen, bis wir endlich wissen, ob es funktioniert. Nun ja. Wenigstens haben wir uns nicht völlig zum Narren gemacht.*

Das trostlose Schauspiel ging für lange Zeit weiter. In gewisser Weise war es absurd. Die Bedienungsmannschaften arbeiteten mit fieberhafter Hast, zogen an Seilen und wälzten Felsblöcke; sie versuchten zu verhindern, daß die Maultiere, die mit ihren Geschirren die Gegengewichte in die Höhe stemmten, bei Geschoßeinschlägen in Panik ausbrachen, während sie die übrige Zeit versuchten, sie dazu zu bringen, sich zu bewegen. Und der Rest der Armee schaute zu, wie die Zuschauer einer perimadeianischen Gerichtsverhandlung, während die Männer in der Mitte schufteten und starben. Nachdem Temrai einmal den Drang bezwungen hatte, seine Männer aus der Gefahrenzone zurückzuholen, fand er heraus, daß es eine langweilige Sache war. Es bot den gleichen seltsamen Kontrast; hektische, verzweifelte Anstrengungen in der Arena, Schweigen und Stille in der Zuschauermenge, das gelegentliche Scharren von Füßen, hier und da sogar das Krachen, mit dem jemand in einen Apfel biß, oder der Gesprächsfetzen einer Unterhaltung, bei der es um etwas ganz anderes ging.

Ziemlich bald erkannte Temrai, wo sich ein Vorteil bot, und er befahl den Bedienungsmannschaften, die Steinschleudern weiter auseinanderzuziehen. Ihm war aufgefallen, daß der Feind viel langsamer und ungenauer schoß als zuvor, obwohl seine Männer bei zehn Salven nur zwei direkte Treffer erzielt hatten. Er dachte darüber nach und erkannte, daß auch wenn ihr Beschuß keine Wurfmaschinen zerstörte, die Geschosse größtenteils auf oder in der Nähe der Bastion landeten; der Wehrgang war jedoch so mit Wurfmaschinen und Mannschaften vollgestopft, daß es schwergefallen wäre, einen Stein darauf zu werfen, ohne etwas zu treffen. Die Geschosse seiner Tribocke töteten oder verletzten die Bedienungsmannschaften der Stadt – die Männer, die dazu ausgebildet waren, Wurfmaschinen zu bedienen. Sie wurden von Männern ersetzt, die weniger über die Bedienung von Steinschleudern wußten als Temrais Leute, darum auch ihre schlechte Arbeit. Aus diesem Grund war es vernünftig, die Reihe seiner Belagerungsmaschinen auseinanderzuziehen. Es funktionierte. Schüsse von der Stadt, die im Ziel landeten und Knochen oder Holz zerschmetterten, waren bloß Glückstreffer, die praktische Anwendung des Gesetzes des Mittelwerts.

Seine Männer jedoch wurden zusehends besser und erfolgreicher.

Auf der Mauer spielte sich ein Alptraum aus Schreien, Blut und Steinstaub ab. Im Wehrgang klafften große Löcher; ein zerstörter Tribock baumelte quer über den Zinnen an seinem Gegengewicht. Männer stiegen über Leichen und sprangen über Löcher, eilten umher, um Seile zu entwirren und Keile wieder einzuschlagen, die sich durch die Erschütterungen gelöst hatten. Maschinenbauer kämpften mit Zangen und Hämmern darum, verbogene Auslösehaken wieder geradezubiegen; Hauptleute sperrten den Lärm und die Hektik aus, während sie sich auf die Zielmarkierungen konzentrierten, oder brüllten ihre Leute an, eine Wurfmaschine wieder auszurichten, die leicht verrutscht war.

Garantzes hockte auf den Knien und hackte mit einem Gürteldolch, der für diese Arbeit viel zu mickrig war, auf ein Seilknäuel ein, während Loredan von Steinschleuder zu Steinschleuder rannte und versuchte, sich nützlich zu machen, jedoch allen nur im Weg stand. Er sah Männer, die Leichen mit den Füßen vom Wehrgang schoben, um mehr Platz zu haben, Tribockführer, die fluchend die unausgebildeten Männer anbrüllten, die die Plätze der Toten – die genau gewußt hatten, was zu tun war – eingenommen hatten. Er hörte die Schreie, als ein Windenseil riß und ein zwei Zentner schwerer Stein zurück auf die Bedienungsmannschaft stürzte; er beobachtete, wie ein anderer Mann seinen Schuh verlor und hilflos zusah, wie er vom Wehrgang fiel, und dann seinen bloßen Fuß auf die von scharfen Steinsplittern übersäte Brustwehr setzte und einfach ignorierte, daß die Splitter seine Haut wie Messer durchschnitten, da seine ganze Aufmerksamkeit auf eine verbogene Sperrstange gerichtet war, die er zu ersetzen versuchte, während seine Mannschaft die unhandliche Masse eines Gegengewichts zurückhielt. Falls sie losließen oder das Seil riß, würde die umherwirbelnde Sperrstange seine Hand zerschmettern.

*Das liegt nur daran, daß ich den Feind nicht sehen kann,* sagte er sich. *Und es sieht vermutlich schlimmer aus, als es ist.*

Das hier klappt nicht. Wenn das so weitergeht, verlieren wir.

Also sollte ich etwas unternehmen.

Ein Geschoß hatte die ersten sechs Stufen der Treppe zerschmettert, und er mußte sich setzen und auf dem Hosenboden hinunterrutschen, bis er wieder festen Boden unter den Füßen hatte. Er schaffte es nach unten und ging zügigen Schritts – man durfte ihn nicht rennen sehen – in die Stadt hinein.

Es war, als hätte man eine Linie auf der Straße eingezeichnet: hier hört der Krieg auf. Auf der anderen Seite der Linie machten Bürger ihre Einkäufe oder saßen in Hauseingängen und übten ihr Handwerk aus – wie der Schuhmacher, der Leder zurechtschitt, kurz aufschaute und den blutverschmierten, schmutzigen Mann in der Rüstung anstarrte, der an ihm vorbeiging –, als würde nicht ein paar hundert Meter entfernt eine kleine Hölle toben, als würde man nur gehen und ihr den Rücken zuwenden müssen, um nicht länger ein Teil von ihr zu sein.

Loredan ging in den Ratssaal und hielt direkt auf den Präfekten zu, der vor einem Fenster saß und einen Stapel von Dokumenten vor sich ausgebreitet hatte. Der Präfekt sah auf – wie makellos sauber er doch in seinem weißen Amtsgewand aussah – und wollte etwas sagen.

»Wir müssen einen Ausfall machen«, sagte Loredan. »Wir können ein Schiff nehmen, bis zur Kette segeln und Männer und Pferde am Westufer an Land setzen. Sie werden Flöße auf dem Fluß haben; wir können uns flußaufwärts ein paar davon schnappen, übersetzen und uns im Schutz der Hügel von hinten an sie anschleichen. Solange wir ihre Artilleristen erwischen, ist unsere Eingreiftruppe entbehrlich.«

Der Präfekt schüttelte den Kopf. »Das kommt überhaupt nicht in Frage«, sagte er. »Keine Ausfälle, keine Nahkämpfe. Darauf haben wir uns alle geeinigt.«

Loredan holte tief Luft. »Wir werden auf der Ostbastion in Stücke gehauen. Und wenn wir die verlieren, verlieren wir die Dreihundert-Meter-Zone. Ich brauche diesen Ausfall.«

Der Präfekt zuckte mit den Schultern. »Ich hatte von Anfang an meine Zweifel, was diese Bastionen angeht«, sagte er. »Und wie sich jetzt herausstellt, hatte ich recht. Wir werden dieses Experiment als nicht geglückt zu den Akten legen und uns wie ursprünglich geplant von der Mauer aus verteidigen.«

Es gelang Loredan, ruhig zu bleiben. »Wenn wir die Zone

verlieren, werden sie ihre kleinen Wurfmaschinen aufstellen, und dann vertreiben sie uns auch von der alten Mauer. Außerdem werden wir in Bogenschußreichweite sein, und sie verfügen über mehr Bogenschützen als wir, und ihre Bögen haben eine größere Reichweite. Wenn wir ihre Bedienungsmannschaften niederreiten, verlangsamen wir ihre Schußfolge und verschaffen uns die Chance, den Schlamassel auf der Bastion in Ordnung zu bringen; wir werden in der Lage sein, vernünftig gegenzuhalten, und die Zone wird wieder gesichert sein. Bitte, ich muß einfach Zeit gewinnen.«

Der Präfekt dachte einen Augenblick lang nach. »Wie viele Männer würdet Ihr brauchen?«

»Einhundert, einhundertfünfzig. Das Überraschungsmoment wäre weit wichtiger als die Stärke des Trupps; da draußen steht der ganze verdammte Clan und sieht vom Rand der Feuerzone aus zu.«

»Und Ihr haltet es für möglich, ungesehen in Position zu kommen? Werden sie die Landung Eurer Männer nicht sehen und sich fragen, was sie vorhaben? Und sicherlich werden sie die Flöße doch bewachen lassen.«

Loredan zuckte mit den Schultern. »Schon möglich. Ich persönlich halte die Chancen, sie wie einen Teppich aufzurollen und die Jungs bis zur Essenszeit in die Stadt zurückzubekommen, für äußerst gering. Aber wenn Ihr nicht wollt, daß Temrai bei Einbruch der Nacht die Kontrolle über die Mauern errungen hat, werden wir etwas versuchen müssen. Wenn Ihr eine bessere Idee habt, würde ich sie gern hören.«

»Da gäbe es noch die Söldnerabteilungen der berittenen Bogenschützen«, sagte eine Stimme hinter Loredan. Liras Fanedrin, irgendein höherer Beamter im Militäramt. Loredan wußte noch immer nicht genau, was das Militäramt eigentlich genau tat. »Die sind entbehrlich, und irgendwie hört sich das nach ihrer Art von Handwerk an.«

Loredan schüttelte den Kopf. »Söldner übernehmen keine

Selbstmordmissionen«, sagte er. »Es müssen Truppen aus der Stadt sein.«

Der Präfekt sah verärgert aus. »Also gut.« Er seufzte. »Liras, das ist Eure Abteilung. Was ist mit dem Schiff?«

»Das betrifft ein anderes Amt.« Fanedrin schüttelte den Kopf. »Schiffsrequirierung ist Sache des Versorgungsamtes. Teo Oliefro soll sich darum kümmern. Ich glaube, ich habe ihn eben noch irgendwo hier gesehen.« Er wandte sich wieder Loredan zu. »Irgendwelche Ideen, wer den Trupp kommandieren soll? Ihr werdet einen guten Mann haben wollen, aber keinen, der zu gut ist.«

Loredan wollte widersprechen; er war davon ausgegangen, die Männer selbst zu führen, da er das Kommando hatte. Es war ihm nie in den Sinn gekommen, jemand anderen zu schicken.

»Piras Muzin«, sagte er. »Er wird tun, was man ihm befohlen hat, und ihm fehlt die nötige Phantasie, um zu begreifen, daß er nicht zurückkommen wird.«

*Entbehrlich – genau, wie die Advokaten vor Gericht. Ginge es um Muzin und mich drinnen im Kreis, würde ich keinen Augenblick lang zögern. Davon abgesehen würde ich, wenn ich mitreiten würde, vermutlich die Nerven verlieren und die Flucht ergreifen.*

»Eine gute Wahl«, sagte Fanedrin. »Ihr solltet ihn lieber instruieren. Wir müßten innerhalb einer Stunde alles vorbereitet haben.«

Fanedrin und der Präfekt gingen, und Loredan ließ sich in den Sessel vor dem Fenster sacken. Plötzlich war er sehr müde, und er wollte nicht zurück auf die Mauer, wo dauernd Steine niederregneten und alles schiefzugehen schien. Es wäre schön gewesen, eine Zeitlang hierbleiben zu können; viel einfacher, die Dinge in Ruhe und Frieden zu durchdenken; dort oben gab es ohnehin nichts Sinnvolles zu tun. Und was Piras Muzin betraf – nun, Leute starben jeden Tag, dafür konnte er nicht verantwortlich gemacht werden. *Nur etwas Zeit; dann können wir die Bastion reparieren, beiseite räumen, was im Weg liegt, die zerstörten Belagerungsmaschinen ersetzen und dafür sorgen, daß wir noch einmal von vorne anfangen.*

Sein Schädel drohte zu zerplatzen; Lärm und Staub und Angst und Erschöpfung. Etwas zu trinken wäre nicht schlecht. Etwas zu trinken *wäre* schlecht. Es war schon so gefährlich genug da oben, auch ohne daß sich einem alles im Kopf drehte. Er stand auf, solange er noch konnte, und ging langsam zum Torhaus zurück, von wo aus er sich das Schauspiel ansehen konnte.

Piras Muzin, ein Mann, mit dem Loredan vielleicht sechsmal gesprochen hatte, machte seine Sache gut. Während des Debakels am Fluß hatte er einen Flügel der Kavallerie befehligt; er hatte seine Leute durch die von Loredan geöffnete Lücke geführt und war während des Rückzugs auf seinem Posten geblieben. Aus ihm hätte ein ganz brauchbarer Offizier werden können, in Maxens Armee hätte er es wahrscheinlich bis ans Ende der Befehlskette geschafft.

Vom Torhaus aus wirkte es fast wie ein Spiel, und während der Wartezeit vertrieb sich Loredan die Zeit mit Zählen. Der Vorteil lag noch immer bei Temrai, aber seine Feuergeschwindigkeit hatte abgenommen. Auf diese Distanz war es schwer zu sagen, aber es sah so aus, als hätten seine Bedienungsmannschaften Probleme mit den Tribocken, die sich durch den ständigen Gebrauch in ihre Einzelteile aufzulösen drohten. Die Wurfmaschinen der Stadt waren beständiger in ihrer Schußfolge, aber von fünfzehn Geschossen traf nur eines. Die gegnerische Seite hingegen landete bei zwanzig Schüssen einen Treffer, aber ein gutes Drittel ihrer Geschosse schlugen gegen die Mauer der Bastion. Es war seltsam, zur Abwechslung mal Beobachter zu sein; er konnte verstehen, daß die Leute daran Gefallen fanden. Er fragte sich, ob einer der auf dem Turm anwesenden Männer wohl Interesse an einer kleinen Wette hatte.

Schließlich war es soweit. Die Kavallerieattacke war kurz und nicht besonders spektakulär. Muzin befolgte seine Befehle buchstabengetreu; seine Männer galoppierten aus dem Schutz der Hügel heran und bahnten sich einen Weg mitten durch die Artilleristen. Sie hieben aus dem Sattel auf völlig überraschte Männer ein, und das so schnell und effizient wie Bauern bei der Getreideernte. Mindestens die Hälfte von ihnen machte damit weiter, bis Temrais Reiter sie erreichten; der Rest versuchte zu fliehen, aber ihnen blieb nicht genug Zeit. Auch wenn es ziemlich belanglos und keinesfalls Teil der Mission war, leisteten sie doch tapferen Widerstand gegen die Nomaden, bevor man sie überrannte. Alles geschah in der besten Tradition des militärischen Handwerks.

Und sobald es vorbei war, kamen die Maultierzüge und zogen die Tribocke aus der Dreihundert-Meter-Zone. Von den fünfunddreißig Steinschleudern funktionierten noch achtzehn oder waren zumindest reparaturfähig. Loredan warf einen Blick quer über die Bastion; neun Schleuderarme hoben sich als Silhouette gegen den Himmel ab; neun von sechzehn, gar nicht so übel. Nun, morgen war ein neuer Tag.

Loredan gähnte und streckte sich, für ihn würde es heute nacht keine Ruhe geben, nicht bevor die Bastion wieder zusammengeflickt – soweit das überhaupt möglich war – und neue Schleudern heraufgeschafft worden waren, um die zerstörten zu ersetzen. Er hatte bereits entschieden, wo er den Ersatz herbekommen würde: vier von der Westbastion, eine vom Torhaus und zwei direkt aus dem Arsenal.

Im großen und ganzen war es ein ausgeglichener Tag gewesen. Keine Seite hatte die Oberhand gewonnen, beide mußten sie wieder von vorn anfangen.

*Nun ja. Wenigstens haben wir uns hier nicht völlig zum Narren gemacht.*

Temrai gab den Befehl, und die Reihe rückte vor.

Dank seiner Zählung wußte Temrai ganz genau, wie viele Männer an seiner Seite auf die Stadt zumarschierten: dreitausend Mann, die besten Bogenschützen des Clans, von denen jeder zwei Köcher mit je zwanzig Pfeilen trug. Einhundertzwanzigtausend Pfeile, die seine Männer eigentlich in weniger als zehn Minuten abschießen konnten.

Über ihren Köpfen flog die letzte Salve seiner Steinschleudern wie ein Gänseschwarm durch die Luft und warf flüchtige Schatten, die über den Boden rasten und ihnen die Richtung wiesen. Ein Stück hinter den Bogenschützen transportierten die Maultiere bereits die Belagerungsmaschinen ab. Sehr bald würden die Batterien auf der Mauer das Feuer eröffnen. Die Verteidiger der Stadt hatten die Bastion in der Nacht aufgegeben, offensichtlich war sie doch zu stark beschädigt gewesen, um weiterhin ihre Dienste zu leisten. Der Kavallerieangriff war also völlig sinnlos gewesen. Temrai kümmerte das nicht; diesmal würde er nicht aus der Ferne zusehen.

Er schaute zu den Wolken hoch und versuchte, sie zu lesen. Regen würde alles schrecklich kompliziert machen; nasse Bogensehnen, Belagerungsgerät, das im Schlamm steckenblieb, Fackeln, die nicht brannten, Lederrüstungen, die sich voll Wasser sogen und aufquollen, Wasser, das hinter die Rüstungen lief und dafür sorgte, daß jeder einzelne Mann sich unbehaglich fühlte, Regen, der den Schützen in die Augen prasselte, während sie die Köpfe hoben, um zu zielen. Die Wolken hingen niedrig und waren grau und schwer; es bestand die gar nicht so abwegige Möglichkeit, daß sie alles abregnen lassen würden, sobald sie erst die Hügel erreicht hatten.

Temrai schaute noch immer zum Himmel hinauf, als der erste Stein in die Tiefe raste. Er sah zu, wie er an Schwung verlor und der Sturzwinkel steiler wurde. Ein sauberer Fehlschuß, Einschlag etwa zwanzig Meter vor ihnen. Ein Probeschuß, um die Entfernung zu testen.

Es dauerte nicht lange, bis die Stadtartillerie die richtige Entfernung gefunden hatte. Die erste akkurat ausgerichtete Salve riß überall Lücken in die Reihe, so deutlich wie Fußspuren in frisch gefallenem Schnee. Temrai ließ anhalten und gab seine Befehle: Pfeil auflegen, Sehne spannen, zielen, schießen – und ohne Pause das Ganze noch einmal von vorn – und noch einmal und noch einmal. Er schoß in Übereinstimmung mit seinen Befehlen und hoffte, die Höhe richtig eingeschätzt zu haben – bei maximaler Distanz die Pfeilspitze etwa drei Zentimeter oberhalb des Zieles ausrichten und genau draufhalten und nicht etwa seitlich, wie man es bei kürzeren Distanzen tat.

Die physische Anstrengung dieser Arbeit erforderte eine Konzentration, die ausreichte, ihn nicht darüber nachdenken zu lassen, was hier eigentlich vor sich ging. *Die linke Hand gegen den Bogengriff drücken, während die rechte die Sehne zurückzieht, bis sich die Schulterblätter anfühlen, als würden sie gleich auf dem Rücken zusammenstoßen. Den Kopf stillhalten, warten, bis die Sehne Nase und Lippen berührt, man die Hand unter dem Kinn spürt. Bei dem Befehl* Feuer! *die Finger der rechten Hand öffnen, so daß die Sehne sauber und ohne jedes Hindernis nach vorn schnellen kann. Nach dem Schuß die Position einen Herzschlag lang halten, bevor die Rechte auf den Köcher sinkt und nach der Kerbe des nächsten Pfeils tastet. Und bei all dem das Ziel ansehen und nicht den Bogen, die Augen fest auf den Gegenstand in der Ferne richten, auf den weit entfernten Punkt, wo die Bemühungen ihren Erfolg zeigen werden.*

Temrai schoß mechanisch weiter. Er fühlte einen Regentropfen auf seinem Handrücken.

»Das ist genau das, was uns noch fehlt«, stöhnte Teofil Leutzes, der Hauptmann der Bogenschützen auf der Ostmauer. »Durchweichte Sehnen, nasse Befiederung, außerdem brechen diese Bogen bei Feuchtigkeit einfach so.« Er winkte einen Mann zu seiner Rechten heran. »Schick Läufer die Reihe entlang, sag ihnen, sie sollen schnell ihre Bogensehnen wachsen, bevor es richtig zu pissen anfängt. Nicht, daß sie es tun werden«, fügte er hinzu. »Sie wollen bloß möglichst schnell möglichst viele Pfeile abschießen und dann die Köpfe runternehmen.«

Bald fiel der Regen in fetten Tropfen; er rieselte den Bogenschützen vom Helmrand in den Nacken, machte ihre Lederhandschuhe klamm und die Bogengriffe schlüpfrig. Loredan zog sich die Kapuze über den Helm und duckte sich in das Gestell einer Wurfmaschine. Regen ist im Krieg genauso naß wie im Frieden, und jeder, der sich mitten hineinstellt, solange er es vermeiden kann, ist ein Idiot.

Es lief furchtbar. Im Grunde war es das gleiche Problem wie zuvor; der Feind stand in einer langen, weit auseinandergezogenen Reihe, seine Männer hockten auf einem Haufen. Der Schutz der Zinnen nützte überhaupt nichts, da die Pfeile schräg von oben herabkamen wie Regen an einem windigen Tag. Manchen Männern ragten zwei oder drei Schäfte aus der Rüstung, wenn die Pfeilspitzen der Nomaden den Kettenpanzer durchschlagen hatten und dann im darunter befindlichen gepolsterten Wams steckengeblieben waren; sie schossen noch immer, viel zu beschäftigt, um die Zeit zu erübrigen, die Pfeile rauszuziehen.

Jetzt kam auch noch der Regen dazu. Es war zu naß, um eine Fackel anzuzünden. Der Wehrgang war rutschig, was die Läufer behinderte, die für den Nachschub an Pfeilen sorgen mußten. Am schlimmsten jedoch war, daß Loredan nichts einfiel, was die Sache verbessert hätte. Es handelte sich hier um eine langsame, methodische Art von Kriegshandwerk, die man nicht beschleunigen oder durch tollkühne Taten in einen schnellen Sieg verwandeln konnte. Bloß harte, kräftezehrende Arbeit im Regen. Da hätte er genausogut zu Hause auf dem Bauernhof bleiben können.

»Sie bringen etwas anderes heran«, rief eine Stimme von oben, über seinem Kopf; ein enthusiastischer Junge, der auf die

Querstange einer außer Dienst gestellten Wurfmaschine geklettert war, um bessere Sicht zu haben. Die Pfeile schienen ihn zu meiden. »Ich kann es nicht genau erkennen, aber es ist groß und massig. Sie haben mindestens dreißig Maultiere davorgespannt.«

»Du solltest von da oben runterkommen«, erwiderte Loredan. »Du spielst da nur Zielscheibe. Wir werden es auch so sehen, ohne daß du deinen Hals riskierst.«

»Schon gut, ich komme gleich runter. Ich glaube, es könnte eine Art Turm sein, der auf der Seite liegt. Oder vielleicht eine Brücke. Eine Brücke würde mehr Sinn machen als ein Turm.«

Richtig, das letzte Problem: wie wollten sie den Fluß überqueren?

Der Regen hatte sich festgesetzt. Es handelte sich um die Sorte Regen, die Männer mit über den Kopf gezogenen Jacken die Straße entlanglaufen oder in Hauseingängen oder unter Bäumen Schutz suchen ließ. Der Boden hatte bereits die Zähigkeit feuchten Brotteiges angenommen und machte jeden Schritt zu einer Anstrengung.

Auf der niedrigen Anhöhe des Hügels, von dem aus man das Torhaus übersehen konnte, drängte sich Temrai unter einen hastig errichteten Unterstand. In der Hand hielt er ein Stück Pergament, auf dem er die nächste Phase des Unternehmens aufgezeichnet hatte, aber der Regen hatte die Holzkohle schon lange fortgespült und ihm ein nasses Stück dünnes Leder zurückgelassen, das zu nichts mehr zu gebrauchen war. Es spielte keine Rolle; er wußte auch so, was er zu tun hatte.

Oberhalb der Gabelung war der Fluß voller Flöße, einhundertsechsundzwanzig Stück, elf Meter lang und neun Meter breit. Er hob den Arm, und die Flößer stemmten sich gegen ihre Staken und fuhren auf die Kette zu, die sich quer über den Fluß spannte.

*Es wäre schön, wenn das funktionieren würde. Nun, bald wissen wir es.*

Von seinem Aussichtspunkt hätte er einen guten Blick auf den Kampf unterhalb der Stadtmauer haben müssen, aber der Regen fiel mittlerweile so dicht, daß er außer Umrissen und Farben nichts erkennen konnte. Allen Berichten zufolge lief es gut. Er hatte jetzt zehntausend Bogenschützen unter der Mauer zusammengezogen, und das Abwehrfeuer der Stadt kam nur noch halbherzig und sporadisch. Fast alle feindlichen Wurfmaschinen hatten das Feuer eingestellt, während seine Katapulte und Steinschleudern methodisch einen neunzig Meter langen Teil der Mauer beharkten, der gegenüber der schmalsten Stelle des Flusses lag. Im Gegensatz zu der Bastion, mit der sie es gestern zu tun gehabt hatten – und die erst kürzlich errichtet, schlecht geplant und schlampig hochgezogen worden war –, war die Stadtmauer zu massiv, zu gewaltig, um durch Beschuß eine Bresche in sie zu schlagen; seine Artilleristen konzentrierten sich statt dessen auf die Wehrgänge, zerstörten die Türme und zerschlugen die Zinnen, die seine Männer sonst würden bezwingen müssen, wenn es soweit wäre.

»Also gut«, sagte er und winkte einen der Läufer heran, die zusammengekauert halb unter dem Unterstand hockten. Der arme Junge war bis auf die Haut durchnäßt, das Wasser lief ihm wie Sturzbäche von Tränen übers Gesicht. »Lauf da rüber und sage ihnen, sie sollen die Kette senken, und zwar so schnell du kannst. Dann komm zurück.«

Der junge Mann nickte, lief los und kam ins Rutschen, als er den schlammigen Abhang hinunterstürmte. *Bei den Göttern, er wird ausrutschen und sich den Hals brechen, und dann wird alles noch länger dauern.* »Langsamer, paß auf, wo du hintrittst«, brüllte er ihm hinterher, aber der Bote war schon viel zu weit weg, um ihn hören zu können.

»Sie senken die Kette!« rief der Ausguck über Loredans Kopf, der wunderbarerweise noch immer am Leben und so enthusiastisch wie zuvor war. Einen Augenblick lang konnte sich Loredan keinen Reim darauf machen, wovon er sprach – die Kette? Was für eine Kette? Oh, *diese* Kette!

*Bei den Göttern, sie senken die Kette, und so werden sie den Fluß überqueren.*

Sie müssen den Verstand verloren haben.

Bitte …

Er sah sich nach einem Läufer um, aber alle waren zu beschäftigt; sie schossen ihre Pfeile ab, quetschten sich an schmalen Vorsprüngen aus Holz und Stein vorbei, um dem Pfeilregen zu entgehen, stürzten und starben. Loredan wollte schon fast selbst gehen, als ihm etwas einfiel.

»Du da«, rief er. »Komm da runter. Ich brauche dich, du sollst eine Botschaft überbringen.«

»Ich komme sofort«, erwiderte der Junge. »Ich muß nur …« Und dann stürzte ein paar Zentimeter vor Loredan ein Körper zu Boden, in dessen Brust ein abgebrochener Pfeilschaft steckte. *Verdammt,* dachte er.

Jemand hastete herbei, um nach dem Gefallenen zu sehen. Loredan packte ihn, als er an ihm vorbeikam.

»Der da ist tot«, sagte er. »Bring eine Botschaft in den Hafen. Ich brauche Marinesoldaten in kleinen Booten – kleine, hast du verstanden, sie müssen an der Bastion am westlichen Flußarm vorbeikönnen –, die die Flöße ausschalten, die flußabwärts kommen. Das hat oberste Priorität. Jedem, der Theater macht, schlägst du die Zähne ein. Kapiert?«

Der Mann starrte ihn an und schüttelte den Kopf. »Ich kann nicht gehen«, sagte er. »Ich gehöre zu den Bedienungsmannschaften, ich bin kein Läufer.«

»Setz dich in Bewegung, oder ich werfe dich über die Mauer.«

Der Mann zögerte noch einen Augenblick lang, dann duckte er sich und rannte und rutschte zur Treppe.

Die Angreifer mußten den Verstand verloren haben. Aber bis jetzt hatte alles funktioniert, was sie angefangen hatten, und alle seine Bemühungen waren eine Katastrophe gewesen, mit welchem Recht wollte er also Kritik üben?

Der unwillige Läufer mußte seine Aufgabe gut erfüllt haben, denn vier flache Barken schossen aus dem Schatten der Westbastion hervor, prallten mit der Masse der Flöße zusammen und entließen Ströme von Männern – wie ein umgeworfener Krug Saatgut, der auf dem harten Boden zerschellte. Temrai sah sie und fluchte, denn er erkannte seinen Fehler sofort – irgendwie war er von der Annahme ausgegangen, daß die Bedrohung aus dem Hafen nach dem Spannen der Kette aufhörte zu existieren. Der Gedanke, sie könnten ihre Schiffe so schnell heranschaffen, war ihm nie gekommen.

Es gab ein Floß, das größer als all die anderen war, dreißig Meter lang und stabil gebaut. Darauf erhob sich ein hohes Gestell, in dem der gewaltige Rammbock hing, von dem soviel abhängen würde. Eine Menge Arbeit war in das Floß gesteckt worden – die Berechnungen, wie hoch der Rammbock sein mußte, damit er sich auf einer Ebene mit dem Tor befand; die Herstellung der Schilde, die die Mannschaft des Rammbocks von oben und von der Seite vor Pfeilen und Steinen schützte. Nicht zu vergessen, das Ding stabil genug zu machen, damit der Rammbock überhaupt eingesetzt werden konnte, ohne daß es so unhandlich wurde, daß man es nicht von der Stelle bewegen konnte.

Und jetzt konnte er nur zusehen, während feindliche Soldaten darüber hinwegschwärmten wie Ameisen über nicht zugedecktes Essen. Die Bedienungsmannschaft des Rammbocks hatten sie bereits getötet; jetzt zerstörten sie das Floß, durchschnitten die Seile, die es zusammenhielten, und stakten das arme, hilflose Ding ins offene Wasser, weg von den anderen Flößen, damit Temrais Männer sie nicht an ihrem

Werk hindern konnten. Nach kurzer Zeit fiel es auseinander. Zwei der Barken sammelten die Soldaten von dem Wrack ein oder fischten sie aus dem Wasser, während die anderen beiden ihre Mannschaften neben den Überresten des Dammwegs ans Ufer setzten. Es gab keine Möglichkeit, sie aufzuhalten. Als seine Männer endlich dort waren, hatten die Soldaten die Kette bereits gelöst; sie glitt ins Wasser und war für immer verloren.

Es näherten sich noch mehr Boote, deren Decks vor Männern wimmelten. Temrai schickte einen weiteren Läufer aus; *schickt die Reserven aus dem Lager her, ich will, daß diese Boote vernichtet werden, egal, was es kostet.* Plötzlich ging alles schief, und das nur wegen eines einzigen Fehlers, so wie ein Holzstapel in sich zusammenbrach, wenn man unten ein Scheit herauszog.

*Ein schöner Erfolg*, dachte Loredan, als er zusah, wie die sechs oder so übriggebliebenen Boote umdrehten. *Wir haben den Rammbock versenkt, sind die Sperrkette losgeworden und haben eine Menge Männer getötet – obwohl, wo die hergekommen sind, gibt es noch viel mehr. Gegen die Hauptflotte der Flöße haben wir noch nichts ausrichten können, aber da gibt es noch andere Möglichkeiten. Zumindest theoretisch.*

Aber am besten von allem war, daß der Regen nachließ. Zu dieser Jahreszeit regnete es selten länger als eine Stunde – *nur eine Stunde? Ich fühle mich, als hätte ich mein ganzes Leben hier verbracht. Hatte ich überhaupt ein Leben, bevor das alles anfing? Ich schätze schon, oder ich wäre zu jung, um Befehlshaber zu sein* –, und sobald der Regen aufgehört hatte, konnte er seine Überraschung ins Spiel bringen, die eine Sache, die er noch immer in Reserve hatte und die wirklich einen Unterschied bewirken konnte.

Seine Beine schmerzten vom langen Kauern, überall waren Pfützen mit blutigem Regenwasser. Er löste sich aus dem Schutz des Katapults, trat über die Leiche des jungen Beobachters und suchte sich einen Weg zur Treppe.

*Verdammt.*

Er blickte sich um und entdeckte Garantzes. Der Maschinenbauer saß auf dem Rahmen einer Wurfmaschine, den Rücken an einen der Stützbalken gelehnt; er war nicht tot, wie Loredan zuerst vermutet hatte, sondern schlief.

»Aufwachen.«

»Was?« Garantzes riß die Augen auf. »Was ist los …?«

»Die Kette«, sagte Loredan. »Bringt die Kette an, solange noch Zeit dafür ist. Wenn sie diese Flöße dazu benutzen, um Sturmleitern darauf aufzustellen …«

Garantzes schüttelte den Kopf. »Reine Zeitverschwendung«, sagte er. »Sie haben diesen Mauerabschnitt übel zugerichtet. Ich schätze, da findet man kein Dutzend Balken mehr. Es gibt nichts, woran man die Kette aufhängen könnte. Tut mir leid.«

»Verflucht noch mal.« Loredan runzelte die Stirn. »Könnt Ihr nichts improvisieren? Euch ein paar Balken schnappen und sie über die Zinnen hinausschieben? Wir haben die verdammte Kette, da können wir sie auch genausogut benutzen.«

Der Maschinenbauer holte tief Luft, als wollte er widersprechen, dann nickte er. »Ich sehe zu, was ich tun kann«, sagte er. »Hier liegt genug Holz rum, das wir nehmen können. Es stellt sich nur die Frage, wie wir die Balken auf dem Wehrgang verankern sollen … Überlaßt das mir, wir überlegen uns schon was.«

»Gut.« Loredan wandte sich von ihm ab und kletterte über die Trümmer zur Treppe. »Und räumt endlich die Stufen frei«, rief er zurück über die Schulter, obwohl er stark bezweifelte, daß Garantzes ihn gehört hatte.

*Die Beine tun nicht mehr weh, dafür platzt mir gleich der Schädel vor Kopfschmerzen. Egal. Mies fühlen kann ich mich immer noch – später, wenn ich Zeit dafür habe.*

Der Regen hatte aufgehört.

Die Flöße stießen und scheuerten aneinander wie eine in einen Pferch gestopfte Schafherde. Glücklicherweise waren auf der Mauer kaum noch Männer, die von oben etwas gegen die Floßbesatzungen unternehmen konnten; sie hatten schon genug Probleme mit der Bösartigkeit, die leblosen Gegenständen gemeinhin innewohnte, auch ohne daß ihre Mitmenschen absichtlich versuchten, die Dinge noch schwieriger zu machen.

Die Idee war einfach und gut. Befestige eine Reihe starker Taue an der Stadtmauer und führe sie bis zum gegenüberliegenden Flußufer. Mache die Flöße vorn und hinten an diesen Seilen fest und vertäue sie an den Seiten miteinander. Das Resultat wäre ein künstlicher Boden, der auf der Wasseroberfläche trieb und auf dem man Sturmleitern aufstellen konnte, deren Enden man in vorbereitete Fassungen schob. Sobald die Leitern darin steckten und von Stahlbolzen an Ort und Stelle gehalten wurden, konnte man sie aufrichten und gegen die Mauer lehnen.

Es war eine gute Idee. Sie konnte funktionieren. Sie war nicht notwendigerweise zum Scheitern verurteilt.

Als sie es flußaufwärts relativ ungestört geübt hatten, hatte es mehr oder weniger funktioniert. Sie hatten eine Stelle gefunden, wo der Fluß zwischen zwei Sandsteinklippen hindurchfloß; dort hatten sie üben können, Haltehaken in den Fels zu schlagen, die Seile straffzuziehen, die Flöße zusammenzutreiben und die Leitern zu befestigen. Sie hatten ihrer Meinung nach das Stadium erreicht, wo sie es mit zugebundenen Augen geschafft hätten.

Als Temrai das Chaos von Flößen und hin und her rennenden Besatzungen beobachtete, fragte er sich, ob nicht genau das der Fehler war: das Fehlen von Augenbinden. Wo auch immer er hinblickte, sah er Männer, die sich in Seilen verhedderten, Werkzeuge ins Wasser fallen ließen, Staken abbrachen oder in den Fluß stürzten und herausgefischt werden mußten. *Den Göttern sei Dank, daß wir die Mauer gesäubert haben,* dachte er im stillen. *Würden da oben Verteidiger stehen und Steine auf uns herunterwerfen, hätten wir nicht die geringste Chance.*

Er hatte den Kordon aus Bogenschützen bis zum Flußufer vorgezogen, keine neunzig Meter mehr von der Stadtmauer entfernt. Bei dieser Distanz und mit genug Pfeilen ausgerüstet, sollten sie falls nötig in der Lage sein, einzelne Ziele herauszupicken.

Die Geschützmannschaften hatte er allerdings abgezogen; die Wurfmaschinen konnten nichts zustande bringen, was die Bogenschützen nicht auch erledigen konnten, und das letzte, was er jetzt brauchen konnte, waren ein paar zentnerschwere Steine, die zu kurz flogen und Flöße versenkten.

Gerade als er darüber nachdachte, die Flöße zurückzurufen und am nächsten Tag von vorn anzufangen, richtete sich die erste Leiter so unsicher wie ein neugeborenes Fohlen auf und plumpste an Ort und Stelle. Umgehend wurde sie weggestoßen, hing eine scheinbar endlose halbe Sekunde in der Luft und kippte dann majestätisch nach hinten, um hart auf dem Flußufer aufzuprallen und dabei in ihre Einzelteile zu zerbrechen.

Aber noch bevor sie auf dem Boden aufgekommen war, stieg die nächste Leiter in die Höhe, und daneben noch eine; die nächsten beiden folgten, während die ersten gegen die Kette stießen, die an der Mauerkante entlanglief.

Nette Idee, diese Kette, aber schlecht ausgeführt. Die improvisierten Balken, an denen sie baumelte, konnten dem Druck einfach nicht standhalten. Sie barsten unter dem Gewicht und verhinderten lediglich, daß die Leitern zu hart gegen die Brustwehr schlugen.

Unten standen die Männer, bereit, die Leitern hinaufzuschwärmen und dem Feind zum ersten Mal Auge in Auge gegenüberzutreten. Es war …

Es war noch nicht vorbei.

Loredan ächzte und stolperte etwas unter dem Gewicht eines glatten irdenen Kruges. Es gab nicht viele Vorsprünge oder Kanten, was das Festhalten schwierig machte. Es wäre peinlich gewesen, wenn er ihn hätte fallen lassen …

Vor vielen Jahren hatte er in einem Buch von einer flüssigen Mixtur aus Schwefel, Pech und Naphtha gelesen, die leicht brennbar sein sollte und auch auf dem Wasser brannte. Man konnte sie entzünden und von den Stadtmauern gießen, sie in Tonkrüge füllen, entzünden und mit Katapulten abschießen, so daß das Feuer in alle Richtungen spritzte, wenn sie beim Aufprall zerbrachen. Sobald etwas mit dem Zeug in Berührung gekommen war, konnte es mit Wasser nicht mehr gelöscht werden; versuchte man das Feuer auszutreten, verbrannte man sich lediglich die Füße, schlug man mit einer Decke darauf, steckte man sie in Brand. Man konnte nichts dagegen ausrichten, bis die Flüssigkeit verbrannt war.

Die Krüge mittels Katapulten zu verschießen hatte sich als ungeeignet erwiesen, denn sie hatten die alarmierende Tendenz, im Augenblick des Abschusses zu zerbrechen, die Wurfmaschine in Brand zu stecken und als glühende Scherben auf die Bedienungsmannschaft herabzuregnen. Darum hatte Loredan die Quartiermeisterei angewiesen, alle erhältlichen Rohstoffe aufzukaufen, und die Töpfereien damit beauftragt, große, dünnwandige Krüge mit hohen, schmalen Hälsen herzustellen, in die man ein Stück Stoff stopfte, das man anzünden konnte. Krüge, wie er nun verzweifelt einen festzuhalten versuchte, während ein Soldat eine brennende Fackel an die Öffnung hielt.

»Fertig«, sagte der Soldat, als der Lappen aufflammte und nur wenige Zentimeter von Loredans Gesicht entfernt heftig brannte. Fluchend stemmte er den Krug über die Brustwehr, hielt ihn ins Leere und ließ los.

»Der nächste«, sagte er.

Plötzlich schien die Besatzung eines der Flöße in Flammen gekleidet zu sein.

Sie brannten von Kopf bis Fuß wie Fackeln. Schreiend rannten sie ineinander, stürzten, rappelten sich noch immer brennend wieder auf. Einige wurden fast sofort von dem Feuer verschlungen und fielen schwarz verkohlt in die Flammen, die an Deck des Floßes wüteten. Andere stürzten sich ins Wasser, tauchten unter und kamen noch immer brennend wieder hoch. Ein paar von ihnen lebten noch, als sie sich auf benachbarte Flöße zogen, deren Besatzungen sie mit Speeren und Staken abzuwehren versuchten, nur um herauszufinden, daß sich das Feuer ausgebreitet hatte und nun zu ihren Füßen aufflammte. In der Zwischenzeit regneten weitere Krüge von der Mauer. Beim Aufprall verbreiteten sie noch mehr Feuer, spritzten ihren Inhalt in alle Richtungen, so daß die Flußoberfläche mit fauchenden Flammen bedeckt war.

Die Leitern fingen Feuer und krachten auf die unten wartenden Männer; die Floßbesatzungen, die noch nicht in Flammen standen, schlugen wild auf die Halteseile ein und versuchten, die Verbindungstaue zu zerschneiden, die die von Menschenhand gebauten Inseln zusammenhielten, und ihr Floß wegzustaken, bevor das Feuer auch sie erreicht hatte. Flammen leckten die Mauer hinauf, loderten beinahe bis zur Brustwehr. Dichte schwarze Rauchwolken stiegen in die Höhe und hüllten alles ein, so daß Temrai auf das gelegentliche Aufblitzen von Feuer und Bewegungen angewiesen war, um die vom Fluß herüberdringenden Laute zu interpretieren – die Schreie und Rufe und das Knirschen und Krachen.

Es war wie eine sichtbare Seuche, die sich unkontrolliert ausbreitete, und die Männer am Ufer hinderten die Floßbesatzungen aus Angst vor Ansteckung daran, an Land zu kommen. Immer mehr Männer sprangen von den Flößen, schwammen ein paar Meter unter Wasser und tauchten auf, nur um mit den Köpfen eine Feuerschicht zu durchstoßen, die ihr nasses Haar in Brand steckte, ihnen ins Gesicht tropfte, die Augen verdampfte und in ihre Lungen gesogen wurde, wenn sie nach Luft schnappten. Einige der Bogenschützen schossen bereits auf die Flöße, um die brennenden Männer von ihren Qualen zu erlösen oder sie am Betreten des Ufers zu hindern. Es regnete weitere Krüge herab, obwohl die Flöße, auf denen sie landeten, bereits brannten. Ihr Inhalt entzündete sich beim Aufschlag schlagartig, und gewaltige Flammen schlugen hoch in die Luft. Dampf stieg auf und stieß auf die Rauchwolken, bis ein reichlich undurchsichtiger Vorhang das Spektakel verhüllte.

Viele Dinge gingen Temrai durch den Kopf, während er zusah; nicht zuletzt der Gedanke, daß jemand aus der Stadt das gleiche Buch wie er gelesen hatte.

# 15

In Ordnung«, sagte Loredan und wischte sich das Talkum von den Händen. »Das reicht. Schafft den Rest von dem Zeug zurück in die Lager, und geht bloß vorsichtig damit um. Ihr beiden kümmert euch um die Verlustlisten. Du und du da, eine Inventur der Wurfmaschinen. Und du organisierst das Aufräumen und schaffst die Toten weg. Garantzes …« Er verstummte. »Hat jemand Garantzes gesehen?«

Ein Soldat fuhr sich mit dem Finger über die Kehle. Loredan runzelte die Stirn.

»Oh«, sagte er nur. Jetzt war keine Zeit für die Frage, ob er tapfer bei der Verteidigung der Stadt gestorben war oder einfach nur das Gleichgewicht verloren hatte und von der Mauer gefallen war; der Maschinenbauer würde auch später noch tot sein, dann konnte er sich noch immer damit auseinandersetzen. »In diesem Fall, wo ist Faneron Bountzes? Noch am Leben? Gut, denn Ihr seid der neue Stellvertretende Städtische Maschinenbauer. Ich will einen Bericht über die Schäden an der Mauer und wie schnell sie beseitigt werden können. Wenn mich jemand sprechen will, ich bin beim Rat.«

Wunderbarerweise hatte jemand die Zeit gefunden, den Treppenabsatz zu säubern, und er schaffte es nach unten, ohne hinzufallen. Wenn er seine Füße irgendwie überreden konnte, ihn den Hügel hinauf durch das Tor zur Mittelstadt ins Ordenshaus zu tragen, würde er sie belohnen, indem er sich setzte. Das war wieder einmal ein Tag gewesen …

*Wir waren nahe dran, aber wir sind immer noch da. Wir haben uns nicht zum Narren gemacht. Und morgen ist ein neuer Tag.*

Obwohl es erst mitten am Nachmittag war, war im Ordenshaus niemand zu finden. Loredan fragte nach dem Präfekten, dem Lordkanzler, den Amtsleitern. Der Sekretär zuckte bloß mit den Schultern und meinte, er wüßte es nicht. Vielleicht waren einige von ihnen früh genug zum Hafen gegangen, um dem wilden Ansturm auf die begrenzten Plätze auf den Schiffen zuvorzukommen; andere waren fortgeeilt, als die Nachricht über die Abwehr der Flöße kam – vermutlich in ihre Amtsstuben, um sich wichtigen Angelegenheiten zu widmen. Soweit er wußte, war der Rest vermutlich feiern gegangen. Schließlich war es doch ein Sieg gewesen, oder nicht?

Loredan runzelte die Stirn. Ein Sieg? Was war das? Nun, er schätzte schon, daß man es so nennen konnte. Kurz entschlossen drehte er sich um und begab sich zu seinem Quartier im Torhaus, legte sich hin und schlief ein.

Zweieinhalb Stunden später wurde er wach, als jemand an seinem Fuß rüttelte. »Aufwachen«, sagte der Mann. »Alle suchen Euch.«

*Bei den Göttern, ich wünschte mir, nur einmal würde jemand mit mir nicht wie mit einem gemieteten Spaßmacher sprechen.* »Verschwinde«, grunzte er. »Ich komme gleich nach.«

»Der Präfekt will Euch sprechen«, erwiderte der Mann. »Es ist wichtig.«

Loredan spielte mit der Idee, ihn mit einem Tritt quer durchs Zimmer zu befördern, aber er war sich nicht sicher, ob er die dazu nötige Kraft aufbringen konnte. Buchstäblich jedes Gelenk seines Körpers quietschte wie eine rostige Türangel. »Also gut«, seufzte er. »Darf ich mir vorher das Gesicht und die Hände waschen?«

»Man hat mir gesagt, es sei dringend«, sagte der Bote. »Und das war vor einer Stunde. Kommt jetzt.«

Wie bereits angedroht, war der Präfekt alles andere als begeistert, daß er so lange hatte warten müssen. Als Loredan eintrat, schritt er mit einem grimmigen Stirnrunzeln auf und ab.

»Ich mache Euch keine Vorwürfe«, waren seine ersten Worte. »Ich weiß, die Situation war ernst, und ich glaube, Ihr habt das getan, was Ihr für die Stadt am besten gehalten habt. Aber es hat an der politischen Front einen schrecklichen Aufruhr verursacht.«

Loredan setzte sich auf einen Steinlöwen und hob die Hand. »Entschuldigung«, sagte er, »wovon bitte sprecht Ihr?«

Der Präfekt sah ihn an, als hätte er ihn schlafend beim Fechtunterricht erwischt. »Euer magisches Feuer«, erwiderte er. »Ich fürchte, wir haben durch seinen Einsatz der Opposition genau in die Hände gespielt.« Er warf Loredan einen vorwurfsvollen Blick zu. »Hättet Ihr mich doch nur vorher gewarnt, dann hätte ich wenigstens den Weg dafür ebnen, die Basis darauf vorbereiten können.«

»Ich weiß noch immer nicht, wovon Ihr sprecht.«

Der Präfekt schaute ihn böse an. »Dieses Feuerzeugs. Man sagt, Ihr hättet es nicht so einsetzen dürfen. Einerseits, weil es sich um Magie handelt, was für die Lobby der Rationalisten ein rotes Tuch ist. Und andererseits, und das ist der größere Teil, ist man der Auffassung, daß es unmenschlich ist. Mit seiner Anwendung benehmen wir uns selbst wie Wilde. Man diskutiert über die Folgen, über mögliche Vergeltungsmaßnahmen des Feindes. Ich fürchte, Ihr habt im Rat ein Hornissennest aufgescheucht.«

Loredan öffnete den Mund, aber es war völlig sinnlos, die Dinge zu sagen, die er ungestraft hätte sagen können. Er klappte den Mund wieder zu und saß reglos da.

»Ich habe mein Bestes getan«, fuhr der Präfekt fort. »Sie verlangten einen sofortigen Bann, aber schließlich haben wir uns auf den Kompromiß geeinigt, das Zeug zukünftig nicht ohne die vorherige formelle Einwilligung des Rates einzusetzen, und dann auch nur bei vorher genau definierten, begrenzten … Wo wollt Ihr hin?«

Müde setzte sich Loredan wieder. »Bitte«, sagte er, »ich will mich doch nur waschen und etwas essen. Ich glaube, ich muß kotzen, und mit leerem Magen geht das so schlecht.«

Der Präfekt machte ein leises, mißbilligendes Geräusch, das ihn unter anderen Umständen leicht das Leben hätte kosten können. »Ich hatte eigentlich gehofft, daß Ihr Euch vernünftig zeigt«, sagte er. »Wir hatten zwar in der Vergangenheit einige Differenzen, aber Ihr habt in den letzten Tagen gute Arbeit geleistet, und ich hatte gehofft, ich könnte Euch das ersparen, ganz zu schweigen von der Verlegenheit, in die uns das bringen wird.«

Loredan bemühte sich, das letzte ihm verbliebene Quentchen Geduld zu finden, aber da war nichts mehr. Er stand langsam auf und setzte sich in Bewegung.

»Ich enthebe Euch Eures Kommandos«, sagte der Präfekt hinter ihm. »Mit sofortiger Wirkung. Es tut mir leid, aber die Sache mit der Hexerei, und das nach diesem Fiasko mit dem Kavallerieangriff ...«

Loredan drehte sich um. »Ihr hattet doch zugestimmt. Ihr hattet zugestimmt, daß man ihre Artilleristen ausschalten ...«

»Nicht der, der andere. Bevor sie überhaupt hier waren.« Der Präfekt verschränkte die Arme vor der Brust. »Es tut mir leid, aber ich glaube, der einzige Weg aus diesem Schlamassel dürfte es sein, den Prozeß so schnell wie möglich abzuhalten, beim ersten Termin, dem die Anklage zustimmt. Angenommen, Ihr gewinnt ...«

»Prozeß?« Loredan sah ihn ausdruckslos an. »Welcher Prozeß?«

Der Präfekt sah aus, als verlöre er gleich die Beherrschung. »Euer Prozeß, Mann. Wegen Fahrlässigkeit bei der Durchführung des Kavallerieeinsatzes. Ich will gern versuchen, das Büro des Anklägers dazu zu überreden, diese neue Anklage wegen Hexerei gleich mit anzuhängen, damit man alles in einem Aufwasch erledigen kann.« Er seufzte. »Das wird nicht einfach sein, da es sich genaugenommen um verschiedene Gerichtsbarkeiten handelt, aber unter diesen Umständen erklären sie sich ja vielleicht einverstanden.«

»Hexerei«, sagte Loredan. »Ich verstehe.«

»Das freut mich«, erwiderte der Präfekt mit scharfer Stimme. »Wie dem auch sei, wenn wir den Prozeß vorziehen können, werden wir in der Lage sein, Euch in einer Woche wieder in Euer Amt einzusetzen – natürlich nur unter der Voraussetzung, daß Ihr den Sieg davontragt. Und falls es uns gelingt, den Rat zu einer Einwilligung zu bewegen. Ich hoffe, Ihr wißt es zu schätzen, daß ich mich so weit für Euch vorwage, Loredan. Daran solltet Ihr lieber das nächste Mal denken, wenn Ihr das Gesetz wieder in die eigenen Hände nehmt.«

Loredan dachte einen Augenblick lang nach. »Wenn ich von meinem Kommando enthoben bin, heißt das, ich kann nach Hause gehen?«

»Ich schätze schon«, sagte der Präfekt. »Ihr könnt tun, was Ihr wollt, vorausgesetzt, Ihr räumt innerhalb von drei Stunden Eure Amtsstube und Eure Schlafkammer; natürlich verliert Ihr das Recht, bei Ratssitzungen anwesend zu sein. Und wir müssen natürlich wissen, wo Ihr zu erreichen seid, falls der Rat Euch aus irgendeinem Grund sprechen will. Wenn Ihr meine Meinung hören wollt, solltet Ihr Euch in Eure Fechtschule begeben, um Euch für Euren Prozeß in Form zu bringen. Eure Niederlage würde uns schlecht aussehen lassen. Sogar sehr schlecht.«

»Ich will versuchen, daran zu denken«, sagte Loredan und ging.

»Ich finde, wir sollten jetzt nach Hause gehen«, sagte jemand.

Beim Kriegsrat in Temrais Zelt gab es vier neue Gesichter. Bei zweien davon kannte er den dazugehörigen Namen nicht. Er schüttelte den Kopf.

»Nein.«

»Temrai.« Onkel Anakai beugte sich vor und legte ihm die Hand auf den Arm. »Es war eine Katastrophe. Sie haben uns gründlich besiegt. Wir haben die Flöße, die Leitern und den Rammbock verloren, ganz zu schweigen von den vierzehnhundert Toten. Wenn du Clans-Häuptling bleiben willst, ist jedes Weitermachen einfach unmöglich.«

»Wir bleiben«, sagte Temrai leise. »Wir machen weiter, bis wir gewonnen haben. Das ist alles.«

»Temrai.« Seine Tante Lanaten, siebzig Jahre alt und fast blind, kniete sich mühsam neben ihm nieder. »Dazu besteht keine Notwendigkeit. Du hast dein Bestes getan, niemand wird dir einen Vorwurf machen, daß du das Unmögliche nicht geschafft hast. Perimadeia kann nicht erobert werden, es wird von Magie beschützt. Du kannst nicht gegen die Götter kämpfen.«

»Zum Teufel mit der Magie«, grunzte Temrai und schloß die Augen. »Das war keine Magie, es war ein Rezept aus einem alten Buch. Aber während meines Aufenthaltes bei ihnen wurde das Zeug nicht hergestellt. Da bin ich mir sicher.«

»Ein Buch?« fragte jemand. »Du meinst, es ist etwas, das Leute machen können, keine Magie?«

»Natürlich«, erwiderte Temrai. »Es ist bloß Naphtha, Pech und Schwefel. Warum, glaubt ihr, habe ich jedes Faß, das ich von dem schmierigen Zeug in die Finger bekommen habe, aufgekauft?«

Onkel Anakai runzelte die Stirn. »Du willst dieses Feueröl herstellen?«

»Natürlich. *Jeder* kann *alles* herstellen, wenn er über das nötige Wissen und die Werkzeuge verfügt. Es ist nur eine Frage des Ausprobierens, bis wir die genaue Zusammensetzung haben.«

»Also können wir es gegen sie benutzen«, sagte jemand. »Tun wir es dann auch?«

Temrai nickte. »Ja, irgendwann. Wenn wir soweit sind. Was aber viel wichtiger ist, ich weiß, wie wir uns in Zukunft viel besser dagegen schützen können. Es ist nur eine Frage der Zeit.«

»Temrai, heute sind vierzehnhundert Menschen gestorben.« Das war Ceuscai, und er klang wütend; *er fängt an, sich zuviel herauszunehmen*, dachte Temrai. »Das sind mehr, als sonst in einem ganzen Jahr sterben.«

»Wir sind im Krieg, Ceuscai. Im Krieg sterben Menschen, das gehört dazu.«

»Aber nicht so, nein.« Ceuscai war wütend. Temrai erinnerte sich, daß er das Kommando über die Bogenschützen gehabt hatte; er hatte einen guten Blick auf das gehabt, was sich auf den Flößen zugetragen hatte. Trotzdem vergaß er sich. »Temrai, mir ist egal, daß es keine Hexerei war, die da draußen *glauben* es aber, und du wirst sie nicht vom Gegenteil überzeugen können. Du wirst sie verlieren, Temrai. Man kann nicht von ihnen erwarten, daß sie gegen die Götter antreten, gegen alles, an das sie glauben. Das mußt du doch selbst erkennen können!«

Temrai stand auf. »Die Sitzung ist beendet«, sagte er kurz angebunden. »Ich habe zu tun, genau wie ihr auch.«

Als sie gegangen waren, ließ er sich auf sein Lager sinken, zog die Knie bis zum Kinn, legte die Arme um die Beine und lag mit weit geöffneten Augen da. Er kam sich vor wie ein Mann, der direkt in die Sonne gestarrt hatte; vor seinen Augen tanzten Lichtblitze und Funken. Sogar, wenn er sie schloß. Hat man in die Sonne gestarrt, nimmt der Effekt früher oder später ab; diese Farbpunkte kamen vom Licht der brennenden Flöße, und er bezweifelte, daß er sie jemals wieder loswerden würde.

Der Gedanke an sie ließ ihn an andere Flammen denken, an andere Menschen, die von Flammen eingehüllt wurden, eindringliche Bilder von Menschen, die mit brennenden Kleidern und Haaren zwischen Reihen von Zelten hin und her rannten und auf deren Gesichtern und in deren Stimmen sich Entsetzen und unerträgliche Schmerzen abzeichneten, während Reiter weiter Feuer legten und alles noch schlimmer machten, statt zu helfen. Er erinnerte sich, diese Dinge gesehen zu haben, während er unter dem Wagen gelegen hatte. Der hatte zwar auch in Flammen gestanden, aber das war der einzige Ort gewesen, an dem ihn die Reiter möglicherweise nicht finden würden, und er wäre lieber verbrannt, als die schiere Bösartigkeit der Männer in ihren schwarzen Rüstungen ertragen zu müssen.

Vor allem erinnerte er sich an das Gesicht des Mannes, der vom flackernden Licht des Feuers angestrahlt worden war – der Reiter, der angehalten und entspannt im Sattel gesessen hatte wie jemand, der dort zu Hause war, die eine Hand an den Zügeln, in der anderen eine brennende Fackel – und ruhig zugesehen hatte. Er war nicht länger als eine Minute dagewesen, aber diese Minute hatte eine Ewigkeit gedauert; es war durchaus möglich, daß sie noch immer nicht vorbei war. Das Bild stand ganz klar und deutlich vor Temrais geistigem Auge, genau wie das Entsetzen, das ihn erfüllt hatte, während er auf dem Bauch gelegen und den Reiter beobachtet hatte, während er darum gebetet hatte, daß er nicht den Kopf wenden und ihn entdecken würde, während die Hitze der über ihm tobenden Flammen seinen Rücken verbrannt hatte und ihm Tränen die Wangen hinuntergeströmt waren wie der Regen an diesem Morgen.

Es war ein seltsames Gefühl, nach all den Jahren dem in der Erinnerung eingebrannten Gesicht einen Namen zuordnen zu können: Oberst Bardas Loredan, derzeitiger Befehlshaber der perimadeianischen Armee.

Der Angriff war gescheitert, das gab er zu. Er konnte sie mit seinen Steinen und Pfeilen dazu zwingen, sich unter dem Wehrgang zu verstecken, so wie er sich einst versteckt hatte, aber das Feuer verhinderte, daß er das Wasser überquerte. Er könnte sie auch mit Feuer bewerfen, so daß ihre Häuser niederbrannten und die Rücken und Haare ihrer Frauen und Kinder in Flammen standen, aber wenn er das tat, würden die Reiter nicht mehr da sein. Und worin würde der Sinn in einem Feuer ohne Reiter liegen? Wenn eine Sache wert ist, getan zu werden, dann ist sie auch wert, vernünftig getan zu werden.

Also würden sie unter den Mauern der Stadt hocken bleiben und darauf warten, daß sich etwas ergab. In der Zwischenzeit würden die Bürger der Stadt und insbesondere Oberst Bardas Loredan eine eigene lange Minute erleben, in der sie sich nicht rühren durften. Und wenn Temrai daran dachte, wie lang diese Minute schon andauerte, gab es eigentlich keinen richtigen Grund, warum sie jemals enden sollte.

Auf dem Weg zum Torhaus machte Loredan einen Abstecher in die Küche, wartete, bis niemand hinsah, und schob sich verstohlen einen leeren Mehlsack unter die Jacke. Er erwies sich als groß genug, um seine wenigen Besitztümer darin zu verstauen. Er warf sich den Sack über die Schulter, verließ das Torhaus und begab sich zur Unterkunft des Patriarchen.

»Er ist krank«, sagte der Diener als Erwiderung auf seine Bitte, zu Alexius vorgelassen zu werden. »Viel zu krank, um Besuch empfangen zu können. Ich sage ihm, daß Ihr da wart.«

»Schon gut, ich sage es ihm selbst. Welche Richtung war es noch mal?«

Der Diener versperrte ihm den Weg. »Ihr könnt da nicht rein. Nationale Sicherheit, Zutritt beschränkt. Patriarch Alexius ist mit wichtigen Arbeiten für den Sicherheitsrat beschäftigt.«

Loredan sah den Diener von oben bis unten an, dann schob er ihn sanft zur Seite. »Du hast dein Bestes getan«, sagte er aufmunternd. »Und jetzt geh mir aus dem Weg, bevor ich dir den Arm breche.«

*Ich muß mir abgewöhnen, sofortigen Gehorsam zu erwarten,* dachte er. Und zwar bevor ich wirklich unausstehlich werde. Der arme Kerl wollte doch nur dafür sorgen, daß Alexius etwas Schlaf bekommt.

Tatsächlich war der Patriarch schon etwas länger als eine halbe Stunde wach, als Loredan endlich seine Tür fand und anklopfte.

»Es stört Euch doch hoffentlich nicht, daß ich so unerwartet reinschaue?« fragte er. »Es gibt da bloß etwas, das ich Euch sagen muß.«

Der Patriarch winkte ihn herein. »Bitte entschuldigt, daß ich nicht aufstehe, aber nach der ganzen Aufregung fühle ich mich etwas erschöpft. In dem Krug da vorn ist Wein, in dem Korb ein paar Stangen Brot; ich fürchte, es ist etwas trocken, aber …«

»Bei den Göttern!« rief Loredan aus. »Essen. Ich erinnere mich an Essen; als ich noch jung war, pflegten wir es zu uns zu nehmen. Möchtet Ihr auch etwas?« fragte er mit vollem Mund.

»Nein, nein. Eßt nur. Wann hattet Ihr eigentlich das letzte Mal eine vernünftige Mahlzeit?«

Loredan zuckte mit den Schultern. »Ihr hört Euch an wie meine Mutter. Wie geht es Euch überhaupt? Ich hoffe, es ist nichts Ernstes.«

Alexius schüttelte den Kopf. »Reine Erschöpfung«, sagte er. »Als ich von der Ratssitzung kam, hat mich dieses alte Weib von einem Diener sofort ins Bett gesteckt, als wäre ich ein Fünfjähriger mit erhöhter Temperatur. Und dann bin ich eingeschlafen. Ihr seht übrigens aus, als könntet Ihr auch etwas Schlaf vertragen.«

»Stimmt«, sagte Loredan. »Glücklicherweise bin ich wieder Zivilist, also kann ich so lange schlafen, wie ich Lust habe. Sie haben mich wegen falscher Handhabung der Verteidigung gefeuert«, erklärte er. »Mit Abstand das Netteste, das die Regierung dieser Stadt je für mich getan hat.« Er nahm sich die nächste Brotstange und riß sie in zwei Hälften. »Gutes Brot. Offensichtlich hat das Wort trocken so weit oben auf dem Hügel eine andere Bedeutung.«

»Wollt Ihr damit sagen, man hat Euch Eures Kommandos enthoben? Das ist eine Unverschämtheit.« Alexius schwang die Beine aus dem Bett. »Ich werde sofort zum Präfekten gehen. Von allen …«

»Bitte.« Loredan hob die Hand, bis er den Mund leer hatte. »Tut das nicht. Wenn so Macht und Ruhm aussehen, können sie beides gern behalten.«

»Ich dachte nicht an Euch«, erwiderte Alexius. »Ich dachte an die Stadt. Wer wird Eure Aufgabe übernehmen? Wenn dieser dämliche Präfekt auch nur einen Augenblick lang glaubt …«

Loredan grinste. »Ich glaube, die Ernennung meines Nachfolgers ist so ziemlich das letzte, über das er nachdenkt. Der arme Mann kämpft um sein politisches Überleben.« Er berichtete Alexius genau, was geschehen war, und schloß auch die Annahme des Präfekten ein, daß es sich bei dem Feueröl um Hexerei gehandelt hatte. »Darum hielt ich es für besser, es Euch zu sagen«, fügte er hinzu. »Wenn sich seine Feinde dieses öffentlichen Aufschreis bedienen, den sie sich ausgedacht haben und mit dem sie ihn drangsalieren wollen, wäre es durchaus möglich, daß er Euch genau wie mich da mit reinzieht. Ich habe den Eindruck, er ist der Meinung, Ärger ist nichts, das man für sich behält, sondern etwas, das man mit anderen teilt.«

Alexius schnaubte verächtlich, ziemlich unangebracht für einen Mann in seiner Position. »Ich fürchte, Ihr könntet recht haben«, sagte er. »Nun, lassen wir ihn machen. Ich erzähle den Leuten seit fünfundzwanzig Jahren, daß wir keine Magie benutzen, und ich werde es ihnen auch weiterhin sagen, weil es die Wahrheit ist. Davon abgesehen gibt es im perimadeianischen Recht kein Verbrechen wie Hexerei, das stimmt doch, oder? Ihr seid Anwalt, Ihr kennt Euch da aus.«

Loredan schüttelte den Kopf. »Meine Kanzlistin kennt das Gesetz«, erwiderte er. »Ich töte bloß Leute. Oder habe es zumindest getan. Aber soweit ich weiß, habt Ihr recht; zumindest ist mir so etwas in meinen zehn Jahren im Geschäft nicht untergekommen. Ich habe es dem Präfekten natürlich nicht gesagt, denn dann hätte er sich nur eine andere Anklage ausgedacht.« Er ließ sich auf seinem Stuhl nach vorn rutschen und bemühte sich, die von der Erschöpfung herrührenden Schmerzen in Knien und Waden zu ignorieren. »Ich mache mir keine Sorgen wegen ihm und seinen verdammten Anklagen«, fuhr er fort. »Eigentlich mache mir wegen gar nichts mehr Sorgen. Dazu bin ich zu müde.«

Alexius legte sich wieder hin und starrte eine Weile das Mosaik an. »Ihr glaubt also, die Gefahr ist vorbei? Daß sie die Idee mit dem Frontalangriff aufgegeben haben?«

Loredan nickte. »Im Moment schon. Sie müssen erst neues Belagerungsgerät herstellen. Und sie werden sich eine Methode einfallen lassen müssen, wie sie sich vor dem Feueröl schützen können.« Er grinste. »Vorausgesetzt, wir verraten ihnen nicht, daß wir seinen Einsatz geächtet und verboten haben. Soweit ich weiß, kann man nichts gegen dieses Zeug unternehmen. Nun ja, das stimmt so nicht ganz. Man kann große Unterstände aus ungegerbtem Leder benutzen, um zu verhindern, daß es einem auf dem Kopf landet, aber ich vermute, das klingt in der Theorie besser, als es in der Praxis dann ist. Stellt Euch vor, eine Sturmleiter hochzuklettern und dabei einen brennenden Schirm über den Kopf zu halten.«

»Was werden sie dann wohl als nächstes tun?«

»Ich weiß es nicht«, gab Loredan zu. »Ich an ihrer Stelle würde wahrscheinlich versuchen, jemanden in der Stadt zu finden, der mir für viel Geld die Tore öffnet. Nur daß ich das als allererstes versucht hätte, statt Flöße und Wurfmaschinen zu bauen.«

Alexius gähnte. »Ich verstehe immer noch nicht, warum sie das tun. Sicher, sie hegen einen begründeten Groll gegen uns, aber der ist über zehn Jahre alt. Warum haben sie so lange gewartet?«

Loredan antwortete nicht, statt dessen aß er die letzte Stange Brot und spülte mit dem Rest von dem Wein nach. »Ich glaube, ich sollte nach Hause gehen«, sagte er. »Und morgen sollte ich mich darum kümmern, ob ich noch ein Geschäft habe. Mit etwas Glück wird das alles in zwei Wochen wie ein böser Traum aussehen.«

Venart stand am Kai, sah sein Schiff an und sagte kein Wort.

»Es hätte schlimmer kommen können«, sagte seine Schwester nun schon zum zehnten Mal an diesem Morgen. »Sie hätten damit fortsegeln können, und dann hätten wir keine Fracht, kein Schiff und keine Möglichkeit, nach Hause zu kommen. So ...«

»So haben wir noch immer das Schiff«, erwiderte Venart bitter. »Doch meine schönen Seile liegen irgendwo auf dem Grund des Hafens.«

»Eigentlich kann man ihnen keinen Vorwurf machen«, sagte Vetriz. »Wenn du glauben würdest, daß ein gnadenloser und fanatischer Feind deine Stadt plündert, und im Hafen ankert zufällig ein Schiff, das dich in Sicherheit bringen kann ...«

»Das Schiff ist versichert«, sagte Venart. »Die Ladung nicht. Und selbst wenn sie mein Schiff stehlen wollten, war das noch immer kein Grund, die Ladung über Bord zu werfen. Es wäre kein Aufwand gewesen, sie an Land zu bringen.«

»Wie dem auch sei, es ist vorbei. Wir sind noch am Leben, und wir können nach Hause. Wirklich, es gibt keinen vernünftigen Grund, länger hierzubleiben.«

Venart trat einen Stein ins Wasser. »Jemand wird mir eine Entschädigung zahlen«, sagte er schließlich. »Und wenn ich sie deswegen vor Gericht bringen muß.« Er rieb sich nachdenklich das Kinn. »Wie wäre es, wenn ich mal mit Bardas Loredan spreche? Ich bin davon überzeugt, daß er Verständnis dafür hat, daß man von uns nicht erwarten kann, die Verluste selbst zu tragen. Schließlich sind wir nur hergekommen, um dringend gebrauchte Güter zu liefern ...«

»Ven.«

»Nenn mich nicht Ven. Es ist auch dein Geld.«

»Ven.«

Venart ignorierte sie. »Ich bin sicher, Loredan wird uns helfen. Er schien mir ein ehrenhafter Bursche zu sein. Wenn wir ihn höflich fragen ...«

»Er ist nicht länger ihr Befehlshaber. Hast du es denn nicht gehört? Sie haben ihn entlassen.«

»Was?« Venart runzelte die Stirn. »Verdammt. Also gut, was

ist mit deinem Freund, dem Patriarchen? Ich bin mir sicher, wenn er ein gutes Wort für uns einlegt …«

»Oh, halt endlich den Mund, Ven, bevor ich dich ins Wasser schubse. Ich habe genug von dieser Stadt. Ich will nach Hause.«

»Loredan könnte aber noch immer über Einfluß verfügen«, sagte Venart. »Er kann sich nicht jeden in der Regierung zum Feind gemacht haben.«

Vetriz sah ihn nachdenklich an. »Eigentlich könnten wir ihn fragen, ob er mit uns kommen will. Und Athli. Ich mag sie, sie hat Spürsinn. Und wir könnten immer jemanden gebrauchen, der sich in Buchführung auskennt.«

»Das kann nicht dein Ernst sein. Unser ganzes Geschäftskapital verfault auf dem Grund dieses Hafens, und du willst neue Leute einstellen.«

»Nun, zumindest könnten wir ihnen anbieten, sie auf die Insel mitzunehmen. Falls sie gehen wollen. Vielleicht wollen sie ja lieber hierbleiben. Aber wir sollten sie fragen.«

Venart blickte sie finster an. »Und den Patriarchen und seinen Freund auch, was? Und womöglich auch noch umsonst, was? Wo eine Schiffspassage doch jetzt heißbegehrt ist!«

»Gute Idee. Komm, gehen wir zu Athli und fragen sie.«

»Wer?« wollte Alexius wissen. Der Page wiederholte die Namen und sprach beide falsch aus. »Ach, die.« Er und Loredan, der ihm gerade einen Besuch abstattete, wechselten einen Blick. »Bring sie her«, sagte er dann. »Sehen wir doch mal, was sie wollen.«

»Ich bleibe, wenn Ihr nichts dagegen habt«, sagte Loredan, nachdem der Junge gegangen war. »Das sind die beiden, die Eurer Meinung nach über besondere Kräfte verfügen?«

»Die Frau«, erwiderte Alexius. »Und ich weiß, daß Ihr skeptisch seid. Ich weiß nur nicht, was ich davon halten soll, ich meine von ihrer Anwesenheit in der Stadt. Wenn ich recht habe, was die Frau betrifft – nun, wir werden sehen.«

Loredan grinste. »Das ist bestimmt wegen dem Tauwerk.«

»Tauwerk?«

»Ich habe ihm eine ganze Ladung Seile verkauft, die wir fälschlicherweise requiriert hatten«, erklärte Loredan. »Vermutlich ist er zurückgekehrt, um den Rest zu holen, den er beim letztenmal nicht mehr mitnehmen konnte.« Ihm kam ein Gedanke. »Ich hoffe, es ist nichts mit ihrem Schiff passiert. Den Berichten nach zu urteilen, ging es gestern im Hafen ganz schön lebhaft zu.«

Alexius nickte. »Nun, wenn etwas mit ihrem Schiff geschehen sein sollte, würde das meine Theorie ganz schön durchlöchern. Eine Zauberin, die nicht mal ihr Eigentum beschützen kann, wäre eine ziemlich schlechte Zauberin.«

»Ich dachte, man darf sie nicht als Zauberin ...«

Die Tür öffnete sich. »Welch ein Glück«, sagte Vetriz laut. »Da sind sie, und zwar alle beide. Zwei Fliegen mit einer ...«

»Patriarch«, sagte Venart in formellem Tonfall und verneigte sich vor Alexius. »Oberst Loredan. Das ist wirklich ein glücklicher Zufall. Wir waren bei Eurer Kanzlistin, aber die war nicht zu Hause. Also wollten wir zu Euch, aber wir wissen nicht, wo Ihr wohnt, und da dachten wir uns, fragen wir den Patriarchen. Ob Ihr für uns wohl ein paar Minuten erübrigen könntet ...?«

»Können wir bitte noch etwas Wein haben?« sagte Alexius zu dem Jungen, bevor er wieder verschwinden konnte. »Und falls möglich etwas zu essen? Danke.« Er stützte sich auf einen Ellbogen. »Bitte entschuldigt, aber man hat mich öffentlich für krank erklärt, und ich darf nicht mal für Besucher aufstehen. Setzt Euch doch, wenn Ihr einen Platz findet.«

Vetriz hockte sich sofort auf die Bettkante, wobei sie sich fast auf die Füße des Patriarchen gesetzt hätte. Ihr Bruder versuchte es zu ignorieren und blieb stehen.

»Tut uns leid, einfach so reinzuplatzen«, sagte Vetriz, »aber wir segeln nach Hause, und da haben wir uns gefragt, ob ihr uns nicht gern begleiten wollt.«

Weder Alexius noch Loredan wußten darauf etwas zu antworten. Keinem von ihnen war zuvor der Gedanke gekommen, die Stadt zu verlassen. Es war, als hörte man das erste Mal eine seltsame, ketzerische neue Theorie über die Natur des Universums; etwas, das zu wild und radikal war, um es akzeptieren zu können, das jedoch zugleich zu plausibel war, um es zu ignorieren. »Das ist ein sehr großzügiges Angebot«, murmelte Alexius. »Ich …« Er hielt inne und schaute auf seine Hände hinab, die auf der Bettdecke lagen. »Das ist ein sehr großzügiges Angebot. Wirklich großzügig.«

»Athli natürlich auch«, fuhr Vetriz fort. »Und Euer Kollege Gannadius, Patriarch.«

»Das ist eine interessante Idee«, sagte Loredan leise. »Seid Ihr sicher? Schiffspassagen dürften im Augenblick eine wertvolle Ware sein. Ich hätte angenommen, Ihr könntet Eure eigenen Preise machen.«

Venart öffnete den Mund, um etwas zu sagen, fing einen Blick seiner Schwester auf und schloß ihn wieder.

»Allerdings müßten wir es bald wissen«, sagte Vetriz. »Wir wollen morgen früh aufbrechen.« Sie zögerte, rieb sich mit den Fingerspitzen die Schläfen und sprach weiter. »Ihr könnt ja darüber schlafen, und wir halten vier Plätze frei, nur für den Fall, daß Ihr Euch dafür entscheidet.« Venart gab ein leises Stöhnen von sich, das sie ignorierte. »Ich hoffe, Ihr tut es«, fügte sie hinzu. »Ich meine, es ist schon großartig, wie Ihr den Angriff gestern abgewehrt habt, aber …« Plötzlich lächelte sie. »Das war's schon, was wir zu sagen hatten. Für uns keinen Wein, danke. Lebt wohl.«

»Aber …«, sagte Venart, als sie die Tür öffnete. »Ach, egal. Unser Schiff liegt am Nordkai«, fügte er hinzu und machte Anstalten, seiner Schwester zu folgen. »Es ist die *Eichhörnchen*. Sie ist leicht zu finden. Der einzige Frachter mit zwei Kastellen.« Er hob seine Hand zu einem halbherzigen Gruß, sah, daß Vetriz schon lange weg war, und rannte ihr hinterher.

»Nun, wenn das nicht besser als Hahnenkämpfe ist«, sagte Alexius nach einer langen Stille. »Bardas, was haltet Ihr davon?«

Loredan rieb sich die Stirn, bevor er antwortete. »Wie fühlt sich Euer Kopf an?« fragte er.

»Ich … Bei den Göttern, Ihr habt recht. So eine Art dumpfer, schwerer Schmerz, als würde ein Gewitter in der Luft liegen. Bevor Ihr es erwähnt habt, ist es mir gar nicht aufgefallen, aber er ist da. Und Ihr?«

Loredan schnitt eine Grimasse. »Ich wünschte, ich hätte den schönen Abend erlebt, der diesen Kater zur Folge hatte«, antwortete er. »Ich glaube natürlich noch immer kein Wort davon. Was ist mit ihrem Angebot? Vielleicht ein schlechtes Gewissen?«

Alexius hob ruckartig den Kopf. »Die Bemerkung lag aber unter der Gürtellinie, besonders, wenn sie von einem Skeptiker wie Euch kommt.«

»Ich will Euch nur bei Laune halten. Werdet Ihr annehmen?«

Alexius schüttelte den Kopf: »Vor zwanzig Jahren, da hätte ich es vielleicht getan. Vielleicht sogar vor zehn. Doch jetzt würde mich die Reise vermutlich umbringen. Außerdem, habt Ihr nicht behauptet, daß ein Frontalangriff keinen Erfolg haben wird?«

Loredan schüttelte den Kopf. »Wenn ich gehe, dann nicht, weil ich Angst vor dem Clan habe. Aber außer der Aussicht auf einen Prozeß wegen fahrlässiger Pflichtversäumnis gibt es hier nichts, was mich halten könnte.«

»Oh«, sagte Alexius. »Nun ja, ich schätze, für Eure Fertigkeiten besteht Bedarf – ich meine die Fechtschule, nicht die Arbeit als Advokat.« Er schwieg. Dann sagte er: »Ich sollte Gannadius über das Angebot informieren. Er ist jünger als ich und hat noch Ambitionen, es gibt einige Dinge, die er auf dieser Welt noch tun will. Ich bin sicher, ich könnte ihm in einem der Ordenshäuser auf der Insel einen Posten verschaffen.«

Loredan nickte. »Das erinnert mich daran, daß ich es meiner Kanzlistin sagen sollte, da das Angebot auch für sie bestimmt ist.« Er stand auf und zuckte zusammen, so steif fühlten sich seine Gliedmaßen an. »Wenn ich mich dazu entschließe, die Stadt zu verlassen«, sagte er umständlich, »dann schätze ich ... Nun, macht es gut, Alexius. Unter anderen Umständen hätten wir uns besser kennenlernen können, bloß daß wir uns unter anderen Umständen niemals begegnet wären. Paßt auf Euch auf.«

Alexius nickte. »Ihr auch. Ich werde das unangenehme Gefühl nicht los, daß ich mich in einem Ausmaß in Euer Leben eingemischt habe, daß ich es niemals wieder in Ordnung bringen könnte, wenn Ihr bleibt. Vielleicht bedeutet diese Geschichte ja, daß jemand oder etwas alles wieder in Ordnung bringt. Der Gedanke würde mir gefallen. Natürlich nur, wenn Ihr Euch zur Abreise entscheidet.«

»Ihr seid also der Meinung, ich sollte gehen.«

Alexius zuckte mit den Schultern. »Fragt mich nicht«, sagte er. »Ich kann die Zukunft nicht voraussagen.«

Kurz nachdem Loredan gegangen war, kam der Junge mit Wein und Kuchen für vier Personen zurück. Er stellte das Tablett trotzdem ab und fragte, ob er noch etwas tun könne.

»Ja, wenn du kurz wartest«, sagte Alexius, den Kopf über ein Schreibbrett gebeugt. »Ich möchte, daß du zur Stadtakademie läufst und das hier so schnell wie möglich Archimandrit Gannadius übergibst. Gib es ihm und keinem anderen, sag ihm, daß es wichtig ist. Kann du das für mich tun?«

Der Junge nickte eifrig; seine Augen glänzten bei dem Gedanken, das Haus für eine Stunde oder länger verlassen zu dürfen. Kurz nachdem er die Zelle verlassen hatte, konnte Alexius ihn die Stufen herunterpoltern hören. *Begeisterung*, dachte er. *So etwas hatte ich auch mal. Und wo hat es mich hingebracht?*

Loredan klopfte an Athlis Tür. Sie öffnete.

»Hallo.«

Sie starrte ihn an, und einen Augenblick lang glaubte er beinahe, sie würde sich ihm in die Arme werfen. Sie tat es nicht.

»Selber hallo«, erwiderte sie. »Sie haben dich also rausgelassen.«

»Man hat mir Zeit erlassen, wegen schlechten Benehmens. Ich habe eine Botschaft für dich.«

»Komm rein und trink einen Schluck.«

Er war schon einmal in Athlis Haus gewesen, aber das war schon lange her. Er hatte vergessen, wie hell und luftig es war – mit seinen weißgetünchten Wänden und den hellen, fröhlichen Wandteppichen, den soliden Möbeln und dem sauberen, trockenen Fußboden. *Natürlich gibt es Leute, die so leben. Leute, die es gern nett haben. Würden sie in einer Höhle leben, hätten sie ein paar Blumen in einem Krug stehen, um den Raum freundlicher zu gestalten.*

Er setzte sich neben den Kamin, während Athli von den Haken über dem Sims zwei Silberbecher holte und sie aus einem Krug auffüllte. »Wie lautet die Botschaft?« fragte sie und reichte ihm einen Becher. »Ist es was Gutes?«

Loredan nickte. »Schon möglich. Erinnerst du dich an die beiden von der Insel? Venart und Vetriz?«

»Komisch, daß du sie erwähnst. Ich wollte dir auch noch etwas von ihnen erzählen.«

»Nun, sie haben uns eine kostenlose Schiffspassage aus der Stadt angeboten«, sagte Loredan. »Ihr Schiff läuft morgen früh aus. Wenn wir wollen, können wir an Bord sein.«

»Oh.« Athli stand vor dem Feuer und hielt ihren Becher fest umklammert. »Wirst du gehen?«

»Ich bin mir nicht sicher.« Loredan kostete den Wein – nicht übel, wenn auch etwas zu süß für seinen Geschmack. »Es ist eine ernsthafte Versuchung. Was ist mit dir? Und was hältst du von den beiden?« Er beugte sich ein Stück vor. »Du bist ihnen offensichtlich begegnet, seit wir uns das letzte Mal gesehen haben.«

Athli nickte. »Mehr noch«, sagte sie. »Wir sind jetzt Geschäftspartner.«

»Bei den Göttern. Wie ist denn das passiert?«

Alexius erklärte es, und Loredan hörte aufmerksam zu. »Ich fange an, mir über die beiden Gedanken zu machen«, sagte er, als sie zu Ende gekommen war. »Anscheinend können wir in letzter Zeit nirgendwo hingehen, ohne über sie zu stolpern.«

»Ich fand auch, daß es ein ziemlich komischer Zufall war«, stimmte Athli ihm zu. »Aber wie dem auch sei, was hältst du davon?«

»Von ihrem Angebot?« Loredan senkte den Kopf und starrte in den Becher. »Ich habe dem Patriarchen gesagt, ich hätte keine Angst vor dem Prozeß. Das war eine Lüge. Ich werde das Gefühl nicht los, einen Kampf zu viel ausgetragen zu haben. Mein Vater pflegte zu sagen, das Glück ist wie ein verdammt großer Felsbrocken, der auf einer Klippe über deinem Haus balanciert; es ist nicht gut, zu fest daran zu rütteln.« Er schüttelte den Kopf. »Nicht, daß das in diesem Fall irgend etwas zu sagen hätte. Sollte ich beispielsweise gehen, kommt vielleicht ein Sturm auf und versenkt das Schiff, während ich, wenn ich geblieben wäre, möglicherweise hundert Jahre alt geworden wäre. Was ich wiederum auch nicht will.« Er sah sich um. »Und du? Du hast etwas, das du zurücklassen müßtest.«

»Was denn, das hier?« Athli lachte. »Es wäre nicht schlecht, wenn ich die Möglichkeit hätte, es zu verkaufen und meine Investition zurückzubekommen, aber zum Teufel damit. Im Grunde genommen ist das alles ersetzbar.«

»Dann gehst du also?«

»Ich weiß es nicht.« Sie schaute auf. »Ich gehe, wenn du gehst.«

Loredan fühlte sich plötzlich etwas unbehaglich. »Das hier

hat doch einen ziemlichen Wert. Du scheinst einen Blick für gute Geschäfte zu haben.«

»Ich war schon immer die durchtriebene Geschäftsfrau«, erwiderte Athli lebhaft. »Da wir gerade davon sprechen …« Sie zögerte. »Kann ich dich was fragen? Was Persönliches?«

»Kommt darauf an. Versuch es.«

»Also gut.« Sie holte tief Luft. »Wie kommt es, daß du, obwohl du zehnmal soviel verdienst wie ich, wie ein Schwein lebst und immer pleite zu sein scheinst? Ich will dich nicht beleidigen, aber das ergibt keinen Sinn, ich meine, rein rechnerisch. Ich habe mich das schon so oft gefragt.«

Loredan sah zur Seite. *Das war's, jetzt habe ich ihn beleidigt*, dachte Athli. Aber im nächsten Augenblick wandte er ihr wieder das Gesicht zu, und sein Ausdruck war mehr oder weniger wie zuvor.

»Ich schickte viel Geld nach Hause«, sagte er. »Vielleicht habe ich es mal erwähnt, aber ich habe eine ziemlich große Familie. Vier Brüder und eine Schwester. Meine Eltern sind tot, aber drei der Brüder leben noch immer auf dem Hof. Wenn ich konnte, habe ich ihnen unter die Arme gegriffen … Ich schulde es ihnen.«

»Ihnen unter die Arme gegriffen«, wiederholte Athli.

»Richtig. Mein Vater war ein kleiner Pächter, ein Kleinbauer, er lebte von der Hand in den Mund, und der Großgrundbesitzer bekam von allem ein Sechstel; es waren alles andere als rosige Zeiten. Also habe ich das Land gekauft. Es ist genug, damit die drei ein vernünftiges Leben führen können. Wie gesagt, wenn man alles in Betracht zieht, war es das mindeste, was ich tun konnte.«

*Das ergibt noch immer keinen Sinn*, dachte Athli. *Wenn die drei Brüder den Hof bekamen und Bardas in die Welt hinauszog, um dort seinen Weg zu machen, hätte es dann nicht genau andersherum laufen müssen? Sie haben alles bekommen, und er hat mit leeren Händen angefangen.* »Ich verstehe«, sagte sie.

»Das erklärt so einiges. Deinen Brüdern muß es jetzt ja wohl ganz gut gehen. Den dreien, die geblieben sind«, fügte sie hinzu.

Loredan nickte. »Wie man so hört, sind sie gute Bauern. Nicht, daß ich häufig von ihnen hören würde. Aber egal, das ist die Antwort auf deine Frage. Alles ganz alltäglich, kein großes Geheimnis.«

»Du sprichst nie von deiner Familie.«

»Stimmt. Ich halte sie für kein interessantes Gesprächsthema. Ist noch was von dem Wein da, oder willst du ihn für deine alten Tage aufbewahren?«

»Entschuldigung«, sagte Athli. »Bitte, bedien dich.« Sie wartete, bis er den Becher gefüllt hatte. »Dann denkst du also nicht daran, wieder dort hinzugehen? Nach Hause, meine ich, auf den Hof?«

Loredan schüttelte den Kopf. »Das Leben auf einem Hof, das ist zuviel Arbeit. Ganz zu schweigen von dem Geruch – und den Ziegen im Wohnzimmer. Ich bin zu alt, um mich noch einmal mit dieser Art von Arbeit herumzuschlagen.«

»Und was ist mit der Insel? Hast du dich entschieden?«

»Ich finde, du solltest gehen«, erwiderte er. »Ich weiß, wir haben die Nomaden gestern abgewehrt, aber ich bin mir ziemlich sicher, daß sie es wieder versuchen werden. Und wieder. So lange, bis sie es geschafft haben. Ich glaube, die Stadt wird fallen, und vermutlich eher früher als später.«

Als er das so beiläufig sagte – jene Sache, vor der sie und jeder andere Bürger der Stadt sich so sehr gefürchtet hatten, obwohl sie doch gleichzeitig alle gewußt hatten – ja, ganz sicher *gewußt* hatten –, daß es niemals so weit kommen würde –, war Athli gegen ihren Willen entsetzt. »Glaubst du das wirklich?« war alles, was sie dazu sagen konnte.

Loredan nickte. »Dir ist nicht klar, wie greifbar nahe der Sieg gestern schon für sie war«, sagte er. »Ohne das Feueröl wäre keiner von uns jetzt hier. Sie sind so *viele*; wir haben uns einfach nicht vorstellen können, daß es so viele von ihnen gibt. Und die

Dinge, die sie geschafft haben, die Wurfmaschinen, die Organisation, alles. Als ich das letzte Mal mit ihnen zu tun hatte, waren sie – nun, ich schätze, ich muß sie Wilde nennen, obwohl ich das nicht so meine, wie es die meisten Leute tun. Es waren Primitive, sie wollten nichts anderes als das, was sie schon immer hatten; und das ist ja auch in Ordnung.

Jetzt stellen sie alles genausogut her wie wir – glaube niemandem, der dir erzählt, sie hätten das Belagerungsgerät irgendwo gekauft oder einfach bekommen. Dieser Temrai ist hergekommen und hat sich darangemacht, alles zu lernen, was er brauchte, um die Stadt zu erobern. Dieser Junge ist absolut erstaunlich. Er verdient es zu gewinnen, genau wie wir ... Aber egal, das einzige Hindernis für ihn ist das Feueröl. Wenn er eine Möglichkeit findet, daran vorbeizukommen, sind wir erledigt. Und wenn man bedenkt, was er schon alles erreicht hat, bezweifle ich, daß er lange dafür brauchen wird. Und selbst wenn er es nicht schafft, hat er so viele Männer, daß er uns einfach überrennen kann, wenn er bereit ist, die Verluste in Kauf zu nehmen. Und ich glaube, das ist er. Er ist ein guter Anführer, aber aus irgendeinem Grund liegt ihm die Eroberung dieser Stadt am Herzen. Am Ende wird es darauf hinauslaufen, ob wir genauso dazu bereit sind, für unsere Stadt zu sterben wie seine Leute für ihn. Und auf dieser Grundlage sind wir die Angeschmierten.«

Athli nickte langsam. »Also wirst du die Stadt verlassen.«

»Das habe ich nicht gesagt.«

»Aber wenn die Stadt fallen wird ...«

Loredan beugte sich vor, bis ihre Gesichter sich beinahe berührten. »*Du* solltest gehen«, sagte er. »Ich will nicht behaupten, dies sei deine letzte Chance, aber es ist sicher angenehmer, als sich später – wenn die Nomaden erst einmal die Mauer überwunden haben – auf ein überfülltes Flüchtlingsschiff zu retten. Ich würde ...« Er verstummte, atmete tief ein und fing noch einmal von vorn an. »Ich wäre erleichtert, wenn ich wüßte, daß du diesen Ort verlassen hast. Du hast Fertigkeiten, mit denen du dir überall deinen Lebensunterhalt verdienen kannst. Du hast jetzt sogar Freunde auf der Insel, es wäre nicht schwer, dir dort eine Existenz aufzubauen. Was hast du hier, wenn man mal von den hübschen Möbeln absieht?«

»Ich gehe, wenn du gehst«, sagte sie.

Er wich zurück und runzelte die Stirn. Sie wollte die Hand nach ihm ausstrecken, tat es aber dann doch nicht.

»Wir könnten dort eine Fechtschule gründen, so wie hier, nur daß wir dort keine große Konkurrenz haben werden. Und was Freunde angeht, das gilt auch für dich. Aus irgendeinem Grund scheinen uns die beiden ins Herz geschlossen zu haben; wir wären keine Flüchtlinge, die von vorn anfangen müßten, wir würden die richtigen Leute kennen, die uns helfen würden.« Sie versuchte seinen Blick einzufangen, aber er starrte ins Feuer. »Willst du wirklich hierbleiben? Hierbleiben und getötet werden, ein Held sein, obwohl es keinen mehr geben wird, der sich an dich erinnern könnte? Du hast immer behauptet, daß du nichts für Helden übrig hast.«

»Sei nicht albern«, sagte er sanft. »Warum zum Teufel sollte ich mich umbringen lassen wollen? Und dann noch umsonst«, fügte er hinzu. »Für Geld sähe das schon anders aus.«

»Nun, dann gehen wir zusammen.« Sie versuchte, irgendwoher ein Lächeln zu nehmen. »Wir beide zusammen, das würde Spaß machen. So wie früher.«

Er schaute jetzt zu ihr hoch, aber sie konnte in seinem Gesicht nichts ablesen; da waren nur die Flammen des Kaminfeuers, die sich in seinen Augen widerspiegelten. »Das war also deine Vorstellung von Spaß? Na ja, jedem das Seine.«

Sie versuchte ruhig zu bleiben, die Kontrolle nicht zu verlieren. »Nun, wenn du nicht gehst, gehe ich auch nicht«, sagte sie. »In meinem Handwerk nennt man das moralische Erpressung. Eine unabdingbare Fähigkeit für die Kanzlistin eines Advokaten.«

Loredan trank den Wein aus und stand auf. »Ich habe nicht gesagt, daß ich nicht gehe. Nur, daß ich mich noch nicht entschieden habe.« Er stellte den Becher auf einem Tisch ab und ging zur Tür. Dort blieb er noch einmal stehen.

»Das Schiff heißt *Eichhörnchen*«, sagte er. »Am Nordkai, ein Frachter mit zwei Kastellen. Ich an deiner Stelle würde gehen.«

»Ich denke drüber nach«, sagte sie.

Er ging.

# 16

»Vorsicht.«

Gannadius wandte den Kopf. »Bitte?«

»Vorsicht. Ihr steht im Weg.«

»Oh, ja, natürlich.« Gannadius schlurfte ein paar Schritte zur Seite, damit die Männer vorbeigehen konnten. »Es tut mir leid. Ich war noch nie auf einem Schiff.«

Sie sahen ihn nur wortlos an und machten mit ihrer Arbeit weiter, bei der es darum ging, an irgendwelchen Seilen zu ziehen. Soweit Gannadius feststellen konnte, schien man für die meisten Dinge an Bord eines Schiffes an Seilen ziehen zu müssen oder sie aufzurollen oder durch die Luft zu werfen.

Nachdem er sich davon überzeugt hatte, daß er der Mannschaft nicht länger im Weg stand und deshalb das Schiff gefährdete, machte er sich wieder daran, auf den Horizont zu starren. Er hatte oft Leuten zugehört, die beschrieben hatten, wie die Stadt von See aus aussah, und kein einziges Mal auch nur die geringste Regung verspürt, es selbst zu erleben. Jetzt, wo er hier stand und zurückschaute, fragte er sich, worum alle einen solchen Wirbel gemacht hatten.

»Wunderschön, nicht wahr?«

»Ja, sicher«, erwiderte Gannadius automatisch. »Sehr … eindrucksvoll, von diesem Standort.«

Der Mann neben ihm lehnte sich auf die Reling, sein Blick hatte sich an dem Anblick förmlich festgesaugt. »Die Dreifache Stadt«, sagte er. »Die Träne der Götter, eine schimmernde Perle in den Locken des Meeres, das elfenbeingekrönte Perimadeia, Perimadeia die Strahlende, das Immerwährende Tor.«

Gannadius murmelte etwas Höfliches. Seiner Meinung nach sah die Stadt wie ein in sich zusammengestürzter Zuckerhut aus.

»Eine Schande, wirklich«, sagte der Mann. »Andererseits, wenn deine Zeit vorbei ist, ist sie vorbei.« Er schaute auf und studierte Gannadius' Miene. »Zum erstenmal auf See, nicht wahr?«

Gannadius nickte.

»Ihr werdet Euch dran gewöhnen. Mit der Zeit. Der Trick liegt darin, nicht dagegen anzukämpfen. Nachdem Ihr Euch ein paarmal übergeben habt, werdet Ihr Euch viel besser fühlen, glaubt mir.«

Es waren viele Leute an Deck, die einen letzten Blick auf die Stadt warfen, während sie langsam am Horizont versank. *Wie ein großes, stolzes Schiff, das untergeht*, dachte Gannadius, und ihm fiel auf, wie niederschmetternd passend dieser Vergleich war. Trotz der Worte seines Nachbarn an der Reling verspürte er keine Übelkeit; er fühlte sich zwar auch nicht gerade *gut*, aber er verspürte keine Übelkeit. Er war auch nicht von Trauer und dem ganzen damit verbundenen Pathos überwältigt. Was ihm jedoch Schwierigkeiten bereitete, war die Vorstellung, daß er die Stadt möglicherweise das allerletzte Mal sehen konnte.

»Ich, ich komme eigentlich aus Scona«, sagte der Mann. »Ich habe nur fünf Jahre in der Stadt gelebt. Wart Ihr jemals auf Scona? Nein, es tut mir leid, natürlich nicht. Grausamer Ort, Scona. Aber wenigstens wird er nicht alle fünf Minuten niedergebrannt.«

»Glaubt Ihr, daß es soweit kommen wird?«

Der Mann lachte. »Nachdem ich für einen Platz in dieser Badewanne unzählige Male ein Lächeln einsetzen mußte, würde ich wie ein echter Trottel aussehen, wenn es nicht soweit kommt. Seid Ihr etwa anderer Meinung? Wenn ja, warum seid Ihr dann hier?«

»Ich bin auf dem Weg zur Insel, um dort einen neuen Posten anzutreten; ich hätte die Stadt also sowieso verlassen«, sagte Gannadius.

»Ich verstehe. In welchen Bereichen seid Ihr denn tätig?«

»Im Bankgeschäft«, erwiderte Gannadius.

»Aha. Na dann viel Glück.« Der Mann richtete sich von der Reling auf, nickte ihm zu und ging.

»Ihr hättet ihm sagen sollen, daß Ihr ein Zau … ein Mitglied des Ordens seid«, sagte eine Stimme, die diesmal von seiner linken Seite kam. Gannadius drehte den Kopf und grinste verlegen.

»Ihr habt zugehört?« fragte er.

Vetriz nickte. »Wißt Ihr, er ist sehr angesehen auf der Insel. Gibt es da wirklich eine Stiftung?«

»Ja, allerdings. Aber sie ist kaum mehr als ein Konsulat, das sich um unsere finanziellen Interessen kümmert; dort wird nicht gelehrt und auch kaum Forschung betrieben. Aber es ist eine Arbeit. Immer noch besser, als würde man als mittelloser Flüchtling ankommen.«

»Irgendwie fällt es mir schwer, diese Typen hier als arm anzusehen«, vertraute ihm Vetriz an, »denn dann wären sie wohl kaum auf dem Schiff. Ihr werdet hier einige richtige Bankiers finden sowie Händler und Kaufleute; Leute, deren Leben über die Stadtmauern hinausgeht.« Sie stützte die Ellbogen auf die Reling und legte das Kinn in die Hände. »Darum hatten sie auch alle Vorbereitungen zur Abreise getroffen. Versteht mich nicht falsch, es ist uns nicht schwergefallen, das Schiff zu füllen, aber es gab auch keine langen Warteschlangen. Die meisten sind nicht an einer Flucht interessiert, jetzt, wo der Angriff abgewehrt wurde.«

Gannadius zuckte mit den Schultern. »Ich hoffe, die haben recht. Und wenn es so ist, werde ich eine Zeitlang abwarten und dann unauffällig nach Hause zurückkehren und versuchen, mir meinen Weg zurück in die Hierarchie des Ordens zu ebnen. Die Chance, Patriarch zu werden, habe ich natürlich verspielt, aber um ehrlich zu sein, stört mich das nicht besonders. Es ist nicht ganz das tolle Leben, wie alle glauben.«

Vetriz runzelte die Stirn. »*Er* ist aber dageblieben.«

»Alexius' Gesundheit erlaubt es ihm nicht zu reisen. Er läßt es sich zwar nicht anmerken, aber es geht ihm nicht besonders gut.« Gannadius verstummte und fragte sich, ob er seinen Freund jemals wiedersehen würde. Er hatte keine Zeit gehabt, sich zu verabschieden; die paar Zeilen, die er hastig auf eine Schreibtafel gekritzelt und einem Boten in die Hand gedrückt hatte, waren längst nicht das gleiche. Er bedauerte das zutiefst. In den oberen Rängen der Hierarchie war alles, was wahrer Freundschaft auch nur im entferntesten nahekam, extrem selten; es war etwas, womit man eigentlich nicht rechnen durfte. Und nun, wo er sie gegen alle Wahrscheinlichkeit gefunden hatte, schmerzte es ihn um so mehr, sie wieder verloren zu haben.

Aber der Gedanke abzureisen – mit anderen Worten zu fliehen – war einfach unwiderstehlich gewesen. Und da er dank Alexius' in letzter Minute erfolgter Improvisation mit einem Hauch von Ehre und zu einer Arbeit, die auf ihn wartete, hatte gehen können, wäre er verrückt gewesen, die Gelegenheit ungenutzt verstreichen zu lassen.

Die Stadt war fast völlig versunken, nur das blendende Weiß der Oberstadt glänzte grell in der Sonne. Der Anblick ließ Gannadius an die alte Fabel von der Verlorenen Stadt Myzo denken, dem sagenhaft reichen und magischen Inselkönigreich, das die Götter verärgert hatte und vor einer Million Jahren im Meer versunken war, als es noch Götter gegeben hatte und solche Dinge geschehen durften. Heutzutage zeigte sich die Welt den Bedürfnissen poetischer Gerechtigkeit nicht mehr so empfänglich; zumindest war das die Meinung der Bürger der Stadt.

Und möglicherweise hatten sie sogar recht.

Er hatte das Gefühl, eine Geste sei angebracht, also hob er die Hand in Schulterhöhe, drehte die Handfläche dem weißen Aufblitzen in der Ferne zu, wartete, bis es völlig verschwunden war, und ließ sie wieder sinken.

»Nehmt Ihr Abschied?«

»Ich bin nur melodramatisch«, sagte er. »Ich bin so lange Lehrer gewesen, daß ich eine hartnäckige Schwäche für Gesten habe, selbst wenn sie absolut nicht angebracht sind. Wißt Ihr, das ist das erste Mal in meinem Leben, daß ich außer Sichtweite der Stadt bin. Ich bin vierundfünfzig«, fügte er hinzu, »ich sollte mich verloren fühlen, aber ich tue es nicht.«

»Das höre ich gern«, sagte Vetriz. »Ihr habt später noch mehr als genug Zeit, unter Heimweh zu leiden.«

Sie ließ ihn stehen und überquerte das Deck, um nach ihrer neuen Freundin zu sehen. Vetriz hatte Verständnis für sie, aber Tränen hatten sie schon immer durcheinandergebracht – sie konnte nur schwer damit umgehen –, darum hatte sie sie allein gelassen, damit sie sich wieder fangen konnte.

»Es tut mir leid«, sagte Athli. »Ich wollte dich nicht in Verlegenheit bringen. Es ist nur ...« Sie ließ den Satz unvollendet, die Augen noch immer auf den Horizont gerichtet.

»Hast du wirklich gedacht, er würde noch kommen? In allerletzter Minute?«

Athli schüttelte den Kopf. »Ach, darum ging es gar nicht«, sagte sie. »Aber die Stadt zu verlassen, ohne zu wissen, ob sie bei meiner Rückkehr noch da sein wird ...«

Vetriz sagte nichts; sie wußte nicht, ob sie glauben sollte, was Athli da erzählte, aber es gab keine Möglichkeit, die Wahrheit herauszufinden. Sie neigte stets viel zu sehr dazu, die Romantik von Geschichtenerzählern da zu sehen, wo es außer ihrer Vorstellungskraft nicht den geringsten Anhaltspunkt dafür gab. Andererseits handelte es sich hier um eine Situation, bei der durchaus nicht auszuschließen war, daß ihre instinktive Interpretation zutraf.

Aber eigentlich ging es sie nichts an.

»Sie wird schon da sein, warte nur ab«, erwiderte sie. »Sie muß da sein, wenn wir in das Geschäft mit Luxusgütern einsteigen wollen. Wir können doch nicht zulassen, daß uns ein alberner Krieg eine hervorragende Geschäftsidee verbaut.«

Athli lächelte. »Vor allem eine, auf die dein Bruder nicht gekommen ist.«

»Genau.« Doch noch während sie das sagte, wußte sie, daß es das Gegenteil von dem war, was sie eigentlich glaubte. Irgendwie wußte sie, daß die Stadt fallen würde, früher oder später. Es war reine Intuition, nichts, worüber sie lange nachdenken wollte; tatsächlich bereitete ihr allein der Gedanke daran buchstäblich Kopfschmerzen. Sie wußte es eben.

Das war alles.

Was die Belagerung anging, hätte es wesentlich schlimmer sein können.

Es gibt Belagerungen, bei denen die Verteidiger verhungern, wo eine tote Ratte oder Amsel für den Preis eines Scheffels feinsten Weizenmehls den Besitzer wechselt und der allgemeinen Verzweiflung finstere Gerüchte über geplünderte Gräber und Kannibalismus entspringen wie Pilze, die im Dunkeln aus dem Boden schießen; oder solche, bei denen die Belagerer vor einer starken und gut gerüsteten Stadt im Sumpf kampieren und zusehen müssen, wie die Wachen auf den Mauern gemütliche Verdauungsspaziergänge unternehmen, während Fieber und Hunger die Angreifer dezimieren; Belagerungen, bei denen die Tribocke der Belagerer verfaulte Kadaver in die Stadt schleudern, damit sie die Pestilenz verbreiten, oder die Tribocke der Stadt trockenes Brot ins Lager des Feindes werfen, um ihren Hunger zu verspotten. Manche Städte erleiden zwei Belagerungen, den Feind vor und die Seuche innerhalb der Mauer. Manchmal verbreitet sich die Seuche von dem einen Gegner zum anderen, so daß die Männer auf beiden Seiten der Mauer umfallen wie die Fliegen. Alles in allem kann es für alle Beteiligten eine unangenehme Geschichte sein. Ein stagnierender Krieg bringt für niemanden etwas Gutes.

Die Belagerung von Perimadeia war da ganz anders, falls man sie überhaupt als Belagerung bezeichnen konnte. Sicher, die Bürger konnten die Stadt nicht mehr zur Landseite hin verlassen, aber ehrlich gesagt, wer wollte das schon? Die Brücke der Viehhändler war nur für die Ausländer da, die in die Stadt hinein und wieder hinaus wollten; Perimadeianer benutzten den Hafen, sofern sie überhaupt reisten. Was die Handelswaren anging, die auf dem Landweg transportiert wurden, wer brauchte die schon? Lebensmittel und ein paar Rohstoffe, nichts, das nicht auch auf dem Wasserweg kommen konnte, und wenn das eine Verteuerung zur Folge hatte, konnte man das durch eine mäßige Preiserhöhung wieder ausgleichen. Sobald offensichtlich wurde, daß mit keinem neuen Sturmangriff zu rechnen war, verloren die Bürger langsam das Interesse an der Angelegenheit; abgesehen von der andauernden Debatte über die Ethik des Einsatzes von Feueröl, die die politischen Fraktionen am Leben erhielten wie die Flamme einer Öllampe, schoben sie jeden Gedanken an den Feind vor ihren Toren beiseite und begaben sich wieder an die Arbeit.

Temrais Volk verfiel ebenfalls in eine angenehme Routine. Das Land vor der Stadt war schon seit über einem Jahrzehnt nicht mehr als Weide benutzt geworden, was es für die Herden mehr als nur geeignet machte. Wasser gab es reichlich, und nach den hektischen Aktivitäten der letzten Zeit – der Herstellung von Belagerungsgerät und dessen nachfolgendem Transport – war eine Ruhepause willkommen. Außerdem gab es immer etwas zu tun. Der Dammweg gegenüber dem Torhaus mußte repariert, Pfeile befiedert, Pfeilspitzen angefertigt und Rüstungen geflickt werden. Ob um die Effizienz zu erhöhen oder einfach nur seine Leute zu beschäftigen, organisierte Temrai wöchentliche Wettbewerbe im Bogenschießen, deren Gewinner schöne Preise erhielten, während die zehn Prozent der Verlierer mit dem schlechtesten Ergebnis zum obligatorischen Übungsschießen verdonnert wurden. So hatten alle ein Gesprächsthema und etwas zu wetten, außerdem reparierten diese Wettbewerbe bis zu einem gewissen Punkt den Schaden, den die Floßschlacht dem Verhältnis von Temrai zu seinem Volk zugefügt hatte. Nur wenige von ihnen spekulierten, wie nun eigentlich die nächste Phase aussehen würde; es herrschte allgemein die Ansicht, daß sie darauf warteten, daß sich etwas ergab, und bis dahin gab es auf der Welt schlechtere Orte, an denen man für einen Monat oder so ein Lager aufschlagen konnte.

Fast bildete sich so etwas wie ein freundschaftliches Verhältnis heraus. Bürger wetteten auf den Ausgang der Clanwettbewerbe im Bogenschießen, diskutierten in den Schenken über die Form der verschiedenen Champions und Teilnehmer, verfolgten das Clanleben und fanden Dinge, die ihnen zusagten, so wie es die Stadt schon immer mit Fremden gehalten hatte. Der Clan gewöhnte sich an den Anblick. Man konnte nicht lange Zeit im Schatten der Stadtmauern leben, ohne anzufangen, ihre Bewohner zu respektieren und sich zu fragen, was das für Menschen sein mußten, die ein so gewaltiges Bauwerk herstellen konnten, und dann auch noch auf so perfekte Weise. Manche der Nomaden saßen stundenlang da, sahen den Schiffen zu und sannen darüber nach, wie es wohl sein mußte, sich im Inneren einer so kleinen hölzernen Hülle weit hinaus auf diese erstaunliche blaue Leere zu wagen, bis man ein anderes Land erreichte, einen anderen Ort, der diesem hier ähnelte und doch wieder ganz anders sein würde. Es gab sogar ein paar Männer im Lager, die die Meinung vertraten, man sollte die Stadt nicht zerstören, und die es manchmal sogar aussprachen. *So etwas absichtlich zu zerstören wäre die reine Verschwendung, und was könnte schlimmer als Verschwendung sein?* Aber das waren nur wenige. Die meisten Nomaden dachten darüber nicht nach, da sie viel zu sehr mit anderen Dingen beschäftigt waren.

Loredan öffnete wieder seine Fechtschule und hatte schon bald eine volle Klasse zusammen. Der Bedarf an Anwälten war größer denn je, da durch die Belagerung und den durch sie erhöhten Handelsverkehr eine wahre Prozeßlawine ins Rollen gekommen war, aber es gab auch viele Leute, die kein Recht praktizieren, sondern einfach nur fechten lernen wollten. Er heuerte einen neuen Kanzlisten an, einen Mann in den Sechzigern, der sich um den geschäftlichen Teil kümmerte.

Die *Eichhörnchen* kehrte mit einer Ladung Bogenstäben und Pfauenfedern zurück und legte mit drei leeren Kojen wieder ab; noch immer verließen Leute die Stadt, aber der Preis für eine Schiffspassage war um ein Drittel gefallen. Venart kam allein; er hatte eine Botschaft für Loredan, die er aber nicht übergeben konnte, da dieser nicht zu Hause war und die Person, für die er Bote spielte, ihm nichts Schriftliches gegeben hatte. Er überbrachte einen Brief von Gannadius an den Patriarchen und verließ den alten Mann mit einem Arm voller Bücher, frischem Pergament, Federn und zwei Flaschen außerordentlich gutem Wein; eine davon war der Lohn für seine Botendienste. Alexius war wieder auf den Beinen und hatte, da der Sicherheitsrat nur noch einmal in der Woche zusammentrat, seine Pflichten als Patriarch größtenteils wieder angetreten. Er bat Venart, Vetriz herzlich zu grüßen, und erkundigte sich, ob bei der nächsten Fahrt an Bord der *Eichhörnchen* wohl Platz für ein Faß getrockneter Birnen sei. Seine Ärzte hatten sie ihm strikt verboten, aber was wußten die schon? Außerdem, was hatte man davon, ein Zauberer zu sein, wenn man nicht das essen konnte, was man wollte?

Der Präfekt, der Lordkanzler und die anderen Regierungsmitglieder wandten sich nach der erzwungenen Notfallpause wieder mit frischen Kräften ihrer Arbeit zu. Für alle war es eine aufregende Zeit voller Gelegenheiten. Während der politischen Flügelkämpfe waren viele potentielle Waffen geschmiedet und gesammelt worden, so daß bei der Wiederaufnahme der Regierungsgeschäfte beide Seiten zuerst gar nicht wußten, welche von den vielen strittigen Punkten sie überhaupt zur Sprache bringen sollten. Während der ersten Woche war der Kampf relativ ausgeglichen, aber es dauerte nicht lange, bis offensichtlich wurde, daß die Radikalen des Lordkanzlers langsam die Oberhand über die Popularisten des Präfekten gewannen. Das lag hauptsächlich an zwei Themen, die sofort die Vorstellungskraft des Rates beflügelten: der stümperhafte erste Kavallerieangriff und der nicht genehmigte Einsatz des barbarischen, unmenschlichen Feueröls.

Soweit es den Präfekten betraf, war sein schlimmster Feind die Zeit. In weniger als einem Monat mußte er vom Rat in seinem Amt bestätigt werden; als der für beide Katastrophen nominell verantwortliche Beamte verlangten die Radikalen lautstark nach seinem Kopf, woraus folgte, daß es nicht die Formalität sein würde, die es hätte sein sollen. Es gab Präzedenzfälle für die Amtsenthebung des Präfekten, und er erkannte schnell, daß seine einzige Verteidigung im Angriff lag. Indem er die Schuld auf Oberst Loredan schob – der natürlich Stellvertretender Lordkanzler gewesen war, auch wenn er dem Büro des Präfekten unterstanden hatte –, konnte er dafür sorgen, daß sein Sturz den Lordkanzler unweigerlich mit sich riß. Das würde zu einer Eskalation führen, von der es kein Zurück mehr gab, aber sobald man ihnen beiden ein öffentliches Amtsenthebungsverfahren anhängte, würden sie keine andere Alternative haben, als zusammenzuarbeiten, um das Amtsenthebungsverfahren abzuwenden und die vorherige Situation wiederherzustellen. Die beste Methode, dies zu erreichen, bestand darin, Loredans Prozeß so schnell wie möglich zu eröffnen.

»Ich glaube es einfach nicht«, murmelte Ceuscai. »Lies es noch einmal.«

Temrai nickte und hielt das Pergament näher an die Nase. Das Licht im Zelt reichte gerade mal eben aus, um lesen zu können.

»Bardas Loredan an Häuptling Temrai, sei gegrüßt«, las er laut vor. »Wie du dich vielleicht erinnern wirst, besteht zwischen uns ein noch ausstehender Vertrag. Wärst du so nett und würdest mir mitteilen, wann wir uns unter den Bedingungen eines Waffenstillstands treffen können, um zu besprechen, wie diese Verpflichtung am besten eingelöst werden könnte? Ich sehe deiner Antwort mit Spannung entgegen.«

»Er hat den Verstand verloren«, verkündete Onkel Anakai. »Vermutlich das Ergebnis seiner Schande und seiner Amtsenthebung. An deiner Stelle würde ich es ins Feuer werfen.«

»Er muß wirklich verrückt sein, wenn er glaubt, wir würden uns auf die alte Tradition der Entscheidung durch Zweikampf einlassen« stimmte Ceuscai ihm zu. »Erstens gibt es keinen Beweis, daß diese Herausforderung von seiner Regierung sanktioniert ist.«

Temrai hob den Blick. »Wer hat denn was von einem Zweikampf gesagt?«

Die Mitglieder des Kriegsrates sahen einander an. »Aber darauf will er doch hinaus«, sagte jemand. »Ich weiß, es ist etwas umständlich ausgedrückt, aber was soll man auch von einem sabbernden Irren anderes erwarten?«

»Das hat nichts mit dem Krieg zu tun«, sagte Temrai. »Das ist etwas Persönliches. Er will, daß ich für ihn ein Schwert schmiede.«

Stille kehrte in das Zelt ein. »Bist du dir da sicher?« fragte Onkel Anakai. »Ich will nicht respektlos erscheinen, aber das ist eine Menge, um es in eine so kurze Botschaft hineinzulesen ...«

»Nein, er hat recht«, sagte Temrai. »Ach, kommt schon, ich muß euch doch die Geschichte erzählt haben. Nein? Darauf hat er doch bei unserer letzten Begegnung angespielt. Ihr müßt euch doch daran erinnern.«

Ceuscai runzelte die Stirn. »Ich erinnere mich, daß es da einiges gab, das ich nicht verstanden habe, etwas über Schilder und daß du ihm etwas schuldest. Aber falls du es uns erklärt hast, muß ich dabei geschlafen haben.«

Temrais verzog das Gesicht zu zu einem leichten Grinsen.

»Dann sollte ich euch wohl besser aufklären. Ich bin diesem Loredan bei meinem Besuch in der Stadt begegnet; nun, eigentlich war es am Abend meiner Abreise. Jurrai und ich ritten gerade die Brückenhausstraße entlang, als dieser Loredan sturzbetrunken vor mein Pferd lief, und ich, äh, rannte ihn um. Das heißt, mein Pferd. Er trug keinen Schaden davon, aber zugegebenermaßen sein Eigentum. Ein gemaltes Schild. Anscheinend ziemlich wertvoll. Und er bestand darauf, dafür bezahlt zu werden, und aus irgendeinem Grund versprach ich ihm, ihm dafür einen Degen zu schmieden. Also hat er genaugenommen durchaus einen Anspruch darauf.«

Wieder kehrte Stille ein.

»Das ist doch lächerlich«, sagte Ceuscai. »Hör auf mit dem Unsinn, Temrai. Du klingst, als würdest du es glatt in Erwägung ziehen.«

Temrai kratzte sich am Hinterkopf. »Vielleicht«, sagte er. »Vielleicht auch nicht. Um die Wahrheit zu sagen, ich weiß es nicht.«

Sofort redeten alle durcheinander. Temrai hob beide Hände.

»Ich spreche davon, ihn zu treffen«, sagte er. »Denkt mal darüber nach, statt rumzubrüllen. Dieser Mann war der Kommandant der Stadt, aber jetzt ist er in Ungnade gefallen. Den letzten Gerüchten zufolge wird man ihn vor Gericht stellen; wenn es ihm ernst ist mit diesem Degen, dann geht es vielleicht darum.« Er verstummte, damit alle Zeit hatten, die seinen Worten innewohnende Bedeutung zu begreifen. »Anders gesagt, er ist unzufrieden, hat eine gewaltige Wut auf die Herrscher der Stadt, ist möglicherweise sogar etwas verrückt. Und sind wir nicht alle vor einer Woche oder so zu dem Schluß gekommen, daß die einzige Möglichkeit, jemals in die Stadt zu kommen, darin besteht, daß uns jemand die Tore öffnet?«

»Ich verstehe«, sagte Anakai leise. »Du glaubst also, daß er darauf hinauswill?«

»Es ist möglich. Und selbst wenn er im Augenblick nicht daran denkt, besteht kein Grund, warum wir ihm die Idee nicht in den Kopf setzen sollten. Kommt schon, es ist doch einen Versuch wert. Oder nicht?«

Loredan saß in der Mitte des Kreises und versuchte zu vergessen, daß Pfeile auf ihn zielten. Es war das erste Mal, daß er in einem Nomadenzelt saß; er hatte schon oft welche gesehen, aber immer nur von außen. Es handelte sich um ein geschicktes Design, effizient und bequem.

»Es ist schön, daß du Zeit für mich hast«, sagte er freundlich. »Ein so vielbeschäftigter Mann.«

Temrai zuckte mit den Schultern. »Wir bekommen schließlich nicht jeden Tag Besuch von hochrangigen Verrückten aus dem Lager des Feindes«, erwiderte er. »Also, worum geht es hier wirklich?«

Alle Anwesenden warteten auf Loredans Antwort. Er ließ sich Zeit, während er die Wärme des Feuers genoß. Seine Kleider waren noch immer feucht vom Durchschwimmen des Flusses. *Er sieht älter aus, als ich gedacht hätte. Aber es ist derselbe Mann, der Mann, an den ich mich erinnere*, dachte Temrai. Die Vorstellung, daß er womöglich davonkommen könnte, daß er vor Gericht an einem sauberen Degenstich sterben könnte, ohne zu wissen, daß seine Stadt zerstört und seine Leute niedergemetzelt wurden, war unerträglich. Seinen einzigen wahren Feind nach so vielen Jahren wiederzufinden und ihn dann im Augenblick der Vollendung der Rache zu verlieren, würde die ganze Sache bedeutungslos machen. Schließlich war es diese Begegnung in letzter Minute gewesen – gerade als er die Stadt verlassen wollte und alles in ihm danach verlangt hatte, sie zu verschonen –, die ihm bewußtgemacht hatte, daß diese schreckliche Sache erledigt werden mußte.

»Es tut mir leid«, sagte Loredan. »Ich konnte mich in meinem Brief nicht klar genug ausdrücken. Du hast mir versprochen, eine Klinge zu schmieden. Ich brauche eine, und zwar ziemlich dringend. So einfach ist das.«

»Ich verstehe.« Temrai kratzte sich nachdenklich am Kinn. »Von was für einer Art von Klinge sprechen wir hier?«

»Ein Justizschwert«, erwiderte Loredan sofort. »Kennst du das Muster? Es ist etwas kompliziert.«

Temrai nickte. »Ich kenne das Prinzip. Aber wäre es nicht einfacher, du kaufst dir einen Degen in der Stadt? Soviel ich weiß, sind die ältesten die besten, aber es soll auch ein paar Schmiede geben, die erstklassige Produkte herstellen. Ich bin sicher, du würdest von ihnen eine viel bessere Waffe bekommen als von mir.«

Loredan schüttelte den Kopf. »Ich habe da dieses Problem. Diese verfluchten Dinger brechen dauernd ab. Ich hatte eine schöne Sammlung, aber während der letzten sechs Monate sind mir alle guten Klingen zerbrochen. Die letzte gestern beim Üben. Du mußt wissen, daß ich in Kürze vor Gericht um mein Leben kämpfen muß, und ich habe ein schlechtes Gefühl, was den Ausgang betrifft. Es hat mit meinem Gegner zu tun, das ist alles ziemlich kompliziert, und ich will dich nicht mit Einzelheiten langweilen. Tatsache ist, deine Technik mit dem Lötsilber macht die Klinge viel weniger spröde und zerbrechlich, und ich kenne in der Stadt keinen, der das zustande bringen könnte.« Er verschränkte die Arme. »Und hier bin ich.«

Temrai nickte wieder. »Und wie kommst du auf die Idee, daß ausgerechnet *ich* dir helfen sollte? Du mußt zugeben, diese ganze Angelegenheit ist außerordentlich bizarr.«

»Oh, ich hatte gedacht, du würdest es vielleicht tun«, erwiderte Loredan gleichmütig. »Es hat sich auf jeden Fall gelohnt, dich zu fragen. Mein alter Befehlshaber ...«

»General Maxen?«

»Richtig, General Maxen. Er pflegte zu sagen: *Wenn du deinen Freunden nicht vertrauen kannst, dann traue deinen Feinden.* Für gewöhnlich lag er da gar nicht so falsch.«

Temrai holte tief Luft. »Du könntest verrückt sein«, sagte er. »Oder außerordentlich lebensmüde. Oder du könntest gekommen sein, um deine ruinierte Ehre wiederherzustellen, indem du mich tötest, wie meine Berater meinten. Ich hatte eigentlich die Hoffnung, du wärst gekommen, um Rache an deiner Stadt zu üben.«

»Was denn, mit dir einen Handel eingehen und die Tore öffnen?« Loredan runzelte die Stirn. »Maxen hatte da noch einen anderen Spruch. *Ich liebe den Verrat, aber ich hasse Verräter.* Ich will ehrlich zu dir sein, der Gedanke ist auch mir schon gekommen. Aber ich glaube nicht, daß ich das tun werde, trotzdem vielen Dank.«

Temrai musterte ihn eine Zeitlang. Dann sagte er: »Das ist schon in Ordnung. Soweit ich weiß, bist du ohnehin nicht mehr in der Position, in der du so etwas organisieren könntest, also werde ich nicht darauf bestehen. Aus dem gleichen Grund kann man mir nicht zumuten, dich töten zu lassen. Ich schlage vor, du gehst, bevor ich es mir anders überlege.«

Loredan schüttelte den Kopf. »Ich habe dich gebeten, etwas für mich zu tun«, sagte er. »Als mein Feind, und weil du es mir schuldest. Es ist mir peinlich, das zugeben zu müssen, aber ich glaube, mein Leben könnte davon abhängen.«

»Wirklich.« Temrai sah ihn unbewegt an. »Ich kann nicht glauben, daß wir diese Unterhaltung tatsächlich führen«, sagte er. »Ich erwarte, jeden Augenblick aufzuwachen und zu entdecken, daß alles nur ein Traum ist.«

»Hast du in letzter Zeit unter Kopfschmerzen gelitten?«

»Nein. Warum?«

»Nur eine Frage. Ist eine lange Geschichte.«

»Wir haben ein ziemlich effektives Mittel gegen Kopfschmerzen«, sagte Temrai. »Weidenrinde, als Tee aufgekocht.«

Loredan nickte. »Ich weiß«, sagte er. »Nun?«

»Weißt du, ich bin beinahe versucht, es zu tun«, sagte Temrai. »Es ist offensichtlich, daß deine haltlose Trinkerei endlich deinen Verstand angegriffen hat, aber die Sache hat alle Elemente einer schönen Legende. Ein großer Häuptling sollte unerwartete und großartige Dinge tun. Meghtai, heize einen Schmiedeofen an, und besorge mir ein Dutzend alter Hufeisen und Lötmetall.«

Ein paar Stunden später schwang Temrai eine neue Klinge mit dramatischer Geste durch die Luft, hob sie in die Höhe und musterte sie sorgfältig. »Das wär's«, sagte er. »Jetzt kühlen wir sie das letzte Mal ab, und zwar mit Öl, weil das langsamer kühlt als Wasser, und dann ist sie fertig.«

»Danke«, sagte Loredan, der die ganze Prozedur des Klingenschmiedens verfolgt hatte. »Das war sehr interessant.«

Temrai lächelte, als er sich den Schweiß von der Stirn wischte. »Schon erstaunlich, was man alles aufschnappen kann, nur indem man den Leuten bei der Arbeit zusieht. Übrigens, ich habe dieses Ding nicht aus alten Hufeisen hergestellt, weil ich geizig bin; es ist das beste Material zur Klingenherstellung, das ich kenne.« Er wickelte einen Lappen um den Griffzapfen. »Den Griff kannst du dir selber machen. Es ist zu spät, um jetzt noch Knochen zu zersägen und mit Draht und Leder zu umwirken. Hier.«

Der Schwertschmied übergab dem Fechter seinen Degen; er hielt ihn bei der Klinge und bot ihm den mit einem Lappen umwickelten Griffzapfen. Loredan nahm ihn und spürte sofort die Ausgewogenheit der Waffe, dann hielt er sie in die Höhe und überprüfte die Geradlinigkeit der Klinge. Dabei konnte er Temrai am anderen Ende des schmalen Stahlstreifens sehen; er beobachtete ihn, als wäre er der andere Mann im Gerichtssaal. »Danke«, sagte er. »Gute Arbeit. Für den ersten Versuch ist es sogar hervorragende Arbeit.«

»Ich mache die Dinge gern beim ersten Mal richtig«, erwiderte Temrai. »Und tue Dinge, die ich noch nie zuvor versucht habe. Sind wir damit quitt, was meinst du?«

Loredan nickte. »Soweit es mich betrifft. Ich schätze, du bist froh, daß du mir nichts mehr schuldest.«

»Es war das mindeste, was ich für einen Feind tun konnte«, sagte Temrai. »Und jetzt verschwinde aus diesem Lager, bevor ich dich kreuzigen lasse.«

# 17

Gelegentlich verkündete die am Eingang zum Gericht angeschlagene Prozeßliste eine Verhandlung, die man nur als traumhaft bezeichnen konnte, eine Kombination von Streitigkeiten und Teilnehmern, die so perfekt war, daß sie kaum besser hätte sein können, hätten die Zuschauer sie bestimmen können. Dies war so eine Gelegenheit. Die wunderschöne und geheimnisvolle Fechterin, die man kürzlich zur Generalstaatsanwältin ernannt hatte, trat gegen den berüchtigten Oberst Loredan an. Die Anklage lautete auf Verrat, was wiederum bedeutete, daß der Präfekt persönlich anwesend sein würde, umgeben von einer Abteilung Wächter in Paraderüstung, und, was die absolute Krönung war, das bedeutete freien Eintritt …

Natürlich waren alle Würdenträger der Stadt anwesend: der Lordkanzler, dem dank seiner Stellung das Recht zustand, in der Loge des Kaisers zu sitzen, und der von einem Schwarm prächtig ausstaffierter Beamter und Funktionäre umgeben war, genau wie die obere Hierarchie des Ordens einschließlich des Patriarchen selbst. Aber wo war der Archimandrit der Stadt, der zum Stellvertretenden Patriarchen aufgestiegen war? Er und der Patriarch waren doch bis vor kurzem fast unzertrennlich gewesen. Gerüchten zufolge war er entweder aus der Stadt geflohen oder unter dem Vorwand, einen Posten in Übersee anzutreten, gezwungenermaßen ins Exil gegangen, weil er über die heimlichen Verstrickungen des Patriarchen in das, was auch immer Oberst Loredan angeblich getan hatte, genau Bescheid wußte.

Für die Bürger der Stadt, deren Moral erst kürzlich durch die Schmach des Barbarenangriffs auf so traurige Weise gelitten hatte, war diese Zurschaustellung öffentlichen Prunks und naturgegebener Gerechtigkeit genau das, was sie brauchten, um ihnen die ehrfurchtgebietende Majestät und die Pracht Perimadeias ins Gedächtnis zu rufen. In einer Zeit, in der es von größtmöglicher Wichtigkeit war, das Wohlgefühl der Bürger zu stärken – sowohl was sie selbst als auch was ihr Verhältnis zu ihrer Stadt betraf –, schien plötzlich das perfekt dafür geeignete Ereignis wie aus dem Nichts aufgetaucht zu sein; es hatte beinahe den Anschein, als hätte eine dem Bürgersinn zugeneigte Gottheit alles so arrangiert.

»Wie heißt sie?« flüsterte die Frau des Wagners ihrem Mann zu. »Du weißt schon, die Generalstaatsanwältin.«

»Frag mich nicht«, erwiderte der Wagner. »Sie hat bestimmt einen Namen, aber ich kann mich nicht erinnern, ihn je gehört zu haben.« Das war eigentlich eher seltsam, denn die Fechterin, die praktisch aus dem Nichts aufgetaucht war, hatte in kürzester Zeit Karriere gemacht und war zur gefürchtetsten und tödlichsten Advokatin des Gerichts geworden. Sie hatte sogar den Ruf Alvises überflügelt. Was einige Traditionalisten allein den schlimmen Zeiten zuschrieben, in denen sie sich befanden. Eine Frau im Gerichtssaal, die zu allem Überfluß auch noch erfolgreich war – wo sollte das nur hinführen?

In der Eingangshalle ertönten die Fanfaren, das Signal für alle Anwesenden, sich zu erheben. Während der Laut noch von dem prächtigen Kuppeldach widerhallte, schwangen die beiden Hälften der breiten Flügeltür auf, und der Präfekt betrat als Anführer einer regelrechten Prozession den Gerichtssaal. Zu Ehren des Anlasses hatte er sich eine brandneue Amtstracht anfertigen lassen. Die fließende Robe aus goldenem Tuch war am Kragen und den Manschetten mit Hermelin- und Otterpelz besetzt, dazu kam eine mit Gold und Silber durchwirkte Tiara. In der einen Hand trug er das verschwenderisch verzierte Staatsschwert, während die andere das Buch der Magistratsverordnungen hielt. Er ging mit langsamen, genau bemessenen erhabenen Schritten auf den für ihn reservierten Platz zu, hob die Robe leicht an und setzte sich. Sein Gefolge strömte über den Rest der Plattform wie eine Maß in einen Halbliterkrug;

zwar balgten sie sich nicht um die wenigen vorhandenen Sitze, aber es hätte nicht viel daran gefehlt. Währenddessen tauschten Präfekt und Lordkanzler giftige Blicke aus.

Als die wichtigen Punkte des Protokolls erfüllt waren und die Saalordner das Publikum zum Schweigen gebracht hatten, öffnete der Präfekt seine Dokumententasche und nickte dem Gerichtsdiener zu, dem ältlichen, kurzsichtigen Teofano, der seit einem halben Jahrhundert unterhalb der Plattform gesessen und den Advokaten beim Sterben zugesehen hatte.

Teofano las die Anklage der Stadt Perimadeia gegen den Gefangenen Bardas Loredan vor, den man für gewöhnlich Oberst nannte, der aber nicht die Autorität besaß, einen derartigen Titel zu tragen. Er hatte eine unter seinem Kommando stehende Expeditionsstreitmacht gegen den Nationalfeind geführt und durch sträfliche Fahrlässigkeit und mangelnde Sorgfalt besagtem Feind erlaubt, besagter Expeditionsstreitmacht eine schwere Niederlage zuzufügen, die 917 Soldaten das Leben gekostet hatte. Dazu kamen weitere 248 Verwundete sowie ein Verlust an Pferden und Ausrüstung mit einem Gegenwert von 12.308 Goldvierteln. Des weiteren hatte er, als er in der Position des Stellvertretenden Lordkanzlers die Verteidigungsbemühungen der Stadt geleitet hatte, vorsätzlich und ohne Erlaubnis des Rates eine nicht autorisierte Waffe zum Einsatz gebracht, einen Brandbeschleuniger, was den Feind unnötigerweise hätte aufbringen und den Kriegszustand zwischen besagtem Feind und der Stadt Perimadeia und ihren Bürgern hätte verschlimmern können. Des weiteren war er während seiner Amtszeit in besagter Position seinen Pflichten grob fahrlässig nachgekommen, was zu dem Resultat geführt hatte, daß besagter Feind besagte Verteidigungsanlagen schwer beschädigt, 761 Bürger getötet sowie 349 Bürger verletzt und zudem städtisches wie auch privates Eigentum im Werte von 2.349.549 Goldvierteln zerstört hatte. Des weiteren hatte er, während man ihm besagtes Amt des Stellvertretenden Lordkanzlers anvertraut hatte, auf korrupte und betrügerische Weise Privateigentum in Form von Tauwerk in seinen Besitz gebracht; des weiteren hatte er zu seinem eigenen Vorteil und zum Schaden des Staates Staatseigentum im Werte von 12.000 Goldvierteln für die Summe von 10.000 Goldvierteln an Dritte verkauft.

Als Teofano zum Ende gekommen war, trat eine angemessen ehrfürchtige Stille ein. Dann räusperte sich der Präfekt und fragte, wer für den Staat antrat. Ein hochgewachsenes, dünnes Mädchen, das kaum älter als siebzehn sein konnte und ein schmales Gesicht und hellblaue Augen hatte, erhob sich und gab dem Gericht seinen Namen und die Einzelheiten seiner professionellen Qualifikation zu Protokoll. Schließlich fügte sie hinzu, sie sei die Generalstaatsanwältin der Stadt, verbeugte sich vor dem Präfekten und nahm wieder Platz.

»Sehr gut«, sagte der Präfekt. »Wer tritt für den Gefangenen Bardas Loredan an?«

Nach einem kurzen Augenblick stand ein dunkelhaariger, glattrasierter Mann von durchschnittlicher Größe auf und wandte sich der Richterbank zu. »Ich, mein Lord«, sagte er eine Spur zu leise. Er hob die Stimme, als er seinen Namen zu Protokoll gab. Bardas Loredan, Fechtlehrer, der persönlich als prozeßführende Partei auftrat.

»Sehr gut«, wiederholte der Präfekt und begann, die beeideten Aussagen zu verkünden. Sie waren viel länger als gewöhnlich und kompliziert, und während er mit monotoner Stimme vorlas, saßen die Zuschauer in atemloser Stille da, genossen die Spannung und studierten die Gesichter der Advokaten.

Auf seinem Sitz im Hintergrund der Zuschauergalerie gab Alexius den Versuch auf, dem juristischen Gefasel gedanklich zu folgen, und konzentrierte sich darauf, daß ihm nicht die Augen zufielen. Die Stimme des Präfekten war so monoton, und Alexius spürte, wie ihn langsam der Schlaf überwältigte. Er kämpfte dagegen an, aber …

*… er setzte sich aufrecht hin und erkannte, daß er genau da*

*war, wo er eben noch gewesen war, im Gerichtssaal mit seinem hohen Kuppeldach, den Reihen steinerner Bänke, die die sandige Arena umgaben, der Richterplattform und den Marmorlogen, in denen die Advokaten auf ihr Kommando warteten. Er konnte Loredans Rücken sehen und über seine Schulter hinweg das Mädchen, auf deren Wunsch er vor langer Zeit genau denselben Traum geträumt hatte. Sie war jetzt nur älter, erwachsener, irgendwie wunderschön, doch auf eine Weise, die ihm Unbehagen bereitete. Das rote und blaue Licht des großen Fensters tanzte über ihre Degenklinge, ein langes, dünnes Stück Stahl, das sich aus Alexius' Perspektive zu einer Verlängerung ihrer Hand verkürzte, zu einem einzelnen, nach vorne zeigenden Finger wurde.*

Jetzt bewegt sich Loredan anmutig vorwärts, und seine Gegnerin reagiert, pariert mit der Rückhand. Dann beugt sie sich vor, bewegt dabei kaum den Arm, abgesehen von einer Drehung des Handgelenks, die die Klinge wieder in waagerechte Position bringt. Loredans Schulter senkt sich bei dem Versuch, sie mit seinem Degen zu blockieren, aber er tut es zu spät, die Sünde eines zu selbstsicheren Mannes. Da ihm der Advokat den Rücken zuwendet, kann Alexius weder den Einstich noch die Stelle des Treffers sehen, aber der Degen entfällt seiner Hand, er taumelt zurück, stürzt zu Boden und ist bereits tot, noch bevor sein Kopf mit einem dumpfen Geräusch auf die Steinfliesen schlägt. Seine Gegnerin rührt sich nicht, und die Klinge ihres Degens zeigt direkt auf Alexius, ihre Blicke gleiten das schmale Stahlband entlang, dessen Spitze reglos verharrt, und fixieren ihn …

Alexius griff nach dem Augenblick, der doppelten Handvoll Zeit, die er gerade das zweite Mal gesehen hatte, packte sie und hielt sie so fest wie ein Schmied, der gerade versucht, das Hinterbein eines nervösen Pferdes zu halten, während er den rotglühenden Eisenschuh auf den Huf drückt und die Luft sich mit Qualm und dem Geruch von Verbranntem füllt …

… und er wachte auf, um noch immer die monotone Stimme des Präfekten zu hören. Die Frau, die neben ihm saß, bohrte ihren Ellbogen in seine Rippen.

»Ihr wärt beinahe eingeschlafen«, flüsterte sie. »Ihr wollt doch den großen Kampf nicht verpassen.«

Er bedankte sich mit einem Lächeln und setzte sich gerade hin und versuchte sich verzweifelt daran zu erinnern, ob es ihm gelungen war, diese doppelte Handvoll Augenblick zu fangen, und falls ja, was er damit gemacht hatte.

»Fünf Viertel auf das Mädchen«, flüsterte die Frau. »Zwei zu eins.«

Alexius dachte kurz nach. »Abgemacht«, flüsterte er zurück und kramte in seinem Ärmel nach seiner Geldbörse.

Der Präfekt gab das Signal, und die beiden Fechter grüßten einander. Im genau gleichen Augenblick hoben beide ihre Degen in die Ausgangsstellung der Alten Fechtschule, so daß zwischen ihnen ein einziges stählernes Band lag, das sie von Hand zu Hand und von Auge zu Auge miteinander verband. Sie verharrten scheinbar eine Ewigkeit in dieser Position, den Arm ausgestreckt und dabei völlig bewegungslos; ihre Degenspitzen wackelten nicht um die Breite eines einzelnen Haares. Eine Minute, anderthalb, zwei Minuten; sie hätten Lehrer und Schülerin sein können, die die älteste und anstrengendste aller Übungen praktizierten, die die Muskeln stärkt und den Verstand darauf trainiert, geduldig und aufmerksam zu sein. Drei Minuten …

Alexius' Kopf fing an, geradezu höllisch zu schmerzen. Er legte die Fingerspitzen an die Schläfen, schloß die Augen, öffnete sie wieder, dann explodierte der Schmerz in seiner Brust und seinem Arm, und er beugte sich vor und versuchte vergeblich weiterzuatmen. Gerade als er glaubte, gleich ohnmächtig zu werden, spürte er eine Hand auf seinem Arm, und sofort hörte der Schmerz auf, sein Kopf klärte sich, seine Lungen füllten sich mit Luft …

»Seid Ihr in Ordnung?« fragte der Mann zu seiner Linken, ein großer, stämmiger, kahlköpfiger Mann mit einem Akzent. »Ich habe mir einen Augenblick lang Sorgen gemacht.«

Alexius gab ihm mit einer Geste zu verstehen, daß es ihm gutging, dann erkannte er ihn ...

»Ihr seid Gorgas Loredan.«

»Das stimmt«, erwiderte der Mann. »Seltsam, daß Ihr meinen Namen kennt.«

»Ich ...«

»Pst. Es geht los.« Gorgas Loredan blickte konzentriert nach unten. »Riskiert Ihr vielleicht auch mal eine kleine Wette?«

»Manchmal.«

»Fünf Viertel auf unseren Jungen. Zwei zu eins.«

*Oje*, dachte Alexius. »Einverstanden.«

Dann richtete er seine Aufmerksamkeit auf die beiden kleinen Gestalten dort unten. Loredan wandte ihm den Rücken zu; er machte gerade einen Ausfall. Seine Gegnerin parierte mit der Rückhand und antwortete mit einem Gegenstoß. Loredan senkte die Schulter, um ihn zu parieren, erkannte, daß die Bewegung spät, aber nicht zu spät kam ...

*Aha*, dachte Alexius im stillen.

... und fing ihre Degenspitze mit dem Stichblatt unterhalb des Griffes ab, den Ellbogen dabei verkrümmt in die Höhe gereckt, das Handgelenk verdreht. Ihre Klinge schoß an seinem Körper vorbei, schlitzte sein Hemd auf. Loredan drehte den Arm und verwandelte die spät erfolgte Parade in eine Riposte, die praktisch nicht abgewehrt werden konnte.

Das Mädchen wich zur Seite aus, machte zwei schnelle, tänzelnde Schritte nach vorn, beugte gleichzeitig den dürren Körper seitlich und versuchte hektisch, sich mit dem Degen zu decken. Mitten im Stoß sah Loredan, daß sie genug getan hatte; er brach den Angriff ab, trat zur Seite, um ihre Bewegung mitzumachen, und wehrte ihre Klinge schon ab, bevor sie ihre eigene Parade beendet hatte. Wenn er diesmal den Gegenstoß führte, würde sie keinen Platz mehr zum Ausweichen haben.

Aber er war ein viel zu guter Lehrer, um einen solchen Notfall nicht zur Sprache gebracht zu haben. Die Fechterin sprang aus dem Stand rückwärts, genau wie man es ihr beigebracht hatte, und fintierte einen Hieb auf Loredans Knie, damit er tief parierte und Brust und Kopf entblößte. Er wiederum rechnete mit der Finte, setzte zu der von ihr erwarteten Parade an und verwandelte sie in einen Abwehrblock für den Hieb, den sie hatte ausführen wollen, einen kurzen, aus dem Handgelenk geführten Schlag gegen sein Gesicht. Dann trat er einen Schritt zurück und senkte die Degenspitze, um seinen Rückzug zu decken. Seine Gegnerin umkreiste ihn, machte einen Schritt nach hinten und nach rechts, um ihm den Weg abzuschneiden, aber sie las die Signale nicht richtig. Statt einen Ausfall zu machen, der pariert werden und ihn für den Gegenstoß verwundbar machen würde, ging Loredan in die Knie, bis seine ausgestreckte linke Hand den Boden berührte, und ließ die Klinge gleichzeitig in Knöchelhöhe durch die Luft sausen. Die Advokatin konnte gerade noch rechtzeitig über die Klinge springen, nur um bei der Landung herausfinden zu müssen, daß Loredans Degen genau auf ihr Herz zielte und sie nicht die geringste Chance hatte, dem Stoß rechtzeitig zu begegnen.

Sie riß den Kopf zurück und drehte sich seitlich weg; statt sie zu durchbohren, grub sich die Klinge eine Handspanne über ihrer Hüfte in ihre Seite. Es war eine scharfe Klinge, es schmerzte kaum, aber es war das erste Mal, daß sie bei einem Kampf verletzt worden war, und sie geriet in Panik. Ohne überhaupt zu versuchen, die Füße zu bewegen oder das Gleichgewicht wiederzufinden, hieb sie wild um sich. Loredan wehrte den auf sein Gesicht zielenden Hieb mit dem breiteren Teil der Klinge ab, während er gleichzeitig einen Schritt zurück und nach links machte und seinen Degen so auf ihre deckungslose Seite brachte. Sein nächster Hieb – eigentlich nur eine kurze Drehung des Arms, ein scharfes Zucken des Handgelenks – galt ihrer rechten Hand, erwischte die Finger, die den Griff umklammerten, und durchtrennte sie genau unterhalb der Knöchel. Ihr Degen landete klirrend auf den Steinfliesen, und er trat zurück, um ihr den Gnadenstoß zu geben, zögerte …

Sie trat mit aller Kraft zu. Er drehte sich und fing die Wucht des Tritts mit dem Oberschenkel ab. Bevor er wieder die Grundstellung einnehmen konnte, war sie gut drei Meter zurückgewichen und griff mit der linken Hand nach ihrem Degen. *Verdammt,* dachte Loredan. *Ich hasse es, mit Linkshändern zu kämpfen.* Er zog sich ein paar Schritte zurück und nahm die Grundstellung der Stadtfechtschule ein, die Knie gebeugt und die Klinge schräg nach oben gehalten. Man hatte dem Mädchen die grundsätzlichen Bewegungen des linkshändigen Fechtens zwar beigebracht, aber selbst ohne die Schmerzen und den Schock durch die Verletzung hätte sie sich schwer im Nachteil befunden. Es dürfte nicht schwer sein, vorausgesetzt, er unterschätzte sie nicht doch noch. Er zwang sich, sich zu entspannen, sein Gewicht in die Knie zu verlagern.

Sie griff an, zielte mit einem Hieb von der Seite auf seinen Kopf. Es wäre nicht schwer gewesen, sich darunter zu ducken und dann einen Ausfall zu machen; für sie wäre es nicht schwer gewesen, zu parieren und zurückzuweichen, genau wie man es ihr beigebracht hatte. Loredan blieb, wo er war. Die Zeit arbeitete nun gegen sie; sie wußte, daß sie die Sache schnell zu Ende bringen mußte, bevor der Blutverlust sie zu schwach machte. Er spürte etwas unter seinem Fuß und kam zu dem Schluß, daß er genau wußte, was es war.

Sie griff erneut an, mit einem fintierten Stoß in Augenhöhe, aber er wußte, daß sie ihn in einen auf seinen Unterarm gezielten Schlag verwandeln würde, also nahm er den Kopf aus der Weg, parierte und revanchierte sich mit einem hart ausgeführten Schlag auf ihren Hals. Seine Gegnerin hatte den Gegenstoß erwartet, wie man es ihr beigebracht hatte, schaffte es aber nur mit Mühe, die Klinge zur Abwehr hochzubringen. Noch während Loredan den Schlag ausführte, konnte er vor seinem geistigen Auge bereits den nächsten sehen, den kurzen, schnellen Ausfall auf ihr Herz zu, dem sie hilflos ausgeliefert sein …

Die Klingen trafen klirrend aufeinander, ein Krachen ertönte – Loredans Degen war acht Zentimeter oberhalb des Griffs abgebrochen.

*Oh, verflucht noch mal.* Ohne nachzudenken drehte er sich auf dem rechten Fuß, hob die linke Faust und rammte sie der Advokatin ins Gesicht. Er spürte ihre Nase brechen, als ihr Kopf zur Seite geschleudert wurde, dann kippte sie wie ein Sack Kartoffeln nach hinten und zu Boden, wobei sie auf ihren Degen fiel und die Klinge zerbrach.

*Schade*, dachte er. *Er war zwar neu, schien mir aber ein Mesteyne aus einer späteren Serie gewesen zu sein – ein Mesteyne, immerhin einen Krug Wein wert.* Er warf einen Blick auf den Griff in seiner Hand und bemerkte, daß der Kern nachgegeben hatte, auf die gleiche Weise wie bei all den anderen Klingen. *Das reicht aus, um einen Mann an Hexerei glauben zu lassen*, dachte er bitter und ließ ihn zu Boden fallen.

Er legte die Hand auf den Knauf seines Dolches. Eigentlich sollte er die Angelegenheit jetzt zu Ende bringen, aber zum Teufel, niemand bezahlte ihn dafür. Das Urteil würde dann *Aus Mangel an Beweisen* statt *Nicht schuldig* lauten, aber praktisch gesehen war es das gleiche. Auf jeden Fall würde der Unterschied nicht die Unannehmlichkeiten rechtfertigen, in die Hocke gehen, ihr die Kehle durchschneiden und Hände und Manschetten mit Blut besudeln zu müssen. Er war frei zu gehen, und er stand in niemandes Diensten. Er trat über den Körper des Mädchens hinweg und verließ den Gerichtssaal, in dem es totenstill war.

Alexius wandte sich der Frau zu seiner Rechten zu.

»Er hat es nicht zu Ende gebracht«, sagte sie. »Das bedeutet, daß alle Wetten ungültig sind.«

Alexius sah sie nur an.

»Ich sage Euch was. Beim nächsten Fall doppelt oder nichts.«

»Ich bleibe nicht für den nächsten Fall.«

Sie seufzte, griff in ihre Tasche und holte zehn kleine Silbermünzen hervor. Er bedankte sich und drehte sich um, wollte seine Schulden bei dem Mann zu seiner Linken bezahlen, aber der Platz war leer.

Die Saalordner zogen die Advokatin aus dem Rund, setzten sie auf einen Stuhl neben der Tür. Einer der Männer band ihr Handgelenk mit einer Aderpresse ab. Dann packten sie jeweils einen Arm und schleppten sie aus der Tür. Die Zuschauer fingen an zu murren; ein guter Kampf, der durch einen feigen Rückzieher ruiniert worden war, ein höchst unprofessionelles Benehmen von seiten einer Person, die angeblich Fechtlehrer war. Was für ein Beispiel sollte das nur für die Advokaten von morgen sein? Die Leute wollten schon ihr Geld zurückverlangen, als ihnen einfiel, daß der Eintritt frei gewesen war. Irgendwie fühlten sie sich dadurch nur noch stärker betrogen als zuvor.

Auf seinem üblichen Platz in der Nähe des Fensters und abseits vom allgemeinen Gedränge schenkte sich Loredan einen Becher starken Wein ein und trank ihn in einem Zug leer. Seine Knöchel waren wund, irgend etwas stimmte nicht mit seinem rechten Handgelenk, und ihm tat alles weh. *Verdammte Zeitverschwendung, aber wenigstens ist es vorbei. Ich bin froh, daß das nicht länger über mir schwebt.*

Es bestand natürlich die Möglichkeit, daß sie wieder auf ihn losgehen würde, aber nur mit einem Daumen an der rechten Hand würde sie nicht mehr länger fechten können, und wenn das stimmte, was Alexius ihm über sie erzählt hatte, kam es für sie nicht in Frage, ihn illegal umbringen zu lassen. Was den Präfekten und den Lordkanzler anging, hoffte er von ganzem Herzen, daß es nun vorbei war. Er verstand genug von Politik, um zu wissen, daß ein *Aus Mangel an Beweisen* beiden Fraktionen reichen dürfte.

Er hatte drei Viertel des Kruges geleert, als ein Schatten auf ihn fiel. Er schaute auf und erkannte einen der Beamten aus dem Stab des Präfekten, einen kleinen, fetten jungen Mann, dessen Name mit B anfing.

»Da seid Ihr ja«, sagte der Beamte. »Ich habe Euch schon überall gesucht.«

»Setzt Euch«, grunzte Loredan. »Oder holt Euch einen Becher und trinkt mit.«

Der Beamte runzelte die Stirn. »Dafür habe ich keine Zeit«, sagte er, »und Ihr auch nicht. Ihr habt Euch unverzüglich in der Amtsstube des Präfekten einzufinden.«

»Tatsächlich?« Loredan lehnte sich zurück. »Warum sollte ich so etwas wohl tun?«

»Weil ich es Euch sage«, erwiderte der Beamte. »Und weil Ihr noch immer auf der Reservistenliste steht, was bedeutet, daß Ihr den Befehlen Eures Vorgesetzten gehorchen müßt.«

Loredan runzelte die Stirn. »Dann verklagt mich doch. Es tut mir leid, aber ich bin wirklich nicht in Stimmung. Davon abgesehen, warum zum Teufel sollte er mich sehen wollen? Ich bin davon ausgegangen, daß es ihm am liebsten wäre, wenn ich mich in Luft auflöste.«

Der Beamte seufzte und setzte sich, nachdem er zuerst mit dem Ärmel eine Weinpfütze von der Bank gewischt hatte. »Ganz im Gegenteil«, sagte er. »Ich will ganz offen mit Euch sein: Der Präfekt hofft, einen Teil des politischen Schadens, den Ihr seiner Regierung zugefügt habt, dadurch wettzumachen, daß er den Prozeßausgang als Rechtfertigung benutzt. Er ist der Ansicht, daß er, indem er Euch wieder in das Amt des Stellvertretenden Lordkanzlers einsetzt, der Stadt verkündet, daß seine ursprüngliche Einschätzung Eurer Person richtig war, und …«

Loredan erhob sich. »Richtet dem Präfekten von mir ein freundliches ›Danke‹, aber ›Nein, danke‹ aus. Das ist außerordentlich nett von ihm gemeint, aber ich habe bereits eine Arbeit und möchte keine zweite. Auf Wiedersehen.«

»Ihr scheint der Ansicht zu sein, Ihr hättet eine Wahl«, sagte der Beamte. »Wenn Ihr Euch nicht sofort beim Präfekten meldet, bleibt mir nichts anderes übrig, als zu veranlassen, daß Ihr als Deserteur verhaftet werdet.« Er grinste. »Desertion ist ein Vergehen, für das man in Kriegszeiten ohne Verhandlung hingerichtet werden kann. Wenn der Präfekt Euch loswerden wollte, wie Ihr zu glauben scheint, wäre das die einfachste Möglichkeit.«

Loredan seufzte, dann setzte er sich wieder. »Kann es denn nicht wenigstens bis morgen warten?« stöhnte er. »In meinem augenblicklichen Zustand bin ich nicht dazu fähig, mich meinen Vorgesetzten gegenüber respektvoll zu benehmen. Wer weiß, morgen um diese Zeit könnte ich gerade gelangweilt und deprimiert genug sein, um bei dieser lächerlichen Scharade mitzumachen.«

»Oberst, Ihr habt Eure Befehle«, sagte der Beamte. »Trinkt aus, wenn es denn sein muß, und dann begleite ich Euch, nur für den Fall, daß Ihr den Weg vergessen habt.«

*Na gut*, dachte Loredan. *Ist ja nicht so, als hätte ich was anderes zu tun.*

»Nach Euch«, sagte er höflich.

Als Alexius zu Hause ankam, war er erschöpft. Der letzte Treppenabsatz, der von der großen Eingangshalle zur Tür seiner Zelle führte, bedeutete für ihn eine Anstrengung, vor der er fast kapituliert hätte. Die Schmerzen in Brust und Arm waren völlig verschwunden, sein Kopf schmerzte ebenfalls nicht mehr, aber er fühlte sich, als hätte er die letzten achtundvierzig Stunden auf den Docks Getreidesäcke geschleppt. Er wollte etwas zu essen, etwas zu trinken – und dann nur noch schlafen.

Er hatte gerade die Stiefel von den Füßen getreten und wollte sich auf seinem Bett ausstrecken, als der Page eintrat.

»Da will jemand zu Euch«, sagte er. »Wieder ein Ausländer.«

Alexius fluchte unhörbar. »Name?«

Der Page sah verwirrt aus. »Nun ja, er sagte, sein Name sei Loredan, aber es ist nicht der Oberst. Und es ist ein Ausländer.«

»Ah. In diesem Fall solltest du ihn besser reinführen.«

Kurz darauf betrat Gorgas Loredan den Raum.

»Ich bin nicht wegen meines Gewinns gekommen«, sagte er, als Alexius ihm bedeutete, doch Platz zu nehmen. »Wenn ich die Regeln richtig verstanden habe, sind bei dem Urteil *Nicht schuldig aus Mangel an Beweisen* alle Wetten nichtig, also sind wir quitt.« Er machte es sich auf dem Stuhl bequem, überkreuzte die Beine und legte die Hände hinter den Kopf.

»Was kann ich für Euch tun?« fragte Alexius leise.

Gorgas lächelte. »Wie geht es Euch übrigens?« fragte er. »Ich hatte vorhin im Gericht schon Angst, Ihr hättet einen Herzinfarkt.«

»Viel besser, danke«, antwortete Alexius. »Etwas müde, aber das wär's auch schon. Also, womit kann ich Euch helfen?«

»Ich möchte gern meinen Bruder besuchen«, sagte Gorgas, »aber ich kenne seine Adresse nicht. Da Ihr in dieser Stadt dem am nächsten kommt, was man als seinen Freund bezeichnen könnte, dachte ich mir, ich frage Euch. Ich komme doch hoffentlich nicht ungelegen, oder? Ich kann auch gern später wiederkommen.«

Alexius schüttelte den Kopf. »Nicht im mindesten. Man soll den Augenblick nutzen, und ich habe im Moment nichts Dringendes zu erledigen. Ihr müßt nur entschuldigen, daß ich liegenbleibe.«

Gorgas nickte. »Natürlich«, sagte er. »Aber wenn Ihr mir seine Adresse geben könntet ...«

Alexius überlegte, was er tun sollte. Abzulehnen wäre zumindest peinlich – und falls Gorgas ein aufbrausendes Temperament hatte, könnte es auch weit schlimmere Folgen haben. Andererseits hatte er aus dem wenigen, was ihm zugetragen worden war, den Eindruck gewonnen, daß die beiden Brüder schon lange nicht mehr miteinander sprachen. Falls das ein Versuch sein sollte, die diplomatischen Beziehungen wiederherzustellen, würde er vermutlich Loredan keinen Gefallen tun, wenn er Gorgas' Besuch verhinderte.

*Gib es zu, du bist neugierig.* Neugierig war noch untertrieben; schon vor der wundersamen Heilung vor Gericht war er fest davon überzeugt gewesen, daß Gorgas Loredan tief in einen Aspekt des Geheimnisses verstrickt war, in das er in jener Nacht, in der er sich an dem Fluch versucht hatte, verwickelt worden war. Bis jetzt hatte er anscheinend verhindern können, daß außer ihm und dem Mädchen noch andere durch die verheerenden Konsequenzen zu Schaden gekommen waren. Aber es war durchaus möglich, daß Gorgas die Adresse seines Bruders haben wollte, damit er ihn dort aufsuchen und umbringen konnte.

»Ich weiß leider nicht, wo er sich im Augenblick gerade aufhält«, sagte er. »Eine Zeitlang hat er im Torhaus zur Mittelstadt gewohnt, aber da ist er wieder ausgezogen.«

*Geschafft, ohne ihm ins Gesicht zu lügen. Ich frage mich, ob das reicht?*

»Ihr überrascht mich«, erwiderte Gorgas. »Ich war mir sicher, Ihr wüßtet es.«

Alexius konnte sehen, wie sich seine Beinahe-Lüge in Gorgas' Augen widerspiegelte. *Verdammt, er glaubt mir nicht.* Doch er hatte eine Entscheidung getroffen, und jetzt würde er dabei bleiben. »Es tut mir schrecklich leid«, sagte er. »Ich könnte versuchen, ihm eine Botschaft zukommen zu lassen, falls Euch das hilft. Ich habe ihm beim Sicherheitsrat kennengelernt; ich kann mich erkundigen, ob eines der anderen Mitglieder noch Kontakt zu ihm hat, obwohl ich das ehrlich gesagt für unwahrscheinlich halte.«

»Ich verstehe. Ihr müßt wissen, ich hätte mich vor meinem Aufbruch gern noch mit ihm unterhalten. Es ist lange her – um die Wahrheit zu sagen, wir haben schon seit einigen Jahren nicht mehr miteinander gesprochen.« Gorgas Loredan gähnte und hielt die Rückseite seiner breiten Hand vor den Mund. »Wißt Ihr, ich habe etwas getan, das er mir niemals verziehen hat. Seitdem wollte ich die Dinge wieder ins Lot bringen, aber ich hatte bis jetzt keine Gelegenheit dazu.« Seine Augen waren hell und klar; er musterte den Patriarchen, als wären sie zwei Advokaten vor Gericht. »Wenn ich es Euch erzähle, würdet Ihr vielleicht verstehen, warum ich ihn unbedingt sehen will. Es könnte Eurer Erinnerung auf die Sprünge helfen.«

Alexius nickte, peinlich berührt, daß seine Lüge so durchsichtig gewesen war. »Wenn Ihr der Ansicht seid, es würde helfen.«

»Es ist keine schöne Geschichte«, fuhr Gorgas fort, »und ich fürchte, ich bin darin der Schurke. Doch ich werde wohl das Risiko eingehen müssen, daß Ihr mir, nachdem Ihr alles gehört habt, nicht mehr helfen wollt.«

Alexius' Fingernägel gruben sich in seine linke Handfläche, und er fragte sich, woher die Anspannung kam. Als wenn er es nicht wüßte. »Euer Bruder ist wirklich mein Freund«, sagte er langsam. »Tatsächlich schätze ich seine Freundschaft sogar sehr. Ich würde ihm gern helfen. Wenn Ihr die Absicht habt, etwas richtigstellen zu wollen, das ihn seit vielen Jahren beschäftigt, dann werde ich Euch helfen. Wenn ich zu dem Schluß komme, es wäre besser, Ihr würdet Euch aus seinem Leben raushalten, dann nicht.«

»Das ist fair«, sagte Gorgas gleichmütig. Er lehnte sich vor, drückte den Rücken durch und legte die Fäuste auf die Knie. Alexius fiel die Breite seiner Schultern und die Dicke seiner Handgelenke auf. Bardas' großer Bruder, im wahrsten Sinne des Wortes. Aber obwohl Gorgas Loredan zweifellos eine starke Aura von Gefahr umgab – oder, um es etwas melodramatischer zu sagen, eine zügellose Vitalität, die nach dem Bösen roch –, konnte Alexius keinen direkt auf Bardas oder ihn selbst gerichteten Groll feststellen. Hätte er hier und jetzt ein Urteil fällen müssen, wäre er zu dem Schluß gekommen, daß dieser seltsame, auf unangenehme Weise faszinierende große Mann dem Bruder, den er so lange nicht mehr gesehen hatte, von ganzem Herzen zugeneigt war und sich für sein Wohlergehen interessierte. *Nun, warum auch nicht? Selbst böse Männer lieben manchmal ihre Brüder.*

Und was auch immer es war, das er in der Verlagerung – nein, dem klaffenden Riß – fühlte, die dieser Mann im gleichmäßigen Fluß des Prinzips verursachte, es handelte sich nicht um das Böse im Sinne einer rein negativen, destruktiven Macht. Gorgas Loredan war kein netter Kerl, davon war Alexius überzeugt, aber es steckte mehr dahinter. Er hatte etwas Ambivalentes an sich, das den Patriarchen an eine Waffe denken ließ; ein Instrument, das allein zu Zerstörungszwecken konstruiert worden war, seine Funktion aber sowohl für das Gute wie auch das Böse einsetzen konnte. Es kam nur darauf an, in wessen Hände es geriet. Und plötzlich erkannte er intuitiv: *Dieser Mann ist nicht gänzlich sein eigener Herr, obwohl es ihm vielleicht nicht bewußt ist.*

»Hat Bardas Euch etwas von seiner Familie erzählt?« fragte Gorgas.

»Ein wenig«, erwiderte Alexius. »Ich weiß, daß Euer Vater ein kleiner Pächter war, der ein Stück Land bewirtschaftete.«

Gorgas nickte. »In der Mesoge«, sagte er. »Genaugenommen zählte unser Hof wegen seiner Größe als Herrensitz, aber in Wirklichkeit bestand das Gelände hauptsächlich aus Bergen und Wäldern; nur ein Viertel davon war zu etwas zu gebrauchen. Wir waren zu fünft, vier Brüder und eine Schwester. Unsere Mutter starb, als ich acht war, ich glaube, an einer Art Nierenentzündung. Unsere Schwester ist die älteste; sie ist ein Jahr älter als ich, und ich bin zwei Jahre älter als Bardas. Clefas kam als nächster, ein Jahr nach Bardas, und die anderen beiden, Micas und Zonaras, sind Zwillinge.« Er verstummte und grinste breit. »Habt Ihr das verstanden, oder soll ich es noch einmal erklären? Aber eigentlich ist es auch nicht so wichtig.«

»Fahrt bitte fort.«

Gorgas nickte. »Wie die meisten Höfe in der Mesoge gehörte er einer der alten Familien aus der Stadt. Unser Grundbesitzer war die Familie Ferian. Ich schätze, daß Ihr von ihr gehört habt. Zwar haben sie meines Wissens in den letzten Jahren erheblich an Einfluß verloren, aber als wir noch Kinder waren, waren sie eine nicht zu unterschätzende Macht.«

»Ich habe von ihnen gehört.«

»Nun ja.« Gorgas holte tief Luft, als müßte er Kraft schöpfen. »Vor etwa achtzehn Jahren, als wir noch alle auf dem Hof lebten, machten der Sohn des Grundbesitzers und einer seiner Cousins Urlaub auf dem Land. Es hieß, sie seien gekommen, weil sie Rennpferde kaufen wollten, aber ich glaube, ihnen war die Stadt etwas zu heiß geworden, und sie mußten eine Zeitlang untertauchen, so wie es den Söhnen von Adligen von Zeit zu Zeit schon mal passiert. Sie hatten ihr Geld bald ausgegeben, also mußten sie bei den Pächtern unterkommen. Für sie war das kein großer Spaß, und für uns erst recht nicht. Binnen einer Woche langweilten sie sich zu Tode. Es gab den ganzen Tag lang nichts zu tun, außer mit den Ziegen im Haus herumzuhängen oder lange Spaziergänge zu machen. Sie tranken viel und stellten einigen Mädchen nach, aber sie fanden sie alle ein bißchen unappetitlich und hörten bald auf, sich die Mühe zu machen.«

Gorgas verstummte und runzelte die Stirn. »Abgesehen von meiner Schwester. Sie gefiel ihnen gut. Sie war keine große Schönheit, aber sie war lebendig und hatte Sinn für Humor und kam somit dem näher, was die beiden von zu Hause gewohnt waren. Daß sie ihren Ehemann von ganzem Herzen verabscheute, war in dieser Situation nicht unbedingt hilfreich – er war zwar kein übler Kerl, aber ein richtiger Bauer, und sie konnten keine Kinder haben, was sie sehr aufbrachte. Wie dem auch sei, diese Stadtjungen fingen an, sich ständig in ihrer Nähe aufzuhalten. Gallas, ihren Ehemann, schien das nicht besonders zu stören; es war offensichtlich, daß da nicht viel passierte, und davon abgesehen hätte man schon seine Schweine verjagen oder seinen Bart anzünden müssen, damit er die Beherrschung verloren oder überhaupt bemerkt hätte, was um ihn herum geschah. Aber unserem Vater und Bardas gefiel es ganz und gar nicht. Und ich …« Gorgas wandte den Kopf ein Stück zur Seite. »Ich wollte nichts wie raus aus der Mesoge und in die Stadt. Als diese beiden jungen Narren auftauchten, sah ich plötzlich eine Chance.«

Eine Zeitlang saß er stumm und reglos da, dann fuhr er abrupt mit seiner Geschichte fort. »Es war ziemlich offensichtlich, daß unsere Schwester die gleiche Idee hatte, denn sobald sie das Interesse der beiden jungen Männer erkannte, fing sie an, mit ihnen zu flirten, aber ohne sich jemals mit ihnen einzulassen. Die Botschaft lautete, daß sie nur zu gern bereit war, die Spiele zu spielen, die den beiden gefielen, aber nur, wenn die sie mit zurück in die Stadt nehmen würden. Unglücklicherweise waren die beiden Jungs zu blöd, um zu verstehen, was sie da tat; soweit es sie betraf, machte sie sie scharf, um sie dann abblitzen zu lassen. Das gefiel ihnen gar nicht, das war zu kompliziert für ihren simplen Verstand und im Grunde die Mühe nicht wert. Sie machten ihr deutlich, daß sie sich auf dem nächsten Hof einquartieren würden, wenn sie nicht mitspielte. Unsere Schwester wollte nicht nachgeben, solange sie nicht das bekam, was sie wollte; Ehebruch um des Ehebruchs willen gehörte nicht zu ihren Lastern. Und ich sah bloß, daß mir meine Chance, dem Bauernleben zu entfliehen, unweigerlich entgleiten würde, falls ich nicht schnell etwas unternahm.

Es war an dem Tag, an dem sie ihre Abreise verkündeten. Vater machte keinen Hehl daraus, daß er froh sein würde, sie abreisen zu sehen, das gleiche galt für Bardas und Clefas, und auch für unseren Schwager Gallas, der wenigstens einmal einen

Hauch von Rückgrat bewies. Unsere Schwester stürmte mit geheimnisvoller Miene davon, und die beiden Jungs setzten sich auf die Veranda und warteten darauf, daß ihre Pferde gesattelt wurden. Soweit es mich betraf, hieß es jetzt oder nie. Also ging ich zu ihnen und fing an – natürlich mit viel anzüglichem Geblinzel –, sie dafür zu bedauern, wie meine Schwester sie behandelt hatte.

Sie sagten, es gäbe genug Mädchen, oder etwas Ähnliches. Ich sagte, sie würden viel zu schnell aufgeben, sie hätten alle ihre Signale falsch verstanden. Es sei sinnlos, darauf zu warten, daß sie sich ihnen wie ein kleines braves Bauernmädchen anmutig ergab, sie müßten gehen und sich nehmen, was sie wollten. Ich vermittelte ihnen den Eindruck, daß sich meine Schwester immer so verhielt und daß sie nur darauf gewartet hatte, daß die Männer aus der Stadt die Initiative ergriffen, und genauso verwirrt war wie sie.

Natürlich glaubten sie mir und meinten, dies sei eine ganz andere Situation, und warum ich nicht schon längst etwas gesagt hätte? Dann fragten sie mich, ob ich wohl wüßte, wo sie hingegangen sei. Ich wußte, daß sie zum Fluß gegangen war, um dort ihre Wäsche zu erledigen, also versuchte ich den beiden den Weg zu beschreiben. Sie behaupteten, meine Beschreibungen nicht zu verstehen, und fragten mich, ob ich sie nicht einfach dorthin führen könnte? Ich war einverstanden, und wir brachen auf. Ich war fest davon überzeugt, daß es das war, daß ich mir endlich meinen Weg in die Freiheit verdient hatte.

Sie war genau da, wo ich vermutet hatte. Zuerst versuchten die beiden Jungs nett zu sein, aber als meine Schwester erkannte, daß für sie nichts zu holen war, wurde sie kratzbürstig. Sie beschimpfte sie, und als Ferians Sohn sie packen wollte, schlug sie ihm mit einem Stein so hart ins Gesicht, daß er zu bluten anfing. Daraufhin verloren beide die Beherrschung und hörten auf, nett zu sein.

Nun, ich war der Ansicht, nicht mehr gebraucht zu werden, und wollte mich gerade verdrücken, als ich zu meinem Entsetzen Leute kommen sah; Vater, Bardas und Gallas, der die Schreie gehört hatte. Sie kamen mit Hacken in den Händen angelaufen. Das paßte mir nun überhaupt nicht in den Kram; das letzte, was ich wollte, war, daß meine voraussichtlichen Gönner zusammengeschlagen wurden oder ich genau erklären mußte, woher sie ihre falschen Informationen eigentlich hatten. Vielleicht geriet ich in Panik; nein, das war es nicht. Ich wußte ganz genau, was ich da tue, das habe ich immer schon gewußt, mein ganzes Leben lang.

Die Jungs hatten ihre Pferde ganz in meiner Nähe festgemacht, und einer von ihnen hatte einen Bogen und einen Köcher mit Pfeilen am Sattel hängen. Ich schnappte mir beides und duckte mich hinter einen Felsen, und als Vater und die anderen vorbeiliefen, schoß ich auf Gallas und tötete ihn auf der Stelle.

Mein Plan war, sie glauben zu lassen, daß es sich um einen von Banditen gelegten Hinterhalt handelte, und sie zu verjagen. Es hätte vermutlich auch funktioniert – so etwas kam in der Gegend gelegentlich vor –, aber Bardas sah mich und rief meinen Namen. Da wußte ich, daß es für mich vorbei war und ich keine andere Wahl hatte. Ich mußte mich um sie alle kümmern und später dann versuchen, mir eine Geschichte einfallen zu lassen. Also schoß ich auf Vater und Bardas und glaubte, beide getötet zu haben, vergewisserte mich aber nicht. Dann ging ich zum Fluß runter und knöpfte mir Ferians Sohn vor. Der andere – habe ich Euch schon seinen Namen gesagt? Er hieß Cleras Hedin – ergriff die Flucht, und ich saß erst recht in der Patsche. Ich mußte ihn erwischen, aber ich mußte mich auch noch um meine Schwester kümmern. Ich wollte es so aussehen lassen, als hätten wir die Vergewaltiger auf frischer Tat überrascht, wobei es zu einem Kampf gekommen war – mit mir als einzigem Überlebenden. Das würde aber nicht funktionieren, wenn ich sie nicht alle erwischte, und jetzt hatte der eine fast schon das Tal verlassen, und meine Schwester stand blutverschmiert im Fluß und brüllte mich an.

Da geriet ich dann etwas in Panik; ich schoß auf meine Schwester, nahm an, sie getötet zu haben, und eilte hinter dem jungen Hedin her. Es waren nur noch zwei Pfeile übrig, und ich verfehlte ihn mit beiden, also mußte ich ihm nachlaufen, ihn von den Beinen holen und ihn mit einem herumliegenden Knüppel erledigen. Als ich zurückkam, war ich nicht gerade begeistert, entdecken zu müssen, daß zwei der Leichen fehlten: Bardas und meine Schwester. Ich folgte der Blutspur bis nach Hause, aber als ich um den Hügel bog, sah ich Clefas und Zonaras mit ihren eigenen Bögen in den Händen auf mich zulaufen, und ich entschied mich, meine Niederlage einzugestehen und abzuhauen. Ich schaffte es bis zu den Pferden der Jungs, sprang in den Sattel und hielt erst an, als ich weit weg war. Und das ist letzte, was ich je von meinem Zuhause oder meinen Brüdern zu Gesicht bekam.«

Er schaute auf und grinste freudlos. »Ich habe Euch gewarnt, es ist keine besonders hübsche Geschichte«, sagte er. »Ich bin in diesem Stück der Schurke, das ist offensichtlich, aber keiner der Überlebenden duftete am Ende nach Rosen. Wollt Ihr, daß ich fortfahre?«

»Ihr meint, da gibt es noch mehr?« fragte Alexius.

»O ja. Seid Ihr sicher? Also gut. Das nächste weiß ich nur vom Hörensagen, denn meine Schwester hat es mir erzählt. Ich bin geneigt, zu glauben, daß sie die Wahrheit gesagt hat. Sie ist ebenfalls kein besonders netter Mensch, aber ich habe sie noch nie dabei erwischt, daß sie absichtlich gelogen hätte.

Nachdem Gras über die Sache gewachsen war und alle Toten begraben worden waren – die Ferians hatten sich anständig verhalten; sie nahmen die Schuld für die Vergewaltigung auf sich und verrechneten das mit den beiden Toten, während die meisten Adelsfamilien die Überlebenden ohne mit der Wimper zu zucken aufgehängt hätten –, nachdem also alle begraben worden waren oder sich von ihren Verletzungen erholt hatten, fing Bardas anscheinend an, sich auf unsere Schwester einzuschießen. Er behauptete, es sei alles nur ihre Schuld gewesen, da sie sich von Anfang an wie eine Hure benommen hätte. Er war offensichtlich aufgebracht, und da ich nicht da war und die beiden Jungs aus der Stadt tot waren, war sie diejenige, die sich am ehesten als Sündenbock eignete.

Als sich dann auch noch herausstellte, daß sie schwanger war, drehte er richtig durch und versuchte, sie rauszuschmeißen. Nun, davon wollten die anderen drei aber nichts hören, also verlor Bardas die Beherrschung und stürmte davon, um in die Armee einzutreten. Die anderen rechneten damit, daß er binnen eines Monats wieder zurück sein würde, aber anscheinend wurde Bardas von Onkel Alsen, dem Bruder unserer Mutter, entdeckt, der sein ganzes Leben in der Armee verbracht und sich bis zum stellvertretenden Kommandanten hochgedient hatte. Also kehrte Bardas doch nicht zurück, und das wiederum machte Clefas und die Zwillinge wütend, die jetzt die Arbeit von sechs Männern erledigen mußten, bloß um die Pacht bezahlen zu können.

Sie begannen, es an unserer Schwester auszulassen, und Clefas hatte schon immer dazu geneigt, seinen Standpunkt mit dem Handrücken statt mit Argumenten deutlich zu machen. Sie hielt es aus, bis das Baby fast da war, dann trank Clefas eines Abends einen Schluck zuviel und ging mit dem Messer auf sie los. Danach blieb sie nicht länger, und der einzige Ort, wohin sie gehen konnte, war die Stadt, wo sie hoffte, von der Familie des toten Vaters, den Hedins, etwas zu bekommen.« Gorgas hob den Kopf und sah Alexius in die Augen. »Sie hatte beharrlich behauptet, daß der junge Hedin und nicht Ferian der Vater des Kindes war. Ich glaube ihr das vorbehaltlos, schließlich muß sie es wissen, und wie ich bereits sagte, erzählt sie keine Lügen.

Nun, die Familie Hedin war nicht im mindesten so hochherrschaftlich wie die Ferians. Nothas Hedin hatte als Goldschmied angefangen, war später ins Bankgeschäft eingestiegen und hatte es zu diesem Zeitpunkt zu einem gewissen Wohlstand gebracht. Ich glaube, seine Söhne hatten die Ferians beim Pferderennen kennengelernt. Nothas Hedin war ein geiziger alter Teufel, aber wenn es um Pferde ging, warf er mit dem Geld um sich, als gäbe es kein Morgen, und die Ferians waren genauso. Die Hedins waren alles andere als glücklich über die Situation, aber sie nahmen meine Schwester auf und sagten ihr, sie könne bis zur Geburt des Babys bleiben, danach würden sie sie irgendwohin nach Übersee verfrachten, wo niemand sie sehen und sich an die Unannehmlichkeiten erinnern müßte, die sie verursacht hatte.

Ich war zu diesem Zeitpunkt ebenfalls schon in der Stadt und verdiente mir meinen Lebensunterhalt damit, mit anderen Schurken rumzuhängen, die für Geld so ziemlich alles machten. Man kann sie eigentlich nicht als Attentäter bezeichnen, so hochklassig waren sie nicht. Wir schlugen Leute in dunklen Gassen zusammen, zündeten Geschäfte an, so was in der Art. Wie dem auch sei, durch einen Zufall fand ich heraus, daß sich meine Schwester in der Stadt aufhielt, und mein erster Gedanke war, daß für mich der Augenblick zum Weiterziehen gekommen war. Ich hatte mir keine großen Sorgen gemacht, daß mir die Ferians oder die Hedins auf die Spur kommen könnten, denn natürlich nannte ich mich nicht Gorgas Loredan, und bis zur Ankunft meiner Schwester gab es in der Stadt niemanden, der mich hätte erkennen können. Aber zu dieser Zeit hatte ich mehr als genug von Abenteuern und Reisen, also blieb ich und wartete erst mal ab, was geschehen würde. Ich fing an, mit einer Dienerin aus dem Haushalt der Hedins anzubandeln, um mehr herauszubekommen. Und tatsächlich erfuhr ich, daß meine Schwester zwar nicht gerade gut auf mich zu sprechen war – verständlicherweise –, daß sie aber eine rasende Wut auf Bardas, Clefas und die Zwillinge verspürte, vor allem auf Bardas.

Also nahm ich all meinen Mut zusammen und stattete ihr einen Besuch ab.

Ich glaube, sie war so verblüfft, mich zu sehen, daß sie einfach vergaß, Zeter und Mordio zu schreien, bis ich Gelegenheit gehabt hatte, ihr alles in Ruhe zu erklären, und nach ein paar gegenseitigen Beschuldigungen, um die Form zu wahren, schlossen wir eine Art Waffenstillstand. Schließlich waren wir füreinander das jeweils letzte Familienmitglied, und außerdem hatten wir seit den Tagen unserer frühesten Kindheit immer eine ganz besondere Beziehung zueinander gehabt. Ich will nicht behaupten, daß alles vergessen und verziehen war, aber sie mußte an das Baby denken, und mir machte die ganze Geschichte sehr zu schaffen, und ich sehnte mich nach jemandem, der mich nicht bis aufs Blut haßte, also kamen wir überein, daß ich mich bemühen würde, so gut es ging, an ihr Wiedergutmachung zu leisten. Wir würden ja sehen, ob es nicht doch möglich wäre, eine Möglichkeit zu finden, für uns beide die Zukunft etwas weniger beschissen zu machen.

Um es kurz zu machen, ich schaffte es, eine kleine Summe zusammenzukratzen – Ihr wollt gar nicht wissen, wie ich das gemacht habe –, und wir reisten zur Insel. Nach einigem Nachdenken ließ meine Schwester das Kind bei den Hedins; sie waren glücklich, es als eines der ihren großzuziehen, vorausgesetzt, Mami versprach, zu verschwinden und niemals zurückzukehren. Meine Schwester war damals darüber ziemlich aufgebracht, aber wir waren beide zu dem Schluß gekommen, daß, wenn man bedachte, in welchem Geschäft wir arbeiten wollten, uns ein Baby wirklich nur im Weg sein würde. Eines muß ich meiner Schwester lassen: wenn sie sich einmal zu etwas entschieden hat, läßt sie sich nicht von Sentimentalitäten aufhalten.

Also reisten wir zur Insel und fingen mit der Geldverleiherei an. Nach einem recht wackeligen Start waren wir sogar ziemlich erfolgreich. Wie wir es schafften, ist eine andere Geschichte, die Euch eigentlich interessieren müßte, da sie in gewisser Weise

Euer Handwerk betrifft. Vielleicht ein andermal. Wie dem auch sei, nach einer Weile brachten wir die Dinge zum Laufen, und unser Leben wurde ruhiger. Dann kamen wir beide zu dem Schluß, daß unser – wie soll ich es nennen, unserer gegenseitiger Nichtangriffspakt im Angesicht eines gemeinsamen Feindes namens Leben? –, daß also unsere Übereinkunft mehr oder weniger ihren Nutzen überlebt hatte und es in unser beider Interesse wäre, separater Wege zu gehen, solange wir noch miteinander sprachen. Ich glaube, das war eine gute Idee. Wenn man spürt, daß ein großes Zerwürfnis auf einen lauert, ist es nicht falsch, sich aus dem Weg zu gehen, bevor die ersten Steine fliegen.

Ich blieb auf der Insel, sie zog nach Scona und gründete dort ein richtiges Bankhaus, ganz respektabel. Ich muß zugeben, sie ist diejenige, die in unserer Familie den Grips hat. Ich bin nicht ganz erfolglos, aber sie hat das Geschäft zu einem richtigen Erfolg gemacht, und soweit ich weiß, gehört ihr auf jener Seite der Bucht buchstäblich alles und jeder. Großer Fisch und kleiner Teich, vielleicht ist es ja das. Trotzdem ist das gar nicht so übel für eine Bauerstochter aus der Mesoge. Gelegentlich erinnere ich sie daran, daß sie vermutlich noch immer auf Gallas' Hof leben und Ziegen hüten würde, wenn ich nicht gewesen wäre. Sie gibt es natürlich nicht zu, aber immerhin wirft sie mir keine Gegenstände mehr an den Kopf, wenn ich es sage.«

Alexius saß ganz still da, wie ein Kaninchen vor der Schlange. Die schiere Gegenwart des Mannes war erschreckend und faszinierend zugleich. »Und was ist aus dem Kind geworden?« sagte er schließlich. »Dem Sohn Eurer Schwester, den sie zurückgelassen hat?«

»Es war eine Tochter. Sie ist übrigens der Grund, warum ich Bardas einen Besuch abstatten will, obwohl ich das ungute Gefühl habe, daß ich etwas zu spät aufgebrochen bin.« Er seufzte. »Eigentlich überrascht es mich, daß Ihr das überhaupt fragt. Ich hätte geglaubt, daß Ihr, sobald Ihr den Namen hört …«

Alexius' Hals war plötzlich schrecklich trocken. »Hedin«, sagte er.

»Sie nannten das Mädchen Iseutz«, fuhr Gorgas fort. »Das war nicht der Name, den ihre Mutter ihr gegeben hatte, sie wollten etwas mit mehr Klasse. Sie zogen sie zusammen mit dem jüngeren Bruder des toten Jungen groß. Sein Name war Teofil.«

»Teofil Hedin. *Iseutz* Hedin.« Alexius' Gesicht nahm den Ausdruck puren Entsetzens an. »Oh, bei den Göttern, das *Mädchen* ...«

Gorgas nickte grimmig. »Die Ironie dabei ist, daß sie nichts über Bardas und mich und den ganzen Rest weiß. Soweit es sie betrifft, ist Bardas der Mann, der ihren Lieblingsonkel Teofil getötet hat, der einzige Mensch, der sich je um sie gekümmert hat. Gräßlich, nicht wahr? Was Glück und Pech angeht, hat unsere Familie meiner Meinung nach mehr als ihren normalen Anteil bekommen.«

»Bei den Göttern«, wiederholte Alexius. »Sie ist seine Nichte.«

»Glücklicherweise *ist* sie es noch«, meinte Gorgas. »Mehr durch Glück als durch Verstand«, fuhr er fort und schüttelte den Kopf. »Es ist mein Fehler, daß es soweit gekommen ist; sobald wir mitbekommen haben, was da vor sich geht, bin ich hierher geeilt, aber von dem verfluchten Kampf habe ich erst erfahren, als ich ihn an der Gerichtstür angeschlagen sah.«

Alexius war sich nicht sicher, was er von alldem halten sollte. Zum einen wollte er wissen, wie sie es erfahren hatten. Er wollte den Traum erwähnen, den er während der Verlesung der beeideten Aussagen gehabt hatte, die Schmerzen in Kopf, Brust und Arm, die gekommen und gegangen waren, all die kleinen Anzeichen, die scheinbar in eine bestimmte Richtung gezeigt hatten. Er wollte Gorgas fragen, ob er zwei Leute von der Insel namens Vetriz und Venart kannte. Er wollte wissen, was genau an der Art, wie Gorgas' Schwester ihre Geschäfte führte und die irgendwie mit seinem Handwerk zu tun hatte, angeblich für ihn von Interesse sein sollte. Er tat nichts davon.

»Ihr sagtet, Ihr möchtet, daß ich Bardas eine Nachricht zukommen lasse«, sagte er so indifferent, wie er nur konnte. »Was soll ich ihm denn ausrichten?«

»Da bin ich mir gar nicht so sicher«, gestand Gorgas und kratzte sich am Kopf. »Ich schätze, er sollte die Wahrheit über Iseutz erfahren, wer sie wirklich ist und all das. Vermutlich wäre es besser, wenn man es ihm gesagt hätte, *bevor* er ihr alle Finger der rechten Hand abgetrennt hat. Vielleicht auch nicht, ich weiß es nicht.« Er beugte sich vor und sprach in ernstem Tonfall weiter. »Patriarch, ich liebe meinen Bruder. Ich habe ihn immer geliebt. Wir standen uns nahe. Nicht so nahe, wie ich meiner Schwester gestanden habe, aber wir sind zusammen aufgewachsen, haben als Kinder miteinander gespielt. Unter diesen Umständen ist es ganz natürlich, daß man jemanden liebt, selbst wenn man ihn am Ende zugleich haßt. Falls Ihr selbst Geschwister habt, versteht Ihr das vielleicht. Und mir ist klar, daß es sehr schwer sein wird, mich mit Bardas auszusöhnen, da dieser ganze Schlamassel fast ausschließlich mein Fehler ist. Vergeßt nicht, daraus habe ich von Anfang an keinen Hehl gemacht. Ich habe keine Illusionen, was mich betrifft. Aber ich bin kein böser Mensch, Alexius, nur ein Mensch, der einst ein paar böse Dinge getan hat. Vielleicht tue ich gelegentlich noch immer welche. Aber wenn es etwas gibt, das ich für meinen Bruder tun kann, dann will ich es tun. Am liebsten wäre mir, wenn er diese Stadt verlassen würde, solange es noch möglich ist, mich zurück auf die Insel begleiten oder sonstwohin gehen würde. Ich würde gern dafür sorgen, daß er nie wieder Geldsorgen hat oder es ihm an etwas mangelt. Ich würde sogar den Versuch unternehmen, daß sich meine Schwester und er miteinander aussöhnen, obwohl ich bezweifle, daß das jemals möglich sein wird. Egal, Ihr müßt mir glauben, daß ich ihm bestimmt nicht schaden will.«

Er stand abrupt auf. Alexius wollte ihn aufhalten, unternahm jedoch keinerlei Anstrengungen in dieser Richtung. »Was soll ich ihm also ausrichten?« wiederholte er. »Immer unter der Voraussetzung, daß ich ihn finde, was ich nicht garantieren kann.«

Gorgas leckte sich die Lippen, bevor er antwortete. »Klärt ihn über das Mädchen auf«, sagte er schließlich. »Natürlich ist es möglich, daß er es nicht glaubt. Und wenn doch, könnte er womöglich auf den Gedanken kommen, daß ich es ihm nur sage, damit er leidet, aber daran kann ich nichts ändern.« Er zögerte. »Sagt ihm, daß ich mir wünsche, daß wir Frieden schließen, und wenn auch nur aus dem Grund, weil er mein Bruder ist und ich ihn vermisse. Sagt ihm, daß ich ihn liebe, Patriarch Alexius. Ich glaube, das wäre alles.«

Gorgas bewegte sich schnell zur Tür, öffnete sie und schloß sie wieder hinter sich. Als er gegangen war, blieb in der Zelle ein großer, leerer Raum zurück, eine Verdrängung, die Alexius an die Funktionsweise des Prinzips und die Dinge erinnerte, für die man es gelegentlich zum Guten oder Bösen benutzen konnte. Er saß lange Zeit da und dachte über das Gehörte nach, versuchte, der ganzen Geschichte etwas zu entlocken, das ihm dabei helfen könnte, einige der Geschehnisse der letzten Monate zu verstehen, die ihm und anderen zugestoßen waren und die zufällig mehr oder weniger genau zu dem Zeitpunkt begonnen hatten, an dem allen Erkenntnissen nach Temrai in die Stadt gekommen war. Er dachte über Bardas Loredan nach, der halbtot zwischen den Leichen seiner Familienangehörigen lag, und erinnerte sich an einen Traum, den er während der ersten Angriffswelle gehabt hatte und in dem er Loredan mit einer Fackel in der Hand durch ein Lager hatte reiten sehen. Er hatte zwischen den Leichen von Frauen und Kindern anscheinend nach einer bestimmten Person Ausschau gehalten; und da war noch ein Junge gewesen, den er irgendwie als den jungen Temrai identifiziert hatte und der sich unter einem Wagen versteckt hielt und Loredan beobachtete. Hinter all dem steckte eine einzige einfache Sache; er konnte ihr in groben Zügen

Gestalt verleihen, er konnte sie beinahe schmecken, trotzdem entzog sie sich ihm auch weiterhin. Er stand sogar auf und sah auf einer Karte nach, wo Scona lag, aber das half ihm auch nicht viel weiter.

In solchen Augenblicken vermißte er Gannadius, und er gönnte sich einen Gedanken an seinen abwesenden Freund, der nun auf der Insel weilte ...

Auf der Insel, und zwar dank der Intervention einer eigentlich Fremden, die dafür gesorgt hatte, daß er in Sicherheit gebracht wurde, zusammen mit Loredans Kanzlistin, die dem Fechter eine Art Gefährtin gewesen war. Das war neuer Stoff zum Nachdenken.

So viele Probleme, so viele Fragen. Sie hätten ihm Kopfschmerzen bereiten müssen, aber das taten sie nicht. *Sagt ihm, daß ich ihn liebe, Patriarch Alexius ...* Welch außergewöhnlicher Satz für einen Mann, der seinen Vater und seinen Schwager getötet hatte, der seinen Bruder und seine Schwester hatte töten wollen, und das alles nur, damit seine Schwester vergewaltigt werden konnte. Er glaubte Gorgas; es gab nicht den geringsten Grund zur Annahme, daß ein solcher Mann nicht zur Liebe fähig war. Oder zu allem anderen, was das anging. Tatsächlich war Alexius davon überzeugt, daß Gorgas zu so gut wie allem fähig war, was er sich vornahm, auf die eine oder andere Weise. Ein interessanter Mann, keine Frage.

Schließlich dachte er sich in den Schlaf, und diesmal suchten ihn keine Alpträume heim.

»Für mich?« fragte Oberst Loredan verblüfft.

Der Wächter nickte. »Ein Mann hat es vor etwa einer Stunde abgegeben«, sagte er. »Wollte seinen Namen nicht nennen. Da ist ein Brief dabei.«

»Oh. Nun ja. Danke. Wegtreten.« Der Wächter salutierte und ging, wobei er die Tür hinter sich ins Schloß zog.

Wieder zurück in seiner elenden Zelle im Torhaus zur Mittelstadt; dieselben trostlosen Steinwände, dieselbe Steinbank als Schlafgelegenheit. Loredan betrachtete das Stoffbündel in seiner Hand, zuckte mit den Schultern und warf es auf die Bettstatt. Es klirrte metallisch. Er würde es später öffnen, nachdem er diese verdammten Stiefel losgeworden war.

*Warum sollte mir jemand ein Geschenk machen?* fragte er sich, als er den linken Stiefel von seinem heißen, schweißfeuchten Fuß zog. Obwohl er bereits jetzt zu spät zu einer Besprechung kommen würde, erlaubte er sich den Luxus, sich hinzusetzen und mit den befreiten Zehen zu wackeln, bevor er die Sandalen anzog. *Und warum konnte es nichts Nützliches sein, wie ein schönes Paar Filzpantoffeln?*

Als nächstes zog er die Jacke aus, die von dem plötzlichen nachmittäglichen Regenguß völlig durchnäßt war, und griff nach seiner zweitbesten. Nicht gerade die beste Kleidung für eine Audienz beim Präfekten, aber es wäre ihm ziemlich egal gewesen, wenn sie ihn gefeuert hätten. Hemd und Hose waren ebenfalls durchnäßt, aber damit konnte er sich jetzt nicht aufhalten. Die Hitze des Kaminfeuers im Empfangsraum der Präfektur würde sie schnell wieder trocknen.

Er fuhr sich schnell mit dem Kamm durch die Haare, das würde reichen müssen. Jetzt konnte er noch eben das Geschenk öffnen, und dann würde er auch schon gehen müssen.

Man brauchte kein Genie zu sein, um zu erraten, was sich in dem Stoffbündel verbarg; es war ein schmales, schweres Bündel, das ungefähr fünfundsiebzig Zentimeter lang war und etwas Metallisches enthielt. Jemand hatte ihm eine Blankwaffe geschickt. Es war nicht so, daß er keine hätte gebrauchen können. Es war schon peinlich, daß der Stellvertretende Lordkanzler, der Offizier, der die Verteidigung von Perimadeia leitete, als einziger Mann auf der Mauer mit einer leeren Degenscheide am Gürtel herumlief. Er durchtrennte die Schnur mit seinem Dolch und schlug den Stoff beiseite. Dann saß er einen Augenblick lang reglos da und starrte die Waffe an.

Ein echter Guelan. Mehr als das, ein echtes Guelan-Breitschwert – es gab nur noch etwa fünf Stück davon –, und nicht etwa eines der viel gewöhnlicheren, wenn auch furchtbar wertvollen Justizschwerter, mit denen sich der große Schmied seinen Ruf erworben hatte. Doch es war zweifellos ein Guelan, das wußte er bereits, bevor er die kurze, schwere Klinge aus der Scheide zog und die unverkennbaren und nicht zu fälschenden Zeichen auf dem Griff betrachtete. Was die Produktion von Militärwaffen betraf, war der große Liras Guelan noch immer unerreicht. Die Imitationen anderer Schmiede waren unsägliche Mißgeburten, die man bloß zum Holzhacken gebrauchen konnte. Niemals zuvor und auch nie wieder danach hatte jemand diese präzise Harmonie von Gewicht und Balance zustande gebracht, die diese Waffe so gut wie perfekt machte – sei es für die einhändige wie auch die zweihändige Benutzung, ob für den Hieb oder den Stoß.

Der Umgang mit dem Guelan-Breitschwert erforderte besondere Fertigkeiten – zumindest besagte das die Legende, und als er das Schwert in der Hand hielt, erkannte er zum erstenmal, daß das kein Märchen war. Wenn man es wie eine gewöhnliche Waffe handhaben wollte, würden einen das Gewicht und die Proportionen – langer Griff und kurze Klinge – besiegen. Je mehr man sich abmühte, desto träger ließ sich die Waffe handhaben. Aber wenn man sich das Gewicht zunutze machte, statt dagegen anzukämpfen, dann würde das Schwert sich wie von selbst schwingen lassen und in scheinbarem Widerspruch zu allen Gesetzen der Physik jedem Hieb seine eigene Kraft hinzufügen. Es hieß, man sollte einem Guelan-Breitschwert erlauben, es für einen kämpfen zu lassen; es wußte genau, was es tat, und alles, was sein Träger tun mußte, war, das stumpfe Ende festzuhalten und zuzusehen.

Bardas Loredan hielt nicht viel von Leuten, die bei tödlichen Waffen ins Schwärmen gerieten; trotzdem kam er zu dem Schluß, in diesem ganz besonderen Fall einmal Nachsicht zu üben. Sein ganzes Berufsleben lang hatte er sich ein solches Schwert gewünscht – obwohl er es bei der Arbeit nicht hätte benutzen können, da seine Dimensionen nicht den rechtlichen Bestimmungen entsprachen –, und hier war es; sein Gewicht ruhte schwer, aber nicht lähmend auf den Muskeln seines Oberarms. Es war wie ein Zuchtfalke, der sich herabließ, zum erstenmal auf seinem Handgelenk Platz zu nehmen.

*Das muß ein Vermögen gekostet haben.* Der Brief fiel ihm wieder ein. Da er sein wunderbares neues Besitztum nicht mal einen kurzen Augenblick lang aus der Hand legen wollte, zerbrach er unbeholfen das Siegel und öffnete das zusammengefaltete Stück Papier.

*Bardas.*
*Ich gehe davon aus, daß Du meine Nachricht und den darauf folgenden Brief erhalten hast, also willst Du mich offensichtlich nicht sehen. Ich kann nicht sagen, daß ich überrascht bin. Ich würde verstehen, wenn Du das hier nicht von mir annehmen willst (auch wenn Du ein verdammter Idiot wärst; Du kannst Dir nicht vorstellen, welche Mühen es mich gekostet hat, es aufzuspüren, und dann wollte es der Besitzer nicht verkaufen). Nimm es trotzdem. Man kann es nicht für die Sünden des Schenkenden verantwortlich machen, und ich bin sicher, Du findest einen Gebrauch dafür. Ich habe ihm gesagt, es soll Dich beschützen; darum mußte es auch ein Guelan sein – haben die nicht angeblich einen eigenen Willen? Versuch, es nicht zu zerbrechen.*
*In Liebe,*
*Gorgas Loredan*

Bardas Loredan blickte auf den Brief, dann auf das Schwert, dann wieder auf den Brief und dann wieder auf das Schwert. Waffen, das war ihm klar, waren ambivalente Dinge, die sowohl Gutes wie auch Böses tun konnten, oder beides, sogar beides zugleich; sie begriffen nicht, wozu man sie benutzte, und es kümmerte sie auch nicht. *Das gleiche kann man über den Advokaten sagen,* dachte Loredan, *den Mann, der nicht in seinem eigenen Namen, sondern im Namen der Gerechtigkeit für eine Sache kämpft und tötet. Die Waffe in seiner Hand und die Fertigkeit, die die Hand der Waffe verleiht, entscheiden über richtig und falsch, gut und böse, aber es ist der Stärkere und Schnellere, der am Tag des Kampfes über den Langsameren und Schwächeren obsiegt. Vielleicht bin ich das geworden, oder vielleicht war ich das die ganze Zeit, eine Waffe in der Hand eines anderen, zum Töten geschaffen, und ob es nun für das Gute oder das Böse ist, hängt allein von der Hand ab, die mich führt. Und das Guelan-Schwert* – haben die nicht angeblich einen eigenen Willen? –, *vielleicht hat es ja etwas zu bedeuten, daß es genau in diesem Augenblick eintrifft, wenn ich der Advokat bin, der die Stadt Perimadeia vertritt, dem man ihre Verteidigung und die Rechtschaffenheit ihrer Sache anvertraut hat.*

Es muß ihn ein Vermögen gekostet haben … aber im Verlauf der Jahre hat er *mich viel gekostet; vielleicht hat er mich auch zusammen mit all den anderen irgendwie benutzt, auch wenn ich mir nicht vorstellen kann, wofür. Seine Taten waren es, die jede meiner Handlungen bestimmt haben, und das seit dem Tag am Fluß, als er mich für tot hielt und liegenließ. Wenn er glaubt, er könnte mich damit kaufen …*

Aber ein Guelan-Breitschwert … Es war nicht verantwortlich für die Sünden des Schenkenden, genausowenig wie ein Anwalt für die Handlungen seines Klienten verantwortlich war. *Vor allem kämpft ein Advokat für Gerechtigkeit, und Gerechtigkeit ist sein einziger Klient,* hatte man ihm gesagt, als er bei der Aufnahmezeremonie seinen Eid geleistet hatte. Und ein Schwert zertrennt für den Mann, der es schwingt, Haut und Fleisch, und ein Mann ist das Schwert in der Hand seiner eigenen Umstände; die Dinge, die in der Vergangenheit geschehen sind und die ihn zu dem gemacht haben, was er ist, und deren Konsequenzen er sich stellen muß. Von seinem Bruder das Schwert anzunehmen unterschied sich nicht besonders davon, das Schwert des Mannes zu nehmen, den er gerade vor Gericht getötet hatte. So gesehen hatte er es sich verdient, und sobald es ihm gehörte, spielte seine Vergangenheit keine Rolle mehr.

*Bei den Göttern, ich würde mich dazu durchringen, alles zu glauben, bloß um dieses Ding behalten zu können. Es ist mehr wert, als ich in zehn Jahren vor Gericht verdient habe. Und was zum Teufel soll ›In Liebe‹ bedeuten?*

Plötzlich fiel Loredan die Audienz ein, zu der er nun ganz sicher zu spät kommen würde. Es war eine bewußte und keine durch Hast hervorgerufene instinktive Handlung, daß er seinen Gürtel abnahm, ihn durch die Doppelschlaufe der Scheide fädelte und ihn wieder anlegte. Bardas Loredan, ein Guelan-Breitschwert – Waffen von solcher Qualität, die über einen eigenen Willen verfügten …

*Sieh an, sieh an*, sagte er sich, als er aus dem kleinen, kalten Raum stürmte und auf das Ordenshaus zurannte, *wenn ich am Ende schon meine Seele verkaufen muß, dann sollte sie besser in der Familie bleiben, statt sie billig an das Holzkohle-Kartell zu verscherbeln.* Aber dieser Gedanke löste das Problem nicht; eine endgültige Entscheidung würde warten müssen, bis er mehr Zeit zum Nachdenken gehabt hatte und über mehr Informationen verfügte.

# 18

Ich würde mich wohler fühlen, wenn ich wüßte, was das hier soll«, murmelte Ceuscai. Das matte Mondlicht verlieh seinem in Dampf verwandelten Atem einen silbrigen Glanz, als wären seine Worte in der Kälte der Nacht irgendwie zu Eis gefroren. »Der erste war schon schlimm genug. Und der hier gefällt mir überhaupt nicht.«

Temrai hockte neben ihm unter dem Wagen, der ihnen Deckung verschaffte, und betrachtete die Fackeln, die am Torhaus brannten. Er zitterte leicht. »Vielleicht irgendeine Familiensache«, erwiderte er. »Über die wir nichts zu wissen brauchen und die uns auch egal sein kann. Meine einzige Sorge ist, daß es eine Falle sein könnte.«

»Es kann gar nichts anderes sein«, sagte der Mann zu Temrais Linken. »Mal ehrlich, das stinkt doch wie der Käse vom letzten Jahr. Der Bruder des feindlichen Generals kommt und erzählt dir, daß er um Mitternacht die Tore öffnet und die Zugbrücke runterläßt. Bei den Göttern, Temrai, an was glaubst du noch alles? An die alte Frau mit der Schale der Winde? Die Zahnfee?«

Temrai runzelte die Stirn, auch wenn es niemand sehen konnte. »Wenn deine Falle beinhaltet, daß das Tor geöffnet und die Zugbrücke gesenkt wird, dann gefällt mir diese Falle.«

»Sie könnten uns mit allem möglichen erwarten – kochendem Öl, Fallgruben, einer ganzen Kompanie Bogenschützen, die ...«

*Zumindest das*, dachte Temrai. *Wenn die ersten hundert Männer, die durch das Tor stürmen, weiter als zehn Meter kommen, sollte mich das doch sehr wundern. Aber das fällt unter die Rubrik akzeptable Verluste. Wir könnten tausend Mann in den ersten anderthalb Minuten verlieren und würden immer noch besser als erwartet abschneiden ...*

»Da«, flüsterte Ceuscai. »Seht doch nur.«

»Ich will verdammt sein«, sagte jemand weiter hinten. »Das Tor öffnet sich.«

Tatsächlich gab es in den Schatten unterhalb des Torhauses eine leichte Veränderung. Temrai hielt den Atem an. In der nächsten Sekunde würde er den Befehl zum Vorstoß geben müssen, wenn er diese Gelegenheit nicht ungenützt verstreichen lassen wollte. Sobald der Befehl gegeben war, bestand durchaus die Möglichkeit, daß seine Armee tatsächlich in die Stadt eindringen konnte. Mal angenommen, alles ginge nach Plan, sobald sie drin waren: eine Abteilung sollte den Turm des Torhauses stürmen und die Wurfmaschinen erobern, die den Dammweg im Visier hatten; zwei weitere sollten sich um die Türme auf beiden Seiten kümmern, die Kommunikation auf der Mauer unterbrechen und die Verteidiger daran hindern, auf Temrais Leute zu schießen, während sie das Tor passierten. Eine starke Streitmacht sollte einen Brückenkopf im Inneren des Torhauses errichten, und dann, vorausgesetzt, der Entsatz aus der Stadt wäre noch nicht eingetroffen – drei Minuten nach Beginn der Operation, vier, falls es Widerstand auf der Mauer gab –, würde es einen Vorstoß entlang der Mauer geben, mit dem Ziel, die ankommende Verteidigungsstreitmacht einzukreisen und zu verhindern, daß sie sich in das Straßenlabyrinth zurückzog. Falls der Plan funktionierte, würde die Stadt wie ein Braten in Portionen aufgeschnitten, die sich die einzelnen Abteilungen dann mühelos einverleiben konnten.

Sobald der Befehl erteilt worden war, würde er die Kontrolle verloren haben. Falls er sie überhaupt jemals gehabt hatte …

»Los geht's«, sagte er und schob sich vorwärts, bis sein Kopf unter dem Wagen herausragte. »Viel Glück. Wir sehen uns in Perimadeia.«

Gorgas Loredan stieg über die Leiche des Wächters hinweg und stemmte sich mit seinem ganzen Gewicht gegen den Hebel der

Winde. Die Zugbrücke war massiv gebaut, nicht zuletzt, um zu verhindern, daß ein Mann allein sie herunterlassen konnte. Er spürte, wie sich die Muskeln auf seinem Rücken und seiner Brust verkrampften; gleich würde das Gewicht der Brücke den Rest übernehmen und er zurückspringen müssen, wenn er nicht von den herumwirbelnden Hebeln getroffen werden wollte. Ab diesem Punkt würde es ihm unmöglich sein, seine Tat ungeschehen zu machen. Nur noch ein paar Zentimeter, und Perimadeia würde unweigerlich fallen.

Er hielt inne und nahm den Köcher ab, der auf seinem Rücken hing. Die Bandoliere führte über seine Schulter und war nur ein weiteres Hindernis, in dem sich die Hebel der Winde verfangen konnten, sobald der Punkt erreicht war, von dem es kein Zurück mehr gab.

Genau betrachtet, war dieser Punkt natürlich schon vor Jahren erreicht und überschritten worden.

Er hatte alle Wächter erschossen, die er gesehen hatte – vier insgesamt, das paßte zu den Erkenntnissen, die er in den letzten Nächten bei seinen Beobachtungen gewonnen hatte. Wenn die Nomaden mitspielten und auf der anderen Seite warteten, müßten innerhalb der nächsten sechs Minuten Männer in der Stadt sein, und der von ihnen verursachte Aufruhr würde ihm die Gelegenheit verschaffen, sich aus dem Staub zu machen, zum Hafen zu eilen und das Schiff zu besteigen, das auf ihn wartete. Falls alles wie geplant klappte, würde er die Stadt weit hinter sich gelassen haben, bevor sie überhaupt bemerkte, daß sie im Sterben lag.

Plötzlich spürte er, wie sich der Hebel von ihm wegbewegte, als der nach vorn gerichtete Zug größer als seine Kraft wurde. Er ließ los und trat schnell zurück, und die Winde drehte sich von selbst. Das Geräusch, das sie dabei verursachte, wirkte in der stillen Nacht schrecklich laut. *Das muß noch in der Mittelstadt zu hören sein,* dachte er, *und wer das hört, wird auch sofort wissen, was es bedeutet.* Er konzentrierte sich auf diesen

Augenblick, verweilte in ihm – die letzte Chance war verstrichen, es war der Moment, in dem der Selbstmörder fühlt, wie der Stuhl unter ihm wegrutscht, oder er weiß, daß er sein Gleichgewicht auf der Mauer nicht wiederfinden wird. In gewisser Weise war es ein Trost: *na ja, zu spät, jetzt noch was daran zu ändern, warum sich also noch Sorgen machen?* Die Winde wirbelte herum wie das Steuerrad eines außer Kontrolle geratenen Schiffs, nun lag es buchstäblich nicht mehr in seiner Hand.

*Auftrag erfolgreich durchgeführt. Kein Speer in meinen Rippen, kein Pfeil in meinem Rücken. Zeit zu verschwinden.*

*Wenigstens dieses eine Mal habe ich es richtig gemacht.*

Ein Schatten vor ihm gewann Konturen und wurde zu einem Mann, einem Wächter, der auf dem Weg war, einen Kollegen abzulösen. Er rannte herbei und starrte auf das sich ihm bietende Bild, ohne Gorgas Loredan dabei zu beachten. Gorgas ließ den Mann vorbei; es hatte keinen Sinn, in diesem Stadium der Geschehnisse noch einen Kampf vom Zaum zu brechen.

Der Wächter bemerkte ihn, zögerte und blieb gerade lange genug stehen, um ihm zuzurufen: »Jemand hat das Tor geöffnet! Schnell, hol Hilfe!« Dann verschwand er in den Schatten, gerade als die Zugbrücke auf dem Boden aufprallte. Aus der Ferne, wo überhängende Dachrinnen eine Gasse in Schatten hüllten, näherten sich Fackeln. Auf der Mauer stieß jemand einen Schrei aus. Plötzlich tauchten Männer im Torbogen auf, kamen hereingelaufen, verteilten sich. Ein Pfeil traf den Wächter, und er fiel tot zu Boden.

*Zeit zu verschwinden.*

Jetzt flogen noch mehr Pfeile durch die Luft; Gorgas konnte sie an sich vorbeizischen hören. Irgendwo hinter ihm zerbrach ein Fenster. Rufe ertönten, die gleich darauf im hohlen Dröhnen von Schritten auf den Planken der Zugbrücke untergingen. Von oben ertönten weitere Rufe, Schwertklingen kreuzten sich klirrend vier- oder fünfmal. *Das sind die ersten Tropfen auf der falschen Seite des Damms. Es wird knapp, ich muß mich beeilen. Zeit zu verschwinden.*

»Was ist da los?« brüllte jemand. Gorgas sah den Rufer; es war ein Wächter mit einer Laterne, der auf die rings um das Tor versammelten Männer zulief. »Was ist da los?« wollte er von der ersten Person wissen, die er erreichte. Der Angesprochene zog ein Schwert und durchbohrte ihn. Noch mehr Pfeile zischten durch die Luft; sie mußten blindlings drauflosschießen, es gab kein Licht zum Zielen. *Wenigstens dieses eine Mal habe ich es richtig gemacht. Es liegt nicht mehr in meiner Hand.*

Es gibt so viele klassische Gründe, die Vernichtung einer großen Stadt herbeizuführen. Rache für ein nicht wiedergutzumachendes Unrecht. Reiner Vorteil, wenn es zum Beispiel um mächtige kommerzielle Interessen geht, um gewaltige Kredite, deren Rückzahlung auf diese Weise vermieden werden kann. Überwältigender Abscheu vor allem, wofür die Stadt steht, oder einfach nur, weil das Grau ihrer Mauern nicht zu dem Grün des Grases und dem Blau des Meeres paßt. Städte sind für zwanzig Hektar felsigen Weidegrundes verraten worden, oder aus Liebe. Oder einfach weil sie da waren. Städte sind von Verrückten bis auf die Grundmauern niedergebrannt worden, von Kindern mit Feuerstein und Zunder, oder durch einen Vorhang, den eine Windböe in die offene Klappe eines Backofens wehte. Manche Städte sind so oft zerstört und wieder aufgebaut worden, daß Arbeiter, die eine Latrinengrube graben, dabei ein Dutzend Schichten aus Mauerwerk und Asche durchstoßen.

Gorgas Loredan hatte seine eigenen Gründe, unter anderem Rache, Haß und kühlen kommerziellen Scharfsinn. Und – was viel wichtiger war – er tat, was man ihm befohlen hatte. Das hätte eigentlich schon gereicht. Aber Gorgas kannte den eigentlichen Grund; er wußte, daß er es aus dem besten und natürlichsten aller Gründe tat, daß er es aus dem demselben Grund tat, aus dem er alles getan hatte, seitdem er die Mesoge verlassen hatte. Er tat es für die Familie.

Wächter mit Fackeln und Laternen kamen herbeigeeilt. Einer blieb stehen und fiel nach vorn. Andere verharrten, fluchten und traten den Rückzug an. Einer von ihnen würde garantiert zum Torhaus der Mittelstadt laufen und den Stellvertretenden Lordkanzler benachrichtigen. *Er wird sich sein Schwert und seinen Helm schnappen und angelaufen kommen, er wird Befehle brüllen, die niemand mehr befolgen kann. Er wird direkt in den Feind hineinlaufen.*

Gorgas Loredan holte tief Luft und lief los, nicht in Richtung Hafen, sondern den Hügel hinauf. Wenn er schnell genug rannte, konnte er als erster da sein, konnte er rechtzeitig da sein, um seinen Bruder abzufangen. *Es ist alles vorbei, ein Schiff wartet.* Einen Augenblick, bis die Botschaft begriffen worden war, und dann: *Woher weißt du das? Warum wartet ein Schiff auf dich?* Nun, damit würde er sich auseinandersetzen, wenn der Augenblick gekommen war.

Hinter ihm ertönten weitere Rufe von der Mauer, keine Rufe von Bürgern der Stadt, keine verwirrten Bitten um Informationen, sondern Signale und Bestätigungen, auf die man ungeduldig gewartet hatte. Ein Pfeil prallte neben ihm auf das Straßenpflaster und schlitterte davon. Das war irrelevant. In dieser Nacht würde kein Pfeil Gorgas Loredan treffen, weil Gorgas Loredan wichtige Dinge zu tun hatte; er hatte keine Zeit, zu den ersten Opfern zu gehören. In seinen Schläfen pochte es. *Ausgerechnet jetzt muß ich Kopfschmerzen bekommen,* dachte er und bemühte sich, sie zu ignorieren.

Jemand schüttelte Loredan wach.

»Kommt schon!« zischte die Stimme hinter der Laterne. »Sie sind da. Irgendein Bastard hat das Tor geöffnet.«

Loredan blinzelte benommen, und sein Kopf tat weh. »Wovon zum Teufel redest du?« murmelte er. »Wer …?«

»Die *Wilden*«, erwiderte die Stimme. »Kommt schon, ja? Sie kommen in Scharen über die Mauer.«

Loredan taumelte aus dem Bett und suchte nach seinen Stiefeln. »Aber … wie sind sie reingekommen?«

»Jemand hat das Tor geöffnet. Ein *Verräter.* Eine halbe Kompanie Wächter hält sie am Töpfermarkt auf, aber das ist schon alles.«

Seine Füße wollten nicht in die Stiefel rein; die linke Ferse war auf halbem Weg steckengeblieben, und er konnte sich nicht mehr daran erinnern, was man in so einem Fall machen mußte. Er zog den Stiefel wieder aus und fing noch mal von vorn an.

»Hat jemand die Reserve alarmiert?« fragte er. »Und was ist mit den Bezirksgarnisonen? Sicherlich …«

»Ich habe nicht die geringste Ahnung. Ich komme direkt vom Tor. Ich wollte gerade meine Wache antreten.« Der Mann reichte ihm seinen Helm.

»Nein, zuerst das Kettenhemd«, fauchte Loredan.

»Wo ist es?«

»Da, in der Ecke.« Jemand hatte das Tor geöffnet; jemand in der Stadt hatte absichtlich das Tor geöffnet.

Das konnte nicht sein …

Er suchte nach den Schnallen des Kettenhemds und versuchte, einen klaren Kopf zu bekommen und nachzudenken. Die Reserve und die Bezirksgarnisonen mußten alarmiert werden; sämtlichen Einheiten war für einen solchen Notfall ein Einsatzort zugeteilt worden; er selbst hatte dafür gesorgt, daß jeder einzelne Mann genau wußte, wo er hinzugehen und was er zu tun hatte. Er brauchte Boten …

»Laß es gut sein«, sagte er, »und geh zum Botenamt. Dort müßten mindestens zehn Läufer Bereitschaft haben. Ich will, daß sie in zwei Minuten unten im Hof sind. Geh schon, beweg dich. Und laß die Laterne …«

Die letzten Worte kamen zu spät. Wer auch immer der Mann gewesen war, er hatte das Licht mitgenommen. Loredan fluchte und tastete nach dem Helm und dem Schwert. Bei dem Schwert handelte es sich natürlich um das Guelan-Breitschwert …

*Sicher, es gibt Zufälle, keine Frage. Aber das hier ist keiner.*

Was würde er sonst noch brauchen? Wachstafeln und einen Stift, aber die hatte er nicht hier. Karten und Pläne, und die waren alle im Büro des Ersten Amtssekretärs, wo sie kopiert wurden. Die Stabsoffiziere, waren sie über die Geschehnisse informiert worden? Davon konnte er nicht ausgehen, aber sie würden warten müssen, bis er mehr Boten hatte. Zunächst einmal war von höchster Dringlichkeit, die Reserve und die Garnison zu mobilisieren. Und noch mehr Boten, die ihm einen genauen Lagebericht brachten. Verflucht noch mal, als er das Botenamt geschaffen hatte, war er aus irgendeinem Grund zu dem Schluß gekommen, daß zehn ausreichten. *Das ist dein Problem, Bardas, du denkst nie nach.*

*Was jetzt?* Er zermarterte sich das Gehirn, während er hinaus auf den Hof stolperte. Als die Boten auftauchten, gab er ihnen ihre Aufträge und sah zu, wie sie in der Dunkelheit verschwanden. Glücklicherweise lockten die lauten Stimmen und das Herumgerenne ein paar Passanten an, in der Hauptsache Beamte aus dem Beschaffungsamt. Er machte aus ihnen Boten und schickte sie zu den Stabsoffizieren.

*Wenn sie bereits auf der Mauer sind, was sollte sie davon abhalten, sich ihren Weg durch die Mittelstadt zu erzwingen?* Es hing von ihrer genauen Anzahl ab und ob sie von einer oder zwei Seiten kamen. Wenn sie auf der untersten Ebene auf keinen Widerstand stießen, konnten sie bis zur nächsten Treppe vordringen und die Verteidiger dann von beiden Seiten angreifen. *Ich hätte für diese Eventualität genaue Pläne machen sollen, aber wer wäre denn jemals auf den Gedanken gekommen, daß ihnen tatsächlich jemand das Tor öffnen könnte?*

Die diversen Stabsoffiziere betraten den Hof. Als erster traf der Stellvertretende Städtische Maschinenbauer ein, der von seinem Ersten Offizier begleitet wurde; beide trugen sie Helme und Kettenhemden über den langen, altmodischen Nachthemden. Dann kam der Rest: der Befehlshaber der Bogenschützen, korrekt gekleidet und bewaffnet, mit seinen vier Unteroffizieren; die vier Hauptleute der Infanterie – Stadtwache, Garnison, Reserve und Hilfsverbände – mit Rüstung und ohne, mit Stab und ohne ... Als vorletzter kam der Präfekt; als letzter schließlich der Lordkanzler, dessen prächtige Paraderüstung noch Spuren des Öls aufwies, mit dem sie bei ihrer Einlagerung eingefettet worden war, so daß an seinen Schienbeinen und Knöcheln Staub und abgefallene Blätter klebten.

Schnell erklärte Loredan die Lage und gab seine Befehle. Niemand widersprach, die meisten von ihnen schienen zu wissen, was zu tun war. Er übertrug dem Präfekten den Befehl über die Stadtmauer, beauftragte den Lordkanzler, die Verteidigung der Mittelstadt zu organisieren, und konnte endlich gehen. Als er die Große Hauptstraße erreichte, lief er los. Wie es der Zufall wollte, verließ er das Torhaus fast in genau dem Augenblick, in dem Gorgas es erreichte. In der Dunkelheit und der allgemeinen Verwirrung erkannte keiner den anderen.

»Wir haben dreimal angegriffen«, sagte der Mann, ein junger Hauptmann. »Es ist hoffnungslos. Wir können sie einfach nicht zurückwerfen.«

»Warum zum Teufel gebt ihr euch denn damit ab?« erwiderte Temrai keuchend. »Schaff deine Männer aus dem Weg, damit ich den Haufen mit meinen Bogenschützen wegfegen kann.«

Sie brauchten nur vier Salven, dann ergriffen die wenigen Männer, die noch auf den Beinen standen, die Flucht und gaben den Weg frei – zumindest für die nächsten hundert Meter. Als seine Reihe vorstieß, verspürte Temrai kalten Zorn auf den jungen Hauptmann, dessen Fehler das Leben vieler seiner Männer gekostet hatte, aber er ignorierte ihn und konzentrierte sich auf das, was vor ihm lag. Er versuchte sich verzweifelt zu erinnern, ob es weiter vorn irgendwo eine Stelle gab, an der mit hoher Wahrscheinlichkeit mit einem Hinterhalt zu rechnen war, wie die Straßen hier verliefen, ob es eine Parallelstraße gab, die der Feind benutzen konnte, um sie von der Flanke und von hinten anzugreifen. Jedesmal, wenn einer seiner Männer fiel, wollte er zu ihm hinlaufen, ihn beschützen, ihn aus der Gefahrenzone bringen, nur für den Fall, daß noch ein kleiner Funke Leben in ihm war. Aber es lag nicht mehr in seiner Hand; er konnte sich den Luxus, diesen Gefühlen nachzugeben, nicht leisten – schließlich hatte er all das zu verantworten, was hier geschah. Selbst wenn er es gewollt hätte, er durfte sich nicht in das dickste Kampfgetümmel stürzen.

*Hört sich für mich wie eine Entschuldigung an*, sagte er sich, aber er wußte, daß das nicht stimmte.

Wo zum Teufel steckte der Feind? Sie hatten drei Plätze überquert, und nicht ein einziger Pfeil war auf sie abgeschossen worden; außer ein paar Wagen und dem einen oder anderen Händlerstand blockierte nichts ihren Weg. Eine Falle? Oder hatten sie Probleme, ihre Männer zu mobilisieren? Hatten sie womöglich diesen Bezirk aufgegeben, um an einem besser geeigneten Punkt ihre Verteidigung aufzubauen? Er blickte sich um und brüllte Befehle, von rasender Wut erfüllt, daß allen seinen Anordnungen zum Trotz die Reihe nicht gleichmäßig aufgerückt war. Der rechte Flügel war zurückgefallen, das Zentrum viel zu weit vorn. *Ihr Götter, wenn sie uns jetzt angreifen …*

»Hier entlang«, murmelte Loredan vor sich hin, *vorbei am Mietstall und der Schenke, in der es billige Hammelfleischkuchen gibt, das müßte uns dann gegenüber der Gürtelmachergildenhalle rauskommen lassen, was genau richtig wäre. Immer vorausgesetzt, sie sind so schnell vorgestoßen, wie ich glaube, und ich habe in der Dunkelheit keine Abzweigung übersehen.*

Da sind wir, aber wir sind zu früh, müssen ihnen Zeit lassen, auf die Streitmacht zu stoßen, die den Kerzenzieherbogen blockiert. Dann haben wir sie von vorn und hinten erwischt, ohne daß sie genug Platz für eine Kehrtwendung oder den Einsatz ihrer Bogen haben. Zumindest ist das die Theorie.

Eine wunderbare Sache, so eine Theorie.

Er hielt an und hob die Hand, und die Kolonne hinter ihm kam zum Stehen. Langsam zählte er bis fünfzig – die Zahl war so gut wie jede andere –, bevor er die Hand wieder sinken ließ und um die Ecke zurück auf die Große Hauptstraße einbog, die voller Leute war.

Es war wie eine Parade am Marinetag, nur von hinten gesehen. Ganz vorn in der Ferne quetschte sich ein dichter Menschenkeil die Straße entlang, gefolgt von den Nachzüglern, den Leuten, die keine Lust hatten, sich schneller als nötig zu bewegen und Schritt zu halten. *Wir haben sie auf jeden Fall*, dachte er, während er loslief und sich aufs Geratewohl einen Mann aussuchte.

Wer auch immer das gewesen war, er konnte nicht viel davon mitbekommen haben, und dann lag er am Boden, und Loredan stieg über ihn hinweg, einen Haufen Soldaten dicht hinter sich, und dann stürmten sie nach vorn und verteilten sich über die ganze Straße. Nur wenige Feinde hatten sich rechtzeitig umgedreht, um sich ihnen zuzuwenden, als sie nahe genug heran waren, und dann war es nur noch harte Arbeit. Arme schwingen und Schultern anstrengen, so als würde man Torf stechen oder einen zugewachsenen Wasserlauf freilegen. Man konnte die Panik fühlen, die sich von der Rückfront der Menge, wo sich Loredans Männer einen Pfad frei hieben, wellenförmig bis zur Mitte fortsetzte.

*Bei den Göttern, es war doch eine Falle, und ich bin in sie hineingetappt.* Temrai versuchte zurückzublicken und das Ausmaß der Katastrophe in Erfahrung zu bringen, aber es waren zu viele Köpfe im Weg; er sah nur Köpfe, Schultern und einen Wald aus Speeren. Doch er konnte den Schock fühlen, der seine

Armee durchfuhr, als die hinten stehenden Männer nach vorn drängten, um dem Durcheinander, auf das ihnen die Sicht versperrt war, so weit wie möglich zu entfliehen. Es schien keinen Ausweg zu geben, es sei denn, ein anderer Teil seiner Armee kam zufällig vorbei und griff den Hinterhalt von hinten an. Einen Augenblick lang suchte Temrai die absurde Vision einer Großen Hauptstraße heim, die wie eine Wurst in der Pelle mit Männern vollgestopft war, und zwar mit sich abwechselnden Abschnitten aus Angreifern und Verteidigern, und jeder Abschnitt hieb auf die vor ihm befindlichen Männer ein, während die hinter ihm stehenden Männer wiederum auf ihn einschlugen, bis nur noch der allererste Frontabschnitt und die hinterste letzte Abteilung übrigblieben, um es auf einem Leichenfeld miteinander auszukämpfen.

Jemand zerrte an seinem Arm. Er wandte den Kopf.

»... durch die Häuser«, sagte der Mann. »Wir müssen die Hauswände durchbrechen, sie bestehen nur aus Holz und Ziegeln.«

Zuerst klang es wie völliger Unsinn, bis Temrai begriff, was der Mann zu sagen versuchte. Ihnen ziemlich genau gegenüber auf der linken Straßenseite befand sich eine Reihe heruntergekommener Gebäude. Er erinnerte sich wieder an sie, erinnerte sich daran, gehört zu haben, daß der Besitzer, der sie in Erwartung einer Baumaßnahme als Investition erworben hatte, sie absichtlich hatte verfallen lassen. Wenn er sich nicht irrte, befand sich auf der anderen Seite der Hütten eine lange Gasse, die die Hauptstraße umrundete wie eine gespannter Bogen, der dem Zug seiner Sehne folgte. Es waren mehr als genug Männer da, um die Wände der Häuser einzureißen, und dann würden sie durch die Löcher gehen, und die Schlacht würde um neunzig Grad gedreht. Möglicherweise ergab sich für ihn sogar die Möglichkeit, den Feind mit einem eigenen Manöver in die Flanke zu fallen.

»Versuch es«, brüllte er gegen den Lärm an. »Nimm dir so

viele Männer, wie du brauchst. Und beeile dich um Himmels willen.«

Sie warfen sich ohne Werkzeuge oder eine genaue Vorstellung, was sie da eigentlich taten, gegen die Wände der Hütten, traten Türen und Fensterläden ein und gruben die Äxte in den weichen Verputz. Als die Wände anfingen nachzugeben, drückten sich die Männer vorwärts wie eine vom Donner in der Prärie erschreckte, durchgehende Pferdeherde. Ein paar von ihnen, vielleicht ein Dutzend, wurden unter dem herabfallenden Mauerwerk begraben, der Rest zwängte und quetschte sich hindurch, wie Gras, das sich den Weg durch den Straßenbelag erzwang. Sobald die Männer auf die andere Seite strömten, konnte Temrai spüren, wie sich die Anspannung löste, jetzt, wo sie einen Ausweg gefunden hatten. Ihm blieb keine Wahl, als sich dem auf die Bresche zuschießenden Strom anzuschließen, und er fragte sich, wie viele seiner Leute wohl zurückbleiben und massakriert werden würden, während sie vergeblich versuchten, zu der Lücke aufzuschließen. Er kam zu dem Schluß, daß es zu viele sein würden. Es war eine einfache Rechnung, denn egal wie die Zahlen auch aussahen, das Resultat würde immer zu hoch ausfallen.

Die Schreie und das Geräusch rennender Menschen rissen Patriarch Alexius aus dem Schlaf. Zuerst glaubte er, das Haus würde in Flammen stehen – es wäre nicht das erste Mal gewesen –, aber irgendwie war der Lärm anders. Er versuchte angestrengt, ein paar einzelne Worte auszumachen.

Was auch immer geschah, es klang wichtig. Der gesunde Menschenverstand legte nahe, daß es eine gute Idee wäre, aufzustehen und sich anzuziehen, aber aus irgendeinem Grund blieb Alexius, wo er war. Die Schreie ergaben noch immer keinen Sinn, und er war mit Migräne aufgewacht. Er schloß die Augen, nur einen Augenblick lang …

… *und sah eine Werkbank in einer langen, geräumigen*

*Werkstatt. Er schien sich am dunklen Ende der Werkstatt aufzuhalten, aber in der Nähe der offenstehenden Tür gab es genug Licht. Dort legten zwei Männer gerade etwas, das wie ein zur Hälfte fertiggestellter Bogen aussah, über einen in der Wand befindlichen Pflock. Der jüngere Mann, eigentlich noch ein Junge, drückte den Bogen mit beiden Händen fest auf den Pflock, während der ältere Mann – es war Bardas Loredan – einen Haken an der Bogensehne einklinkte und ihn an einer Schnur befestigte. Er führte die Schnur durch die Rolle eines Flaschenzugs, dann warf er sie über einen Deckenbalken. Er kramte unter der Werkbank herum und erhob sich mit einem Bleigewicht in der Hand, dessen Seite mit Zahlenmarkierungen versehen war. Es war ein schweres Gewicht; Loredan mußte sich anstrengen, als er es in seiner Unterarmbeuge hielt und die Schnur daran festband.*

»Halte ihn ruhig«, sagte er und ließ das Gewicht langsam los, bis es allein an der Schnur hing. Der Bogen auf dem Pflock bog sich durch, als das Gewicht durch den Flaschenzug hindurch Zug ausübte. Alexius fiel eine auf der Wand aufgemalte Zahlenreihe auf, die sich unter dem Pflock befand. Der Scheitelpunkt des Kegels, der von der durchgezogenen Bogensehne gebildet wurde, berührte eine der Zahlen.

»Sechzig Pfund bei vierundzwanzig«, sagte der Junge. Loredan nickte, band das Gewicht los und legte es vorsichtig wieder auf den Boden.

»Da muß noch mehr vom Bogenrücken runter«, sagte er. »Nimm ihn ab und klemm ihn in den Schraubstock. Ich hole das kleine Abziehmesser.«

Der Junge gehorchte. »Warum von der Außenseite? Am Bauch des Bogens, an der Innenseite, ist das Holz doch dicker, sollten wir nicht da was wegnehmen?«

Loredan schüttelte den Kopf, als der Junge ihm die fünfundzwanzig Zentimeter lange Klinge reichte, an deren Enden im rechten Winkel Handgriffe befestigt waren. »Du vergißt die

Theorie«, sagte er, »über den Rücken und den Bauch. Sag sie mir lieber noch mal, damit es dir wieder einfällt.«

Der Junge seufzte, und dann, als Loredan auf einen flachen braunen Stein spuckte und anfing, die Klinge langsam zu schärfen, fing er an zu rezitieren. »Die Außenseite eines Bogens biegt sich, und die Innenseite wird komprimiert. Es sind die Biegung und die Komprimierung, die im richtigen Verhältnis zueinander dem Bogen seine Stärke verleihen. Ich weiß das«, sagte er verletzt. »Ich habe bloß gesagt, daß am Bauch eine Menge Holz ist, also solltest du nicht die Innenseite gleichmäßiger machen?«

Ohne aufzublicken schüttelte Loredan den Kopf. »Du vergißt, was ich dir über das Kernholz und das Splintholz beigebracht habe.«

»Nein, das ist nicht wahr«, erwiderte der Junge und spielte mit einem Holzhammer herum. »Splintholz ist das weiche Holz direkt unter der Baumrinde, das nimmt man für die Außenseite, weil es jung ist und gebogen werden kann, das Kernholz ist das Holz des Stammkerns, das nimmt man für die Innenseite, weil es alt ist und sich an seine Ursprungsform erinnert, selbst wenn es großem Druck ausgesetzt wird.«

»Und das Splintholz sollte dünn und das Kernholz dick sein«, fügte Loredan hinzu, »weil das, was komprimiert wird, bei der Rückkehr in seine Ursprungsform über mehr Kraft verfügt als das, was zur gleichen Zeit gebogen wird. Und das ist der wichtige Teil«, sagte er abschließend und prüfte die Klinge mit dem Daumen. »Der Teil, den du immer zu vergessen scheinst.«

»Aber nur, weil da so viele komplizierte Wörter drin sind«, erwiderte der Junge. »Ich bin nicht gut mit komplizierten Wörtern. Ich würde mich besser daran erinnern, wenn ich verstehen würde, was sie eigentlich bedeuten.«

Loredan lächelte. »Das würde allerdings helfen«, gestand er ihm zu. »Also gut, dann stell es dir eben so vor. Lord Temrai« –

Alexius sah, wie sich das Gesicht des Jungen kaum merklich verzog – »ist das Splintholz, weil er jung war und den Clan dazu veranlaßt hat, sich in eine neue Richtung zu verbiegen und etwas zu tun, wozu er eigentlich nicht hätte fähig sein sollen. Indem er sich sein Volk hinbog, verlieh er ihm Macht.«

»Mir gefällt diese Erklärung nicht«, sagte der Junge.

»Wenn sie dir nicht gefällt, dann muß du sie dir eben einprägen. Also weiter, der Patriarch Alexius ist das Kernholz, weil er alt war und der Fall der Stadt auf ihn einen bestimmten Druck ausübte, durch den er zu etwas gezwungen wurde, das seinem Wesen widersprach, und die ganze Macht des Ordens wurde in ihn hineingequetscht. Und so hat er seine Macht erhalten, die viel größer als die des Clans ist.«

»Ah«, sagte der Junge. »Ich glaube, jetzt verstehe ich es.«

»Da ist noch mehr«, warnte Loredan. »Es gibt einen Grund, warum man einen Bogen nicht nur aus Splintholz oder nur aus Kernholz herstellt. Die gleiche Kraft, die das Splintholz biegt, komprimiert zugleich das Kernholz, das Biegen des einen ist die Komprimierung des anderen.«

»Jetzt kapiere ich schon wieder nichts mehr.«

»Egal. Lerne es jetzt und verstehe es später. Ohne das Kernholz als Stütze biegt sich das Splintholz zu weit durch und bricht. Ohne das Splintholz als Widerstand wird das Kernholz zu stark komprimiert und es bricht. Darum ist auch das Splintholz an der Außenseite, also von dir abgewandt, wenn du den Bogen spannst, und das Kernholz an der Innenseite.«

»Ich verstehe«, sagte der Junge, »oder ich glaube es zumindest. Wir sind im Bauch des Bogens, und sie sind draußen, auf dem Rücken.«

Loredan nickte. »Gewissermaßen«, sagte er.

… und schlug die Augen wieder auf, weil jemand die Tür geöffnet hatte und ihm etwas zubrüllte.

»Was?« murmelte er. »Ich kann dich nicht …«

»Der *Feind*«, wiederholte der Junge im Türrahmen. »Er ist in der Stadt. Jemand hat ihm das Tor geöffnet. Die Wilden erobern die Stadt.«

»Oh«, sagte Alexius. »Das erklärt natürlich alles.« Er runzelte die Stirn und fragte sich, warum er das wohl gesagt hatte. »Wissen wir, was wir zu tun haben?«

Der Junge zuckte mit den Schultern. »Die Kantoren und die Bibliothekare wollen Euch so schnell wie möglich sehen«, sagte er. »Sie wollen die Bibliothek verstecken oder vergraben.« Er scharrte nervös mit den Füßen. »Braucht Ihr mich noch, Patriarch, oder darf ich gehen?«

Alexius schüttelte den Kopf. »Nein, lauf nur. Ich an deiner Stelle würde nach Hause gehen, bevor sich deine Mutter noch zu Tode sorgt.«

Der Junge nickte dankbar, schloß die Tür hinter sich und ließ Alexius im Dunkeln zurück. Der Patriarch setzte sich auf und tastete mit den Zehen nach seinen Pantoffeln. Eigentlich hätte er sich anziehen und zu den Bibliothekaren und Kantoren gehen müssen, aber hatte das überhaupt noch einen Sinn, jetzt, wo die Stadt ihrem Untergang entgegensah? Es bestand nicht die geringste Aussicht, die Bibliothek zu retten; mehrere Kilometer Regale enthielten über einhunderttausend Bücher. Und was die Rettung seines Lebens anging, wäre das eine geradezu grandios sinnlose Mühe gewesen. Die Anstrengung, zum Hafen hinunter zu eilen und zu versuchen, sich auf ein Schiff zu drängen, würde ihn genauso umbringen wie ein Pfeil oder eine Lunge voller Rauch. Wäre doch bloß etwas Licht da, dann könnte er seine letzten Stunden oder vielleicht auch nur Minuten mit der Betrachtung des zu Recht berühmten Deckenmosaiks verbringen und es als Konzentrationshilfe für eine letzte Meditation benutzen. Aber das gab es nun einmal nicht, und man konnte wirklich nicht von ihm verlangen, daß er im Dunkeln herumstolperte und nach seiner Zunderbüchse suchte. Ach, zum Teufel damit; er hatte das Ding sowieso nie besonders leiden können.

Er war gerade im Begriff, wieder einzunicken, als die Tür erneut aufflog und Licht aus dem Treppenhaus hereinflutete. Aber es war nicht der Page, es war nicht einmal ein Nomadenkrieger mit einem bluttriefenden Messer in jeder Hand. Es war jemand, den er kannte. Wenn ihm doch bloß der Name eingefallen wäre …

»Patriarch Alexius? Entschuldigung, seid Ihr da?«

Er riß die Augen auf. »Hallo?« rief er. »Wer ist da?«

Laternenlicht fiel auf das Gesicht des Mannes. »Ich bin's. Venart. Ihr erinnert Euch sicher, wir haben uns vor einer Weile kennengelernt, als …«

»Ja, ja, aber natürlich.« Alexius blickte ihn mit zusammengekniffenen Augen an und fragte sich, ob das schon wieder einer von diesen Träumen war. »Bitte, kommt herein«, fügte er hinzu. »Was kann ich für Euch tun?« Es war eine widersinnige Unterhaltung, während draußen seine Stadt erobert wurde, aber ihm war jede Unterbrechung seiner eigenen Totenwache überaus willkommen.

»Meine Schwester«, sagte Venart. »Sie … nun ja, sie hat mich geschickt, um Euch zu holen.«

»Oh.« Es hätte mehr Sinn gemacht, wenn es sich um einen Traum gehandelt hätte, aber das war es offensichtlich nicht. Er konnte das in der Laterne brennende Öl riechen, und Venart – bleich, entsetzt und verlegen – stand im Hier und Jetzt da. »Das war … sehr aufmerksam.«

»Sie hat darauf bestanden«, erwiderte Venart. »Das ist wirklich sehr unangenehm, als hätte sie es irgendwie *gewußt.*« Er starrte Alexius einen Augenblick lang an. »Patriarch, es tut mir leid, falls das eine unverschämte Frage ist oder sich gegen Eure Ethik oder was auch immer richtet, aber ich bin besorgt … Ist sie eine Hexe? Darauf wäre ich in einer Million Jahre nicht gekommen, aber zuerst all die Dinge, die Ihr uns bei unserem ersten Besuch gesagt habt, und jetzt das hier …«

*Sie nicht, aber vielleicht weiß ich, wer es ist.* »Bitte«, sagte

Alexius, »fragt mich nicht. Das eine habe ich bei meinen kürzlichen Studien auf diesem Gebiet gelernt – und zwar, daß ich noch immer so gut wie nichts darüber weiß.« Er rieb sich die Augen. »Wenn wir aus der Stadt entkommen wollen, sollten wir dann nicht langsam aufbrechen?«

»Was? Bei den Göttern, ja, wir müssen sofort los.« Venart drehte sich zur Hälfte um und verharrte dann. »Ihr, äh, wollt doch nicht viel mitnehmen, oder? Ich glaube nicht, daß wir uns mit schweren Taschen abmühen sollten.«

Alexius dachte einen Augenblick lang nach. »Ich glaube nicht, daß es etwas gibt, das ich unbedingt brauche«, sagte er. »Wenn Ihr so nett wärt, mir meinen Mantel zu geben; er liegt dort auf dem Stuhl.«

»Keine Bücher oder so etwas in der Art?«

*Zauberbücher, magische Instrumente, einen Zinnkrug mit meinem persönlichen Dämon.* »Nein«, versicherte ihm Alexius. »Ich würde gern alle möglichen Dinge mitnehmen, aber nichts davon ist wirklich lebenswichtig. Es ist doch eigentlich sehr schön, so etwas in meinem Alter sagen zu können, findet Ihr nicht?«

Als sie aufbrachen, war Alexius der festen Überzeugung, es niemals lebend bis zum Tor der Mittelstadt zu schaffen, geschweige denn darüber hinaus. Aber die Straßen waren bemerkenswert ruhig; in der Ferne erklangen irgendwie beunruhigende Geräusche, aber es gab weder erkennbare Schmerzensschreie noch ein rotes Glühen über der Unterstadt. Hinter dem Tor übernahm er die Führung und hoffte, daß seine zwanzig Jahre alten Erinnerungen an die Schleichwege zum Hafen noch immer einigermaßen richtig waren.

»Wie habt Ihr es überhaupt bis hierher geschafft? Zu meiner Unterkunft, meine ich. Wart Ihr schon da, bevor das hier losging, oder …«

»Ja«, sagte Venart. Er keuchte und mußte sich bemühen, Schritt zu halten. »Ich saß gerade in meiner Schenke bei einem späten Abendessen, als ich die ersten Gerüchte hörte, also bin auf dem direkten Weg zu Euch geeilt. Ich muß Euch übrigens an den Docks verlassen – es steht ein Boot bereit, das Euch zum Schiff bringt, immer unter der Voraussetzung, daß beide nicht gestohlen wurden –, weil ich noch mal zurückmuß, um noch jemanden zu holen. Zumindest muß ich es versuchen.« Venart war den Tränen nahe, wie Alexius bemerkte, als sie unter einer Laterne vorbeieilten. Er hatte den Gesichtsausdruck eines Mannes, der in schrecklichen Schwierigkeiten steckte, an denen er nicht schuld war, Schwierigkeiten, von denen er wußte, daß sie auf ihn zukamen und die so einfach hätten vermieden werden können. Es war die Sorte von verzweifelter Wut, die sich an der Ungerechtigkeit der Welt entzündet und die sich so viel schlimmer anfühlt als ganz normale Wut.

»Loredan?« fragte Alexius.

Venart nickte. »Doch wie ich den General mitten in der Schlacht finden soll, ganz zu schweigen davon, ihn zu überreden, alles stehen- und liegenzulassen und mich zu begleiten …«

»Ich bin sicher, Ihr werdet Euer Bestes tun«, sagte Alexius mit einer Spur Bestimmtheit, als würde er ein Kind ermutigen, etwas zu tun, was es nicht wollte, was aber gut für es war. »Ich gehe davon aus, daß Ihr es schafft«, fügte er ehrlich hinzu.

Sie waren keinen halben Kilometer mehr vom Hafen entfernt, aber jetzt blieb ihnen nichts anderes übrig, als die Gassen zu verlassen und sich den Menschenmassen auf den Straßen anzuschließen. Es war kein angenehmer Spaziergang; Alexius wurde an ausgelassene Straßenumzüge erinnert, an einen Studentenkrawall in seiner Jugend, an die Panik, die mit einem Brand einhergegangen war. Aber hier waren bei weitem mehr Leute – Frauen, Kinder und auch Männer, die sich beiseite stießen und vorwärts drängten, während auf beiden Straßenseiten die unweigerlichen Opportunisten sich die letzte Gelegenheit zum Plündern nicht entgehen ließen und die besseren Geschäfte ausraubten, und ein paar umgestoßene Wagen waren dem Verkehrsfluß auch nicht unbedingt förderlich. *Zauberei*, dachte Alexius im stillen, als sich die Menge um sie drängte, ohne sie auch nur im geringsten zu behindern, ja, es trat ihnen nicht einmal jemand auf die Füße. Dabei gab es nichts, auf das er den Finger hätte legen und es legitimerweise als etwas Übernatürliches bezeichnen können; es existierten bloß immer genau da, wo sie hinwollten, Lücken und Löcher im Gedränge.

»Das Boot wartet im Grunde nicht an den Docks«, sagte Venart in einem lauten, heiseren Flüstern. »Das wäre nur eine Einladung für die Leute, es sich zu nehmen. Also habe ich den Bootsführern befohlen, unter den Bogen der langen Anlegestelle zu warten, wo sie niemand sehen kann.«

Glücklicherweise spülte der Strom der Menge sie genau auf die lange Anlegestelle zu. Irgendein Narr hatte in einem der Lagerhäuser Feuer gelegt, und der vom Wasser reflektierte Feuerschein reichte aus, um etwas sehen zu können. »Da«, zischte Venart. »Bei den Göttern, Leute wollen es sich nehmen, wie ich es befürchtet habe. Kommt.«

Alexius erblickte ein kleines Langboot, sechs Ruder auf jeder Seite, das etwa fünfzig Meter von der Anlegestelle entfernt trieb. Männer und Frauen schwammen darauf zu; einige von ihnen versuchten, an Bord zu klettern, und die Ruderer schlugen mit Bootshaken und Rudern auf sie ein. Venart rief und winkte. Zufällig blickte einer der Ruderer auf, erkannte ihn und rief seinen Kameraden etwas zu. Sie entledigten sich der restlichen Schwimmer mit ziemlicher Mühe und einiger Gewalt, dann ruderten sie auf die Stelle zu, an der Venart und Alexius standen.

»Jetzt kommt der schwierige Teil«, murmelte Venart. »Ich nehme nicht an, daß Ihr schwimmen könnt.«

»Nein, nicht unbedingt.«

»Schade.« Viele Flüchtlinge sahen das sich nähernde Boot, einige drängten sich nach vorn. Und es war genau dieses Geschubse und Gedränge hinter ihnen, das Venart und Alexius ziemlich unerwartet ins Wasser beförderte, ein Problem löste und dafür ein anderes schuf.

Das Wasser schlug über Alexius' Kopf zusammen. *Na ja,* dachte er, *ich schätze, es war wohl einen Versuch wert. Aber ich wußte, daß es nicht klappt.* Dann wurde er sich bewußt, wie sich etwas Hartes in seinen Arm krallte, er bewegte sich unter Wasser in die Richtung, in der sich seiner Erinnerung nach das Boot befand. Da er natürlich schon so gut wie tot war, konnte er es sich leisten, die ganze Angelegenheit entspannt anzugehen …

… bis der erste Mundvoll Wasser von heller Panik begleitet den Weg in seine Lunge fand. Das geschah in fast genau dem Augenblick, in dem sein Kopf die Wasseroberfläche durchbrach, ihn viele Hände ergriffen und in die Höhe zerrten. Es dröhnte dumpf, als er auf die Planken des Bootes auftraf, und jemand drückte auf seine Brust – *will der mich umbringen? Nein, es hat etwas damit zu tun, das Wasser aus meinen Lungen zu schaffen.* Das alles war recht unangenehm, und er war nicht besonders traurig darüber, daß ihm schwarz vor Augen wurde und er das Bewußtsein verlor.

# 19

Der Präfekt wischte sich das Blut aus den Augen und blickte die Mauer entlang in Richtung Torhaus und dann zur anderen Seite, wo sich Loredans Bastion befunden hatte. Auf beiden Seiten konnte er große Verbände des Feindes sehen, und jede der beiden Gruppen war der Streitmacht, die er um Wachturm sechzehn zusammengezogen hatte, zahlenmäßig weit überlegen.

Unter anderen Umständen hätte er mit Fug und Recht behaupten können, genug getan zu haben. Vier gleichzeitg aus beiden Richtungen erfolgte Angriffe von überlegenen Verbänden waren mit minimalen Verlusten abgewehrt worden. Die Verluste des Feindes waren hoch gewesen; nicht, daß das etwas zu bedeuten gehabt hätte – was spielte es schon für eine Rolle, wie viele man tötete, wenn sie immer wieder angriffen?

Nachdem er sich einen Überblick über die Situation verschafft und die ihm möglichen Vorbereitungen getroffen hatte, überprüfte der Präfekt seine eigene Verfassung, und die war nicht gut. Er hatte direkt oberhalb des Helmrandes einen Axthieb abbekommen; die Axt war nicht eingedrungen, aber der gezackte Rand eines eingeschlagenen Stücks Helmrand hatte tief in seine Stirn geschnitten, und das Blut behinderte seine Sicht. Ein aus kurzer Distanz abgefeuerter Pfeil hatte ihn in die Rippen getroffen. Das Kettenhemd hatte ein Eindringen verhindert, aber der Treffer hatte ihm mindestens eine, wenn nicht sogar zwei Rippen gebrochen, was das Atmen zu einer schmerzhaften Angelegenheit machte. Er hatte sich den Knöchel angeschlagen und sich beim Parieren eines Schwerthiebes einen Muskel in der Schulter gezerrt. Soweit er wußte, hatte keiner der Hiebe, die er ausgeteilt hatte, irgend jemanden verletzt, aber wenigstens war er noch am Leben.

Seit einer guten halben Stunde wußte er, daß er sterben würde. Eine Niederlage ist ein schleichender Prozeß. Sie beginnt mit der Ahnung, daß die Dinge besser laufen könnten, entwickelt sich dann zu der Einsicht weiter, daß die Situation nicht vorteilhaft ist und etwas unternommen werden muß, um das Gleichgewicht wiederherzustellen. Dann verändert sich die Betonung schrittweise von *Anscheinend sind sie im Vorteil* zu *Das könnten wir noch immer gewinnen, wenn wir etwas aus dem Hut zaubern.* Dann fällt eine Rettungsmöglichkeit nach der anderen unter den Tisch, bis ein Punkt erreicht wird, an dem der Verstand einsieht, daß es realistisch gesehen nur ein Ergebnis geben kann. Danach spielt es eigentlich kaum noch eine Rolle, ob die überwältigte Partei tapfer bis zuletzt kämpft oder sich einfach so umbringen läßt. Kämpft sie weiter, dann aus Rache oder Trotz oder dem instinktiven Gefühl, daß der Tod in der Schlacht irgendwie *besser für einen* ist, als sich in einer Reihe hinknien zu müssen, bis einem jemand von hinten die Kehle durchschneidet. Und selbst am Ende gibt es einen fehlgeleiteten Schimmer der Hoffnung. Das Schlagen des Herzens und das Arbeiten der Lungen vermitteln den Eindruck, das immer noch Möglichkeiten offenstehen.

Als der Feind nun kam – er stürmte nicht heran, sondern schritt, was der ganzen Angelegenheit eine unnatürliche Ruhe, beinahe ein Gefühl der Gelassenheit verlieh –, faßte der Präfekt den Schwertgriff fester und versprach sich, sein Bestes zu geben, da dies seine letzte Gelegenheit dazu war. Sein ganzes Erwachsenenleben hatte er mit Ehre und dem Dienst für das Gemeinwohl Handel getrieben, so wie ein Pelzhändler mit Pelzen oder ein Weinhändler mit Wein handelt. Auf seinen Lippen hatten die Begriffe ganz spezielle politische Bedeutungen gehabt, und er hatte schon vor langer Zeit aufgehört, darüber nachzudenken, wofür diese Worte in der großen weiten Welt da draußen eigentlich standen. Jetzt hatte man ihm einen kleinen Funken Einsicht zukommen lassen, wenn auch unglücklicherweise etwas zu spät: Es ist der Dienst für das Gemeinwohl, der einen in der Reihe stehenbleiben läßt, auch wenn keiner mehr versuchen würde, einen an der Flucht zu hindern; und Ehre ist das, was übrigbleibt, wenn jeder andere vorstellbare Grund zum Ausharren sich längst in nichts aufgelöst hat.

*Und los geht's.* Ein Mann tauchte aus der Dunkelheit auf, ein Umriß unter einem Lederhelm, ein Arm, der mit einer Hellebarde zustieß. Der Präfekt parierte, erkannte, daß der Stoß nur eine Finte gewesen war, und begriff, daß es nun zu spät war, etwas dagegen zu unternehmen. Er sackte an der Brüstung herunter, noch am Leben, aber plötzlich viel zu schwach, um sich bewegen zu können. Der Mann hatte sich weiterbewegt, war über ihn hinweggestiegen und bereitete sich darauf vor, den nächsten Verteidiger anzugreifen, der sich ihm in den Weg stellte. Er hatte den Präfekten schon längst vergessen, der so gut wie tot war und darum nicht länger einen Faktor darstellte, mit dem man zu rechnen hatte.

*Ich glaube nicht, daß diesmal alles gutgeht.*

Ich frage mich, ob ...

Ich ...

*Es wird alles gutgehen ...*

Es war haarscharf gewesen. Zehn Minuten später, und der Feind hätte sie zusammengetrieben wie Schafe in ein Gehege. Der Gegenangriff von Ceuscais Männern – der endlich die Mauern gesäubert haben mußte – war vielleicht nicht im letzten Augenblick gekommen, aber es war nahe dran gewesen. Jetzt war der Feind zurückgefallen; er hatte weniger Männer verloren und alarmierenden Schaden angerichtet, aber es war wichtig, daß er zum Rückzug gezwungen worden war. Im Grunde war das ein Eingeständnis, daß er die landwärtige Seite der Unterstadt nicht länger verteidigen konnte. Vorausgesetzt, Ceuscais Männer kontrollierten jetzt die Mauer, bedeutete das, daß alle Ausgänge aus der Stadt mit Ausnahme der Docks versperrt waren. Die Anzahl derjenigen, die über den Hafen entkommen konnten, war völlig von der Zahl der dort liegenden Schiffe und dem auf ihnen befindlichen Platz abhängig, und dem Rest blieb keine andere Möglichkeit, als den Hügel hinauf zu fliehen.

Temrai befahl die Kompanieführer zu sich. Die Lagebesprechung war kurz. Jetzt, da die harte Arbeit getan war, war fast schon die Zeit gekommen, die Sache zu beenden; tatsächlich würde es soweit sein, sobald die Fuhrleute zum Lager zurückgekehrt waren, das Zeug aufgeladen und es hergeschafft hatten. Dann würde es zu Ende sein.

Loredan trat einen Schritt vorwärts, verlagerte das Gewicht und machte einen Ausfall. Der Gegner hatte das Gleichgewicht verloren und hätte nicht einmal dann eine effektive Parade zustande gebracht, wenn er gewußt hätte, wie das überhaupt geht. Die ersten zwanzig Zentimeter der Klinge drangen direkt unterhalb seines Halses ein, in der Kuhle, wo die Schlüsselbeine zusammentreffen. Er rutschte von der Klinge und stürzte, um Platz für den nächsten zu machen.

*Es ist ja schön und gut, Männer zu töten, aber wir verlieren trotzdem.* Sie kamen nicht nur zu zweit oder zu dritt heran, es war ein beständiger Strom, und sobald einer zu Boden ging, nahm der nächste seinen Platz ein, während von den Seiten zwei andere Männer herandrängten. Loredan ließ die Stöße sein und verlegte sich auf Hiebe, weil da das Risiko, mit der Klinge steckenzubleiben, geringer war, außerdem wollte er mehr Verwundete haben, die noch auf den Beinen waren und in dem dichten Gedränge im Weg standen, statt auf dem Boden liegende Leichen, die ihm nötigen Platz wegnahmen. In einem Handgemenge kam es nicht auf Finesse oder Präzision an; harte Schläge und die Klinge in schneller Bewegung halten, so nahe dran wie möglich, um jedes Parieren zu erschweren, und wenn möglich Gesicht und Hals treffen, wo es weh tut und die größte Panik auslöst.

Eher unbewußt nahm er wahr, daß der nächste Soldat in der Reihe gefallen war, was bedeutete, daß seine rechte Seite ungedeckt war. Er trat drei Schritte zurück, deckte seinen Rückzug mit einem mächtigen Schlag, der etwas Weiches traf. Er erkannte, daß er die Tatsache wohl akzeptieren mußte, daß es zu dem Gegenangriff, der mehr oder weniger ihre letzte realistische Chance gewesen wäre, nicht mehr kommen würde. Die Mauer war definitiv gefallen; selbst wenn es ihnen gelänge, den Feind den Hügel herunterzudrängen, würden sie am Ende bloß von den Bogenschützen auf der Mauer mit Pfeilen eingedeckt, dort festgenagelt und umzingelt werden. Es waren jetzt zu viele Feinde in der Stadt, als daß man sie wieder hätte hinauswerfen können. Das war die nackte Wahrheit.

Also den Berg hinauf. Doch sobald sie diese Richtung einschlagen würden, konnten sie genausogut ganz Feierabend machen. Selbst wenn es ihnen gelänge, das Tor zur Mittelstadt zu schließen und die Mauer zu besetzen, wäre es nur eine Frage der Zeit. Sie wären in einer kleineren, weniger vorteilhaften Belagerung eingeschlossen, ohne Aussicht auf Nachschub oder Entsatz. Das Beste, was sie mit dem Halten der Mittelstadt zu erreichen hoffen konnten, wären bessere Bedingungen für die Kapitulation.

*Dann zum Teufel damit,* dachte Loredan, *ich kann nichts mehr tun, also sehen wir mal, ob sich eine Chance bietet, sich bis zu den Docks durchzuschlagen und zu verschwinden.*

Leichter gesagt als getan. Es bedurfte mehr als die Entscheidung, nicht mehr mitspielen zu wollen; er mußte einen Weg aus dem Angriff finden und den Hügel umrunden. Durchaus möglich, daß er sich zu spät vom Kampf löste; in diesem Fall hätte er genausogut sein Schwert herunternehmen und es hinter sich bringen können. Aber das ging ihm irgendwie gegen den Strich, es beleidigte jeden Instinkt, den er in einem Jahrzehnt im Anwaltsberuf erworben hatte. Es wäre gleichbedeutend damit gewesen, den Kampf zu schmeißen.

Ihm fiel nur eine Möglichkeit ein, und wenn die nicht funktionierte, war er erledigt. Andererseits war er nicht gerade verwöhnt, was Chancen anging. Zuerst machte er einen harten, weiten und ziemlich wilden Befreiungsschlag; er landete einen Treffer, und während der andere Mann voller Panik und nur noch mit einem halben Gesicht umhertaumelte, ließ sich Loredan auf die Knie fallen, das Gesicht nur wenige Zentimeter von der Masse aus Leichen und Beinahe-Leichen entfernt. Er starrte dabei direkt in die Augen eines Mannes – hatte er ihn niedergestreckt? Schon möglich, es gab keine Möglichkeit, das festzustellen, und es spielte auch keine Rolle –, in dem noch etwas Leben steckte und dessen Augen vor Entsetzen weit aufgerissen waren und dessen Lippen sich lautlos bewegten, als wollte er noch eine ungeheure Enthüllung über den Tod mitteilen. Loredan kroch über ihn hinweg, stützte sich mit der Hand in seinem Gesicht ab, dann mit seinem Knie, und schlängelte und schob sich über die Toten und Sterbenden.

*Das macht das Ganze zu einer echten Beleidigung, Bardas. Schlimm genug, dem größten aller Schrecken allein, verängstigt und voller Schmerzen gegenübertreten zu müssen, da braucht man nicht noch einen rücksichtslosen Fremden, der einem übers Gesicht kriecht.*

Es dauerte eine scheinbare Ewigkeit, in der ständig jemand gegen ihn stieß, über seinen Kopf hinwegschritt oder auf seine ausgestreckten Finger trat. Doch es ging nicht anders, und solange niemand nach unten blickte, solange sie ihn für einen weiteren Sterbenden hielten, der unter ihren Füßen vorbeikrabbelte, bestand die Chance, daß er tatsächlich damit durchkam.

Er kam zu einer Stelle, an der es zwar Füße, aber keine Leichen mehr gab, und entschied, daß der Augenblick gekommen war, an dem er wieder aufstehen konnte. Er tat es und fand sich genau einem Clankrieger gegenüber, einem sechzehnjährigen Jungen, der ihn entsetzt anstarrte, als hätte er gerade dem Benutzer eines frischen Grabes die Hand geschüttelt. Loredan stieß ihm das Knie in den Unterleib und ging weiter, schob sich an zwei anderen Männern vorbei und dann …

… hatte er allem Anschein nach das Schlachtfeld verlassen. Niemand sah sich nach ihm um oder folgte ihm gar. Er blieb stehen, um zu Atem zu kommen, dann eilte er im Laufschritt in die Deckung eines Torbogens.

*Vielleicht klappt es ja doch. Vielleicht; es ist zu früh, um das sagen zu können. Egal, jetzt kommt der leichte Teil.*

Er spähte vorsichtig in die Dunkelheit jenseits des Torbogens. Die Gasse sah vielversprechend aus.

Er hatte keine zwanzig Meter in der Dunkelheit zurückgelegt, als er mit dem Fuß an etwas hängenblieb und der Länge nach stürzte. Er landete auf der Seite, zog ruckartig die Knie an, stieß sich gegen die Gassenmauer und war eine Sekunde später wieder auf den Beinen, das Schwert in der klassischen beidhändigen Verteidigungsstellung. Worüber auch immer er gestolpert war, stöhnte leise.

Er könnte es töten, falls es ihm folgte, er könnte es zurücklassen oder es sich ansehen. Noch während er nach einer Entscheidung suchte, stöhnte es erneut. *Ach, zum Teufel damit.*

»Wer ist da?« fragte er.

Als Erwiderung ertönte nur ein weiteres leises Stöhnen. Er schob das Schwert zurück in die Scheide, wobei er sich fragte, was bei allen Göttern er da eigentlich zu tun glaubte, ging in die Hocke und streckte eine Hand aus. Er ertastete ein Gesicht. Glatte Haut, weich, ein Mädchen oder ein junger Mann.

»Was hast du?« flüsterte er.

»Pfeil«, erwiderte eine Stimme.

»Kannst du aufstehen?«

Ein Stöhnen. Loredan seufzte. Das war eine Komplikation, auf die er nun wirklich verzichten konnte.

»Ich nehme das als ein Ja. Komm schon.«

Irgendwie gelang es ihm, sich einen Arm um die Schulter zu legen, dann drückte er Knie und Rücken durch und hob an. Die

Last war nicht besonders schwer; es fühlte sich wie ein Mädchen an.

»Und jetzt bewege die Beine«, sagte er. »Bitte. Wenn du das nicht tust, werde ich dich hierlassen müssen.«

»Ich versuch's«, sagte sie. »Ist schwer.«

»Sicher. Wenn es einfach wäre, würde es jeder tun können, und wo läge darin dann der Sinn? Schon gut, ich habe dich. Versuch dich festzuhalten.«

»Kann nicht.«

»Bitte, dann sei schwierig. Aber ich warne dich …«

»Kann nicht«, wiederholte das Mädchen. »Keine Finger.«

»Was?«

»Keine *Finger* …«

Keine Finger, keine Finger. Wie viele dünne junge Mädchen, die keine Finger hatten, kannte er in dieser Stadt?

*Oh, verflucht noch mal* …

Gorgas Loredan kniete hinter der Treppe, die zu einer Reihe von Läden hinaufführte, und wartete, daß die Männer vorbeigingen. Sie waren zu zwölft – mit anderen Worten zu viele –, und sie hatten einen Wagen dabei. Er spielte mit dem Gedanken, einfach aufzuspringen, in der Hoffnung, daß ihn in der Dunkelheit niemand bemerken würde. Aber nein, er hatte ein ungutes Gefühl. Er bemerkte, daß sich auf dem Wagen Fässer stapelten.

Zu seinem Verdruß hielt die Prozession keine zehn Meter von seinem Versteck entfernt an. Die Mitglieder der Eskorte – jetzt, da er sie aus der Nähe sah, bestätigte sich sein Verdacht, daß es sich um Nomaden handelte – entzündeten mit der an der Wagenseite hin- und herpendelnden Laterne Fackeln und fingen an, die Umgebung in Augenschein zu nehmen. Gorgas verspürte nun eine entschiedene Nervosität, und er hatte sich gerade entschieden, loszulaufen und zu hoffen, daß sie zu beschäftigt waren, um ihn zu bemerken, als die Männer mit dem

Herumschnüffeln aufhörten, sich in Zweiergruppen aufteilten und anfingen, die Fässer abzuladen.

Die Idee eines schnellen Sprints war immer noch verlockend. Sicher, auf dem Kutschbock saß ein Bogenschütze mit einem Pfeil auf der Sehne, aber es schien eine vernünftige Annahme zu sein, daß er nur als Wächter dasaß.

Gorgas fluchte unhörbar. Die Zeit verstrich, und er hatte Dinge zu erledigen und noch einen weiten Weg vor sich. Außerdem hatte er eine ungefähre Vorstellung von dem, was sich in den Fässern befand; das erleichterte die Entscheidung. Die Aussicht war trotzdem außerordentlich bitter. Er verabscheute die Art von Handlung, zu der er sich nun entschlossen hatte, noch viel mehr als die Art von Mann, die zu ihr neigte. Nichtsdestotrotz kommt in extremen Situationen der Punkt, an dem Heldentum die sicherste und logischste aller Verhaltensweisen ist. Er ging so leise, wie er nur konnte, in die Hocke, zog einen Pfeil aus dem Köcher und bemerkte dabei, daß nur noch drei Stück da waren, hielt den Bogen wegen des beengten Raums schräg, legte ein, zog, hielt und schoß.

Selbst unter schlechten Lichtverhältnissen war es ein Routineschuß, und Gorgas war ein guter Schütze. Trotzdem verspürte er eine große Erleichterung, als der Pfeil traf und der Nomade seitlich vom Kutschbock stürzte.

Gorgas legte den nächsten Pfeil ein, während er aufstand. Nur einer der anderen Männer hatte gesehen, was geschah, und in der Zeit, die verstrich, während er den Schuß sah und seine Kameraden alarmierte, war Gorgas auf den Beinen und in Bewegung. Schon hatte er einen Punkt erreicht, an dem er näher an dem Wagen war als die Nomaden.

Er hörte mehrere Rufe und das schabende Geräusch, mit dem ein Schwert aus der Scheide gezogen wurde, dann sprang er auf den Kutschbock, ließ den Bogen fallen und riß die langstielige Peitsche aus ihrer Halterung. Es waren Maultiere angespannt – wie hätte es auch anders sein können. Die Chancen standen drei zu eins, daß sie sich nicht rühren würden, und das wäre ziemlich peinlich geworden. Aber er hatte Glück, was mal eine angenehme Abwechslung war. Doch als die Mulis zu einem scharfen Galopp ansetzten, war schon ein Nomade heran und im Begriff, sich über die hintere Wagenklappe zu ziehen. Ohne den Sitz zu verlassen, fuhr Gorgas herum und schlug mit der Peitsche zu. Er verfehlte sein Ziel, aber ein paar Fässer wählten diesen Augenblick zum Umkippen; sie rollten gegen die Klappe und schüttelten das Ein-Mann-Enterkommando ab. Ein anderer Nomade packte eine der Streben, an denen normalerweise die Plane befestigt wurde, hielt sich fest und lief neben dem Wagen her. Gorgas wartete, bis er es geschafft hatte, auf eines der Trittbretter aufzuspringen – was seinen Kopf bequem auf Höhe von Gorgas' Stiefelspitzen brachte –, bevor er ihn mit einem Tritt hinunterbeförderte. Dem Geräusch und dem Geholper nach zu urteilen, geriet er unter die Hinterräder.

Gorgas erwartete weitere Aktionen, aber dazu kam es nicht, und bevor er sich versah, bog er um die Ecke und fuhr weiter. Da er nicht weiter verfolgt wurde, nahm er an, daß die überlebenden Fuhrleute den Wagen unter der Rubrik Erfahrung abgeschrieben hatten und mit ihrer Arbeit weitermachten; eine Hypothese, die durch den hinter ihm ertönenden Knall bestätigt wurde, dem ein starker Luftzug und ein rotes Glühen folgten. Das wiederholte sich noch ein paarmal, bevor er außer Hörweite war.

*Also hat er die Mischung doch hingekriegt*, dachte Gorgas. Nicht schlecht für jemanden, der erzogen worden war, das Rad als krönende Errungenschaft des technologischen Fortschritts seines Volkes zu betrachten.

Während der Fahrt – nach Nordwesten und bergab, soweit es die Straßen gestatteten – hörte und sah er es noch oft, und er pries sein Glück, das ihn auf einen Clanwagen hatte stoßen lassen. Kaum auf dem Kutschbock, hatte er die Mütze des toten Bogenschützen aufgesetzt, und die Gruppen von Soldaten und

Fuhrleuten, die er passierte, schenkten ihm keinerlei Beachtung. Es waren alles Nomaden. Panik, Feuer und die Soldaten hatten den Bezirk von allem gesäubert, was laufen konnte. Vermutlich sorgte das für eine gewisse Selbstzufriedenheit, so daß seine ständige Aufmerksamkeit nachließ. Das Resultat dieser Nachlässigkeit bestand darin, daß er den Mann übersah, der aus einer Gasse schlüpfte und neben dem Wagen herlief. Er bemerkte ihn erst, als jemand auf den Bock sprang, ihn hinunterstieß und die Zügel ergriff.

Er landete schmerzhaft, prellte sich die Schulter und zerbrach die letzten beiden Pfeile. Hätte er Zeit gehabt, hätte er Schmerzen empfunden, so konnte er gerade noch wieder aufspringen und sich flach auf die Ladefläche werfen, weil der Angreifer den Wagen zum Stehen brachte.

*Das ist alles Bardas' Schuld.* Er konnte diesen Gedanken nicht verhindern. *Ich versuche, auf ihn aufzupassen, und das habe ich davon.* Aber er wußte, daß diese Anschuldigung ungerecht war. Genaugenommen hatte er sich selbst in diese Lage gebracht, und wenn es etwas gab, auf das er immer stolz gewesen war, dann die Tatsache, daß er immer die Verantwortung für seine Taten übernommen hatte.

*Trotzdem … dieses Gerangel mit Fremden und das Herumgerenne … Dabei bin ich ein respektiertes Mitglied der internationalen Bankgemeinde.*

Der Wagendieb war wieder abgesprungen und zu der Gasse zurückgegangen, aus der er gekommen war. Gorgas grinste; sein Angreifer war sportlich und gewandt, aber ein Idiot. Er schob sich nach vorn, kletterte auf den Kutschbock und ergriff die Zügel.

*Moment mal …*

Da war etwas Vertrautes an der Art gewesen, wie der Mann vom Wagen abgesprungen war. Es hatte ihn an einen anderen Wagen erinnert, einen quietschenden alten Heuwagen mit einer schiefen Vorderachse: Clefas, die Zwillinge und ihre große

Schwester hatten die Ballen hinaufgeworfen, Vater und Bardas hatten oben auf dem Wagen gestanden und sie so dicht wie möglich gepackt …

»Bardas?« rief er. »Bist du das?«

Der Mann war im Begriff gewesen, sich auf den Wagen zu stürzen, bereit für einen Kampf ohne Regeln auf dem Kutschbock. Er blieb stehen, als sei er gegen eine Wand geprallt.

»Gorgas?«

Gorgas grinste so breit, daß sich der Schein des auf der anderen Straßenseite wütenden Feuers auf seinen gebleckten Zähnen widerspiegelte. »Das nenne ich einen glücklichen Zufall«, sagte er. »Ich habe nach dir gesucht.«

*»Gorgas?«*

»Steh nicht blöd da rum, steig auf den verdammten Wagen.«

Bardas Loredan schien in sich zusammenzusinken, wie ein aufgeschnittener Kornsack, dessen Inhalt auf den Boden rieselte. Er war mit allem fertig geworden, selbst mit dem bizarren Schock, in einer stockfinsteren Gasse über seine ehemalige Schülerin und eingeschworene Feindin zu stolpern. Aber das hier war etwas, das er nicht so einfach akzeptieren konnte, nicht nach allem anderen. Die Kopfschmerzen waren natürlich ein ziemlich offensichtlicher Hinweis, genau wie die verdächtig erscheinende Mühelosigkeit, mit der er es so weit geschafft hatte.

Er fing an, sich zu wünschen, daß dem nicht so gewesen wäre. Genau wie der Fisch, der plötzlich auf einen fetten, bewegungslos im Wasser treibenden Wurm stößt und der seine Meinung über sein Glück ändert, sobald er den Haken in die Lippe eindringen fühlt.

»Bardas«, sagte der Mann auf dem Kutschbock. »Wir haben keine Zeit. Schaff deinen Hintern auf diesen Sitz und laß uns losfahren, solange wir noch eine Chance haben, hier wegzukommen.«

Bardas hatte sich fast schon dazu entschieden, das Richtige

zu tun, als ihm plötzlich wieder das Mädchen einfiel, das blutend in der Gasse lag. Er schloß die Augen und murmelte einen Fluch. In Gorgas' erstem Brief hatte etwas von einem Schiff gestanden, das Schiff konnte sie in Sicherheit bringen, falls sie überlebte. Wieder einmal hatte er keine Wahl. Es wäre zur Abwechslung mal ganz nett gewesen, sich selbst entscheiden zu können, wenigstens ein einziges Mal. Vielleicht würde der Tag ja irgendwann kommen.

»Du hast wirklich ein Schiff, das auf dich wartet? Das ist keine Lüge?«

»Wenn es noch da ist, was mit jeder verstreichenden Minute ungewisser wird.«

»Stimmt«, sagte Bardas. »In der Gasse liegt ein schwer verwundetes Mädchen. Du hilfst mir, sie auf den Wagen zu schaffen, und du kümmerst dich darum, daß sie weggebracht wird. Verstanden?«

»Muß das sein? Versteh mich nicht falsch, Bardas, aber ist das wirklich der Ort und die Zeit für so etwas?«

*Alles, egal was, um ihn bezahlen zu lassen, nur um die Befriedigung zu haben, ihm meine Faust ins Gesicht zu rammen und etwas brechen zu hören. Aber ich kann nicht.* »Halt den Mund«, sagte er. »Hier drüben.«

Glücklicherweise war es im Schatten der hohen Gebäude zu dunkel, um Gorgas' Gesicht deutlich sehen zu können. Er war überzeugt, er hätte es nicht ertragen. So packte bloß eine verschwommene männliche Gestalt die Füße der Bewußtlosen, während er ihre Schultern nahm. Sie stolperten bis zum Wagen und legten sie auf die Ladefläche. Dort fiel das Licht der Laterne auf ihre Züge, und Gorgas sagte: »Bei den Göttern, Bardas, das ist unnatürlich.«

»Was?«

»Ich habe auch nach ihr gesucht.« Er hob den Kopf, und das Licht entriß ihn der Dunkelheit. »Du weißt natürlich nicht, wer das ist, oder? Bardas, das ist deine Nichte.«

*Nein. Was hat er da gesagt? Wird das denn niemals aufhören?*

»Das ist kein Scherz, hörst du«, sagte Gorgas. »Das ist deine Nichte Iseutz. Gislis Tochter.«

Bardas wich zurück, trat in ein Schlagloch, stolperte, fiel hin und landete unsanft auf dem Hinterteil. »Es tut mir leid, es dir auf diese Weise beibringen zu müssen«, sagte Gorgas. »Offensichtlich müssen das und ein paar andere Dinge in gewisser Weise ein Schock für dich sein. Aber wir haben keine Zeit, Bardas. Wenn du schon toben mußt, dann tue es auf dem verdammten Schiff.«

Bardas Loredan schüttelte den Kopf; das war so ziemlich der einzige Teil von ihm, über den er noch Gewalt hatte. »Ich komme auf kein Schiff mit dir, Gorgas. Ich werde hierbleiben und mich umbringen lassen, nur um dir eins auszuwischen. Und jetzt geh mir aus den Augen, du und deine ...«

»Nichte«, sagte Gorgas. »Und du kommst auf diesen Wagen, und wenn ich dich tragen muß.«

Bardas lächelte; das heißt, er zog die Lippen zurück und zeigte die Zähne. »Da mußt du mich erst fangen«, sagte er, stand auf, drehte sich um und lief los.

Er hatte etwa fünfzehn Meter geschafft, als ihn der Stein traf.

Vom Turm des Torhauses der Mittelstadt hatte der Lordkanzler einen großartigen Blick auf das Feuer, vermutlich den besten in der ganzen Stadt. Es war die Art von Spektakel, das man trotz der Umstände einfach bewundern mußte. Die reine, unpersönliche Schönheit des flackernden roten Lichts war atemberaubend. Eines stand fest: es gab keinen lebenden Menschen, der je etwas Vergleichbares gesehen hatte.

Der Gedanke an ein Feuer in der Unterstadt war für jeden Amtsträger Perimadeias ein ständig wiederkehrender Alptraum gewesen. Es gab nichts, was man dagegen hätte tun können, so einfach war das. Der Ort war schon immer ein tolles und spektakuläres Freudenfeuer gewesen, das nur darauf wartete, entzündet zu werden. Sobald sich ein Feuer festgesetzt hatte, bewegte es sich schneller, als ein Mann rennen konnte, sprang von Dach zu Dach und wurde von Ölgeschäften, Pechraffinerien, Destillen und Holzlagern weiter angefacht; es war, als hätten sich die Bürger Perimadeias absichtlich große Mühe gegeben, für eine ununterbrochene Reihe leicht entflammbarer Materialien zu sorgen.

Der kritische Punkt war lange vorüber; nun konnte man nichts mehr tun, als es sich ausbrennen zu lassen. Der Legende zufolge war das Brandrisiko in der Unterstadt der Grund für den Bau der Mittelstadt gewesen, die hohe Mauer sollte die Flammen von wichtigen Gebäuden wie den Bibliotheken des Ordens, den Ämtern, in denen man unverzichtbare Dokumente aufbewahrte, und den Häusern der maßgeblichen Bürger fernhalten. Die Mauer würde ihre Aufgabe auch diesmal erfüllen, selbst wenn das Feueröl ein nie dagewesenes Inferno entfachte. Der Lordkanzler wußte nicht, ob er sich deswegen besser fühlen sollte. Es bedeutete, daß dem Feind trotz des von ihm gelegten Brandes die Mittelstadt völlig unversehrt in die Hände fallen würde, ganz zu schweigen von der Oberstadt mit ihrer bedeutungslosen Pracht. Der beste Teil Perimadeias, ihre Schönheit und ihr Reichtum, würden überleben. Ihre Menschen nicht.

Vor zwei Stunden hatte der Feind das Tor zur Mittelstadt aufgebrochen. Ein Ruf von unten informierte den Lordkanzler, daß die Nomaden erneut angriffen. Der erste Angriff hatte die Verteidiger beiderseits des Tores auf einen bis zum vierten Turm reichenden Mauerstreifen zurückgedrängt. Der zweite Angriff war gescheitert; die Überreste des städtischen Heeres hatten die Angreifer unter beträchtlichen Verlusten zurückgeworfen; sie hatten sogar fünf Türme zurückerobert. Der dritte Angriff – nun, sie hatten weniger als hundert Mann verloren, der Feind hingegen mindestens tausend Mann, dafür waren sie nun im Torhaus und vierzig Meter Mauer rechts und links eingeschlossen; das war der Rest der Stadt, der von der perimadeianischen Regierung kontrolliert wurde. Es war ein Reich, das man mit wenigen Schritten durchqueren konnte, und der Lordkanzler war sein alleiniger Beherrscher. Zumindest für den Augenblick.

Auf beiden Seiten der Mauer rückte der Feind heran. Und unten … Unten schienen sie ein paar Wurfmaschinen aufzubauen – ah ja, die zwei zusätzlichen Steinschleudern, die er angefordert hatte und die morgen nachmittag auf der Stadtmauer hätten montiert werden sollen. Jetzt hatte der Feind sie, und er schien sie mit Fässern zu beladen. Der Lordkanzler nickte, als er begriff. Die Fässer waren anscheinend mit dem Feueröl gefüllt. Zwar etwas riskant – wenn ein Faß nicht weit genug flog, riskierte man, die Gebäude direkt oberhalb der Mauer in Brand zu stecken –, aber eine schnelle und ökonomische Methode, das taktische Problem zu lösen.

Der Lordkanzler gönnte sich einen letzten Blick auf die Stadt. Von hier oben konnte er die Docks sehen – selbst aus dieser Entfernung war die Menschenmenge auszumachen, die sich in dem Bezirk drängte und sämtliche Straßen zum Hafen verstopfte. Offensichtlich versuchte jeder, sich zum Hafen zu begeben und dort sein Glück zu versuchen, und jetzt breitete sich das Feuer in diese Richtung aus. Es leckte bereits an den Rändern der Menge, und der bloße Gedanke daran, wie es dort unten sein mußte – gefangen zwischen Feuer und Wasser –, reichte aus, um ihn etwas mit der Aussicht zu versöhnen, hier oben in relativem Frieden und Ruhe zu sterben.

Das erste Geschoß war ein glatter Fehlschlag. In der Luft ging die Lunte aus, und das Faß krachte harmlos gegen die obere Brustwehr des Turms. Nun, relativ harmlos. Eine recht große Anzahl von Leuten, der Lordkanzler eingeschlossen, wurden in Feueröl getränkt, was das Leben interessant machen würde, sobald eine der Feuerbomben das tun würde, wozu sie gedacht war.

Das zweite Geschoß funktionierte wie im Bilderbuch, und die

Bedienungsmannschaften schauten mit stummer Faszination zu, wie die Verteidiger, deren Haare und Bärte plötzlich in Flammen standen, aus dem erstickenden Rauch und der alles zersetzenden Hitze im Inneren des Turms direkt in die massiven Pfeilsalven der auf der Mauer stationierten Bogenschützenkontingente strömten.

»Alles erledigt«, erstattete ein Hauptmann Bericht, als es vorbei war. »Was jetzt?«

Onkel Anakai, der in den vielen Jahren seines Lebens nichts Vergleichbares gesehen hatte, gab Temrais Befehl an ihn weiter; Bedauern lag in seiner Stimme. »Brennt alles nieder«, sagte er. »Alles, was Feuer fängt. Aber nicht, bevor wir durch das Tor da oben sind, in die – wie heißt das noch mal? Oberstadt? Egal. Ihr solltet dazu nicht allzu lange brauchen, anscheinend wird sie nicht mal verteidigt. Also, zündet zuerst die Oberstadt an, dann das hier. Und dann«, fügte er leise hinzu, »seht zu, daß ihr auf diese Mauer kommt, bevor euch das Feuer einholt. Es sei denn, ihr wollt auch Kerze spielen.«

Als Loredan wieder zu Bewußtsein kam, lag er auf der Ladefläche eines fahrenden Wagens auf dem Rücken. Einen Augenblick lang glaubte er irgendwo ganz anders zu sein, aber dann kehrte die Erinnerung zurück, und zwar deutlicher, als ihm lieb war.

Er drehte den Kopf und sah die Umrisse von Gorgas' Rücken, der sich als Silhouette von einem alarmierend roten Himmel abzeichnete. Das Ding, das er unter seinem linken Bein spürte, war der Körper des Mädchens, die angeblich seine Nichte war, oder zumindest das, was von ihr übriggeblieben war. Er brauchte nicht mal nachzusehen, um zu wissen, daß sie noch lebte. *Das ist eines der Dinge, die einen bei geborenen Nervensägen – und zwar die von der wirklich ermüdenden und bösartigen Sorte – in den Wahnsinn treiben können*, dachte Loredan. *Verprügele sie, schneide ihnen die Finger ab, spicke sie mit Pfeilen, schubse sie herum wie eine Stoffpuppe; du hast nicht die geringste Chance, sie umzubringen. Sie überleben immer. Vermutlich ist das auch der Grund, warum es von ihnen so viele und von uns so wenige gibt.*

Gorgas gönnte ihm keinen Blick, seine Augen waren auf die Straße gerichtet. Ein brennendes Haus stürzte ein; eine Gruppe Nomaden bestieg einen ähnlichen Wagen, um aus der Gefahrenzone gebracht zu werden, jetzt, da die Mission erledigt war und man den Rest dem Feuer überlassen konnte. *Und das wird Gorgas tun, und seine verfluchte intelligente Seele soll verdammt sein: er wird sich in einem Konvoi aus feindlichen Wagen aus der Stadt schleichen. Dann muß er sich nur noch absetzen, ein Boot finden und hinaus zu seinem Schiff rudern. Und was mich am meisten an dem Plan ärgert – mir wäre er niemals eingefallen.*

Zum Teufel damit. Loredan achtete darauf, den Kopf unten zu halten, und schob sich rückwärts, bis seine Füße über den Rand der offenstehenden Klappe hinausragten. Dann stieß er sich mit beiden Händen ab, bis er hinunterrutschte und mit dem Gesicht nach unten auf dem harten Boden landete.

*Du magst klüger sein als ich, aber einfangen wirst du mich nicht,* dachte er, als er sich aufrappelte. Er duckte sich hinter die Säule eines Torbogens, und dabei fiel sein Blick auf den Kopf seines Bruders, der sich vor dem Feuer abzeichnete. Es sah aus, als würde er eine Flammenkrone tragen. Wenn das das letzte war, was er jemals von Gorgas Loredan zu Gesicht bekam, würde er ein glücklicher Mann sein.

*Und der Rest deines Lebens gehört dir.* Die Stadt war nicht mehr zu retten, also waren seine Verpflichtungen offensichtlich nichtig geworden. Seine Chancen, hier lebend rauszukommen, waren gering, was ihn von den Verpflichtungen seiner Familie gegenüber befreite. Athli befand sich in Sicherheit. Alexius … Nun, ein Versuch wäre ja ganz nett gewesen, aber der alte Mann war mit Sicherheit schon tot. Er konnte sich aussuchen, wie er seine letzte halbe Stunde verbringen wollte, und zwar, ohne daß ihm jemand dreinreden konnte. Wenn er allem ein Ende bereiten wollte, konnte er sich auf den erstbesten Trupp Feinde stürzen, dem er begegnete, und im Kampf sterben. Oder er konnte eine Schenkentür eintreten und sich, solange es noch ging, betrinken. Oder er konnte sich mit untergeschlagenen Beinen auf die Straße setzen und über die Unendlichkeit meditieren. Es war scheißegal, was er tat.

Oder er konnte versuchen zu entkommen.

Das war natürlich sinnlos. Er hatte keine Chance, nicht mal die winzigste. Andererseits bestand sein Ausgangspunkt darin, daß er seinen eigenen Tod akzeptiert hatte. Die intellektuelle Herausforderung würde zumindest stimulierend sein. Er entschied sich, es zu versuchen.

Mal davon abgesehen, was er von Bruder Gorgas als Mensch hielt, war dessen Idee nicht mal schlecht gewesen. Die Docks kamen mittlerweile nicht mehr in Frage; brennende Menschen, die ins Meer sprangen und ertranken, das war nun wirklich nicht das, was man in seinen letzten Augenblicken um sich haben wollte. Aber wenn er es bis zur Brücke der Viehhändler schaffte, vielleicht sogar ein Pferd finden konnte, sobald er über den Fluß war, konnte er überallhin, über Land nach Westen, Osten oder Süden, nach Norden, wenn er eine Schiffspassage fand.

*Ich habe kein Geld, verdammt. Wenn ich welches finde, sollte ich es mitnehmen – für Essen und Kleidung und für die Reisekasse.*

Überallhin, nur nicht zurück. Vermutlich würde er nicht besonders populär sein. Aber es würde sich auch sicher keiner die Mühe machen, ihn zu verfolgen. Und er würde noch immer frei sein und das tun können, wozu er Lust hatte. Es war eine faszinierende Aussicht, die es beinahe wert war, dafür am Leben zu bleiben.

Immer natürlich unter der Voraussetzung, daß er es bis zur Brücke und dann über den Fluß schaffte. Der Instinkt sagte ihm, daß er sich besser beeilte, und er rationalisierte den Drang durch das Argument, daß Temrai als nächstes seine übriggebliebenen Leute abziehen und die Zugbrücke zerstören würde, um die in der Stadt zurückbleibenden Menschen verbrennen zu lassen. Und in diesem Fall war es nur vernünftig, vor dem Zapfenstreich zur Brücke zu kommen.

Er setzte sich in Bewegung. Und er kam auch ungehindert voran. Bis er unter dem Parfümeriebogen hindurch den dahinterliegenden Platz betrat. Das Parfümerieviertel war kein sicherer Aufenthaltsort, mit den ganzen destillierten Lösungen und den Aromaölen, die hier aufbewahrt wurden, und Loredan traf mehr oder weniger zur gleichen Zeit wie das Feuer ein. Auf allen vier Seiten des Platzes verwandelten sich die Gebäude in Feuerbälle; Splitter explodierender Vorratskrüge schossen als Schrapnelle durch die Luft. Es gelang ihm, nur mit ein paar Kratzern und einem kleinen Splitter in der linken Hüfte heil da rauszukommen, aber als er sich in den nächsten Torbogen duckte, lief er direkt in eine Abteilung Nomaden hinein, die in letzter Minute noch ein bißchen im Perlenbohrerhof plünderten.

*Ich habe wirklich keine Zeit für so was,* dachte er, schwang das Guelan hart nach links und fühlte, wie die Klinge tief in eine Schulter schnitt. Das Schlimmste daran war, daß selbst während des Kampfes ein Teil von ihm mit der verstreichenden Zeit und dem vor ihm liegenden Weg beschäftigt war. Er versuchte, sich auf keinen Fall ablenken zu lassen, aber das war nicht leicht. Ein Mann wäre beinahe an seiner Deckung vorbeigekommen, während er tagträumte. Er mußte den Stoß mit seiner gepanzerten linken Schulter abfangen, und seine Riposte war unbeholfen, wenn auch in jeder Hinsicht effizient. Dennoch nahm er sich trotz seiner Hast neunzig Sekunden Zeit, um einen toten Nomaden von seiner stattlichen Perlensammlung zu befreien. Das sollte zumindest das Geldproblem lösen, auch wenn es seine Taschen unbehaglich ausbeulte.

Er kam an sein Ziel, doch das war kein reiner Segen; hier war zwar weniger Feuer, dafür aber um so mehr Nomaden. Glücklicherweise handelte es sich nicht um ziellose Plünderer. Die meisten von ihnen waren ausreichend damit beschäftigt, den schrecklichen Verkehrsstau aus Wagen zu bereinigen, die voller verwundeter oder evakuierter Soldaten waren. Er hielt in der Schlange nach Gorgas Ausschau, konnte ihn aber nicht entdecken. Bei so vielen feindlichen Soldaten schied die Möglichkeit aus, sich selbst einen Wagen zu schnappen, und einfach am Stau vorbeizugehen wäre auch nicht besonders klug gewesen.

*Also gut, dann versuchen wir es eben* unter *den verdammten Wagen.* Es bedeutete, daß er auf Händen und Knien kriechen mußte, aber die Zeit war kein Problem mehr. Man würde das Tor nicht schließen, bevor alle Wagen in Sicherheit waren. Er konnte weiterkriechen, bis er auf der Brücke war, dann konnte er darunter wegschlüpfen und mußte sich nur noch unauffällig in den Fluß fallen lassen und zum Ufer schwimmen.

*Leute, die im Bergwerk arbeiten, werden sich wohl daran gewöhnen. Für mich wäre das nichts.* Mehr als der eingeschränkte Platz und die Schmerzen in Ellbogen und Knien machte ihm das allgemeine Gefühl der Hilflosigkeit zu schaffen. Falls er entdeckt werden sollte, würde er keine Chance haben; sie hätten bis auf fünf Meter an ihn herankommen und ihn erschießen können, und er hätte nichts daran ändern können. Nach so vielen Jahren im Geschäft flößte ihm der Kampf Mann gegen Mann keine Furcht mehr ein. Er kannte sich damit aus, und auch wenn ihn immer nur ein Fehler vom Tod trennte, wußte er doch, was er tat, und konnte die Vor- und Nachteile einschätzen. Außerdem war er gut darin, es gab nur wenig bessere. In einer Position zu sein, in der er von Feinden umgeben war, sich aber nicht gegen sie wehren könnte, war eine neue und unerfreuliche Erfahrung. Es konnte nicht mehr weit sein. *Noch zweihundert Meter, und dann …*

Er hörte zu kriechen auf und verharrte reglos.

Das Licht war alles andere als großartig, aber der Schein der Fackeln und das Feuer im Hintergrund sorgten für genügend Beleuchtung, um ihn ein beträchtliches Kontingent des Feindes sehen zu lassen, das sich langsam die Wagenreihe entlangarbeitete. Dem, was er sah, entnahm er, daß sie nach jemandem oder etwas suchten – hinter dem Kutschbock versteckte Beute, einen auf der Ladefläche versteckten blinden Passagier. Sie knieten sogar nieder und warfen einen flüchtigen Blick auf die Wagenunterseite.

Das sah nicht gut aus.

Temrai schritt die Wagenreihe ab, während seine Männer mit der Suche fortfuhren, und betete, daß seine Ahnung sich als richtig erwies. Er wußte, daß er alles aufhielt, daß das Tor noch immer offenstand, obwohl es schon vor einer Stunde hätte verschlossen werden sollen, aber das war sein Krieg, für den letztlich er die Verantwortung übernehmen mußte, also wollte er auch etwas davon haben, und das bedeutete, daß er Oberst Bardas Loredan finden würde. Und bis er das geschafft hatte, war nichts entschieden.

Er entdeckte etwas Zusammengekrümmtes in einem Sack hinten auf einem der Wagen und stieß sofort mit dem Schwert zu. Als der grobe Stoff durchtrennt wurde, traf die Klinge auf etwas Silbriges, und ein kostbar gearbeiteter Becher fiel aus der Öffnung. Noch mehr Beute, entgegen seinen strikten Befehlen, aber damit konnte er sich jetzt nicht aufhalten. Er trennte den Sack ganz auf und schob das Silberzeugs auf den schlammigen Boden, dann rief er eine Abteilung seiner Leibwächter heran und befahl ihnen, die Beute in den Schlamm zu treten, bis nichts mehr zu sehen war.

*Angenommen, er ist schon tot? Angenommen, er ist gestorben, und ich war nicht da? Angenommen, er ist zu Anfang gestorben, als man die Stadt noch hätte retten können, und er hat das Feuer gar nicht gesehen, die Frauen und Kinder mit brennendem Haar? Das wäre so, als würde man das größte Geburtstagsbankett aller Zeiten organisieren, und der Ehrengast taucht nicht auf. Oh, bei den Göttern, ich werde mir nie verzeihen, wenn ihm etwas zugestoßen ist …*

Jemand sprach mit ihm; es war Ceuscai. Er berichtete, daß seine Männer die Tore der Oberstadt aufgebrochen hatten, daß ganz Perimadeia jetzt ihnen gehörte. Das Gold, sagte er, die Seiden- und Purpurteppiche, die Silberwaren und die Wandbehänge, der Bernstein und die Perlen und das Lapislazuli und das feine Elfenbein, Reliefbilder so fein wie Farnwedel, die Kissen und Gewänder und Vorhänge, die Bücher – bei den Göttern, wie konnte es auf der ganzen Welt nur so viele Worte geben? –, das Porzellan und das Geschirr und die Lackarbeiten, die Flöten, Gitarren, Zimbeln, Harfen und Trommeln, die Wasser- und Sonnenuhren, die …

»Verbrennt es«, unterbrach Temrai ihn. »Und keine Plünderungen. Verstanden? Ich will, daß alles verbrannt wird.«

Zumindest dieses eine Mal wußte Ceuscai es besser, als zu widersprechen. »Ich habe zwölf Wagenladungen Fässer aufstellen lassen, und die Zündschnüre sind ausgelegt. Wann schließen wir das Tor?«

»Wenn ich fertig bin«, erwiderte Temrai. »Jetzt laß die Zündschnüre anzünden und zieh deine Männer zurück. Ich will, daß jeder zum Abmarsch bereit ist, sobald ich hier fertig bin.« Er drehte sich um und sah seinen alten Freund mit Furcht in den Augen an. »Du hast nichts von Oberst Loredan gehört, oder? Niemand hat ihn als gefangengenommen oder als getötet gemeldet?«

Ceuscai schüttelte den Kopf. »Ich habe alle Sergeanten befragen lassen«, sagte er. »Keiner hat was gesehen oder gehört. Sind wir darum noch nicht …«

»Bist du noch immer hier?«

Ceuscai ließ die Schultern hängen und ging. Eine Abteilung Soldaten kam vorbei, sie waren fertig mit Brandstiften. Temrai rief sie herüber und stellte sie zum Durchsuchen der Wagen ab. »Und achtet auf Beute«, fügte er hinzu. »Findet ihr welche, will ich die Namen der Männer. Wir nehmen hier nichts mit; ich will, daß das allen klar ist.«

Die Männer sahen nicht glücklich aus, aber keiner sagte auch nur ein Wort. Die Suche ging weiter, und je länger sie dauerte, desto enger wurde der Knoten in Temrais Magen. Irgendwie hatte er angenommen, daß alles absolut geradlinig ablaufen würde. Sobald er die Stadt betrat, würde er Oberst Bardas Loredan buchstäblich als ersten sehen, vermutlich stand er mitten auf der Großen Hauptstraße, seinen Degen in beiden Händen, würde er ihn zum Zweikampf herausfordern.

*Vielleicht ist er entkommen …*

Temrai schloß die Augen. Wenn Loredan entkommen war, wie im Namen aller Götter sollte er das hier jemals rechtfertigen können, die Tausenden von Verbrannten und diese ganze sinnlose, schreckliche Zerstörung? Es reichte aus, um einen Mann in den Wahnsinn zu treiben: eine ganze Stadt niederzubrennen und eine ganze Nation zu zerstören, nur um eine einzige Person zu töten, und dann konnte diese Person *entkommen …* Er vertrieb den Gedanken aus seinem Kopf und schlug den Angriff zurück, den er auf die Festung seiner geistigen Gesundheit ausgeführt hatte. Die Götter, die ihm Perimadeia gegeben hatten, würden ihm das nicht antun.

Er ging in die Hocke und schaute unter einen Wagen. Ein Augenpaar erwiderte seinen Blick. Es war ein Junge, elf oder zwölf Jahre alt, die zu langen Arme und Beine linkisch unter den Rahmen gehakt. In seinem Gesicht stand die Art von Angst geschrieben, die Temrai so gut kannte. In seinen Augen glaubte Temrai ein Abbild von Feuer und Flucht sehen zu können, Dinge, die er selbst vor so langer Zeit gesehen hatte; es war, als würde er in seine eigenen unerfreulichen Erinnerungen blicken. *Hast du deine Mutter verbrennen sehen?* fragte er sich. *Haben deine Brüder und Schwestern Flammen getragen, bis Fleisch und Haut verschwunden und nur noch schwarze Knochen übrig waren, wie die Ruinen einer Stadt?* In seinem Inneren krallte sich Mitleid fest, wie eine Katze, die an einem Vorhang hochkletterte, so wie die alte weiße Katze – seine Mutter hatte sie so sehr geliebt – die Innenseite ihres Zeltes hochgejagt war, als sie Feuer gefangen hatte. Er dachte an einen Jungen, der für den Rest seines Lebens so viel von dem Feuer in sich trug. Der niemals die Augen schließen konnte, ohne sofort mitten in ihm drin zu sein. Er dachte an all das und hatte Mitleid, und er legte einen Pfeil auf die Bogensehne. *Ich bin ein sehr grausamer Mann geworden*, dachte er, *aber nicht so grausam. Ich werde ihm zumindest das ersparen.*

Er hielt den Bogen schräg, zielte. Er fühlte, wie die Sehne in seine Finger schnitt, dann rief jemand seinen Namen. *Temrai, paß auf!* Dann war da ein schrecklicher Schmerz, als etwas seinen Rücken und die Seite seines Kopfes traf. Der Pfeil fiel vom Bogen, und er sackte nach vorn. Es war Ceuscais Stimme gewesen; er schaute auf und sah Ceuscai, und zwischen ihnen ragte der Rücken eines Mannes auf, der ihm bekannt vorkam – Oberst Bardas Loredan! – und der mit beiden Händen ein Schwert schwang, während Ceuscai den Schaft seiner Pike herumriß, um den Schlag abzuwehren. Temrai erkannte, daß Ceuscai falsch reagierte, aber es war schon zu spät, Loredans Schwert traf ihn unter dem Kiefer und schnitt mit einem lauten Geräusch, das an einen Metzger erinnerte, der einen Kadaver viertelte, tief ins Fleisch, bis es an der anderen Seite wieder herauskam und Ceuscais Kopf von den Schultern fiel. Der Körper schwankte und kippte um, und Bardas Loredan hatte sich umgedreht und ragte nun über ihm auf.

*Es war wie in dem Traum, den er manchmal hatte, in dem der Mann, den er nun als Oberst Bardas Loredan kannte, den unter dem Wagen kauernden Jungen gesehen hatte, sich bückte und mit einem langen Arm nach ihm griff, ein Arm, der sich zu dehnen schien und ihn verfolgte, egal, in welche Richtung er auch zurückwich, ihn am Handgelenk oder am Unterarm packte und zog, bis er spürte, wie ihm das Gelenk mitsamt dem Arm aus der Schulter gerissen wurde, und dann riß der Mann ihn in Stücke, so wie ein Kind manchmal einer Blume langsam die Blätter auszupft, bis schließlich nur noch das von ihm übrig war, das diesen Traum träumte, und dann griff die Hand auch danach, und er wachte auf …*

Sagte man nicht, daß man dem Traum eine andere Richtung geben, die Dinge auf eine andere Weise geschehen lassen könnte, wenn man in ihn eindringen und den Augenblick mit der Hand fangen könnte? Hatte er nicht genau das getan?

»Steh auf«, sagte Loredan. Temrai wollte vor ihm zurückweichen, unter den Wagen kriechen; hinter Loredan eilten Männer herbei, um ihn zu retten, aber wie im Traum waren sie viel zu weit weg und würden nicht rechtzeitig eintreffen. Loredans Hand vergrub sich jetzt in seinem Haar, so furchteinflößend wie Feuer; Loredan zog, und plötzlich stand er auf den Füßen und wurde herumgerissen, einen Arm schmerzhaft auf den Rücken gedreht, so daß er sich nicht rühren konnte, ohne fürchten zu müssen, daß er ihm ausgerissen wurde. Er spürte etwas Kaltes und Scharfes unter dem Kinn.

»Zurück, oder ich schneide ihm die Kehle durch«, rief Loredan. »Tu einmal in deinem Leben was Nützliches und befiehl ihnen zu verschwinden.«

Temrai wollte gehorchen, aber er bekam nur ein Krächzen heraus. Noch nie zuvor hatte er solche Angst verspürt. Es war der schrecklichste Augenblick seines Lebens.

»Du da«, rief Loredan, »unter dem Wagen, komm da raus, du begleitest mich. Wenn ihm auch nur jemand ein Haar krümmt, bringe ich euren Häuptling um.«

Aus den Augenwinkeln sah Temrai Bewegungen. Der Junge, auf den er gezielt hatte, dem er den Schmerz hatte ersparen wollen, kroch aus dem Schlamm und stand auf; starr vor Angst, wußte er nicht, was er tun sollte.

»Hierher«, brüllte Loredan. »Nimm das Messer in meinem Gürtel und halt es diesem Bastard hier unter die Achselhöhle – he, sei vorsichtig, er ist unsere Versicherung! Wenn sie also versuchen, mich zu erschießen, stirbt ihr Anführer.« Bei den Göttern, wie ruhig er klang, wie schrecklich gut er in alledem war. Temrai erkannte, wie dumm es doch von ihm gewesen war, überhaupt den Versuch zu unternehmen, gegen diesen Mann anzutreten, der offensichtlich der personifizierte Tod war. All die Jahre hatte er von einem großen Kampf geträumt, Klinge gegen Klinge, wie vor einem perimadeianischen Gericht, wo am Ende die Gerechtigkeit seinen Stoß führen und die Rechtschaffenheit seiner Sache bestätigen würde. Wie dumm …

»Ganz ruhig«, flüsterte ihm Loredan ins Ohr. »Tu, was man dir sagt, und alles ist in Ordnung. Jetzt machen wir einen kleinen Spaziergang, nur bis zur Brücke. Verstanden? Dann los!«

Ein kleiner Ruck an seinem Arm, der ihn hätte schreien lassen, hätte seine Stimme ihm noch gehorcht, dann trieb Loredan ihn an, und er stand völlig unter der Kontrolle des anderen Mannes. Ihm war klar, daß Loredan ihn wie einen Zweig in zwei Hälften zerbrechen oder ihm den Kopf abtrennen oder die Glieder ausreißen konnte, und es gab nichts, was er dagegen hätte tun können. Er wollte nicht sterben, auf keinen Fall, oder zumindest nicht auf diese Weise, nicht durch Oberst Bardas Loredan, als wäre der Tod von seiner Hand viel schlimmer, schmerzhafter und endgültiger als jeder andere. Loredan konnte ihn zerstören, ihm den Kopf abreißen, sein Blut trinken und seine Seele fressen; er war der Tod und der Teufel und der Schrecken des Universums, er war der ganze Schrecken, den er, Temrai der Zerstörer, Temrai der Schlächter, auf die Welt gebracht hatte …

»So ist es gut, das hat doch ausgezeichnet geklappt«, raunte Loredan ihm fast schon vertraulich ins Ohr. »Findest du es nicht auch toll, wenn Geschichten ein glückliches Ende haben?«

Es hatte den Anschein, als sei der ganze Clan versammelt, der zusah und zurückwich; trotz aller Anstrengungen, trotz der Wurfmaschinen und des Feuers und der Millionen von Pfeilen, die er hatte herstellen und abschießen lassen, gab es keine Macht auf Erden, geschweige denn eine lächerliche Nation, die gegenüber dem Schrecken namens Oberst Loredan bestehen konnte, dem Seelenfresser, dem Todbringer, dieser schrecklichen Macht, die seine blinde Dummheit entfesselt hatte. Was geschehen würde, wenn das Ungeheuer keine Lust mehr dazu hatte, mit ihm zu spielen, vermochte er sich nicht einmal vorzustellen, die ewigwährende Qual, die …

»Bleibt zurück«, fauchte Loredan. »Weiter, ihr wißt es doch besser. Junge, halte mein Messer ruhig, wenn du ihn erstichst, sind wir beide tot. Hör zu, ja, du bist gemeint, wir drehen uns jetzt um. Und zwar wenn ich es sage …«

Es war ein unbeholfenes, lächerliches Manöver, das an die Bewegungen einer seitlich laufenden Krabbe erinnerte, wie ein kleines Kind, dem man das Tanzen beibrachte. Und dann hatte Temrai freien Blick auf den Clan, die Wagenkolonne und die brennende Stadt. *Er zwingt mich, das anzusehen, was ich angerichtet habe, bevor er mich tötet,* dachte Temrai, *weil er die Gerechtigkeit und alles meine Schuld ist.* Von dem Schnitt auf seinem Kopf lief ihm Blut ins Gesicht, es tropfte in einen Augenwinkel und ließ ihn blinzeln. Sie befanden sich jetzt unter dem Bogen des Torhauses und gingen rückwärts auf die Zugbrücke zu. Auf der Wasseroberfläche spiegelten sich die Flammen wider. Sie stiegen unbeholfen über Leichen.

»Hier ist Schluß, Temrai«, flüsterte Loredan. »Danke für deine Hilfe. Weißt du, irgendwie erinnerst du mich ein bißchen an mich selbst, als ich in deinem Alter war. Du da«, wandte er sich an den Jungen, der sich unter dem Wagen versteckt hatte. »Kannst du schwimmen?«

Der Junge sagte, er könnte es.

»Das ist gut. Jetzt steck das Messer zurück in die Scheide und spring.«

»Ja, Herr.«

»Steh nicht bloß dumm rum ...« Temrai hörte das Platschen, dann schoß erneut ein schrecklicher Schmerz seinen Arm hinauf, und Loredan flüsterte wieder, so nahe, daß die Stimme in seinem Kopf ertönte. »Ich sollte dich töten, aber ich habe Rache noch nie für etwas Sinnvolles gehalten. Vielleicht solltest du mal darüber nachdenken.« Unvermittelt traf ihn eine gewaltige Kraft ins verlängerte Rückgrat und schickte ihn auf die Planken der Zugbrücke, und vom Wasser erklang ein lautes Platschen.

Dann waren Leute um ihn herum, halfen ihm auf die Beine, riefen durcheinander, hielten Fackeln und Laternen in die Höhe, schossen Pfeile ins Wasser. Temrai befreite sich von ihnen und starrte auf den Fluß, aber da war nichts zu sehen; ein paar Leichen trieben herum, aber seine war nicht dabei. *Er schwimmt unter Wasser, oder das Gewicht seiner Rüstung hat ihn nach unten gezogen, und er ist ertrunken. Nein, sei nicht albern, er kann nicht sterben. Er ist verschwunden, oder er hat sich Flügel wachsen lassen und ist davongeflogen. Er ist weg, und ich lebe noch ...*

»Hört auf«, sagte er. »Laßt es sein. Schafft alle aus der Stadt raus, verschließt das Tor und zerstört den Dammweg. Ich will, daß das hier ein Ende hat.«

Seine Lungen platzten, und seine Gelenke schmerzten. Das Kettenhemd war ein Mann, der ihn gepackt hatte und in die Tiefe zerrte, diesmal gab es kein Entkommen, er würde sterben – schon eine Ironie, daß er sterben sollte, jetzt, nach der großen Flucht ...

»Wach auf«, sagte eine Stimme über ihm. »Alles in Ordnung, es ist nur ein Traum.«

Er schlug die Augen auf und erblickte das Gesicht des

Jungen, das Kind, das er von unter dem Wagen gerettet hatte. »Was ist?« murmelte er verschlafen. Hinter dem Jungen war ein strahlend blauer Himmel, an dem ein paar Seemöwen ihre Kreise zogen.

»Alles in Ordnung«, wiederholte der Junge und lachte. »Du bist in Sicherheit. Du bist auf dem Schiff, schon vergessen?«

Loredan setzte sich auf und verzog das Gesicht; er hatte die gezerrten Muskeln ganz vergessen. »Tut mir leid«, sagte er. »Ich muß einen Alptraum gehabt haben.«

Der Junge grinste. »Sieh mal«, sagte er und zeigte auf den Horizont. »Wir sind da.«

Am Horizont konnte Loredan die Umrisse einer Stadt erkennen, eine hohe Mauer, Türme und Kuppeldächer, die Sonne spiegelte sich auf dem vergoldeten Dach eines großen Tempels. Es war ein Ort, von dem er nur gehört hatte, einer dieser Orte wie aus dem Märchen, die angeblich existierten, aber er hätte nie geglaubt, jemals dort hinzureisen. Und hier war er.

Es war kleiner, als er gedacht hatte.

»Wie geht es dir?« fragte der Junge. »Ich glaube, das Fieber ist endgültig gebrochen, aber der Kapitän hat gesagt, er würde einen guten Arzt kennen, nur für alle Fälle. Er ist wirklich nett gewesen, nicht wahr?«

Loredan nickte grimmig. »Ja«, erwiderte er, »das war er.« Er sah, daß sein Tonfall den Jungen beunruhigte, also lächelte er. »Keine Sorge, uns wird es gutgehen. Ich habe hier Verwandte, die sich um uns kümmern werden.«

Er stand auf und musterte die Stadt in der Ferne. Das große leuchtende Ding mit dem goldenen Dach war vermutlich der Große Tempel. Sogar er hatte von dem Großen Tempel gehört. Es war das einzige Gebäude in dieser Stadt, das auf der ganzen Welt bekannt war.

Dann drehte er sich um und warf einen Blick auf das Hauptsegel des Schiffes, mit seinem unverkennbaren, genau in der Mitte aufgemalten Symbol. Es war durchaus bekannt, wenn auch in diesem Zusammenhang eher seltsam. Es war das Warenzeichen der Gesellschaft, auf deren Schiff er sich befand, ein gespannter Bogen und sieben Pfeile.

»Das ist wunderbar«, sagte der Junge und beschattete die Augen mit der Hand, während er die Stadt betrachtete. »Ich wollte immer schon mal nach Scona.«

J. V. Jones

# Das Schwert der Schatten 1

Das dunkle Herz der Nacht

# Das Schwert der Schatten 2

Im Schatten von Spire Vanis

»Lassen Sie es mich klar und deutlich,
für heute und immer sagen:
*Das Schwert der Schatten* ist die beste Sage,
die ich jemals gelesen habe.«
*Betsy Mitchell*

»Eine exzellente Autorin.
Besser kann man nicht schreiben.«
*Robert Jordan*

David Farland

Die Herren der Runen 1
Dunkel über Longmot

Die Herren der Runen 2
Der Kreis aus Stein

Die Herren der Runen 3
Schattenherz

Die Herren der Runen 4
Die Bruderschaft der Wölfe

Die Herren der Runen 5
Himmelsgleiter

Die Herren der Runen 6
Sturm über Indhopal

»*Die Herren der Runen* ist eine Fantasy-Saga allerersten Ranges – ein wahrhaft episches Abenteuer, das Sie nie vergessen werden.«
*Terry Brooks*

»Ich hatte Tränen in den Augen, als ich den ersten Band beendet hatte. *Die Herren der Runen* ist eine Offenbarung.«
*Orson scott Card*

»Das Überzeugenste, was ich seit Jahren gelesen habe – hier ist der Nachfolger von Robert Jordan.«
*John Jarrold*